UMA CERTA PAZ

AMÓS OZ

Uma certa paz

Tradução do hebraico
Paulo Geiger

1ª reimpressão

COMPANHIA DAS LETRAS

Copyright © 1982 by Amós Oz

Grafia atualizada segundo o Acordo Ortográfico da Língua Portuguesa de 1990, que entrou em vigor no Brasil em 2009.

Título original
Menuchá nechoná
A perfect peace

Capa
warrakloureiro

Foto de capa
© Patrice Hauser/ Getty Images/ Fachada de Khozneh ou do Tesouro, Petra, Jordânia

Preparação
Maria Cecília Caropreso

Revisão
Huendel Viana
Márcia Moura

Dados Internacionais de Catalogação na Publicação (CIP)
(Câmara Brasileira do Livro, SP, Brasil)

Oz, Amós
    Uma certa paz / Amós Oz ; tradução do hebraico Paulo Geiger. — São Paulo : Companhia das Letras, 2010.

    Título original: Menuchá nechoná / A perfect peace.
    ISBN 978-85-359-1746-8

    1. Romance israelense (Hebraico) I. Geiger, Paulo. II. Título.

10-09247   CDD-892.43

Índice para catálogo sistemático:
1. Romance : Literatura israelense em hebraico 892.43

[2017]
Todos os direitos desta edição reservados à
EDITORA SCHWARCZ S.A.
Rua Bandeira Paulista, 702, cj. 32
04532-002 — São Paulo — SP
Telefone: (11) 3707-3500
www.companhiadasletras.com.br
www.blogdacompanhia.com.br
facebook.com/companhiadasletras
instagram.com/companhiadasletras
twitter.com/cialetras

Nota sobre o título deste romance

Amós Oz deu a este livro o título hebraico *Menuchá nechoná*, termo que aparece na primeira frase do "El malé rachamim", a prece judaica pela elevação da alma da pessoa falecida, que começa assim:

El malé rachamim shachem bamrorim hamtsê menuchá nechoná tachat kanfei haShechiná...

[Deus cheio de misericórdia, que reina nas alturas, provede um *descanso correto* sob as asas de Sua Glória...]

Em diversos trechos do romance, a palavra "correto" reaparece em outros contextos, não só o do merecido descanso da morte, mas no sentido também de "certo", em todos os sentidos de "certo".

Uma certa paz é uma "paz correta", um "descanso correto", mas também uma indefinida paz, que não será necessariamente, e tão só, a eterna paz, o eterno descanso evocado na prece.

P. G.

PRIMEIRA PARTE

INVERNO

1.

Um dia um homem se levanta e muda de um lugar para outro. O que ele deixa atrás de si fica para trás e só lhe vê as costas. No inverno de 1965, Ionatan Lifschitz resolveu abandonar sua mulher e o kibutz onde nascera e crescera. Decidiu sair e começar uma nova vida.

Em seus anos de infância, e em sua juventude, na época em que servia no Exército, sempre estivera cercado por um círculo próximo de homens e mulheres que não paravam de se intrometer em sua vida. Cada vez mais, sentia que esses homens e mulheres o cerceavam, e que bastava de concessões. Na sua linguagem peculiar, eles falavam frequentemente de um processo positivo ou de manifestações negativas, e ele quase deixara de entender o significado dessas palavras. Se estava sozinho à janela no fim do dia e via pássaros voando nas sombras do crepúsculo, aceitava tranquilamente em seu íntimo a ideia de que esses pássaros finalmente morreriam todos. Se o locutor do noticiário no rádio relatava o surgimento de sinais preocupantes, Ionatan sussurrava para si mesmo: Que diferença isso faz? E se saía sozinho à tarde para caminhar junto aos ciprestes queimados pelo sol em uma das extremidades do kibutz e um *chaver** cruzava com ele e perguntava o que estava fazendo lá, respondia

---

* Palavra-ônibus do hebraico: amigo, camarada, companheiro, colega, namorado, membro de grupo ou instituição. Plural: *chaverim*. (Nesta edição, todas as notas são do tradutor.)

sem vontade: Nada, só estou dando uma volta. E de novo perguntava a si mesmo, com assombro: O que você faz aqui? Um excelente rapaz, diziam dele no kibutz, só que muito fechado; uma dessas almas sensíveis, diziam.

Agora, aos vinte e seis anos, com seu jeito contido ou pensativo, despertara-lhe finalmente o desejo de estar só, sem os outros, de verificar o que mais existia; pois às vezes era assaltado pela sensação de que sua vida transcorria dentro de um quarto fechado, cheio de conversas e de fumaça, onde se desenrolava, sem parar, uma discussão cansativa e muito barulhenta sobre um tema esquisito. E ele não sabia o que era, nem queria se envolver, e sim se levantar e sair e ir para um lugar onde talvez o estivessem esperando, mas não para sempre, e se ele chegasse atrasado seria tarde demais. Que lugar era aquele, Ionatan Lifschitz não sabia, mas sentia que não podia mais demorar. Benia Trotsky, Ionatan nunca o vira na vida, nem em retrato. Benia Trotsky, que fugira do kibutz e do país em 1939, seis semanas antes do nascimento de Ionatan, era um jovem intelectual, um entusiasmado estudante da cidade de Kharkov que por opção própria se fizera operário de pedreira na Galileia Superior. Ele passara algum tempo em nosso kibutz e, contrariamente a seus princípios, se apaixonara por Chava, mãe de Ionatan; apaixonou-se à moda russa, com lágrimas e juramentos e confissões febris. Apaixonou-se por ela tarde demais, depois de ela já ter engravidado de Iulek, pai de Ionatan e de ter ido morar com ele em seu quarto no barracão mais afastado. Esse escândalo aconteceu no fim do inverno de 1939 e terminou da pior maneira possível: depois de muitas complicações, cartas, uma declaração de suicídio, gritos na noite atrás do palheiro, esclarecimentos, esforços das instâncias do kibutz para acalmar os ânimos, apaziguar e encontrar uma solução lógica, após muita raiva e ressentimento e um discreto tratamento médico, chegou finalmente a vez de esse Trotsky fazer a guarda noturna no kibutz. Recebeu então a antiga pistola parabélum e ficou de guarda em seu posto a noite inteira, e somente ao alvorecer, atacado de uma só vez por um desespero total, foi emboscá-la junto ao barracão da lavanderia, de repente pulou de dentro dos arbustos, atirou de perto em sua amada grávida e saiu de lá correndo, e com um uivo pungente, um uivo de cão ferido, correu às cegas até o estábulo e disparou duas balas em Iulek, pai de Ionatan, que estava terminando a ordenha da noite, e atirou em nosso único touro, que se chamava Stakhanov. Por fim, quando os espantados *chalutzim*, os pioneiros, ao ouvir os tiros começaram a acudir e a persegui-lo, o infeliz projetou-se atrás do monte de esterco e disparou a última bala, apontada para a própria testa.

Todos esses tiros erraram o alvo e não se derramou uma só gota de sangue. Mesmo assim, o apaixonado fugiu do kibutz e do país e, por fim, após complicados vaivéns, acabou se tornando uma espécie de rei da hotelaria em Miami, na costa leste da América. Uma vez enviou uma grande contribuição, do próprio bolso, para a construção de uma sala de música no kibutz e uma outra vez escreveu uma estranha carta em hebraico na qual ameaçava ser, ou pretendia ser, ou talvez se propunha voluntariamente a ser, o verdadeiro pai de Ionatan Lifschitz. No quarto de seus pais, numa estante de livros, escondida entre as folhas de um antigo romance em hebraico chamado *Har Hatsofim*, de Israel Zarchi, o jovem Ionatan encontrou uma folha de papel amarelada e nela um poema de amor bíblico que aparentemente fora escrito por Biniamin Trotsky. No poema, o apaixonado chamava-se El'azar de Marsha, e o nome de sua amada era Azuva bat Shilchi. Nome do poema: "Mas o coração deles não estava certo". E ao pé da folha, a lápis, tinham sido acrescentadas algumas palavras numa caligrafia um pouco diferente, uma escrita redonda e tranquila, mas que Ionatan não pôde decifrar porque eram letras cirílicas. Todos aqueles anos seus pais haviam mantido total silêncio sobre o caso do amor e da fuga de Biniamin T., e só uma vez, durante uma briga séria, Iulek usou as palavras *"Tivui komediant"**, e Chava respondeu num fervilhante sussurro: *"Ti zabuio. Ti mordertsu"*.**

Os veteranos do kibutz diziam às vezes: "Isso é fantástico. Uma distância de no máximo um metro e meio, que palhaço, nem no touro conseguiu acertar a uma distância de um metro e meio".

Em seu pensamento, Ionatan buscava um lugar diferente, que lhe fosse adequado, uma nova possibilidade de trabalhar no que quisesse e de descansar sem estar cercado de gente.

Seu plano era viajar para tão longe quanto possível, para um lugar que não se parecesse com o kibutz, que não se parecesse com os acampamentos

---

* "Você é uma palhaça", em polonês.
** "Você é um criminoso. Você é um assassino", em polonês.

do movimento juvenil ou com as bases do Exército, ou com as pousadas das excursões ao deserto, que não se parecesse com as estações de carona nas encruzilhadas, castigadas pelo vento do deserto e onde sempre havia um odor de espinheiros, de suor e de poeira, e a acidez de urina seca. Era preciso chegar a um ambiente diferente em tudo, talvez a uma cidade grande de verdade, que lhe fosse estranha, que tivesse um rio com pontes, que tivesse torres, túneis, chafarizes esculpidos como monstros de pedra a esguichar, uns sobre os outros, jatos d'água, e essa água todas as noites iluminada das profundezas por luzes elétricas, e às vezes lá estaria uma mulher desconhecida e sozinha, o rosto voltado para a luz da água, de costas para a praça calçada com lajes de pedra lapidadas; um lugar entre os lugares distantes nos quais tudo é possível e tudo pode acontecer — uma súbita conquista, amor, perigos, estranhos encontros.

Em pensamento, via-se andando sorrateiro em seus passos macios, os passos de um jovem predador, pelos corredores atapetados de um prédio frio e alto, entre elevadores e porteiros, sob a vigilância de grandes e redondos olhos de luz no teto, misturado a um fluxo de pessoas estranhas a caminho de seus próprios negócios, cada um por si, e seu rosto, como os deles, marcado por energia e determinação.

Pensou então em viajar para além-mar, começar sozinho os estudos preparatórios e enquanto isso sustentar-se com qualquer trabalho que lhe aparecesse, como o de vigia noturno, ou operador do painel de controle de algum equipamento, ou talvez como agente de alguma firma particular, como vira num pequeno anúncio nos classificados de um jornal. Mesmo sem ter a menor ideia do que faz um agente de uma firma particular, seu instinto lhe dizia: Isso é para você, *chabibi*.* E se imagina operando instrumentos modernos, com painéis cheios de mostradores e luzes piscando, entre homens decididos e mulheres sofisticadas e ambiciosas. Morando sozinho — finalmente — num quarto alugado no andar alto de um prédio alto numa cidade estranha, na América ou no Ocidente Mediterrâneo dos filmes de cinema, e lá dedicará as noites a seus estudos preparatórios e depois ingressará na universidade, escolherá uma profissão e tomará o caminho que se abrirá a sua frente e começará o percurso em direção à meta onde o esperam e não o

---

* Vocativo, "meu amigo", "meu camarada".

esperarão para sempre, e se atrasar será tarde demais. Mais cinco ou seis anos se passarão, pensava Ionatan, e ele completará os estudos a qualquer preço. América ou não América, ele alcançará essa meta e então começará a ser um homem livre e a viver sua própria vida.

No final do outono, Ionatan tomou coragem e sinalizou suas intenções a seu pai, Iulek, que era o secretário-geral do kibutz.

Na verdade, foi Iulek e não Ionatan quem começou a conversa; certa vez, ao entardecer, ele arrastou Ionatan até um canto ao pé da escadaria de pedra, na ladeira que levava à fachada da casa de cultura, e tentou convencê-lo a aceitar a direção da oficina mecânica.

Iulek era um homem largo, não muito saudável, desenhado do ombro para baixo com linhas retas e rústicas como as de um sólido caixote, mas seu rosto era cinzento e empapuçado aqui e ali, com bolsas de pele esvaziadas, como se ele fosse um fornicador envelhecido, e não um socialista veterano e consciente.

Iulek formulou seu pedido em voz baixa, como se estivesse armando um complô. Ionatan, que era um rapaz alto e magro e um tanto disperso, também falou em voz baixa. Soprava sobre ambos um vento molhado. A luz vespertina era nevoenta: a luz entre uma chuva e outra. Os dois conversavam de pé junto a um banco encharcado de água e todo coberto de folhas de nogueira caídas e molhadas. Outras dessas folhas já haviam soterrado um aspersor quebrado e uma pilha de sacos úmidos. Ionatan olhava teimosamente para os montes de folhas caídas, pois não queria encarar o pai. Mas o banco, os sacos e o aspersor quebrado também lhe pareciam dirigir-se a ele com algum argumento obscuro, e ele de súbito se pôs a falar muito rápido e em voz baixa, num desses rompantes que costumam ter as pessoas tranquilas: Não, não, não há o que discutir, não vai aceitar a direção da oficina porque, em primeiro lugar, trabalha no pomar de cítricos, e agora se está no meio da colheita de toranjas, quer dizer, nos períodos entre chuvas, hoje é claro que não foi possível, mas quando estiar e secar um pouco voltaremos a colher. E, de qualquer maneira, oficina, que história é essa de oficina, que tenho eu a ver com oficina?

Isso é novidade, disse Iulek, agora ninguém quer trabalhar na oficina.

Mazal Tov. Há alguns anos havia brigas homéricas porque todo mundo só queria ser mecânico, e agora trabalhar com máquinas não é suficientemente bom para ninguém. Escotos. Hunos. Tártaros. Não estou me referindo a você em particular, mas em geral. Veja os jovens do partido Mapai. Veja a jovem literatura. Não importa. De você só peço que concorde em dirigir a oficina pelo menos até que encontremos uma solução definitiva. A você se deveria pedir um favor assim e pelo menos ter de volta argumentos, e não lamentos.

"Olhe", disse Ionatan, "olhe, eu simplesmente sinto que esse trabalho não combina comigo. É só isso."

"Não combina", disse Iulek, "não sente, sente, não combina, combina, o que é isso, temos aqui um *ensemble* dramático, será que estamos procurando um ator que combine com o papel de Bóris Godunov? Faça-me um grande favor, quem sabe você me explica de uma vez por todas que história é essa de vocês, combina, não combina, autorrealização, mimos, agrados, caprichos. Que é isso, o trabalho na oficina é uma espécie de vestido ou de perfume? *Eau de Cologne*? O que quer dizer 'não combina' quando se está falando de um lugar de trabalho, hã?"

Naqueles dias de inverno tanto o pai quanto o filho sofriam de uma leve alergia: Iulek ficava rouco e ofegante, enquanto Ionatan tinha os olhos vermelhos e um pouco lacrimejantes.

"Olhe", disse Ionatan, "estou lhe dizendo que isso não é para mim. Não adianta você se irritar comigo. Primeiro, não sou feito para esse trabalho na oficina. É isso mesmo. Segundo, tenho agora, de maneira geral, algumas dúvidas a respeito do meu futuro. E você fica aí discutindo comigo sobre os jovens do Mapai e tudo mais e nem percebe que está chovendo em cima de nós. Olhe aí. Viu, começou a chover."

Iulek entendeu outra coisa. Ou talvez tenha entendido certo e achou melhor afrouxar. Disse:

"Sim. Está bem. Está certo. Você pensa alguns dias e depois me dá a resposta. Não lhe pedi que respondesse na hora. Oportunamente ainda vamos conversar sobre toda essa questão, quando você estiver de bom humor. Para que ficar aqui em pé discutindo a noite inteira, com a chuva caindo em nossa cabeça? Então até lá. Ouça, seria bom cortar um pouco o cabelo: você está fazendo tipo. Isso também é novidade."

E num sábado, quando Amós, o irmão mais moço de Ionatan, chegou numa curta licença do Exército, Ionatan falou-lhe assim:

"Por que você fala tanto sobre o ano que vem? Você não pode saber agora onde vai estar no ano que vem. E eu também não."

E a Rimona, sua mulher, ele disse:

"Você acha que eu preciso cortar o cabelo?"

Rimona olhou para ele. Embaraçada, sorriu com ligeiro atraso, como se lhe tivessem feito uma pergunta delicada ou até um pouco perigosa. E disse:

"Você fica bem de cabelo comprido. Mas se o incomoda, é outra coisa."

"Quem foi que falou?", disse Ionatan. E calou-se.

Tinha pena de se despedir dos aromas, dos sons e das cores que o tinham acompanhado desde pequeno. Amava o cheiro que baixava lentamente sobre os gramados aparados, nos últimos dias de verão: junto aos oleandros, três cães vira-latas lutam furiosamente pelos restos de um sapato despedaçado. Um velho pioneiro com um boné na cabeça lê um jornal, de pé no meio do caminho em pleno crepúsculo, e seus lábios se movem como se rezasse. Por ele passa uma *chaverá* idosa — que não o cumprimenta nem com um aceno da cabeça por causa de uma briga antiga — levando um balde azul carregado de verduras, ovos e pão fresco. Ionatan, ela diz suavemente, olha as margaridas ali no canteiro na beira do gramado, tão brancas e imaculadas, como a neve que caía em nossa Lupatin no inverno. E da direção das casas das crianças ouve-se o som de flautas doces entre muitos gritos de pássaros, e mais longe, no oeste, além do pomar de cítricos e junto ao pôr do sol, passa um trem de carga e a locomotiva apita duas vezes. Ionatan lamentava por seus pais. E pelas vésperas de *shabat* e de festas judaicas, quando a maioria dos homens, mulheres e crianças se reuniam na casa de cultura, quase todos vestindo camisas de *shabat*, brancas e passadas, e cantavam canções antigas. Também lamentava pelo barracão de lata no meio do pomar, onde às vezes se escondia por vinte minutos roubados do trabalho para ler o jornal de esportes. E por Rimona. E pelo espetáculo do nascer do sol, como um banho de sangue num dia de verão às cinco da manhã entre as pedregosas colinas a leste e entre as ruínas de Sheikh-Dahar, a aldeia árabe abandonada. Por todos os passeios de sábado àquelas mesmas colinas e ruínas, ele com Rimona, ou ele com Rimona e Udi com Anat, e às vezes sozinho.

* * *

Em toda essa tristeza, Ionatan achou um motivo de raiva e até de amargura. Como se de novo o estivessem pressionando e exigindo que continuasse a fazer concessões, interminavelmente. Como se seus próprios sentimentos se unissem a todas as outras forças que não param de atormentá-lo. O tempo todo, em toda a minha vida, eu abro mão e abro mão e já quando eu era pequeno me ensinaram que a primeira coisa é abrir mão, e na turma abrir mão, e nas brincadeiras abrir mão, e ter consideração, e dar um passo ao encontro de, e no Exército e no trabalho e na minha casa e no campo de esportes ser sempre generoso, ser legal e generoso e não criar caso e não perturbar e não insistir mas sim prestar atenção, levar em consideração dar ao próximo dar ao coletivo dar ajuda se atrelar ao objetivo sem ser mesquinho sem contabilizar e o que me resultou de tudo isso resultou que dizem de mim Ionatan é bem legal um rapaz sério com quem se pode falar pode procurá-lo você vai se arranjar com ele ele sabe das coisas um rapaz dedicado um homem simpático mas agora chega. Basta. Acabaram-se as concessões. A partir de agora começa uma nova história.

À noite na cama, quando não conseguia adormecer, Ionatan imaginava, temeroso, que o estavam esperando e estranhando seu atraso, e se não se apressasse iriam embora e se dispersariam cada um para seu lado e não esperariam mais. E de manhã quando abria os olhos e se levantava e saía à varanda descalço, de camiseta e cuecas para vestir as roupas de trabalho e calçar os sapatos de trabalho cobertos de lama ressecada, um dos quais uns dias atrás abrira uma boca cheia de pregos enferrujados, de manhã cedinho Ionatan ouvia, no alarido dos pássaros a levantar voo, que eles o exortavam a também se levantar e ir embora, não para o pomar, mas para um lugar totalmente diferente, o lugar certo, o seu lugar. E o chamavam com grande seriedade, se se atrasasse chegaria tarde demais.

Dia após dia, quase diariamente, algo se apagava nele e ele não sabia o que era, talvez uma doença talvez a insônia, e somente seus lábios, sozinhos, às vezes lhe diziam: Pronto, chega, acabou.

Todos os conceitos e ideias que lhe haviam sido incutidos desde a infância não tinham cedido lugar a outros, mas se encolhido, e como que se apagado em seus pensamentos. Se na assembleia geral do kibutz se falava das constantes e recorrentes violações dos valores da igualdade, da prevalência do grupo, dos princípios do coletivismo, da retidão em si mesma, Ionatan ficava sozinho, em silêncio, sentado à última mesa, atrás da coluna sul, no canto do refeitório, desenhando em guardanapos de papel um destróier atrás do outro. E se o debate se prolongava, chegava até o porta-aviões, cujo modelo só conhecia de filmes ou de revistas coloridas. Quando lia no jornal sobre o recrudescimento das ameaças de guerra, Ionatan dizia a Rimona: Esses também, falam e falam sem parar, e ia para a página de esportes. Antes das grandes festas demitiu-se da Comissão da Juventude. Todos os conceitos e ideias se esvaeceram e em seu lugar veio o sofrimento. Que aumentava e diminuía, subia e baixava como uma sirene em tempos de guerra, mas que mesmo quando baixava, nas horas de trabalho ou durante um jogo de xadrez, ainda o penetrava como um corpo estranho, rasgando a barriga, a garganta, o peito, como quando eu era pequeno e fazia alguma coisa e não me pegavam, e não me castigavam e só eu sabia o que tinha acontecido e assim mesmo tremia o dia inteiro e também à noite na cama no escuro até tarde, o que vai ser, o que você fez, seu doido.

Ionatan ansiava por ir logo embora para bem longe desse sofrimento, como as pessoas ricas da Europa, que, nos livros, fugiam do calor do verão para regiões nevosas, e dos dias de inverno para lugares quentes. Uma vez, quando ambos descarregavam sacos cheios de fertilizante químico do caminhão para o telheiro do laranjal, Ionatan disse a seu amigo Udi:

"Ouça, Udi, você já pensou qual seria a maior enganação do mundo?"

"Os bolinhos que Faiga frita para o nosso almoço três vezes por semana; só pão velho com um cheirinho de carne."

"Não", insistiu Ionatan, "sério, a enganação mais odiosa."

"Está bem", disse Udi sem vontade. "Para mim é a religião ou o comunismo, ou os dois juntos. Por que você está perguntando?"

"Não", disse Ionatan, "não é isso. São as histórias que nos contavam quando ainda éramos bem pequenos."

"As histórias", espantou-se Udi, "o que tem as histórias, assim de repente?"

"Elas eram exatamente o oposto da vida, isso é o que elas eram. Me traz uns fósforos. Como, por exemplo, naquele ataque aos sírios em Nukieb, você se lembra que deixamos dentro do jipe um soldado sírio morto, matado, com metade do corpo decepado, e o pusemos sentado com as mãos no volante e um cigarro aceso na boca, e demos o fora dali, você se lembra disso?"

Udi não se apressou em responder, arrastou mais um saco da traseira do caminhão, ajeitou-o num formato bem retangular e o depositou no chão como base para uma nova pilha, voltou-se, respirou fundo e se coçou energicamente, olhando enviesado para Ionatan, que estava de pé, apoiado na lateral do caminhão fumando um cigarro, talvez à espera de uma resposta. Udi riu:

"O que deu em você, me diga, para de repente elucubrar ideias no meio do trabalho? É uma espécie de meditação ou coisa parecida?"

"Não é nada", disse Ionatan, "só me lembrei de repente do que li numa revista pornô em inglês sobre o que aqueles anões realmente fizeram com a Branca de Neve naquele tempo todo em que ela se deitava com eles e quando estava dormindo por causa daquela maçã. Tudo enganação, impostura, Udi. Isso, e também João e Maria, e Chapeuzinho Vermelho, e as roupas novas do rei, e todas aquelas histórias legais em que tudo acabava bem e todos viviam felizes e ricos e tudo o mais. Tudo balela, eu lhe digo. E os conceitos também."

"Está bem", disse Udi. "Você está mais calmo? Podemos continuar? E já que estamos falando de enganação, em primeiro lugar quem sabe você tira do bolso os meus fósforos e me devolve. Isso. Agora vem, vamos descarregar o que ainda falta, são menos de trinta sacos, antes que Eitan R. chegue. Isso. Tome um pouco de ar. Acalme-se, respire fundo e agora segure aqui. Isso. Se acalmou? Então vamos lá. Não consigo entender por que você nos últimos tempos anda azedo o dia inteiro."

Ionatan respirou fundo e se acalmou.

Ficou quase surpreso ao constatar como era fácil tomar a decisão. Os obstáculos pareciam-lhe minúsculos. Barbeando-se diante do espelho, seus lábios lhe diziam silenciosamente: Levante-se e vá.

Às vezes espantava-se com os amigos de sua idade no kibutz, por que não faziam como ele, o que estavam esperando, eis que os anos passam e quem se atrasar perderá a hora.

No último verão, meses antes de Ionatan Lifschitz resolver deixar tudo para trás e partir, sua mulher passara por uma tristeza na vida. Na verdade, ele não via o caso como um fator de sua decisão. Em seus pensamentos nunca usara as palavras causa e consequência. Como as revoadas de pássaros que Rimona gostava de observar a cada outono ou primavera, Ionatan via sua despedida como uma questão de um tempo que chegava, ou de uma espera que acabava. Alguns anos se haviam passado, ele pensou, e chegara a hora.

E este foi o caso: Rimona sofria de um distúrbio ginecológico. Dois anos antes engravidara e abortara. E de novo engravidou. No fim do último verão, tinha dado à luz uma bebezinha morta.

Os médicos aconselharam que evitasse, por enquanto, uma nova tentativa. Ionatan não queria saber de uma nova tentativa, o que queria era se levantar e ir embora.

Três meses haviam se passado desde então. Rimona começou a pegar emprestados na biblioteca livros sobre a África negra. Toda noite sentava-se à luz do abajur — luz que a cúpula de palha tornava turva, cálida e suave — e copiava em pequenas fichas os detalhes dos rituais praticados nessa ou naquela tribo, entre rituais de caça e rituais de chuva, rituais de fertilidade e rituais para os espíritos dos mortos. Em sua plácida caligrafia, registrava nas fichas a descrição dos ritmos dos tambores nas aldeias da Namíbia, os desenhos das máscaras dos feiticeiros da tribo kikuiu, a cerimônia de culto aos antepassados da tribo zulu, invocações e amuletos medicinais da terra dos obangui-shari. Aqui e ali, em sua pele, apareciam manchas esbranquiçadas. Em regime constante, ela tinha de tomar duas injeções por semana, e também resolvera raspar os pelos das axilas.

Ionatan passou por tudo isso em silêncio. E entrementes a palha dos cereais foi recolhida nos campos e levada aos palheiros. Todas as terras haviam sido revolvidas pelos grandes arados, puxados por tratores de esteiras. O fogo branco e azul do verão cedeu lugar a uma luz baixa e cinzenta. O outono chegou e passou. Os dias ficaram mais curtos e acinzentados e as noites se tornaram mais profundas. Ionatan Lifschitz supervisionava, discretamente, a colheita de laranjas no pomar, deixava seu amigo Udi fiscalizar a expedição, e esperava.

Uma vez Udi lhe propusera que se reunissem à noite para um copo de café, a fim de repassarem os documentos de expedição e preparar um resumo parcial. Ionatan respondera que não havia pressa, a estação apenas começara, o que tem aqui para resumir? "Você me desculpe", dissera Udi, "mas em que mundo você vive?" Mas Ionatan insistira: "Tem tempo. Não é sangria desatada".

Udi, cujos olhos estavam sempre vermelhos como que de choro ou de falta de sono, sugeriu que ele mesmo cuidasse de todos os resumos e verificasse todas as contas, já que Ionatan estava sem paciência para se ocupar disso. Ionatan, cujos olhos, por causa de sua alergia, vertiam uma estranha lágrima, disse:

"Está bem."

"E não se preocupe, Ioni, vou manter você informado."

"Não precisa."

"Como não precisa?"

Ao que Ionatan Lifschitz respondeu:

"Ouça, Udi. Você quer ser o boss, seja boss o quanto quiser. Quanto a mim, não tem nada me pressionando."

E com isso voltou para o seu silêncio. Em silêncio Ionatan aguardava alguma mudança, algo que acontecesse por si mesmo e rompesse seu casamento, mas os dias e as noites eram iguais, frios e chuvosos, e Rimona sempre se parecia com ela mesma, a não ser por um disco novo que comprara numa loja do monte Carmel, um disco cuja capa mostrava um guerreiro negro e nu atravessando um antílope com uma lança. Em inglês, em letras desenhadas como labaredas de fogo negro, estavam escritas as palavras "Os encantos do Chade".

Foi assim que Ionatan começou a compreender que sua partida dependia somente dele; precisava buscar e encontrar as palavras certas e dizer a Rimona: Eu decidi abandonar o kibutz e também abandonar você.

Ele não gostava de palavras e não confiava nelas. Por isso preparou-se para essa conversa pensando muito, sem se apressar, prevendo lágrimas, protestos, súplicas e acusações. Tentou formular diversos argumentos, e por mais que se esforçasse não os encontrou. Nem um só argumento. Por menor que fosse.

Finalmente não lhe restava outro caminho senão contar a Rimona a verdade pura e simples, sem acrescentar nenhuma explicação, e com isso a conversa seria mais fácil e curta também. A verdade pura e simples poderia ser dita numa só frase, como: "Eu não posso mais abrir mão o tempo todo, sem nunca ter fim" ou "Já ficou tarde para mim".

Mas com certeza Rimona iria perguntar: "Já ficou tarde para o quê?" ou "De que você não pode abrir mão?" e o que ele poderia lhe responder diante de tais perguntas? Talvez ela também irrompa em lágrimas e grite: "Ioni, você enlouqueceu de repente", e ele será obrigado a balbuciar: "É isso aí" ou "Me perdoe", e ela mobilizará os pais dele e todas as instituições do kibutz.

Rimona, veja. É impossível definir com palavras. Talvez isto seja para mim o que são para você os encantos do Chade, por exemplo. Quer dizer — não os encantos do Chade, é claro, nem outros encantos. Quero dizer, assim, que simplesmente não tenho alternativa e, como se diz, já estou num beco sem saída. Olhe, eu vou embora, não tenho alternativa.

Por fim se decidiu e fixou com alguns dias de antecedência em que noite iria falar com Rimona e como ficaria calado como um herói do cinema se ela começasse com acusações ou súplicas. Repassava consigo mesmo várias vezes por dia as palavras que escolhera usar.

Enquanto isso, como um subversivo às vésperas da rebelião, Ionatan, para não revelar seus sentimentos, cuidou de cumprir todas as suas obrigações corriqueiras. Levantava-se à primeira luz da manhã, saía para a varanda de cueca e camiseta, vestia as roupas de trabalho, travava uma luta sonolenta com os cadarços das botinas, odiava em especial a bota que lhe sorria, envolvia-se numa velha e remendada parca e descia para o galpão das máquinas. Se a chuva matinal era forte, cobria a cabeça e os ombros com um saco, corria até o galpão xingando e tirava dois minutos para ficar pulando no mesmo lugar no imundo chão de cimento do galpão antes de começar a preparar o trator Ferguson cinzento, verificar combustível, óleo e água, e dar finalmente a partida, depois de alguns engasgos e rangidos, para levar ao pomar Udi e o grupo de moças que iam fazer a colheita. Essas moças, quando se reuniam no início do trabalho em volta da cabana de lata do pomar e recebiam dele as podadeiras, despertavam em seu pensamento uma história nebulosa sobre nove freiras que haviam se revoltado e se libertado da opressão, sobre uma cabana solitária numa densa floresta e sobre o guarda que morava na cabana. Mas como aquela hora matinal estava úmida e fria, a história apagou-se antes de se acender. E começaram a colher as frutas e a juntá-las em grandes recipientes de madeira.

Suas horas no pomar, Ionatan geralmente passava em um silêncio quase total. Só uma vez, quando estendeu a Udi o jornal de esportes, disse:

"Está bem. Este ano você vai cuidar de todas as contas da expedição, mas de qualquer maneira mantenha-me informado."

Depois do trabalho, Ionatan voltava a sua pequena moradia. Já às quatro ou quatro e quinze da tarde a luz de inverno esmaecia por trás das nuvens cada vez mais escuras. Ionatan tomava uma ducha e vestia roupas secas e quentes, acendia o aquecedor a querosene e sentava-se na poltrona para dar uma olhada no jornal. O vento e o crepúsculo já batiam à janela quando Rimona voltava de seu trabalho na lavanderia e trazia à mesa café e bolos. De quando em quando ele respondia às perguntas dela, ouvia com cansaço as respostas dela às perguntas dele e, de acordo com as necessidades, trocava uma lâmpada ou consertava uma torneira que pingava no banheiro. Às vezes, resolvia consigo mesmo levantar-se logo após o café e lavar as xícaras e os pratos. O rabino Nachtingal falava no rádio, antes do noticiário, sobre os possíveis caminhos para a renovação religiosa e, entre outras, usou as palavras "um deserto de aridez". E Ionatan, naquela noite, e na manhã seguinte, e até meio-dia do dia seguinte, ficava repetindo-as, como se percebesse nessa expressão um sentido apaziguador e calmante: os encantos da aridez. O deserto do Chade. A aridez do Chade. Os encantos do deserto. Você só precisa respirar fundo, disse a si mesmo com as palavras de seu amigo Udi, aspire ar, e acalme-se um pouco. Até a noite de quarta-feira nada é urgente.

Ionatan tinha um cão policial, uma cadela castanho-acinzentada chamada Thia. Naqueles dias de inverno, Thia ficava o dia inteiro deitada junto ao aquecedor, dormitando. Sua juventude já se fora, e parecia que a cada inverno seus ossos doíam mais. Seu pelo ficara ralo e em dois lugares caíra completamente, como um tapete que vai se esgarçando. Às vezes Thia abria de repente os olhos e encarava Ionatan com ternura, parecendo cheia de dúvidas, até que ele era obrigado a piscar. E atirava-se com dentes predadores sobre sua própria coxa ou à extremidade de uma pata para arrancar de lá uma pulga, e coçava-se raivosamente, levantava-se e se sacudia toda até que sua pelagem parecia maior do que o corpo, e depois espichava as orelhas, atravessava o quarto e aterrissava, cansada, junto ao aquecedor, suspirava e cerrava um dos olhos, e apenas a cauda continuava agitada por mais um momento, até que ela também descansava e o outro olho se fechava e talvez isso já fosse o sono.

Por causa de Thia Ionatan teve de adiar sua conversa com Rimona: apareceram feridas atrás de sua orelha e ao cabo de dois dias estavam cheias de pus. Foi preciso consultar o veterinário, que costumava aparecer no kibutz mais ou menos de duas em duas semanas para avaliar as vacas e as ovelhas. Ionatan, que gostava de Thia, não quis dar novo rumo a sua vida antes que ela sarasse de todo. O médico receitou uma pomada e também um pó branco para dissolver no leite e dar-lhe de beber. Era difícil fazê-la engolir esse leite. Houve novo adiamento. Às vezes Ionatan repassava consigo mesmo o discurso que havia preparado, para não esquecê-lo. Mas quais as possíveis palavras? A aridez do Chade? Simplesmente está indo embora?

E enquanto isso o inverno ganhava força. Iulek, o pai de Ionatan, pegou uma gripe e também sofria de dores terríveis nas costas. Uma noite Ionatan foi visitar os pais e Iulek repreendeu-o por não vir com mais frequência, por não estar disposto a aceitar a direção da oficina mecânica, que desandava cada vez mais por falta de um responsável, pelo destrutivo processo de desintegração da juventude israelense em geral. Chava, sua mãe, disse:

"Você parece triste e cansado. Talvez precise descansar um ou dois dias. E Rimona também merece umas férias. Por que não viajam para Haifa, ficam uma noite na casa do tio Pessach, vão juntos a um café e ao cinema, por que não?"

E Iulek disse:

"E aproveite essa ocasião festiva para cortar o cabelo. Olhe-se no espelho."

Ionatan ficou calado.

Em seu sonho daquela noite Eitan R. e Udi vieram lhe dizer que a polícia tinha encontrado o corpo de seu pai no fundo do uádi, e ele estava sendo intimado a atrelar uma carroça ao trator e sair com uma maca e uma arma para prestar ajuda. Mas ao chegarem ao depósito de armas só encontraram o cadáver de um gato. Ele acordou e ficou por algum tempo junto à janela, no escuro, ouvindo o assobio do vento e os sons de latidos que vinham de muito longe. Talvez das ruínas da aldeia árabe abandonada Sheikh-Dahar. "Vá dormir, Thia", disse num sussurro e voltou para a cama sem acordar Rimona.

A chuva caía sem parar. Foi preciso interromper temporariamente a colheita de cítricos. A terra ficou pegajosa e borbulhante. A luz diurna era pálida. A luz noturna desaparecia por trás de nuvens negras. Trovoadas baixas passavam toda noite em caravanas soturnas do extremo oeste para o leste. Um vento molhado soprava nas janelas da casa. E houve um tremor: numa prateleira alta, um jarro tiniu de repente.

Você vai mudar sua vida de um extremo a outro. Abrir uma nova página. Vai ser livre. Todas as coisas que deixar para trás continuarão sozinhas, sem você. Não lhe poderão fazer nenhum mal. Um monte de objetos pessoais que não lhe serão necessários no novo lugar. Pessoas próximas que sempre agiram consigo como se você pertencesse a elas e como se você fosse apenas um instrumento nas mãos delas para realizar um projeto entusiasta cujo objetivo você não consegue entender. Aromas diversos dos quais você se acostumou a gostar. O jornal de esportes que você se habituou a ler sem deixar escapar um só detalhe. Então, chega de tudo isso. Você vai abandoná-los e eles serão abandonados. Chega. Até onde é possível se submeter? Você precisa, finalmente, pôr-se disponível para você mesmo, porque você pertence a você mesmo, e não a eles. Mesmo que o seu quarto pareça estranho sem você, assim como vazias e estranhas as prateleiras que fixou na parede da cabeceira de sua cama, estranha e empoeirada a mesa de xadrez que você entalhou com muito talento e muita delicadeza de um tronco de oliveira durante todos os dias do inverno passado, estranha a estaca de ferro fincada no jardim, em torno da qual você pensava erguer um caramanchão de parreiras, não tenha medo, pois o tempo vai passar e todas essas coisas deixarão de ser estranhas, serão apenas coisas abandonadas. As cortinas desbotarão. A pilha dos seus jornais e revistas vai amarelecer no fundo da estante. O capim-de-burro, a algaroba e a urtiga que você combateu todos os anos vão dar as caras de novo no jardim atrás da casa. E de novo o limo se espalhará em volta da pia que você consertou. Aqui e ali, com certeza o reboco vai descascar. Com o passar do tempo as persianas da varanda vão enferrujar. Sua mulher vai esperar por algum tempo até finalmente compreender que não vale a pena esperar mais. Desolados e obstinados, seus pais vão atribuir a culpa a ela, um ao outro, às tendências da época, ao ambiente, a você, a todas as novas ideias, e finalmente vão aceitar, eles também. *Mea culpa*, dirá seu pai, como de hábito no seu latim-polonês. Pijamas, uma parca, roupas de trabalho, botas de paraquedista, uma jaqueta de inverno esgarçada, tudo será dado de presente a algum homem que tenha medidas parecidas com as suas. Não a Udi. Talvez ao assassino italiano que trabalha como assalariado na serralheria. Outros objetos pessoais serão trancados em uma mala e alçados ao pequeno depósito que fica no forro, em cima do chuveiro. Uma nova rotina vai criar raízes. A vida caseira tornará a seguir um roteiro estável. Rimona será enviada a um dos cursos kibutzianos de artes práticas e se encarregará da decoração do refeitório para as festas e comemorações. Amós Lifschitz, seu irmão, dará baixa no serviço militar e se casará com sua namorada Rachel. Talvez consiga ser convocado para a equipe nacional de natação. Não se preocupe. Enquanto isso você chegará aonde quer, e vai ver o quanto tudo será diferente, e certo e novo: não mais com sofrimento, não mais com humilhação, mas com entusiasmo e energia. E se num dia qualquer lhe surgir a lembrança de um aroma antigo, ou o som de cães latindo muito longe, ou de uma chuva torrencial e depois dela o granizo da madrugada, e você subitamente não conseguir de maneira alguma entender o que fez, que loucura cometeu, que demônios o carregaram de sua casa até o fim do mundo, terá de assumir o encargo de repelir tais sentimentos com todas as suas forças para não tremer de repente como um homem que alguém esteja olhando pelas costas, da escuridão. Pois você tinha de ir embora. Era impossível continuar todos os dias de sua vida a esperar, sem saber o que estava esperando e para quê. Não há, pois, lugar para arrependimento. O que foi, já foi.

Em dias como esse Ionatan não podia ir ao pomar: por causa da lama, o trabalho da colheita fora interrompido. As risonhas moças foram enviadas à cozinha e ao depósito de roupas. Udi, o de olhos vermelhos, apresentou-se como voluntário para consertar os telhados de lata dos estábulos e redis, muitos dos quais tinham sido arrancados pelo vento, até que o céu clareasse e fosse possível retomar a colheita. E foi assim que Ionatan Lifschitz concordou, apesar de tudo, em aceitar provisoriamente e sem nenhum compromisso o trabalho na oficina mecânica, exatamente como lhe havia pedido seu pai, Iulek, algumas semanas antes. Ionatan disse:

"Saiba que não é um arranjo permanente. É só por enquanto."

E Iulek disse:

"Ahn? Sim. Está bem. De acordo. Enquanto isso você entra lá e começa a pôr um pouco de ordem naquilo, e com o tempo talvez fiquemos um pouco mais tranquilos, e quem sabe de repente se descubra na oficina alguma fonte oculta de autoprospecção, ou talvez numa bela manhã a moda mude radicalmente. Quem viver verá."

Ionatan respondeu impetuosamente, até onde era capaz de expressar ímpeto:

"Apenas se lembre que, de minha parte, não prometi nada."

Assim, seis horas por dia Ionatan trabalhava no galpão das máquinas; só fazia a manutenção rotineira dos tratores e os consertos mais fáceis. A maior parte das máquinas agrícolas lá estava, sob o teto de lata que rufava ao vento, congeladas e silenciosas, mergulhadas profundamente em seu sono de inverno. Qualquer toque nelas obtinha como resposta uma espetada, metálica, fria. Os óleos coagularam e escureceram. Os painéis e mostradores se embaçaram. Aqui e ali percebia-se uma cansada tentativa de cobrir uma parte sensível com pedaços de sacos imundos e cheios de pó. Doido varrido será aquele que vier despertar essas criaturas monstruosas de seu triste sono e se meter com elas: que descansem em paz em seu lugar, refletiu Ionatan. Só estou aqui por causa do frio e da chuva. Mais um pouco.

Às dez da manhã, chapinhava nas poças d'água do caminho entre a oficina e a serralheria, onde tomava café na companhia do capenga Bolonezzi, e onde também lia, diariamente, seu jornal de esportes.

Esse Bolonezzi não era italiano, mas tripolitano; era um assalariado, e tinha uma orelha fendida que parecia uma pera apodrecendo, que já, já ia se desprender e espocar. Era um homem comprido, encurvado, escuro, o rosto coberto por tufos de barba, e de sua boca sempre emanava um leve vapor de *arak*. Tinha cerca de cinquenta anos e vivia sozinho num barracão de madeira cuja metade fora, uma vez, uma oficina de sapateiro e a outra metade ainda servia, uma vez por mês, como salão de barbeiro. Passara quinze anos na prisão por ter decepado com um machado a cabeça da noiva de seu irmão. O episódio era obscuro, ninguém no kibutz conhecia os detalhes, e corriam diferentes versões dele, algumas apavorantes. Em todo e qualquer momento, seu rosto tinha uma expressão contraída, como se tivesse acabado de abocanhar uma comida estragada que de maneira alguma poderia engolir, mas que também, de tanto nojo e náusea, não tinha coragem de cuspir. Seja porque em seus anos de prisão Bolonezzi tivesse começado a praticar com devoção os preceitos da religião, seja por outro motivo qualquer, o presidente Ben-Zvi decidiu conceder-lhe indulto e dispensá-lo do cumprimento do restante da pena de prisão perpétua a que os juízes o haviam condenado. O comitê em prol dos prisioneiros convertidos à devoção religiosa deu garantias de seu caráter dócil numa carta de recomendação à secretaria do kibutz, e assim ele foi aceito para trabalhar na serralheria, e lhe foi dado um quarto no barracão de madeira com telhado de papelão alcatroado.

No kibutz, as opiniões sobre ele divergiam. De fato, depois que chegou ao kibutz, Bolonezzi deixou de praticar os preceitos religiosos, mas em compensação começou, em suas horas livres, a tricotar peças delicadas, que aprendera a fazer em seu tempo de prisão, e era realmente maravilhoso como ele tricotava suéteres para as crianças do kibutz e até roupas mais complicadas e da última moda para as mulheres jovens. Com o dinheiro de seu salário, comprava revistas novas, como a *Burda*, de onde tirava, sem parar, modelos modernos. Falava pouco, numa voz afeminada, e sempre parecia responder com enorme cuidado às perguntas que pudessem complicá-lo ou constranger quem as fizera. Certa vez, na serralheria, em meio a uma chuva torrencial, enquanto tomava café e sem levantar os olhos do jornal de esportes, Ionatan lhe perguntou:

"Diga-me, Bolonezzi, por que você sempre olha para mim desse jeito?"

"Olhe o seu sapato", disse o italiano com muita delicadeza e quase sem abrir a boca. "Seu sapato está rasgado e a chuva está entrando. Aqui mesmo eu constersar, você deixa?"

"Não faz mal", disse Ionatan, "não é importante, obrigado." E com isso voltou ao debate entre dois comentaristas sobre o surpreendente resultado na semifinal do campeonato nacional. Ao cabo de dois ou três minutos, virou a página e leu sobre o médico ortopedista que também era um grande jogador de futebol e que chegara da América Latina para se integrar ao time do Betar, de Jerusalém. De repente Bolonezzi começou a falar brandamente:

"Não constersar, não precisar dizer obrigado", insistiu o homem com tristeza e com lógica, "por de repente dizer obrigado? Para nada?"

"Pelo café", disse Ionatan.
"Dispejar mais?"
"Não, obrigado."
"Olha, por favor, o que isso? De novo dizer obrigado para nada? Para que dizer? Não servir, não obrigado. E também não zangar, *chaver*."
"Está bem", disse Ionatan, "está bem, está bem, quem é que está zangado? Quem sabe você se cala, Bolonezzi, e me deixa ler o jornal em silêncio?"
E acrescentou para si mesmo:
Não transigir desta vez, não transigir, só não transigir, não dá mais para transigir e calar sempre sem nunca acabar. Esta noite, ainda esta noite, ou o mais tardar amanhã à noite.

À tarde, depois de encerrar o trabalho na oficina Ionatan voltou para casa, acendeu o aquecedor a querosene, lavou o rosto e as mãos e se sentou para esperar Rimona. Sentou-se na poltrona e por causa do frio enrolou as pernas num cobertor de lã marrom. Abriu o jornal matutino e de vez em quando se surpreendia enormemente com notícias diversas: o presidente da Síria, o dr. Nur-a-Din el-Atassi, era médico ginecologista, e o ministro do Exterior, o dr. Iussuf Zuhein, era oftalmologista. Esses dois haviam discursado perante uma multidão entusiasmada na cidade de Tadmor e conclamado a extirpar do mundo o Estado de Israel. O oftalmologista jurara em seu nome e em nome da multidão não ter misericórdia até a última gota de sangue, pois somente com sangue se poderia apagar a ofensa, e porque o caminho sagrado até o raiar da justiça exigia um banho de sangue. Em Haifa, um jovem árabe fora julgado pelo condenável ato de espiar pela janela de uma mulher que se despia, no bairro de Hadar-HaCarmel, e em sua defesa alegara num hebraico perfeito que David, o rei de Israel, fizera como ele ao espiar Betsabá. O juiz Nakdimon Tsalali-Chen, assim dizia a notícia, não escondeu o quanto lhe agradara a agudeza desse argumento e por essa vez absolveu o jovem árabe, com uma severa repreensão e uma advertência. Num canto de uma página interna relatava-se uma experiência de zoólogos no jardim zoológico de Zurique. Eles fizeram incidir luz e calor numa cova de ursos para testar a profundeza de seu sono hibernal, e um dos ursos acordara e enlouquecera.
Logo Ionatan deixava cair o jornal das mãos e adormecia ao som repe-

titivo e contínuo da chuva na calha do telhado. Era um sono leve, mas não tranquilo, que começava com meditações sonolentas e se prolongava num pesadelo agitado. O dr. Shilinger, de Haifa, o ginecologista gago que tratara dos problemas ginecológicos de Rimona, era um astuto agente sírio. E fora Iulek quem insistira com Udi, Ionatan e Eitan R. para que se apresentassem como voluntários numa perigosa viagem a um país do norte, em missão das forças de segurança para atingir a serpente em seu covil com um golpe de machado por trás, mas todas as seis balas que Ionatan tinha na pistola não conseguiram penetrar a pele da vítima, porque eram balas de algodão molhado, e o homem riu zombeteiramente com seus dentes estragados e num fervilhante sussurro lançou sobre Ionatan *Ti zabuio*. Ele abriu os olhos e viu Rimona. Quatro e quinze, ela disse, e já está quase escuro lá fora. Você pode dormir mais um pouco enquanto eu tomo um banho e preparo um café para nós. Ionatan disse:

"Mas eu não estava dormindo. Só estava pensando nas notícias do jornal. Você sabia que o ditador da Síria também é ginecologista?"

"Você dormia quando entrei em casa", disse Rimona, "e eu acordei você. Já vamos tomar café."

Ela tomou um banho, trocou de roupa, e enquanto isso a água ferveu na chaleira elétrica. Esguia, escultural e limpa, Rimona saiu do banheiro e serviu café e biscoitos. Com seu suéter vermelho, calças azuis de veludo cotelê e cabelo comprido, claro e recém-lavado, Rimona parecia uma estudante tímida. Um aroma de sabonete de amêndoas amargo e de xampu emanava dela. Eles ficaram sentados nas poltronas gêmeas, um de frente para o outro, e a música do rádio preenchia o silêncio. E depois foi a música de um dos discos dela, emotiva e vibrante, a melodia das florestas africanas.

Rimona e Ionatan falavam pouco entre si, só o que era necessário, pois não havia motivos para brigar, e quase não achavam outras coisas para dizer. Ela, como sempre, recolhia-se em seus pensamentos. Sua postura, sentada na poltrona, também era de recolhimento: as pernas dobradas embaixo dela e as mãos, por causa do frio, puxadas para dentro das mangas de lã do suéter vermelho, como uma menininha congelando sozinha num banco de jardim, no inverno. Rimona diz:

"Quando a chuva parar por um momento, vou sair e trazer querosene. O aquecedor está quase vazio."

E Ionatan, esmagando, enquanto fala, a ponta do cigarro no fundo do cinzeiro de cobre:

"Não, não saia. Eu trago o querosene. Tenho mesmo que esclarecer um assunto com Shimon."

Rimona:

"Enquanto isso me dê sua jaqueta, para eu reforçar os botões."

"De novo? Há uma semana você ficou a noite inteira cuidando da jaqueta."

"Na semana passada foi a jaqueta nova; agora me dê a velha, a marrom."

"Faça-me um favor, Rimona, deixe esse trapo em paz, ele está se esfarelando todo, já é tempo de jogar fora ou dar de presente ao italiano. Toda manhã ele me faz um café na serralheria, e ainda me agradece por isso."

"Ioni, não dê a jaqueta marrom a ninguém, eu posso consertá-la e alargar um pouco nos ombros, e você vai poder vesti-la e ficar aquecido no trabalho."

Ionatan calou-se. Espalhou sobre a mesa o conteúdo de uma caixa de fósforos, formou uma figura geométrica simples, misturou tudo com a palma da mão, rearrumou, numa figura mais complexa, e esculpiu essa figura mentalmente também. Cerrou os olhos, juntou tudo e devolveu à caixa de fósforos. Não falou. Bem dentro de seu ser rangia uma voz entrecortada, uma voz antiga, de zombaria e escárnio, como um rouquejar de espanto: que palhaço. Até no touro conseguiu não acertar. A uma distância de metro e meio. Mas seu coração, lembrou Ionatan como a única explicação possível para aquelas dolorosas implausibilidades, mas seu coração não estava correto, não estava certo.

Rimona disse:

"Eu vou consertá-la e ela ainda vai lhe servir pelo menos para trabalhar."

"Claro", disse Ionatan com ironia, "uma coisa nova. Eu apareço de manhã para o trabalho com uma jaqueta. Quem sabe também com uma gravata e com um lenço branco no bolso, como um agente secreto do cinema, e de cabelo curto como meu pai fica insistindo comigo o tempo todo. Ouça, Rimona, como de repente o vento ficou mais forte lá fora."

"O vento ficou mais forte, mas a chuva parou."

"Estou indo falar com Shimon e trago o querosene. E um dia vou ter que sentar com Udi e repassar o romaneio. O quê?"

"Nada, não falei nada, Ioni."

"Está bem. Até já."

"Um momento. Espera. Não vista a jaqueta nova agora. Vista a velha, a marrom, e quando você voltar eu continuo a consertá-la."

"Quando eu voltar, você não vai continuar a consertá-la, porque ela vai estar toda molhada."

"Comentamos que a chuva parou, Ioni."

"Comentamos, muito bom que comentamos. E daí que comentamos, até que eu saia e volte vai começar a chover de novo. Veja, já está começando. E que chuva. Um dilúvio."

"Não saia com essa chuva. Espere. Sente-se enquanto isso. Eu vou lhe servir mais um copo de café, e se você quer mesmo dar alguma coisa para o seu italiano, dê essa lata de café solúvel que nós nunca usamos, já que para nós eu gosto de preparar um café de verdade, bem forte."

"Ouça, Rimona. Esse italiano. Você sabe como ele diz 'Eu vou servir café'? 'Eu vai dispejar café.' E como ele diz 'dilúvio'? Dulívio. Você não está ouvindo. Por que, talvez de uma vez por todas você possa me dizer por que, quando eu falo você nunca ouve, não responde, não está nem aí, e sim num lugar completamente diferente, só o diabo sabe onde. Por quê, você pode me responder?"

"Não se irrite, Ioni."

"Agora você também. O que há com vocês o dia inteiro, todos, que desde manhã estão me dizendo não se irrite, não se irrite, quando eu não estou nem um pouco irritado, e se por acaso eu quiser, sim, me irritar, e daí, estou proibido de me irritar? Que é que tem? Todo mundo quer salvar a minha alma. Todo mundo discute comigo o dia inteiro. Você, e Udi, e esse italiano, e meu pai e Eitan R. e todo mundo. Desse jeito dá para ficar totalmente doido. De manhã o italiano maluco fica insistindo em me consertar o sapato, e de noite é você e essa jaqueta esfarrapada, e depois virá meu pai para me distribuir missões e consertar minha alma. Olha, eu lhe peço, veja você mesma no jornal de hoje, aí em cima, como os sírios falam de nós nas suas demonstrações públicas, os sírios com quem meu pai quer fazer a paz e a fraternidade entre os povos e todo um casamento, quando eles só querem uma coisa, que é nos degolar e beber nosso sangue. E de novo você está sonhando e não está prestando atenção a nenhuma palavra do que estou lhe dizendo."

"Estou sim, Ioni, o que deu em você? Eu não sou seu pai."

"É melhor que você preste atenção à chuva torrencial que está caindo agora, enquanto teima em discutir comigo que a chuva passou, e me manda ir lá fora pegar querosene. Por favor, vá até a janela, você tem olhos na cabeça, olhe para fora e veja por si mesma o que está acontecendo lá."

E depois ainda, quando Rimona e Ionatan se sentaram um em frente ao outro e beberam em silêncio o segundo café, a escuridão lá fora ficou mais espessa, o céu negro veio tocar a terra enlameada e as copas das árvores estalavam como se um machado estivesse passando por elas na chuva, e ao fundo, por trás da tempestade, podia-se ouvir o mugido abafado das vacas, gemidos que atravessavam o estridor do vento e soavam com um pavor mortal. Sem que Ionatan soubesse por quê, veio a seu pensamento a aldeia árabe abandonada, Sheikh-Dahar: como a chuva torrencial devastava à noite os remanescentes dos casebres de barro, devolvendo o pó ao pó, e como cada vez mais se desesperançavam as ruínas das casas baixas de pedra onde não havia ninguém, e nenhum lampejo de luz, e de repente rolava uma pedra frouxa que teimava em se agarrar a outras pedras, e eis que passados vinte anos a pedra finalmente desistira e despencara no chão, no escuro. Não há vivalma nas colinas de Sheikh-Dahar numa noite tempestuosa como esta, nenhum cão vagabundo vagará por lá, nenhum pássaro, e só os assassinos de almas como Bolonezzi, como eu, como Biniamin Trotsky, poderão encontrar refúgio lá. Não há ninguém, só o silêncio e as trevas e esses ventos de inverno e a mesquita decepada que lá está como um toco de árvore retorcido. Um ninho de assassinos, nos disseram quando éramos crianças, bandos sedentos de sangue se abrigam lá, nos disseram, finalmente agora vamos poder respirar aliviados, foi o que disseram quando Sheikh-Dahar foi destruída. Só ruínas, escuridão e uma lama funda e viscosa restaram agora em Sheikh-Dahar, naquelas áridas colinas pedregosas não há mais assassinos nem bandos, e a torre da mesquita em cujo topo se escondiam para atirar sobre o kibutz foi partida ao meio, atingida por um tiro preciso de morteiro, assim contam entre nós, desferido, com as próprias mãos, por um comandante do Palmach. E por cima de tudo isso cai agora sem parar esta chuva negra, como quando eu era pequeno e fui uma vez sozinho a Sheikh-Dahar procurar o tesouro de moedas de ouro que nos diziam ter ficado enterrado sob o chão da casa do xeque, e eu comecei a arrancar as lajotas verdes com desenhos e a cavar embaixo delas mais e mais procurando os degraus secretos que desciam às profundezas do esconderijo e eu cavava e tremia de medo da coruja e dos morcegos e dos espíritos dos mortos, todos os velhos da aldeia das histórias que nos contavam quando éramos crianças, as almas penadas que vagavam por lá nas noites tocaiando para estrangular por trás com seus dedos esqueléticos, e eu cavava para nada encontrar senão uma poeira cinzenta estranha como a cinza do rescaldo de um incêndio e no meio da poeira havia uma tábua larga e podre que eu arranquei e embaixo da tábua havia timões velhos uma grade de debulhar pedaços de um arado de madeira e ainda debaixo deles mais poeira preta e eu não desisti e continuei a cavar até que a noite caiu subitamente e uma ave malvada gritou comigo numa voz medonha e eu joguei tudo para o alto e fugi de lá e comecei a descer correndo a colina e me enganei na encruzilhada do uádi no escuro e corri entre os casebres que desmoronavam e saí para os campos de espinheiros e para além deles por entre as oliveiras abandonadas e retorcidas, como na expressão "Oliveiras se retorcem de velhice", e corri até o lugar em que uma vez houvera uma pedreira e de longe os chacais uivavam e de repente de perto também e eu ainda era um menino e os velhos mortos estavam sedentos de sangue, de um banho de sangue como aquele médico sírio e eu estava sem fôlego e o que trouxera comigo de lá de Sheikh-Dahar era nada a não ser este forte aperto no peito e um medo terrível e esta tristeza que corrói e me instiga neste instante a me levantar e ir procurar algum sinal de vida por trás da aridez por trás da chuva que não para de cair lá fora na escuridão e não vai parar a noite inteira e não vai parar amanhã nem depois de amanhã e esta é a minha vida e não tenho uma segunda vida a não ser esta que passa e passa e passa e que agora neste exato instante me conclama a me levantar e ir embora pois ninguém vai devolver o meu tempo e quem se atrasar perderá a hora.

Ionatan levantou-se. Na penumbra que envolvera o quarto, sua mão cabeluda e ainda queimada do sol do verão passado tateou em busca do interruptor. Finalmente o encontrou e acendeu a luz, e por um momento ele ficou piscando, olhando para a lâmpada acesa como que assustado ou admirado com essa estranha ligação entre sua vontade, seu dedo, o interruptor branco na parede e a luz amarelada no teto. Voltou a se sentar na poltrona e disse a Rimona: "Você está adormecendo".

"Estou bordando", disse Rimona, e na primavera vamos ter uma nova e linda toalha de mesa."

"Por que você não acendeu a luz?"

"Eu vi que você estava imerso em pensamentos e não quis perturbar."

"Quinze para as cinco", disse Ionatan, "e já precisamos acender a luz. Como na Escandinávia. Como na taiga, ou na tundra, que aprendemos na escola. Você se lembra? A taiga, a tundra?"

"Isso é na Rússia?", perguntou Rimona cuidadosamente.

"Bobagem", disse Ionatan, "é em toda a volta do Círculo Polar. Na Sibéria. Na Escandinávia. Até no Canadá. Você leu no *Dvar Hashavua* sobre as baleias que estão sendo exterminadas?"

"Você já me contou. Eu não li porque quando você me conta soa melhor."

"Olhe, o aquecedor", disse Ionatan com raiva, "já está se apagando. Com chuva ou sem chuva, vou buscar querosene agora, antes que comece a sair fuligem."

Rimona estava sentada na outra poltrona, as costas curvas e macias, sem levantar os olhos do bordado, como uma aluna aplicada em suas lições:

"Pelo menos leve uma lanterna."

Ele pegou a lanterna e saiu em silêncio. Ao voltar, encheu o aquecedor de querosene e foi lavar as mãos com sabão, mas em volta das unhas enegrecia o óleo de máquina que restava de seu trabalho na oficina, de manhã.

"Você se molhou", disse Rimona com ternura.

"Não faz mal", respondeu Ionatan, "tudo bem, e eu vesti a jaqueta velha marrom, como você me disse. Não se preocupe tanto comigo."

Ele abriu sobre a mesa a revista *Mundo do Xadrez* e começou a resolver um problema complicado. De tanto pensar, esqueceu de tragar a fumaça do cigarro que tinha entre o dedos e a cinza caiu e se espalhou nas páginas da revista. A seus pés a cadela Thia dormia profundamente. Quando voltou a acender o cigarro que se havia apagado, uma rápida onda de pequenos tremores percorreu a pelagem das costas dela, da nuca à raiz da cauda. Por um instante suas orelhas se eriçaram, e de novo caíram. Ionatan tinha em mente que Thia reagia assim a sons e a cheiros que ele mesmo não era capaz de captar por serem sutis e distantes demais para sua percepção. Sobre a prateleira que fixara na cabeceira da cama deles no quarto de dormir, tiquetaqueava um grande relógio despertador feito de metal, e seu ouvido estava desocupado o bastante para ouvir o tique-taque, tão frágil era o silêncio entre eles no quarto; silêncio não, pois as águas da chuva corriam em volta da casa, dos lugares mais altos para os mais baixos.

Rimona era uma mulher esbelta, não muito alta, de quadris estreitos e busto pequeno e firme. De costas parecia uma jovem que começara a amadurecer, as linhas do corpo esguias e bem traçadas, mãos e dedos alongados. Parecia uma moça muito bem-educada de uma geração passada que uma vez fora instruída a definitivamente se manter ereta quando de pé, a andar sem balançar os quadris e a se sentar com as costas retas e os joelhos juntos, e ela, com precisão e obediência, fazia tudo que lhe haviam dito.

Verdade que de perto, no pescoço, sob as orelhas, a pele parecia um pouco cansada, mas a nuca era alta e delicada, e bastos cabelos claros e soltos caíam-lhe sobre os ombros. Seus olhos de corte enviesado, asiático, pareciam sempre mergulhados num dormitar penumbroso e, como os olhos de um bichinho, eram um pouco afastados um do outro, o que lhes conferia um estranho e forte fascínio.

Às vezes Ionatan espantava-se ao ver como outros homens olhavam para ela, com que urgência eles, tateando, buscavam penetrar naquela beleza triste, alguns por meio de chistes e palavras travessas, outros com modos paternais, como a lhe oferecer apoio e proteção, outros com insinuações picantes — estes últimos parecia que tentavam enviar-lhe sinais a que imprimiam um tom sutil e secreto —, outros se dirigiam a ela com uma espécie de desamparo, como se suplicassem seu perdão e sua comiseração. E havia os dos sussurros adocicados, como se soubessem algo oculto que certamente ela também sabia muito bem, apesar de todas as suas boas maneiras. Por caminhos diversos, todos esses homens estranhos tentavam chegar com ela a um entendimento que não precisava de palavras nem de ações, só de uma conhecida ressonância interior.

Uma vez, num dia abrasador de verão, um dos vizinhos se propusera a estender uma mangueira de borracha e lavar com jatos d'água os pés descalços dela, que se haviam sujado na terra do jardim. E com isso ele como que desempenhava seu papel nesse antigo pacto, embora Rimona, de sua parte, como uma menina mimada, tentava fingir que tal pacto não lhe dizia respeito e que nunca ouvira falar de sua existência, mas na verdade com essa negação ela cumpria muito bem sua parte no pacto, e cumpria com generosidade e sutileza, até que uma leve apreensão se apoderou tanto do homem que lhe aspergia água nas solas dos pés quanto de Ionatan, que olhava e tudo via de longe, entre os arbustos de murta no declive do jardim, com um sorriso de ranger os dentes. E se consolava: haja o que houver, ela não poderá senão enganar este e todos os outros, pois ela não tem nada. Não era um jogo nem uma escapatória, nem fingimento: ela não tem nada. É a essência do fim. A estepe de taiga ou de tundra, lindas neves no calor ardente do verão. Sem saber e sem intenção, ela irradia a sua volta um circulo pálido e fresco de negação bem-educada: não entendo nada dessa linguagem de sinais. Desculpe. Não quero e não posso participar. É um engano, sinto muito.

De quando em quando, Rimona penteava o cabelo para cima e o prendia bem alto, em volta da cabeça, e então a penugem clara de sua nuca se tornava visível; Ionatan, quase assustado, a instigava a desfazer o coque e a soltar o cabelo, pois a visão daquela penugem sugeria tal nudez que ele se sentia envergonhado.

Os olhos negros e alongados dela ficavam longe um do outro, e geralmente estavam semicerrados, ensombrecidos. Assim como o permanente silêncio que se estendia em seus lábios, em seu semblante de sombra e gelo. Mesmo quando falava, mesmo quando sorria, a frieza e a sombra não desapareciam. Mas Rimona só raramente sorria. E era um sorriso que começava sempre em volta dos lábios, e não propriamente nos lábios, e se estendia devagar e hesitante até chegar aos cantos dos olhos, quando então Rimona parecia uma menininha a quem se mostrara algo que não se deve mostrar a menininhas.

Ionatan achava que a maior parte das coisas que ela via e ouvia só a tocavam um pouco. Nada lhe importa, pensava Ionatan com raiva, é como se eu vivesse com um quadro caro, como se eu tivesse uma preceptora cuja missão é me educar por meio do exemplo pessoal até que eu mesmo me torne uma pessoa tranquila e satisfeita.

Ionatan tentava silenciar tais pensamentos com a ajuda da expressão "minha mulher". Esta é a minha mulher, sussurrava baixinho para si mesmo. Esta é Rimona, minha mulher, esta é a minha mulher Rimona. Mas para ele a expressão "minha mulher" tinha mais a ver com famílias mais idosas, com filmes de cinema, com casas em que vivem crianças e nas quais há quartos de criança, uma cozinha e uma criada. Mas esta é só Rimona para quem nada importa a não ser, talvez, esboços de amuletos tribais da Suazilândia. E mesmo isso como que sonolentamente, sem nenhuma intenção interior, pois a verdade é que para ela nada difere de nada. Minha mulher. De novo grudada nessa minha jaqueta marrom e velha, que agora também está molhada. Uma vez na vida a gente precisa abrir a boca para dizer a simples verdade. Pelo menos dizer a si mesmo.

"Ouça, Rimona, quem sabe já chega?"

"Sim, estou quase terminando. E também alarguei nos ombros, você experimenta?"

"De maneira nenhuma, Rimona, eu não vou mais vestir esse trapo. Já lhe disse mil vezes para jogar isso no lixo. Ou dar ao italiano."

"Está bem."

"O que está bem?"

"Dê ao italiano."

"Então por que você trabalhou nisso a noite toda?"

"Eu consertei."

"Mas para que, diabos, você tinha de consertar, quando eu lhe disse que nunca mais vou vestir isso?"

"Mas você mesmo viu: estava rasgada em dois lugares."

Depois do noticiário das dez da noite, Ionatan costumava se agasalhar e sair para a pequena varanda a fim de fumar sozinho um último cigarro. À luz mortiça da brasa, podia ver como a chuva, uma chuva fina e pungente, era branda e ao mesmo tempo insistente e paciente. Ionatan gostava de sentir em silêncio o toque do frio em sua pele e de absorver no fundo dos pulmões o cheiro do vento noturno. E o aroma molhado que vinha da terra encharcada. A terra mesmo ele não podia ver. E assim ficou lá esperando, e não sabia o que esperava, e para quê. Tinha pena de seu irmão Amós, que ainda servia no Exército e talvez numa noite terrível como esta estivesse estendido com seus companheiros entre matacões de rocha na abertura de algum uádi na fronteira, numa espreita imóvel a inimigos infiltrados. Tinha pena do bebê que Rimona dera à luz sem vida no fim do último verão e de cujo corpo ninguém lhes dissera o que fora feito, e em algum lugar nessas trevas, em algum lugar na lama espessa havia um pequeno corpo que apenas cinco meses atrás ele sentira com sua mão estendida através de um movimento estranho nas profundezas do útero. E eis agora novamente o ladrar de cães bem longe no coração da noite, se é que não é das ruínas de Sheikh-Dahar que o vento traz esse ladrar abafado. De repente e de uma só vez, Ionatan compreendeu o que lhe acontecera: o toco de cigarro lhe escapara dos dedos sem que ele percebesse e cintilava no chão a seus pés. Os encantos do Chade, disse Ionatan em voz alta e com espanto. Inclinou-se, pegou o toco de cigarro aceso, atirou-o na chuva, inspirou profundamente ao ver a brasa apagar-se na água escura num instante, balbuciou para si mesmo Está bem, está bem, e tornou a entrar em casa.

Rimona trancou atrás dele a porta da varanda. Cerrou todas as cortinas. Postou-se entre o sofá e a estante como uma boneca mecânica cuja corda acabou. E disse:

"É isso?"

E depois, num meio sorriso:

"Sim. Está bem."

Ionatan respondeu:

"Está certo. Vamos dormir."

E Rimona:

"Já."

Ele não soube se nessa palavra ela estava prometendo algo, fazendo uma pergunta ou manifestando espanto. Ou talvez concordância.

"No fim acabei não falando hoje com Shimon e não fui repassar as contas com Udi nem rever as notas de envio."

"Você não foi", disse Rimona, "não faz mal. Vai amanhã. Até amanhã talvez o tempo melhore ou a chuva pare."

Na cama de casal, enrolados separadamente em dois cobertores grossos, Rimona do lado da parede e Ionatan mais perto da janela, os dois ficaram ouvindo um programa de música de fim de noite no rádio que ficava na prateleira, na cabeceira da cama, para não ouvir a violência do temporal que aumentava lá fora. E falavam baixinho:

"Lembre-se. Quinta-feira você tem hora no dentista. Não vá esquecer."

"Sim."

"Amanhã deve começar a clarear. Já são três dias de chuva e temporal, quase sem parar."

"Sim."

"Ouça, Ioni."

"O quê?"

"Ouça como agora começou também a trovejar. E o vento está muito forte. As vidraças estão tremendo."

"Sim. Não tenha medo."

"Não estou com medo. Só que se ainda restou algum pássaro vivo, coitado dele. Já é para desligar o rádio?"

"Sim, desligue. E durma. Já são quase onze horas e amanhã eu levanto às seis e meia."

"Não estou com medo."

"Durma, Rimona. Não estamos lá fora."

"Não. Estamos dentro de casa."

"Então tente dormir agora. Estou cansado. Boa noite."

"Mas não vou conseguir adormecer. Você dorme logo e eu não."

"O que é que você tem, Rimona?"

"Tenho medo."

"Então não tenha medo. Já chega. Durma. Boa noite."

E depois ainda, no escuro, sem um movimento, sem um sussurro, os dois ficaram deitados de olhos abertos sem se tocar nem mesmo por acaso, e viam como blocos de escuridão rastejavam entre as sombras dos móveis. Ela sabia que ele não estava dormindo. Ele sabia que ela sabia. Os dois sabiam e calavam. Deitados em silêncio a esperar. Lá fora, nuvens baixas eram empurradas na direção das montanhas do leste, que lá estavam em seu repouso, agrestes, encharcadas de chuva e geladas, montanhas pertencentes só a si mesmas, e a si mesmas também estranhas.

Duas semanas depois, Thia sarou, as lesões desapareceram. Voltou a deitar e dormir junto ao fogo do aquecedor. Uma noite Ionatan se assustou quando Thia parou de respirar enquanto dormia e por um momento pensou que ela deixara de viver. Mas foi um temor vão. E Ionatan decidiu: amanhã à noite.

2.

Na mesma noite, chegou a nosso kibutz um jovem desconhecido. Ele veio a pé, sozinho, do cruzamento da estrada principal. Uma distância de seis quilômetros. O visitante entrou no terreno do kibutz por um caminho lateral, da direção do estábulo e dos depósitos, pela estrada dos tratores, coberta de lama. E como chegou ao anoitecer, quando não há ninguém do lado de fora, teve de chafurdar bastante e atravessar um bom pedaço até dar com alguém. Ao chegar, só foi recebido por pesados aromas: o bafo meio azedo dos galinheiros, o fedor dos redis de ovelhas, a podridão de forragem bolorenta, o esterco fedido das vacas que se encharcou de água estagnada e de onde brotou o musgo, a fetidez do esgoto entupido junto ao estábulo, a fermentação azeda de cascas de laranja mofadas no silo.

O primeiro a deparar com o visitante foi Eitan R. Ele estava a caminho de sua tarefa de distribuir forragem verde nas manjedouras do estábulo.

À luz penumbrosa que esmaecia, Eitan percebeu de repente algo inusitado, um movimento de avanço, penetração, rumor de pisadas no emaranhado de arbustos atrás do depósito de fertilizantes. De novo um bezerro fugiu do cercado, pensou com irritação, porque o ferrolho se desprendeu novamente, e novamente Stutchnik esqueceu de consertar e eu esqueci de amarrar com arame. Mas desta vez, para variar, nem me passa pela cabeça começar a cuidar disso, eu vou, neste minuto, com o maior prazer, é arrancar o Stutchnik da casa de cultura, em plena reunião do grupo de estudos sobre o pensamento de Israel, e que ele me faça o favor de vir aqui com sua roupa de depois do banho para comer o que ele mesmo cozinhou. Não me importa. É o segundo bezerro que foge esta semana e eu por princípio vou arrancar o caro Stutchnik de lá, para que ele não fique sempre falando como os outros não são legais e como os jovens se corrompem com tanta fartura. Mas não é bezerro nenhum, é um cara perambulando por aqui, e já estou vendo que vão começar os problemas.

Dentro dos arbustos, o jovem desconhecido arremetia e desvencilhava, primeiro sua cabeça desorientada, depois ombros e mãos empurrando a folhagem molhada, a se arrancar dali, resfolegando, até finalmente sair vestido com calças de veludo cotelê e uma espécie de paletó curto e claro. Logo se pôs a correr, rápido — ou talvez, ao contrário, tentando absorver o impulso de sua arremetida de dentro dos intricados arbustos —, e por um momento Eitan ficou tentado a detê-lo pondo um pé na frente e se atracando com ele. Mas o visitante parou e ficou de pé diante dele, ensopado e tremendo, e via-se que percorrera um longo caminho na chuva antes de ter se perdido no emaranhado de arbustos. A água que encharcava seu cabelo descoberto e escorria por suas faces fazia-o parecer uma criatura infeliz. Eitan viu que ele levava a tiracolo um magro, quase vazio embornal militar, e na mão um violão dentro de um grande estojo.

Eitan avaliou o visitante com um olhar suspicaz. Um jovem magro, de ombros estreitos e caídos, passível de ser derrubado com um empurrãozinho médio, tão pouco firme era sua postura. E com isso a preocupação cedeu lugar a uma certa impaciência. Eitan R. era um rapaz robusto e cabeludo, louro, com um nariz infantilmente arrebitado e uma mandíbula de perfil poderoso. Ele afastou bem as pernas, calçadas com pesados sapatos de trabalho, olhou, viu e disse:

"Boa noite?"

Pronunciou essas palavras num tom de pergunta e não como uma saudação, porque o jovem estranho lhe parecia estranho demais.

O visitante sorriu de repente um sorriso exagerado e também de repente parou de sorrir, respondeu com um boa-noite assustado, com isso revelando um sotaque um pouco diferente do nosso, e perguntou onde poderia encontrar o chefe do kibutz.

Eitan R. não se apressou em responder, meditava um pouco sobre a pergunta, ainda se divertindo com a ideia de aparecer na casa de cultura e escandalosamente arrancar Stutchnik da reunião do grupo de estudos sobre o pensamento de Israel, mas reprimiu essa tentação e declarou calmamente, com sua voz lenta:

"Você está se referindo ao secretário. Nosso secretário está doente."

"Claro", disse pressurosamente o visitante, como se de antemão devesse saber o que todo bebê sabe, que os secretários de todos os kibutzim são, por natureza, homens doentes. Lamentava ter se dado tão mal ao fazer uma pergunta tão vexaminosa, mas assim mesmo, quem sabe, talvez ainda houvesse restado uma brecha para um pequeno regateio: "Claro", disse, "eu entendo muito bem, e estimo, naturalmente, seu total restabelecimento, mas no kibutz existe uma divisão de responsabilidades, vocês devem ter um vice ou algum responsável de plantão".

Eitan, divertido, olhou de novo para o visitante e devagarinho balançou sua pesada cabeça de cima para baixo, várias e várias vezes. E ia quase sorrir, bonachão, se não vislumbrasse num relance, à luz da pálida lâmpada em frente ao barracão de lata, o olhar do jovem visitante; era um olhar verde e penetrante, tão perto da alegria quanto do desespero, e em volta dos olhos se agitava um pisca-pisca nervoso. Em toda a figura do rapaz se percebia algo intranquilo, atemorizado, tenso e também humilhado, uma espécie de submissão insidiosa.

Eitan R. parou de se divertir. O homem que estava à sua frente não lhe inspirava confiança. Por isso Eitan evitou sorrir e usou sua voz militar, rude:

"Bem. Em que posso ajudá-lo."

E dessa vez não houve entonação de pergunta na frase.

O rapaz desconhecido não se apressou em responder. Como se num átimo tivesse percebido e adotado a tática de superioridade de Eitan: segurar a resposta por alguns segundos.

Ele hesitou, passou o estojo do violão da mão direita para a esquerda e no mesmo instante tomou uma decisão: estendeu à frente a mão direita, que ficara livre, e disse:

"Shalom. Muito prazer. Meu nome é Azaria Guitlin. Eu... eu estou interessado em ficar aqui. Quer dizer, morar com vocês. Só no kibutz ainda existe justiça. Em nenhum outro lugar você hoje encontra justiça. Eu gostaria de viver aqui."

Assim, Eitan foi assim obrigado a estender a mão e a tocar a ponta dos dedos da mão que lhe era oferecida. Aquilo lhe era muito estranho. Trocar um aperto de mão entre os arbustos atrás do depósito de fertilizantes com aquela figura insólita.

Azaria Guitlin não parava de explicar e declarar:

"Veja, *chaver*, não me interprete mal logo de início. Eu não sou, de maneira alguma, um desses que vêm para o kibutz por causa de tudo quanto é motivo particular, à procura de ninguém-sabe-o-quê. No kibutz as pessoas ainda mantêm uma ligação, enquanto no mundo inteiro agora só se vê ódio, inveja e grosseria. Por isso vim para cá com a intenção de me juntar a vocês e mudar a minha vida para melhor. Para mim, criar uma ligação interior com o próximo significa criar uma ligação com a própria alma. Por favor, eu gostaria de falar com o encarregado.

Acento estrangeiro. Eitan não conseguiu identificar o sotaque, e impacientou-se. O lugar em que estavam era afastado da parte residencial do kibutz. A trinta metros dali, ficava a cerca, e entre os arames farpados enferrujados brilhava a luz fraca de um lampião. O caminho de concreto submergira sob uma camada pegajosa de lama. Cada pisada fazia emergir da lama sons chapinhantes e borbulhantes, como gordos carnegões de abscesso purulento. Certa vez Eitan R. ouvira de Stutchnik a história de um estudante que vivera no kibutz trinta anos antes e correra para cá num acesso de fúria atirando com sua pistola em quem tentasse se aproximar dele. Um vento soprava. O ar também estava úmido. No aclive da colina, a grama castigada pela geada ainda não escurecera de todo. As árvores decorativas lá estavam órfãs, em sua desfolha. À última luz do crepúsculo, parecia que as casas próximas não estavam próximas, mas afastadas daqui e afastadas uma da outra. Um vapor rasteiro pairava entre as casas. De baixo, das poças d'água, subia outro vapor. De longe ouviu-se o riso de uma menina. Depois ela se calou.

O visitante devolveu o estojo do violão da mão esquerda para a direita. Um cheiro de suor, leite azedo e esterco se desprendeu das roupas de trabalho de Eitan R. quando ele se inclinou e tentou em vão decifrar o que mostravam os ponteiros de seu relógio.

"Certo", disse Eitan, "está bem."

"Está bem? Posso ficar aqui com vocês? Amanhã já posso começar a trabalhar, qualquer trabalho. Também tenho documentos, e uma carta, e eu..."

"Veja", disse Eitan R., "espere um pouco. Olhe, vá direto por este caminho até chegar à padaria. Na padaria está escrito 'Padaria', e com isso você vai saber que chegou à padaria. Atrás da padaria tem uma pequena bifurcação. Você vai pegar a esquerda e seguir os ciprestes. No fim da alameda de ciprestes você verá duas casas. Até aqui está claro?"

"Até aqui está ótimo."

"Espere um pouco. Não corra. Ainda não acabei. Quando chegar às duas casas, passe no meio, entre as duas. Aí vai aparecer uma casa comprida, sobre colunelas: quatro varandas. Atrás de você tem outra casa, também sobre colunelas, também com quatro varandas. Bata na penúltima porta, é lá que mora Iulek, o secretário. Você tem de falar com Iulek. Ele é o chefe do kibutz que você, pelo visto, está procurando.

"E ele é o *chaver* que você disse estar muito doente?"

"Doente assim, assim. Vai sarar assim que vir você. É lá que você deve falar e é lá que vão falar com você e dizer o que deve fazer."

"Peço muitas desculpas por ter chegado numa hora destas, como dizer... uma hora imprópria. Na verdade eu pretendia vir no ônibus das duas e meia, mas tive um problema pessoal, me atrasei e tentei vir no das quatro, e de novo me complicaram com uma tarefa delicada, e de novo me atrasei. Como no provérbio da raposa confusa, talvez você o conheça e se conhece não tenha medo de me interromper, da raposa confusa que perguntou e inquiriu até que a avoada na trampa caiu. E assim finalmente cheguei ao ônibus errado, do qual desci no cruzamento, e vim andando a pé, e por sorte num tempo como este não há terroristas infiltrados andando por aí, e cheguei são e salvo. Desculpe, você por acaso está com pressa? Estou prendendo você?"

"Não faz mal, acontece", disse Eitan secamente. "O principal, você se lembra? Repito: padaria. Esquerda. Ciprestes. Duas casas. Uma casa comprida. Penúltima porta. Lá você fala como quiser, e lá vão falar com você. Tem certeza de que não vai errar o caminho?"

"Deus me livre", respondeu Azaria, pálido de susto. Como se lhe tivessem perguntado se se podia confiar nele, se não se aproveitaria da escuridão para roubar algo. "No Exército, fui cogitado para a *Saieret*, uma das unidades de elite para um curso especial de reconhecimento. Tive muito prazer em conhecê-lo. Como se diz, rostos sorridentes não se esquecem. Meu nome é Azaria. Você... permite que eu lhe agradeça?"

* * *

Eitan R. virou-se e dirigiu-se a seu trabalho no estábulo. Deu de ombros duas vezes: perguntava a si mesmo se havia realmente um violão naquele grande estojo. E respondeu a si mesmo que a Terra de Israel fervilhava de tudo quanto é tipo de gente, e que dentro do estojo poderia haver um violão e também outra coisa muito diferente. Vai saber. Eitan sentiu uma ligeira inquietude, talvez porque o estranho lhe parecera inquieto. A negligência de Stutchnik também o irritava: só sabem falar. Para se esconder, pensou Eitan, não há lugar melhor do que um kibutz, porque entre nós tudo é aberto, ninguém se dá ao trabalho de verificar, e ninguém faz perguntas. Em nenhum lugar pode-se encontrar hoje justiça, só no kibutz ainda resta um pouco de justiça. Criatura estranha, esse tipo. Já temos o Bolonezzi tricotando malhas, que venha também esse aí, em busca da justiça. Um brinde a isso!

Por via das dúvidas, decidiu Eitan, melhor perguntar por aí, após a ordenha da noite e após o banho. Ou talvez fosse melhor acompanhá-lo até a porta de Iulek, para não haver confusão. Vai saber.

Mas depois, quando terminou de distribuir a carroça de forragem verde pelas manjedouras e começou a montar as mangueiras da máquina de ordenhar, quando o velho rádio sobre um caixote coberto de teias de aranha num canto do estábulo começou a berrar em plena voz o noticiário das seis, Eitan esqueceu esse Azaria não sei de quê. E não se lembrou dele até o meio-dia do dia seguinte.

Enquanto isso esvaiu-se o que restava da luz. Nos chãos desertos escureciam os tapetes da desfolha. O vento sussurrava com as folhas mortas. Pairava no ar um cheiro de podridão úmida junto com um cheiro de águas paradas. E fazia frio. Ao longo de todo o caminho coberto de lama, os lampiões distribuíam sua luz não luz, que mais parecia uma matéria amarela doentia. Nas janelas das casas também brilhavam luzes elétricas. Quem olhasse de fora para dentro veria apenas uma cortina a balançar, ou o vulto passageiro de alguém, pois as vidraças estavam cobertas de vapor. Ele ouviu o grito de uma criança, ouviu sons e vozes de riso e de admoestação, e as músicas de rádio que por vezes se esgueiravam para fora. Como por feitiço, essas alegres melodias se transformavam ao atravessar janelas e paredes: aqui fora, na chuva, sucumbiam a um sentimento de solidão. E eis que em meio a essa tristeza e a essa geada, em plena escuridão, que ainda não era a escuridão noturna, mas a escuridão cinzenta do fim do pôr do sol hibernal por trás das nuvens, no coração dessa melancolia gelada, ele podia adivinhar, imaginar como atrás de cada parede e do outro lado das vidraças embaçadas desenrolavam-se vidas de verdade, calorosas, onde muitas famílias riam alegres; podia evocar esteiras estendidas no chão, e sobre elas os brinquedos dos bebês, e o cheiro de crianças banhadas, e a música, e os aquecedores a querosene com suas chamas azuis, e as mulheres em roupões de lã, lá dentro transcorrendo vidas verdadeiras, lentas, que iguais a elas não conhecera em toda a vida e que no âmago de sua alma ansiava por tocar e ser por elas tocado, e delas participar, e não ser mais um rapaz estranho e cheio de dúvidas aí fora, na escuridão, mas num instante, num sussurro mágico tornar-se logo um *chaver* e habitante e membro e irmão que também será estimado por eles até não restar nenhuma barreira e não se sentir diferença alguma entre ele e todos os outros.

Como se infiltrar ou penetrar num só impulso lá dentro, entre os cheiros de dentro de casa, por entre as palavras que lá são ditas não para ele, para os tapetes e esteiras de palha e para as músicas e para os cochichos e os risos e para o lado correto das cortinas cerradas numa noite de inverno e para o contato da lã quente e o cheiro de café mulher biscoitos cabelo molhado tratado a xampu delicado o farfalhar das folhas de jornal o tilintar da louça lavada na pia o roçar de alvos lençóis estendidos a quatro mãos nas amplas e macias camas de casal no quarto à luz do abajur e ao som da chuva que tamborila lá fora sobre as persianas cerradas junto ao fogo murmurante do aquecedor.

Num declive do caminho, ele viu três homens idosos do lado de fora, como se tivessem saído para tomar ar entre uma chuva e outra, os três escorados em suas bengalas e inclinados um para o outro, trocando segredos ou se juntando por causa do frio. Mas quando se aproximou do lugar, viu que eram só três arbustos molhados a estremecer no vento; pois o vento recrudescera muito e o frio tornara-se úmido e penetrante.

No refeitório, na encosta da colina, além da alameda de eucaliptos, já se preparavam as mesas para o jantar. Um homem pequeno saiu correndo de lá e gritou: Volte, muchacho, volte, telefone para você. Não vá embora. E uma voz respondeu de um lugar escuro: Não estou te ouvindo.

Atrás de todas as janelas fechadas, a música do rádio parou subitamente e irrompeu a voz profunda do locutor do noticiário. Com certeza teria uma notícia impactante para dar: sua voz soava grave e decidida, patriótica, mas as palavras foram levadas pelo vento que voltara a soprar. As copas das árvores altas escureciam cada vez mais sobre a cabeça do estranho e molhado rapaz. Ele tentava com todo o empenho não esquecer a orientação que recebera de Eitan R. não se enganar e não incomodar ninguém. A padaria e a alameda de ciprestes realmente estavam lá, mas as casas compridas o confundiram e não eram duas, e sim cinco ou seis. Uma em frente à outra, uma atrás da outra, como cruzadores iluminados num ancoradouro escuro e nevoento, o próprio caminho se interrompeu de repente ou sumiu e o caminhante começou a chapinhar nos canteiros até que um galho baixo o atingiu com força no rosto e aspergiu sobre ele água, como se fossem finíssimos alfinetes. Esse vexame deixou-o possesso de ira e de vergonha, e ele precipitou-se, subiu os degraus de uma das varandas e lá ficou tremendo por um longo tempo. Depois se refez e bateu de leve na porta.

Do lado de fora, do lado escuro da porta da casa em que morava o secretário do kibutz, podia-se finalmente ouvir o que dizia o locutor do noticiário no rádio: reagindo aos últimos acontecimentos, o porta-voz do Exército de Israel dissera havia pouco que nossas forças estão preparadas para enfrentar qualquer situação que venha a se desenvolver. Foram tomadas medidas necessárias em âmbito restrito. Israel continua favorável à redução da tensão pela via pacífica. O primeiro-ministro e ministro da Defesa interrompeu suas férias nesta noite, e neste momento realiza em seu gabinete na Kiriá uma série de consultas com diversos quadros das áreas política e da defesa. Entre outras medidas, pediu-se aos embaixadores das quatro potências...

Azaria Guitlin esforçou-se ao máximo para raspar a camada de lama que havia grudado nas solas do sapato. Por fim desistiu e descalçou os dois pés, ficando de meias molhadas; bateu de novo educadamente à porta, e depois de uma breve espera bateu pela terceira vez. Por causa do rádio, pensou, podem não ouvir. Ele ainda não sabia que Iulek era um pouco surdo.

O que se seguiu causou constrangimento e um ligeiro susto: Iulek, de pijama e envolto num roupão de lã azul-escuro, abriu a porta para levar à varanda uma bandeja com os restos do jantar que, por estar doente, lhe fora trazido do refeitório. Ele abriu a porta e de repente deu de cara com uma figura magra, molhada e assustada, bem diante dele, de meias, no escuro. E um par de olhos perplexos brilhando e se agitando. Iulek se assustou, deixou escapar baixinho uma exclamação e logo um risinho. Disse: "Srulik?".

Azaria Guitlin, confuso, pingando, os dentes batendo de frio, mas por dentro da roupa ensopado de suor, conseguiu sussurrar:

"Perdão, *chaver*, não sou Srulik. Eu só..."

Mas Iulek não pôde ouvir esse sussurro desalentado, abafado pela música que irrompeu no mesmo instante no rádio ligado atrás dele, dentro do quarto. Estendeu o braço à frente, na escuridão, abraçou o visitante pelos ombros, puxou-o para dentro e começou a despejar alegremente:

"Entre, entre, Srulik, não fique aí nesse frio, só me falta você também ficar doente agora..."

Então ergueu os olhos e olhou, e havia um estranho à sua frente.

Ele apressou-se em tirar o braço daqueles ombros magros, balbuciou "O que está havendo aqui?", conteve-se e disse com sua voz mais positiva e simpática:

"Ah, por favor me desculpe. E entre assim mesmo. Sim. Eu me enganei e confundi você com outra pessoa. Você... quer dizer... está procurando por mim?"

E, sem esperar pela resposta, acrescentou com firmeza, acenando também com um gesto de autoridade:

"Sente-se, por favor, aqui."

Fazia dez dias que Iulek estava doente; todo inverno ele sofria de dores nas costas, e a elas se havia juntado agora uma gripe insistente e aborrecida. E como qualquer sintoma lhe causava grande desconfiança, estava deprimido também. Era um homem corpulento, compacto, peludo até nas orelhas, o rosto sulcado de rugas e acinzentado, lábios de traçado agressivo. Acima dos lábios, erguia-se um grande e abundante nariz, quase indecente, um nariz que emprestava ao rosto de Iulek um semblante grotesco e cúpido como o do judeu cheio de luxúria de uma caricatura antissemita. Mesmo quando Iulek se abstraía de questões práticas, mesmo quando recordava suas vivên-

49

cias juvenis, ou quando pensava na morte ou em seu filho primogênito cada vez mais se fechando para ele, mesmo então seu rosto não exprimia tristeza nem espiritualidade, mas uma mescla de paixão com a sabedoria contida e paciente de quem espreita com calma a chegada da hora dos prazeres. Frequentemente, sem que tivesse intenção, tênues e rápidos sorrisos passavam sorrateiros por seus lábios, como se naquele momento tivesse percebido alguma intenção vergonhosa que seu interlocutor, em sua vileza, procurava ocultar de seu olhar penetrante. Costumava falar muito e tinha a língua afiada, fazia discursos nas assembleias, nas reuniões, nos congressos e nos debates. Sabia combinar palavras de maneira agradável e vigorosa. Às vezes preferia envolver o núcleo de suas ideias numa retórica ou num paradoxo, às vezes recorria a fábulas ou provérbios. Durante seis anos representara seu movimento no Parlamento, e por seis meses fora ministro em um dos governos de Ben-Gurion. Entre seus companheiros de partido e de movimento, era tido como um homem inteligente e arguto, perspicaz. Um homem forte, diziam dele, cauteloso e afiado, e além disso exemplarmente honesto e íntegro, e dedicado de corpo e alma ao ideal. Sempre valerá a pena viajar até o kibutz Granot, diziam, para ouvir Iulek durante uma ou duas horas antes de tomar uma decisão.

Azaria Guitlin disse:

"Perdão, eu... vou molhar tudo, está chovendo."

Iulek disse:

"Eu lhe pedi que se sentasse. Sente-se, por favor. Por que está de pé? Você, se é que não estou enganado, bateu à porta algumas vezes sem receber resposta, não foi? Ah, foi o que pensei. Sente-se de uma vez, rapaz. Por que continua de pé? Sente-se. Não aí, sente-se aqui, junto do aquecedor. Parece que você está completamente molhado. Chove muito lá fora."

Azaria Guitlin depositou o estojo do violão ao lado da cadeira que Iulek lhe indicara e sentou-se educadamente, as costas eretas, sem se apoiar no encosto para não parecer mal-educado. De repente lembrou-se, estremeceu todo, deu um pulo, baixou do ombro o embornal e pousou com enorme delicadeza sobre o estojo do violão: como se houvesse algo frágil e quebradiço no embornal ou no estojo, ou em ambos. Voltou a sentar-se na cadeira, o mais perto que pôde da beirada, riu ao ver a pequena poça d'água que se formara no chão a seus pés e começou a falar:

"Perdoe-me, por favor, mas o senhor é o *chaver* Iulek? Posso roubar agora do senhor, como se diz, alguns minutos? Não estou perturbando?"

Iulek não se apressou em responder a todas aquelas perguntas. Com brandura e atenção, apoiou suas costas doloridas no aconchego da poltrona estofada; estendeu as pernas e muito lentamente as apoiou na banqueta baixa diante da poltrona; abotoou em cima o paletó do pijama. Depois levou a mão ao maço de cigarros que estava na mesinha de café à sua direita, tirou um cigarro, lançou-lhe um olhar esperto, como que recusando-se a se deixar levar, e com uma espécie de ligeira piscadela o depositou sobre o maço sem acendê-lo. Só então, após todos esses preparativos, curvou-se um pouco, apontou bem sua orelha esquerda para o visitante e disse:

"Sim."

"Eu realmente não o estou incomodando? Posso começar, como se diz, com os finalmentes?"

"Por favor."

"Então, antes de mais nada peço desculpas por aparecer assim de repente, por essa minha explosão, eu diria. Embora seja sabido e notório que nos kibutzim as formalidades foram abolidas, e com razão, mesmo assim é preciso pedir desculpas. Eu vim a pé."

"Sim", disse Iulek.

"Vim a pé desde o cruzamento, e por sorte, numa noite como esta, nem terroristas infiltrados andam chapinhando por aí."

"Sim, sim", disse Iulek. "Então você é o rapaz da encaixotadora regional. Foi Kirsh quem o mandou me procurar."

"Não exatamente. Eu só..."

"Ahn?"

"Eu... isto é, sou outra pessoa; eu vim tratar da minha adesão e..."

"O quê, você não é o ajudante de Kırsh?"

Azaria Guitlin baixou os olhos: culpado, desmoralizado, mais rasteiro que o capim.

"Entendo", disse Iulek, "você então, é outra pessoa. Me desculpe."

Houve um breve silêncio. Iulek examinou a figura molhada e tristonha à sua frente, de meias e pingando água como suor num dia quente de verão.

Viu dedos sensíveis, finos como os de uma moça. Viu ombros caídos, um rosto comprido de fisionomia inquieta, olhos verdes nos quais se vislumbrava o medo ou o desespero. Iulek voltou a pegar seu cigarro, revolveu-o e cautelosamente o endireitou, começou a apalpá-lo e amaciá-lo com delicadeza entre os dedos, empurrando com a mão livre o maço em direção ao visitante.

Azaria Guitlin pegou um cigarro, pôs na boca, agradeceu muito, emocionado, e logo voltou a agradecer pelo fósforo aceso que lhe foi oferecido. E começou a falar com fluência e rapidez, engolindo finais de palavras, desistindo no meio de uma frase e logo se complicando em outra, ajudando com as mãos que gesticulavam sem parar, não ousando interromper nem para uma tragada do cigarro; é um rapaz de Tel Aviv, socialista por convicção, sociável, organizado e diligente. Seu nome, se ainda não disse, é Azaria Guitlin. E há algumas semanas — três, três semanas e um quarto —, isto é, há mais ou menos vinte e três dias, deu baixa do Exército. Sim. Quer dizer, terminou em paz seu serviço militar. Portanto, ele tem o documento de liberação do Exército. Por escrito. Não, ele nunca estivera num kibutz. Nem de visita, a não ser uma vez em que ficou por acaso durante duas horas no kibutz Beit Alfa. Mas o que são duas horas? Um gato não passa esse tempo na água, como se diz. Teve também um bom amigo no Exército, um jovem do kibutz Guinogar, que uma vez tentou se suicidar no almoxarifado durante a festa de Purim, e ele, Azaria, salvara sua vida no último momento. Aliás, isso não era o principal: tudo isso eram detalhes secundários, como se diz. O principal é que ele se interessou muito pela história do movimento kibutziano, ouviu, conversou e até leu bastante, por exemplo, artigos, debates, até romances, e obviamente a publicação *Face ao futuro*, do *chaver* Lifschitz, de modo que ele não lhe é de todo estranho, e ele tem noção de quem é que lhe está concedendo essa honra. Realmente não estava incomodando? Porque ele tinha aversão a todos esses que fazem peregrinações às casas dos famosos e roubam seu tempo. Não ele, que tem um objetivo conceitual e concreto em sua visita: a vida na grande cidade, a solidão, a competição cruel, o materialismo e a hipocrisia, e o homem sendo — como se diz — um lobo para com o próximo. Na Rússia existe um provérbio muito conhecido: um rapaz e uma ovelha na floresta não são parelha. Tudo isso com certeza o *chaver* Iulek sabe muito bem, não preciso estender o discurso. O que é cada homem, afinal? Uma estrela longínqua na extremidade do céu, uma folha que cai na desfolha, um grão de areia nos areais movediços. Família? Não, ele não tem família, ou seja, nem irmãos nem irmãs e por enquanto tampouco mulher e filhos. Como, se nem teve tempo de tê-los? Só alguns parentes distantes, refugiados, que ele até... não. Decididamente não. São pessoas das quais é melhor nem falar. Nem bem nem mal, como se diz. A linha reta é a mais curta, e palavras demais sempre estragam. E agora direto ao assunto: ele quer ser recebido aqui, no kibutz Granot. Estabelecer-se. Criar, como se diz, raízes no solo. Quer participar do projeto kibutziano. Aliás, já no dia seguinte ao de sua baixa do Exército, há pouco mais de três semanas, se inscrevera como membro do partido. Sim, ideias ele tem, e também leu muito e até chegou a escrever alguma coisa. Nada importante. Poemas. Sim, e um pouco de prosa, e alguns escritos teóricos. Não, não tentou publicar. Em primeiro lugar, os tempos estão difíceis, e não há quem lhes dê atenção. A juventude vive uma crise profunda. Em segundo lugar, por uma questão de princípio: primeiro ele mesmo deve realizar suas ideias, e só depois disso divulgá-las. Essa é a ordenação moralmente correta. E por que exatamente aqui, no kibutz Granot? Essa, *chaver* Iulek, é uma pergunta difícil mas certeira. Ele não tem uma resposta honesta e simples para essa pergunta. De modo geral, as respostas específicas, tais como... a liberdade de escolha etc..., como é sabido, os maiores filósofos viam isso de um jeito e de outro, como se diz. E em russo costuma-se dizer: o carroceiro força à frente e faz, o destino vem e empurra para trás. Não é uma tradução exata, mas pelo menos a rima ele conseguiu salvar. Ele lera uma vez numa revista sobre a resistência heroica do kibutz Granot nos incidentes de 1925. E então, anteontem, já de madrugada, estava sentado à mesa tomando café e, de olhos fechados, passou o dedo pela lista de todos os kibutzim de Israel. Quando o dedo parou, ele se levantou e decidiu: aqui. O destino opta e o cavalo galopa. Espinosa, por exemplo, já há mil anos, escreveu com grande sabedoria que os homens vêm ao mundo sem o conhecimento das causas das coisas. Mas em todos eles, desde o nascimento, está incutido o instinto de buscar o que é melhor para eles. E assim nesta noite ele chegara exatamente aqui, no kibutz Granot. De fato, lamenta causar esse incômodo. Tivera a intenção de chegar muito mais cedo. Mas no guichê de informações da estação rodoviária deram-lhe uma informação errada. O *chaver* Iulek, tão experiente tanto na ideologia quanto na política prática, com certeza também já deparou com todo tipo de circunstâncias aparentemente casuais, mas que a um olhar filosófico se revelam inevitáveis. Essa também é uma ideia de Espinosa. Deveria se desculpar por estar utilizando argumentos justamente de um filósofo que fora banido da coletividade judaica? Mas perdoe-me, por favor, *chaver* Iulek, por lhe dizer com franqueza que a excomunhão de Espinosa foi de uma injustiça revoltante, como se diz, ao passo que o kibutz, como é sabido, foi criado com a intenção de pôr fim à injustiça, onde quer que ela esteja. Profissão? Não. Bem, era preciso reconhecer que ele não tinha uma profissão determinada. E quando teria tido tempo para isso? Fazia só vinte e três dias que dera baixa do Exército. Teria muita, muita satisfação em aprender aqui uma profissão agrícola. Ser um fazendeiro ou viticultor, ser útil à comunidade; mesmo um relógio quebrado tem um minuto aprazado. Profissão no Exército? Bem, ele era um sargento técnico. Especialista em blindados sobre esteiras. Para ser bem preciso e honesto, não um sargento de verdade, mas um sargento funcional. Não importa. Aliás, não fazia qualquer exigência: moradia, cama e o pão de cada dia, como se diz. E talvez também algum dinheiro de bolso, como é costume nos kibutzim. Não, não tem conhecidos aqui, com exceção de um rapaz maravilhoso que o havia encontrado na entrada do kibutz e lhe indicara pacientemente o caminho para a casa de Iulek. Não se lembra do nome agora. Pensando bem, ele não lhe disse o nome. Claro, claro, ele sabe muito bem que o kibutz não é um acampamento de verão. Na verdade, nunca estivera num acampamento de verão. Mas um golpe de martelo, assim se diz, o vidro vai quebrar e ao aço se curvar. Que se lhe permita então dizer, aberta e sinceramente, que está muito, muito acostumado a condições cruéis de vida e até a trabalhos extenuantes. Só agora terminara seu serviço no Exército. E quando era bebê vivera sob o tacão de Hitler na Europa. Trabalho nenhum, assim pensava, seria difícil num lugar em que todos se dedicam a suas tarefas movidos pela fraternidade, pela alegria e pela liberdade, o que era — a seu ver — a essência da ideia do kibutz. Em resumo, ele aceitaria de bom grado qualquer trabalho. Não era seletivo e exigente, não era mimado, pelo contrário; dele se poderia dizer que era sólido e consistente. Durante a guerra, Stálin dissera ao povo russo com a maior simplicidade: Estende a mão e comerás o pão. *Podjaluista*. Sim, *chaver* Iulek, sim, claro que sei que no início há um tempo de experiência. O serviço militar também começa sempre numa base de recrutas. Sei, um exemplo que não tem nada a ver faz a boca arder, como se diz. Desculpe, sinto muito, sem querer espalhei um pouco de terra no assoalho. Já vou juntar tudo. Não, por favor, *chaver* Iulek, fui eu que sujei, sou eu que tenho a obrigação de limpar. E também de enxugar toda essa água que eu trouxe na minha roupa molhada. Perdão, você talvez esteja com pressa? Sei que me alonguei muito, e é melhor que eu me cale a partir de agora, pois todo esse meu palavreado pode causar uma impressão errada de mim, pois por temperamento sou uma pessoa calada e um pouco voltada para dentro. Você, *chaver* Iulek, tem todo o direito, é claro, de me mandar embora. Há mil anos Espinosa escreveu, de acordo com a tradução de Klatzkin, que só com generosidade e amor pode-se conquistar o próximo. E agora a chuva lá fora parou completamente. Você sugere que eu saia daqui agora e tente a sorte, como se diz, em outro kibutz?

Iulek se mexia de quando em quando em sua poltrona. Tentava encontrar a posição mais confortável possível para aliviar suas costas doloridas. Gentil e pacientemente, ouviu todas as palavras do visitante, mantendo no rosto uma expressão de contida esperteza, só interrompendo o discurso aqui e acolá com perguntas breves e muito ponderadas: profissão, família, conhecidos.

Quando tinha dificuldade em assimilar aquela torrente entusiasmada de palavras, Iulek projetava com força a cabeça para a frente em diagonal, espichava a orelha e dizia em voz alta:

"Ahn?"

Ante o que o visitante se apressava em repetir as palavras anteriores ou em reorganizá-las em um novo turbilhão. Iulek acenava afirmativamente com a cabeça a cada moto ou provérbio, e por seus lábios perpassava por vezes um de seus sorrisos dissimulados. Iulek chegava sem parar a uma série de conclusões, às quais, ao cabo de alguns minutos, acrescentava novas. Entre outras, resolveu consigo mesmo e sem dúvida alguma que aquele rapaz certamente era míope, e a pergunta era se escondia essa deficiência de todo mundo ou só guardara os óculos quando veio para cá. De forma alguma, decidiu Iulek, deve-se deixá-lo portar uma arma. Mesmo assim, como sempre fazia, Iulek precaveu-se de não fazer generalizações apressadas quanto a esse material humano que vinha, nesses nossos tempos, bater à porta do movimento kibutziano: cada caso é um caso e cada pessoa é um mundo inteiro. Afinal, esse musicante lhe parecera simpático e divertido, totalmente diferente desses hunos, escotos e tártaros corpulentos, gagos, tapados, esses que crescem aqui entre nós e parecem mesmo camponeses, descendentes de gerações de camponeses, até que de repente eles vêm a você e solicitam uma verba do kibutz para que possam dar o fora daqui e se afundar naquilo a que dão o nome feio de autorrealização. Este tipo, pelo menos, está tentando com unhas e dentes entrar, e se parece um pouco com aqueles sofredores que chegaram aqui vindo de aldeias longínquas e criaram tudo do nada, apesar do vento *chamsin* e da malária. É muito difícil saber o que ele é, pensou Iulek, mas de qualquer maneira acho que não é um facínora.

Quando o rapaz por fim se calou, depois de perguntar se deveria ir logo embora e tentar a sorte em outro kibutz, Iulek disse calorosamente:

"Então. Está bem."

O rosto do visitante iluminou-se e ele soltou uma risada com certo exagero:

"Você... o quê. Eu convenci você?"

"Um momento", disse Iulek. "Antes de mais nada você agora vai tomar uma xícara de chá bem quente. Depois continuaremos a conversa."

"Obrigado, ahn..."

"Ahn?"

"Obrigado, eu disse obrigado."

"Obrigado sim? Obrigado não?"

"Agora não. Obrigado. Não."

"Não vai tomar chá", disse Iulek admirado e desapontado. "Pena, mas como queira. Não importa. Aqui ninguém vai lhe dar de beber à força."

"Obrigado", disse Azaria Guitlin.

"Embora seja bom eu esclarecer logo, para não deixar nenhum mal-entendido, que sem uma xícara de chá quente você não vai sair daqui, e se não tomar agora vai ter de tomar dentro de alguns minutos, quando minha *chaverá*, Chava, chegar."

"Obrigado", balbuciou o visitante.

"E agora", prosseguiu Iulek, "agora vamos trocar de papéis um pouco: eu vou lhe explicar umas coisas e você preste atenção com paciência."

A voz de Iulek irradiava afeição e simpatia, era a inflexão que costumava usar nos debates do partido ou nas assembleias do kibutz, quando tentava aproximar dele um adversário radical e amargo, apaziguar sua ira e estabelecer com ele uma espécie de sentimento fraternal que estava acima de qualquer divergência. Azaria, por sua vez, começou a acenar afirmativamente com a cabeça e não parou enquanto a fala de Iulek prosseguiu. Chegou mais para a beira da cadeira e curvou-se, esticando o corpo para a frente, como se só naquele instante tivesse percebido a surdez de Iulek e, como por alguma lógica sonambúlica, começasse a temer que ele mesmo teria dificuldade em ouvir as palavras que lhe eram dirigidas.

Iulek explicou ao rapaz o que significava o inverno para o trabalho agrícola: a terra encharcada de água. Quase não se saía para o trabalho no campo. Os tratoristas dormiam o dia inteiro. Os que trabalhavam nos campos de cereais iam fazer cursos que os mergulhavam em judaísmo, marxismo, psicologia e poesia moderna. Até a colheita de frutas cítricas fora interrompida, tão pesada era a lama. E havia a questão do déficit de moradias: temos aqui casais jovens que estão tendo de se bastar com um quarto só, sem banheiro, até que se conclua a construção de novas unidades, que também foi interrompida por enquanto. Numa época assim, não podemos receber um novo membro: não há trabalho, não há moradia e também não há quem o ajude na adaptação. Não fosse isso, Iulek talvez recomendasse receber o jovem para um período de experiência. Aliás, Iulek não acreditava muito naquilo que aqui se chama período de experiência. Um olhar perspicaz saberá julgar uma pessoa logo ao conhecê-la. E se não o conseguir logo, é sinal de que se trata de alguém fechado e introvertido, e nesse caso nem dez anos bastariam. Claro que há exceções, sorriu Iulek com maliciosa benevolência, mas as exceções não aguentam por muito tempo a vida no kibutz. Tudo isso, é claro, nos termos genéricos de uma troca de ideias. Voltando agora à questão imediata, lamento muito dizer que não poderemos aceitar agora um novo membro. Se você tentar vir aqui no início do verão, na alta estação, época de desbaste e capina das plantações, ou no meio do verão, época de colheita e vindima, então eu, de minha parte, tentarei reexaminar as possibilidades. Talvez vaguem algumas unidades residenciais. Talvez alguns trabalhadores temporários nos deixem. E talvez até lá você encontre outro kibutz ou mude totalmente de ideia. As coisas mudam, e nós também mudamos, disse Iulek num tom democrático. E da próxima vez, se é que vai haver próxima vez, você faria bem se primeiro se dirigisse a nós por escrito. Sim. Já são sete e meia, e para mim é difícil falar muito. Gripe, e também alguma alergia. Chava, minha *chaverá*, já deve estar chegando. Ela vai levar você ao refeitório para jantar, você não sairá daqui de estômago vazio, para não jogar água fria em seu entusiasmo pela ideia kibutziana. Chava também vai botar você na van que sai daqui esta noite para a apresentação do Teatro de Câmera. E, bem, você não quer mesmo uma xícara de chá? Não? Não, por favor, sua vontade é sua honra. Ninguém aqui vai lhe dar de beber à força. Na verdade, meu jovem amigo, há pessoas cuja vontade é sua honra. E há também pessoas cuja vontade não lhes acrescenta honra alguma. Espinosa, você o carrega consigo desde a escola? Ou foi ter a ele com suas próprias forças? Por favor, você aceitaria uma pequena correção minha? Então, não são mil anos. Você disse: mil anos. Mas Espinosa morreu em Amsterdã há uns trezentos anos. É verdade, também é muito tempo. E no entanto. Ahn? A pé? Por que ir até o cruzamento a pé num tempo como este, e ainda no escuro? Mas eu já lhe disse que nossa van sairá daqui para a apresentação do Teatro de Câmera. E então? Você de alguma forma está querendo nos castigar? Não seja tolo, olhe, a chuva já vai recomeçar. Mas o quê, você não espera que nós o seguremos à força. Então, como queira: vá em paz. Se mudar de ideia, a van sairá do largo junto ao refeitório. Aliás, nossos Maimônides e Ibn-Ezra influenciaram Espinosa não menos que Aristóteles e Platão e todos os outros. Ouça, por favor, não seja assim teimoso. Vá até o refeitório, coma alguma coisa, viaje com a van e talvez possamos receber você de experiência no verão. Shalom, tudo de bom.

    Azaria Guitlin levantou-se ainda antes de Iulek terminar essas palavras. Suas meias deixaram marcas de umidade no chão do quarto. Com a mão direita, apanhou o estojo do violão, pendurou o embornal no ombro esquerdo, ainda sorrindo um sorriso forçado, um sorriso educado e tímido, mas seus olhos estavam assustados e até desesperados, como os olhos de um menino ladrão surpreendido no ato. Iulek, de sua poltrona, inclinou a cabeça e olhou de lado para ele, como se algo tivesse se esclarecido neste momento, sem dúvida alguma, e com isso se confirmasse tudo que adivinhara antecipadamente. E, como sempre, o fato de ter razão causou-lhe um grande prazer, interior, secreto, e muito agudo.

    O visitante tateou seu caminho até a porta, agarrou a maçaneta com toda a força e começou a puxar raivosamente para dentro uma porta que só abria para fora. Esse estorvo o deixou perplexo e ele murmurou algo que Iulek não conseguiu ouvir. Hesitou, pôs no chão o estojo do violão, decifrou finalmente o segredo da porta e, da extremidade da área iluminada, voltou a cabeça olhou para dentro com olhos desesperançados. E disse duas vezes: Shalom, shalom. Desculpe.

"Um momento", exclamou Iulek, "espere um momento."

O visitante virou-se, assustado, seu ombro esbarrou na porta. Um medo irrefreável apoderou-se de seus olhos verdes, como se exatamente no último instante tivesse caído numa armadilha que estava certo de já ter contornado incólume.

"Sim, senhor."

"Você disse blindados sobre esteiras?"

"Perdão?"

"O que você me falou sobre sua especialidade no Exército?"

"Nada. Eu fui apenas um sargento técnico. Tenho um certificado. Não um sargento, soldado de primeira classe com função de sargento."

"O que é mesmo um sargento técnico?"

"Para o Exército eu não volto de jeito nenhum", disse Azaria em tom desafiador, como um gatinho todo eriçado encurralado num canto sem saída, arreganhando os dentes afiados. "Para o Exército eu não volto e ninguém pode me obrigar. Dei baixa há pouco mais de três semanas."

"Devagar, meu jovem amigo, devagar, espere um pouco. Quem sabe você me conceda o grande obséquio de dizer o que faz exatamente um sargento técnico? Por acaso é também um mecânico?"

De um só golpe se reacenderam todas as luzes no rosto do visitante, como se depois do desalento o tivessem absolvido de todos os itens da acusação e tornado pública sua total inocência. Iulek, que continuava a olhar meio de lado, como sempre fazia, foi tocado por uma curiosidade não muito definida: algo lhe despertara de repente desconfiança e espanto.

Azaria Guitlin falou de um fôlego só, numa velocidade febricitante:

"Sim, *chaver* Iulek, decididamente também um mecânico, e muitas outras coisas. Armamento, municiamento, exame e controle de motores, tudo, mecânica, parte elétrica de veículos, manutenção, consertos, até balística e um pouco de metalúrgica, tudo."

"Ahn?"

"Municiamento, eu disse, prover munição e carregar com munição, e também..."

"Certo, certo, muito bem. Mas consertar máquinas — você sabe ou não sabe? Sabe? Ah. Veja, agora já é uma conversa totalmente diferente. Meu anúncio no *Iediot Achronot*, você viu ou não viu? Não? Não viu mesmo? Que seja, não precisa jurar, acredito que você não viu. Acredito em qualquer pessoa até que venha a primeira mentira. Olhe só, está havendo aqui uma coincidência de fatos muito especial. Venha. Primeiro volte aqui para dentro. O que é isso, você vai ficar em pé aí fora? Já lhe disse que estou resfriado. Entre. Feche a porta, por favor. Ótimo. Agora apareceu uma brecha, que é a seguinte: já há seis semanas estou procurando com lanterna um assalariado para nossa oficina mecânica. Sente-se. Você poderia ter dito logo o que você disse agora, em vez de me explicar a teoria de Espinosa. Não pense que me arrependo de um minuto sequer de todos os minutos que durou nossa conversa, e de qualquer maneira a culpa não é sua. Os dois rapazes que trabalhavam em nossa oficina foram embora de uma só vez e deixaram atrás de si uma terra arrasada. Um deles, Itzik, um dia se casou de repente com uma menina do kibutz Mizra e agora ele está lá desarrumando a oficina de Mizra, e tinha o Faiko, uma pessoa séria e de primeira linha que nos foi tirado à força para ir trabalhar na central nacional do movimento. Sente-se mais perto do aquecedor. Você está tremendo. É verdade que o estrago que fizeram na central do nosso movimento em um ou dois anos nem um rapaz como Faiko pode consertar: está tudo indo para o brejo. E aqui, no nosso kibutz, a oficina também pode estar indo para o brejo. Que é isso, você está doente? Resfriou-se? Você está todo molhado, como um pinto que caiu n'água. E seus olhos estão brilhando. Mas eu tenho aqui escondida uma arma milagrosa que vai matar sua doença antes mesmo que ela comece: já vamos beber os dois um cálice pequeno — um calicículo — em memória de Espinosa e em homenagem ao ideal do kibutz. Quer dizer, se você não se assustar, conhaque. Como é mesmo seu nome?"

Azaria Guitlin tornou a dizer seu nome, o sobrenome primeiro e o primeiro nome depois.

"Enquanto isso, o chá já esquentou", disse Iulek, "e não diga não, porque eu já servi. Não me aborreça. Aqui tem açúcar, aqui tem limão. E esse esquenta-por-dentro aqui você pode pôr dentro do chá ou beber em separado. No calicezinho. E agora misture, por favor. Você tem aí sua carteira de identidade? E a caderneta de baixa do Exército? Não precisa pular, rapaz, não pedi para examinar agora seus documentos. Só perguntei se estão com você. Beba! O chá está esfriando e o conhaque perdendo o aroma. Meu quarto não é uma delegacia de polícia. Amanhã, no escritório, vão examinar seus documentos e anotar tudo que precisa ser anotado. Não, o kibutz não distribui carteirinhas de sócio. E olhe a Chava chegando. Chava, quero lhe apresentar, este é Azaria Guitlin. Um voluntário caído do céu, que talvez possa resolver a situação da oficina. E eu, de tão esperto, quase jogo ele escada abaixo. Chava, por favor dê-lhe um par de meias lá da gaveta, está todo molhado e daqui a pouco vai ficar doente também. Depois do jantar vamos convidá-lo para tomar mais um copo de chá e conversar sobre o céu e a terra e tudo que eles contêm. Este é um representante muito especial da geração jovem: tem sobre o que falar e, assim diz ele, também sabe consertar máquinas. Numa época em que se tem de procurar com velas um jovem que não seja um tártaro completo."

"Eu, *chaver* Iulek...", disse Azaria como se fosse começar uma declaração veemente, mas no mesmo instante a interrompeu e se calou porque Chava também começara a falar:

"Você toca violão?"

"Eu... ahn... sim. Um pouco. Quer dizer, toco bastante. Talvez eu possa tocar agora um trecho curto para vocês."

"Talvez mais tarde", sugeriu Iulek e sorriu ladinamente, "talvez depois do jantar. Ou não. Melhor adiar o simpósio e também o recital para outra noite, e esta noite Chava leva você — depois do jantar, é claro — ao Ionatan. Para que vocês se conheçam. Por que não. Para que possam conversar sobre a oficina, e talvez outros assuntos. Na terceira prateleira, Chava, está a chave da barbearia. Sim, o quarto onde se corta cabelo. Ao lado do italiano. Lá tem uma cama dobrável, e também cobertores e um aquecedor. O barbeiro, infelizmente, só vem aqui a cada seis semanas. E você, meu rapaz, vai poder experimentar o gostinho do pioneirismo até encontrarmos para você um arranjo permanente. Ahn? Você ia perguntar alguma coisa? Pergunte, rapaz, pergunte o que quiser, não tenha vergonha. Não? Vai ver me enganei de novo. Tive a impressão de que você ia fazer uma pergunta. Talvez eu é que ia perguntar, e agora esqueci completamente. Não faz mal. Se não nos encontrarmos mais esta noite, nos vemos amanhã de manhã no escritório. Você, meu rapaz, não vai se levantar e fugir a pé no meio da noite, vai? Não precisa responder, só estou brincando, é uma velha mania, e você já está querendo se justificar e negar. Não precisa. Ah, sim, agora lembrei: pegue mais alguns cigarros, para viagem, para depois do jantar e o resto da noite; estou vendo que os seus ficaram molhados com a chuva. Aliás, o que é que você tem aí dentro? Um violino? Não? Um violão? Um dia vamos apresentar você ao Srulik. Srulik é o nosso principal musicante. E amanhã de manhã não esqueça de ir me encontrar na secretaria. Não, não para tratar da música, e sim da regularização formal. Por enquanto quem toca a oficina é nosso filho mais velho, Ionatan, de quem você receberá todas as explicações. Isso se você conseguir fazê-lo falar. E agora, em frente, vocês dois — podem ir jantar."

"Está bem", disse Chava baixinho, e com alguma contida animosidade, "vamos."

Subitamente enternecido e constrangido, Iulek Lifschitz sorriu e disse absortamente:

"Azaria."

"Sim, *chaver* Iulek."

"Espero que você se sinta bem aqui conosco."

"Muito obrigado."

"E seja bem-vindo."

"Muito obrigado, *chaver* Iulek. Eu, isto é, nunca os decepcionarei. Jamais."

Chava pôs-se a caminho, e atrás dela ia Azaria com seu embornal, seu estojo, sua parca molhada e rota. Ela era uma mulher pequena, enérgica, com um cabelo masculino curto e desfiado, entre grisalho e branco. Lábios cerrados com força. Sua fisionomia expressava uma benevolência enérgica, sem concessões: a vida, como ela é, é uma coisa grosseira, ofensiva e ingrata. Malvados e facínoras são encontrados onde quer que a vista alcance. Mas assim mesmo manterei minha posição, cumprirei minha obrigação sem falhar, dedicada aos ideais, dedicada à comunidade e dedicada ao próximo, embora ninguém melhor do que eu conhece esse próximo e sabe que ninho de vespas ele é, e sobre ideais é melhor que não me falem nada porque já os ouvi, já os vi e já os cheirei com meu próprio nariz. Mas que seja assim. E você: Você disse que seu nome é Azaria? Que nome é esse? O que você é, um novo imigrante ou coisa parecida? Você tem pais? Não? Então quem criou você?

Cuidado, aí tem uma poça nojenta, é melhor olhar onde pisa. Saia daí. Isso. Você, além de tudo, é um jovem poeta? Não? Filósofo? Não importa, a questão é se você é uma pessoa íntegra. O resto não me interessa. Nós aqui, graças a Deus, temos todo tipo de gente. Uma vez, quando eu ainda era jovem, li em algum livro de Dostoiévski que se um homem é honesto de verdade ele deve morrer antes dos quarenta anos. Depois dos quarenta são todos cafajestes. Por outro lado, dizem que o próprio Dostoiévski era um porco, sempre embriagado, egoísta e mesquinho. Aqui pode-se lavar as mãos. Não tem água quente, a torneira está quebrada. Como sempre. E você, se é que posso perguntar, você é uma pessoa íntegra? Esqueça. Seja lá como for, não dá para saber. E agora preste atenção: aqui se apanha uma bandeja, aqui prato e talheres, e aqui tem xícaras. E o ovo? Sim, isso é muito bom, mas não foi o que perguntei. Perguntei se você quer um ovo duro ou quente. Agora sente aqui e coma, e não tenha vergonha de ninguém. Ninguém aqui é melhor do que você. Daqui a pouco eu volto. Não espere por mim, comece a comer enquanto isso. Aliás, o que Iulek lhe disse está tudo muito bem, mas eu particularmente lhe recomendo não se entusiasmar por enquanto, pois Iulek está sempre cheio de ideias à noite, mas as decisões ele só toma de manhã. Escute, você por acaso não está com um pouco de febre? Nunca acreditei em aspirina, mas vou lhe trazer uma e você faz como quiser. Coma com calma, não tem por que se apressar. Esta noite você não vai viajar para lugar nenhum.

Ela guardava no coração o choro e as súplicas do rapaz que a amara na juventude. Reuniam-se todos em cima do palheiro, nas noites de verão, cantavam sob as estrelas e os chacais uivavam ao longe. "Ela tinha os olhos como a estrela d'alva", cantavam os rapazes, "e o coração inflamado e ardente." E ele, no escuro, trouxe a mão dela à face para provar-lhe que seu rosto estava coberto de lágrimas. Eu não precisava perguntar-lhe se era uma pessoa honesta. Que pergunta é essa. E que bobagem enorme falar mal de Dostoiévski de repente para um rapaz que você nem conhece.

Iulek esperou até que os passos dos dois se afastaram e esvaeceram lá fora. Ele corrigiu a posição do corpo na poltrona. Sentia a dor se espalhar para cima em suas costas e apalpar, ainda sem muita crueldade, seus ombros e sua nuca: como uma excursão exploratória a antecipar o golpe.

Desta vez resolveu concentrar-se no que dizia o locutor do noticiário no rádio, uma notícia que já fora transmitida algumas vezes esta noite sobre concentração de tropas na fronteira do norte, mas como sempre teve dificuldade em captar o que havia por trás das palavras. Tinha pena do primeiro-ministro Eshkol, que neste momento estava fechado num quarto cheio de gente e fumaça, obrigando-se a superar o cansaço e a tristeza e a pesar cuidadosamente fatos não confirmados e boatos obscuros, e tinha pena dele mesmo, pois aqui estava com suas dores, desgastando-se com tantos assuntos triviais em vez de estar naquele quarto fechado participando das ponderações de Eshkol e ajudando-o a evitar ações precipitadas e a manter uma linha moderada de pensamento. Está cercado por todos os lados de tártaros, de hunos e de escotos de cabeça quente, e todos o pressionam a fazer coisas melodramáticas. Essas dores, pensou Iulek, talvez não sejam simples dores nas costas, mas um sinal de alerta.

Algum pensamento, alguma preocupação nebulosa corroía profundamente a alma de Iulek, além de sua cada vez mais intensa dor física. Sentia de forma indistinta que estava esquecendo alguma coisa importante e urgente, e que essa coisa devia ser lembrada antes que algo muito ruim acontecesse. Que coisa era essa, por que era tão urgente, Iulek não conseguia lembrar. Era a angústia de uma responsabilidade negligenciada. As costas lhe doíam mais e mais. Roedora, sólida, perversa, a dor se espalhava em sua coluna, em direção aos ombros contraídos. Do lado de fora os cães latiam um estranho latido solitário. Talvez alguma porta tivesse ficado aberta ou uma chaleira elétrica fora esquecida ligada. Mas a chaleira estava desligada e todas as portas fechadas, e todas as janelas estavam fechadas também. Só os cães não paravam de uivar e ganir na escuridão. Iulek continuou sentado. Começou a fumar de olhos fechados, cheio de dores, concentrando todas as forças de pensamento que lhe restavam, desperto e temeroso. E lá fora a chuva recrudesceu.

3.

Ionatan ficou pensando na expressão "intrepidez e aguerrimento", que o jornal militar *Bamachané* usara para descrever sua atuação destacada na noite do ataque a Chirbat-Taufik. Ele se lembrava da retirada apressada e de como carregara nas costas um soldado que não conhecia, ferido e ensanguentado, descendo as encostas castigadas pela artilharia sob o terrífico halo dos projéteis de iluminação sírios. E como aquele ferido mirrado gorgolejava sem parar uma queixa apavorante, insistente e depressiva, este é o meu fim, este é o meu fim, e às vezes espichava muito a palavra este é o meu fi-i-i-im até soar como um uivo estridente, e como num momento de loucura eu decidi de repente que chegava, que não dava mais para arrastá-lo nem mais um metro, que todos já haviam voltado para a base e só nós dois vagávamos pelas encostas, e que os sírios estavam correndo atrás de nós e logo iriam me pegar e se eu simplesmente deixar este infeliz ficar aqui mesmo para que agonize e acabe de agonizar e morra calmamente aqui entre estas duas pedras em vez de morrer nas minhas costas, pelo menos poderei me salvar e ninguém nunca saberá o que fiz porque não tem ninguém para me denunciar e eu continuarei vivo e não serei morto eu também, aqui à toa e em vão, e como me assustei com esse pensamento, você ficou maluco, que doideira, você pirou de vez, e como comecei naquele mesmo instante a correr como um demônio com esse soldado agonizante em minhas costas entre todas as explosões e entre todas as rajadas traçantes e o fogo dos morteiros que atiravam sobre nós da outra Taufik lá em cima, que não havíamos conquistado e que pelo visto ficara em poder dos sírios e este, o agonizante, direto dentro da minha orelha, direto dentro da minha cabeça fica sangrando como um cano partido e uivando este é o meu fi-i-i-m, e a respiração dele se entope e se interrompe e eu corro sem fôlego, os pulmões cheios de cheiro de incêndio, de combustível queimado, de borracha queimada, de espinheiros queimados e cheiro de sangue e se eu tivesse uma das mãos livres tiraria minha baioneta e cortaria a garganta dele para que pare de gorgolejar e uivar, que se cale de uma vez, e eu corro e choro como uma criancinha e só por milagre atravessamos o campo minado diante do kibutz Tel-Katsir e eu também estou começando a uivar mãe me salva, mãe venha me salvar eu também não quero morrer mãe este é o meu fi-i-i-m e oxalá este cachorro estivesse morto, mas que não morra em cima de mim antes de chegarmos à cerca de Tel-Katsir que não se atreva a me deixar sozinho e um obus maluco caiu de repente e explodiu a talvez uns vinte metros de meu nariz para que eu aprenda a não correr como um doido, correr mais devagar mãe está ficando difícil não posso mais continuar e vi de repente que estava entre as cercas de Tel-Katsir, arame farpado à minha frente arame farpado atrás de mim e tiros e comecei a gritar não atirem não atirem, cuidado, tem um agonizante, cuidado, tem um agonizante, até que se deram conta e nos trouxeram ao ponto de reunião no bunker deles e lá finalmente o tiraram de mim ele estava colado em mim com sangue e saliva e suor e urina e todos os fluidos dos corpos de ambos como dois cãezinhos que acabaram de nascer e ainda estão colados imundos e cegos como se nos tivessem soldado um no outro e quando o tiraram de mim as unhas dele ainda estavam cravadas em mim como pregos bem dentro de meu peito e minhas costas e o puxaram de mim com força e o tiraram junto com pedacinhos de minha carne e eu imediatamente me esparramei no chão como um saco vazio e à luz fraca do bunker se descobriu de repente que sou um doido varrido e que tudo fora um engano todo o sangue dele que jorrara sobre mim durante todo o percurso como de um cano rompido todo o sangue dele que encharcara minha roupa e minha roupa de baixo e chegara a minha virilha e entrara em minhas meias todo esse sangue não viera desse ferido que nem estava ferido mas somente em estado de choque ou algo parecido, todo o sangue viera de mim do estilhaço que penetrara em meu ombro sem que eu sentisse, talvez uns quatro centímetros acima do coração e eles me fizeram um curativo e me deram uma injeção e me falaram como se eu fosse criança tenha calma Ioni, tenha calma Ioni e eu não consegui me acalmar de jeito nenhum, não consegui de jeito nenhum parar de rir até que o médico ou o enfermeiro que estava lá disse Ouçam, este soldado também está em estado de choque, enfiem-lhe dez centímetros cúbicos para que se acalme um pouco, e até mesmo na ambulância a caminho do hospital quando me pediram a sério que eu me acalmasse e me controlasse e dissesse a eles exatamente onde eu sentia dor, deitado na maca, em vez de uma resposta eu urrava e ria, ria e urrava em fortes ganidos, ria e gorgolejava, ria e sufocava, olhem para ele, este é o fim dele, olhem para ele, este é o fim dele e assim em todo o percurso até o hospital Poriá, até a anestesia antes da cirurgia e sobre tudo isso escreveram depois no jornal *Bamachané* nem mais nem menos que "Ferido resgata ferido com intrepidez e aguerrimento". Que palhaço, dizem os veteranos aqui do kibutz quando se lembram dele, a um metro e meio de distância! Que piadista, eles dizem, a uma distância de no máximo um metro e meio conseguiu não acertar num touro. Num touro! E um touro não é uma caixa de fósforos! Um touro é um alvo imenso! Mas ele conseguiu não acertar e, acreditem ou não, hoje ele é o proprietário e o presidente da rede de hotéis Esplanada, na orla de Miami, na Flórida, e vive como um lorde.

    Depois do jantar Rimona e Ionatan voltaram do refeitório para seu quarto. O que Chava lhe pedira quando fora à mesa deles no fim do jantar, Ionatan não conseguia lembrar, mas lembrava de lhe ter respondido corajosamente que esta noite não ia dar.
    Ao chegar em casa, os dois ficaram por alguns momentos junto ao aquecedor, para atenuar o frio que os beliscava. Tão próximos estavam que o ombro dela encostou no braço dele. Ele era mais alto e mais forte do que ela. Se quisesse de fato, poderia olhar de cima o cabelo dela molhado de chuva que caía maciamente para descansar em seus ombros, mais sobre o esquerdo do que sobre o direito. Poderia tocar com a mão o ombro dela, ou sua cabeça. Mas Ionatan curvou-se e aumentou um pouco a chama do aquecedor por causa do frio.

O quarto estava quieto e iluminado, como sempre, com uma luz castanho-avermelhada que vinha do abajur opaco. Todas as coisas estavam arrumadas em seus lugares, como se os moradores já tivessem saído e, ao sair, arrumado tudo e fechado atrás de si todas as portas e janelas. Até o jornal Rimona tinha arrumado antes de sair, e colocado em seu lugar, na prateleira mais baixa. Um agradável cheiro de limpeza emanava das lajotas do chão. Ao lado do aquecedor estava deitada a cadela Thia. Silenciosa era a paz daquele quarto. Só das moradias vizinhas vinha o som de uma criança chorando.

"Essas paredes", disse Rimona.

"O que é que tem?", disse Ionatan.

"São finas como pedaços de papel."

Era um choro baixinho e sensato, nem de dengo nem de irritação, e sem palavras. Como se nas mãos da criança do outro lado da parede tivesse se quebrado um brinquedo muito amado e ela soubesse que fora só por culpa sua, não tinha para quem reclamar, e era impossível consertar. Uma mulher disse algo, contemporizou, aplacou o menino chorão, mas só o som de sua voz chegou ao quarto de Rimona e Ionatan; as palavras não se ouviram.

Ionatan esperou em silêncio que o choro passasse. Mesmo depois que o menino se acalmou, a voz da vizinha não parou de transmitir amor e consolo através da parede. Numa hora vespertina dessas, pensou consigo Ionatan, pessoas reais começam a viver a vida noturna. Nas grandes cidades as luzes dos sinais de trânsito se alternam e seu reflexo ilumina o asfalto molhado. Os anúncios luminosos reluzem em todas as cores. Em arrancos súbitos, automóveis de último tipo engolem trechos de rua entre um sinal e outro, e de seus pneus vem um chiado fino e agradável. Pessoas reais os estão dirigindo agora rumo aos lugares onde a vida acontece. O cientista, o político, o poeta, o magnata, o agente secreto, pessoas assim com certeza estão agora numa solidão total, sentados em frente a uma escrivaninha escura, pesada, em suas residências nos andares mais altos. Através da janela espraiam-se as luzes da cidade na chuva, e das avenidas iluminadas com um brilho nevoento. Sobre a escrivaninha, pastas abarrotadas de papéis, livros diversos abertos diante deles, cartões de várias cores, talvez um copo de uísque entre os papéis, e rascunhos, e vários bilhetes e anotações, tudo espalhado à luz da luminária de grife que projeta um agradável círculo de uma luz silenciosa e quente. E dos cantos do aposento, de entre as prateleiras carregadas, flui uma música suave. Lá está um homem debruçado sobre sua escrivaninha, estende a mão quando quer e toma um gole do uísque, enche um cachimbo quando quer, com energia e vivacidade preenche uma folha atrás de outra, escreve, apaga, se anima, se arrepende, amarrota e joga no chão, por trás dele, a folha rejeitada. Tenta de novo, o som de uma sirene distante ou o repicar abafado de sinos se ouve lá de fora, finalmente vem a inspiração e com ela a alegria e o homem atinge seu alvo. Então suspira aliviado, lento e cansado, de olhos fechados em sua bela cadeira. Só ergue a voz um pouco, e uma mulher de roupão ou de quimono se apressa a entrar no quarto. Essas são as coisas simples e fortes que se deve fazer acontecer, porque sem elas a vida mais parece um deserto árido.

Ele perguntou a Rimona se ela tinha alguma coisa para fazer agora. Rimona quis saber por quê. Ele estava querendo mostrar ou explicar a ela algum padrão de jogo de xadrez? Ela nunca tinha jogado xadrez com ele, mas se ele lhe pedia isso ela sempre concordava em sentar com ele durante meia hora ou mais, olhando as peças dispostas diante dele no tabuleiro, prestando atenção a suas explicações sobre os vários estilos: abertura agressiva, abertura defensiva, avanço frontal ou pelos flancos, tática de riscos calculados. O sacrifício desta ou aquela peça numa estratégia a longo prazo. Essas explicações agradavam a Rimona. Se ele quisesse arrumar as peças no tabuleiro, disse, ela iria fazer café e trazer o bordado e logo viria se sentar diante dele.

Ionatan não respondeu. Rimona foi preparar o café. Ele então virou-se impetuosamente, como um combatente pego em fogo cruzado, afastou-se do aquecedor e ficou sozinho, de costas para o quarto, voltado para a estante de livros e jornais e objetos decorativos. Imediatamente seus olhos pousaram numa fotografia antiga que Rimona emoldurara e pusera entre os livros. Uma foto cinza, do passeio deles no deserto da Judeia. Ionatan de repente se espantou ao descobrir que não, que eles não tinham estado sozinhos: à direita, atrás de Rimona, no canto da foto, aparecia uma perna estranha, grosseira, cabeluda, de calças curtas e numa bota de paraquedista. Ele tencionara dizer ou fazer agora alguma coisa indispensável e mesmo urgente, mesmo assim fez um esforço para se concentrar. Finalmente disse:

"Os cigarros. Talvez você saiba onde estão os meus cigarros."

Rimona, trazendo uma bandeja com duas xícaras de café, biscoitos, uma jarrinha de leite de estilo bukhariano e com desenhos azulados, disse:

"Fique aí sentado. Enquanto isso ponha um pouco de leite no nosso café, e eu vou pegar na gaveta um maço novo de cigarros. E não se irrite."

"Não precisa", disse Ionatan. E acrescentou, zombeteiro: "Por que um maço novo de repente? Olha aí os meus cigarros. Veja: bem na sua frente. Em cima do rádio. O que você disse?"

"Você disse, Ioni. Eu não disse nada."

"Tive a impressão de que você disse. Talvez, de novo, você tenha dito alguma coisa e se arrependido. Ou só teve a intenção de dizer. Olha, eu vou despejar leite no nosso café. Bolonezzi sempre fala assim: dispejar. Fico sempre achando que interrompo você no meio da frase. Mesmo quando você está calada."

"Isso é estranho", disse Rimona. Mas em sua voz não havia espanto.

"Quem sabe você para de me dizer a vida toda estranho, estranho. Tudo lhe parece estranho. Aqui não há nada estranho. E por que você não senta logo e para de zanzar o tempo todo? Sente-se."

Quando ela se sentou a sua frente, os olhos de Ionatan se fixaram no decote de sua blusa e lembraram o que vinha depois, seus seios-de-menina-de-doze-anos, as curvas de seu corpo fresco e delicado por baixo das roupas, a fenda de seu umbigo, como um olho se fechando para dormir, seu púbis, como uma ilustração não mulheril e graciosa num livro de estudo para jovens. Mas nada disso a ajudaria, pensou Ionatan perversamente, tudo isso já não poderia ajudá-la mais, nem o lindo suéter vermelho tricotado a ajudaria, e seu cabelo comprido e louro não a ajudaria, e esse sorriso envergonhado, como o sorriso de uma doce menina que fez algo errado e tem certeza de que já vão perdoá-la, pois todos gostam dela e tudo acabará bem, mas nisso ela se engana não vão perdoá-la não vai acabar bem, desta vez tudo está perdido e vai acabar muito mal. Olhe, decididamente já dá para ver nela a pele cansada no pescoço e atrás de suas pequenas orelhas, e um pouco também embaixo do queixo adorável, e essas serão as rugas dela, e esses os lugares em que ela está secando e rachando como tinta descascando, como um sapato velho. É o início de sua velhice, e ela não tem alternativa nem salvação, e assim se foram e não voltarão os encantos de Zanzibar. Acabou. Eu não lamento nada por você, porque ninguém, no mundo inteiro, lamenta por mim. Só o tempo desperdiçado é de se lamentar, Rimona, o coração grita de tristeza pelo tempo que havia e que se foi e ninguém devolverá a mim e a você a vida que poderia ser e não foi.

"Você esqueceu?", perguntou Rimona e sorriu.

"Esqueci o quê?"

"Estou sentada esperando."

"Esperando?", surpreendeu-se Ionatan. E sentiu um leve sobressalto. Qual a intenção dela, o que estava esperando? Pode ser que ela saiba de tudo. Não, não pode ser que já saiba.

"Não estou entendendo", disse. "O que você está esperando?"

"Estou esperando que você arrume as peças de xadrez no tabuleiro, como combinamos, Ioni, e eu vou ligar o rádio, estão transmitindo uma fuga de Bach. Olhe, já estou com o bordado aqui. E antes você disse que ia pegar os cigarros, o maço que está em cima do rádio, não quis que eu pegasse. Mas você esqueceu e se sentou sem pegar. Não se levante, já estou trazendo."

Sentaram-se nas poltronas, um em frente ao outro. O rádio começou a tocar. A interferência de relâmpagos e trovões às vezes fazia surgir na melodia estalos e rouquidão. Rimona, como sempre, abraçava a xícara de café com as duas mãos, para absorver seu calor. Ionatan ensaiava intimamente pela última vez as palavras que já decidira usar.

"Por mim já podemos começar", disse Rimona.

Uma vez, numa operação noturna da *Saieret* do outro lado da fronteira, na aldeia de Tarkumia, Ionatan fora subitamente assaltado por um pavor inexplicável. Parecia que a noite estava cheia de olhos, e na escuridão, entre as rochas escuras, começara a rastejar e a fervilhar um riso contido e perverso: eles estão nos esperando. De alguma forma misteriosa, eles souberam que esta noite vamos passar aqui pelo uádi, estão deitados e nos esperando de emboscada. Não são visíveis, mas veem você e riem baixinho, e a armadilha está armada. Uma rápida sombra passou pela testa dela, seus lábios estavam entreabertos e Ionatan viu através deles as pontas dos dentes brancos. Ele pensou em grandes espaços vazios com areias brancas reluzindo ao sol, castigadas pela luz selvagem do meio-dia do deserto de Zin, junto ao lugar em ruínas assinalado no mapa com o nome de Ein-Archot. Com essa lembrança, Ionatan foi assolado por uma dor que não se assemelhava a nenhuma dor conhecida. De tanta dor, cerrou os olhos e recordou o início do amor deles. As semanas que antecederam o casamento. A longa jornada de jipe entre as montanhas e além das montanhas até o vale cinzento. O cheiro da fogueira de vergônteas que ardia na noite. Seus seios de menina, como dois pintinhos cálidos aprisionados nas palmas de suas pesadas mãos dentro do saco de dormir na noite do deserto atrás do jipe envolto na fumaça das brasas da fogueira. E as lágrimas sussurradas dela, Não ligue, Ioni, não é por sua causa, continue e não dê atenção. Lembrou também o fim do amor deles, às duas e meia da manhã do inverno de três anos atrás, com as palavras que ela lhe dissera: Olhe, Ioni, com muitas garotas é assim, não ligue.

    Lembrou sua primeira gravidez. E a última. A bebezinha morta que ele se recusara a ver no hospital. E novamente veio a evocação do corpo bonito de Rimona, mármore frio e prazeroso. Suas últimas tentativas, humilhantes, de despertar vida, mesmo que em forma de dor, mesmo que em forma de ofensa e raiva naquele mármore prazeroso e pálido. E assim dias e noites, e tardes e noites e dias. E aquelas distâncias: os sofrimentos dela, dos quais ele só poderia ter uma ideia, ou nem ter ideia. A solidão dele, às três da manhã sobre um lençol largo e árido sob um teto árido e branco, e tudo brilhando como neve à luz da lua cheia e morta que se vê pela janela, completamente acordado e mesmo assim prisioneiro de um pesadelo branco no meio dos alvos desertos polares no coração da tundra nos campos de neve você ficará sozinho para sempre com seu corpo morto. E o vexame das palavras. As mentiras. A aridez da verdade silenciada. O sono. O despertar. A palidez das extremidades dos dedos dela. A brancura das pontas dos dentes dela. A visão de seu corpo nu na água fria do chuveiro no verão, frágil, abstinente e indulgente. O sentido dos silêncios dela. Os silêncios dele. O vazio morto e constante entre os silêncios, sempre. Sua beleza enganosa, oca. Essa maciez fictícia que não pode ser tocada mesmo nos momentos do mais ansiado toque. O roçar de seus seios, pequenos e duros, na pele de seu rosto, nos músculos de seu ventre, nos pelos de seu peito. A insistência amarga, paciente. A procura cada vez mais frustrante, rodeando, buscando uma abertura inexistente com carícia, com mordida, com adulação, com calma, com perversidade, no escuro, na penumbra, na luz quente, num meio-dia sufocante, de madrugada, na cama, com e sem o fundo musical do disco *Os encantos do Chade*, no bosque, no carro, nas areias, com as unhas, com amor, com piedade, com seus lábios e sua língua, com delicadeza, com sentimento paternal, com ódio, e como um menino, e como um selvagem, e como um macaco, com desespero e com humor, e com súplicas e com palavrões, e com suplícios e com submissão de escravo, em vão. O resfolegar de seus pulmões como um gemido de choro no momento de seu prazer solitário e feio muito muito longe dela muito muito longe dele mesmo longe do amor longe de todas as palavras possíveis e mais uma vez e de novo ao fim de todas as suas tentativas sempre o silêncio gelado dela, silêncio de seus lábios, nem surpresa nem ofendida, a mãe de todas as criaturas do árido deserto. Continue, Ioni, e não ligue, não é sua culpa, simplesmente faça comigo o que quiser, não dê atenção. E seu corpo é quase o seu cadáver. Ou o murmúrio frio e amargo do pano entre eles e o sussurro abafado da seda. O movimento dos lábios dela bordando no pelo do peito dele, a jornada da língua molhada dela descendo em vão pelo ventre dele, e de repente as duas mãos dele agarrando e sacudindo com força os ombros dela, suas costas e todo o seu corpo como se fosse um relógio que parou de funcionar. E uma vez com bofetadas brutais com as costas das mãos, como num cavalo rebelde, e também com o punho: em vão. De novo e de novo essa morte que rasteja e se acumula, a melancolia e o pavor e o arrependimento e a vergonha e os estratagemas e a irrupção desse veneno contido. Seu grito cada vez mais sufocado, como um grito embaixo d'água. E depois, no fim de tudo, a pergunta dele. O silêncio dela. A pergunta dela. O silêncio dele. E logo, toda vez e sempre a febril urgência dela em se lavar, se limpar, como se estivesse raspando de sua carne uma infecção purulenta ou um veneno, extirpando com chuveiradas quentes e com a espuma do sabão os resquícios do cheiro dele, o cheiro dela, para voltar para a cama exalando o odioso perfume infantil de sabonete de amêndoas, toda rósea e purificada como um bebê, como um anjo de Deus em coloridos quadros *kitsch*. E logo ela adormecia. Adormecia e do outro lado da parede, quase toda noite, vêm os risos de outra mulher, ou o sussurro de jovens casais nos gramados entram pela janela aberta nas noites de verão. E quem sabe um dia ele se levante finalmente para agarrar a faca de pão e arrombar sua pele macia para dentro dos tecidos de sua carne e para dentro dos dutos de seu sangue, e adiante, rasgar tudo e destruir as placas escuras, a gordura e a cartilagem até a profundeza das cavernas e desfiladeiros dela, até a medula, até o osso, parti-la e fazê-la gritar, berrar a voz plena uma vez, porque chega, porque não dá mais um verão e um inverno, feriado e dia útil, dia e noite, manhã e tarde um em frente ao outro. De longe.

E assim foi que Ionatan, mesmo não tendo esquecido as palavras que preparara de antemão para a conversa dessa noite, subitamente se enjoou delas, e também de outras e de qualquer falação. Se pelo menos fosse possível desenhar ou tocar para ela e talvez rabiscar num papel um espécie de fórmula clara com símbolos matemáticos simples.

"O café que você me fez", disse, "sinto muito, esqueci de tomar e agora ele está completamente frio."

"Tem mais café quente no bule, em fogo brando. Eu também não tomei o meu, estava bordando e pensando em outra coisa. Vou trazer outro café para nós dois."

"Em que você estava pensando, Rimona?" Ele abriu os olhos e olhou a flor de fogo azul no fogão, sob a grade de ferro esbraseado. Viu também ondas nervosas e rápidas percorrerem o pelo de Thia, que estava esparramada diante do aquecedor.

"Pensei", disse Rimona, "talvez amanhã nos consertem finalmente a caldeira de vapor da lavanderia. Todos esses dias em que a caldeira esteve quebrada foi um pouco difícil para nós."

Ionatan disse:

"Realmente já está mais do que na hora."

"Por outro lado", disse Rimona, "não se pode culpar ninguém. Lipa estava doente. Seu pai também não estava bem."

"Meu pai me diz o tempo todo que eu preciso cortar o cabelo, você acha que eu preciso cortar?"

"Não precisa, mas se você quiser, corte."

"Não fiquei doente uma única vez durante todo este inverno. Sem contar a minha alergia, que às vezes faz as pessoas pensarem que estou chorando. Lorvado seja o nome de quem enxuga as lágrimas do pobre, me diz o Bolonezzi quando de repente as lágrimas enchem meus olhos. Olhe para mim, Rimona."

"Este inverno ainda não acabou, Ioni, e você fica rodando todo dia entre a oficina e a serralheria sem chapéu e com os sapatos rasgados."

"Não é verdade, só um sapato rasgado, não os dois. E o italiano prometeu consertar a sola. O fato é que essa oficina não é para mim."

"Mas teve um tempo em que você gostava tanto de consertar máquinas."

"E daí?", explodiu Ionatan. "Daí que teve um tempo e agora não tem mais. O que é que você está querendo me dizer o tempo todo e não diz, ou começa a falar e interrompe no meio. Chega. Diga abertamente o que tem a dizer e pare com esses joguinhos. Por favor: fale. Não vou interromper você. Vou ficar quieto como um cão e ouvirei pacientemente cada palavra. Fale."

"Nada", disse Rimona, "não se irrite, Ioni."

"Eu?", disse Ionatan sentindo-se cansado. "Eu não me irrito. Só estou fazendo uma pergunta e peço a você que uma vez na vida me dê uma resposta simples. Isso é tudo."

"Então pergunte", disse Rimona admirada. "Você se zanga comigo porque eu não respondo, mas você nem perguntou."

"Está bem. Então é o seguinte. Diga-me agora, mas com clareza, o que você estava pensando há três anos, três anos e meio, quando de repente num sábado à noite resolveu que nós íamos casar."

"Mas não aconteceu desse jeito", disse Rimona suavemente. "E além disso, diga-me, por que você está perguntando?"

"Estou só perguntando. Para ter a sua resposta."

"Mas por que você está perguntando agora? Você nunca me perguntou."

"Porque às vezes tenho a impressão... você disse alguma coisa?"

"Não, estou escutando."

"Então não fique, você também, escutando assim a vida toda, que diabo. Fale. Abra a sua boca. Me diga. O que você tem, que não é capaz de fazer sair da sua boca uma resposta simples? Responda-me agora: por que se casou comigo, o que queria de mim, o que tinha na cabeça?"

"Eu posso dizer", falou Rimona, parecendo espantada. "Por que não?", disse, depois de um breve silêncio, quase sorrindo, encolhida em sua poltrona, abraçando com os dez dedos sua nova xícara de café que também já esfriara havia muito tempo, seus olhos como que desvendando no ar do quarto as formas da música que fluía do rádio ligado. "Posso dizer para você. Foi assim: quando você e eu resolvemos casar, nós dois éramos os primeiros. Você era o meu primeiro e eu era a sua primeira. Você me disse que seríamos os primeiros por toda a nossa vida, que nada aprenderíamos com estranhos e que faríamos tudo, a casa e o jardim e outras coisas, como se fôssemos os primeiros e ninguém tivesse descoberto isso antes de nós. Foi assim que você disse. Seremos como um menino e uma menina no bosque, vamos nos dar as mãos com força e não vamos ter medo. Você disse que eu era bonita e que você era bom e que a partir de então não teria vergonha de ser bom, porque quando você era pequeno sentia vergonha quando todos, as educadoras, nossos amigos e os professores, diziam que você era bom. Você disse que ia me ensinar a amar o deserto e me levar para passeios no deserto, e eu realmente aprendi. Você disse que ia aprender comigo a estar sempre tranquilo e a gostar de música clássica, especialmente de Bach, e você também aprendeu. Achávamos que nos entenderíamos mesmo se não nos falássemos o dia inteiro, mesmo se ficássemos uma noite, uma noite inteira juntos sem trocar uma palavra. E pensamos, eu e você, que seria melhor para nós, e também para seus pais, se passássemos a morar juntos, em vez de cada um em seu quarto, você com Udi e Eitan R. e eu com duas garotas de fora. Que se nos casássemos iríamos morar juntos e não precisaríamos nos encontrar do lado de fora em tudo quanto é lugar esquisito. E aquele verão acabou, você se lembra, Ioni, e começou o outono, e sabíamos que depois do outono viria o inverno e que não poderíamos nos encontrar no inverno em nossos lugares lá fora, e por isso resolvemos nos casar antes que as chuvas começassem. Não chore, Ioni, não fique triste."

"Quem está chorando?", irritou-se Ionatan. "É só essa minha alergia de merda, meus olhos estão ardendo. Já lhe disse mil vezes que meus olhos ardem e pedi que você pare de enfiar em seus vasos esses ramos de pinheiro."

"Desculpe, Ioni, é que estamos no inverno e não tenho flores."

"Eu já lhe disse mil vezes para parar de ficar dizendo o dia inteiro desculpe, desculpe, como uma garçonete ou uma arrumadeira de hotel de filme de cinema. Em vez disso, diga-me então o que é agora."

"Agora o quê, Ioni?"

"O que restou agora, eu pergunto. E lhe agradecerei se não repetir as minhas perguntas, mas que tenha a bondade de fazer um pequeno esforço e dar respostas quando lhe perguntam algo."

"Agora você sabe, por que a pergunta? Agora eu e você já somos marido e mulher há alguns anos. Por que pergunta?"

"Não sei por que pergunto. Pergunto e pronto. Quero ouvir finalmente uma resposta. O que é que há, você está fazendo de propósito para me atazanar, para que eu comece a ficar maluco? Nem uma única vez em toda a nossa vida você vai responder a uma pergunta? Toda a nossa vida você vai me tratar como um pequeno idiota? Qual é a sua?"

Por um momento ela levantou a cabeça do bordado e olhou para ele. E logo seus olhos voltaram a procurar no ar as formas da melodia. E a música naquele instante como que extravasava numa erupção contida, a bater em portas poderosas, e logo houve um abrandamento, a melodia recuou, acalmou, como desistindo de transbordar o dique, submeteu-se e desceu ao profundo recôndito sob seus fundamentos. A linha melódica principal partiu-se em alguns motivos separados, finos, como a fluir cada um por si sem atentar para os outros, e assim mesmo como que se enlaçando uns nos outros numa saudade envergonhada. Aos poucos superando sua condição solitária e acumulando paixão interna para uma nova erupção. Rimona disse:

"Ioni, ouça."

"Sim", disse Ionatan, e instantaneamente sua raiva cedeu lugar ao receio, "o quê?"

"Ouça, Ioni. É isso. Eu e você juntos. Sozinhos. Próximos um do outro, como você disse. Você é bom e eu trato de ser bonita como você disse uma vez, e nada de aprender com estranhos, mas sermos primeiros. Quase sempre estamos em paz, e se às vezes alguma coisa sai mal ou é irritante, como agora há pouco, quando eu lhe disse não chore e você ficou zangado, não faz mal, eu sei que depois da zanga você se acalma de novo comigo e de novo ficamos bem juntos. Talvez você ache que o tempo todo precisam acontecer coisas novas. Mas isso não é verdade. Não estou lhe dizendo para olhar os outros, mas se você assim mesmo olhar verá que com eles também não acontecem todo dia coisas novas. E o que tem para acontecer, Ioni, você já é um homem e eu sou sua mulher. Esta é a casa. Estes somos nós. E estamos no meio do inverno."

"Não é isso, Rimona", disse Ionatan baixinho.

"Eu sei: de repente, e de uma só vez, você ficou triste", disse Rimona, acariciando com um dedo o tampo da mesa. E então, com força, num movimento que não era dela, como que se rebelando, levantou-se e ficou de pé diante dele.

"Você pirou de vez? Por que de repente você está se despindo?"

A rebeldia passou. Ela deixou cair as mãos e seu rosto empalideceu:

"Só pensei", disse, tremendo.

"Vista de novo o suéter. Ninguém lhe disse para se despir. Eu não preciso que você se dispa."

"Só pensei", murmurou.

"Está bem", disse Ionatan, "não faz mal, tudo bem com você." E abanou a cabeça várias vezes de cima para baixo, como que concordando inteiramente consigo mesmo, e sem arrependimento. Não falou mais, e ela também não disse nada, e só voltou para seu lugar, em frente a ele. A música no rádio se arredondara, nivelara, e soava baixinho. Mais um pouco e se extinguirá, na voz de um tênue silêncio. Rimona puxou para si o maço de cigarros, tirou um, acendeu-o com um fósforo e tossiu até às lágrimas, pois não sabia fumar, e com mão delicada e cautelosa pôs o cigarro aceso entre os lábios dele.

"É isso", disse Ionatan.

"O quê, Ioni?"

"Tudo. Você. Eu. Tudo. Você falou alguma coisa? Não, eu sei que não falou. Então fale, com os diabos, diga alguma coisa. Diga ou grite o que você pensa, se é que você pensa. O que vai ser daqui para a frente, o que vai ser de você, de mim. O que se passa e fica girando aí nessa sua cabeça o tempo todo."

"O inverno vai passar", disse Rimona, "e depois virão a primavera e o verão. Vamos sair para umas férias. Talvez na Galileia ou no mar. Vamos sentar na varanda ao entardecer e ver as estrelas aparecerem, e o nascer da lua cheia, que você disse uma vez que tinha um lado negro para onde vão os mortos, mas não vai tentar meter medo em mim à toa, pois em tudo que você diz eu acredito e não paro de acreditar até você dizer com todas as letras que não era sério. Depois, como em todo fim de verão, vão convocar você para o serviço de reservistas do Exército, e quando você voltar vai descansar dois dias e me contar novidades sobre pessoas e novos equipamentos. Ao fim de um dia de trabalho no verão, você vai sentar no gramado de Anat e Udi e falar de política. E à noite eles virão tomar café conosco e jogar xadrez."

"E depois?"

"Depois vai ser outono outra vez. Você vai viajar para jogar xadrez no campeonato dos kibutzim e talvez fique de novo entre os primeiros colocados. E quando voltar do campeonato de xadrez vão começar a arar os campos para a semeadura de inverno. Seu irmão Amós vai dar baixa do Exército e talvez se case com Rachel no outono. No pomar vai começar a colheita de limões e de toranjas e depois a de laranjas, e você e Udi vão estar ocupados da manhã à noite, para as remessas saírem no horário. E assim mesmo eu vou lhe pedir, e você vai concordar, que revolva com o forcado a terra do jardim atrás da casa e vou plantar de novo crisântemos e outras flores de inverno, e o inverno também vai chegar, o aquecedor será aceso no quarto e nós vamos ficar juntos aqui dentro enquanto a chuva cai lá fora quanto quiser sem conseguir nos molhar."

"E depois?"

"Diga", disse Rimona, "o que deu em você, Ioni."

Ele pulou da poltrona e ficou de pé. Amassou violentamente no cinzeiro o cigarro que Rimona lhe oferecera um pouco antes. Esticou o pescoço e levou a cabeça à frente, inclinada, um movimento que lembrava a surdez de Iulek, seu pai. Um tufo de cabelos caiu-lhe sobre os olhos e ele o afastou com mão pesada. Sua voz soou sufocada, alta demais, à beira do pânico:

"Mas eu não posso mais. Não posso continuar aqui."

Rimona lançou-lhe um olhar lento, como se ele só tivesse dito algo como Desligue, por favor, o rádio, e disse em sua voz tranquila:

"Você quer ir embora daqui."

"Sim."

"Comigo ou sem mim?"

"Sozinho."

"Quando?"

"Logo. Dentro de alguns dias."

"E eu devo ficar aqui?"

"Como você quiser."

"Vai ser por muito tempo?"

"Não sei. Sim, por muito tempo."

"E depois, o que vai acontecer conosco?"

"Não sei o que vai acontecer conosco. O que é conosco? O que pode ser conosco? O quê, eu sou seu pai, ou o quê? Olhe, aqui eu não posso continuar. É isso."

"Mas no fim você vai voltar."

"Você está perguntando ou está resolvendo por mim?"

"Eu espero."

"Então não espere. Chega, isso não é necessário."

"Para onde você vai?"

"Para algum lugar. Não sei. Vamos ver. Que diferença faz para você?"

"Você vai estudar?"

"Talvez."

"E depois?"

"Não sei. Por que você pergunta tanto? Não sei nada ainda. O que você ganha com todas essas perguntas? Por que está me interrogando como um criminoso?"

"Você virá de vez em quando?"

"Você quer?"

"Se você quiser vir de vez em quando, venha me ver e aí se quiser viaje outra vez. Sempre que puder. Eu não vou mexer em nada na casa nem vou cortar o cabelo, que eu pensei que ia cortar na primavera. Às vezes você vai querer vir me ver e eu estarei aqui para você."

"Não. Quero ficar longe o tempo todo, longe e sem intervalos. Talvez até mesmo viaje para o exterior, para a América ou coisa parecida."

"Você quer ficar longe de mim."

"Eu quero ficar longe daqui."

"Longe de mim."

"Sim. Está bem, longe de você."

"E longe de seus pais e de seu irmão Amós e de todos os seus amigos."

"Sim. Exatamente. Longe daqui."

Ela baixou os ombros. Com a ponta do dedo, tocou de leve seu lábio superior, como uma estudante de raciocínio lento tentando resolver uma questão matemática. Num movimento involuntário, ele curvou-se para ver suas lágrimas. Não havia lágrimas. Ela estava toda concentrada, encolhida para dentro, ou talvez ao contrário — talvez sua atenção tivesse se desviado para a música do rádio. É o rádio, pensou Ionatan, tudo é culpa do rádio e dessa música que por causa dela ela não percebe o que lhe aconteceu. Devagarinho, devagarinho ela está perdendo a razão, ou já está completamente abobalhada há muito tempo e eu não percebi, ela nunca foi capaz de compreender o que lhe diziam e agora não percebe nem quer perceber e quase nem ouve, mas presta atenção à música, e todas as minhas palavras passam por ela como ruído de fundo, como o tique-taque do relógio e como a chuva nas calhas.

"Desligue o rádio, estou falando com você."

Rimona desligou o rádio. E Ionatan, como se isso não bastasse, arrancou com raiva o fio da tomada. Fez-se silêncio. A chuva parou. Do quarto vizinho ouviu-se um barulho abafado, como se uma torre alta de cubos de madeira tivesse desmoronado sobre a esteira. E os vizinhos por um momento riram a duas vozes.

"Ouça", disse Ionatan.

"Sim."

"Ouça, Rimona, agora com certeza eu tenho de lhe explicar tudo, o que foi isso de repente, e por quê, e como. É difícil para mim."

"Você não é obrigado a explicar."

"Não? O quê, você pensa que é tão inteligente que já compreende tudo sem explicações?"

"Ionatan, ouça. Eu não entendo o que está havendo com você. E não quero que você comece a explicar. As pessoas sempre dizem explicar, compreender, como se a vida de todo mundo fosse explicações e soluções. Quando meu pai estava no hospital Beilinson agonizando de um câncer no fígado e eu ficava sentada ao lado dele e não falávamos e eu só segurava a mão dele, entrou o chefe do departamento e disse Minha jovem senhora, se tiver a gentileza de vir por alguns minutos ao meu escritório eu lhe explicarei qual é a situação, eu disse Obrigada, doutor, não é necessário e ele pensou que eu era estúpida ou burra e quando nós tivemos Efrat e nos disseram que nascera morta o doutor Shilinger de Haifa quis nos explicar e você, Ioni, disse O que tem tanto para explicar, ela está morta."

"Rimona, por favor, não comece."

"Não estou começando nada."

"Você é legal", disse Ionatan com hesitação, uma afeição passando em sua voz, "só que é uma garota estranha."

"Não é isso", disse Rimona, e seu rosto estava tranquilo e alheio, como se a música ainda enchesse todo o ar do quarto, e então, como começando a descobrir para si mesma a ponta de uma ideia nebulosa e complexa, olhou para ele e acrescentou: "Está difícil para você".

Ionatan ficou calado. Pousou sua mão larga e feia sobre a mesa à frente, muito perto dos dedos finos de Rimona, mas cuidou de não tocá-la nem mesmo com o mais leve toque. Comparou as unhas pálidas dela com seus dedos grosseiros, peludos nas articulações e negros sob as unhas de tanto óleo de máquina. Esse contraste lhe agradou e de certa forma o aliviou. Por alguma via misteriosa veio-lhe o sentimento de que esse contraste era justo, intencional, providencial e consolador.

"Quando você pensa começar com isso?", perguntou Rimona.

"Não sei. Dentro de duas semanas. Dentro de um mês. Veremos."

"Você vai ter de falar com seus pais. Vai haver uma reunião do secretariado. Todos vão falar. Vão falar muita coisa."

"Que falem. Não me importo."

"Mas você também vai ter de falar."

"Não tenho o que dizer para eles."

"Fora isso, tem uma porção de coisas que eu vou ter de lhe preparar para a viagem."

"Eu lhe peço, Rimona, faça-me um favor. Não comece e não prepare. O que tem para preparar? Não precisa preparar nada. Vou levar minha mochila, jogar dentro dela minhas coisas e zás, me levanto e vou embora. Isso é tudo."

"Se você prefere, não vou preparar."

"Exatamente. O que quero de você é que fique tranquilamente comigo durante esse tempo. É tudo que eu quero. E, se possível, tente não me odiar demais."

"Eu não odeio você. Você é meu. Você vai levar Thia?"

"Não sei. Não pensei nisso. Talvez sim."

"Você quer que continuemos a falar? Não. Você quer que paremos de falar agora."

"Certo."

Ela consultou seu relógio. E de novo calou-se. Não, não se calou: ficou sentada, o corpo relaxado, e atenta, como se agora, quando o falatório finalmente cessara, pudesse se concentrar e prestar atenção sem ser perturbada. Após alguns momentos pegou com duas mãos a mão esquerda dele, olhou o relógio, devolveu-lhe sua mão e disse:

"Veja, já são quase onze horas. Se você quiser, vamos ouvir o noticiário e ir dormir. Eu e você temos de nos levantar cedo amanhã para trabalhar."

Ionatan olhou e viu os dedos dela em torno de sua mão, e depois de um instante sentiu-os tocar seu ombro, pois ele não respondera a suas últimas palavras e por isso ela o tocou no ombro e de novo lhe disse Ouça uma coisa, Ionatan, o que eu quis dizer é que já são quase onze horas e você vai perder o noticiário no rádio e além disso você está tão cansado e eu também estou cansada, vamos dormir agora e você verá que amanhã talvez você esqueça tudo ou pense em outra coisa e eu amanhã também tenha alguma coisa para lhe dizer que eu não tenho hoje, pois saiba que ficaram coisas que nunca em nossa vida fomos capazes de dizer e nem queríamos, porque não precisávamos. Ela lhe falou com sua voz mais interior, e ele estava cansado e triste e não sabia se ainda era a voz dela ou a voz dela de dentro dos pensamentos dele, porque fechara os olhos e a voz não se interrompeu nem mudou, talvez no decorrer da noite isso ainda se esclareça e amanhã de repente vai fazer um dia azul daqueles, você sabe, um dia azul desses dias azuis de inverno em que as poças brilham com tanta luz e as árvores estão no seu verde mais verde que pode haver no mundo e as puericultoras tiram os bebês das creches e os põem nos grandes carrinhos da lavanderia e os levam para passear para lá e para cá pelos caminhos ao sol com suas roupinhas de lã e em todo o kibutz abrem-se as janelas e põem-se os cobertores para arejar e os passarinhos enlouquecem e ensurdecem os ouvidos e as pessoas começam a se descascar das camadas de roupa e a arregaçar mangas e a desabotoar dois botões nas camisas e quase cada um que anda a seu encontro no caminho anda e canta, anda e canta, lembre dias assim, Ioni, e você verá que poderá lhe ocorrer de repente uma ideia totalmente diferente pois eu sei o que acontece com você devagarinho, você vai ficando triste e cheio de tudo e acha que tudo é desperdício de tempo e que se pode mudar o mundo por exemplo criando uma resistência subterrânea ou sendo o campeão mundial de xadrez ou escalando o Himalaia, estou sabendo, mas ouça, Ioni, isso é só uma sensação e as sensações mudam como mudam as nuvens e as folhas e as estações e o sol e as estrelas como eu li sobre a tribo kikuio do Quênia, pois quando a noite é de lua eles tiram água e enchem baldes e bacias como que capturando a lua na água para tê-la nas noites escuras e depois com essa água eles curam doentes. Essa é uma história do livro sobre a África. Sensações vêm e desaparecem, Ioni, como uma vez você lembra que teve uma forte sensação quando às quatro da manhã o convocaram como reservista do Exército e você teve o pressentimento, isso foi antes do ataque aos sírios na margem oriental do lago Tiberíades, de que daquela vez ia morrer, você se lembra daquela sensação, Ioni, e de como falou comigo e disse que por você eu poderia casar de novo com outra pessoa depois de um ano, e que se viesse um filho não lhe desse de maneira alguma o seu nome, você se lembra, e você não morreu, Ioni, e a sensação passou e você voltou vivo e contente com esse estilhaço que lhe tiraram do ombro e escreveram sobre você no jornal *Bamachané* e você teve uma sensação totalmente nova e você riu e esqueceu a sensação ruim porque as sensações mudam. E agora por minha causa, que eu falei tanto, perdemos o noticiário, mas se você quiser ainda pode ouvir a segunda transmissão do resumo.

Ela esquecera de retirar os dedos que tocavam o ombro esquerdo dele e lá ficaram por alguns minutos. Ele estendeu a mão direita e tateando encontrou a xícara, levou-a aos lábios e ela estava vazia. No fim do último verão, quando a bebezinha nasceu Ionatan viajou direto do pomar para o hospital, com roupas de trabalho, e passou a tarde inteira sentado no banco duro da maternidade e quando anoiteceu lhe disseram Meu amigo, vai dormir, volte amanhã de manhã, e ele se recusou a ir e continuou sentado e sobre seus joelhos havia uma revista velha com palavras cruzadas impossíveis de serem resolvidas devido a um erro de impressão em que todos os números e chaves, verticais e horizontais, haviam se misturado e embaralhado. Ou talvez as chaves pertencessem a outro esquema de palavras cruzadas. Pouco antes da meia-noite saiu uma enfermeira feia com um nariz achatado e largo, uma verruga preta e peluda como um terceiro olho cego à esquerda de seu olho esquerdo, e ele lhe perguntou Perdão, enfermeira, posso saber o que está acontecendo, e ela respondeu numa voz corrompida de tanto fumo e problemas Ouça, você é o marido e sabe que sua mulher não é um caso simples, já que você ficou aqui não me oponho que vá até a cozinha dos funcionários e prepare um copo de café, tem sempre água fervendo no samovar, só não faça bagunça. E às três da manhã apareceu de novo essa enfermeira sem graça e disse Lifschitz você ainda está aqui, e lhe disse que ele devia ser forte e que já houvera casos de parto bem-sucedido depois de dois fracassos, e até depois de três. Há duas horas, ela disse, resolvemos acordar o professor Shilinger, e ele se levantou e veio da casa dele, que fica no fim do Carmel, e chegou exatamente a tempo de salvar, salvar mesmo, a vida de sua mulher. Agora ele ainda está cuidando dela e quando ele sair, veremos, talvez ele se detenha para lhe dizer algumas palavras e lhe explicar, mas eu lhe peço encarecidamente que não o retenha por muito tempo pois amanhã — hoje — ele tem um dia pesado, com cirurgias e tudo mais, e ele já não é tão jovem. Enquanto isso você pode fazer mais um copo de café na cozinha, só deixe tudo em ordem, por favor. Ele levantou a voz e gritou O que vocês fizeram com ela de novo, e a enfermeira idosa lhe disse *Chaver*, não grite aqui, por gentileza, o que deu em você, francamente, aqui não se grita, pare de agir como um selvagem. E disse ainda Pense com um pouco de lógica e vai entender que o principal é que sua mulher foi salva, o professor Shilinger a devolveu a você, e você não percebe que ganhou ela de presente e ainda grita conosco. Ela vai ficar boa e vocês dois ainda são tão jovens. No lado de fora, no portão de entrada do hospital, o esperava o surrado e empoeirado jipe do setor das culturas de campo, e ele esqueceu completamente que às quatro ou quatro e meia da manhã os trabalhadores do setor iam precisar desse jipe, ele deu a partida e viajou, viajou o resto da noite para o sul, até que a gasolina acabou trinta quilômetros depois de Beer Sheva e lá ele viu surgir a luz de uma manhã quente e seca e de um céu manchado, e todo o deserto estava cinzento, um deserto velho e usado, as colinas pareciam montes de lixo e as imensas cordilheiras eram como pilhas de ferro-velho estendendo-se por toda a linha do horizonte. Ele abandonou o jipe e se afastou vinte, trinta passos e urinou durante uns cinco minutos, e lá mesmo deitou de costas adormeceu e dormiu nas areias não longe da estrada um sono profundo e pesado até que foi acordado por três paraquedistas que passavam pela estrada num carro de comando e eles lhe disseram Levanta, seu doido, pensamos que você tinha se suicidado ou que os beduínos o haviam degolado, e quando disseram isso Ionatan reconheceu consigo mesmo que naquela manhã havia evocado em pensamentos essas duas hipóteses, e também viu a imundície das areias movediças que enchiam de uma poeira escura o ar daquele meio-dia abrasador e viu a feiura das montanhas distantes e disse "Porcaria", e não acrescentou palavra embora os três jovens paraquedistas, um dos quais com um avantajado terçol inchando um olho, não paravam de interrogá-lo, de quem estava fugindo e por que fugia e aonde pretendida chegar.

Ionatan ligou o rádio. Mas a estação deixara de transmitir e do receptor só irrompia seu assobio noturno. Ele desligou o aparelho, tirou do armário da roupa de cama um lençol e um cobertor e foi se lavar e escovar os dentes.

Ao sair viu que Rimona arrumara a cama deles e sintonizara na estação do Exército. Alguém expressava uma grave preocupação com os resultados da convenção dos comandantes de exércitos árabes que se realizaria no dia seguinte no Cairo. Disseram que haveria consequências e que se desenhava um rápido agravamento da situação. Ionatan avisou que estava saindo para fumar na varanda um último cigarro, mas dessa vez esqueceu de sair. Rimona, como sempre, despiu-se no banheiro e voltou numa camisola de flanela marrom e grossa que mais parecia um casaco de inverno. Despertaram Thia de seu sono ao pé da mesa. Ela encurvou as costas, espreguiçou-se, sacudiu-se, soltou um bocejo que terminou num ligeiro uivo, em leves passos dirigiu-se à porta e pediu para sair. Dois ou três minutos depois arranhava a porta do lado de fora pedindo para voltar. Deixaram-na entrar e a luz do quarto se apagou.

4.

De noite, na escuridão da cabana da barbearia, ouvindo e apreciando o gemido dos velhos eucaliptos batidos pelo vento e as pancadas de chuva no teto de zinco, Azaria Guitlin jazia de olhos abertos e evocava febris pensamentos sobre si mesmo, sobre sua missão secreta e sobre o amor que ele merece de todos os *chaverim* do kibutz e ao qual também fará jus depois que se revelar.

Lembrou-se dos homens e das mulheres cujos olhares o acompanharam em sua entrada no refeitório, os velhos pioneiros, tendinosos, bronzeados mesmo nestes dias de inverno, de tez morena e profunda como a de uma árvore de mogno. E, em comparação, os rapazes já crescidos, morosos, alguns deles parecendo atletas sonolentos. E as moças que olharam para ele quando entrou e com certeza trocaram cochichos: garotas cheias, douradas, sempre aos risos, que apesar das roupas simples irradiavam em toda a sua volta uma feminilidade insolente, divertida, contumaz e exímia em coisas que você não viu sequer em sonhos.

Azaria ansiava por se fazer conhecer depressa e sem mais demora por todas aquelas pessoas: falar, explicar, impressionar, despertar sentimentos fortes, penetrar e tocar com toda a sua força a vida de todas elas. Se apenas fosse possível pular os primeiros dias e o que tinham de constrangedor: ir direto ao cerne da questão e anunciar logo, com energia, a todos os membros do kibutz que ele agora fazia parte deles e o que era antes já não seria. Talvez desse um recital para todos no refeitório numa noite daquelas, e os sons de seu violão sacudiriam até os corações mais cansados. Ele expressaria as visões originais que com muito sofrimento idealizara durante anos de solidão, ideias inovadoras sobre justiça, e política e amor e arte e o sentido da vida. Reuniria em torno de si os jovens, esses cujo cotidiano e o pesado trabalho físico lhes haviam esfriado as convicções. Organizaria uma série de palestras e acenderia neles um renovado entusiasmo. Criaria um grupo de estudos. Escreveria artigos no órgão do kibutz. Iria surpreender o próprio Iulek lançando uma nova luz sobre o período de governo de Ben-Gurion. Participaria de debates nos quais prevaleceria com pontos de vista vitoriosos. Rapidamente todos saberiam que alguém como poucos viera morar com eles. Começariam a lhe trazer questões e a pedir sua opinião. Aos sussurros, no escuro dos dormitórios com a chuva a cair lá fora, falarão sobre ele sem parar. Um rapaz maravilhoso, dirão, e as garotas acrescentarão: que solidão se percebe em seus olhos. Ele arrebatará sua afeição e sua admiração com a força de seu ardor interno. Será escolhido e viajará para representá-los. Apresentar-se-á em seu nome nas convenções do movimento kibutziano. Estabelecerá novos rumos. Derrubará conceitos estabelecidos já ultrapassados. Deixará todos extasiados com uma ideia revolucionária avassaladora. Derrubará muralhas com palavras. Pessoas estranhas, pessoas que nunca havia encontrado e talvez não encontre jamais falarão dele em centenas de lugares ao mesmo tempo. No início dirão: Este, este rapaz novo, este que se levantou na última convenção e falou menos de quatro minutos de maneira brilhante, e deu a eles de uma vez por todas o que eles já mereciam há muito tempo. Depois dirão: Azaria, a nova descoberta, a força emergente dentre os jovens, ainda ouviremos muito sobre ele. E depois disso dirão: Ainda tem gente empedernida e teimosa a ponto de refutar os novos princípios que Guitlin cristalizou. Os líderes do movimento, ainda um pouco restritivos e já tomados de preocupação e curiosidade dirão: Muito bem, muito bem; que venha nos ver para uma conversa séria, por que não. Pelo contrário, vamos vê-lo e ouvi-lo de perto. E quando ele sair de seu gabinete dirão: Não há o que dizer, fomos conquistados; é um verdadeiro prodígio. Depois de algum tempo a imprensa começará a cercá-lo. E o rádio. Vão se interessar. Pedirão que a secretaria do kibutz lhes forneça dados sobre ele. Ficarão surpresos com o mistério que cerca sua origem e sua biografia: o quão pouco se pode saber. Apareceu do meio da escuridão numa noite de inverno.

Nos suplementos das sextas-feiras, conservadores irados se oporão a ele. Em longos artigos tentarão inutilmente apagar o fulgor das ideias que emanam dele. Ele, por sua vez, em quatro ou cinco linhas lhes dará uma reposta enérgica e arrasadora. Num mecanismo demolidor e elegante de impiedosa finura; e para concluir, como dando um tapinha nos ombros daqueles velhos, escreverá também três ou quatro palavras de conciliação, como: Não se pode ignorar a contribuição decisiva de meus adversários para a formação das bases do pensamento de sua geração.

Moças enviarão cartas à redação para defendê-lo. Terá curso um debate generalizado sobre esse novo processo do qual Azaria Guitlin é o porta-voz inconteste. Surgirão sinais de que em torno dele aglutinam-se novas forças. E aqui e ali se ouvirá a palavra "alvíssaras".

Ele, de sua parte, insistirá em permanecer nesta cabana da barbearia. Para espanto de todos, recusará um quarto oferecido pela direção do kibutz. De quando em quando se reunirá com ele, neste barraco em ruínas, um pequeno grupo de ativistas jovens de todas as filiais do movimento. E para sua surpresa constatarão que Azaria Guitlin não possui nada a não ser uma cama de ferro, uma mesa capenga, um caixote quebrado e uma única cadeira. Mas as numerosas estantes de livros que cobrirão as paredes em redor, elas e o violão apoiado num canto, serão testemunhas silenciosas de noites inteiras de estudo e de reflexão, da gravidade de sua solidão ascética. O rapaz agressivo que o recebera quando chegou ao kibutz foi quem se prontificou, por vontade própria, a vir aqui um dia de manhã e montar as estantes de livros em volta, cobrindo todas as paredes da cabana. Seus visitantes terão de se sentar no chão, a beber sequiosos cada palavra sua, e só de vez em quando alguém interromperá o fluir contínuo de suas palavras para fazer uma pergunta de esclarecimento. De maneira alguma, cochicharão entre si as lindas garotas, de maneira alguma conseguiram convencê-lo a se mudar para um apartamento ou um quarto. Aqui o jogaram na primeira noite, quando viera da escuridão, e aqui ele teima em ficar; não tem quaisquer necessidades materiais. E há vezes que nós acordamos de madrugada e ouvimos os sons de seu violão irrompendo daqui como num sonho. Entre um número e outro, uma moça descalça se oferecerá para trazer de longe uma chaleira e copos de café para as visitas e seu anfitrião. E ele agradecerá com um sorriso. As visitas irão embora e outras virão, entre elas também visitantes de muito longe, a fim de buscar inspiração, receber instruções. Absorver posturas. Ele, por sua vez, os advertirá que se preparem para uma luta prolongada. Pedirá que tenham fôlego longo. Contestará todas as táticas aventureiras e todo tipo de truques.

Certamente também terá de enfrentar adversários. Debaterá com eles nas páginas dos jornais, sempre com cortesia, comiseração e ironia. Conforme a necessidade, buscará subsídio em Espinosa ou em outros. Seu tom será conciliatório. Como se os velhos e furiosos guardiães das muralhas não fossem mais do que jovens atordoados e por isso ele, o atacado, com pena deles e de seu orgulho ferido, preferisse dar uma resposta amena e não jogar sal na ferida.

E enquanto isso as estudantes tentariam se relacionar com ele por meio de cartas pessoais. Jovens poetisas quererão se fazer conhecer, e uma delas lhe dedicará um poema intitulado "A tristeza da águia". Visitantes ilustres, pensadores, representantes da imprensa estrangeira virão visitá-lo, para se impressionar e trocar ideias com ele. Nele verão uma espécie de procurador, porta-voz espiritual da nova geração.

Ao cabo de algum tempo, talvez já no próximo verão, o primeiro-ministro Eshkol perguntará às pessoas próximas a ele quem é essa oitava maravilha de quem todos falam, por que não o trazem qualquer dia para se encontrar comigo, a fim de podermos avaliar de perto que mercadoria é essa? Ele será convidado para ir ao gabinete do primeiro-ministro e a secretária lhe dará dez minutos. Mas meia hora depois Eshkol ordenará que se desliguem todas as linhas telefônicas, surpreso e agitado ficará lá sentado, imóvel em sua poltrona, atento às análises de Azaria e a suas conclusões simples e certeiras. De quando em quando, o chefe de governo e ministro da Defesa fará uma pergunta e anotará as respostas a lápis em pedacinhos de papel. Assim se passarão muitas horas. O crepúsculo descerá nas janelas do gabinete e Eshkol não acenderá a luz. Na penumbra, Azaria falará definitivamente sobre tudo, tudo que pensou e costurou em seus anos de solidão. Por fim, um Eshkol encantado se porá de pé, pousará as mãos nos ombros de Azaria e dirá com simplicidade *Inguele*, é claro que vai ficar aqui comigo de hoje em diante, eu estou nacionalizando você, e a partir de amanhã às sete da manhã você vai ficar aqui, ao meu lado, numa sala interna à qual só se tem acesso pelo meu gabinete, de modo que você possa ser requisitado para qualquer assunto. E agora me diga, por favor, quais você acha que são as verdadeiras intenções de Nasser e, em sua opinião, qual o caminho certo para unir novamente a nossa juventude.

Por fim, a horas tardias da noite, quando ele sair do gabinete do primeiro-ministro as secretárias de belos quadris trocarão cochichos, e ele passará entre elas pensativo, os ombros um pouco caídos, e seu semblante não expressará orgulho ou vitória, mas responsabilidade mesclada com uma tristeza cativa.

Um dia Iulek Lifschitz, o secretário do kibutz Granot, dirá a sua mulher, Chava: E então? E quem foi que descobriu o nosso Azaria? Eu o descobri, embora em minha ignorância quase o tenha jogado escada abaixo; nunca vou esquecer como veio dar aqui conosco numa noite de inverno, um tipo duvidoso e encharcado como um pinto pelado que caiu no molhado, e agora olhe e veja no que ele deu.

No trabalho que o esperava no dia seguinte bem cedo na oficina, Azaria nem sequer pensou. Ele não descobriu como, nem se esforçou para apagar a fraca luz que vinha de uma lâmpada nua e poeirenta no teto do quarto. Seus pensamentos se turvaram e ele não conseguia se aquecer com os finos cobertores de lã, e tremia de frio. Do outro lado da divisória de compensado, começou a se ouvir depois da meia-noite uma espécie de balbucio uniforme, como uma oração ou um juramento sussurrado, uma voz tristonha que se prolongava num breve soluço, numa língua que não era hebraico nem um idioma estrangeiro, com um acento desértico gutural como das profundezas de um sono ruim:

"Porque tlumultuam-se os povos e coisas vãs tramlam as nações... contra o Senhor e sua Messias... e era desprelzível e nenhum caso fizemos dele... e era respeiltado pelos trinta, mas não chegou aos três... baixo e desprelzível e não se moistura aos povos... e o rei David o encalregou de sua guarda... Asael, irmão de Joab, era dos trinta, e Eklhanan, fillio de seu tio, Chelcts o paltita, Ira ibn Ikesh o tekoanilta, e Tsalmon o achochilta... e era desprelzível, sem beleuza nem furmusura..."

Azaria Guitlin levantou-se e esgueirou-se descalço até a divisória. Por uma fresta entre as tábuas, viu um homem magro e alto sentado num banquinho baixo, encolhido e enrolado num cobertor até acima da cabeça, tendo nas mãos agulhas de tricô metálicas e sobre os joelhos um novelo de lã vermelha, tricotando e murmurando palavras sem sentido.

Azaria voltou para a cama e tentou se enrolar nos cobertores. Por entre as frestas das tábuas do barraco, entrava um vento frio, e seu gemido se ouvia das trevas lá fora. Era uma noite de inverno opressiva e deprimente, e os cobertores grosseiros de lã espetavam a pele arrepiada. Um frio úmido e virulento não parava de se infiltrar. O rapaz tentou se agarrar com unhas e dentes à força de suas palavras. E assim ficou deitado, meio acordado, meio dormindo, quase até de madrugada, e sonhava com a proximidade de mulheres que foram amá-lo, consolá-lo e mimá-lo no corpo e no espírito, tão grande era a admiração delas por ele. Duas mulheres jovens e cheias de corpo que sabiam tudo e não se envergonharam de tê-lo assim, entregue a suas mãos, deitado de costas de olhos fechados com o coração a bater, bater.

A manhã estava escura e gelada. Uma névoa enchia o ar, os céus haviam baixado até entre as casas e infectavam tudo com flocos de lã cinzenta e espessa. O frio dilacerava.

Às seis e meia da manhã, instruído por um bilhete deixado debaixo de sua porta, Ionatan Lifschitz foi buscar o novo mecânico para o trabalho. Encontrou-o desperto e já dando pulinhos e esticando os músculos "ao encontro do esforço que o espera". Primeiro os dois tomaram um café engordurado num canto do refeitório. Aqui ainda estavam acesas as luzes fluorescentes, pois quase não havia luz matinal. Desde o primeiro momento o rapaz falou sem parar. Ionatan não captou quase nenhuma palavra. A ele parecia ridículo que esse pequeno mecânico aparecesse para trabalhar em roupas limpas e arrumadas, e sapatos leves de cidade. As perguntas que ele lhe fez durante o café também eram estranhas: quando e como fora fundado o kibutz Granot, e por que se decidira erguê-lo aos pés da colina e não no alto da colina ou na planície aberta. E ele poderia dar uma olhada nos registros escritos do tempo em que ocorrera o estabelecimento pioneiro? Valeria a pena tentar estimular os fundadores do kibutz a falar e a anotar suas lembranças? Dirão a verdade ou tenderão a enaltecer e glorificar sua criação coletiva? E as vítimas, foram muitos os fundadores que caíram vítimas das balas dos agitadores árabes ou da malária, do vento abrasador e do trabalho extenuante? A maioria das perguntas o rapaz estranho respondeu ele mesmo, demonstrando perspicácia e talvez até conhecimento. Formulou uma espécie de reflexão ou epigrama sobre o trágico e eterno conflito entre o ideal elevado e a realidade cinzenta, entre a visão social revolucionária e os instintos primevos do coração. Dentro da enxurrada de palavras, Ionatan captou uma expressão do tipo "os claros e evidentes axiomas da alma", e ao ouvir esse discurso passou-lhe pelo espírito uma saudade cansada de algum lugar iluminado, algum vale distante banhado de sol às margens de um rio largo, talvez na África, mas quase no mesmo instante essa visão se diluiu e se apagou em seu coração. E em seu lugar despertou a vontade de saber o que tinha esse rapaz estranho, o que o apoquentava já de manhã. E essa vontade também esvaeceu e morreu. O frio, o cansaço e a umidade encolhiam Ionatan dentro de suas roupas. Seu sapato rasgado deixava entrar água, e essa água congelava os dedos do pé. E por que, então, não ia para casa agora, neste mesmo momento? Voltar e se enroscar na cama debaixo dos cobertores, ficar doente como seu pai e como metade do kibutz. Um dia como este tem de ser declarado por lei um dia de cama. Mas é preciso introduzir esse mecânico falastrão no serviço. Depois, veremos.

"Vamos indo", disse Ionatan com asco, afastando com o dorso da mão a xícara com borra de café, "vamos até a oficina. Já acabou de beber?"

Ao que Azaria Guitlin reagiu, levantando-se de um pulo e se desculpando, nervoso:

"Já acabei faz tempo, estou pronto e aguardando suas ordens."

E continuou, dizendo a Ionatan seu nome e sobrenome. E contou que já na noite anterior fora informado por Iulek, o secretário do kibutz, que Ionatan se chamava Ionatan e que Chava e Iulek eram sua mãe e seu pai. E também citou um pequeno provérbio.

"Por aqui", disse Ionatan, "e tome cuidado para não cair. Esses degraus são escorregadios."

"É da natureza das coisas", disse Azaria, "que não há e não pode haver acaso. Tudo vem do inevitável e é regido por leis. Até um tropeço ou uma queda."

Ionatan ficou calado. Ele não gostava de palavras e não confiava nelas. Intimamente sabia que a maioria das pessoas necessitavam de mais amor do que eram capazes de obter. E daí resultava todo tipo de tentativas esdrúxulas e mesmo ridículas de se relacionar e de se aproximar de pessoas estranhas por meio de palavras, muitas palavras. Como um cãozinho abandonado, pensou Ionatan, um cãozinho molhado que abana não só o rabo mas toda a metade traseira do corpo para agradar e receber um carinho. Eu não estou nem aí, nem meus carinhos. Não desperdice seus esforços, *chabibi*.

Esse pensamento passou por Ionatan sem clareza e sem continuidade, porque tinha a cabeça pesada. Ainda não abandonara a ideia de introduzir o rapaz no serviço da oficina, voltar para a cama e lá ficar, deitado e doente.

A caminho, os dois passaram por armazéns e telheiros, atravessaram poças e chafurdaram na lama. O rapaz não parava de despejar palavras. Já Ionatan se envolveu em silêncio e dele não saiu a não ser uma vez, para lhe fazer duas perguntas diferentes: se nascera em Erets Israel, e se já tivera a oportunidade de mexer num motor de trator de esteiras D-6, ou se pelo menos já vira de perto um motor desses.

O rapaz respondeu às duas perguntas negativamente: não, ele nascera na diáspora (Ionatan ficou um pouco surpreso por ele ter usado a expressão "na diáspora", em vez de dizer "no exterior", ou simplesmente o nome do país em que nascera); e não estava familiarizado com o trator de esteiras. Mas e daí? Na sua opinião, e de acordo com a sua experiência, todos os motores do mundo — por mais diferentes que sejam um do outro — são parentes, e quem conseguir decifrar um deles por inteiro será capaz de dominar os outros sem dificuldade. Sem diferençar, no homem e na minhoca o destino seu dedo toca. Tem um provérbio assim. Assim respondeu Azaria Guitlin, e Ionatan se perguntou de onde seu pai fora desenterrar aquela figura exótica.

O frio penetrava por baixo de todas as vestimentas. As paredes de zinco do abrigo dos tratores aumentavam a sensação gélida. Ao menor toque no zinco ou em outro metal, os dedos queimavam de frio. O chão da oficina estava imundo de óleo coagulado. Umidade, poeira e sujeira espalhavam-se por toda parte, e uma tribo inteira de aranhas erguera teias em forma de catedrais invertidas nos cantos, no teto de barrotes, entre as caixas e os caixotes e até nas máquinas. As ferramentas de trabalho pareciam ter sido furiosamente espalhadas em torno de um trator amarelo e desleixado, com as entranhas abertas. A máquina estava manchada de lama e de óleo negro. Aqui e ali, sobre o assento bamboleante do tratorista, entre as esteiras, nas dobras do capô retirado e afastado, rolavam chaves de boca de tamanhos diversos, e alicates, e chaves de fenda, e porcas, e hastes de ferro, e no chão havia ainda uma garrafa de cerveja cheia até a metade com um líquido bolorento, e havia correias de borracha, e sacos rasgados, e engrenagens comidas pela ferrugem. Sobre tudo isso pairavam os penetrantes cheiros químicos de óleos lubrificantes, borracha queimada e vapores de diesel e querosene. O lugar era puro abandono. Ionatan, que ficava deprimido só de entrar todas as manhãs na oficina, lá estava, irritado e insistente, os olhos avermelhados fixos na máquina e no rapaz novato, que com suas roupas limpas saltitava em volta dela como um gafanhoto, até se deter junto ao nariz do trator, como que a postos para uma foto festiva, e declarar alegremente:

"Um novo tempo, um novo lugar, e aqui eu sou um novo operário. Todo começo tem o gosto de um renascimento, enquanto o encerramento, todo encerramento, está sempre impregnado do cheiro da morte. Devemos receber tudo com tranquilidade, com o coração leve, porque o destino, em qualquer de suas feições, sempre emana de uma sina inexorável e eterna, assim como a própria essência de um triângulo obriga a que a soma de seus ângulos seja sempre igual a dois ângulos retos. Você, Ionatan, se pensar um momento nessa ideia, constatará, para sua surpresa, que ela, além de verdadeira, suscita em nós uma maravilhosa calma interior: aceitar tudo, decifrar tudo e gozar de paz de espírito. Bem, não vou esconder de você que eu desenvolvi essa ideia a partir do filósofo Espinosa. Mas o próprio Espinosa era, de profissão, um lapidador de diamantes. Eis aí, eu lhe revelei um resumo da minha bandeira. E você, Ionatan, qual é a sua?"

"Eu", disse Ionatan distraidamente, enquanto chutava desatento uma lata vazia de óleo de máquina, "eu estou congelando de frio e ficando doente. Por mim, a gente derramava agora um pouco de gasolina embaixo de um tonel de diesel, jogava um fósforo aceso, fazia uma bela fogueira e incendiava de uma vez por todas toda esta porcaria, a oficina, as máquinas e a sujeira, tudo junto, para aquecer um pouco os ossos. Olhe: este é o nosso paciente. Com um pouco de boa vontade é possível dar a partida nele, mas depois de dois ou três minutos ele vai apagar. Não me pergunte por quê; eu não sei por quê. Será que você sabe? Quanto a mim, deixaram esta noite um bilhete debaixo da minha porta no qual estava escrito para ir buscar o novo mecânico que mora na barbearia, ao lado de Bolonezzi. Se você é mecânico, quem sabe você olha o que ele tem e enquanto isso eu fico aqui sentado descansando."

Azaria Guitlin encheu-se de entusiasmo: com a ponta dos dedos levantou as calças num movimento que lembrou a Ionatan as modelos que seguram as bainhas dos vestidos em noticiários de cinema. Depois disso, o rapaz trepou com extremo cuidado na esteira do trator e lá ficou de pé olhando com muita atenção as entranhas da máquina. Sem voltar os olhos para Ionatan, Azaria fez duas ou três perguntas simples às quais Ionatan soube responder. Depois fez outra, e Ionatan respondeu de cima de um caixote virado:

"Se eu soubesse, não ia precisar de você aqui."

Azaria Guitlin não se ofendeu, e sim abanou a cabeça de cima para baixo três ou quatro vezes. Como que aceitando com compreensão e simpatia as agruras de seu interlocutor, deixou escapar uma observação nebulosa sobre a importância da intuição criativa inclusive nas áreas eminentemente técnicas e pacientemente bafejou a ponta de seus dedos de musicante.

"E então, o quê?", disse Ionatan com indiferença.

E eis que, para seu espanto, percebe de repente uma expressão de simpatia, calor e afeição iluminando o rosto do rapaz estranho. A quem era dirigida essa simpatia, se a ele, ao trator enguiçado ou ao próprio simpatizante, Ionatan não soube responder.

"Vou lhe pedir um grande favor", disse Azaria alegremente.

"Sim."

"Se não é difícil para você, dê a partida nele, por favor. Eu preciso ouvir. Ouvir e olhar também. Depois vamos ver se dá para tirar algumas conclusões."

As primeiras dúvidas de Ionatan já haviam aumentado, e agora veio a desconfiança. Assim mesmo subiu preguiçosamente ao assento do tratorista e tentou dar a partida na máquina. Por causa do frio terrível teve de fazer quatro ou cinco tentativas. Por fim as tossidelas entrecortadas do motor se fundiram e irrompeu um rugido rouco, contínuo, forte, muito estridente, ensurdecedor. Aquela enorme ferramenta começou a vibrar e a tremer no lugar como a reprimir com força um obscuro desejo.

Com muito cuidado, preocupado em não sujar a roupa, Azaria desceu de seu posto na esteira e se afastou do trator. Como um artista que se afasta para um canto do ateliê a fim de ter uma visão geral de sua obra, Azaria resolveu ficar num canto da oficina, no lugar mais afastado, junto aos tonéis de óleo e de diesel, entre imundas vassouras de piaçaba e montes de molas usadas. Lá se postou, fechou os olhos, assumiu um ar concentrado e prestou atenção ao ronco do motor, como se fosse um coral distante lhe cantando um madrigal e coubesse a ele captar de onde vinha o tom desafinado entre aquelas muitas vozes.

Para Ionatan, que observava de seu lugar sobre o caixote coberto com um saco, essa representação era ridícula e até estúpida, mas ao mesmo tempo também tocante, porque aquele rapaz estranho lhe pareceu, naquele momento, muito estranho.

De dentro do ronco do motor, começou a soar também um assobio muito fino e agudo, e, como um orador que tivesse forçado demais a garganta, a máquina irrompeu numas tossidelas roucas que a foram sufocando, entremeadas de curtos intervalos de silêncio. Por fim vieram cinco ou seis detonações mais fortes e depois o motor morreu, e lá fora de repente se ouviu, amargo e alto e pungente, o piar dos pássaros que gritavam no vento gelado. Azaria Guitlin abriu os olhos.

"É isso?", perguntou com um sorriso.

"É isso", disse Ionatan, "toda vez a mesma coisa."

"Você já tentou dar a partida e imediatamente engatar uma marcha?"

"É claro", disse Ionatan.

"E aí? Ele apagou logo?"

"Claro", disse Ionatan.

"Olhe", concluiu Azaria, "é muito estranho."

"E é isso que você tem a dizer?", perguntou Ionatan com um tom seco na voz. Já não tinha dúvida de que o rapaz era extravagante e simulador.

"A pressa", respondeu Azaria Guitlin suavemente, "a pressa já matou mais de um urso. É o que tenho a lhe dizer no momento."

Ionatan ficou calado. Entre os barrotes que sustentavam o teto de zinco, descobrira ninhos de passarinhos abandonados, e essa descoberta o afligira, como também estava odiando seu sapato, que já havia alguns dias abrira uma boca, e agora os dedos do pé congelavam dentro dele.

"E deste momento em diante", continuou Azaria Guitlin, "eu preciso pensar. Por favor, me deixe pensar um pouco."

"Pensar", sorriu Ionatan, "por que não? Pense." Ele se levantou com sua disforme roupa de trabalho, apanhou um saco rasgado e manchado de óleo e voltou a sentar sobre o caixote, enrolou o bico aberto do sapato em pedaços do saco, acendeu um cigarro e disse:

"Está bem. Pense. Quando acabar de pensar, diga 'acabei'."

E Ionatan espantou-se ao ouvir ainda antes de acabar seu cigarro a voz educada do rapaz:

"Sim, acabei."

"Acabou o quê?"

"Acabei de pensar."

"E o que você pensou?"

"Pensei", hesitou Azaria, "pensei que talvez depois de você acabar de fumar seu cigarro poderíamos começar a trabalhar neste trator."

Ionatan realizou sozinho toda a operação de conserto, e ela levou uns vinte minutos. Azaria Guitlin, limpo, atento, pálido, ficou ao lado e não parou de instruir Ionatan quanto ao que fazer: como se estivesse lendo as instruções de um livro aberto. Ele dirigiu o conserto de longe, como os grandes mestres enxadristas sobre os quais Ionatan tinha lido em suas revistas, esses que jogam às cegas, sem peças nem tabuleiro. Só uma vez no decorrer do trabalho Azaria escalou o trator e postou-se com muito cuidado sobre a esteira, olhou para as entranhas da máquina e, com a ponta da chave de fenda na mão, roçou com um toque de relojoeiro um dos contatos, e tornou a descer, tomando muito cuidado para não sujar sua roupa boa.

O trator foi ligado, num ronco ritmado e suave como o ronronar de um animal satisfeito. As marchas foram testadas com sucesso. O motor funcionou uns dez minutos impecavelmente. Depois Ionatan desligou a máquina e disse numa voz que soou alta demais no silêncio que se formara:

"Sim. É isso."

Não conseguia chegar a uma conclusão, se o novo rapaz era um feiticeiro milagroso e um mecânico de primeira, ou se tudo na verdade tinha sido muito simples, como agora depois do conserto parecia ter sido, e ele mesmo poderia ter dado conta sem dificuldade, caso seus pensamentos nos últimos dias não estivessem tão dispersos, e se não fosse o frio e o cansaço.

Azaria Guitlin comemorava sua pequena vitória numa alegria que ultrapassava todas as medidas: dava tapinhas sem fim no ombro de Ionatan — até que este se esquivou. E então começou a elogiar a si mesmo numa torrente de frases entusiastas e confusas. Citou ou formulou umas espécies de provérbios e ditos obscuros. Começou a contar longamente casos anteriores nos quais conseguira fazer milagres e deixar perplexos todos os seus adversários, e um fato que ocorreu com um certo major perverso de nome Zlotskin ou Zlotshnikov, e com ele mesmo, Azaria, e uma funcionária da oficina regional do Exército dividida em seus sentimentos, e o caso de um engenheiro mecânico diplomado pelo Technion que foi chamado de Haifa com urgência e sem resultado, e de novo sobre ele mesmo, e os lampejos que lhe acontecem de repente nas profundezas do cérebro, e sobre o cérebro humano de modo geral, e sobre as perseguições que ele, Azaria, sofreu daquele major Zlotkin ou Zlotnik, roído de ciúmes, e sobre conspiração, calúnia, e sobre as manobras de sedução daquela bela funcionária que já aparecera no início de sua história, e sobre a solução técnica revolucionária que ele desenvolveu e que lhe fora ardilosamente roubada, e com isso o cunhado do major Zlotshkin ficou milionário e até comprou com seu dinheiro uma pequena ilha redonda no mar Egeu oriental de onde continua a enviar a Azaria Guitlin cartas de admiração e de ameaça, e a propor negócios e sociedades, e tudo isso Ionatan ouvia ou não ouvia num pesado silêncio. Até que Azaria também se calou e começou a limpar com um trapo uma mancha de óleo azulada no bico do sapato. Ionatan disse:

"Bem. São oito e quinze. Venha, vamos descer e tomar o café da manhã. Depois voltamos para cá e vamos ver se conseguimos achar mais alguma coisa para fazer hoje."

A caminho do refeitório, ofegante e com o mesmo palavreado esforçado e exuberante, Azaria Guitlin começou contando duas anedotas sobre judeus que viajavam num trem na Polônia, uma vez na companhia de um padre antissemita e uma vez na companhia de um general corpulento, e como nas duas vezes a esperteza dos judeus prevalecera sobre a maldade ou a força física dos gentios. Ele riu sozinho de suas anedotas, mas não se desapontou com isso e ainda fez nervosamente uma blague sobre as velhas anedotas que só fazem rir os que as contam.

E agora Ionatan percebeu com grande atraso que esse novo figurante falava com um leve sotaque, muito bem camuflado e quase imperceptível: um "l" um tanto suave, um "r" mais longo, um "ch" que às vezes era soprado do palato como que depois de se ter engolido mal. E era evidente que esse Azaria se esforçava muito para disfarçar seu sotaque. Talvez de tanto esforço, talvez por causa da torrente de palavras, seu falar às vezes se complicava, quase sufocava, e então ele cortava as frases sem completá-las, mas evitando parar de falar e voltando imediatamente a arremeter nas palavras.

Ionatan pensou: não dá para comparar duas solidões. Se você pudesse comparar uma pessoa com a outra sem errar nem distorcer, talvez também fosse possível se aproximar um pouco. Olha esse tipo tentando com todas as forças me divertir ou me alegrar, enquanto ele mesmo é tão pouco alegre. É uma planta torta, e também sensível e também arrogante, e também dissimulada e rastejante. Às vezes chegam no kibutz tipos estranhos que permanecem estranhos até o fim. Alguns fazem barulho, se entusiasmam, exageram sem limite em seus esforços para se identificar, se relacionar e se assimilar no kibutz, mas depois de algumas semanas ou de dois ou três meses desistem e somem de repente e nós aqui os esquecemos por completo ou lembramos eventualmente algum incidente ridículo ligado a eles, como a divorciada corpulenta que esteve conosco há uns dois anos e escolheu exatamente o velho Stutchnik para ser o herói de seus flertes, até que Rachel Stutchnik os surpreendeu na casa de cultura ouvindo juntos uma obra de Brahms, com o velho sentado no colo dela. Esses vão embora e outros vêm e estes também por sua vez desaparecem. Talvez ele pense que eu sou o representante do kibutz, o filho do secretário ou algo parecido, que o estou testando e avaliando, e ele extrapola querendo ser simpático e que eu goste dele à primeira vista. Mas quem pode gostar de uma criatura assim? Eu seria o último. E muito menos agora, quando me é difícil suportar inclusive a mim mesmo. Em outros tempos eu talvez pudesse tentar simpatizar com ele e talvez até lhe sugerir que se acalmasse. Ele vai subir aqui pelas paredes, depois vai se cansar e fugir. Calma, rapaz, acalme-se um pouco.

Ionatan disse:

"Você precisa ir à rouparia pedir que lhe deem roupas de trabalho. No caixote que fica atrás dos tonéis de diesel estão as botas do Faiko. Faiko é quem trabalhou na oficina todos esses anos. Quando voltarmos do café da manhã, você pega essas botas."

Caía uma chuva rala e fina, que os espetava como alfinetes. O vento afiava esses alfinetes gelados, e em seu redemoinho os atirava em várias direções. Os fios de eletricidade se embaralhavam no ar e cantavam uma estranha melodia.

Perto das torneiras na entrada do refeitório, quando os dois lavavam as mãos, Ionatan percebeu que Azaria tinha dedos muito delicados, compridos, tristes. Essa visão trouxe Rimona de volta aos seus pensamentos. E ao se lembrar de Rimona também a avistou: estava sentada com suas amigas a uma mesa afastada num canto do refeitório. Abraçava com as duas palmas e os dez dedos uma xícara de chá. Ele sabia que a xícara estava cheia e que ela a segurava assim para aquecer os dedos, que estavam sempre gelados. Por um instante Ionatan perguntou-se no que ela estaria pensando esta manhã depois da noite da véspera. E por um momento repreendeu a si mesmo, o que me importam os pensamentos dela, não quero saber, quero ser solteiro de agora em diante, e isso é tudo.

Durante todo o café da manhã, Azaria Guitlin continuou tentando se enturmar. Não parou de falar com Ionatan e também com dois outros *chaverim* que se sentaram à mesa deles. Iashke e o pequeno Shimon, do redil das ovelhas. Ele lhes disse seu nome e perguntou se podiam dizer-lhe os seus. Contou com detalhes e com estranha alegria a noite em claro que passara na cabana da barbearia. Como nos filmes de terror, lá se ouvira do outro lado da parede, exatamente à meia-noite, um murmúrio quebrado e entrecortado, e ele vira, acordado ou semiadormecido — não conseguia ter certeza de jeito nenhum —, um espírito morto exercitando-se numa espécie de canto distorcido de cantor de sinagoga, repetindo juramentos e sussurros da Bíblia, numa língua antiga e morta, talvez em caldeu ou hitita. E Azaria contou ainda o episódio do conserto do motor, e tratou de conseguir que Ionatan o elogiasse, despertando nos dois, em Shimon e Iashke, espanto e admiração; chegara ao kibutz apenas na noite anterior, e foi só depois de muita hesitação que Iulek, o secretário, concordara em que ele ficasse por um período de experiência, e Iulek e Chava haviam insistido muito para que ele descansasse um ou dois dias e se aclimatasse um pouco antes de começar a trabalhar, mas ele confiara em seu sexto sentido, que lhe dizia para não esperar e que cada hora podia ser decisiva. Por isso já esta manhã se levantara e correra para a oficina e já em seu primeiro desafio tinha conseguido, como dizer, provar, não, não provar, demonstrar, não, não demonstrar, a palavra é justificar, a confiança e corresponder às esperanças que nele foram depositadas. Na verdade, os elogios cabiam à intuição dele, e não a seu discernimento ou talento. Quando ouvira os ruídos do motor, tivera o lampejo: não com força mas com sarro é que Ivan vai desatolar o carro, como se diz, e daí continuou a descrever alegremente lampejos pregressos que lhe acometeram o cérebro em diversas ocasiões, não só em questões técnicas mas também em política e na maneira de ver o mundo, e na música.

Se algum comensal reagia a toda essa falação com um sorriso distraído, Azaria também ria em voz alta e retomava entusiasticamente seus esforços.

Ionatan serviu café em duas xícaras e estendeu uma delas a Azaria, ao que este agradeceu sensibilizado e, voltando-se para Iashke e Shimon:

"Uma mão oculta", disse, "nos conduziu desde o primeiro momento, o *chaver* Ionatan e eu, para formarmos juntos uma equipe única e coesa. Com que calor, e com que paciência, e com que... sim, foi ele quem me recebeu no trabalho, e o delicado tato desse rapaz que nunca fala sobre si mesmo..."

"Pare com isso", disse Ionatan.

Iashke disse:

"O que é que tem, deixe alguém falar bem de você pelo menos uma vez, para variar."

Depois disso o pequeno Shimon tirou do bolso um jornal matutino amarrotado, procurou e achou a página de esportes. A manchete da primeira página relatava um curto e ferrenho combate entre blindados israelenses e tanques sírios na fronteira norte, no setor de Dardara. Pelo menos três blindados do inimigo tinham sido destroçados e incendiados. Máquinas que trabalhavam na escavação de um canal que visava desviar de nós as águas do Jordão também foram atingidas e pegaram fogo; na fotografia sob a manchete via-se o comandante do comando do Norte cercado de soldados sorridentes com seus macacões de combate, e ele sorria junto com eles.

Iashke comentou que essa história não tinha fim.

Ainda escondido atrás da página de esportes, o pequeno Shimon declarou numa voz áspera e com certa aversão que, se pelo menos o livrassem dos russos, com os árabes ele daria um jeito com três ou quatro bons chutes, e pronto.

Iashke respondeu que tudo começara antes de os russos chegarem lá, e certamente iria continuar mesmo se os russos amanhã de manhã se mandassem de repente para casa.

E Ionatan, mais para si mesmo do que para os que conversavam, ponderou com sua voz baixa:

"Nós pensamos que tudo depende só de nós. Nem tudo depende de nós. E Eshkol não é exatamente um Napoleão. E, afinal, nem tudo depende."

Nesse ponto, Azaria intrometeu-se tempestuosamente na conversa e começou a lançar ideias e mais ideias. A prever processos, a advertir quanto à estreiteza de visão geral, a contestar comentaristas e políticos, a divergir da linha de Ben-Gurion com base em certo critério e da de Levi Eshkol, com base numa argumentação diferente, e para desenhar em poucas linhas a obscura lógica dos russos convocou a ajuda de Ivan Karamazov e de Svidrigailov, provou que os eslavos, por sua própria natureza, não se deteriam ante restrições morais e lançou uma nova luz sobre o destino judaico. Ele levantou a voz solicitando com insistência a atenção de Iashke e não percebeu os olhares que eram lançados das mesas vizinhas enquanto construía um sinuoso discernimento entre a estratégia e a política do dia a dia e entre as duas e o ideal nacional que constitui a base de toda civilização. Previu uma guerra cada vez mais próxima e denunciou a cegueira geral. Descreveu sutis complicações e propôs estratagemas para contorná-las. Apresentou, à luz de tudo isso, duas perguntas fundamentais às quais ele mesmo respondeu. Em seu falar havia um fervor sofrido e arrebatador e uma nervosa força de imaginação. Apesar da estranheza e do espanto, despertou a atenção do grupo em torno da mesa, e uma vez Iashke moveu o queixo de cima para baixo e disse duas vezes certo, certo. E com isso incitou Azaria a mais uma arremetida, dessa vez sobre ser da própria natureza do bom senso ir buscar sempre o inevitável e as leis fixas que regem um grande número de eventos chamados erroneamente de acaso. Mas de repente descobriu que todos já tinham terminado havia algum tempo a refeição e só estavam esperando um pequeno intervalo em sua fluente palestra para se levantarem e seguirem seus caminhos. Nesse momento, Azaria se enredou sem saída numa frase comprida, repetiu-a, ressaltando uma certa expressão, de repente voltou e redesenhou a expressão e tentou acrescentar outra, mas calou-se de súbito e voltou a comer sua comida apressadamente, para não retardar ainda mais os outros. Começou a engolir sem mastigar e se engasgou, e pelo menos três vezes teve de espetar seu garfo em cada pedaço de tomate que lhe escapava como que de propósito.

Ionatan olhou para ele e viu que estava constrangido e agitado, e sentiu uma certa pena. Sorriu então para Azaria e disse tranquilamente:

"Coma com calma. Esses dois estão com pressa porque ainda não ganharam nem o sal da salada deles. Mas nós fechamos bem o trator de esteiras e agora temos tempo. Coma com calma e não se apresse."

E lá fora as águas cinzentas continuavam a cair sobre os canteiros e os gramados encharcados; não com força, não em rajadas violentas, não num martelar constante, mas turronas e insistentes como uma loucura congelada.

Ao entardecer — as noites de inverno chegam cedo e caem quase sem crepúsculo — Azaria Guitlin bateu à porta de Rimona e Ionatan. Ele chegou banhado e barbeado, o topete ainda úmido, e trouxe o violão consigo. Ao entrar pediu muitas desculpas por ter aparecido sem esperar convite: tinha lido nas fontes que o kibutz abolira, e com razão, todas as formalidades. Na verdade, ainda ontem à noite o secretário do kibutz, pai de Ionatan, lhe sugerira vir até aqui para travar conhecimento, e acontece que em seu quarto, isto é, o quarto onde o haviam instalado, na cabana da barbearia, a lâmpada elétrica era muito fraca e nem mesmo ler um jornal ou um livro ele podia, nem se dedicar a seus escritos. Do outro lado da divisória de madeira um homem esquisito fica andando sem parar de parede a parede. De seus passos Azaria concluíra que era um homem perseguido pelo destino, e ele murmurava pedaços de versículos e todo tipo de cantos num hebraico-que-não-é-hebraico. Azaria tencionara bater à sua porta e ver no que poderia ajudar, por princípio ele sempre costuma prestar ajuda, mas decidiu não fazê-lo antes de se aconselhar com seu amigo Ionatan. Enquanto isso o quarto de Azaria é cheio de sombras e ele não pode negar que essas sombras lhe causam tristeza. Então resolveu finalmente tentar a sorte e vir até aqui. Sim, obrigado, aceita com prazer uma xícara de café, um velho adágio russo diz mais ou menos assim: um homem só e tristonho logo atrai o demônio. Não era uma tradução exata do adágio, mas ele tentara salvar um pouco da rima. Ele realmente não estava incomodando? Então, se lhe permitem, promete que não vai dar trabalho nem ficar muito tempo. Trouxera o violão porque lhe ocorrera que talvez Ionatan e sua *chaverá* gostassem de música, e ele de bom grado tocaria para eles duas ou três canções simples, e se o ambiente ficasse propício os três juntos poderiam cantar um pouco. Achava muito agradável o quarto de Ionatan e de sua *chaverá* — ele dissera *chaverá*, companheira, e não mulher ou esposa porque ouvira ontem à noite do *chaver* Iulek que esse era o termo usado aqui no kibutz, e então achou que seria o mais adequado. Os móveis são simples e confortáveis, sem floreados supérfluos, e estavam arrumados com bom gosto e funcionalidade. E esse ambiente cálido é muito acolhedor para um coração cansado: queria que eles soubessem que seu coração estava cansado de tanta solidão. Ele, como expressar isto, então, não tem amigos. Nem um só amigo. No mundo inteiro. E a culpa era toda dele: até agora não soubera e não tentara saber como se conquistam amigos. Mas de agora em diante todas as cartas serão postas sobre a mesa, como se diz, de agora em diante tem início uma nova página em sua vida. Perdão por estar falando tanto; eles, Ionatan e sua *chaverá*, são capazes de pensar que ele é um grande falastrão, mas seria uma impressão negativa e enganosa: ele até que é, por natureza, calado e muito introvertido. Mas a partir do momento em que pisara nas terras do kibutz sentiu que chegara a seus irmãos espirituais, e seu coração se abriu. Em toda parte do mundo existe um abismo entre as pessoas, mas aqui calor, delicadeza, e também fraternidade... Eis aqui no bolso a sua carteira de identidade. Não a tirou para se identificar perante eles, mas porque entre suas folhas está guardado, desde o inverno passado, um ciclâmen seco. Ele quer dar essa flor à *chaverá* de seu amigo Ionatan. Por favor. Não recusem. É só um pequeno símbolo.

Rimona pôs uma chaleira para esquentar, Ionatan botou na mesa leite numa pequena vasilha ornada no estilo de Bukhara, e um prato de biscoitos. Rimona serviu laranjas. O quarto estava tranquilo, banhado na luz suave de uma luminária de parede, através de um abajur marrom, e na luz azulada do fogo que ardia no aquecedor. Thia foi até o visitante em seus passos macios, tocou com a ponta do focinho em seu joelho, farejou, suspirou e arrastou-se para debaixo do sofá. Só a cauda ficou de fora, peluda, batendo algumas vezes no tapete. Pois havia no chão um tapete cinza e comprido, aos pés da mesinha de café. Nas prateleiras se alinhavam quatro fileiras iguais de livros muito bem-arrumados. Pesadas cortinas marrons escondiam a janela e a porta que se abria para a varanda. Em todo o quarto reinava a paz. Os tons do estofamento do sofá e das poltronas combinavam entre si e com essa paz. O único quadro pendurado no quarto também inspirava tranquilidade: nele se via um pássaro escuro sobre um muro de tijolos vermelhos, e através da sombra e da bruma que preenchiam o espaço do desenho penetrava, sem vergonha, um jato diagonal de luz solar, cortando como uma lança dourada a neblina e a sombra e fazendo brotar um fulgor ofuscante num tijolo surpreso na extremidade do muro, na parte mais baixa do quadro, longe do pássaro cansado cujo bico, como Azaria descobriu num segundo olhar, estava entreaberto como que sedento, mas os olhos estavam fechados.

A chaleira elétrica começou a assobiar. A água fervera e Rimona serviu o café e levou-o à mesa. Ionatan perguntou quanto leite devia pôr na xícara do visitante. Azaria pediu licença de, se possível, tomar o café sem uma gota sequer de leite. De fora ouvia-se o barulho de um vento úmido nas copas molhadas das árvores, mas a chuva cessara havia algumas horas.

Rimona já ouvira de Ionatan a história do conserto do trator e dirigiu uma palavra amável a Azaria Guitlin:

"Pelo visto você gosta do trabalho, Ionatan me disse que você fez tudo direito."

Azaria, tomando muito cuidado para que seus olhos não cruzassem com os dela, revelou-lhe como estava contente por ter Ionatan como seu primeiro amigo no kibutz. Achava maravilhosa, disse, a tranquila simpatia de Ionatan, e é sabido que o primeiro contato num lugar novo pode decidir o destino: os homens e as cordilheiras não se aproximarão uns dos outros a não ser quando a terra tremer. A propósito, ele lera uma vez um artigo interessantíssimo sobre a questão da mulher no kibutz e não concordou com o que lera, chegando a uma concepção pessoal dele. E o que pensa Rimona? Para ele, a questão da mulher do kibutz ainda estava aberta.

"É uma pena", disse Rimona, "que calhou de você vir até nós no inverno, e não no início do verão. No inverno tudo parece mais triste, mais fechado. No verão os canteiros florescem, os gramados ficam verdes, as noites são muito mais curtas e menos escuras, os dias compridos-compridos e cheios, a ponto de cada dia parecer às vezes uma semana inteira, e da varanda também dá para ver o pôr do sol."

Ionatan disse:

"Mas até chegar o verão talvez achássemos alguém para trabalhar na oficina, e então você talvez não fosse aceito aqui. Por acaso, você veio exatamente na época certa. E também por acaso você tem queda para a mecânica, enquanto eu, como um boboca, já estava há três dias olhando e vendo diante dos meus olhos um simples entupimento de combustível sem perceber que não passava de um entupimento. Por acaso você chegou na época certa."

"E eu", disse Azaria Guitlin, "se me permitem expressar uma visão totalmente contrária, não acredito em acaso ou coincidência, por trás de cada fato atuam forças permanentes, que não conhecemos. O carroceiro força para a frente e faz, vem o destino e empurra para trás. Vejam, por exemplo, um homem, um cidadão, digamos que seu nome é Ioshafat Kantor, é professor de aritmética, solteiro, colecionador de selos e membro da comissão do condomínio, sai de casa à tardinha com intenção de dar uma volta e respirar ar puro durante uns dez minutos, e de repente vem uma bala perdida disparada da pistola de um, digamos, detetive particular que estava sentado no balcão de sua cozinha limpando e lubrificando a arma, e essa bala estoura a cabeça do tal Kantor. Eu, por mim, digo a vocês sem nenhuma hesitação: todas as ciências naturais, sociais, do espírito e da alma não conseguirão reconstruir essa sequência e convergência de centenas de eventos, talvez milhares e dezenas de milhares de eventos, que se juntaram com suprema precisão para provocar essa tragédia. Pois temos diante de nós uma admirável coincidência, uma coincidência em nível de milésimo de segundo e milésimo de milímetro, uma coincidência na qual participaram um sem-número de fatores de tempo, distância, retardamentos, vontades, erros, circunstâncias, decisões, meteorologia, óptica, balística, hábitos rotineiros, educação, genética, pequenos e grandes desejos, percalços, costumes, a duração do noticiário no rádio, o roteiro e o horário de um ônibus que passa, o pulo de um gato entre as latas de lixo, um menino que irritou a mãe numa ruela próxima etc. etc., sem nunca acabar. E cada um desses eventos tem uma cadeia de causas que também se ramificam de outras causas. Bastaria que um deles, e só um de todos esses milhões de fatores se desviasse por um fio de cabelo, como se diz, desse sistema perfeito de coincidências para que a bala atravessasse a manga da camisa, ou passasse em frente ao seu nariz, ou entre o cabelo de nosso herói fictício Ioshafat Kantor, ou estourasse o crânio de outra pessoa: o meu, por exemplo, ou de um de vocês, Deus nos livre. Ou estilhaçasse a vidraça de uma janela e se bastasse com isso. E cada uma dessas possibilidades e de outras cujo número é astronômico seria parte, por sua vez, de uma nova cadeia de eventos que gera consequências completamente diferentes cujo final, como se diz, quem pode prever? Etc. etc. Mas nós, em nossa grande sabedoria, nós o quê? Nós, de tanta burrice e de tanto medo e perplexidade e talvez até de tanta preguiça ou de tanta arrogância, dizemos: foi um triste acaso. E com essa mentira, uma mentira imbecil e grosseira, varremos o assunto, como se diz, da ordem do dia. Há muito tempo eu não bebia um café tão forte e estimulante, e se falei um pouco demais um dos motivos foi o café. Fora isso, já faz alguns anos que guardo um silêncio quase total, porque não tinha com quem falar. Esse professor de Bíblia sobre o qual construí a teoria, na verdade não existe nem nunca existiu. Mas o coração, como se diz, se entristece assim mesmo com a morte de uma pessoa íntegra e dedicada que talvez não tenha entusiasmado ninguém com suas aulas de Bíblia, mas também nunca prejudicou ninguém, nem a sociedade, nem o país, nem seu semelhante. Os biscoitos são mesmo maravilhosos. Foi você mesma quem fez, *chaverá* Rimona?"

Rimona disse:

"São apenas biscoitos."

Ionatan disse:

"Desde de manhã percebi que ele se entusiasma facilmente com qualquer coisa."

Rimona disse:

"Fiquei com pena desse professor da sua história."

Azaria disse:

"Ionatan tem um olho de águia, como se diz. Realmente não dá para esconder de vocês que eu muitas vezes fico entusiasmado e admirado. Mas frequentemente me arrependo dessa emotividade e pago com sofrimento por ser tão impulsivo. As pessoas podem ter uma impressão errada. Mas desta vez não vou voltar atrás: esses biscoitos doces, minha babá fazia para mim quando eu era pequeno. Não vou cansar vocês com a história da minha babá, mas quando vierem seus filhos vou contar, e vou contar a eles também, vezes seguidas, e vocês vão ver como as crianças pequenas gostam de me ouvir contar. Não vão deixar eu sair daqui a noite inteira. Crianças pequenas gostam muito de mim. Tem uma velha lenda sobre o comerciante judeu que chegou sozinho numa aldeia cheia de assassinos de judeus e com o toque mágico de sua flauta arrastou todas as crianças da aldeia e as afogou num rio. Crianças pequenas me seguem no fogo e na água pois eu lhes conto histórias felizes e também algumas histórias um pouco apavorantes."

"Por falar nisso", disse Ionatan em sua voz lenta e sonolenta, "não temos filhos."

Azaria levantou a cabeça e viu se desenhar uma espécie de sorriso amargo e fundo em torno dos lábios de Rimona, sem tocar os lábios em si mesmos, e a pontinha desse sorriso tocou por um instante seus olhos ensombrecidos, de longos cílios, e se apagou. Ela disse sem olhar para Azaria nem para Ionatan:

"Olhe, tivemos uma filha e a perdemos."

E após um momento acrescentou:

"Se aconteceu por acaso ou, como você diz, não por acaso, eu não sei. E queria saber por que aconteceu."

Após essas palavras, de novo reinou o silêncio. Ionatan se levantou, com toda sua altura e magreza. Recolheu as xícaras de café vazias e foi depositá-las na pia. Quando ele saiu, Azaria levantou os olhos e viu o cabelo claro de Rimona caindo-lhe nas costas e mais sobre o ombro esquerdo do que sobre o outro, viu seu pescoço fino como um talo de flor, as linhas de sua testa e de suas faces. Ele a achava bonita, e achava Ionatan bonito e amava os dois da profundeza de seu ser e invejava os dois e seu coração se confrangeu por ter mencionado filhos na presença de ambos e com certeza os magoando com isso, e ao mesmo tempo se envergonhou de si mesmo e se recriminou por estar quase contente de saber que não tinham filhos. Devo alegrá-los agora e sempre, pensou, tenho de me aproximar deles até que não possam mais ficar sem mim. Como era dolorosa a beleza pálida de Rimona, sua beleza cristã, nunca lhe permitirei descobrir quão baixo eu sou, e quão desprezível.

Nebulosamente, Azaria Guitlin começou a querer e esperar que essa moça o magoasse, ofendesse, lhe fizesse algum mal terrível, para então ser obrigada a apaziguá-lo com toda a suavidade de sua força. E ele não sabia como.

Ionatan voltou ao quarto e Azaria tornou a baixar os olhos. Ionatan fechou e afastou o livro *Feiticeiros e placebos* que jazia aberto e virado na ponta do sofá. Ele pôs o livro em seu lugar correto, na prateleira do meio.

"Pode-se fumar aqui?", perguntou Azaria educadamente.

Ionatan tirou do bolso da camisa e estendeu a Azaria o maço de cigarros caros, americanos, que o próprio Azaria lhe dera de presente na hora do almoço, depois do dia de trabalho de ambos na oficina.

Azaria disse:

"Na Antiguidade, na Grécia, havia filósofos que pensavam que a alma morava dentro do corpo, como um marinheiro em seu navio. Essa imagem encantadora deve ser rejeitada, como se diz, *in limine*. Tem um grego, também filósofo, que escreveu uma vez que a alma fica no corpo como uma aranha entre suas teias, e na minha modesta opinião essa imagem é muito mais precisa. Eu, com a perceptividade que desenvolvi em meus anos de peregrinação e sofrimento, descobri já há uns quinze minutos que vocês gostam de xadrez. E se me é permitido adivinhar, é você o aficionado, e não sua *chaverá*."

Rimona perguntou se Azaria queria jogar uma partida de xadrez com Ionatan, e perguntou a Ionatan se ele ia querer jogar agora com Azaria.

Ionatan abriu o tabuleiro e dispôs as peças, e Azaria balbuciou algumas palavras que tinham um certo tom de bazófia. Logo voltou atrás, desculpou-se e se corrigiu: quem saía vitorioso nos jogos olímpicos não era a pessoa mais veloz da Grécia, como disse um grande filósofo, mas a pessoa mais veloz entre os que competiam.

Enquanto isso, Rimona trouxe sua cesta de bordado, sentou-se junto ao rádio e pôs a cesta no colo sem abri-la. Encolhida e calada, encolhida e concentrada numa atenção tranquila e profunda, como se de longe lhe estivessem dizendo o que aconteceria amanhã, e nos dias seguintes, e como se ouvir isso não implicasse tristeza, ou alegria, ou surpresa.

Ionatan Lifschitz e Azaria Guitlin fumaram e jogaram sem falar. Havia lágrimas nos olhos de Ionatan, e ele não as enxugou nem quis se justificar nem explicar ao visitante que essas lágrimas eram causadas por alergia, porque Rimona afinal não tirara do vaso os ramos de pinheiro: não tinha encontrado outras flores em lugar algum.

Após seis ou sete lances, Azaria se complicou com um erro grosseiro. Sorriu com muito esforço e declarou que o jogo acabara ainda antes de começar, mas que para ele não fora senão uma experiência, uma verificação de terreno.

Ionatan propôs começar de novo.

Mas Azaria insistiu, quase ofendido, culpou os trovões lá fora de perturbarem sua concentração, e com uma irritação polida exigiu que continuassem a partida até o amargo fim: quem na derrota não foi ao chão não merece a graça da redenção. Quando ele disse isso, Rimona abraçou no colo o cesto de bordado, olhou para o visitante e viu a profusão de pequenas rugas que se movimentavam inquietamente em torno de seus olhos. E viu os olhos que, em pânico, piscavam sem parar porque haviam percebido o olhar dela. O visitante já tinha devorado, sozinho, todos os biscoitos que estavam no grande prato diante dele, com o cuidado de deixar um sobrevivente, um último biscoito de boa educação, que ele apanhava e largava, e de novo apanhava distraidamente e até chegou a levar à boca, mas que no último momento, como que espantado dessa baixeza, devolveu delicadamente ao prato. Rimona abriu o cesto e começou a bordar. Ela disse:

"O homem que você contou ter morrido com uma bala na cabeça, ele morreu ali mesmo e não chegou a sofrer. Eu me lembro, Ioshafat, era o nome dele."

"Claro", disse Azaria como que despertando, "acho que só consegui provocar gozação. Eu sempre digo o contrário do que me serviria."

"Sua vez", disse Ionatan.

Azaria empurrou de repente, com raiva, o bispo que lhe restara, numa diagonal quase de uma extremidade a outra no tabuleiro.

"Nada mau", disse Ionatan.

"Preste atenção", alegrou-se Azaria, "é só o começo."

E de fato após alguns lances e depois que assumira enorme risco, sacrificando um cavalo e dois peões, o visitante aparentemente saíra de sua situação desesperadora e até ameaçava o rei de Ionatan Lifschitz.

"Viram?", perguntou, embriagado pela vitória, mas com isso a inspiração pareceu tê-lo abandonado e ele perdeu inutilmente mais um peão e também permitiu que Ionatan voltasse a reassumir uma posição agressiva. O jogo de Ionatan era paciente, insidioso, muito preciso e calculado, ao passo que Azaria voltou a desperdiçar seguidamente as vantagens que obtivera com seus lampejos, porque após cada um desses lampejos se enchia de empáfia e de impaciência e cometia erros que envergonhariam até mesmo um principiante.

Rimona largou seu bordado e levantou-se para abrir a janela e renovar o ar, que se enchera da fumaça de cigarro. Thia também se levantou, arqueou as costas e sentou-se perto da mesa, a boca muito aberta, sua língua rósea estendida, e respirava com respirações curtas e rápidas, sem tirar os olhos de seus donos. Espichara as duas orelhas e as espetara para a frente, como se esforçando para não perder uma sílaba sequer. Parecia uma aluna sensata e organizada tentando com todas as forças se concentrar e causar boa impressão. Azaria irrompeu num riso rápido:

"Com o tempo", disse, "vou ensinar o cão de vocês a jogar xadrez. Tem cães assim, que aprendem coisas surpreendentes. Quando morávamos num acampamento provisório, ensinei a cabra de um iemenita a dançar 'Hava Naguila'."

Rimona fechou a janela, voltou a seu lugar no sofá e disse, como se continuasse pensando em voz alta, que com certeza era triste passar horas e horas na cabana da barbearia. No armário de baixo, assim lhe parecia, tem uma pequena chaleira elétrica que ela quase não usa e que pode emprestar a Azaria. Antes de ele ir embora vai lhe dar também café e açúcar e um pouco dos biscoitos de que ele gostara.

"Xeque", disse Azaria numa voz fria e má.

"De que lhe serve isso", admirou-se Ionatan, "se eu posso ir para cá, ou para cá, ou para cá também."

"A ideia é manter o ímpeto do ataque", explicou Azaria com um riso nervoso. E acrescentou: "Obrigado, Rimona, mas exatamente agora, que você me trata com generosidade e amizade, como poderia eu ofender Ionatan e lhe impor, como se diz, um massacre?"

"Sua vez", disse Ionatan.

"E proponho, como sinal de amizade, que concordemos em terminar agora empatados."

"Espere um pouco", disse Ionatan, "quem sabe você olha primeiro para o que está acontecendo com a sua torre. Você está em apuros."

"Eu", disse Azaria numa espécie de cantilena, "já perdi há uns dez minutos todo interesse que tinha nesse jogo banal e repetitivo e também, desculpe, monótono."

"Você", disse Ionatan, "perdeu."

"Que seja", disse Azaria, tentando assumir uma fisionomia de cômica bondade.

"E eu", disse Ionatan, "venci."

"Está bem", disse Azaria, "por favor, eu cheguei só ontem. E saibam que não dormi esta noite tantos eram os pensamentos, e tanta a emoção."

"E agora", disse Rimona, "a chaleira está fervendo outra vez."

E outra vez beberam. Azaria liquidou mais um prato de biscoitos. E então resolveu cumprir sua primeira promessa, embora Rimona e Ionatan não tivessem pedido e talvez nem se lembrado: tirou um violão muito gasto de seu estojo roto, afastou-se da mesa, de Ionatan e de Rimona e achou um lugar num banquinho marrom junto à porta da varanda. Thia o acompanhou e farejou de novo seus sapatos. Ele dedilhou duas ou três melodias simples e conhecidas que de vez em quando acompanhava baixinho com um hmmmm nasal e sem palavras. De repente, tomou uma decisão, encolheu-se em seu assento e começou a tocar algo que Rimona e Ionatan não conheciam. Era uma música melancólica e um pouco repetitiva.

Rimona disse:

"Esta é uma canção triste."

Azaria assustou-se:

"Vocês não gostaram desse trecho? Posso tocar uma porção de coisas. Só me digam o quê."

Rimona disse:

"Estava bonito."

Ionatan pensou um pouco, juntou lentamente as peças que ainda estavam no tabuleiro diante dele, arrumou todas as sobreviventes, brancas e pretas, em duas fileiras paralelas sobre a mesa e acrescentou:

"Tudo bem. Não entendo de música, mas vi que você toca esse trecho com um cuidado especial, como se houvesse o risco de se descontrolar e danificar as cordas se não tocasse com cuidado, do jeito que você tocou. Lembrei como de manhã você logo percebeu que o problema do trator era somente um entupimento de combustível. Se você quiser, vou falar de você com Srulik, que é o nosso responsável pelas atividades musicais. Mas agora talvez seja melhor que comecemos a nos dirigir ao refeitório para o jantar."

Azaria disse:

"Também seu pai, o *chaver* Iulek, me falou ontem sobre esse Srulik. E o mais interessante é que quando entrei no quarto dele ele se enganou e me chamou de Srulik. Não é e não pode ser possível, na minha opinião, que no mundo aconteçam coisas por acaso. Tudo está arranjado."

Antes de saírem para o refeitório, Rimona deu a Azaria Guitlin a chaleira elétrica e um saquinho de açúcar, e também uma lata de café e um pacote de biscoitos. Ionatan procurou e achou em uma das gavetas uma lâmpada elétrica nova para Azaria poder substituir a lâmpada fraca de sua cabana. Mas a um segundo olhar constatou-se que a lâmpada que Ionatan achara não era mais forte que a da cabana.

Na hora do jantar, no refeitório, Azaria começou a discursar para seus anfitriões sobre a situação internacional. Suas complexas considerações o levaram à inevitável conclusão de que em breve começaria uma grande guerra entre Israel e a Síria. Todas as provocações sírias que agora ocorriam quase diariamente não eram senão uma armadilha: se Eshkol se enfurecer e decidir atacar as colinas do Golan, de Horan e Bashan em Wacha G'ebel Druz, a armadilha se fechará sobre nós e nós, com nossas próprias mãos, estaremos dando aos russos excelente pretexto para enviar seu exército contra nós e nos esmagar. É preciso chamar a atenção de Eshkol. Estão pondo diante de nós uma isca, para que comecemos a perseguir Mahmud até que na extremidade do beco, ao dobrar a esquina, caia sobre nós Ivan, que estava escondido lá com um machado na mão. Azaria tencionava redigir uma espécie de memorando sobre isso e entregá-lo ao *chaver* Iulek Lifschitz; o *chaver* Lifschitz poderia decidir livremente se passava o documento ao primeiro-ministro ou se ignorava os perigos como todos estão ignorando.

Para Ionatan, toda essa conversa era sem fundamento e mesmo cansativa, e ele abocanhava calado o pão que tinha na mão enquanto dava conta de uma grande salada e uma omelete dupla. Mas Rimona ouvia cada palavra e uma vez até perguntou o que Azaria faria agora para que não ocorresse uma tragédia. E com isso o entusiasmo de Azaria recrudesceu e ele esqueceu completamente as verduras que Rimona pusera em seu prato e concebeu de pronto a astuciosa artimanha de incitar as grandes potências uma contra a outra, esgueirar-se silenciosamente do conflito escapando incólume, e até sair ganhando.

Eitan R. deteve-se um instante junto à mesa deles e disse a Azaria, pilheriando:

"Então, estou vendo que você não se perdeu. Eu moro no último quarto, ao lado da piscina, e se você por acaso deparar com a justiça por aí, vá logo me avisar para que possamos liquidá-la enquanto ainda é uma criança."

Chava, a mãe de Ionatan, também saudou-os com um aceno de longe, dirigido à mesa deles. E o pequeno Shimon, do redil, se aproximou e juntou-se a eles com uma xícara na mão e perguntou se Ionatan concordaria em lhe emprestar o rapaz novato por um ou dois dias para que ele fizesse também no redil milagres e prodígios.

Ionatan fumou um cigarro americano e ofereceu um a Azaria.

Ao saírem do refeitório Rimona convidou Azaria, tocando-não-tocando em seu cotovelo, a ir visitá-los em outras noites também, para conversar, tocar, jogar xadrez.

Depois se despediram e seguiram caminhos distintos.

Em seu percurso até a cabana em que estava morando, Azaria pensou no quadro pendurado na parede do quarto de Ionatan e Rimona: um pássaro escuro e sedento em cima de um muro de tijolos, sombra e neblina, uma baioneta enviesada feita de luz solar e uma ferida ardente em um dos tijolos num canto baixo do quadro. Fui convidado a ir outro dia, tocar, conversar e jogar xadrez, ela terá de usar todas as suas forças para me apaziguar, para que eu a perdoe. Ela deu à luz uma filha e o bebê morreu, e agora não lhe restou nada.

Antes de seguir para a casa de Anat e Udi, a fim de repassar o romaneio, Ionatan disse a Rimona:

"Ele é um grande falastrão, um enganador e um exagerado, jactancioso e também adulador, e veja como apesar de tudo isso ele de algum modo consegue despertar alguma simpatia. Eu vou falar com Udi sobre as remessas de fruta, não volto tarde."

A noite era espessa, não chovia mas o ar estava frio e saturado e o vento não parava de soprar. Que coisa engraçada, pensou Rimona consigo mesma, e também sorriu para si mesma na escuridão.

Nos dias que se seguiram, Azaria Guitlin consertou implementos agrícolas diversos, entre necessários e supérfluos. Sua energia extrapolava todo limite. Ele lubrificou, ajeitou, apertou, desmontou e montou de novo, trocou baterias descarregadas, ajustou correias de borracha, poliu e deu brilho. Por todos esses esforços Rimona lhe beijava o queixo em seus sonhos noturnos. Também tomou entusiasticamente a iniciativa de limpar e arrumar toda a maltratada oficina mecânica: dispôs as ferramentas de trabalho numa ordem lógica, montou um quadro de madeira no qual pendurou por ordem de tamanho as chaves de fenda e as chaves de boca e as torqueses. Em cada prateleira e gaveta colou uma etiqueta de identificação. Limpou com detergentes fortes o piso imundo de cimento. Fez Ionatan Lifschitz subir no telhado de zinco e dar cabo dos ninhos de passarinhos e das teias de aranha entre os caibros aparentes. Preparou uma espécie de catálogo de peças de reposição. Classificou todo o estoque. Por fim teve a ideia de recortar de um dos semanários em cores um retrato grande do ministro da Assistência Social e o pendurou na parede da oficina. Daquela manhã em diante o dr. Burg passou a contemplar todas as ações de Ionatan e de Azaria com seu rosto redondo, bonachão, com uma expressão de prazerosa satisfação.

Todas as manhãs Azaria chegava cedinho e esperava por Ionatan e pelas chaves da oficina. Vestia roupas de trabalho azul-escuras novas, um pouco grandes para ele. E quando Ionatan chegava, sonolento e irritado, às vezes lacrimejando por causa da alergia, Azaria tentava diverti-lo e melhorar seu humor com histórias da vida de famosos grandes mestres do xadrez das gerações passadas, Alekhine, Capablanca, gigantes diante dos quais Mikhail Botvinik e Tigris Petrossian não são mais que epígonos, como se diz, e nem vale a pena desperdiçar palavras falando deles. Todo esse conhecimento Azaria obtivera das revistas que o próprio Ionatan lhe emprestara, e que ele estudava em detalhe todas as noites na cama.

Uma noite Azaria foi à casa de Iulek e de Chava. Das oito até quase meia-noite, despejou sobre eles suas ideias quanto ao destino cíclico do povo de Israel, destruição, redenção, e de novo destruição. Para isso ele tinha sua teoria original, mas preferia citar de antigos artigos que o próprio Iulek Lifschitz escrevera, e que Azaria recolhera dos volumes encadernados do órgão do partido, que achara na casa de cultura. Azaria Guitlin também tinha desenvolvido sua teoria pessoal sobre a questão do status do indivíduo criador no contexto da sociedade kibutziana, e com entusiasmo discorreu sobre ela para seus anfitriões. Ele revelou um conhecimento parco e um fervor imenso, e mesmo assim conseguiu formular aqui e ali uma frase original e quase espantosa. Depois que ele saiu, Iulek disse a Chava: Ouça, Chava, nessas coisas eu raramente me engano, e lhe digo com toda a certeza que esse rapaz tem uma centelha. Com a graça de uma boa garota talvez saia dele alguma coisa.

E Chava disse:

"Ele é estranho e muito triste. Na minha opinião isso não vai acabar bem. Você e suas descobertas."

* * *

    Azaria perdeu numa aposta os dois últimos maços de cigarros americanos que trouxera consigo para dar de presente aos novos amigos que fizesse no kibutz; ele aterrissou no quarto de Eitan R., o último cômodo junto à piscina, apresentou-se de novo a Eitan e fez amizade com as duas garotas que moravam com Eitan desde o início do inverno, falou sobre cítricos, alegou que a toranja basicamente não é senão um híbrido, fruto do cruzamento da laranja com o limão, sugeriu que apostassem quanto a isso, pediu o testemunho das duas garotas bem como o veredicto delas, sujeitou-se incondicionalmente à opinião delas e depositou sobre a mesa os dois maços de cigarro. Antes de sair prometeu que na próxima vez traria consigo o necessário volume da *Encyclopaedia Britannica* e provaria preto no branco que existe um cítrico — talvez não exatamente a toranja — que é fruto do cruzamento de duas espécies distintas: talvez a tangerina, ou mandarina. E de lá foi para a casa de Srulik, o musicante, e durante dez minutos tocou no violão dele. Febricitante, rindo sem parar, piscando os olhos, parecia um gatinho implorando uma carícia. E de fato foi aceito em experiência no quinteto de instrumentistas do kibutz.
    Entre uma chuva e outra Azaria procurou e achou as moradias das meninas do Instituto Educacional. Ele se apresentou como músico e como um mecânico que se encarregara de sustar a decadência da oficina mecânica, e também como amigo pessoal do secretário do kibutz, de seu filho Ionatan e do *chaver* Eitan R. As garotas se agruparam em volta dele e exigiram ver com os próprios olhos se ele seria capaz de ressuscitar um aparelho de rádio que deixara de funcionar. Azaria acedeu, solicitou que ficassem em total silêncio, proferiu uma pequena palestra sobre a ciência da telecinética e o mistério da sujeição de objetos inanimados à radiação da vontade humana, e aos poucos as garotas iam trocando a gozação pela admiração. Então Azaria irrompeu num riso frouxo e admitiu que as havia feito de bobas, e que não poderia fazer o conserto com as ondas da vontade a não ser numa noite de lua cheia. Em compensação, pediu e recebeu um maço de cartas e deixou-as todas perplexas com truques matemáticos em que adivinhava combinações. Ficou com elas até tarde da noite, serviram-lhe café, descreveu num discurso fluente o deus dos filósofos Espinosa e despertou uma curiosidade um tanto zombeteira e alguma simpatia, a qual abraçou com todas as forças e sobre

a qual exagerou muito quando relatou tudo a Ionatan Lifschitz na manhã seguinte, na oficina.

Na quinta-feira, tornou a aparecer no quarto de Rimona e Ionatan. Devolveu, agradecendo, parte do açúcar e do café que lhe haviam dado, dizendo que já recebera esses gêneros da despensa central por determinação do secretário. Deu de presente a Rimona um quebra-luz de abajur trançado com vergônteas, que ele mesmo fizera, para enfeitar a luminária de mesa. Era somente, assim disse, um presente simbólico.

Na noite de véspera do *shabat*, chegou aqui um palestrante itinerante do comitê executivo da Histadrut, o Sindicato Geral dos Trabalhadores, e ele discursou no refeitório sobre o destino cruel dos judeus da Rússia soviética. Esse palestrante trazia em sua pasta uma grande quantidade de cartas antigas, quase aos pedaços, que haviam chegado por vias precárias do outro lado da cortina de ferro. Dessas cartas ele leu para o público — só havia veteranos do kibutz, os mais jovens tinham encontrado outras ocupações — trechos de cortar o coração. Srulik, o musicante, contava depois que o rapaz novato, sentado a seu lado, chorou durante a leitura. Depois, aparentemente, controlou-se ou mudou de humor, fez uma pergunta ao palestrante, não se contentou com a resposta, fez mais uma pergunta e até começou um debate. Quem não assistiu a isso com os próprios olhos recusou-se a acreditar nessa história de Srulik, o musicante.

Seja como for, Azaria Guitlin era tido como uma pessoa estranha pela maioria daqueles que o conheciam ou que ouviam o que estes diziam dele. O Espinosa de Iulek, chamavam-no por trás, e os rapazes do Instituto Educacional aperfeiçoaram o epíteto, dizendo: Chimpnoza. Eitan R., por sua vez, imitava admiravelmente os trejeitos e o sotaque de um Azaria atolado na lama até os joelhos, pingando água e fazendo discursos sobre a justiça que só no kibutz ainda se pode encontrar hoje em dia, e pedindo uma reunião urgente com o "chefe do kibutz". Mesmo assim, Eitan R. concordou num sacudir de ombros com a opinião do pequeno Shimon, de que o rapaz tinha a capacidade de falar uma hora inteira sobre política como se fosse um conto policial ou de ficção científica, e que não era cansativo ouvi-lo, contanto que se tivesse muito tempo livre.

Além de uma moderada curiosidade e de gozações eventuais, nenhum de nós pretendia magoar Azaria Guitlin, pois é impossível sermos todos parecidos uns com os outros, e sempre haverá desses e daqueles. Se aparece aqui entre nós um rapaz peculiar, filósofo, falastrão e infeliz, que prejuízo poderá nos trazer? É diligente e dedicado a seu trabalho, e dizem que ele de fato entende um pouco de mecânica. Em suma, temos aqui gente de todo tipo. Além disso, logo se nota que ele passou por maus momentos. Outros, em nosso kibutz, são sobreviventes de campos de concentração que experimentaram todo tipo de atrocidades e se tornaram pessoas difíceis. O rapaz novato não era difícil. Nós nos acostumamos à sua presença. Às vezes, na reunião de uma das comissões, no meio de um debate, ríamos de Iulek com cuidado e lhe dizíamos Ouça, Iulek, você já está falando um pouco como o seu Espinosa.

A atenção pública não estava focalizada em Azaria Guitlin ou nas notícias do jornal, mas nas inundações que ocorriam nos terrenos mais baixos por causa das chuvas torrenciais. Nossos cereais de inverno corriam grave perigo de apodrecer de tanta umidade. Esperávamos que as chuvas cessassem o quanto antes.

E Ionatan voltou a seu silêncio.

Rimona tampouco lembrou a conversa que tiveram. Levava na mão um pequeno livro em inglês, um livro indiano sobre a profundeza dos sofrimentos e a altivez da pureza. Esse livro lhe fora emprestado por Azaria, e em suas margens havia anotações a lápis que ele fizera em sua escrita apressada. Ela lia esse livro todas as noites. E o aquecedor não parava de arder em azul noite após noite e o rádio tocava para eles músicas suaves. Entre Rimona e Ionatan reinava o silêncio.

5.

Também no país reinava o silêncio. Todos os campos se encharcaram com as águas das chuvas e quando o sol hibernal aparecia entre uma chuva e outra o vapor se elevava da terra. De manhã cedo, quando o chaver Iulek subiu no primeiro ônibus, a caminho de uma reunião do diretório do partido em Tel Aviv, viu os pinheiros lavados pela chuva a sussurrar no vento. Esses pinheiros exalavam a sua volta aromas de paz e tranquilidade. Ao longo do caminho pela Shefelá e as planícies, espalhavam-se casarios brancos com telhados de telhas vermelhas. As povoações e os bairros foram construídos em linhas retas, com os mesmos espaços entre uma casa e outra, seguindo um planejamento lógico como o desenho de uma criança sensata. Entre as casas, os habitantes haviam estendido varais de roupa, construído telheiros e depósitos, levantado cercas. Tinham plantado árvores e arbustos, estendido gramados e arrumado canteiros para verduras e canteiros para flores. Foi isso que em nossa juventude decidimos fazer, pensou Iulek, só que costumávamos nos expressar em fórmulas teóricas — para não sermos risíveis uns aos outros —: "Viemos remir da terra a ira de sua aridez primeva, edificar sua paisagem e nos reconciliarmos com ela para que seja nossa terra-lar". E eis que isso se despiu do invólucro de fórmulas teóricas e se vestiu com copas de árvores e telhas. Tolo coração, até quando se envergonhará da poesia? Porque nós deveríamos, todos juntos como um só homem, nos reunir ainda hoje no Sharon ou no Emek não para uma reunião ou um debate, mas para irromper em canções, um imenso coral de velhos pioneiros que somos, com nossas vozes rachadas, com nossos rostos enrugados, com nossos ombros caídos, e se formos risíveis que sejamos risíveis e que riamos nós também com toda a alma, e se vierem lágrimas, que venham as lágrimas. Nós dissemos e fizemos, e o que fizemos está diante de nossos olhos e por que há de ser frio um velho coração vazio.

Na noite da véspera, o primeiro-ministro Eshkol fizera um discurso no rádio e garantira a todos os habitantes que a situação evoluía bem. Usou o tempo futuro, previu melhora e progresso, falou de maneira divertida sobre os grandes esforços que não seriam em vão, criticou a impaciência e exigiu um longo fôlego, não minimizou os perigos que ainda nos ameaçavam, teceu as palavras num tom otimista e, para encerrar, escolheu palavras de Bialik: *Al ipol ruchachem*, que seu ânimo não fraqueje. Depois do discurso, o rádio transmitiu um programa sobre a região de Taanach, que se renovava como no passado. E terminou com canções hebraicas antigas com melodias russas. Depois disso, chuvas torrenciais caíram no norte do país e se estenderam ao sul até a manhã seguinte.

De manhã a chuva parou mas ventos frios continuaram a soprar da direção do mar e até recrudesceram. Em cada parada subiam no ônibus pessoas agasalhadas, com roupas de trabalho. De quando em quando o sol apontava entre as nuvens carregadas e no mesmo instante uma enorme mudança ocorria nos montes e nos vales: assim que a luz tocava em um dos declives, tudo começava a brilhar num tom verde intenso e fremente, a ponto de eclodir. Numa cerca nova de uma colônia nova pousara uma ave molhada. E, como se não a visse, um gato se esgueirava ao pé da cerca, entre latas de lixo cujas tampas o vento levara. Viam-se muitas crianças a caminho da escola levando nos ombros suas pastas de couro sintético barato. Uma festa comemorativa de arromba era prometida por um cartaz vermelho e azul num quadro de avisos que passou pela janela do ônibus. Meados da década de 1960, concluiu Iulek em seus pensamentos, um inverno longo e chuvoso entre as guerras, a população pode aspirar de pleno pulmão os cheiros dos pomares molhados e os aromas dos cítricos. Eles cuidam do futuro de suas famílias, e eu, minha função é estar contente com nosso quinhão e contagiar cada alma com esse contentamento. Tolo coração, não fique cansado e irônico, mas festivo e cheio de alegria.

    Mil novecentos e sessenta e cinco. Inverno entre as guerras, todos os pesadelos com as lembranças do passado e com as feridas da alma, todos têm de cicatrizar para que haja alegria. É uma página nova. Uma praia segura, costumávamos dizer em nossa juventude. Até o vento aquietara sua fúria e soprava brandamente do oeste para o leste como se o tivessem encarregado de esfriar um copo de chá. Iulek resolveu abrir uma fresta na janela, porque a fumaça de cigarros enchera todo o ônibus. Respirou o ar puro e de novo reiterou a si mesmo que não se deixaria cansar. Gaash e Reshafon e Shefaim, a veterana colônia de Raanana, todos esses pontos ao longo da estrada foram para ele o argumento final e decisivo no debate que conduzia mentalmente com seus antigos adversários.

    Febrilmente, como lastimando cada minuto perdido, os novos habitantes se enfurnavam nos terrenos da planície, nas areias, entre as rochas das montanhas; usando pesadas máquinas, trituravam e transportavam montes de terra e poeira, e moldavam fundamentos de concreto. Queimavam espinheiros. Abriam estradas para ligar novas colônias umas às outras. A cada manhã ligavam potentes motores e saíam para aplanar colinas. Nas oficinas, derretiam o ferro e o fundiam em moldes. Muita gente viaja todo dia para comprar, vender, mudar de lugar e de sorte, avaliar as condições comerciais, farejar novas possibilidades. Mudam, sem parar, de uma residência para outra. Aproveitam oportunidades. Armam estratagemas. Atiram-se em pechinchas. Leem muitos jornais em hebraico e em línguas estrangeiras. Até o motorista do ônibus, pensa Iulek, é um rapaz do Iraque que já teve tempo de passar por muita coisa. Todos esses imigrantes de urgência, ele pensa, nós reunimos e trouxemos de todos os cantos do mundo e agora temos de achar um meio de contagiá-los com uma ideia, e talvez também com nossa entonação. Contanto que não se arrefeça nosso coração cansado logo agora, nestes dias bons pelos quais tanto ansiamos nos anos difíceis. Navios no mar, pensou Iulek, chegam ao país carregados e saem carregados para seus destinos. Novas aldeias são fundadas ao longo de todas as fronteiras do país. Terras devolutas são aradas pela primeira vez; Eshkol fez bem ao falar ao povo ontem, no rádio, sobre a região de Taanach. Aqui nas cidades do litoral, terrenos passam de mão em mão. O Estado de Israel parece querer transcender, extrapolar, e por que não iria transcender e extrapolar também o coração cansado? Ainda não dissemos a última palavra. E é com essa frase que vou abrir meu pronunciamento hoje na reunião do diretório do partido. Sem negar os perigos e sem camuflar graves distorções, exigirei que o partido abra os olhos, para olhar em volta e se alegrar de uma vez por todas. Fim à depressão e à acusação.

Mas naquelas noites de inverno muitas vezes ventos tempestuosos rugiam nos uádis e nas fendas das montanhas e de repente você, na estrada, pode ouvi-los irromper num uivo desesperado como se tivessem sido perseguidos até aqui desde as estepes de neve da Ucrânia, e mesmo aqui não tendo encontrado alívio. As chuvas aumentam e em alguns lugares as águas dos rios transbordam e já começam a destruir suas margens e a arrastar terras baixas em seu caminho de volta ao mar cinzento. Às vezes, pouco antes do amanhecer, uma esquadrilha de jatos, como uma matilha de cães raivosos excitados, cruza vertiginosamente o céu em voo rasante.

Na estação rodoviária central de Tel Aviv, Iulek deparou com os velhos problemas que ainda nos assolam e nos arrasam: um húngaro, na plataforma de ônibus para Emek Izreel, aparentemente fora pego num pequeno furto e, ao ver que um guarda se aproximava, começou a berrar num vozerio terrível como um boi pressentindo o matadouro, e gritava em ídiche *Guevald, guevald*, socorro, judeus, *guevald*.

Para se distrair, Iulek comprou um vespertino e sentou-se num pequeno café não muito distante da estação. As manchetes mencionavam a convenção dos comandantes militares árabes que se reunira no Cairo, capital egípcia, e adotara resoluções secretas. Do discurso do primeiro-ministro foram publicados só os tópicos, na última página. E nessa mesma página se noticiava uma luta corporal generalizada entre refugiados, num subúrbio junto a Nes Tsiona. Iulek imaginou como teria sido essa luta entre pessoas não jovens, fracas, asmáticas, que sofriam de úlcera gástrica ou de pressão alta, luta de uma violência chocha, rala, feita de golpes fracos e de uma histeria furiosa.

Na aldeia de Beit-Lid fora necessário amarrar com cordas grossas dois moradores de meia-idade que se enfrentaram com um machado e uma enxada. O que empunhava a enxada era um padeiro da Bulgária e seu adversário com o machado, um ourives da Tunísia. O vespertino contava ainda de um colono da região de Lachish que abandonara a casa e a família, duas mulheres e nove filhos, entre os quais dois casais de gêmeos, deixando uma carta: ele tencionava encontrar as dez tribos perdidas. Seu paradeiro ainda era desconhecido. E um feiticeiro persa do *moshav* Gueulim fora acusado de escrever amuletos falsos para mulheres estéreis, de fazê-las beber uma droga e, depois que a droga fazia efeito, de fazer com elas coisas que não se devem fazer.

Iulek agradeceu à garçonete pelo serviço, pagou pelo café e saiu. A seu ver, Tel Aviv não era bonita, mas admirável em questão de princípios. Aqui se tentava equalizar o visual do tempo profundo com o das ruas contemporâneas. Até mesmo bancos de rua verdes haviam sido dispostos aqui e ali, como se fosse em Cracóvia ou em Lodz. Ele resolveu sentar um pouco num desses bancos, porque estava com uma pequena dor e porque as reuniões do diretório do partido nunca começavam na hora marcada. Um passante reconheceu Iulek, talvez de uma reunião esquecida no tempo ou de uma fotografia no jornal, da época em que Iulek, como representante de seu movimento, participara do governo. Ele saudou Iulek com um bom-dia e até entabulou, hesitante, uma breve conversa:

"*Nu, chaver* Lifschitz, você não está preocupado hoje em dia?"

"Preocupado com o quê?", admirou-se Iulek.

"De modo geral. Com a situação. Como se diz, você... concorda com todas essas coisas?"

E Iulek, alegre e afiado, respondeu como sempre com uma pergunta:

"E quando foi melhor para os judeus?"

Diante do que o idoso cidadão resolveu se desculpar e até mudar de opinião num átimo:

"Eu quero dizer... sim, é verdade, só tomara que não acabe mal."

E acrescentou uma palavra de cortesia, e uma de desculpa, despediu-se e seguiu seu caminho.

Numa página interna do vespertino, Iulek leu uma pequena notícia sobre um homem que conhecera superficialmente havia muitos anos, um engenheiro dos inícios da terceira *aliá** chamado Shaltiel Hapalti, natural da

---

* Leva imigratória de meados da década de 1920.

cidade de Novozivkov. Esse Hapalti alegava ter conseguido inventar, em linhas gerais e por enquanto com princípios de caráter teórico, um tipo de foguete secreto e gigantesco, capaz de, de uma vez por todas, garantir ao Estado de Israel segurança ante toda e qualquer conspiração. Quando todas as cartas e memorandos que enviara às autoridades ficaram sem resposta, o velho aparecera nos escritórios do Keren Kaiemet armado com uma velha pistola italiana, e em sua ira acabou ferindo uma jovem datilógrafa e quase se suicidara na sala das copiadoras, no porão do prédio.

Muitas pessoas diferentes e esquisitas, concluiu Iulek, esforçando-se para parecer um povo. Para se exprimir da mesma maneira. E substituindo sem parar canções antigas por canções mais novas. Dando expressão oral e escrita a todo tipo de esperanças, queixas e saudades como se esse abundante palavreado tivesse a força de silenciar essa fraca voz interior: por quê, por que se arrefece assim o coração cansado?

As pessoas, muito pensadamente, cuidam de manter por meio de cartas seus laços com os parentes distantes de além-mar. Economizam dinheiro e trocam moedas. Abrem contas no exterior, legal e ilegalmente. Os subsolos das construções novas são feitos de tal maneira que possam ser usados como abrigos ante qualquer tipo de bombardeio. As autoridades do Exército, por sua vez, reúnem forças. Talvez não por maldade tenham ignorado as ideias do engenheiro Shaltiel Hapalti, e sim, mais do que isso, porque um foguete assim, ou parecido, já tenha sido construído há tempos no maior dos segredos. O próprio Ben-Gurion sempre ficava excitado e entusiasmado ao ouvir ideias científicas como essa, e também Eshkol não fecha a burra e destina grandes somas a pesquisas e desenvolvimentos desse tipo. Quem sabe que considerações são feitas na calada da noite, quais as hipóteses, as possibilidades sonambúlicas aventadas aos sussurros entre os militares, e entre os doutos e da mesma forma entre marido e mulher na escuridão da alcova? O que será, o que vai ser se, Deus nos livre, a sorte virar, se no fim tudo acabar da pior maneira possível? Até mesmo por entre os sons da alegre melodia que neste momento irrompe de todos os rádios ligados, das janelas e das varandas, se imiscui o som de uma corda triste.

No possível cabe tudo. Tudo está aberto a diversas interpretações. O grito e o riso. As maldições e as brigas e os pesadelos. Também as lembranças terríveis, também as ameaças de guerra que vêm do Cairo, tudo está aberto a diversas interpretações. É bom que eu fale também sobre isso quando me for dada a palavra na reunião do diretório do partido. Eshkol, por seu lado, prometeu ontem à noite a toda a população que nossos sonhos estão prestes a se realizar, mesmo que gradativa e lentamente. Mas nossos doutos refugiados não param de publicar no jornal artigos carregados de lições históricas, teorias cíclicas. O destino judaico etc. Assim, parece que só aparentemente o país está todo mergulhado no sono hibernal. Debaixo do cobertor de inverno os cidadãos estão rolando de um lado para o outro, ponderam, lutam, repelem os batalhões de pesadelos que nos ameaçam, fazem muitos cálculos. Um homem diz baixinho a sua mulher:

"Que seja. Quem é que sabe? Por segurança, aconteça o que acontecer."

Enquanto os jovens, Ionatan, seus amigos, talvez troquem entre si expressões como:

"Durante todo o tempo que for possível"

ou:

"Quem sabe o que vai acontecer?"

Em Shderot Chen, a alameda atrás do teatro Habimah, Iulek passou por um grupo de velhos judeus irritantes, parecidos um pouco com as figuras de caricaturas antissemitas, com sua permanente expressão de nojo mesclado a desespero e amarga zombaria, amontoados em um banco, com certeza cansados após uma longa discussão, fazendo barulho, mascando tabaco, olhando a sua frente como que prevendo o que estava por vir e aceitando a sina.

Um judeu religioso observante chamado Avraham Itzchak Hachohen Iatom, proprietário de uma pequena agência distribuidora de máquinas de lavar, um dia largou seu negócio e começou uma greve de fome na entrada do prédio da prefeitura. Iulek soube disso também pelo jornal. O homem ameaçou jejuar até a morte se não fosse anulada a cruel excomunhão imposta sem amparo legal ao já falecido filósofo Baruch Espinosa. Representando o prefeito, um funcionário se apresentou a fim de negociar com o demonstrante, até que uma chuva torrencial afugentou os dois para dentro do prédio.

Alhures, a leste daqui, quieto e tranquilo, estende-se o grande deserto. Para o leste e também para o sul e para sudoeste, ele respira e expira em silêncio. E de longe se vislumbram montanhas como sempre foi desde sempre.

Nas povoações fronteiriças, as sentinelas noturnas se esforçam em varar com os olhos a densa escuridão, mas além da escuridão mais próxima não se vê mais do que a escuridão distante. Quando esses sentinelas se reúnem entre os montes de sacos de areia e sob um teto de zinco para tomar juntos seu chá, talvez se desenrole uma conversa em vozes baixas e de um teor mais ou menos assim:

"Que silêncio. Quem poderia acreditar."

"Talvez tenhamos chegado lá, finalmente."

"Vai saber."

"Por enquanto tudo está calmo. Quem viver verá."

Na reunião do diretório do partido, o primeiro-ministro Eshkol, abrindo o debate, falou assim:

"Nós, *chaverim*, talvez sejamos os aventureiros mais doidos de toda a história judaica. Mas exatamente por isso temos de correr com todas as nossas forças e — ao mesmo tempo — correr bem devagar e com imenso cuidado."

Com imenso cuidado, pensou Iulek Lifschitz, é por isso que o coração arrefece e não vai parar de arrefecer mais e mais até que em breve morreremos todos, cada um de nós morrerá sozinho em seu canto e nenhum viverá para ver qual vai ser o fim disso tudo.

Quando chegou sua vez, Iulek Lifschitz falou sobre a ligação que havia entre a situação política e a situação interna. Incluiu na fala uma fina ironia sobre a juventude. Expressou sua crença de que somos capazes de enfrentar qualquer crise interna. Expressou sua crença de que também somos capazes de enfrentar qualquer crise externa. Mas expôs sua grande preocupação quanto a uma possível situação na qual caiam sobre nós ao mesmo tempo uma crise interna e uma calamidade externa. Encerrou clamando por uma postura de alerta e de lucidez. Dos *chaverim* mais jovens e da juventude em geral, pediu que aprendessem a avaliar os temas em pauta a partir de uma perspectiva histórica. a história dos judeus, sofrimentos, anelos e lágrimas estão a suas costas, a olhar para vocês.

E por quê, assustou-se Iulek ao sair da sala a caminho da estação rodoviária, por que a frieza de um coração sem piedade cada vez mais toma conta de tudo. Não só vamos morrer brevemente, mais do que isso: é o que combina conosco. Nosso tempo passou.

Sabia de antemão: essa reunião não iria se encerrar sem a resolução de se criar uma comissão reduzida para reavaliar uma série de assuntos. Não haveria mudança alguma e não se chegaria a nenhuma conclusão.

Com exceção de suas próprias resoluções: voltar para casa no ônibus das sete da noite e até então, contanto que não volte a chover, perambular pelas ruas de Tel Aviv e respirar o ar marinho. E amanhã examinar novamente toda a questão do rapaz estranho, Guitlin, que fora aceito para trabalhar na oficina sem suficiente verificação. Pois é possível falsificar um documento de baixa do serviço militar, e já houve casos eventuais.

Iulek caminhou lentamente para noroeste, na direção do mar, e suas pernas o levaram a um lugar que não conhecia. Um ano antes, no inverno de 1964, aqui fora inaugurado um novo bairro residencial: muita gente investiu todas as suas economias, tomou empréstimos a juros, fizeram hipotecas, montaram combinações complexas, e agora finalmente foram morar nesses prédios brancos e altos, em apartamentos modernos e talvez até luxuosos, e que se vire no túmulo o ricaço de sua aldeia que zombara deles e de sua precipitação sonambúlica ao deixarem tudo para trás e irem para Erets Israel trinta anos antes. Em vão, assim entendia Iulek, fora a prolongada tentativa de abrir uma nova página e propiciar um renascimento: em vão os restaurantes cooperativos, as tendas como moradia, o trabalho braçal, o andar descalço, o bronzeamento, os remendos na roupa, as canções pastoris, as noites de discussões e debates, tudo passa e volta ao que era: ex-pioneiros acumularam e economizaram e tomaram empréstimos e agora compraram uma casa nova. E na casa montaram uma sala de estar, e nela um móvel, e dentro do móvel, atrás de suas portas de vidro, com certeza há um serviço de porcelana para ver e ser visto, como as palavras de Eshkol em seu discurso.

Dentro da terra que foi trazida de longe até aqui, em caminhões, para cobrir as areias moventes, foram plantadas algumas pálidas mudas. O prefeito certamente cortou uma fita e esboçou o futuro da cidade em palavras candentes. E ali está um menino em sua bicicleta, na subida de uma nova ruela, e o vento traz para ele, como para mim, o cheiro de cal e de tinta fresca.

Às quatro, quatro e quinze, começa a lenta hora da tarde. E em Tel Aviv ocorre uma espécie de anistia. Na foz do rio Iarkon, aos pés da central elétrica Rieding, três pescadores lançam rede. Uma mulher idosa sozinha em seu quiosque junto ao ponto final de ônibus olha desconfiadamente para a direita e para a esquerda e se ninguém a está vendo ela se serve de um copo de gasosa. Entre nuvens de fogo e de sangue o sol começa a se recolher na direção do oeste e sobre o mar nuvens crocodilos e nuvens dragões e nuvens leviatãs serpentes Akhelatons começam a se decompor vivas no extremo horizonte ocidental, e talvez para lá é que se deva ir enquanto ainda há tempo.

Mas é só a algazarra de crianças que se ouve nos pátios distantes, cheia de premeditação, cheia de alegria vingativa, o riso de perseguidores sem o grito de socorro da vítima. Ao vento fresco estremecem as cercas-vivas, e os arbustos de hibiscos aspergem gotas que se haviam ocultado desde a última chuva.

Daqui a pouco a lua vai nascer e começar a deformar as figuras retangulares dos telhados, a criar formas complicadas e suaves, a pratear os lençóis nos varais estendidos na largura das ruas. Então homens que sobreviveram à meia-idade vestirão seus casacos e porão seus chapéus, envolverão o pescoço em cachecóis e sairão para passear na alameda. Seus passos são como as pisadas de um cosmonauta num astro de gravidade caprichosa, seus rostos têm uma expressão sonhadora; esses refugiados olham para um moderno prédio de escritórios e vêm uma ruína. Um carro passa e eles ouvem um bombardeio. Do rádio parte uma melodia e o sangue deles gela nas veias. Olham para a madeira e eis que é fogo.

Tel Aviv numa noite de inverno entre guerras: uma alegria forçada até a última fronteira de seus bairros. Um marceneiro diligente, Monia Liberson, natural de Cracóvia, trabalha até tarde da noite à luz de uma lâmpada fluorescente. Seus óculos repousam displicentemente na ponta do nariz, ele se concentra em seguidas medições ou calculando como juntar prateleiras, e de quando em quando fala baixinho consigo mesmo: a afluência de lindas moças judias lá fora, do outro lado do vidro de sua janela, parece ao marceneiro Monia Liberson algo muito grave, que não vai acabar bem. E essa música, a voz de uma cidade que grita a cada noite para abafar a voz do silêncio externo. Aonde leva tudo isso? E qual o sentido de começarem a erguer hotéis gigantescos ao longo da orla marítima? É uma espécie de muralha fortificada entre a cidade e as grandes águas. Para o caso de que algo ruim venha a acontecer. Atrás dessa muralha ocidental, toda a cidade se encolhe, transida de medo dos espaços abertos. Assim o homem dá as costas ao vento forte, se curva, arredonda o dorso, enfia com força a cabeça entre os ombros e aguarda o golpe.

6.

E depois as chuvas de inverno cessaram. De uma noite para outra a neblina foi empurrada para leste, e a madrugada nos trouxe um sábado azul. Ao primeiro tatear da luz, ainda antes de o sol se erguer de entre as ruínas de Sheikh-Dahar, os pássaros que restaram com vida, com enorme excitação, já começaram a falar entre si sobre a nova situação. Quando o sol raiou eles gritaram e riram como se tivessem enlouquecido.

A luz do sábado era transparente e tépida. Toda poça, todo pedaço de metal, toda vidraça de janela, ofuscavam nossos olhos. O ar encheu-se de zumbidos e de brilhos e de um preguiçoso fluir, como se fosse de mel. Em cada canto erguiam-se, nuas na desfolha, as árvores de amora e de figo, de romã e de oliva, e os caramanchões de parreira desfolhados, e pássaros e mais pássaros acima de tudo. Um vento leve e transparente soprou do mar durante toda aquela manhã. E os cheiros do mar também vieram até nós trazidos por esse vento.

De manhã cedo as crianças do jardim de infância soltaram uma pipa única, muito teimosa e muito alta, semelhante talvez a um anjo voador, a Akhelaton, a serpente leviatã. Não acredite nisso, é uma armadilha, pensou Ionatan Lifschitz enquanto se vestia, punha uma chaleira para esquentar e ia até a varanda. Estão tentando de novo enfeitar sua morte com as cores do amor e se você não fugir como uma fera acuada eles vão segurá-lo com esses estratagemas até que você se acalme e esqueça a própria vida e quem olvida é homicida, como disse esse pobre rapaz citando um provérbio russo. Rimona dormira de costas, o cabelo espalhado sobre o travesseiro, em sua testa fixara-se uma mancha de sol que se infiltrara entre as persianas, e sua beleza adormecida a separava do resto, como o vidro de um quadro emoldurado A água ferveu com um assobio e Ionatan lhe disse Acorde, veja que dia faz lá fora, exatamente como você me prometeu que seria, feiticeira, levante, tomamos o café e hoje saímos para passear. Ela acordou sem uma palavra, sentou-se na cama como um bebê, esfregou os olhos com seus pequenos punhos e disse, como que surpresa, Ioni. É você. Sonhei que havia encontrado um jabuti capaz de subir numa parede e fiquei um tempão explicando a ele que isso não era possível, e você veio e disse que eu e o jabuti estávamos falando besteira e você ia nos mostrar algo novo, e aí você me acordou. Tem um pão trançado fresco, de ontem, num saquinho de náilon, junto do café.

Todas as coisas que Rimona prometera a Ionatan se realizaram, uma a uma: já às nove da manhã o kibutz abriu todas as suas janelas e estendeu para arejar nos peitoris edredons, travesseiros e cobertores, e a luz e o brilho acentuaram as cores onde quer que houvesse fronhas azuis ou camisolas de dormir cor-de-rosa, como que as incendiando.

Muito brancas, erguiam-se nossas casinhas na tempestade de luz azul, e nossos telhados de telha, de um vermelho fosco e profundo, exalavam um tênue vapor. Ao longe, no oriente, as montanhas pairavam como que se dissolvendo naquele fulgor e como se não fossem senão sombra de montanhas. Veja, meu senhor, disse Azaria Guitlin a seu vizinho, o serralheiro assalariado com a orelha fendida, veja — bom dia, esqueci de dizer — que grande vitória que a primavera alcança de um só e fulminante golpe.

E o homem, Bolonezzi, meditando longamente sobre o que lhe fora dito, tomando cuidado com o que poderia ser uma rede estendida, olha para Azaria como se esforçando por decifrar um código capcioso e conspiratório, e por fim responde sem muito entusiasmo:

"*Baruch haShem*. Deus seja louvado."

E as educadoras já sentavam as crianças menores de quatro em quatro nas largas carroças da lavanderia, de camiseta e short, e as levavam para passear pelos caminhos internos. De sua janela, num grosso pijama e calçando chinelos forrados de flanela, Iulek observava os movimentados gramados e disse: Um verdadeiro carnaval. Sua mulher Chava, de dentro do banheiro, disse: Não dormi de novo a noite inteira. E às cinco da manhã acordei assustada com esses passarinhos, pensei que era um alarme, cada vez é uma coisa.

Homens e mulheres despiam camada após camada de roupa, arregaçavam mangas, desabotoavam um ou dois botões da camisa, e alguns foram além e saíram semidespidos, com seus peitos peludos, ou com sua penugem dourada e rala, ou com suas madeixas grisalhas. Uma luz de mel afagou nossos ombros de inverno e os jardins encharcados de água, fragmentou-se em pedaços nas calhas de zinco, acariciou a relva que se desbotara e empalidecera nas noites de geada, fez estremecer a escuridão dos grandes ciprestes.

Víamos com assombro as moscas e abelhas que zumbiam em redor: em que esconderijos se haviam ocultado do frio e das tempestades durante todo o inverno? E de onde despencavam agora sobre nós essas borboletas brancas que redemoinhavam em cálidos fulgores, senão da neve que caíra em flocos nos cumes das montanhas a leste quatro noites atrás? Como as abelhas e como os passarinhos e as borboletas, os cães domésticos foram também atacados de loucura e disparavam pelos gramados em acrobacias selvagens, como se tivessem saído a caçar uma esquiva mancha projetada de sol. Manchas como essa pontilhavam os gramados e os arbustos de lilases e as buganvílias ofuscantes e os hibiscos, a leve brisa do mar fez ziguezaguear as bolhas de ar e as incitou a de tudo experimentar. Elas saltavam das poças para um vidro, para um cano, e saltitavam e se apagavam e renasciam e se dividiam e rodopiavam e de novo se partiam em estilhaços flamejantes. Quem quer que viesse em sua direção nos caminhos do kibutz estava andando e cantando. O cheiro da terra molhada de chuva espalhou-se e nos atingiu juntamente com o cheiro do mar no vento, e em todos nós despertou uma necessidade ardente de fazer de imediato alguma coisa, promover uma mudança urgente, pintar um gradil que enferrujara, cair de enxada sobre um bloco de ervas daninhas, aparar uma cerca viva, drenar uma poça, trepar pela calha no telhado da casa e substituir uma telha rachada, levantar no ar um bebê chorão, ou ao contrário desistir de tudo isso, se deixar cair agora mesmo e jazer sem fim e sem se mexer, como um lagarto ao sol. Você me agrada muito, meu irmão Ionatan, disse Azaria consigo mesmo, enquanto pulava as poças em seu caminho até a casa deles para propor-lhes enfaticamente um grande passeio de sábado, e se Ioni estiver cansado talvez Rimona concorde, ela que cuidou de seus ferimentos na noite da floresta, quando o sonho tornou-se mais doce do que o suportável e suas orelhas se abriram para ouvir o vizinho desfiando combinações de textos ou juramentos, talvez em língua caldeia.

"Imagine uma coisa dessas acontecendo, por exemplo, no cinema", disse Ionatan, "a mulher dorme e o marido a acorda de manhã, e quais são as primeiras palavras dela? Ela pergunta É você, Ioni? Quem você pensava que fosse, Marlon Brando, talvez?"

"Ionatan", ela lhe disse suavemente, "se você acabou o café e não quer tomar mais, vamos sair."

Iulek Lifschitz, o secretário do kibutz Granot, não é mais um jovem. Já sem muita saúde, curvou-se com um gemido e tirou do pequeno depósito entre os pilares de sua casa uma espreguiçadeira dobrável. Com cuidado sacudiu dela a poeira, arrastou-a à pracinha lajeada na extremidade de seu jardim, esticou o assento tomando cuidado de não prender os dedos, testou com desconfiança a resistência da lona e sentou-se, esticando as pernas descalças riscadas por veias ruins, por varizes inchadas e azuis. Deixou cair da mão o jornal de véspera de sábado sem ter lido uma linha sequer, porque seus óculos tinham ficado no bolso da camisa que despira em homenagem à nova luz, antes mesmo de sair do quarto. Fechou os olhos e decidiu se concentrar mentalmente e tirar conclusões sobre dois ou três assuntos: o tempo era curto. Em seu sonho daquela noite Eshkol o incumbira de conversar com os sírios, explicar a eles os prejuízos causados pelas inundações, mas sem se mostrar pressuroso demais, dando-lhes a impressão de que as coisas não estão nada ruins para nós e que podemos suportar muito mais, qual é a pressa, mas aqui entre nós, Iulek, não se esqueça de maneira nenhuma que para nós *o'bront*.* E como. Ele saiu da tenda de Eshkol, e do poço árabe saltou sobre ele Ben-Gurion, vermelho e possesso, e gritou furiosamente em voz fina, como uma mulher enlouquecida: Isso não pode e não vai acontecer, se é preciso matar, então você mata e se cala, nem que seja com o cabo de uma enxada, como o rei Saul matou seu filho. O grito dos pássaros e a carícia azul do sol

---

* Em ídiche, "está pegando fogo", "é urgente".

dispersaram os pensamentos de Iulek e ele descobriu, para seu espanto, que esses pássaros não estavam cantando como Bialik escreveu que cantavam, mas berrando de verdade. Iulek ficou especialmente surpreso com o arrulhar dos pombos entre as telhas de seu telhado: discordâncias ruidosas espocavam entre eles em frementes vozes de baixo, em *páthos* ardente, em raiva derramada, *sha, sha*, falou-lhes Iulek em ídiche, o que foi, por que essa excitação, não aconteceu nada, Ben-Gurion faz comédia como sempre, e nós não vamos nos perturbar.

Seus pensamentos se dispersaram e ele cochilou. Suas duas pesadas mãos descansavam sobre o ventre, a boca entreaberta, em volta de sua calva o vento embaralhava o anfiteatro grisalho que nessa luz encantada mais parecia o halo de um santo. Os pombos não paravam de discursar. Mas de seu rosto feio e inteligente, o rosto de um tesoureiro ou ativista comunitário judeu afiado e triste que não se deixa enganar, finalmente desaparecera a expressão de suspicaz ironia mesclada à milenar prudência da raça. Iulek dormia em paz.

"Dorme como um urso, o nosso Iulek", brincou Srulik, o musicante, ao passar por lá em suas calças de brim cuidadosamente passadas a ferro e numa camisa de sábado azul-celeste, tendo na mão a bola dos filhos do vizinho. Chava tinha aversão a seu untuoso sotaque alemão e a seu sorriso, que ela achava de uma intimidade não permitida. Esses também já estão abrindo a boca. Como se tivessem o que dizer.

"Deixem que ele durma", irritou-se Chava com maldade contida, "pelo menos no sábado deixem que ele durma tranquilo. Até o vigia de um manicômio tem direito a alguma folga particular. Ele não dorme noites inteiras por sua causa, então e daí que agora descanse um pouco?"

"Bom proveito", riu-se Srulik, que era uma pessoa cordial e calorosa, "que durma em paz o guardião de Israel."

"Muito engraçado", ela sibilou entre os dentes. Pendurava no varal pijamas de flanela, roupa de cama, um penhoar, grossos suéteres, "saiba que vocês estão encurtando a vida dele e depois vocês vão editar uma publicação em sua memória e escrever que ele não sabia o que era cansaço. Não faz mal, não tenho nada a reclamar. Há muito tempo não tenho nada a reclamar. Só quero que vocês saibam o que fizeram."

"Mas francamente", respondeu Srulik com amistosa paciência, "é um pecado se irritar numa manhã tão linda, Chavka. Que luz! E esses aromas! Quase tive a ousadia de colher e lhe oferecer uma flor!"

"Muito engraçado", disse Chava.

Srulik agitou os braços como se fosse lhe arremessar a bola. E de novo sorriu e quase piscou para ela, mas voltou atrás e seguiu seu caminho. Chava o acompanhou com olhos amargos. Olhos de uma coruja golpeada pelo feixe de luz de um holofote, e disse a si mesma: Está bem. *Shoin.**

Noite após noite na cama ao lado daquele homem que engordava, os cheiros de sua doença, o odioso hálito de cigarro, o ronco dele em seu rosto, o pálido contorno das prateleiras carregadas com os livros dele na parede em frente à luz do banheiro a qual é proibido apagar. Os *souvenirs* dele sobre a cômoda na parede, na cabeceira da cama, como se fosse uma robusta placa: sou uma figura nacional. Fui ministro. Você foi ministro, você é uma figura nacional e eu, meu senhor, fui seu pano de chão, suas meias velhas que se escondem debaixo de suas ceroulas e fui suas ceroulas também, meu senhor. Desejamos-lhe saúde, meu senhor, que realize grandes feitos que o levem de volta ao governo e até que o façam presidente mas oxalá eu tivesse morrido das balas de Bini, ele não sabia nem apontar uma arma mas flauta ele sabia tocar no pasto quando saía com o rebanho para a beira do uádi sozinho em nosso outono numa camisa russa preta com seu topete preto e ficava de pé sobre uma pedra ereto e triste e tocava a flauta em ucraniano até chegar às montanhas e até chegar ao céu e até que eu implorasse pare que eu vou chorar e ele parava, por amor concordava em parar e eu começava a chorar. E depois daquela noite em que o vi por uma fresta entre as tábuas da cabana em seu colchão a suar deitado de costas nu e com os mesmos dedos e do mesmo jeito que segurava a flauta segurava a coisa dele e titilava e chorava e ao meu lado roncava o ministro e eu o acordei e sussurrando o obriguei a olhar também pela fresta para ver Bini se debatendo e rolando e derramando, e depois o ministro resolveu montar uma comissão para tratar do assunto discretamente deixar que o tempo resolvesse tudo, eu estava grávida e depois daqueles tiros sou sua cadela *ti zabuio, ti mordertsu*, você me assassinou em silêncio, você o assassinou em silêncio, e agora em silêncio, em silêncio o seu filho mais velho que jamais deixarei você saber se é seu filho ou saber que não é, como disse o musicante puxa-saco, que durma em paz o guardião de Israel. Não faz mal, Chavka, não faz mal, não faz mal disse a si mesma com os lábios mas sem voz, como a consolar uma menina interior.

---

* Em ídiche, "Já, enfim".

"Chava", disse Iulek, "você não vai acreditar, acho que cochilei um pouco."
"Bom proveito. Acho que Srulik procurou por você."
"Ahn?"
"Srulik, eu disse que Srulik esteve aqui."
"Certo", disse Iulek, "você tem razão, realmente a primavera chegou."
"Bom proveito", lançou ela entre dentes cerrados, e foi preparar para ele um copo de chá.

Por causa da lama profunda, não puderam ir pelo caminho mais curto, o caminho dos tratores que cruza os campos em linha quase reta (só encurvando um pouco na altura do cemitério) até chegar ao sopé da colina. As chuvas tinham inundado o caminho e o transformado num atoleiro pantanoso. Por isso tiveram de fazer um grande contorno pelo norte, pela abandonada e estreita estrada asfaltada dos ingleses, que cingia a colina em dois laços largos até penetrar entre as ruínas de Sheikh-Dahar. De inverno a inverno o asfalto ressecado ia se esfarelando e a vegetação selvagem — a urtiga, a alfarroba, a pimpinela espinhosa — já tinha aberto fendas nele, e por ele irrompia num emaranhado espinhento. As inundações fizeram desmoronar as pedras das margens e em alguns lugares a estrada afundara e fora completamente varrida. Uma vegetação ansiosa escurecia as bocas das crateras abertas pelos obuses e pelas minas nos dias da guerra de independência, nos lugares em que uma vez se derramara sangue, e numa das curvas erguiam-se os destroços de um furgão incendiado de cujas órbitas vazias, onde antes houvera faróis, irrompiam viçosas samambaias, o que faria Azaria lembrar-se da expressão "a maldição de Deus".

Às dez da manhã, depois do café, Anat e Udi, junto com Ionatan e Rimona haviam saído para um passeio até a aldeia em ruínas, Udi supunha, com toda a certeza, que as recentes inundações tinham descoberto pedras lavradas muito antigas, vestígios da povoação que houvera aqui na época de nossos antepassados, cujas pedras os árabes tinham usado para construir sua aldeia no século VIII. Ele queria pôr essas pedras em seu jardim, por sua beleza primitiva e por um certo senso de justiça, ou de vitória, ou de realização bíblica, que Udi acreditava poder se concretizar por meio de sua coleção ou, em suas palavras, de sua libertação. Quando o caminho secar, ele atrelará uma carroça a um trator e redimirá seus achados, hoje, propôs, vamos até lá para localizá-los. E se aparecer uma antiguidade árabe pitoresca de madeira ou metal, vamos apanhá-la e levá-la conosco para casa, enchemos de terra e plantamos algo que vai transbordar de si mesmo.

Já Anat adivinhava que nos declives rochosos, sob os pinheiros que o Keren Kaiemet lá plantara, haveria cogumelos em abundância.

Azaria Guitlin ofereceu-se para cuidar da logística. De manhã bem cedo, foi buscar na cozinha do kibutz pedaços de frango frito que tinham sobrado do jantar da véspera de sábado e os embrulhou num plástico. Preparou batatas, legumes, laranjas, sanduíches de queijo amarelo e fatias de ovo cozido. Em homenagem à eclosão da primavera, Azaria vestiu-se com suas melhores roupas, uma camisa listrada de azul e vermelho com calças de gabardina de bainha vincada. As calças eram um tanto curtas para ele e revelavam um pouco de suas pernas magras e brancas, entre a beira da bainha e as meias de lã verde, que desapareciam nos garridos sapatos de cidade muito bem lustrados, se bem que gastos nos calcanhares. Eram os sapatos com os quais Azaria aparecera em sua primeira manhã de trabalho no kibutz, quando conseguira realizar um pequeno milagre, salvar um trator já considerado perdido, e com isso demonstrar alguma coisa dos atributos de que era dotado. Pensando melhor, decidira por cautela não levar dessa vez o violão: quem todo o tempo a glória buscar verá o que é caro tornar-se vulgar. Mas pendurou no cinto um cantil do Exército que Eitan R. lhe emprestara. Estava alegre e enérgico, e firme na decisão de adotar a partir deste dia a atitude de sonolenta superioridade que aprendera com Eitan e não mais se mostrar ao mundo como um rapaz sensível e assustado, e sim como ele realmente era, um homem que já vira muita coisa, experimentara grandes sofrimentos e aprendera a passar por todas as agruras em silêncio. Quase sem perceber, Azaria adotou também a maneira de andar de Udi Shneiur, com os polegares enfiados no cinto e passadas largas, descontraídas. Estava decidido a ser útil e a levar ao grupo de excursionistas todo préstimo possível. Se, por exemplo, ocorrer no caminho uma situação imprevista, se os ameaçar um perigo, se os outros perderem a tramontana, como se diz, não hesitarei nem pensarei um minuto sequer em minha própria segurança.

Enquanto isso, ficou vigiando com mil olhos a movimentação da cadela Thia, que se afastava da estrada em decomposição para achar um caminho oculto no emaranhado de ervas, espinhos e plantas silvestres, entre os oleandros que cresciam selvagemente, penetrava fundo no coração úmido da escura floresta, sumia de vista, cavoucava aqui e ali uma camada escondida de terra, talvez farejando algo, pisoteava, perseguia uma caça invisível, soltava um latido medroso que evoluía para um uivo lupino, recuava apavorada, cercava algo ou bloqueava sua retirada, talvez um rato-do-mato, talvez só um jabuti ou um ouriço, e de repente surgia num salto como nascendo do útero da copa molhada de um arbusto, sua pelagem coberta de pedaços de samambaia e de espinheiros, de novo investia nas profundezas fazendo soar sussurros e batidas e voltava a seus latidos curtos e raivosos que terminavam num uivo assustado.

"Eu lhes digo que ela descobriu alguma coisa", alertou Azaria, "eu lhes digo que ela encontrou algum rastro e está tentando nos avisar, e nós aqui sem armas."

"Está bem", riu Udi, "fique tranquilo. São apenas índios querendo nos escalpelar."

"Já às oito da manhã, vi Bolonezzi se encaminhar para o portão de trás, sozinho, na direção do poço", comentou Azaria, e Rimona disse:

"Bolonezzi é um bom homem. Você também é bom, Azaria. E este sábado está muito propício a um passeio."

"Este", disse Udi Shneiur com sua voz rude, rachada, "é um sábado bem a propósito. Isso é verdade. O inverno realmente já estava um pouco demais."

"Não tenho certeza", disse Rimona.

"De quê?"

"De que o inverno acabou."

E Anat disse:

"Oish, chega de falar do inverno, é melhor vocês falarem dos índios escalpeladores."

Depois disso, andaram por algum tempo calados. Salivando e ofegante, Thia surgiu dentre os arbustos e pulou em Ionatan com as duas patas dianteiras, como que tentando detê-lo ou ralentar sua marcha. A marcha estava lenta de qualquer maneira. De longe ecoaram três tiros abafados, como que debaixo de um cobertor de inverno. E um bando de pássaros se arredondou no céu e se lançou a novas alturas.

Rimona disse:

"Quando vem um sábado azul depois de semanas de chuva e de vento, a gente quer estender a mão e colher algo vivo, não seco, para ter no quarto, na jarra, para ter pelo menos uma lembrança se as chuvas recomeçarem, talvez uns ramos como esses, ramos de oliveira em que nascem folhas verde-escuras de um lado e ligeiramente prateadas do outro, porque Ioni tem alergia a ramos de pinheiro, eles lhe causam lágrimas, e isso o irrita. Mas como é que vamos poder colher hoje ramos de oliveira, se eles ainda estão molhados? E se você os tocar assim vai levar uma ducha fria dentro do colarinho e das mangas, pois ainda tem água de chuva entre suas dobras.

Ela ainda falava quando Azaria num salto se lançou do asfalto à margem avariada da estrada, abriu caminho na lama e surgiu entre os arbustos de uma aroeira, e num instante voltou e lhe ofereceu um buquê de ramos de oliveira molhados, sorriu modestamente e prometeu:

"Posso colher mais. Quanto vocês quiserem."

"Mas você está molhado", espantou-se Rimona e os cantos de seus lábios lhe sorriram. Alisou o rosto, como se ela é que estivesse molhada, e depois enxugou com o dorso da mão a água na testa dele, com as duas mãos apanhou os ramos da mão dele e lhe disse Obrigada, você é bom.

"Não foi nada", riu Azaria.

"E você também está molhado por dentro do colarinho", disse ela. "Dê-me um lenço para eu enxugar."

Por causa do toque de sua mão, e por causa do tom de sua voz, Azaria começou a revolver os bolsos febrilmente e achou um canivete, mas não um lenço, nem cigarros, até que Ioni percebeu o que ele queria, ofereceu-lhe um e acendeu outro para si mesmo. Eu lhe quebro todos os ossos, pequeno gafanhoto, disse Ionatan consigo mesmo, depois se lembrou e pensou Não faz mal, amanhã eu vou embora e deixo ela aqui, se você quiser fique com ela, de qualquer maneira ela não está com nada, gafanhoto idiota, de qualquer maneira ela é só uma boneca recheada de esponja, de qualquer maneira amanhã já não estarei aqui.

"Desde a manhã começaram a tocar no rádio essas músicas russas", disse Anat, "tipo 'Vânia, meu querido filho', 'Floresceu a pereira e também a macieira', e vocês, com seus cigarros, estão perdendo os maravilhosos aromas da natureza."

"Essa proposta", disse Azaria, tentando dar um tom rude à voz, "vem bem a propósito. Vou parar e apagar. E essa paisagem também vem bem a propósito."

"Veja só", disse Udi a Ionatan, desde a manhã já começam a lhe dizer o que fazer; não fumar e não cuspir. Repare, Ioni, que erosão houve aqui embaixo no uádi. Todo o terraço dos árabes se foi, e só a camada inferior, erguida por nossos antepassados na época do segundo Templo, se é que não foi na época bíblica, ainda resiste, e nenhuma inundação poderá desmanchá-la."

Ionatan disse:

"Uma vez pensaram em construir uma pequena represa na entrada do uádi. Foi ideia de Iashke, e meu pai riu na cara dele. Disse que aqui não era a Suíça e que não tínhamos dinheiro para jogar em fantasias de cisnes nadando e moças tocando bandolim como na tampa de uma bomboneira. Depois de dois ou três dias, meu pai, como costumava fazer, começou a reconsiderar e a ter dúvidas: talvez aqui haja algo. E até pediu a mim e ao pequeno Shimon que formássemos uma comissão investigadora, como é que ele chamou?, uma comissão *ad hoc*, e Eitan R. disse: uma comissão 'hadoque'.* Chegou-se à conclusão de que todo ano lá só haveria água até abril ou início de maio, porque o terreno a absorveria. Iashke reconheceu que toda a história não fora mais que um sonho, e foi aí que meu pai começou a teimar e disse que teoricamente se poderiam cobrir de seis a oito dunams do fundo com pedaços de plástico, e que lago haveria aqui!, e que ele estava se correspondendo com um professor do Instituto Weizmann que dizia isso e com um professor de Jerusalém que dizia exatamente o contrário. Resumindo, ouça, Udi, daqui a duzentos ou trezentos metros começa o caminho lajeado onde era o pomar de Abu-Hani; você se lembra desse caminho? Onde ficava a árvore-do-rinoceronte? Se tomarmos esse caminho, poderemos cortar direto para Sheikh-Dahar sem atolar na lama e com uma boa chance de encontrar vestígios arqueológicos dos tempos bíblicos, talvez a pedra com a qual Caim matou Abel ou os ossos de um profeta despedaçado. Psst, Thia, criatura estúpida, venha cá, olhe como você se emporcalhou toda. Me deixe."

O tempo todo os quatro estão juntos, pensou Azaria, eu sou alguém à parte, de quem ninguém precisa a não ser para se arranhar nos arbustos, ato-

---

* O autor usa um trocadilho intraduzível entre *had hoc* e o hebraico *ad tschok*, que significa "a ponto de rir", "risível".

lar na lama e se molhar como um cão para trazer um buquê de ramos de oliveira. Ela me tocou para enxugar as gotas como um ser humano toca outro ser humano e não como uma mulher, ele ficou tão enciumado que de tanto ciúme acendeu um cigarro e jogou o fósforo como se fosse um tabefe, e ele é meu amigo, meu único amigo em todo o mundo e em todo o kibutz. A alergia dele lhe provoca lágrimas que o irritam e ela com a mão dela enxugou as gotas de meu rosto, nunca vi ela tocar nele, mas essa Anat toca no Udi dela, faz-lhe cócegas por baixo da camiseta e Rimona na verdade não age como um ser humano, mas como mãe, embora ela não seja mãe, ao contrário, eles tiveram uma bebê e ela morreu talvez de doença cardíaca, nos rins, no fígado, em nove horas de cirurgia se pode hoje fazer transplante de órgãos do doador para o doente e salvá-lo e mesmo se não me pedissem eu salvaria assim a bebê deles mas eles não aceitariam de meu corpo com este seu desejo sujo e além disso o que sou eu deles nem irmão nem *chaver* talvez o bobo da corte, trouxeram-me com eles em seu passeio para fazê-los rir e eu vou mesmo fazê-los rir, eu e essa cadela velha à parte. Quem foi que me convidou a vir com eles para este passeio, para que esses enamorados tão agradáveis precisam dos ossos de um profeta despedaçado se arrastando atrás deles, mil vezes já decidi que o tempo de me revelar ainda não chegou, é preciso sofrer e calar ainda muitos anos. Bolonezzi disse sua oração matinal e disse *Baruch haShem*, louvado seja o Senhor, e saiu para caminhar, eu devia ter saído com ele ou nem mesmo com ele, mas sozinho até a fronteira, até a linha do armistício e olhar a terra de ninguém e durante todo o caminho amar a terra e talvez ir em direção aos pomares e quem sabe agora mesmo eu diga a eles desculpem, *shalom*, e eles vão esperar que eu me afaste para dizer *Baruch haShem*, e eu me calarei a partir de agora até que finalmente me venha um pensamento novo, uma sensação, uma espécie de voz especial e longínqua que só quer se fazer ouvir quando estou sozinho, sem pessoas comigo, sem esses desejos ruins, sem essa minha loucura de causar boa impressão e de eletrizar e de surpreender o tempo todo e de me gabar, e eis que o milagre já aconteceu quando fiquei calado, quando me acalmei, quando disse meu Deus, o que sou eu, por que me deixastes viver, para que sou necessário e numa hora dessas vem a resposta simples do silêncio da luz e do pó das montanhas do vento e a resposta é a pergunta, é o silêncio: não tenha medo, menino, não tenha medo.

Como o coração de quem foi o tempo todo instado a implorar o aplauso da massa e a graça da sociedade, pois dos desejos vem o arrependimento e do arrependimento vem a tristeza e da tristeza vêm os sofrimentos, disse Espinosa, e nisso ele tinha razão, tinha toda a razão, e os judeus o expulsaram e as mulheres o desprezaram e ridicularizaram e assim ele ficou com as estrelas, com os ventos, com os diamantes que lapidava à luz da vela e com a resposta não tenha medo, não tenha medo, menino. Daqui a pouco, quando chegarmos aonde estamos indo e nos sentarmos para comer e beber sobre a pedra com que Caim matou Abel vou lhes ensinar canções russas que nem o rádio conhece. Canções russas que eles nunca ouviram na vida. E que burro idiota eu sou por não ter trazido o violão por causa de um escrúpulo social e de tanta vergonha, e é só por medo de que outras pessoas riam de nós que fazemos o contrário do que deveríamos fazer e por causa disso o próprio universo riria de nós se tivesse tempo e cabeça para essas nossas bobagens insignificantes, como Ioni, que, só por vergonha e escrúpulo social e tudo o mais, não foge daqui já que Rimona não o segura aqui mais do que esta terra segura a pedra para que ela não voe. Você está fugindo com todas as suas forças da mentira, e na esquina o aguarda a ilusão, você é como aquele homem perseguido por feras que trepa numa árvore e de lá o escarnece a desilusão, então você como um louco salta das alturas e no meio do salto o agarra a fraude. Este Udi, por exemplo, se alguma vez pusesse todas as cartas na mesa me diria Ouça, Zaro, enquanto não tiver matado alguém com uma granada, com uma submetralhadora a uma distância de um metro e meio ou com uma baioneta enfiada num ventre arabusco, você não saberá o que é a vida nem sentirá na barriga o prazer para o qual nascemos. Ou se Rimona dissesse o que ela, assim como a terra, sabe, ela diria a Anat Ouça, Anat, nós precisamos, uma vez você ou eu, precisamos deixar ele fornicar, não vai lhe levar mais de meio minuto e aí ele vai apaziguar sua infelicidade e de repente vai ser melhor do que todos, mas Rimona ainda não concorda em ser mulher e essa Anat, se não fosse a sociedade e tudo o mais, treparia sem problema aqui mesmo no meio da estrada, no meio do dia até com nós três, um de cada vez ou juntos, até comigo, que sou um pequeno *shtinker*, um dedo-duro, como disse o major Zlotkin, como disse Eitan R., como disseram os alemães. Só que eu mais do que todos sei perder e sofrer e mais do que todos estou preparado para morrer e sou o mais capaz de lhes traduzir o que realmente querem de nós o céu e a terra e todos os seus exércitos, como se diz, porque tudo aqui é exército, todo o povo é exército, todo o país é frente de combate, e eu sou o único civil de todos, eu e Eshkol e por isso somos os únicos que percebemos realmente a gravidade da situação, só que por enquanto ele ainda não sabe que sou como ele e que poderia ajudá-lo. É sobre essas coisas que é preciso falar, em vez desse papo com palavras mortas sobre ser este um sábado bem a propósito, o que quer dizer um sábado bem a propósito, palavras mortas sobre a erosão que houve ou não houve na entrada do uádi, e daí se houve erosão na entrada do uádi, e onde é que não há erosão em toda a nossa vida, a erosão deste momento que não voltará jamais também é erosão, e daí? Já já daqui a pouco Udi e Ionatan vão se afastar para procurar os enfeites bíblicos deles entre as ruínas e eu e as garotas vamos ficar para trás, e então juro que vou tentar uma vez na vida falar sem mentiras.

"Por que estão todos calados?", perguntou Azaria.

E Udi disse: "Já estamos vendo de perto a aldeia fedorenta".

No alto da colina, na linha do horizonte, entre nuvens azuis, erguiam-se as ruínas de Sheikh-Dahar: paredes partidas, encarvoadas pelo fogo, que ficaram sem a casa: um exterior iluminado à frente, um exterior iluminado atrás e pela janela arrombada, torcida, a luz atravessava como uma espada estripadora, do ventre às costas. Aos pés dessas paredes amontoavam-se destroços despencados do teto. E talvez uma parreira renitente, desesperada, que dera fruto e se agarrara aos restos da parede queimada como que com unhas afiadas. E elevando-se acima de tudo a mesquita amputada, que foi ceifada, assim se conta entre nós, por um preciso obus de morteiro disparado pelo próprio comandante do Palmach durante a guerra da independência. Sobre os destroços da casa do xeque, em frente à mesquita, enredava-se uma buganvília flamejante como se nela se propagasse o fogo que devorou este ninho de assassinos que nos cobrou, nas palavras de Iulek Lifschitz, um perverso imposto de sangue.

Ionatan lembrava-se das palavras "imposto de sangue", mas nenhuma voz se ouvia de Sheikh-Dahar, nem o latido de cães, e só um silêncio transparente se elevava da poeira e outro silêncio, mais baixo, soprava das montanhas, a mudez de um fato que não se podia revogar, irretorquivelmente distorcido, assim como as palavras que ouvira de seu pai ou lera em uma das revistas. Os visitantes também silenciaram, e desta vez até mesmo Azaria conteve seu discurso, e o sussurro de seus passos ecoou no caminho afundado e pedregoso, e no campo lamacento a cadela cavucou como se procurasse e talvez achasse um vestígio secreto de vida. Oliveiras molhadas e algarobeiras molhadas não paravam de cochichar, como se a última palavra ainda não tivesse sido dita e elas a estivessem buscando todos esses anos, e três corvos sobre um galho esperavam para ver o que viria de dentro desse cochicho estrangulado, e no declive do céu pairava uma ave de rapina, um falcão ou talvez uma águia ou um abutre, Ionatan não sabia. Ele caminhava calado e os outros tampouco falavam. Até que Udi Shneiur divisou com seus afiados olhos de batedor um cogumelo dos bons junto aos jovens pinheiros plantados pelo Keren Kaiemet e Anat disse Olhem, tem mais um, olhem, aqui tem uma porção e Udi como que comandando a si mesmo disse que eram certamente *boletus*, e parece que nós chegamos. É isso aí.

Ele se deteve sem consultar os demais. Estendeu entre duas pedras cinzentas e brilhantes uma *kefia* quadriculada vermelha, butim da Legião Árabe. As garotas tomaram de Azaria Guitlin o cesto com o lanche. Ionatan ordenou a Thia que se deitasse. "Azaria?", disse Rimona, e o rapaz captou a ideia e correu a juntar gravetos para uma fogueira, na qual assariam batatas. Anat ficou com o canivete que ele trouxera, para cortar os legumes e as verduras da salada.

Era uma moça roliça, forte, de busto atrevido e olhos sorridentes e maliciosos, como se tivessem acabado de lhe contar uma anedota picante e ela, se lhe desse vontade, poderia contar outra duas vezes mais picante, mas achara melhor adiar esse prazer para acirrá-lo ainda mais. O vento do mar agitava seus cachos morenos. Quando esse vento experimentou a barra de sua saia florida ante o olhar de Azaria, Anat não se apressou em levar a mão ao tecido para apertá-lo na coxa. A seu marido Udi ela disse: "Por favor, venha me coçar as costas — aí e aí —, estão coçando terrivelmente, *oish* aí não, que *golem* você é, aqui, e aqui. Assim está bom".

E começaram a preparar seu lance de excursionistas.

Por causa da umidade não conseguiram acender a fogueira. Com os ramos que Azaria reunira Ionatan fez uma cobertura no formato de *wigwam*, a cabana cônica dos índios norte-americanos. Dentro dela montou uma delicada estrutura de fósforos em forma de tripé, acendeu, protegendo-a do vento com o corpo. Em vão. E Udi se apresentou e disse "Deixa pra lá, você também, largue essas brincadeiras", e enrolou um pedaço de jornal e acendeu. E acendeu de novo e xingou em árabe, tudo em vão. Até que não havia mais fósforos na caixa. E porque Azaria Guitlin lhe pareceu um molengão alegrando-se com uma alegria medrosa e vingativa ao se sair com um de seus ocos provérbios russos — não com força mas com sarro é que Ivan vai desatolar o carro —, Udi explodiu e berrou: "Quem sabe você cala essa boca, *iá* Chimpnoza? Que seja sem fogueira. Aqui está tudo molhado que nem coriza. De qualquer maneira, quem é que precisa de batatas? É só porcaria".

Ao que Azaria Guitlin deu um pulo e despedaçou na pedra uma garrafa de soda, mas não saiu para a briga, e sim deu as costas ao grupo, inclinou-se sobre a fogueira perdida e durante dois ou três minutos, com muita premeditação, pegou um estilhaço pequeno do vidro, capturou e aprisionou nele o sol, dirigiu o foco aos pedaços de jornal até que apareceu uma tênue fumaça e depois pequenas línguas chamejantes e depois o fogo ardeu. A Udi, Azaria disse:

"Você foi injusto comigo."

E Rimona disse baixinho:

"Nós pedimos desculpas."

"Não seja por isso", disse Azaria.

Quando eu era criança com sete ou seis anos, veio nos ver o xeque da aldeia, Hadj Abu-Zuheir era seu nome, e veio com três anciãos. Lembro-me da túnica branca dele e das túnicas cinzentas listradas na residência de um só cômodo de meu pai, nas cadeiras pintadas de branco em volta da mesa branca onde cresciam crisântemos numa garrafa de iogurte. *Hada ıbnach*, sorriu o xeque com sua dentadura de espiga de milho, e papai lhe disse: *Hada waladi uili khman veachad, Zarir*. O xeque tocou minha face com sua mão nodosa e cheia de sulcos, e o cheiro de sua boca e de seu bigode comido pelo tabaco quase tocaram minha testa. Papai mandou-me dizer meu nome e Abu-Zuheir transferiu seus olhos cansados de mim para a estante de livros e dela para papai, que era o *mukhtar* do kibutz, e lhe disse suavemente, como a cumprir sua modesta parte num ritual de honra, *Alah karim ia Abu-Ioni*. Então fui retirado do quarto e alguma negociação continuou por lá, e o pequeno Shimon serviu-lhes de intérprete, pois o vocabulário árabe de papai era reduzido, e da cozinha trouxeram um grande bule de café, e trouxeram também *matsot*, pão ázimo, pois talvez tudo isso tenha acontecido na semana de *Pessach*. Não restou nem mesmo um cão em Sheikh-Dahar e todos os campos, os que estavam em litígio e os que eram mesmo deles, de sorgo e de cevada, em frente a nosso campo de alfafa, agora estão todos conosco e deles restaram essas paredes queimadas no alto da colina e talvez também uma maldição a pairar.

Ionatan afastou-se sozinho até as oliveiras e lá urinou de costas para o grupo, a cabeça inclinada e a boca um pouco entreaberta, como quando resolve problemas de xadrez. Seu olhar percorreu Sheikh-Dahar e se deteve nas montanhas do leste, que na luz melíflua não pareciam mais distantes do que a distância de um grito. Tinham uma cor azul-metálica-fosca, como a cor do mar num dia de outono. Montanhas marinhas como íngremes quebra-mares a se elevar no oriente, ameaçando se estilhaçar para o oeste e fazendo Ionatan ter um obscuro mas forte impulso de sair correndo a seu encontro naquele instante. Com a cabeça inclinada como que para chifrar, como um nadador teimoso, uma onda gigante, começou de repente a correr furiosamente em linha reta, com todas as forças, sua velha cadela atrás dele como uma loba doente, caninos arreganhados, muito ofegante, a saliva escorrendo, e correu trezentos passos até que seus sapatos afundaram na lama espessa e a água borbulhante penetrou em suas meias e ele foi obrigado a diminuir seu ímpeto e lutou para se livrar e de novo atolou e subiu de pedra em pedra, os sapatos arrastando enormes blocos de lama e ele pateou em marcha de elefante para fora da poça enquanto ria de si mesmo consigo mesmo com as palavras do velho poema das escrituras "mas o coração deles não estava" etc.

"Pegue uma faca", disse Rimona, "para raspar a lama do seu sapato. Se você já acabou de correr."

Por um momento ele a fitou com um sorriso cansado, percebeu sua tranquila sinceridade, obedeceu e sentou-se na pedra para se limpar, vendo como as meninas manejavam pedaços de frango e como o rapaz novato em suas calças boas e sua camisa listrada se curvava sobre o fogo hesitante que ele conseguira acender depois de os outros terem desistido.

"Corri como um idiota", disse Ionatan, "estou falando com você, Azaria; eu quis ver se, com tanto inverno, eu ainda não tinha esquecido o que é correr. Você sabe correr?"

"Eu", disse Azaria surpreso e com alguma ponderação, "eu já corri bastante. Vim para cá a fim de parar de correr."

"Venha, vamos apostar corrida", sugeriu Ioni e no mesmo instante surpreendeu-se com o que saíra de sua boca, "vamos ver se você é tão bom nisso como no xadrez."

"Só a língua dele é que é rápida", disse maldosamente Udi.

E Azaria disse:

"Detesto correr. Já deixei de correr. E agora, se não fosse eu, vocês não teriam uma fogueira nem batatas." Disse isso e começou a empurrar judiciosamente as batatas para onde os ramos já se incandesciam e se transformavam em brasa ardente e olhou para a Anat de Udi a fim de não cruzar com o olhar de Rimona, que ele sentiu e sabia estar pousado em seu rosto desde o momento em que Ioni lhe propusera apostar corrida e sabia que sem dúvida nenhuma eram olhos centrados e sombreados por cílios e abertos, a ponto de sua carne se queimar com esse olhar pois Rimona não o contemplava como uma mulher olha para um homem nem como uma pessoa olha para outra pessoa, mas como uma mulher olha para um objeto inanimado ou talvez como um objeto inanimado olha de repente para você.

Rimona vestia calças de veludo cotelê que se ajustavam às linhas de seu corpo sem saliantá-las ou escondê-las. Um corpo de menina que só agora começava a amadurecer. E a blusa, ela amarrara num gracioso laço logo acima do umbigo, o que deixava à mostra parte de seu ventre chato e de seus quadris estreitos. É assim que ela mente, pensou Ionatan, porém logo caiu em si: mas o que me importa?

A primeira a se aproximar de Azaria foi a cadela Thia. E ele a acariciou longamente, com as duas mãos, com todos os seus longos dedos. Uma indulgente tranquilidade o dominara. Intimamente pedia desculpas e perdão a Eitan R., a Anat, a Udi: com que direito eu me ponho acima deles, seu porco sujo e sobretudo trapaceiro, eles me deram tudo, casa e amizade e confiança, e eu enxovalho as garotas deles todas as noites e desde a manhã, a primeira coisa todas as manhãs é começar a mentir e minto o dia inteiro, até quando me calo os estou enganando. Nós somos pessoas-irmãs, ele queria dizer bem alto, mas se conteve e calou-se para não parecer ridículo. Tão finos pareciam a Ionatan os dedos do rapaz na pelagem de Thia que era como se a luz os atravessasse e talvez se irradiasse deles. Com esses dedos ele pode tocar um instrumento e talvez acarinhar uma mulher e deve ser bom tocar com eles os nós da oliveira, pequeno gafanhoto esforçando-se o dia inteiro para se enturmar não se esforce tanto porque eu apesar de não ter vontade nem paciência para você nem para ninguém e apesar de não ter força para gostar de mim mesmo de você eu gosto um pouco especialmente porque sei que um dia os índios vão escalpelar você, pobre gafanhoto. E assim a tranquilidade daquele lugar se apoderou também de Ionatan, que se acalmara de sua corrida e terminara de raspar seus sapatos e perguntou no que poderia ajudar.

"Descanse", disse Anat, "a comida está quase pronta."

Nos corredores de luz entre sombra de oliveira e sombra de oliveira voejavam borboletas novas e elas também cercavam os pinheiros, e entre as borboletas brancas havia uma branca e redonda que pairava no ar sem se mexer como um floco de neve como flor de laranjeira na brilhante luz azul-celeste, pois naquele sábado a lua se esquecera de se retirar para seu refúgio noturno, uma lua do Tu biShvat,* talvez suas teias tenham se agarrado ao emaranhado da oliveira como Absalão naquela aroeira. Era uma lua diurna, espantada e assustada, de aparência quase doente. Cercavam-na por todos os lados as ásperas oliveiras, como um pálido instrumentista judeu apanhado num círculo de rudes camponeses num dos países da diáspora.

"Por toda esta noite o cão só latiu, enquanto a lua calou, refulgiu", recitou de repente Azaria um de seus ditos rimados, apesar de que Thia não latira para a lua, mas deitara de lado e descansava com olhos serenos.

"Mais um minuto e comemos", disse Anat.

O silêncio dos campos e a luz melíflua cercavam a bela Rimona e seu marido Ionatan, que se acocorara junto dela como um velho beduíno e a ajudava a descascar cebolas. Anat escondeu, depois desistiu e depois escondeu de novo suas coxas musculosas. E Azaria disse:

"O tempo todo tenho a sensação de que tem alguém nas redondezas nos vendo. Talvez seja bom um de nós ficar vigiando."

"Eu", disse Udi, "já estou morrendo de fome."

"No cantil de Azaria tem limonada", disse Anat, "já pode servir. E já vamos começar a comer."

E eles beberam da tampa do cantil, passada de mão em mão, e comeram

---

* O décimo quinto dia do mês de Shvat, Dia da Árvore judaico.

frango e uma boa salada cortada fininho, e batatas assadas e sanduíches de queijo amarelo, e descascaram laranjas para a sobremesa.

A conversa girou sobre o que havia em Sheikh-Dahar antes da guerra de libertação, sobre a astúcia do velho Hadj, sobre o que os árabes seriam capazes de fazer conosco e também sobre o que Udi propunha fazer com eles na próxima guerra. Ionatan não participou da discussão entre Azaria e Udi. Lembrou-se de repente de uma imagem que vira certa vez em um dos álbuns de Rimona: o quadro de uma refeição de pessoas em visita à clareira de uma densa floresta entre carvalhos envoltos em samambaias numa luz salpicada de sombras, todos os homens vestidos, e entre eles, sentada, uma mulher nua como no dia em que nascera, e Ionatan deu-lhe o nome de Azuva bat Shilchi. Que palhaço, costumavam dizer os velhos do kibutz, a uma distância de no máximo um metro e meio, riam, e esse touro não era uma caixa de fósforos, um touro é um alvo gigantesco.

Ionatan imaginou uma conversa telefônica no meio da noite com seu segundo pai, o chefe dos grandes hotéis no leste da América, uma conversa que lhe abriria num instante um grande leque de novas possibilidades em novos lugares onde tudo é possível e tudo pode acontecer, desastres, sucesso estrondoso, amor repentino, encontros espantosos, solidão, perigo mortal, longe destes lugares, longe das ruínas desta aldeia perversa com ciclâmens entre as pedras, com excrementos de cabra de antes do dilúvio. O passaporte, a passagem e o dinheiro esperam por você dentro de um envelope no gabinete do diretor do aeroporto. Você é Jonathan, só diga a eles que é o rapaz de Benjamin, eles saberão o que fazer. Lá já lhe foi preparada uma roupa adequada, e no bolso interno direito você encontrará instruções.

Na linha do horizonte crescera uma palmeira, e ao lado dela uma pereira na desfolha, uma árvore torta e doente como um velho cego capturado no campo inimigo. E qual o sentido dessa tristeza que vem de lá senão o código secreto dos mortos que um dia estiveram sobre esta terra lamacenta e não desistem e não param de ter saudades e até mesmo agora estão soprando em nós, transparentes e quietos, como disse Azaria, e insistem em participar e não relaxam e se você não for agora e neste momento não irá jamais para o lugar onde talvez o esperem e não vão esperar para sempre e quem se atrasar perderá a hora.

Ionatan disse:

"Deixe em paz por um momento os arabuscos junto com sua Bíblia. Você se lembra, Udi, de quando éramos pequenos assim e o vento trazia de Sheikh-Dahar o cheiro da fumaça das fogueiras deles; no escuro, na creche, quando ficávamos sozinhos depois que nos punham para dormir, depois que nossos pais iam embora, depois que apagavam a luz e ficávamos deitados debaixo dos cobertores acordados e com medo, e pela janela que dava para o leste entrava o vento com essa fumaça, quando os aldeões queimavam ramos junto com esterco seco de cabra, uma fumaça árabe, e os latidos dos cães deles ao longe, e às vezes o muezin deles começava a uivar do alto da mesquita?"

"E agora também", disse Rimona hesitantemente.

"E agora o quê?"

"É verdade", disse Azaria, "agora também se ouve de longe uma espécie de uivo. Talvez tenha alguém escondido lá. E nós viemos desarmados."

"Os índios", exultou Anat.

"Há um pouco de vento", disse Rimona, "e o cheiro de fumaça tenho quase certeza que é da fogueira que você fez para nós, Azaria."

E Anat disse:

"Sobrou frango, talvez alguém queira, e ainda tem duas laranjas. Ioni, Udi, Azaria, quem quiser pode comer e quem está satisfeito e cansado pode repousar a cabeça em nossos joelhos. Temos tempo."

Quando Udi voltou de sua excursão na encosta da colina, não voltou de mãos vazias: um varal de carroça enferrujado que achara entre as pedras e pedaços de arreios de couro, e uma caveira de cavalo que ostentava um riso malévolo com seus assustadores dentes amarelos. Tudo isso para enriquecer o jardim e lhe conferir um atributo que Udi gostava de chamar de "caráter". Ele tinha a intenção de um dia cavar — não hoje, mas quando pudesse entrar com um trator — e extrair da terra do cemitério abandonado um esqueleto inteiro, o esqueleto de um arabusco que ele poderia reforçar com arame e fincar no jardim, à guisa de espantalho, para afugentar os pássaros e espantar e irritar todo o kibutz.

Ioni lembrou-se do sonho que tivera esta noite e que quis contar a Rimona quando ela lhe relatara seu sonho com um jabuti que sabia subir pela parede: Rimona, sonhei com algo ainda mais estranho, mas então não conseguiu se lembrar a não ser de um árabe morto, e só quando Udi falou do seu espantalho e Azaria disse Mas tome cuidado, Udi, para que um desses pássaros que seu espantalho vai afugentar não seja a alma do árabe morto que veio lhe lançar mau-olhado, e só então o sonho voltou de repente e Ioni soube qual fora. Era assim: eu estou entrincheirado num acidente natural do terreno na encosta da colina, dentro de um confortável nicho entre as pedras basálticas, um excelente ponto de observação que cobre, além do pomar, as terras planas, as colinas em frente e a entrada do uádi. Recebi ordens claras de abrir fogo sobre os remanescentes do comando sírio que ainda estavam por ali. O ar está quente, cheio de poeira, exala um tênue aroma de espinheiros queimados e excremento antigo. Com o potente binóculo que tenho em mãos, esquadrinho meticulosamente, pela ordem, primeiro as colinas, depois a entrada do uádi, depois o pomar, e de novo a entrada do uádi. Desconfio especialmente da entrada do uádi. Mas tudo está tranquilo e vazio. Apenas as moscas varejeiras me atormentam, maldosas, até que sou obrigado a sacudir a cabeça e mudar de posição, olhar para trás, e meu sangue gela nas veias: bem atrás de mim, a uma distância de quatro ou cinco passos, não mais, lá está em silêncio um comando sírio, sorrindo para mim com insidiosa candura, como um menino corrupto a me dizer: Então, veja, assim mesmo eu armei para você. Não, meu senhor, você não armou para mim — eu balbucio derramando minha ira —, suas mãos erguidas estão fechadas e quem sabe o que você está escondendo lá e o que está tramando. Além disso, recebi ordens muito claras. Sinto muito.

    E depois eu preciso ir até o cadáver baleado, virá-lo empurrando com a bota, procurar algo como recordação, talvez um documento ou uma foto, para que acreditem que eu liquidei você e para que eu não esqueça você depois de muitos anos. Mas na verdade isso não é necessário: nunca esquecerei você: o cabelo revolto, testa alta e queixo sólido, e muitas rugas pequeninas nos cantos dos olhos. Ionatan Lifschitz, que conheço do espelho do banheiro ao me barbear. No fim tenho de voltar para minha cova e continuar a observar na direção da entrada do uádi. Talvez ainda andem por lá outros que tenho a obrigação de matar. Cubro sua cabeça com pedaços de um saco velho, mas seu sapato está rasgado na sola direita e abre para mim uma espécie de boca cheia de pregos como a rir de mim. Eu me levanto assustado, encharcado de suor frio. São três da manhã. A chuva cessou lá fora e descalço, desorientado, saio da cama e vou olhar pela janela sem acender a luz para não acordar Rimona. Olho lá fora, para a grande escuridão, e escuto com minha pele também. Sombra de colinas à luz da lua. Quer dizer que as nuvens se foram e começa a clarear. Sombra de ciprestes no jardim. Sapos, grilos o sopro de uma leve aragem. À distância pulsa a bomba a vapor. As luzes dos lampiões na cerca são de um branco pálido como a morte. Tudo está como sempre. Nenhuma novidade. Meu pai, à sua maneira, chegara pelo visto exatamente à mesma conclusão. Depois voltei para dormir e dormi como um defunto até de manhã, e de manhã o sol brilhou e resolvemos sair para um passeio.

Lá ficaram sentados por mais meia hora, Udi e depois dele Azaria despiram camisas e camisetas para pegar um bom sol. E Ionatan se envolveu no silêncio. Quando sobre eles passaram rugindo três jatos em seu percurso do norte para o sul, desenrolou-se um breve debate sobre se eram Super-mystères ou apenas Mystères simples. Ioni saiu de sua mudez e contou que seu pai uma vez votara no governo contra qualquer aliança com a França, ou talvez apenas tivesse se abstido na votação. Agora ele reconhecia que errara e que Ben-Gurion é quem tivera razão: como sempre toda a vida deles eles têm razão da manhã à noite, esses nossos anciãos. Meu pai, seja qual for o assunto, mesmo quando é obrigado a reconhecer que errou e que Ben-Gurion acertou, de alguma maneira dá um jeito de ter razão e de dizer que você está errado porque ainda é jovem. Eles têm uma lógica de ferro e sentidos afiados e tudo mais, e para eles você é confuso e mimado e seu pensamento é preguiçoso ou superficial. Mesmo que você já esteja nos trinta, eles sempre falam com você como um adulto paciente deve falar com um menino ao qual, por considerações educacionais, se fala como se ele fosse um adulto também; para lhe dar uma boa sensação e tudo mais. Se você lhes pergunta, digamos, que horas são, eles respondem com ampla dissertação, com bons argumentos, por tópicos, a, bê, cê e dê, e o lembram de que toda moeda tem dois lados e que não se pode ignorar a experiência passada. Depois, numa espécie de concessão ditatorial, eles sorriem e lhe perguntam o que você acha. Antes que você abra a boca, eles já respondem a essa pergunta também, com tópicos e tudo, e lhe explicam que sua opinião não tem fundamento, porque a sua geração é superficial e tudo mais — sem deixá-lo dizer uma só palavra, e lhe dão um xeque-mate depois de terem jogado sozinhos dos dois lados do tabuleiro e imobilizado suas peças porque você não tem peças, só tem problemas psicológicos e emocionais e no fim dizem que você ainda precisa estudar e que você ainda não está maduro.

"Você", disse Rimona, "não tem pena deles."

"Eu", disse Ioni, "odeio o sentimento de pena."

"Mas tem um pouco de pena de si mesmo."

"Pare com isso", irritou-se Ionatan.

E Rimona disse:

"Está bem."

Udi evitou um novo silêncio. Voltou a falar dos aviões. Era entusiasta dos modernos Mirages que a Força Aérea estava agora incorporando e que eram uma resposta esmagadora aos Migs que a Rússia fornecia aos egípcios e sírios. No corpo de reservistas, Udi tinha diferentes funções e sabia de um plano fantástico para desferir naqueles pretos um maciço golpe preventivo se só ousassem erguer sua cabeça negra.

Sua mulher Anat o repreendeu rindo, instando-o a não revelar segredos. E também, então, fez esvoaçar a saia num generoso impulso para cobrir os joelhos. Nesse ponto Azaria de repente se ofendeu e argumentou polida mas incisivamente que se podia falar de assuntos operacionais na presença dele. Não era um agente estrangeiro, no Exército também exercera a função de sargento técnico e tivera acesso a assuntos muito confidenciais. E já que se falava de segredos, ele também estava disposto a revelar um, eletrizante, do corpo de tanques, aquilo que lhe haviam revelado sobre um plano revolucionário do general Israel Tal. A propósito, na opinião de Azaria exatamente esses velhos que tanto irritam Ioni têm na ponta da unha mais sabedoria que todos os gênios arrogantes do Palmach da escola Kaduri, porque eles experimentaram os sofrimentos da diáspora quando nós ainda crescíamos dentro dos copinhos de ovo quente sem botar a cabeça de fora, no máximo sentíamos de noite o cheiro de fumaça das fogueiras nas aldeias, e matávamos um pouco aqui, um pouco ali, e foi daí que tiramos nosso horizonte estreito e nosso choramingo. Azaria não está se referindo a nenhum dos presentes, Deus me livre, no máximo está falando de si mesmo. Mas a questão é, como se diz, geral. E agora ele se sente na obrigação de pedir desculpas, e especialmente a Ioni, por tê-lo talvez ofendido sem querer. Aliás, a expressão "sofrimentos da diáspora" não era adequada, e ele retira essas palavras e promete procurar outras. Nesse instante, se surpreende de novo com os olhos de Rimona em seu rosto numa tristeza muda como às vezes o contemplam animais domésticos ou animais selvagens como que sabendo e lembrando algo simples e silencioso de antes da existência das palavras e do conhecimento. E os cantos de seus lábios lhe sorriam, ou ele imaginou que sorriam para ele como a dizer-lhe chega, menino, chega, até que Azaria se atrapalhou ao falar e tentou concluir com uma anedota e se atrapalhou mais ainda e se justificou com o que restava de suas forças: não fora uma piada, e sim... ao contrário, como se diz... falando sério, quer dizer... não tive a intenção de ofender ninguém, só que a situação, como se diz, é um pouco sombria, não sombria, só... não é boa.

"Então quem sabe você nos conta outra anedota?", escarneceu Udi sem parar de atirar pedrinhas num dos troncos retorcidos.

"Azaria", disse Rimona, "se você precisa falar, fale e nós vamos ouvir. Mas você não é obrigado."

"Claro, por que não", murmurou Azaria, "se, quer dizer, estou sendo chato e vocês querem que eu os faça rir, também sei, como se diz, ser engraçado, e não me importo."

"Então vamos lá", instigou-o Udi e piscou para Ionatan, que não devolveu a piscadela, os dedos diligentemente ocupados em extrair espinhos e caroços de lama da pelagem de Thia.

"Então, imaginem por exemplo um bebê", sugeriu Azaria, afastando as mãos como se medisse o bebê, "imaginem por exemplo um bebê, isto é, ainda antes de nascer. Na barriga da mãe, como se diz. Uma vez me passou pela cabeça que todos os mortos da família, as tias e os avôs e as avós e os de sua geração, e também os pais de seus pais, todos se reuniam em torno do bebê como a se despedir na plataforma antes de sua viagem de um continente a outro, digamos. E cada um pede ao bebê que concorde em levar alguma coisa no caminho, alguma coisa como olhos, cabelo, formato da orelha, planta do pé, sinal de nascença, testa, queixo, dedos, alguma coisa dos mortos que todo morto quer enviar com o bebê como presente ou *souvenir* ou, digamos, como uma pequena lembrança e sinal de consideração para com os parentes ainda vivos. É como se o bebê fosse um turista ou um imigrante sortudo que sai a caminho não só de um país para outro mas, supostamente, com permissão para atravessar uma espécie de cortina de ferro, permissão que seus parentes sabem não haver possibilidade de que lhes seja concedida como visto de saída e eles acumulam tudo que podem no bebê que parte para que saibam lá na terra feliz que nós ainda existimos, plenos, como se diz, de saudades e sensibilidade, e não esquecemos. Mas acontece que ao bebê é imposta uma severa restrição de carga, e só muito pouco lhe é permitido trazer consigo de lá para cá — lembrem-se de que ele ainda é pequenino assim —, nada mais que um traço do tio, uma ruga da vovó, a cor dos olhos ou no máximo um polegar especialmente grosso. E no fim da viagem, isto é, quando ele nasce, o estão aguardando na entrada, como se fosse num porto, todos os parentes que estão deste lado, e o beijam, abraçam, se emocionam e logo começam a discutir entre si quem enviou o que a quem, digamos por exemplo que o queixo é certamente do avô Alter e as orelhas pequenas quase coladas na cabeça são das duas tias gêmeas que foram assassinadas na floresta de Ponar, mas os dedos sem dúvida vêm do primo do pai, que era um louvado pianista de Bucareste na década de 1920. Tudo isso apenas como exemplos, vocês sabem, e eu poderia dar outros, como se diz, outra combinação. Minha alegação central é que as coisas não acontecem e não podem acontecer por acaso. A palavra 'acaso' é coisa de, me perdoem, completos imbecis. Sobre cada coisa agem leis de uma exatidão total. Talvez eu deva explicar agora que meu exemplo do bebê é, como se diz, uma piada. Mas a conclusão — não, isto é... no fim a intenção já não era fazer rir. Sério."

"Essa com certeza foi uma piada romena", disse Udi maldosamente, "comprida e nada engraçada."

"Largue do pé dele você também", disse Ionatan, "quieta Thia, só falta tirar debaixo da orelha e acabamos. Quieta."

E Udi:

"Está bem, deixem-no falar. Que fale assim até depois de amanhã. E ele vai falar. Eu, por exemplo, já estou indo para a aldeia fedorenta."

"Eu", disse Rimona, "até acredito nele, que ele teve duas tias gêmeas e agora elas morreram. E se você olha para os dedos dele vê que também fala a verdade quando se refere ao pianista dos anos 1920. Mas você, Azaria, agora não fale mais sobre a sua vida. Não agora. Agora vamos ficar aqui sentados mais cinco minutos em silêncio, ouvindo o que se ouve quando nos calamos, depois quem quiser vai para a aldeia e quem quiser descansar que descanse."

O que se ouve quando se cala? Muitos pássaros em volta. Eles não cantam. Trocam sons curtos e agudos entre si, não de alegria, não de paz e tranquilidade, mas numa espécie de penetrante frêmito de vida como se alertassem sobre uma ameaça silenciosa que espreita em algum lugar para o mal. Há algo parecido com pânico no barulho dos pássaros, mais um instante e ele se rompe, no instante seguinte vem outro em seu lugar, um terror mudo que não tem som nem cor. Como se esses pássaros estivessem pronunciando sua última palavra sabendo que devem se apressar, pois o tempo está acabando. Por trás do estridor dos pássaros, o vento sussurra com as copas azuladas como que estabelecendo uma relação. E por trás do vento os sons da poeira e da pedra o fervilhar do vale escuro um som-não-som abafado e algo sopra das ruínas da aldeia sopra das montanhas do leste leve como o toque dos dedos do assassino na garganta antes de sufocá-la. Secreto como o murmúrio da seda o rumor da morte sulca a essência da vida. Silêncio menino silêncio não diga palavra. Se dormir você vai ouvir, se ouvir dormirá sempre. Quem descansar descansará e quem fizer barulho perderá.

Ioni sentiu algo mudando no horizonte a oeste, mas preferiu se calar. Azaria também percebeu e sabia que dentro de três ou quatro horas o mel acabaria, com o retorno do árido inverno. Decidiu que dessa vez não avisaria os demais, porque eles não mereciam. Uma vez, na infância, quando se esconderam num negro porão de uma fazenda agrícola abandonada, no começo, ainda antes da grande fuga para o Uzbequistão, talvez depois de escapar de Kiev, numa das noites eles cozinharam e comeram um pequeno gato amarelo. Vasily, convertido ben-Avraham, o matara com um soco na cabeça quando o gatinho se esfregava em suas pernas tentando arrancar uma carícia. Por causa da neve do lado de fora e da umidade no porão, o fogo apagou no meio e eles comeram o gato só semicozido. Zorzy, o chorão, não quis comer apesar de sua fome e quando Vasily lhe disse Se você não comer nunca será um herói como Vasily, o menino chorou até que Vasily foi obrigado a tapar-lhe a boca com sua mão avermelhada e sardenta e falou baixinho Se você não calar a boca Vasily vai lhe fazer tra-mmm como se você fosse mais um gato. Por quê? De tão famintos que estamos.

De repente Azaria repudiou todas as suas mentiras, as pequenas e as grandes, e finalmente reconheceu também ter comido da carne de seu gato. Por causa dessa lembrança, e talvez por causa das coisas que Rimona dissera sobre as tias gêmeas Anette e Lorette, Azaria Guitlin irrompeu num novo discurso. Por exemplo, um rapaz como você, Udi, não devia ficar o tempo todo procurando vestígios bíblicos nas aldeias. Basta que vocês se mirem no espelho e verão a Bíblia, desde mais ou menos Josué até o livro de Reis II. Mas os Profetas e os Escritos, os Salmos, Jó e tudo isso, ou Eclesiastes, só chegarão ao país dentro de uns cem ou duzentos anos. Isso não é o contrário do que eu disse antes, embora na verdade seja sim, um pouco, pois no nosso caso existe um movimento histórico tanto em círculos quanto, como se diz, em zigue-zagues, do jeito que nos ensinaram a correr no Exército pois se atiram em você no zigue você já está no zague e vice-versa. Porque na diáspora e ainda antes os judeus começaram a importunar todos a sua volta e todo o mundo, querendo ensiná-los como deviam ser e o que é permitido e o que é proibido e o que é bom e o que é pecado e irritamos todos, como por exemplo esse meu tio, esse de quem lhes falei, o músico, Manuel, membro da orquestra real e professor, e um bom amigo do rei Karol, até que o rei não se conteve e lhe outorgou uma medalha de ouro, e no meio da cerimônia esse Manuel abriu a boca e começou a falar como um profeta apocalíptico sobre o luxo e a corrupção, e que todo dia crucificam de novo Jesus e ainda se consideram bons cristãos. Por isso os gentios nos odiaram e nos odeiam até a morte em todos os países da diáspora, temos que parar de lhes dar lições de moral e parar de azucriná-los com todas as nossas autopurificações e redenções, como se diz, nós já nos azucrinamos a nós mesmos bastante, já odiamos a nós mesmos, um fala do outro e cada um de si mesmo como Hitler, e só não paramos de ter pena de nós mesmos, o tempo todo, que pobres coitados nós somos, que mundo é este, onde está a justiça, que ela apareça logo ou que queime toda, e quem escreveu isso não foi um psicopata, mas o próprio Bialik. Éramos chorões e continuamos chorões mesmo aqui, em Erets Israel. Mesmo que um terno novo ponha, Sergei não saberá o que é vergonha, assim dizem na Rússia, só nos kibutzim começam a aparecer tipos mais tranquilos, como dizer, um pouco lentos, não estou querendo Deus me livre ofender vocês, refiro-me a esses que começam a estudar o segredo da vida vegetal e a arte da paz espiritual e se neles tem alguma coisa rudimentar também tem algo rudimentar em, vejamos, nessas oliveiras, por exemplo. A questão é que se deve viver e falar pouco e quando se fala que seja como Udi que nos disse com simplicidade que este é um sábado que veio bem a propósito. Muito bem, Udi.

Sem sermões e sem remissões. Viver resumidamente e a propósito. Trabalhar duro. Aproximar-se da natureza. Aproximar-se, como se diz, do ritmo do universo: tomem como exemplo essas oliveiras. Tenham como modelo qualquer coisa, a colina, os campos, as montanhas e o mar, os uádis, as estrelas no céu. Não eu, mas Espinosa, já nos propôs isso, numa só palavra: tranquilizar-se.

"Então tranquilize-se", disse Anat rindo, como se lhe tivessem feito cócegas no lugar certo.

"Eu", justificou-se Azaria com um sorriso pálido, "só estou começando a aprender como se tranquiliza. Mas se o que você está insinuando é que eu pare de entediar vocês, já estou me calando. Ou quem sabe agora eu faço vocês rir?"

Rimona disse:

"Não, Azaria, agora descanse."

Ao que Udi atirou com prazer e com grande precisão uma pedrinha, acertou-a em cheio em um cantil vazio, derrubou-o a uma distância de seis ou sete metros e disse:

"Bem, vamos embora."

Thia já acabara de roer o que restara dos frangos. Eles enterraram os restos e o lixo, sacudiram bem e dobraram a *kefia* da Legião que lhes servira de mesa e toalha, as meninas cataram folhas secas e capim uma nas costas da outra.

"Quem é que está chorando?", enfezou-se Ionatan de repente, embora ninguém lhe tivesse dito nada, "é de novo a droga dessa minha alergia que me ataca sempre que uma planta qualquer começa a crescer. Eu devia ir embora para o deserto, como sugeriu Azaria."

"Eu não sugeri tal coisa, me desculpe."

"Então como sugeriu seu tio Manuel, ou como quer que ele se chame."

"Vamos", disse Azaria num tom conclusivo e muito prático. "Meu tio Manuel foi morto e hoje estamos passeando e não homenageando santos. Vamos embora e pronto."

Os caminhantes dividiram-se em dois grupos. Anat e Rimona entraram no bosque para colher cogumelos. Os rapazes, e com eles Thia, subiram a colina, entre as ruínas da aldeia, e começaram suas buscas. Udi logo descobriu um gargalo de cerâmica adornado que pertencera a um grande jarro. Deu esse achado de presente a Azaria para se reconciliar com ele e sob a condição expressa de que Azaria não fizesse novo discurso. Você pode enchê-lo com terra, disse Udi, pôr em cima de um prato de vidro e plantar um cacto que eu vou lhe dar. Já Azaria achou e deu a Udi uma pedra de amolar, e Ioni topou com uma pedra de moinho que teria de deixar lá em seu lugar e voltar outra vez para recolhê-la numa carroça atrelada a um trator, quando o caminho estivesse seco. As ruínas de Sheikh-Dahar, dezessete anos após a morte da aldeia, ainda produziam restos de vida, e como um pomar abandonado ofereciam tudo a quem quisesse pegar. Mas Azaria de repente assustou-se e agarrou a camisa de Udi:

"Cuidado", murmurou, "perigo. Tem alguém aqui. Dá para sentir o cheiro de fumaça."

Após breve silêncio, Ionatan falou em voz baixa:

"Ele tem razão. Há fumaça em algum lugar, parece que vem de dentro da mesquita."

"Tomem cuidado", recomendou Azaria, "pode ser o meu vizinho Bolonezzi. Eu o vi sair sozinho de manhã."

"Fique quieto um instante."

"Ou algum passante. Amigo da natureza, arqueólogo, ou um desses solitários."

"Cale a boca, já lhe disseram. Deixe a gente ouvir."

Mas só os sons do kibutz se elevavam no vento a uma grande distância, toda a alegria da luz se perdera no caminho e esses sons chegavam aqui estranhos e tristes, como se uma sepultura estivesse sendo cavada no bosque do cemitério; batidas, um guincho surdo, um pálido tinir de metal, o ronco rouco de um motor.

"Bem", disse Udi como a falar de dentro da barriga, "prestem atenção. Não dá para saber quem está por aqui, e estamos sem armas. Talvez ele seja perigoso."

"Quem?"

"Esse cara. Esse que nos avisaram ter fugido da cadeia há uma semana. O estrangulador."

"Bolonezzi?"

"Pare com isso. Ioni, ouça. Em vez em enfiar o rabo entre as pernas e fugir, quem sabe a gente pega ele?"

"Esqueça", balbuciou Ioni, "pare de brincar de polícia e ladrão ou coisa parecida. Vamos apanhar as garotas lá embaixo e ir para casa. Já chega por hoje."

"Espere um pouco, que é que tem? Lembre-se que somos dois ou três e ele está sozinho. Será muito fácil agarrá-lo se usarmos a cabeça. O principal é aproveitar o elemento surpresa. Aposto que esse merdinha está dormindo dentro das ruínas da mesquita."

"Eu proponho..."

"Você não propõe nada, você fica quieto agora ou eu mando você para as garotas. Ioni: *action*?"

"Que seja", Ioni sacudiu os ombros como se desculpasse um menino que havia pisado no seu pé. E Azaria se juntou:

"Eu me ofereço para ser o primeiro a entrar lá correndo."

"Ninguém vai correr", determinou Udi calmamente. "Não temos armas, ele talvez tenha. Mas nossa vantagem é que ele não sabe que não temos e tampouco sabe quantos nós somos. E talvez esteja dormindo. Azaria, ouça bem. Você fica aqui. Sem se mexer. Levante com as duas mãos uma pedra bem pesada — essa aí — e espere no canto, atrás da parede. Sem tugir nem mugir. Se ele por acaso sair correndo, você deixa ele passar por você e o acerta por trás na cabeça. Até aqui está claro?"

"Até aqui está ótimo."

"Ioni, você desce com a sua cachorra e bloqueia a descida dele por aquele lado. Mas em silêncio. Eu faço uma infiltração individual até a entrada, tomo posição e proteção e grito para que ele saia como um bom menino com as mãos para cima. Prestem atenção: no momento em que eu gritar, vocês encenam uma ação de nossas forças, fazem barulho, a cachorra late, como se fôssemos no mínimo duas companhias."

"Isso é fascinante", disse Azaria rindo num cicio admirado.

"Agora, assim. Se ele correr para fora atirando, todos se jogam no chão e deixam que ele fuja sem problemas. Mas se estiver de mãos vazias, eu o derrubo e vocês se juntam a mim correndo. Prontos? Em frente."

Somos homens-irmãos, Azaria transbordava de uma alegria selvagem. Irmãos de corpo e alma e se daqui a pouco estivermos chapinhando em nosso próprio sangue, não importa, não importa. Admirável, admirável em vossos palcos é o amor, assim é a vida e se morrermos, morreremos.

E Ioni, com os lábios mas sem voz, balbuciou: Que seja. Com certeza. Que diferença faz?

À distância, das encostas da colina, Anat e Rimona ouviram como um grito prolongado e cruel rasgava o silêncio de mel. Não havia vivalma dentro da mesquita em ruínas. Seu espaço interno era frio, escuro e úmido. Só havia lá umas brasas de vergônteas, fumegantes e molhadas, junto com um cheiro ácido de urina e alguns tocos de cigarro que pareciam recentes. Udi investigou e descobriu um montinho de excremento onde zumbiam moscas verdes. O que houvera não havia mais. E logo os encantos da morte se desvaneciam e uma certa insipidez enfadonha e rastejante dominava o coração. Nada. O que houvera não havia mais. Tudo estava quieto. Uma difusa nostalgia corroía de novo Ionatan e ele pôs a mão no ombro de Azaria e disse, pensativo: É isso aí. E ainda: *Chabibi*. Mas Udi Shneiur os instou a voltar depressa para casa e comunicar sem demora a Eitan R., que era o responsável pela segurança do kibutz, o que haviam descoberto em Sheikh-Dahar. Assim mesmo os excursionistas não se esqueceram de levar os cogumelos que haviam colhido, e seus achados, e também um pequeno jabuti que Azaria Guitlin encontrou quando terminou a ofensiva, e o qual, de tanto amor, chamou de pequeno Ionatan, mas não contou isso a ninguém.

Eitan R. telefonou para a polícia, a polícia alertou o comando da defesa regional e as unidades da polícia de fronteira, e o tumulto daquele sábado começou. Ao entardecer, as forças de segurança percorreram a aldeia e seus entornos, os pomares e jardins do kibutz Granot, e os três uádis. Por causa da lama essas incursões se desenrolaram lenta e pesadamente e até a noite não se descobrira nenhum novo indício. Os cães farejadores também não ajudaram muito. Eitan propôs que as buscas continuassem durante a noite, e que se utilizassem projéteis de iluminação. Por sugestão de Udi, a guarda foi duplicada e na torre de água foi instalado um holofote. E antes do crepúsculo já se falava de um avião de reconhecimento para um esquadrinhamento aéreo do terreno.

"Eu", disse Azaria, "vi os rastos. E lembrem-se de que eu os alertei assim que nos pusemos a caminho."

"Com um pouco de sorte podíamos tê-lo pego facilmente", disse Udi.

"Está bem, acabou." Disse Ionatan.
E Rimona disse:
"Agora vocês estão cansados. Vamos descansar."

Às três da tarde, antes da chegada dos primeiros jipes verdes, os caminhantes tinham se reunido na casa de Anat e Udi para tomar café antes da sesta do sábado. Quem mais falou foi Udi: ele analisou seu plano, as ações rápidas — na sua opinião tudo ocorrera em menos de quarenta segundos —, e fez conjecturas sobre o que era para ter acontecido. Rimona parecia estar desenrolando outra meada, não a dos fatos; na verdade sua atenção talvez estivesse dispersa e ela, ensimesmada. Introspectiva e calada, estava sentada na esteira sobre os joelhos dobrados, as coxas apoiadas em Ionatan, os ombros em Azaria, que, disfarçadamente, cuidava de ajustar sua respiração à lenta respiração dela. E Anat serviu algo para comer e beber.

De dentro de mochilas que continham obuses, cresciam grandes urtigas, uma pele de hiena perfurada de balas fora estendida na parede como enfeite, bules de café em estilo árabe, pequenos e grandes, rasos e bojudos, de cobre prateado e de cobre fuliginoso espalhavam-se em diversas prateleiras, um narguilé antigo enfeitava a mesa de café e de dentro de um capacete militar encardido crescia e se espraiava uma erva-mijona. No alizar da porta haviam sido pregados punhais orientais recurvados. Uma fita de balas de metralhadora sustentava, pendurado no teto, um lustre com três lâmpadas dentro de três granadas. Os móveis eram de vime trançado: banquinhos baixos, uma esteira; uma bandeja de cobre decorada com letras árabes afiladas, sobre um caixote de munição, fazia as vezes de mesa. O café foi servido em xicrinhas de cerâmica pretas e recendia a cardamomo. Udi queria sair e participar da caçada que estava começando em toda a região. Previu dificuldades e duvidava dos resultados. Se fosse o prisioneiro fugitivo, certamente já havia muito tempo teria chegado à estrada principal e conseguido facilmente uma carona até Haifa. E se eram terroristas infiltrados, com certeza já tinham cruzado a fronteira antes do amanhecer e voltado a seus pais pretos, e podem crer que com esse pobre coitado, Eshkol, nada vai lhes acontecer e ele agora estão lá rindo de nós com aquele riso preto deles. Depois ele falou sobre os lucros da cultura do algodão no ano passado e sobre o gado leiteiro que só trazia prejuízo e que por culpa do velho Stutchnik não permitiam que fosse liquidado. Azaria teria algum provérbio russo para essa maluquice? Não?

Em lugar de um provérbio, Azaria subitamente propôs-se a animá-los fazendo truques com uma colherinha que ele enfiava fundo na boca e retirava com um sorriso culpado das dobras de suas calças boas de gabardina que se haviam sujado de lama. Ele tem, disse Rimona, e Anat perguntou o quê. Ele tem um provérbio para isso, disse Rimona, e declamou baixinho, sem levantar os olhos: quem na derrota não foi ao chão não merece a graça da redenção. Ioni disse: agora chega desses encantos do Chade. Vamos dormir um pouco. Azaria pode vir conosco em vez de se arrastar até o barraco dele. Pode descansar em nossa casa. No sofá. Com certeza Rimona não vai se incomodar. Vamos.

Rimona disse:

"Está bem. Vocês dois quiseram."

Eles saíram ainda não eram quatro horas e a luz azul-celeste e morna já se recolhera; um cinzento sujo baixara e tocava os telhados de nossas casas dispostas em linhas simétricas, todas brancas e iguais. O vento se infiltrava do noroeste em rajadas curtas e cortantes. Todas as persianas foram fechadas e as roupas de cama recolhidas às pressas dos varais. Nenhum homem, nenhuma mulher, nenhuma criança na aldeia estava do lado de fora às quinze para as quatro, quando o céu começou a roncar em trovões longínquos e alguma coisa tênue e transparente pesava sobre tudo, e mais um trovão soou distante como um mau agouro no ar. Então um clarão fulgurou e um relâmpago selvagem carbonizou o céu de horizonte a horizonte, e o resíduo do silêncio foi esmagado pela trovoada. Caíram as primeiras gotas logo seguidas de fortes rajadas de chuva como a vergastar com uma corda a terra inteira. Ofegantes e encharcados, entraram em casa correndo. Ioni chutou a porta, depois a fechou e disse sem entonação: Chegamos.

"Eu lhes disse", gabou-se Azaria. "Não faz mal. Que seja. Não fiquem tristes, pois eu lhes trouxe um presente: um pequeno jabuti. Tomem."

"Esqueceu-se de fechar a porta", sorriu Rimona, "o pobre pegou um resfriado porque se esqueceu de fechar a porta."

Ionatan disse:

"Thia, quieta. Não toque nele. Na varanda, Rimona, tem uma caixa de papelão vazia. Agora vamos descansar."

"A chuva lá fora está forte", disse Rimona quando as venezianas bateram e a água salpicou os vidros da janela. Eu, pensou consigo mesmo Ionatan Lifschitz, já poderia agora estar a caminho. Talvez em Biscaia, no golfo das tempestades. E naquele instante tomou uma decisão: a cadela fica com eles.

Os três jantaram no quarto, porque a chuva não cessara. Rimona serviu iogurte, omelete e salada. Pelos vidros molhados viam-se pessoas cobrindo a cabeça com suas capas de chuva, correndo uma corrida de corcunda à luz mortiça e carregando pacotes de crianças embrulhadas em seus colos. De todos os pássaros matutinos só um não havia parado de soltar seus pios intermitentes, altos, como um emissor automático de sinais sonoros a enviar seu aviso, do lugar em que alguém sofrera um acidente. Azaria não conseguia mais suportar um minuto sequer o peso da mentira: ele precisava se revelar neste instante, e se o desprezarem, que desprezem, e se o expulsarem da casa deles, terão toda a razão, e ele voltará a seu lugar natural, ao lado de Bolonezzi. Naquela cabana decadente. Ele os enganara de manhã, quer dizer, com a história do gato. Que gato? Aquele da história que lhes contara, de sua infância, no inverno da Rússia na fazenda agrícola abandonada, o gato dele, que Vasily Avraham ben-Avraham, o convertido por convicção, cozinhara e que todos, menos ele, haviam comido. Fora tudo enganação. É verdade que chorara então como nunca tinha chorado na vida e é verdade que Vasily ameaçara matar e é verdade que estavam todos com fome e ele também, a ponto de raspar os fungos das paredes do porão, e mastigá-los salivando, e Azaria só comera uns três ou quatro pedaços do gato, comera e chorara e engasgara, mas o que havia contado de manhã tinha sido uma mentira deslavada, porque eu comi como todos os outros.

"Não é verdade", disse Rimona, "você não nos contou sobre esse gato."

"Talvez eu só quis contar e tive medo. E isso é ainda mais nojento."

"Ele está chorando", disse Ionatan e empalideceu. E depois de um instante disse: "Não chore, Azaria, quem sabe a gente joga xadrez".

Rimona de repente se curvou sobre ele. Num movimento rápido, preciso, com lábios leves e frios roçou o meio de sua testa. Azaria então arrebatou o resto da salada e a omelete que sobrara no prato, saiu num ímpeto para a chuva, correu com um grito silencioso e tropeçou e se levantou e atravessou uma poça e pisoteou arbustos e atolou na lama e se livrou e chegou a sua cabana e encontrou o homem Bolonezzi dormindo e roncando forte debaixo de grosseiros cobertores de lã do Exército, largou o prato que se molhara na chuva e saiu na ponta dos pés e correu todo o caminho de volta e diante da porta descalçou os sapatos sujos e disse como um vitorioso: "Eu lhes trouxe o violão e se quiserem poderemos tocar e cantar".

"Fique", disse Ionatan Lifschitz, "lá fora está um dilúvio."

E Rimona disse:

"Sim, você pode tocar."

Durante a noite inteira, a tempestade rugiu lá fora e de quando em quando voltava a trovoada, até que faltou energia elétrica. As forças de segurança precisaram interromper as buscas e retornaram ensopadas a suas bases. Azaria tocou até que as luzes se apagaram e depois tocou no escuro, sem descanso. E o nosso jabuti, disse Ionatan, decidido, nós vamos libertar amanhã.

Naquela mesma noite, mais ou menos à uma da manhã, quando finalmente desistiu de dormir e sentiu que era sua cama que irradiava sobre ele as áridas imagens da morte, Iulek, o secretário, levantou-se, enrolou-se no roupão de flanela e enfiou gemendo seus chinelos. Estava enraivecido por Chava ter apagado a perene luz noturna do banheiro. Quando percebeu que a tempestade interrompera o fornecimento de energia, sua raiva não arrefeceu e ele xingou baixinho em polonês a si mesmo e a sua vida. Com grande esforço localizou e acendeu o lampião a querosene sem acordar sua mulher. Sentou-se à escrivaninha, fez subir e descer o pavio, detestando a fuligem e a necessidade de se abster de fumar, pôs os óculos, e até as três da manhã escreveu tempestuosamente uma longa carta a Levi Eshkol, primeiro-ministro e ministro da Defesa.

7.

Meu caro Eshkol. Talvez você fique surpreso com esta carta em si e particularmente com alguns pontos que ela aborda. E talvez ela o irrite. Então, não se zangue comigo. Mais de uma vez, nas discussões entre nós, quando se esgotavam seus argumentos sobre determinada questão, você se defendia dizendo: "Não julgue seu companheiro até estar no lugar dele". Desta vez, com sua licença, sou eu quem uso esse argumento e o dirijo a você. Como se segue.

Escrevo estas linhas com muitas dores. E você, de ouvidos sempre atentos à aflição de um amigo, mesmo que se surpreenda um pouco, é de esperar que não se assuste. Há apenas alguns dias, na reunião do partido em Tel Aviv, você achou que devia sentar de repente na cadeira desocupada a meu lado, na sexta ou sétima fila, e segredou em meu ouvido mais ou menos isto: "Ouça, Iulek, seu desertor, você está me fazendo muita falta agora". E eu cometi o pecado de responder mais ou menos assim: "Sei disso, você precisa de mim como de um buraco na cabeça". E sussurrando acrescentei: "Cá entre nós, Eshkol, se numa época como esta eu estivesse por dentro das coisas, cortaria os pés e as mãos desses moleques que pululam a sua volta e estão arruinando você". "*Nu*, e então?", você disse, como que brincando. E depois suspirou e acrescentou, não para mim mas para você mesmo: "*Nu, nu*".

Esse é o tom entre nós ao cabo de trinta e tantos anos, trinta e seis, quase trinta e sete. Aliás, eu não esqueci: em outubro, talvez em novembro de 1928, fui ver você, desanimado, foi nosso primeiro encontro, você era tesoureiro da associação dos kibutzim e eu lhe implorei — literalmente — um pequeno gesto de caridade para com nosso grupo de pioneiros que chegara da Polônia e fora fincado em algum lugar da Galileia, desprovido e carente de tudo. Você não receberá de mim nem um centavo, você rugiu, e logo explicou, como se justificando: "Os pobres da sua cidade têm precedência", e me encaminhou a Hertzfeld. Ora, Hertzfeld. É claro que ele me encaminhou de volta a você. E você amoleceu, finalmente condescendeu e nos emprestou alguma coisa, que chamou brincando de "dinheiro de suborno". Não esqueci. E você, não seja ingênuo tentando se explicar, você também não esqueceu. Em resumo: esse tem sido o tom entre nós todos esses trinta e sete anos. A propósito, ouça, nosso tempo está quase acabando. E ainda temos nós dois uma dívida recíproca pelo pecado que ambos cometemos. Aqui e ali, uma difamação, uma ofensa. Deixe pra lá. Desculpe-me e perdoe-me por tudo. Veja, eu também perdoei (com exceção do caso de Pardês Chana, pelo qual não vou perdoá-lo nem no outro mundo). Mas estamos quase quites. Estou angustiado. Nosso tempo passou, Eshkol, e — tomara que eu esteja enganado — nosso sacrifício foi em vão. Não tem conserto. E o que virá depois de nós me causa arrepios, para não dizer temor mortal: há escotos, eu lhe digo, hunos no partido, nas instituições, no Exército, nos kibutzim e moshavim, de todo lado se acercam esses tártaros, para não falar dos facínoras comuns que se multiplicaram entre nós a ponto de causar asco. Em resumo, quem melhor do que você sabe dos maus ventos que sopram no país. E você? Você carrega o ônus, com certeza também range os dentes, e se cala. Ou no máximo suspira consigo mesmo. Mas nós, com o que resta de nossas forças, talvez pudéssemos fazer alguma coisa. Nos posicionarmos, numa postura de velhos, para defender a brecha na muralha. Mas esta carta não visa abrir uma controvérsia. Já somos velhos, meu querido amigo e adversário. Vive-se, como se isso fosse vida, com o que sobrou de nossas reservas. Estamos apagando, com seu perdão. Basta olhar de relance seu rosto para ver como o persegue e tortura esse espírito mau. Ele também me apavora. Aliás, desculpe, você também engrossou e engordou nesses últimos tempos até causar enjoo. No aspecto físico, quero dizer. Você deve se controlar! Lembre-se de que depois de nós, como dizem os franceses, virá o próprio dilúvio!

Perdão, deixei-me levar. Ouça, por favor, a partir de agora vou resumir ao máximo. E chegar finalmente ao essencial. Mas o que é, em nome de Deus, o essencial? Aqui estou eu, num esforço que beira o sofrimento. É noite, uma noite de inverno, passou da meia-noite e uma chuva tempestuosa está acabando com nossa cultura de inverno, que já estava podre de tanta bênção. E a energia elétrica, como que de propósito, foi interrompida. Estou lhe escrevendo à luz de um lampião de querosene encardido, e este lampião, sem que eu queira, me evoca diversas lembranças. E essas lembranças — reconheço sem pejo — me aproximam de você. Pois eu gostava de você, simples e literalmente. E qual é a vantagem, quem não gostava de você naqueles tempos? Me desculpe, você já foi um bonitão. Um desses morenos altos e fortes — o único alto numa corriola de atarracados convictos —, um verdadeiro cigano, um ucraniano, destruidor de corações. E também um tenor de primeira. Aqui entre nós, não posso negar o quanto o invejávamos. Um tipo sexy, diziam de você nossas garotas, com os olhos velados. E Hertzfeld, por trás, chamava você de cossaco. No que me toca, para que negar, nunca fui um Valentino. Já então, pelo jeito, eu tinha esta cara de inteligente malvado. E isso me aborrecia muito.

Mas agora, ao fim de tudo, veio do céu a justiça. Você, perdão por dizê-lo, um transgressor barrigudo e careca, e eu também um transgressor gordo e ficando careca, como um casal de velhinhos donos de casa. E nós dois usando óculos. Ainda estamos um pouco bronzeados, mas as doenças nos devoram com voracidade. De nós não restará osso sobre osso. Estamos passando e desaparecendo, e em nosso lugar virão os escotos. Aliás, isso de cara de inteligente malvado são palavras de Chava, minha *chaverá*. Uma mulher difícil e mordaz, mas também de uma dedicação louvável. Quando jovem, acho que já comentamos isto uma vez, ela se apaixonou por um doido criminoso. Mas seu bom senso a salvou dele, e seus sólidos ideais a dirigiram a mim. Eu, como sempre, a perdoei de tudo. Mas, pelo visto, ela até hoje não consegue me perdoar por esse meu perdão. Não vou esconder de você: sou um homem cruel. Um malvado cruel. Cruel até a medula dos meus velhos ossos. Na verdade, talvez eu seja um dos trinta e seis malvados sobre os quais o mundo se apoia; os malvados que deram sua alma, deram literalmente, pela santidade do ideal que nos cooptou na aurora de nossa juventude. Só que sua malvadez os levou a se agarrarem a nossa doutrina e a nosso trabalho e também a nossas boas ações. Ouça, meu caro Eshkol, nós em nossa malvadez cometemos boas ações que nem o demônio poderá tirar de nós. Só que a malvadez estava presente em todas essas ações: nossa astúcia, essa que agora idiotas odientos vêm chamar de "astúcia tortuosa de velhos". E nossas tramoias e artimanhas, tudo isso atrelamos não à busca de patrimônio ou de prazeres físicos, mas à prática de boas ações. Diga-se no entanto, sem fugir à verdade, que nunca recusamos homenagens e honrarias; nem naquele tempo nem agora. Mas, ao cabo de tudo isso, podemos dizer que fomos, se você concordar, malvados idealistas, malvados religiosos, servimos ao projeto com nossas duas naturezas. Milhares são as diferenças entre essa nossa malvadez e a vileza desses novos facínoras que agora proliferam e se multiplicam a sua volta e a minha volta e onde quer que pouse um olhar atento. Que seja. Está feito e acabado. Você, perdão por dizê-lo, é um velho gordo e inchado, pior que suas caricaturas mais perversas, e eu sou um velho corcunda e iracundo, e também — você não — um pouco surdo. Aliás, muito doente também.

E isso também não é o principal. Desta vez não estou lhe escrevendo para brigar, de forma alguma. Já brigamos o suficiente, você e eu. Pelo contrário: é bom que nos reconciliemos um pouco, você e eu, no limite extremo dessa desértica solidão. Por isso não vou tornar a acertar contas com você quanto ao caso Lavon etc., tudo que eu tinha a dizer já lhe disse, tanto pessoalmente quanto pela imprensa, e você no íntimo sabe muito bem que por suas belas ações nesse episódio vão fritar você em fogo brando no inferno. Ponto final. O que importa é que fomos derrotados, caro Eshkol. Uma derrota contundente e definitiva. A mão se recusa a registrar isso, mas a verdade precede. Está findo e acabado, meu amigo, esse nosso complexo capítulo. E agora já é uma da manhã. Amanhã é o Tu biShvat, Dia da Árvore. Na verdade já é hoje, e não amanhã. E a chuva cai sem parar, como uma maldição. Foi em vão, pois, toda a dedicação e todo o sacrifício, em vão sonhamos nossos sonhos, em vão todas as nossas tramas e nossa fina astúcia, de tantos anos, para redimir o povo de Israel — esses *djidlaks** — das unhas dos gentios e de suas próprias unhas. Tudo em vão. Os maus ventos, os maus espíritos erradicam tudo agora. Arrancam pela raiz. É a ruína dos corações, eu digo. Na cidade. Nas colônias agrícolas. No kibutz. E especialmente, é claro, na juventude.

---

* Forma pejorativa com que os russos se referem aos judeus.

O demônio nos pregou uma peça. Como uma peste adormecida, trouxemos conosco os vírus da diáspora, de lá para cá, e agora, ante nossos olhos, cresce e floresce aqui uma nova diáspora. Do ruim para o pior, eu lhe digo. Desculpe. Em minha janela não para de relampejar e de trovoar, e a eletricidade se foi, como já lhe disse. *Gueendikt,* acabou, e meus olhos ardem, mas o coração teima em continuar a lhe escrever. Aliás, está muito difícil para mim. Todos esses cigarros sufocam o que resta de minha respiração e sem eles eu quase enlouqueço. Mas vou tomar agora um copinho — um copúsculo — de conhaque, num brinde ao demônio. *Lechaim.*

Meu caro Eshkol, aí também, onde você está, em Jerusalém, esta noite se ouve das profundezas, do âmago dos ventos e da tempestade, o uivo de um trem de carga na escuridão? Não? Ou talvez sim? Porque aí você poderá entender com que estado de espírito estão sendo escritas estas pobres linhas. Estimado Eshkol, vêm de repente à lembrança os versos de Rachel que você uma vez já soube declamar com dor e sentimento: "E talvez essas coisas jamais tenham existido, você existiu ou sonhei um sonho?".

Bem. Uma vez existiram coisas, sim: sonhos, um fogo ardendo no peito, dedicação e sacrifício, astúcia, velhice e desilusão. Existiram coisas, sim. E agora é nosso tempo de morrer e talvez já agora, com licença de Gogol, sejamos almas mortas. Desculpe-me por essa mágoa que descarrego sobre você. E o quê, se me permite perguntar, o que estão fazendo suas filhas? Esquece, não perguntei e você não responda. Com filhos como os meus não se pode fundar uma dinastia. Pelo contrário. Um é fleugmático e o outro melancolítico. Com passarinhos dentro da cabeça. Autorrealização, autoapalpação, nervos, frescuras, o grande mundo, as possibilidades bloqueadas, o diabo sabe o que mais. E aliás, você também deve saber, esses cabelos compridos: como se todos fossem artistas. Toda uma geração de artistas. E todos parecem sonolentos. E ao mesmo tempo, sem paradoxo, doidos por esporte. Quem chutou a bola e quem errou o chute etc. Que grande coisa. Ben-Gurion disse uma vez, como se comprazendo com isso, que nós, pelo jeito, conseguimos transformar poeira humana num povo e fizemos do verme Jacó o cervo Israel. Isso quer dizer que somos a poeira e o verme, e esses, de cabelo comprido, de espírito obtuso, eles são o cervo pelo qual ansiamos e oramos. Como foi que Alterman escreveu uma vez? "Como um milagre nascerá do verme uma borboleta." Quem ouvir vai rir, eu lhe digo. O que temos aqui é uma espécie de

América para os pobres, pequenina, sufocante, feia, corroída pela insipidez e pelas frescuras.

Aliás, disso você também tem culpa. E não tem remissão. Se eu estivesse agora em seu lugar, usaria mão de ferro para fazer calar toda essa gritaria do rádio, junto com os anúncios: da manhã à noite todo o país fica inundado por uma música de sexo e de pretos, um embotamento assassino dos sentidos, tambores da selva, jazz e rock-and-roll, como se todos tivéssemos vindo até aqui para implementar as florestas da África e finalmente sermos canibais. Como se nunca tivessem existido Chmelnitzky, Petliura, Hitler, Bevin e Abd-el-Nasser. Como se os sobreviventes judeus dos quatro cantos do mundo tivessem se reunido aqui só para, enfim, fazer uma orgia.

Deixe pra lá. Não vamos acertar essas contas. Você também já se cansou de lutar contra os maus ventos. Olhe só, meu filho mais velho veio agora me dizer que a oficina mecânica não é para ele. E o kibutz também não é para ele. E Erets Israel, com todo o respeito, é só um cantinho remoto no grande mundo. E ele tem que sair para o grande mundo, viver novas experiências, antes de decidir qual o seu caminho na vida. A luz da filosofia o iluminou das alturas de repente e ele chegou à retumbante conclusão de que só se vive uma vez e que a vida é curta. Nem mais nem menos. E que a vida dele só a ele pertence, não ao Estado nem ao kibutz nem ao movimento nem aos pais. Ora vamos.

A *gut shabes*, um bom sábado, meu grande prodígio, eu lhe disse, onde você fez curso superior de filosofia? Na estação popular do rádio? Nos jornais de esporte? No cinema?

E daí. Ele dá de ombros e se cala como um toco de madeira.

Aliás, não me eximo de culpa, *mea culpa*. Falhei muito com ele, e também com seu irmão mais moço, Amós. Durante toda a infância deles eu estava atarefado com coisas grandiosas, virava mundos e fundos no movimento, no partido, e deixei os dois entregues à educação comunitária. Aliás, não diga nada: pelo visto você tampouco teve muitas alegrias. Semeamos vento e, como se diz, estamos colhendo tempestade. O verdadeiro culpado no fim de tudo é Ben-Gurion e não outro: ele e o *dibuk* cananaita dele, querendo ver crescer aqui uma espécie de geração de Nimrods, Gedeões e Iftachs, querendo ver crescer aqui lobos da estepe em vez de estudantes de *ieshivá*. Não mais Marx e Freud e Einstein, não mais Menuhin e Iasha Heifetz, não mais Gordon e Borochov e Berl, de agora em diante tragam-nos Ioav e Avishai, filhos de Tseruia; Ehud ben-Gera, Avner ben-Ner, bronzeados, burros e ignorantes, senhores da guerra, e o que vai resultar desse *hocus pocus*? Vai resultar Naval Hacarmeli, eu lhe digo, e todos os outros rebotalhos. Você mesmo agora está cercado por todos os lados de tudo quanto é brutamonte, cúlaques violentos que Ben-Gurion foi buscar em *moshavim*,* leões de chácara corpulentos, esses Peandros heroicos, malandros desmiolados, uma espécie de cossacos circuncidados, todo tipo de cavaleiros beduínos da Bíblia, tártaros de religião mosaica, sem contar os vários tipos de cafajestes, cafajestes jovens e frios, cafajestes delambidos e diplomados, cafajestes de terno com alfinete de prata na gravata, numa arrogante elegância americana, cafajestes mundanos no estilo anglo-saxão, não como eu e você, que fomos cafajestes provincianos, salafrários judeus religiosos, sonâmbulos sonhadores, amantes dos ideais. É isso, esse é o tom entre nós. Não se zangue: estou lhe escrevendo com o coração a ferver.

E não tenho a intenção de começar a brigar com você. Já brigamos bastante, você e eu. Embora eu — por que negá-lo? — não o inveje. Talvez fosse bom — para a situação em si — se eu estivesse agora em seu lugar: você é o que faz concessões e perdoa, e eu, por força da minha malvadez, esmagaria agora sem piedade toda essa cambada selvagem. Mas não o invejo, pelo contrário, estou com você, feliz por estar livre desse transtorno e podendo estar sentado, como se diz, sob a minha videira e sob a minha figueira. E meus sentidos me dizem que em seu caso também, num cantinho de sua privacidade, seu coração enfermo chora ao se lembrar das margens do Kineret. Este é o sábio coração, que só à boca não revela que fomos fragorosamente derrotados, uma derrota sem remédio, uma derrota para sempre. Tudo está perdido, Eshkol, *gueendikt*.

Basta de falas e rodeios. Devo chegar finalmente ao assunto que me oprime e pressiona: meu filho.

Ouça: quem mais do que você sabe que Iulek Lifschitz nunca, em todos esses anos, lhe pediu qualquer favor ou privilégio? Pelo contrário. Mais de uma vez eu lhe dei de comer fel e lhe dei de beber vinagre. Nos tempos da

---

* Plural de *"moshav"*, outra modalidade (além do kibutz) de estabelecimento agrícola coletivo.

cisão do partido, escrevi um artigo contra você e o chamei cruelmente de "homem da jângal". E agora, no escândalo de Lavon, escrevi que você, Levi Eshkol, tinha vendido sua alma. Juro que não estou voltando atrás, e que nos perdoe quem nunca experimentou a zombaria ou a leviandade, meu caro Eshkol, pois na verdade fomos todos homens da jângal! Pois na verdade e na boa-fé vendemos nossas almas! Não foi, é claro, por dinheiro nem por agrados e prazeres de todo tipo. Nós, se você me permite, nós vendemos nossas almas em nome do céu. Como eu disse: fomos os trinta e seis malvados sobre os quais o mundo se sustenta. E veja, de novo desviei-me do caminho.

Voltemos, com sua licença, a meu filho. Quer dizer, ao mais velho: Ionatan. E permita-me resumir uma história muito longa: o rapaz cresceu aqui no kibutz Granot, devorou boas vitaminas e se bronzeou bastante ao sol, e assim mesmo, por algum motivo, saiu um tipo sensível, tímido, um *feinschmeker*, diletante e esnobe. E todo o resto — você pode imaginar por si mesmo: o pai, um ativista de interesse público cheio de princípios etc., e a mãe... bem. Chava. Talvez vocês já tenham se encontrado. Uma alma partida que abriga um ninho de vespas. Aliás, por tudo que causamos a nossas companheiras com certeza seremos muito bem fritados em fogo brando no inferno. Às custas delas empreendemos nossas revoluções redentoras. E elas, com seu leite e seu sangue, apagaram o incêndio.

Além de todas essas calamidades, o rapaz de repente se apaixonou por uma moça esquisita, apática, talvez — e escrevo isso com a maior discrição, entre nós dois e ninguém mais — talvez também de alguma maneira retardada, e formaram uma família. Não entendo absolutamente nada desses amores modernos. E depois lhes aconteceu uma tragédia ginecológica. Deixemos os detalhes de lado: de qualquer maneira, como poderíamos eu ou você sermos úteis nesse tipo de problema?

Resumindo, não há filhos, não há um grande amor e também não há — pelo visto — satisfação. E agora o rapaz está buscando, como dizer, um objetivo, ou seja, ao que parece tenciona viajar para longe. "Procurar a si mesmo" ou "autorrealizar-se", ou sei lá o quê. Só o diabo sabe. E eu estremeci nas bases: o menino está perdido. Também esse menino está perdido. Você há de entender que eu não desisti facilmente, discuti muito, falei com dureza e com brandura, me agarrei a ele com o que me resta de força. Mas a nossa força, Eshkol, está quase acabando. Você sabe, e você é testemunha de como eles nos veem. Uns velhos amargos e transgressores cujo tempo passou, tiranos destituídos de autoridade. Resumindo, o rapaz está na dele, decidido a virar sua vida pelo avesso.

Não me pergunte de que material ele é feito. Já vou lhe responder com a maior simplicidade: uma boa alma, uma boa cabeça e um bom coração; só lhe falta a centelha. Não sorria aqui daquele seu jeito, com cordial astúcia, como a dizer: "*Nu*, é um testemunho idôneo, de um pai que se compadece do filho" etc. Sou capaz de escrever sobre meu filho sem desvios ou distorções. Ainda mereço de você uma pequena medida de crédito. E, na verdade, perdoe-me, estou escrevendo sobre isso com o coração sangrando. Sim. Esqueci de dizer. Ele também sabe jogar xadrez e até chegou a um nível muito alto. Ou seja, não é bobo, não é um pateta qualquer.

Caro Eshkol. Você é um homem sábio. Não ria de mim agora. A mão que lhe escreve está trêmula. Para mim é horrível, depois de todos esses anos, vir a você para pedir um favor pessoal. Como que puxá-lo pela manga e implorar: Lembre-se de que todo aquele que salva uma vida etc. Eis aí meu filho mais velho diante de você. Isso e aquilo é o que forma seu *pedigree*. Isso e aquilo é mérito de seus pais. E você fará o favor de introduzi-lo em um dos cargos.

Aqui estou diante de você, envergonhado e embaraçado. Como um utensílio vazio. Somos velhos e já nos fartamos de vergonha e de engulhos, já pecamos e já traímos. Mas ele, meu filho Ionatan, não é um cafajeste. Isso eu lhe digo com toda a responsabilidade. Eu lhe juro, se você quiser. Não é um cafajeste. Ao contrário. Ele não vai decepcioná-lo. Não vai embromar você nem trair sua confiança. Foi você quem uma vez me disse isto: "Um homem é só um homem. E, mesmo assim, só raramente". Então, tome esse rapaz, sem se envergonhar e sem se constranger. Talvez dele saia um homem. Não foi de todo levado pelos maus ventos que assolaram a geração dele. Por favor.

Agora é noite, meu caro amigo e velho adversário. Lá fora ruge o vento e a tempestade. As próprias forças da natureza estão como que assustadas a nos fazer previsões penosas. E a morte nos espera do outro lado da parede. Fizemos mundos tremer e agora nos dizem *shá shtil*, silêncio. Já se aproxima de nós e já nos toca o ombro esse organizador zeloso, e pelo visto está nos solicitando, gentil mas energicamente, que nos levantemos e saiamos do salão na ponta dos pés, sem fazer escândalo. Então saiamos, não na ponta dos pés. Ao contrário, saiamos em passos vigorosos e de cabeça erguida, eretos até onde nos permitam seu corpo grosso e meu corpo alquebrado. E não vamos nos envergonhar nem nos constranger: fizemos em nossa vida duas ou três coisas respeitáveis, que nossos pais jamais imaginaram, você sabe.

Aliás, reconheço sem pejo, estou deprimido porque pelo visto Ben-Gurion vai continuar a viver aqui depois de nós. Perdoe-me por essa maldade: aqui entre nós, qual o grande mérito dele? Pois é ele mesmo o pai dos pais desse vento mau, desse mau espírito. Esqueça. Não vamos brigar de novo. Sei que a esta altura você se recusa terminantemente a concordar comigo: comparados com ele somos como gafanhotos etc. Que seja. Já escrevi em minha última brochura ("Diante do futuro", Comitê Executivo, 1959), que Ben-Gurion deixou sua marca inconfundível, seja ou não para o bem. E você me repreendeu publicamente e disse: "Descalce os sapatos, Iulek". Vamos deixar de lado essa discordância. Enquanto isso você também experimentou um pouco do ferrão dele, e eu secretamente lastimei por você, e não vou negar: curti a doçura e a alegria da desforra. Mas não briguemos mais por causa de Ben-Gurion. E você, seu grande pecador, no recôndito de seu coração e no âmago de seu ventre você pensa como eu.

Vou lhe contar um fato curioso. Há algumas semanas apareceu aqui um rapaz estranho, uma espécie de gentil-homem, musicante, filósofo, pedindo para ser aceito e trabalhar no kibutz. Hesitei um pouco, não me faltam tipos estranhos por aqui. Mas depois reconsiderei e decidi assumir o risco e recebê-lo entre nós. Um material humano que já acabou no país, um sonhador declarado, um idealista. Um pouco confuso, é verdade, como alguém que caiu numa geração que não é a dele. "Um rapaz e uma ovelha na floresta não são parelha", ele recita para mim, e cita sem parar os ditos de Espinosa, e de repente declara que Ben-Gurion perdeu a razão. Nem mais nem menos. Não preciso lhe dizer que o repreendi com a maior severidade. Mas intimamente pensei como você costuma dizer, "Nu, nu!" e a propósito, mudando de assunto e quase no mesmo assunto: há alguns dias deparei com um anúncio esquisito no jornal mencionando o engenheiro Shaltiel Hapalti, que teria entregado a vocês um memorando sobre um foguete bélico revolucionário que ele inventou. É bom que você saiba que Shaltiel Hapalti não é outro senão nosso conhecido Shunia Plotkin, que uma vez foi guarda de vigilância em

Nes Tsiona. Um dos últimos dos últimos. Com certeza também está doente e cansado, como eu e você. Então, por favor, responda-lhe, pelo menos, com palavras amenas. E quem sabe? Quem sabe exista algo real nas fantasias dele? Será que não vale a pena averiguar? Não me responda "Estão me faltando malucos?", em seu favor vou lhe dizer o que aprendi com a experiência: ou é um pouco maluco, ou é um grande facínora. Uma coisa ou outra. E não nos faltam facínoras. É hora então de terminar com uma leal saudação de amigos. Lá fora, escuridão total e tempestade, e aqui o lampião a querosene bruxuleia e se encarde. Como se fosse nossa morte a bater com os punhos nos vidros da janela, disposta a não aceitar subterfúgio ou adiamento. Vou tomar agora mais um copinho de conhaque, num brinde ao demônio, e voltarei, com sua licença, para a cama. Por favor escreva-me logo sobre a questão do meu filho. Você poderá, sem dificuldade, encontrar alguma coisa para ele em algum lugar. Com toda a certeza. Aliás, tudo que eu disse na reunião do partido em Tel Aviv — por favor, não tome como algo pessoal: você me é muito caro. Principalmente porque atrás de seu ombro já despontam aqueles tártaros.

 Sim. Mais uma coisa. Seja por influência do conhaque ou por causa da fumaça desse lampião que embaralha meus pensamentos, ocorreu-me mais uma ideia. Uma sugestão. Com certeza, aí em Jerusalém também, esta é uma noite terrível. Com certeza você também não está conseguindo dormir. Então, ouça-me: se existe algo de verdade quanto ao mundo do além, este do qual nossos antepassados diziam que tudo nele é bom, quem sabe você topa compartilhar comigo a moradia? Ou seja, se isso lhe for conveniente, podemos os dois pleitear sociedade numa tenda. Toda manhã acordaremos juntos para ir trabalhar, vamos pedir e receber a tarefa de limpar o terreno de pedras, cavar buracos, plantar videiras, abrir valetas, seguir juntos atrás de um burro para buscar e trazer latas d'água para irrigação. E não vamos mais brigar, eu e você. Ao contrário, toda noite poderemos acender em nossa tenda uma ou duas velas. Conversar com o coração aberto e, se surgir uma discordância, nunca deixar de esclarecer tudo, e se nos cansarmos você vai tocar sua gaita e eu vou me sentar de camiseta para escrever alguns tópicos. Claro que de vez em quando vou me consultar com você, e se não acolher todas as suas sugestões você aceitará isso de bom grado. Talvez haja lá uma espécie de terraço do qual se possa olhar para a Terra ao entardecer. Eu e você ficaremos lá descalços ao vento vespertino e vigiaremos os passos de nossos filhos. Quem sabe talvez até possamos realizar lá alguma coisa, com bons serviços, ou com artimanha, ou com atendimento solícito, para conseguir uma prorrogação, uma redução de pena, uma atenuação de sentença. Pois a sentença é o pavor, é a escuridão. Preciso atentar no que digo. A mão se recusa a escrever isso. Mas você, Eshkol, você sabe tanto quanto eu. E talvez eu esteja perdendo a razão. Meu sofrimento corporal está me destruindo, e você também, assim parece, está muito longe de ser saudável. Tome cuidado, cuide-se bem, força e coragem. Com muita hesitação, e com muitas dores, seu Iulek.

Ele pousou a caneta e ficou lá sentado, perdido em pensamentos. À luz cada vez mais fraca do lampião, os traços da ironia, os traços da comiseração, os traços do sofrimento e da raiva, os traços da astúcia em seu velho rosto, lutavam entre si.

E de repente voltou a si. Destacou cuidadosamente as folhas de sua carta, juntou-as com um clipe e as colocou na beira da escrivaninha. Depois pegou a caneta e reformulou tudo: "Meu caro Eshkol. Preciso pedir sua ajuda numa questão inteiramente particular. Trata-se de meu filho. Posso me encontrar com você o mais breve possível e explicar tudo pessoalmente? Cumprimentos de seu camarada Israel Iulek Lifschitz".

Levantou-se com um gemido de dor. Foi tateando até a estante e abriu uma pequena porta entre fileiras de livros. Com mão trêmula, guardou lá a primeira versão da carta dentro de um grande e estufado envelope marrom com os dizeres "Material pessoal/Testamento". E a versão corrigida ele dobrou e pôs num envelope simples. Ao primeiro-ministro e ministro da Defesa, *chaver* Levi Eshkol. Hakiriá, Jerusalém.

Depois apagou o lampião agonizante. Voltou para a cama e lá ficou deitado, acordado e dolorido. A chuva não parava de cair.

8.

Agora os dois dormem. E é até engraçado, um adormeceu no sofá, no quarto grande, enfiou a cabeça embaixo da almofada como numa caverna, e o outro, ao contrário, dorme no quarto de dormir, sobre a larga cama, sem nem mesmo tirar a colcha. E assim lá está, deitado de bruços, os braços e as pernas espalhados por toda a cama. Estar acordada e ver os outros dormirem faz sentir pena. Quem cai no sono fica parecido com o menino que um dia foi. No livro sobre sacrifícios humanos do Congo, está escrito: o sono nos é enviado do lugar onde moramos antes de nascer e ao qual voltaremos quando acabarmos de viver.

    As duas portas estão abertas. A casa está quieta e nós estamos quietos. Olho e vejo os dois deitados. Um é magro e comprido, o outro é magro e pequeno. Agora os dois estão dentro do mesmo silêncio. Não estão vencendo nem perdendo nada. Nem mesmo xadrez. Este silêncio é de mim. Já pus Efrat para dormir também, eu sozinha. Há uma escuridão profunda na janela, do lado de fora, e um pouco de escuridão nos dois quartos em que eles estão dormindo sem ciúme, sem mentiras e sem se mexer. A fraca luz que chega a eles vem de mim, da quitinete, pois estou agora junto à bancada de mármore da quitinete espremendo um suco de toranja. Um pouco de minha luz escorre sobre eles pelas portas abertas. E os dois são fracos e bons, pois todo aquele que adormece é fraco e é bom.

Estou vestindo meu roupão de flanela. O marrom. E agora é inverno lá fora. Na capa do disco *Os encantos do Chade*, há o desenho de um guerreiro negro atravessando um antílope com uma lança. Todo aquele que guerreia só atravessa a si mesmo. O antílope morto ainda correrá como o vento para a campina, para o bosque, correrá até chegar em casa. Porque nós temos uma casa.

De pé junto à bancada de mármore espremendo um suco de toranja. Eu me banhei e lavei o cabelo para ficar bonita para eles. Meu cabelo está molhado e solto. Quem acordar vai ter suco de toranja para beber, pois os dois estão doentes desde ontem e os dois estão com febre alta, tosse e dor de cabeça. Desde o início do inverno Eitan está morando na última casa, junto à piscina, com duas garotas. Eu, desde a noite de anteontem, estou morando com Ioni e com o garoto.

Não sou a única acordada aqui. Thia também, na ponta do tapete, no quarto em que Azaria dorme. Caçando em silêncio o que a pinica dentro de sua pelagem. Caçando e não conseguindo, porque não alcança. Ela também não desiste. De repente, por um instante, Efrat deu uma choradinha de longe e no mesmo instante adormeceu e dormiu. Agora o silêncio recrudesceu, pois o motor da geladeira parou de zumbir e está quieto.

Vou terminar na cozinha e sentar na poltrona para bordar.

E agora nos vizinhos de novo o rádio transmite o noticiário. E através da parede fina dá para ouvir que Damasco está ameaçando. Essas são as falas que os dois gostam de ouvir. Uma evolução preocupante. Saindo de controle. E que a tensão aumentou. E que a situação... Quando há notícias assim, os olhos de Ioni se entrecerram, ficam um pouco mais escuros e os dentes se apertam. E Zaro, os olhos dele começam a brilhar e ele empalidece e se ruboriza, e começa a falar sem parar. Basta o boato ou o cheiro da guerra e num instante os dois ficam mais perigosos, para mim mais bonitos, mais inflamados e mais vivos. Como se neles despertasse a paixão e a vergonha. Ioni, quando não consegue mais retrear e começa a ejacular, dá um soco no lençol e morde meu ombro. O gemido dele é num baixo rouco como um eco numa casa abandonada. Em Zaro é um ganido curto e agudo, como um cão que se feriu. E saliva sai de sua boca, e coriza do nariz, e depois lágrimas. Eu as recebo, são minhas. É meu agora o sono deles, dorme o antílope dorme a lança e dorme o guerreiro negro. E quem adormece é fraco e é bom. E eu, quando visto calças de veludo cotelê azuis e suéter vermelho, e meu cabelo claro está lavado e exalo um odor de sabonete de amêndoas e xampu.

O que é que Damasco está ameaçando, não dá para ouvir no rádio dos vizinhos porque o filho deles, Assaf, começa a tocar no xilofone de brinquedo: tin-tin. E silêncio. Tin-tin-tin. E silêncio. E de novo. Frio, vento e chuva tem também em Damasco esta noite. E eu? Eu tenho aqui um inseto com asas que voa. Pode ser uma mariposa, em volta da lâmpada do teto. Ela esbarra nela e foge, mas insiste, ou é obrigada a continuar. E volta. E esbarra. Quer o que não existe e nem lhe é necessário. E a sombra dela se agita o tempo todo no mármore, na geladeira, no armário e em mim. Gentil mariposa junto da luz, ouça minha voz e descanse agora.

E as toranjas que corto com a faca e das quais espremo o suco fazem arder o corte em meu dedo. Eu o levo à boca para lambê-lo, para que não me arda. A saliva desinfeta e cura feridas. Está escrito que pesquisadores brancos de Moçambique aprenderam com médicos nas aldeias das florestas a curar feridas com saliva. Uma vez vi a mãe de Ioni, sozinha na enfermaria no fim de um dia azul de verão, chupando o próprio polegar. Como Efrat. Durma, Efrat. Mamãe está aqui cuidando de você.

Falando dormindo dentro da caverna que fez para si embaixo da almofada, ele diz alguma coisa que tem um rrr. Thia lhe responde rrrr. Quieta, Thia, não é nada.

E isso é engraçado, pois bem agora o jabuti dentro da caixa de papelão na varanda começou a arranhar e a raspar o papelão com suas unhas. Talvez tenha terminado de comer o pepino que pus para ele de manhã e agora quer andar. Não tenha medo, pequeno jabuti. Lá está bom e está quente para ele. E para você também, pequena Efrat, pois está bom e está quente para mim também.

Lá fora tem vento sem chuva. Pedem que obedeçamos. Vamos obedecer de boa vontade e descansar. Lá fora está frio e úmido. Que bom que estamos todos aqui dentro. Só os ciprestes do jardim não podemos fazer entrar, e eles se curvam ao vento. Quando conseguem se aprumar de novo, o vento, à força, os faz curvar as costas. E este é o antílope ferido. Que não desiste, porque ainda não chegou em casa.

No inverno todos são obrigados a se fechar dentro de casa. Depois voltará o verão e quem quiser poderá se deitar na grama, quem quiser poderá ir nadar na piscina. Ioni viajará para jogar xadrez no campeonato dos kibutzim, também será convocado para o Exército e voltará contando coisas novas. E Zaro vai escrever um poema para mim e começará a trabalhar no movimento e a ser conhecido e importante. É frio, é triste, ser homem e jovem, especialmente no inverno. Eles têm algo sempre sedento e faminto que suga por dentro e é doentio. Não é só o desejo deles; é outra coisa, algo mais pesado e solitário; o desejo é fácil, ele passa quando o sêmen é derramado, como uma ferida que a saliva pode curar. A outra coisa é cruel. Não os deixa quase nunca. Talvez só quando adormecem e dormem. E também quando começam a falar sobre o agravamento da situação e chegam os cheiros de guerra; o cheiro da morte como que lhes dá uma compensação ou uma espécie de prazer. Mas o que é isso que neles está sempre faminto e sedento?, o que é isso que precisa o tempo todo atravessar um antílope com uma lança, como se lhes tivessem prometido alguma coisa e não cumprido? É a promessa de um feiticeiro malvado, ela não se cumpre e não pode ser cumprida. Não são somente Zaro e Udi e Ioni, Iulek também, meu pai também até morrer, e Ben-Gurion a gritar no rádio e até mesmo Bach, de cujas lágrimas gostamos em sua música. Para Bach era ruim e triste porque lhe haviam prometido e não tinham cumprido. Eu ouço, por exemplo, a Cantata 106, em que Bach é um menino numa casa escura e abandonada que não é a dele, sem mãe numa floresta, numa terra vazia, como diz Ioni, na taiga, na tundra. Por um momento implora Voltem a mim, por favor, por que me deixaram aqui sozinho, e depois se envergonha de implorar e de repente se gaba, que me importa se estou ou não sozinho, sou grande e forte e vou atravessar um antílope com uma lança. E no fim tem um trecho em que Bach como que toca levemente em si mesmo e balbucia Não chore, não chorem, nada é em vão, logo papai vai chegar e explica, logo nossa mãe vai voltar.

Eu trouxe querosene. Acendi o aquecedor. Ele agora arde azul e bonito no quarto em que Zaro está dormindo. Tem um sussurro agradável, exatamente como prometeram no anúncio, que é o aquecedor sussurrante.

Azaria cava com as mãos embaixo da almofada, junto à cabeça, na caverna que fez para si. Ele gosta que o chamem de Zaro. Mas no quarto em que Ioni está dormindo não tem aquecedor. Até ele chega muito menos calor. Vou cobri-lo com um cobertor e tocar-lhe de leve na testa. Quente. Seca. Zaro também está muito resfriado. Eu sinto um pouco de frio. Tenho o costume de enfiar as duas mãos nas mangas para que não fiquem geladas. Se Efrat deixou escapar a mamadeira e a procura durante o sono, virá uma maga negra para devolvê-la suavemente a sua boca. Minha Efrat, durma.

Sirvo o suco em dois copos altos. Cubro cada copo com um pires de vidro. Corto em fatias o bolo de massa de pão que fiz ontem. Quem se levantar vai poder comer e beber. Quem quiser. Porque tem.

E vai ter amanhã também. Pego uma bacia de vidro. Entorno uma xícara de açúcar. Em silêncio, para não acordar. Quebro quatro ovos e misturo com o açúcar na bacia. Acrescento devagar meia xícara de óleo sem parar de mexer. Acrescento meia xícara de iogurte da geladeira sem parar de mexer. Raspo a casca de um limão sem parar de mexer e de sussurrar baixinho para mim mesma. Agora, não de uma vez só, dois copos e meio desse pacote de farinha e continuo a mexer, e um saquinho de lêvedo para fermentar essa massa e mexo forte e silenciosamente até não haver caroços e agora despejo devagar, e cuidando para não salpicar, dentro da forma elétrica que untei com margarina, enfio na tomada e regulo numa temperatura média. E preciso esperar quarenta minutos até dourar.

Consertei para Ioni a jaqueta marrom, e ele me falou da taiga e da tundra e depois se despediu de mim e depois não viajou. Ioni, eu lhe disse, estou ouvindo, e bordando, e o rádio está transmitindo um concerto. E contei do livro para os dois, como na tribo kikuio, quando é noite de lua, eles apanham seu reflexo com um jarro d'água, para garantir que a terão quando vierem noites escuras.

Enquanto isso lavei a louça, enxuguei e arrumei o armário. Enfiei um fósforo no bolo, não saiu seco então vou esperar e enquanto isso vou ver quem eu preciso cobrir. É bom para eles, fizeram por merecer, estar doentes e com febre. E ter de ficar de cama. E ganhar este silêncio, como na canção "O pequeno Ionatan se esqueceu de fechar a porta". Porque antes de ontem, no sábado, quando saímos com Anat e com Udi, eles fizeram um ataque à aldeia no topo da colina e conquistaram a mesquita destruída, mas não capturaram ladrões. E ficaram todos gripados. Agora o bolo está pronto. Anat contou-me que Udi também está doente. Vou-me sentar e bordar. Ponho um disco baixinho para não acordá-los, e se acordarem tem suco e bolo e quem quiser pode beber e comer. Talvez Albinoni. Albinoni não, talvez Vivaldi, "As quatro estações". Ou deixar para Bach outra vez.

E ontem foi o Tu biShvat, o Dia da Árvore. Chava, a mãe de Ioni, tinha vindo reclamar, zangada, Que é isso, vocês nem sequer foram lá perguntar como ia Iulek, que estava atacado de dores. E o médico lhe aplicara duas injeções. Uma suave, mas a outra, segundo Chava, o derrubara totalmente. Ela viu Azaria e se irritou, O que as pessoas vão dizer. Ele está doente, eu lhe disse, exatamente como Ioni. E se falarem no kibutz, falam de você também, de coisas que aconteceram antes de termos nascido, que você teve um amor e uma tragédia. Você não é muito normal, Rimona. Chava, desculpe. Você pensa que estamos na floresta. Chava, desculpe. Ouça, a cabana dele é fria e úmida e não tem quem cuide dele. E dizem que depois do Tu biShvat virá o barbeiro e quando ele vem ele mora na cabana no quarto ao lado de Bolonezzi. E está chovendo. Ioni convidou Azaria porque Azaria lhe deu de presente um jabuti. Você não é muito normal, Rimona. Bateu a porta e foi embora. E o jabuti está arranhando novamente o papelão, e quer e quer e quer.

Pego um rodo e um pano e passo no chão, e limpo a poeira da estante e faço café para mim. Os dois dormem profundamente, fracos e bons. Sem antílope nem lança. É uma coisa engraçada, eu quis deitar os dois no quarto de dormir, na cama de casal, e ficar sozinha aqui na sala e no sofá. Ou deitar de noite entre os dois e tocar num e noutro.

E foi um Tu biShvat sem nenhuma comemoração. E sem viagens. Só a chuva gotejou o dia inteiro e dentre as montanhas desceram os ventos para entortar os ciprestes no jardim e os ventos uivavam longamente como que sedentos e querendo entrar. Se ela chorar de noite, vou acalmá-la, para que não acorde os dois. Pego Efrat, dou-lhe uma mamadeira e a ponho sobre meu ventre. Uma vez vi escrito: Os bebês se acalmam e dormem com as batidas do coração da mãe. Porque é uma coisa de que eles se lembram ainda do útero. Esse ritmo do coração. Bebês também nasceram do ritmo dos tambores na Namíbia. E o corpo dela vem do calor do meu corpo. Carneirinho meu, Efrat é o nome seu, e agora adormeceu, você e eu.

Li que Bach teve dez ou vinte filhos. Todos moravam numa casa pequena de tijolos vermelhos na Alemanha. Talvez madame Bach lhe tenha dito Não fique triste, você vai ver que tudo vai dar certo. Ele lhe dizia Sim, sim, mas não acreditava, ou raramente acreditava. E a ajudava a trazer carvão e a manter o fogo no fogão, e a lavar fraldas, e a fazer dormir um bebê doente com canções e embalos. O antílope e a lança o deprimiam quando ficava acordado e a chuva caía numa noite alemã. Ele queria ganhar um abraço, ao menos um toque, ou uma palavra, desses que madame Bach mesmo que tentasse não conseguiria lhe dar. Queria que sua mãe voltasse e fosse baixá-lo da cruz e lavar as feridas dos pregos. E o que veio? Como sempre. Guerra, doença.

Agora a água está fervendo outra vez. Estou preparando para eles, na garrafa térmica grande e também na pequena, chá com limão e mel, para de noite, quando tiverem dor de garganta. O tempo todo uma chuva negra na janela negra. O Tu biShvat chegou e o Tu biShvat se foi. Quando eu era pequena, plantava mudas no Tu biShvat e uma vez também plantei no jardim uma bola de borracha preta. A bola nunca germinou, mas também as mudas secaram. Sou Rimona Lifschitz, sou Rimona Fogel, meu bebê é Efrat meu marido é Ioni e o *chaver* é Zaro.

Por causa de meus doentes, voltei do trabalho muito mais cedo, porque Lipa consertou a caldeira a vapor da lavanderia que estava quebrada enquanto Lipa esteve doente. Agora ele está bem e a caldeira, consertada. E ele me contou uma anedota em ídiche. Depois, no banheiro, prendi o cabelo bem alto para que vejam o comprimento de meu pescoço. Mas de novo pensei que o cabelo fica melhor solto e caindo.

Não, eles não estão acordando. Um encolhido como um feto na figura do livro sobre gravidez e saúde, o outro se virou suspirando e agora dorme de costas como se fosse o Bach crucificado na capa da Paixão Segundo São Mateus. As mãos estendidas para os lados, os punhos cerrados com força. Um antílope que quer viajar de mim para a taiga e a tundra para caçar baleias, que o *Dvar Hashavua* escreve que estão sendo extintas. E deixar comigo Efrat e Azaria, que me deu de presente um ciclâmen seco. E Thia. Que vivamos a esperar por ele.

Por isso em vez do roupão vou usar um vestido. Liso. Azul. E vou ficar bonita.

Quem acordar vai ter suco para beber e bolo para comer e terá também creme de leite e pão. E vai ter de medir a febre. E tomar uma aspirina. Se quiserem, Zaro vai tocar para nós e se quiserem vamos brincar os três.

Esta é a brincadeira com Ioni: vamos dizer que ele é um outro homem que navega heroicamente no mar do Sul para caçar baleias ou encontrar uma ilha deserta. Eu, em casa, muito longe, devo esperá-lo e ter fé. Até que ele volte com uma ferida de bala no ombro e de novo escrevam sobre ele no jornal. Ele volta e se joga sobre mim, querendo se deitar comigo. E eu lhe digo Venha.

Com Zaro é um menino e sua mãe. E como ele se envergonha, eu sou responsável por ajudá-lo sem que ele sinta que o estão ajudando. Da primeira carícia até o gemido no fim, eu lhe ensino como não deve se apressar como se fosse um ladrãozinho, pois isso não é um roubo e não é preciso ter medo.

O que fiz hoje para Azaria foi lavar e passar bem passada as calças dele, a gabardina e a camisa, depois da caminhada do sábado em que ele sujou tudo de lama. E o que fiz para Ioni foi levar o sapato rasgado dele ao sapateiro e pedir a Iashke que o consertasse, e Iashke consertou, e agora esse sapato não vai mais rir para ele nem irritá-lo.

Efrat brinca com pedrinhas redondas na esteira, junto com outras crianças, num lugar onde se vê uma clareira na floresta na margem do rio azul, que, segundo o que está escrito no livro, é o Nilo Azul. Ali ela engatinha e tem uma areia dourada que a acaricia, quente e limpa. A luz da lua faz uma fralda de teia prateada em Efrat. Lá também uma música flui sussurrante da profundeza vazia. E lá há mulheres negras em roupas brancas-brancas a cantar para as crianças canções sem palavras numa língua chamada amárico. E ceifam colmos ocos nas águas rasas do Nilo Azul. No meio das mulheres negras, ele também em roupas brancas, está o professor Ioshafat, que levou um tiro na cabeça, e ele tamborila numa espécie de tambor com toques suaves-suaves. É o ritmo do coração: tum-tum. No rio passa, sonhador, um animal chamado gnu. Dorme, dorme, minha menina, nana, neném. Papai foi trabalhar, trabalhar. Vai voltar com o luar, um presente vai lhe dar. Nana, neném. Tigres, corças, leões, avestruzes e dorme, nana, neném. Não se deve ficar triste, diz o professor Ioshafat, pois é só um erro de cálculo exigir que o dia inteiro aconteçam coisas novas, mais um antílope, mais uma lança, mais uma guerra, jornadas. Quem estiver cansado — que descanse. E quem já descansou — que preste atenção. Quem presta atenção sabe como é uma noite lá fora, e como é o vento. Embaixo da chuva mora a quietude da terra molhada e, embaixo, o descanso de vigorosas rochas adormecidas. Nas quais luz nenhuma jamais tocará. E tem outra quietude em cima, depois das nuvens e do ar. A quietude entre uma estrela e outra. E no fim das estrelas, quietude depois da última. O que querem de nós? Que não perturbemos, que não façamos barulho e que fiquemos nós também quietos, se ficarmos não vamos sofrer nada.

Sem nenhuma intenção, Vasily, convertido ben-Avraham, tinha limpado e lubrificado a pistola que atingiu o professor Ioshafat. Agora vinha pedir amor e perdão porque ele não quisera causar nenhum mal. Ele me deu um ciclâmen que secara entre as folhas de seu documento de identidade. E me trouxe um livro, pequeno, em inglês, um livro indiano, sobre a profundidade do sofrimento e a altura da luz.

Os dois estão dormindo agora. Eu os aceito. Que um fale só um pouco porque está triste de ser como todos e que o outro fale o tempo todo porque está triste de ser um pouco diferente. Eu os aceito.

Durante toda a noite em que a luz apagou, depois do passeio, ele cantou e tocou para nós, cantou e tocou. Não teve coragem de parar nem por um momento. Porque tinha medo de que, se parasse, imediatamente lhe diríamos obrigado e *shalom*, boa noite. Tocou quase chorando. Até que eu lhe disse Zaro, agora vamos descansar e podemos continuar amanhã. E Ioni disse que ele podia dormir aqui no sofá. Não faz mal. Eu disse a eles Ioni, Zaro, dormir. E como não havia eletricidade acendi uma vela num canto da cozinha e outra vela junto ao rádio. Ioni caiu na cama larga e adormeceu de roupa e eu e o menino ficamos. Desculpe-me, eu disse, agora vou me despir para dormir. E ele se assustou e implorou baixinho que o perdoasse e chamou a si mesmo de merda. Você não, eu disse, você é bom, eu disse, não fique triste.

E ele se virou para a parede e ficou deitado no sofá neste quarto sem dormir até de manhã odiando a si mesmo por algo de que não tem culpa. Eu também não queria dormir. E aconteceu de repente de madrugada que de tantos trovões e relâmpagos Ioni acordou, porque Thia queria sair. Ele acordou e me viu sentada na cadeira, de camisola, pensando. Você está maluca, ele me disse. Thia arranhou a porta pedindo para voltar e Ioni abriu para ela, e Zaro ficou deitado sem se mexer e quase sem respirar de vergonha e de medo. E Ioni me agarrou pelos ombros e me derrubou como um saco na cama e fez comigo infeliz, errado, fez comigo dolorido e malvado. Eu lhe disse sussurrando Ioni pare, ele está acordado, ele está nos ouvindo e sofrendo. Ioni me disse sussurrando Que é que tem, que sofra. Isto é o fim, pois amanhã me levanto e viajo, vou embora daqui. Como é que você vai viajar? Você está doente, veja, está ardendo de tanta febre. Amanhã me levanto e vou embora. Você é uma mulher doida. Se quiser, não me importo que fique com este doido, bom proveito. Para mim, chega. Ioni, você não entendeu que já gosta dele um pouco. Mas eu estou dormindo, Rimona, eu não estou acordado. Levante, vá até ele molhada do meu sêmen, não me importo, para mim já basta, chega. Então fui até ele molhada do sêmen de Ioni, sentei no chão perto dele, disse que tinha vindo cantar para ele. Também toquei com a mão em seu rosto e ele também já ardia em febre. Não fale agora, menino, me dê a mão e vamos ver o que acontece, só não me diga uma só palavra. Até que uma espécie de luz suja começou a passar pelas frestas da persiana e começou o Tu biShvat. Tomei uma ducha de água quente, vesti-me devagar no banheiro e fui trabalhar na lavanderia e, quando voltei, propositalmente mais cedo, os dois já estavam de cama, doentes e com febre alta. Dei-lhes aspirina e chá com limão e mel, e os cobri para que dormissem. Mulheres negras de branco falando amárico vão trocar a fralda de Efrat.

Agora eles começam a acordar, este se torce e aquele se vira de um lado para o outro. Chega de bordar, pois já é noite. Uma boa noite de repouso para Efrat, uma boa noite de repouso para o sr. Bach, madame Bach e o sr. Ioshafat o professor, deseja Rimona Fogel, que diz Não tenham medo, tudo vai acabar muito bem. Quem está triste ainda se alegrará. Ainda há compaixão atrás de toda essa chuva. E a geladeira está zumbindo de novo. Porque fizeram o conserto e a eletricidade voltou. Seremos bons.

9.

No inverno de 1965, Ionatan Lifschitz resolveu abandonar sua mulher e o kibutz onde nascera e crescera. Decidiu sair e começar uma vida nova, pois em todos os dias de sua existência tivera a sua volta um círculo estreito de homens e mulheres que não paravam de olhar para ele, de lhe dar conselhos e lições de moral. Durante todos os anos de sua infância, de sua juventude, de seu serviço no Exército, de seu casamento e após o nascimento de uma bebê morta, diziam-lhe o tempo todo isso sim e isso não. Sentia cada vez mais que essas pessoas escondiam dele uma paisagem secreta e talvez também maravilhosa, e que ele não poderia continuar a fazer concessões sem fim.

Em sua linguagem própria, falavam sempre de manifestações negativas, de um processo preocupante, de um perigo ameaçador, e Ioni quase chegara a deixar de entender o significado dessas palavras. Se ficava sozinho à janela no fim do dia, no crepúsculo, vendo o sol se pôr e uma noite amarga e profunda se curvar sobre os campos e, como uma calamidade, envolver a terra até a extremidade das colinas no leste, seu coração concordava tranquilamente que aquela noite tinha razão.

Se Iulek, seu pai, falava com ele com firmeza ou brandura sobre a gravidade do momento no geral e no particular, sobre o significado histórico, sobre as gerações que já se foram e as que ainda viriam, sobre o dever da juventude,

Ioni encolhia-se todo como ante uma iminente bofetada mas não sabia o que responder. Era um homem calado, não gostava de palavras nem confiava nelas.

O que eles querem de mim? Eles pensam que pertenço a eles. Chamam-me fator humano, ou força de trabalho, ou fenômeno. Não sou força de trabalho. Não sou a munição deles. E todo esse carnaval deles não me move um milímetro, preciso me levantar e ir embora. Para algum lugar. Não faz diferença. Rio. Ohio. Bangcoc. Para um lugar em que se possa estar sozinho e onde acontecem coisas não planejadas, coisas que não são nenhum elo na corrente nem mais uma etapa positiva ou negativa ou grave. E ser um homem livre.

Uma noite ele também contou a sua mulher, Rimona, que decidira ir embora, e disse-lhe honestamente que ela não tinha por que esperá-lo; a vida, como se diz, deve continuar. Digamos que morri.

Enquanto isso Ionatan esperava uma trégua nas chuvas, alívio na tensão militar, melhora dos trovões e relâmpagos, substituição no trabalho da oficina, alguma mudança evidente que lhe permitisse finalmente se despedir e sair a caminho para um lugar distante onde o estão esperando e esperando mas não vão esperar eternamente.

Assim se passou 1965 e começou 1966.

Foi um inverno longo e difícil. Uma chuva fina, aguda, de vieses afiados, castigava a terra pantanosa, e os ventos experimentavam as persianas das janelas, agitavam as copas das árvores e emaranhavam os fios elétricos que, por sua vez, assobiavam uma melodia solitária e árida. As guardas noturnas foram reforçadas contra a infiltração de terroristas através das fronteiras do armistício. No rádio se falava do perigo de guerra e das ameaças que vinham das capitais árabes.

Iulek Lifschitz já anunciara na assembleia semanal do kibutz que breve se demitiria do cargo de secretário, que era conveniente começar a procurar um substituto e que seria bom sondar para isso, por exemplo, Srulik, o musicante. As más línguas espalharam que Iulek pretendia voltar a ter um lugar central no movimento e no Parlamento, e à mesa do governo. Houve quem fosse mais além e dissesse que Iulek, em sua sintonia fina, vislumbrava a possibilidade de uma crise, uma guerra de sucessão, uma profunda cisão política, quando então seu nome surgiria como candidato de compromisso, e lá de trás do rebanho o chamariam para salvar a situação e contornar a ameaça de cisão. Foi Stutchnik quem fez Ioni se deter no caminho entre a oficina e a marcenaria e lhe perguntou, com insidiosa candura, dando muitas voltas, se ele tinha ideia de quais seriam as verdadeiras intenções do pai. Ioni deu de ombros e disse: "Larga disso, cara. Ele quer netos, o velho. Para ter uma dinastia ou algo assim". E nisso Stutchnik e alguns outros viram a confirmação de suas suposições.

Amós, o irmão mais moço de Ionatan, era um rapaz robusto, de cabelo encaracolado, sempre bem-humorado e espirituoso, destacado esportista da natação, participara de operações contraterroristas e também recebera um certificado de mérito militar do comandante dos paraquedistas pelos dois legionários que matara com sua baioneta em combate corpo a corpo numa trincheira fortificada. Porque naquele inverno, a cada duas ou três semanas, não havia alternativa senão incursionar à noite em território inimigo e golpeá-lo, em revide às ações dos terroristas assassinos que se infiltravam pela fronteira quase todas as noites.

E Ioni continuou esperando em silêncio por alguma reviravolta, ou mudança, ou sinal, a partir do qual novos tempos iriam começar.

Mas os dias eram iguais e chuvosos e Rimona sempre se parecia com ela mesma. Quase todos os dias alguma coisa surgia e se apagava nele e ele não sabia o que era, talvez doença, talvez falta de sono, e apenas seus lábios, sem ele, lhe diziam: É isso. Já chega, acabou.

Enquanto isso, numa noite apareceu no kibutz um rapaz esquisito que foi encarregado de trabalhar com ele na oficina mecânica e agitou um pouco as coisas, querendo implantar na oficina uma nova e entusiasta ordem. Arrumou e limpou tudo e pendurou na parede uma fotografia colorida do ministro da Previdência Social que recortara de uma revista. O dr. Burg contemplava tudo com seu rosto redondo, bonachão, num olhar de prazer satisfeito. E quando o rapaz novato começou a ir quase todas as noites à casa de Ioni, até se acostumar a dormir no sofá do quarto maior, Ionatan pensou Que é que tem. Que me importa. De qualquer maneira já não estou mais aqui. E Rimona não é exatamente uma mulher. Ele é só um menino órfão sem ninguém no mundo. Que seja. Também sabe jogar um pouco de xadrez e em geral perde. Sabe tocar violão e às vezes cuida de Thia, e toda quinta-feira ajuda Rimona a limpar e a arrumar a casa e sempre lava toda a louça no meu lugar. Que seja. Quando o inverno terminar e eu estiver de novo saudável, pode ser muito fácil estrangulá-lo ou quebrar-lhe alguns ossos. Que fique aqui por enquanto, eu também só estou aqui por enquanto. Porque ainda estou cansado.

Mas sentia-se deprimido, por que você está demorando você tem de levantar e ir embora já, no mapa tem cadeias de montanhas, Pireneus, Apeninos, Apalaches, Cárpatos e tem grandes cidades com rios com praças com pontes e com densas florestas e mulheres ousadas e estranhas, e entre tudo isso há alguma meta, um lugar onde o esperam e neste momento chamam seu nome de longe e chamam com muita seriedade e se você se atrasar perderá a hora. Como disse esse rapaz infeliz citando um provérbio russo, Mesmo um relógio quebrado tem um minuto aprazado, e Quem olvida é homicida.

Ionatan Lifschitz quase começou a simpatizar com esse rapaz, porque ele sabia tocar violão até que a permanente tristeza se dissolvia um pouco e se tornava quase plausível e até mesmo justa. A tristeza sobe e desce como uma sirene na guerra, mas mesmo quando desce, por exemplo, quando o rádio transmite uma partida de futebol, mesmo então ela não desaparece de todo: como a chuva que diminui e vira um chuvisco cinzento.

Às vezes a música na casa de Rimona, Azaria e Ioni se prolonga até altas horas da noite. De fora penetram os gemidos do vento e o mugido surdo das vacas, e dentro de casa, como uma flor azul, arde a chama do aquecedor. Rimona sentava-se encolhida na poltrona, as pernas dobradas sob o corpo, as mãos recolhidas nas mangas do roupão. Como grávida dela mesma.

Ionatan fumava de olhos fechados, ou montava e derrubava na mesa figuras feitas de fósforos. E o rapaz, no canto mais afastado do sofá sobre o qual dormia nas noites, encurvado, corcunda, tocava e tocava e às vezes também cantava baixinho. Como se aqui fosse uma floresta. Eu lhe prometi um menino e lhe trouxe um menino e agora já posso ir. Eitan tem duas companheiras, Semadar e Brigitta, em seu quarto, o último quarto junto à piscina e o que falam no kibutz não lhe interessa nem um pouco. Na primavera Udi vai trazer do cemitério de Sheikh-Dahar um esqueleto de arabusco, vai reforçá-lo com arame e e transformá-lo num espantalho de jardim, e que todos se danem, que lhe importa. E nós, os três amigos, resolvemos com muita lucidez erguer aqui uma comuna dentro da comuna. Que é que tem. Onde é que está escrito que é proibido. Que falem até se fartar. Que zombe o quanto quiser aquela voz antiga, esse palhaço, nem no touro conseguiu acertar. Mas nosso coração desta vez está correto, está certo, e todo o resto não me importa. De qualquer maneira daqui a pouco já não vão me ver por aqui, e quem quiser reclamar vai ter de me procurar por cem mil quilômetros. Como diz o rapaz: Por toda esta noite o cão só latiu, enquanto a lua calou, refulgiu. Mesmo que um terno novo ponha, Sergei não saberá o que é vergonha. Eram provérbios que o rapaz trouxera e que Ioni, sem perceber, começara a usar consigo mesmo ou entre ele e Udi e Iashke e Shimon o pequeno, do redil.

Por causa da chuva e da lama pesada quase não se sai para os trabalhos no campo. Todas as estradas viraram atoleiros. As partes baixas estão inundadas. As colheitas de inverno correm o risco de apodrecer. Por isso a secretaria do kibutz enviou muitos jovens para cursos de aperfeiçoamento em diversas matérias, em judaísmo, sionismo, socialismo, poesia moderna, máquinas agrícolas, aprimoramento genético do gado e outros temas. Alguns foram direcionados para trabalhar nas casas de crianças, na cozinha, para que as mulheres que lá trabalhavam também pudessem ir estudar. As crianças ficam o dia inteiro fechadas nas casas de crianças, muito bem aquecidas, e nos fins de tarde fechadas nas casas dos pais. De vez em quando há interrupções no fornecimento de energia elétrica, e podemos ficar uma noite inteira em casa à luz de velas ou de lampiões a querosene, e então o kibutz Granot se parece com uma aldeia de outro país: cabanas baixas como que flutuando entre retalhos de um nevoeiro levado pelo vento, luzes pálidas bruxuleando em pequenas janelas, copas frondosas pingando água, um silêncio gelado nos exteriores desertos, o vazio e o silêncio a sussurrar nos campos próximos e nos distantes, e nada se move ou se mexe aos pés das colinas, a aridez do inverno no bosque do cemitério, as lápides afundando e se cobrindo de plantas, tapetes de folhas caídas entre as árvores do pomar murmurando sem serem pisadas, podridão, ferrugem e mofo roendo os esqueletos de blindados queimados na guerra, nuvens baixas vagando entre as ruínas da aldeia abandonada Sheikh-Dahar que nunca tencionou nos massacrar e que transformamos em montes de destroços com paredes que desmoronaram e vinhedos a crescer selvagemente e a seiva de uma vegetação sequiosa a irromper entre as fendas da pedra. De lá, de Sheikh-Dahar, nasce sobre nós toda manhã um sol cego, oculto por muralhas de bruma e de nuvem, uma luz contaminada e cansada já às sete da manhã.

Em nossas pequenas casas cercadas de jardins castigados pelo inverno soam despertadores. E temos de nos levantar sem alegria e sair tremendo debaixo dos cobertores quentes, vestir roupas de trabalho e nos envolver em velhas parcas ou em casacos rotos que agora só servem para trabalhar.

Entre sete e sete e meia atravessamos numa corrida cansada as cortinas de chuva para chegar ofegantes ao refeitório, comer fatias grossas de pão com geleia ou queijo e beber um café gordurento. E cada um vai trabalhar: Shimon, o pequeno, no redil das ovelhas. Lipa na cabana de material elétrico. Iulek Lifschitz em seu escritório surrado onde mesmo de manhã é preciso acender a luz e cujas paredes estão descascando e vazias exceto por um calendário colorido de uma fábrica de tratores americana. Rimona no barracão da lavanderia. Anat Shneiur no berçário, para esquentar mamadeiras, trocar fraldas e roupa de cama molhada. Ioni e Zaro na oficina, expostos aos olhares adiposos do ministro da Previdência acima da estante das peças sobressalentes. Eitan R. e o velho Stutchnik, que madrugaram às duas e meia para a ordenha matinal no estábulo, chapinham de volta para casa, exalando o fedor de suor e de esterco azedo de vaca, os dois irritados e com a barba por fazer. Bolonezzi, na serralheria, esconde-se atrás de sua máscara de proteção de metal cinzento com viseira de vidro e solda um cano a uma haste de ferro. No depósito de roupas Chava acende os três aquecedores a querosene e seleciona de um monte de roupas as que são para passar e as que são para dobrar. Os que trabalham no refeitório tiram das mesas pegajosas os restos do café da manhã e limpam cada mesa com um pano molhado e enxugam com um pano seco, põem as cadeiras viradas com os pés para cima sobre as mesas para poder lavar o chão. "Tragam redenção à terra", apregoa um pôster que restou da festa do Tu biShvat.

Numa manhã de inverno assim quase não se usam palavras, a não ser as mais necessárias: Vem cá. O que é. Onde você pôs. Esqueci. Então procura. Anda logo.

Silêncio e sonolenta tristeza em todos os cantos do kibutz. E o grito dos pássaros no frio. E cães a latir desoladamente. E depressão. Houve dias no passado distante em que tudo aqui se fazia com grande fervor, com devoção, às vezes até com sacrifício. Os anos passaram, sonhos ousados se realizaram, um deserto pedregoso se transformou numa aldeia bem-cuidada e florescente, das tendas de pioneiros visionários ergueu-se e foi criado um estado hebreu livre, uma segunda e uma terceira geração cresceram bronzeadas e admiráveis para empunhar máquinas e armas, mas por que o mundo empalideceu e os sonhos como que desbotaram? Por que esfriou e apagou-se o coração cansado, e há um silêncio de inverno em todo o kibutz? Como um bando de desterrados no exílio ou como condenados exaustos num isolado acampamento de trabalhos forçados. Se alguma conversa se entabula, na maioria das vezes é uma fofoca ou uma conversa sarcástica e de alegria azeda.

Ao entardecer, à sombra de um cinamomo lacrimejante, a caminho da casa de cultura para uma reunião do grupo de estudos sobre o pensamento israelense, Stutchnik disse com tristeza:

"Tudo está se esfarelando, meu amigo. Abra por favor os olhos e veja o que acontece a sua volta. Em breve você vai ser o secretário do kibutz e vai ter de enfrentar essa enxurrada, não como Iulek, que além de seu lindo discurso nada fez por aqui nem mexeu uma palha. Tudo desmoronou ante nossos próprios olhos. O Estado, o kibutz e a juventude. Dizem que até mesmo os jovens estão abandonando o país. A corrupção grassa até entre nossos companheiros. E a pequena burguesia devora, como se diz, toda fatia boa. Famílias se desfazem. E a licenciosidade comemora. Aqui entre nós também, bem embaixo do nosso nariz. E ninguém move um dedo. Eshkol está mergulhado em intrigas, Ben-Gurion espalha o ódio, os revisionistas incitam as massas e os árabes afiam suas espadas. Toda a juventude é um deserto de aridez. Ou de turbulência. Sem entrar nos terrenos da fofoca suja, da qual eu tenho fugido toda a vida como da peste, veja por favor o que está acontecendo com o filho do grande homem. Uma fêmea para dois machos, como está escrito na Bíblia. Licenciosidade total. E veja o que acontece entre os professores da escola e o que agora se está cozinhando no comitê econômico. Olhe para o nosso governo. A situação, Srulik, degringola de fracasso em fracasso. Será que desde o início havia algo de podre nos fundamentos, ou será que só agora, *a posteriori*, emergem todas as contradições internas que empurramos todos esses anos, como se diz, para baixo do tapete? Você continua calado, meu amigo. Claro. É o caminho mais fácil e mais cômodo. Breve vou me calar também. Um enfarte já me foi suficiente. Mais que suficiente. Sem falar no reumatismo e em outras coisas, como este inverno deprimente. Ouça-me,

Srulik, eu lhe digo com a mão no coração que para onde quer que você olhe só tem porcaria."

Srulik não parava de balançar a cabeça, concordando. De vez em quando sorria. E quando houve um breve silêncio, disse:

"Você como sempre exagera um pouco. Está vendo, como se diz, tudo negro. Graças a Deus já passamos por tempos muito mais difíceis que os atuais, e ainda estamos aqui. Não há motivo para desespero, crises sempre houve e haverá, mas a história ainda não acabou, Deus nos livre disso.

"Por favor, meu santo. Não fale comigo como você falou com as criancinhas na festa da escola. Não preciso de propaganda. Pelo contrário. Meus olhos estão sempre abertos, e é bom que você também comece a abrir os seus. O que há com você, ficou maluco? Você não tem chapéu? Quem anda por aí assim em pleno inverno?"

"Eu não estou andando por aí, *chabibi*, estou indo à reunião do grupo de estudos. E não esqueça que mesmo naqueles primeiros tempos dos quais você é tão saudoso, como se diz, às mil maravilhas. Houve fracassos. Vexames. E até escândalos. Vamos. Não tem sentido ficar aqui no vento frio pegando um resfriado. Vamos ver se não se esqueceram de acender o aquecedor e se o palestrante já chegou. Hoje vão falar do pensamento de Martin Buber, acho. Venha, vamos. Olhe que escuridão às quatro e meia. Uma verdadeira Sibéria."

Todas as noites alguns de nós se reúnem em grupos diversos. Uns participam de reuniões e examinam cuidadosamente questões de finanças, educação, absorção de novos membros, saneamento e moradia. Procuram caminhos adequados para implementar melhoras lentamente, sem causar transtornos.

E há os que à noite se dedicam a seus passatempos favoritos, selos, desenho ou bordado. Alguns entram na casa do vizinho, tomam café com biscoitos e falam de fofocas e de política. Às dez horas vão se apagando, uma a uma, as luzes nas janelas de nossas pequenas casas e uma noite úmida e escura desce sobre a aldeia. No alto da torre d'água gira o feixe de luz do holofote. Dos lampiões da cerca desprende-se um halo nevoento, e ele captura os fios enviesados da chuva que revoluteiam como que num fulgor elétrico azulado.

Os guardas, envoltos em casacos e capas de chuva, fazem suas rondas armados com submetralhadoras antigas, gorros de lã enterrados até as orelhas. As ovelhas se apertam para se aquecerem umas nas outras. Os cães, como sempre, começam um latido furioso que acaba num uivo lamentoso. Longe no horizonte, a oeste, relâmpagos mudos sinalizam num tom laranja-fosco.

Enquanto isso, nos quartos dos solteiros e dos casais jovens, fica-se até mais tarde, faz-se circular uma garrafa, jogam-se cartas e gamão, contam-se anedotas grossas com reminiscências da guerra. Udi diz em árabe a Eitan R.: "Sachtein, bravo. À saúde. Por que não. Até mesmo a Bíblia está repleta de histórias assim. Sem falar que nossos velhos, quando ainda eram jovens e irrigavam os pântanos e drenavam o deserto e tudo o mais, tomavam banho nus, rapazes e moças no mesmo chuveiro, antes de ficarem tão positivos e tão educacionais. A vida não é uma história para jardim de infância. O próprio Ioni me disse uma vez que a enganação mais desprezível do mundo é a história que nos contavam quando éramos pequenos, da Branca de Neve e os sete anões e do que esses anões realmente faziam com a Branca de Neve quando deitava com eles e quando ela dormiu por causa daquela maçã. Então o que eles querem de Rimona, com dois anões e olhe lá? Que faça bom proveito. Quem sabe você, Eitan, numa noite dessas leva seu harém particular até lá, eu e Anat nos juntamos à festa e fazemos o diabo até de manhã?".

Eitan disse:

"Eu, desde o momento em que o encontrei junto ao estábulo na noite em que ele chegou aqui, tive a sensação de que a coisa não iria acabar bem. Não é um tipo normal. E Rimona também é um pouco assim. Tenho pena é de Ioni Lifschitz, que já foi um cara ligado e agora ficou sozinho, uma espécie de Chimpnoza, e anda o dia todo como quem levou uma porretada na cabeça. Traga mais um pouco de áraque, ainda sobrou um pouco na outra garrafa. E fique calado, pois essa Brigitta já entende um pouco de hebraico. Então vem, vamos mudar de assunto. Se esse Eshkol fosse gente e não essa idene, essa judia velha, aproveitaríamos que Abd-el-Nasser se complicou no Iêmen e simplesmente engoliríamos esses desgraçados, os sírios, e resolveríamos de uma vez por todas nosso problema de água. Esse Azaria ontem me encheu a cabeça por mais de meia hora com Eshkol e Kruschev e Nasser, cheio de provérbios e filosofia, mas em princípio não há dúvida de que o menino tem razão e no geral tem uma cabeça até que boa, só que com um parafuso meio frouxo. Um rei sensato sempre ouve o que lhe diz o bobo da corte, e é o bobo de Iulek, Stutchnik, quem diz que talvez depois de Eshkol vão chamá-lo para ser o rei. Só que o próprio Eshkol é um bobo da corte e essa é a nossa desgraça. Ouça que horror está lá fora."

Com olhos enxutos e voz seca, uma noite Chava disse a Iulek, que convalescia de sua doença:
"Por que você fica calado, por quê? Faça alguma coisa. Intervenha. Levante a voz. Ou será que você já gosta desse pateta mais que de seu próprio filho? Ou será que fui eu quem lhe abriu todas as portas para que ele se esbaldasse como um bicho ruim neste manicômio? Espere um momento, não me responda, ainda não acabei de falar. Por que é que você sempre me interrompe no meio, por quê? Por que você cala a boca de todo mundo? Por que no mesmo instante você já está pronto com todas as suas respostas lógicas e suas ponderações e seu *timing* e seu equilíbrio ainda antes de começar a ouvir o que estão lhe dizendo? Mesmo quando você faz uma cara de tolerância, uma cara de indulgência política e parece prestar uma atenção respeitosa às palavras de seu adversário, você não está escutando nada, só está preparando dentro da cabeça os tópicos de sua resposta arrasadora, com a, bê e cê e com tiradas brilhantes e citações. Uma vez na vida cale-se e me ouça, porque eu estou lhe falando sobre a vida e a morte de Ioni e não sobre o futuro da Histadrut ou coisa parecida. E não me responda que não tem resposta para mim. Já sei de cor a resposta que você está me preparando agora e todo o seu repertório, e poderia declamar o texto em seu lugar, palavra por palavra, com os intervalos para os aplausos e com as anedotas surradas, se isso não fosse tão miserável e asqueroso. É preferível que você abra mão agora de seu sacrossanto discurso e não diga uma só palavra, porque tudo já está escrito na sua cara, toda a sua lambida advocacia. Nisso você é rei. Que rei o quê. Você é o próprio Deus em pessoa. Mas isto da vida de Ioni estar se destruindo ante vossos olhos, senhor próprio Deus em pessoa, não lhe importa, nunca lhe importou nem importará. Ao contrário. Você planejou isso. A sangue frio. Ioni é uma mancha em seu manto de pureza, confuso, niilista, tartamudo, e esse palhaço que você introduziu na vida dele é um gênio original e brilhante que você, como se diz na linguagem de vocês, vai construir lentamente até poder

usá-lo e oportunamente também se livrar de Ioni. Mesmo se eu e Ioni e Amós formos para a sepultura você vai se recuperar depressa com uma coragem admirável e voltará a carregar seu fardo e talvez escreva um artigo comovente sobre nós no jornal e ganhará pontos na política por causa da tragédia que o atingiu, pois ninguém terá o desplante de atacar um viúvo enlutado com essa auréola de dor e tristeza. E assim você será um santo ainda maior quando estivermos na cova, e talvez até adote esse pequeno réptil como filho. O principal é que cresçam o seu prestígio e suas ideias infladas e seu lugar na história do movimento e as lindas palavras que usará para entusiasmar, para fazer um necrológio e para acusar. Um homem mau e malvado que vê como assassinam seu filho e não lhe ocorre nem mesmo..."

"Chava, o que exatamente você está propondo?"

"Cale-se um instante. Deixe-me concluir uma frase inteira só uma vez em nossa vida antes que você comece a discursar e discursar a noite inteira. Você já discursou bastante a nossa vida toda. Já ouvimos você bastante. E a história também já ouviu você mais que o suficiente. Você está falando para ela sem parar há cinquenta anos, e nem ela você deixou abrir a boca, nem a ela você prestou atenção uma vez sequer, um minuto sequer, para saber o que ela realmente queria. Mas a mim você vai ouvir agora como se deve ouvir. Não faça cara de surdo, sei que você não está querendo ouvir. E não me venha agora com vizinhos, não me importo, pelo contrário. Que os vizinhos ouçam, e que todo este kibutz podre ouça, e o Parlamento e o partido e o governo e a Histadrut e a ONU. Que ouçam, não me importo. Você é surdo como o próprio Deus em pessoa, por isso preciso falar em voz alta, mas não estou gritando, e se eu gritar você não poderá me fazer calar, vou gritar até que venha gente e arrombe a porta para ver como você está me assassinando, vou gritar assim se você não se calar e não me deixar falar uma vez na vida."

"Chava, por favor. Fale. Não estou atrapalhando."

"De novo você me interrompe quando estou lhe implorando que me deixe pelo menos desta vez concluir uma frase, pois é sobre uma questão de vida ou morte e se você me interromper no meio mais uma vez, eu neste momento jogo querosene e acendo um fósforo e queimo toda a casa, inclusive as cartas que você recebeu de Ben-Gurion e de Berl Varlander e de Richard Crossman e de quem não. Então cale-se e ouça com exatidão e com cuidado porque esta é minha última palavra, eu lhe comunico que você tem um prazo de até amanhã ao meio-dia para extirpar de uma vez por todas deste kibutz e da vida de Ioni esse psicótico perturbado que você de propósito, maldosamente e a sangue-frio trouxe para destruir a vida de seu filho e ainda o aceitou na comissão e o convidou para vir a minha casa falar de justiça e de ideais e para lhe fazer recitais. Até amanhã ao meio-dia, ou você o faz voar degraus abaixo de uma vez por todas ou eu lhe faço algo tão tenebroso que você vai se arrepender amargamente. Vai se arrepender como nunca em toda a sua vida inflada você se arrependeu, nem mesmo daquele seu pedido de demissão, a magnífica demissão pela qual até hoje você se corrói, e tomara que se corroa até que só lhe restem ossos. *Ti zabuio. Ti mordertsu.*"

"Chava, não se pode fazer uma coisa dessas assim sem mais nem menos, você sabe disso muito bem."

"Não?"

"É preciso convocar uma comissão, fazer uma reunião, discutir o assunto. Trata-se de um ser humano."

"Sim. Com certeza. Um ser humano. Você nem sabe o significado dessas palavras, não compreende e jamais compreendeu. Ser humano. Porcaria."

"Perdão, Chava, você, com essa raiva, está se contradizendo e não está entendendo. Porque até hoje você não me perdoou por ter chutado daqui aquele seu comediante de trinta anos atrás, que atirou com um revólver tentando matar metade do kibutz, inclusive você e eu."

"Cale-se, assassino. Pelo menos agora finalmente você reconhece que chutou ele daqui."

"Eu não disse isso, Chava. Pelo contrário. Você deve se lembrar com que paciência, tolerância, indulgência tentei ajudá-lo e prestar-lhe ajuda social e espiritual antes do ataque dele, e até depois. Ninguém melhor do que você sabe que foi ele, sozinho, quem fugiu enquanto podia, depois da noite dos tiros, enquanto eu, usando toda a minha influência, direta e indiretamente, não permiti de maneira alguma que a polícia inglesa interviesse, também evitei que fosse julgado pelos companheiros da Haganá pelo uso indevido de arma de defesa, e ainda o livrei da humilhação e da vergonha por que passaria na assembleia do kibutz onde, sem a menor dúvida, se teria decidido por sua expulsão desonrosa e talvez por entregá-lo à justiça ou a um manicômio. E depois de tudo isso ainda o ajudei a sair escondido do país."

"Você?"

"Eu e ninguém mais, Chava. Chegou o momento de lhe revelar o que guardei todos esses anos bem no fundo do coração, apesar de todas as suas ofensas. Sim, fui eu quem ajudou aquele maníaco, infeliz, a partir em paz. Alguns *chaverim* exigiam que se chamasse a polícia: por que haveríamos de conceder a qualquer indivíduo iroso desses o privilégio de atirar tranquilamente com um revólver em quem quer que cruzasse seu caminho? E eu, Chava, e nenhum outro, segurei com mil artimanhas a convocação da comissão e a reunião do kibutz e os homens da Haganá, até conseguir, com meus contatos e muito empenho, arrumar um lugar num dos nossos navios que ia para a Itália. E por tudo isso o que eu mereço é esse ressentimento? Depois que o homem seduziu ou tentou seduzir minha mulher? E quase a assassinou, e a mim, e ao seu filho querido que ainda estava em seu ventre? E você, até hoje, me dedica essa hostilidade venenosa porque aquele louco não ficou aqui, e agora vem de repente exigir de mim que expulse do kibutz como a um cão um rapaz que nem mesmo..."

"Você? Foi você quem pôs Bini para fora? Deste kibutz? E do país?"

"Eu não disse isso, Chava. Você sabe muito bem que ele deu no pé e fugiu."

"Você? Com seus contatos? Com seu empenho?"

"Chava. Você reclama tanto de mim que eu nem ouço mais. Enquanto você, de sua parte, ouve exatamente o contrário do que estou dizendo."

"Pobre infeliz. Seu pobre idiota, diga-me, o que houve com você, você perdeu o juízo completamente? Não percebe que ele também pode ser filho dele? Você alguma vez pensou nisso em toda esta sua vida falsificada? Você já notou alguma vez a aparência de Ioni, e a de Amós, e a sua própria? Como é que um pensador e ministro pode ser tão tapado? Cale-se. Eu não disse isso. Não ponha palavras em minha boca e não me interrompa outra vez, pois você já falou o bastante por hoje, mais que o suficiente, e agora finalmente deixe-me dizer também uma palavra, você com seus mil empenhos e mentiras e artimanhas. Eu não disse que Ioni é filho do fulano, você sozinho enfiou isso na cabeça há muito tempo, para ter o pretexto de matá-lo também. Tudo o que eu disse foi: que até amanhã ao meio-dia você vai pôr para fora daqui esse psicótico, e não discuta comigo, não me atropele a vida toda como um buldôzer, você e sua famosa retórica, eu não sou o seu Ben-Gurion nem o seu Eshkol nem o tribunal do movimento, nem seus admiradores nem seus romeiros, no final das contas não sou nada, sou zero, uma doente mental perturbada. Uma canga psicótica em seu precioso pescoço nacionalista, é tudo que eu sou. Nem mesmo um ser humano, apenas uma mostrenga velha e malévola que só pelo mais puro acaso sabe exatamente, com exatidão absoluta, quem você é de verdade. E eu advirto você: não ouse me responder agora, estou lhe avisando que se alguma vez eu abrir a boca e contar só um pouquinho do que sei de você, do que nós dois sabemos de você e do que nem mesmo você, senhor Deus em pessoa, sabe, se alguma vez eu contar, todo o país vai tremer e você vai morrer de vergonha. Tremer coisa nenhuma. O país também não vai tremer, só vai rolar de rir e depois vomitar de tanto nojo: este é o Lifschitz, o mais respeitável e amado dos homens? A joia da nossa coroa? Esta é sua verdadeira cara? E eu, meu senhor, é bom que você se lembre bem disto, já sou uma mostrenga velha, um cadáver, não tenho mais o que perder, e vou acabar com você. Só que farei isso com misericórdia, de um só golpe, e não da forma que você acabou comigo, devagarinho, dia após dia, noite após noite, durante trinta anos você me matou silenciosamente. E agora para este seu filho, que você nunca saberá se é mesmo seu, você também trouxe um pequeno assassino que o matará em pequenas doses. Devagarinho e em silêncio como você me matou e como matou Bini com suas artimanhas e seus empenhos e seus bons contatos. Contanto que sem escândalos e sem arranhar seu magnífico passado, ou a consciência do movimento trabalhista, que é puro como bumbum de bebê. Não, meu senhor, não estou chorando, você nunca terá o privilégio, meu senhor, de ver Chava chorar, comigo você não vai ter esse prazer, como teve com Bini, que chorou para você noites e noites implorando, regando seus pés de lágrimas até você..."

"Chava, por favor. Esqueça esse caso de Benia Trotsky. Você sabe melhor do que ninguém que você nunca retribuiu o amor dele, que por sua livre e espontânea vontade você escolheu..."

"Essa é uma deslavada mentira, Iulek Lifschitz. Logo você vai começar a se gabar de como em sua imensa nobreza você me desculpou e me perdoou. Uma vez na vida olhe que tipo de gente você é e tente se lembrar honestamente quem era Bini, que você matou com mil artimanhas, são suas palavras, mil artimanhas, você disse isso há minutos, não ouse negar. Como matou a mim, e a Ioni, de quem o tempo todo você evita falar com todo tipo de manobra e de propósito faz deslizar e desviar o assunto para Bini com a intenção de me atormentar, mas você não vai conseguir, não vou permitir, faça o favor de falar sobre Ioni e não sobre a história. Isto aqui não é uma convenção do movimento nem um dia de estudos, aqui você não será um santo para mim, eu o conheço muito bem e a toda a sua santidade ungida de azeite puro de oliveira e estou cuspindo na sua inspiração moral e na sua contribuição histórica, cuspindo mesmo, como você cuspiu todos esses anos, pisou e cuspiu em meu túmulo. Não me responda agora. Para seu próprio bem, não tente me responder. Até amanhã ao meio-dia você enxota daqui essa peste ou vai lhe acontecer algo que todos os jornais deste país e rádios vão noticiar com grande prazer, quem acreditaria que logo a mulher do *chaver* Lifschitz se suicidaria num incêndio ou, ao contrário, queimaria nosso patrimônio nacional, e eu lhe digo, Iulek, que isso será o fim, não o meu fim, pois o meu fim já aconteceu há muito tempo, será o seu fim, meu senhor, que fará o país rolar de rir e todos dirão O quê, era esse o nosso paradigma de pureza? Esse era o nosso exemplo? Nossa bússola moral? No fim das contas um assassino a sangue-frio? Depois disso, eu o advirto, nem com uma vara muito comprida o seu partido encostará em você, para não se contaminar com o fedor que você vai exalar, pois eu juro que vou fazer você feder, assassino, depois você poderá ficar aqui sentado o resto da vida tricotando meias como o assassino italiano, até morrer exatamente como eu, como um cachorro doente você morrerá para mim, assim como eu morri para você há muito tempo, antes ainda de você ter começado a viver aqui e ali com todo tipo de fêmea, durante os congressos e convenções o diabo sabe onde e não vou citar nomes mas não pense que não tiveram o cuidado de vir me contar com quem sua santidade viveu duas semanas, com quem viveu duas noites e com quem viveu meia hora como um animal, entre a reunião e a votação. Tudo de que preciso é um pouco de ácido na sua cara famosa, ou senão o bebo eu, ou pílulas para dormir, e não ouse me dizer Chava não grite, se você disser isso de novo gritarei de verdade, ou até sem gritar, com muita calma, vou dar uma entrevista, digamos, à revista *Haolam Hazé*, algo como: '*Chaver* Lifschitz de chinelos'. Ou: 'Toda a verdade sobre a vida privada da consciência do movimento trabalhista'. Você tem tempo para decidir e fazer até amanhã. Ao meio-dia. Lembre-se de que o avisei. E não tente responder-me agora com tópicos e itens. Mesmo sem eles, não me responda nada agora porque não tenho tempo para ouvir discurso até de manhã, e agora por sua causa me atrasei, já estou atrasada para a reunião do comitê educacional. Então em vez de começar a formular uma resposta será melhor para você, Iulek, ficar sentado aqui esta noite sozinho, com muita calma e tranquilidade, e pensar com muita lucidez, como você sabe muito bem pensar quando acha que se enredou numa complicação política. *Shalom*. Na geladeira, numa garrafa azul, está o seu remédio, lembre-se de tomar duas colheres às dez e meia, e que estejam bem cheias, não meias colheres. E no armário dos remédios do banheiro tem Optalgin, para dor, e também Percodan, para dores mais fortes. E lembre-se de que você precisa tomar muito chá. Voltarei às onze e meia ou, o mais tardar, quinze para a meia-noite. Não me espere. Simplesmente vá para a cama, leia um jornal e adormeça. Mas antes disso pense bem. Não em como me responder, sei que talvez eu tenha exagerado um pouco, mas em como agir e fazer o que um verdadeiro pai, que sofre com o sofrimento do filho, já teria feito há muito tempo. E estou convencida de que você fará isso como sempre, com delicadeza, determinação e tato, de modo a não haver nenhum constrangimento. Boa noite, realmente estou atrasada. E não ouse tocar no conhaque, lembre-se do que o médico disse, nem uma gota, saiba que marquei a altura da bebida na garrafa. O melhor para você é ir para a cama com um jornal. Pena que você tenha fumado tanto. Até logo. Estou deixando a luz do banheiro acesa."

Chava saiu e Iulek se pôs de pé. De chinelos, arrastou-se até a estante de livros e com dedos cuidadosos, macios, pegou a garrafa de conhaque. Por um instante examinou o rótulo com um olhar ardiloso e esperto, por um instante ficou pensativo, de olhos cerrados, e depois sorriu consigo mesmo numa tristeza zombeteira, verteu da garrafa um copo inteiro e o depositou sobre a escrivaninha. De lá foi até a copa, garrafa na mão, e completou com água da bica até a linha que Chava havia marcado a lápis no rótulo. Sentou-se à escrivaninha e anotou na agenda: esclarecer o caso Guitlin. Examinar o estatuto dos trabalhadores temporários; indenizações? Seguro? E acrescentou: Udi S. — para a oficina, por enquanto? Depois acendeu um cigarro, tragou e aspirou profundamente. Tomou um golinho da bebida, e depois dele mais dois, grandes. Com mão segura escreveu algumas linhas no papel de cartas que ostentava no canto superior direito, em letras miúdas, as palavras "Da mesa de Israel Lifschitz":

"Ilmo. Sr. B. Trotsky, Miami, Florida, EUA. Biniamin, *shalom*. Com referência a sua carta de alguns meses atrás. Perdoe-me pelo atraso da resposta: enfrentei problemas, de natureza pública e outras, daí a demora. No que tange a sua proposta, de doar certa quantia para o erguimento de um prédio público no kibutz Granot, em primeiro lugar quero expressar meu agradecimento e o de todos os *chaverim* pela oferta em si e pela boa intenção que ela encerra. Em segundo lugar, se me permite, devo reconhecer, sem embaraço, que a ideia envolve algumas dificuldades, entre elas também questões de princípio. Certamente você poderá imaginar e admitir que existem certos resíduos, sensibilidades, constrangimentos emanando tanto de seu status atual quanto daqueles incidentes que pertencem obviamente ao passado distante e é melhor deixá-los no silêncio e no esquecimento. O bom entendedor entenderá. Isso é o pior, Biniamin. Que ainda haja entre nós quem teime, permita-me dizer, em lembrar o que foi esquecido e em escarafunchar feridas antigas. Mais do que isso, não vou lhe omitir a verdade, eu mesmo tenho algumas dúvidas: como dizem os Salmos, os aradores abriram sulcos em minhas costas, ou seja, paguei bem caro por isso. À luz de tudo isso, talvez tenhamos de considerar o caso — Benia. Ouça. Com sua licença, deixemos de lado por um momento toda essa história e tentemos falar com franqueza. Diga-me, por favor. Em duas ou três linhas. Num cartão-postal. Até mesmo por telegrama. Eu cometi com você algum pecado, sim ou não? Meu Deus, que mal lhe fiz? Que cordéis supostamente puxei? Que intrigas supostamente armei contra você? Você, talvez sem intenção maligna, se apaixonou um pouco por minha *chaverá*. E quem é senhor dos segredos do coração e de sua volubilidade? E ela, não vou negar, sofreu amargamente até se decidir. Assim foi. Eu não a mantive pela força. E poderia eu detê-la se no fim das contas ela escolhesse você e não eu? Com a mão no coração, Benia: sou eu então o canalha e ela e você, para todos os efeitos, os santos torturados? Mártires? Em nome de Deus, qual é minha culpa com você? E esse ódio selvagem, o que me fez merecedor desse ódio? Eu, supostamente, sou o cossaco cruel e vocês os perseguidos inocentes? E qual de nós dois, perdão, usou de uma arma como argumento final? Eu? Então sou eu o assassino? Fui eu quem a tirou de seus braços e supostamente arruinou seu amor? Fui eu quem apareceu aqui tempestuosamente com uma flauta de pastor numa camisa russa bordada numa explosão sentimental com uma cabeleira abundante e desgrenhada e uma voz sexy de baixo? Por que sou eu maldito e desprezível? Pelo que sou castigado todos os dias da minha vida? Por que me martirizam sem parar, ela e você e o menino? Porque tentei agir com equidade e lógica? Por não ter sacado também uma faca ou um revólver? Por ter impedido que o entregassem à polícia inglesa? Ou talvez pelas seis liras que enfiei de última hora em sua mala desconjuntada, que você não conseguiu fechar e que amarrei para você com uma corda naquela manhã, antes de você sair para a estrada? Por quê? Ou será pela minha cara, cara de inteligente malvado com que o destino me contemplou?

"Benia. Ouça. Leve isso na boa. Por quem você é. Não quero acertar contas com você. Só me deixe em paz, em nome de Deus. Deixe-nos em paz, de uma vez por todas. E principalmente — não tente nada com o rapaz. Se ainda crê em Deus, envie imediatamente um telegrama com apenas duas palavras: É meu. Ou: É seu. Para que eu não sofra até o dia de minha morte com essa dúvida venenosa. Na verdade, isso de nada adiantará, pois ninguém mente mais que você, um mentiroso poético e caçador de corações especialista nato. Mas se existe algo de real, Benia, no que diziam nossos antepassados sobre um mundo só do bem, lá com certeza há um balcão ou guichê de informações bem instalado onde vou perguntar e me dirão a verdade verdadeira, quem de nós é o pai. Mas isso também é coisa vã e enganosa, porque por justiça Ioni é todo meu e você não tem nenhum direito a ele. Porque, com todos os diabos, não importa de quem saiu a gota fedorenta: o estilhaço de uma gosma nojenta não é o homem todo. Se é o homem todo, então realmente tudo é vão, tudo é vazio.

"Benia. Ouça. O menino é meu filho, e você, se enquanto isso não se tornou um crápula, tem a obrigação de dizer isso. Sim: num telegrama.

"E, aliás, no fim das contas, não faz diferença. Meu — seu. Seu — meu, uma vez costumávamos recitar isso por aqui. Que horror, Benia. Que piada ridícula. Ele não é meu de verdade, e certamente tampouco é seu, nem da pobre Chava e agora quase já nem pertence a si mesmo. E é bom que você saiba, que se por acaso teve a ideia, juntamente com uma Chava possuída pelo Dibuk, de atrair meu filho para a América e seduzi-lo com todo tipo de *glikn*, de coisas boas, e corromper sua alma para que seja um judeuzinho ganancioso, saibam vocês que desta vez lutarei sem escolher os meios, farei em pedaços as teias de aranha de vocês, e no que se refere a artimanhas e ardis e tramoias eu também, no meu tempo, aprendi um ou dois truques. E se você precisa de uma dica, vou lhe dar uma, para que não cometa um erro de cálculo: Chava não está isenta de um exame médico que estabeleça por escrito seu estado de saúde mental. E você mesmo, não se iluda com a ideia de que sua América está fora de alcance: vamos nos dar o trabalho de fuxicar um pouco seus negócios e descobrir o que você fez por lá para acumular tanto ouro, e talvez escolhamos alguma orelha para sussurrar uma historinha legal do tempo de sua mocidade tempestuosa. O bom entendedor entenderá. Não vou permitir que meu filho saia daqui para ir ao seu encontro, nem que você mande buscá-lo num avião de ouro, pois aqui se fala que você está mergulhado em ouro até o pescoço. Com certeza você também tem algum espelho. Se se dignar a olhar nele um instante, verá um réptil nojento, um total rebotalho de homem. Um sugador de sangue e derramador de sangue, que a maldição de Deus recaia sobre sua cabeça, você e os de sua laia enfearam tudo, emporcalharam tudo. Nós, por nossa livre vontade, demos o melhor de nosso sangue e com ele regamos a terra deste país para cultivá-la e defendê-la e reerguer seus destroços e os destroços da alma judaica. E vocês o quê? Jogaram joguinhos. Com brincadeiras. Com flertes ligeiros. Flerte com Plekhanov e Lênin e a revolução de outubro, e flerte com o ideal sionista e o namorico de uma noite só com Erets Israel e a aventura juvenil do pioneirismo e rapidamente vocês mudaram de pele e voltaram para o bezerro de ouro. Nem Hitler nem Nasser, mas você e outros que nem você nos arrastam agora, arrastam efetivamente, à destruição do terceiro e último Templo. Não tem perdão, não tem remissão aquela misericórdia estúpida que me impediu de dar a você um negro fim já então, quando você ainda era só um pequeno réptil fracote banhado em paixão e copiosas lágrimas. Criaturas poluídas, vocês são a doença maligna que envenenou o povo de Israel durante gerações e gerações. Vocês são a imagem da antiga diáspora. Por sua causa nos odiaram e odeiam os gentios, com ódio e abominação eternos. Vocês com sua ganância e seu bezerro de ouro, com essa avidez salivante, vocês que se enfeitam para seduzir gentios ingênuos e seduzir mulheres com sua lábia e para trair mil traições, para deitar sobre os dinares odientos e rolar como um vírus infecto no exílio de país em país, de *guesheft* em *guesheft*, de negociata em negociata, erradicados sem consciência, sem raízes, até fazerem de nós o opróbrio e a abjeção de todos os povos. E agora vocês estendem suas mãos pegajosas para arrastar nosso filho também, assim como tramaram para arrastar nossas mulheres, e seduzi-los e infectá-los para que sejam infectos como vocês.

"Mas por que me furtar à verdade, Benia? Sou eu o culpado. *Mea culpa*. Sou o culpado de tudo, eu, que não agi como aquele *goi* ucraniano dos bons, que pegou sua mulher com um judeuzinho comerciante no palheiro e os golpeou com um machado, e fim da história. Sou culpado porque esqueci o que escreveram nossos antepassados, que todo aquele que tem piedade dos cruéis seu fim é ser cruel com os piedosos. Tive pena de você, Benia, fui um bezerro tolo, um Tolstoizinho misericordioso e indulgente, o fato é que salvei sua vida, já em seu último suspiro ajudei-o a fugir, e agora ela me chama de assassino. E sou mesmo um assassino porque você com seus ardores e Chava com seu veneno de aranha estão tentando hipnotizar meu pobre filho para que vá a seu encontro na Flórida, você com certeza vai lhe enviar uma passagem e um saco de dólares e o introduzirá nos negócios para que faça lá *guesheftn*, como você, e você ainda vai rolar de rir por ter feito do filho de Iulek um ricaço em patrimônio assim como o pai dela foi na aldeia, um ricaço com os dois polegares enfiados no cinto nos dois lados da pança. E esse é o meu Ioni, em quem eu esperava ver a realização de nossas esperanças de uma nova geração judaica que gere netos e bisnetos e ponha fim à maligna diáspora. E eis que a diáspora retorna fantasiada de geração rica. Miserável é o que você é, vá se danar, Trotsky, que Deus o amaldiçoe. E quanto a sua doação, a resposta é: não é necessário. Obrigado. Não vamos tocar em dinheiro contaminado."

Iulek rasgou a carta em pedacinhos, jogou na privada e deu a descarga atentamente. Duas vezes. Aliás, já em Roma costumava-se dizer que o dinheiro não tem cheiro. Se quer contribuir, que contribua. Dinheiro para a construção do país recebemos de tudo quanto é doador, e não se olharam os dentes. Até dos nazistas recebemos compensação em dinheiro. Iulek embrulhou-se em seu casaco de inverno e pôs um boné na cabeça. Num intervalo entre uma chuva e outra foi dar um passeio para refrescar o humor.

Depois, de repente, na metade do caminho resolveu ir imediatamente, sem mais delongas, à residência de Ionatan e Rimona. Mas no mesmo instante lembrou-se de Azaria, que passava lá todas as noites, deu de ombros e desistiu. Dirigiu-se ao declive, na direção dos galinheiros e do estábulo. Esses lugares estavam desertos e tranquilos como podem estar os arredores de uma aldeia numa noite de inverno. A chuva cessara. O vento amainara.

Entre farrapos de nuvens espiavam três ou quatro estrelas frias. Cintilavam. E por um momento pareceu-lhe que essas estrelas não eram senão pequenos orifícios, buracos de traça numa cortina de veludo espesso. E pareceu-lhe que do outro lado da cortina de veludo escuro havia um fulgor gigantesco e terrível, um esplendor ofuscante e ardente, e que as estrelas eram apenas um pálido indício da tempestade de luz que se desencadeava atrás da cortina. Como se tivesse havido um pequenino vazamento e algumas gotas brilhassem no fundo negro do reservatório celeste. Iulek encontrou consolo. Ele andava devagar, pensativo, respirando profundamente. O ar estava vivo e penetrante. Ele aspirou seus aromas, cheiros agrícolas carregados de estímulos sensoriais, como uma mão acariciante. Quando lhe acontecera uma carícia? Anos e anos haviam se passado, sem contar a de uma ou outra admiradora, mulheres ativistas viúvas ou divorciadas que o haviam agarrado com disposição, quase à força, e mesmo isso fora havia muito tempo. É possível que a natureza por si mesma tenha pena de cada alma, porque concede alguns anos de mãe mesmo a um inteligente malvado. Toda essa questão é estranha, e até um tanto triste, disse Iulek consigo mesmo ao se lembrar de sua mãe. E desde então não houvera carícia. A luz das estrelas numa noite de inverno é sinal de coisa boa, mas a situação é basicamente desastrosa, nem um pouco boa.

Um bafio espesso, um tanto azedo, se elevava do galinheiro. As ovelhas exalavam cheiro de esterco morno. E da escuridão escorria o humo do feno molhado. A presença tranquila do gado sonolento na noite de inverno. A respiração das vacas. Será que pequei com meu filho também? Será que ele sofre por culpa minha? Que demônio levou-o a escolher logo essa Rimona? Sua intenção era castigar? A si mesmo? À mãe? Ou a mim? Que seja, concluiu Iulek em pensamento, cada um terá seu castigo. Que seja assim. Na questão da carícia, é um sentimento ridículo para um homem com a minha idade e na minha situação. E assim mesmo, se não fosse aquela tragédia eu poderia ser avô. Todo dia às três e meia eu iria me apresentar no berçário, antecipando-me aos pais e roubando o menino para mim. Eu o montaria em meus ombros. Rumo aos balanços. Ao campo. Ao pomar. Aos gramados. Ao redil e ao galinheiro e ao estábulo. À gaiola do pavão junto à piscina. E distribuiria guloseimas a torto e a direito, propinas e subornos, dinheiro de peita, apesar dos princípios, sem a menor vergonha, em público, eu lhe beijaria os pés pequeninos, dedinho por dedinho. E como uma criança rolaria com ele em todos os gramados num dia de verão e lhe acertaria um jato d'água de mangueira e receberia o troco. E faria caretas como um palhaço, quando nunca fiz isso para meus dois filhos, por causa daqueles princípios. E mugiria e baliria e latiria, tudo em pagamento de uma carícia de sua mãozinha. Vovô. E histórias sem fim para contar, sobre bichos, sobre demônios e espíritos, sobre as árvores e sobre as pedras. E à noite, quando seus pais já estivessem dormindo havia muito tempo, eu me levantaria e entraria como um ladrão na casa das crianças e lhe beijaria a cabeça. E assim purgaria a cada dia todos os meus pecados. O malvado também merece que se lhe abra algum portão. Como aquele homem, Bolonezzi, que foi um assassino cruel e agora se converteu e fica tricotando suéteres. De cachos negros e esperto, como diz o poema de Rachel. Um menininho. Meu neto.

A grande distância faiscavam as luzes nas montanhas além da fronteira. Iulek Lifschitz ficou olhando, levantou a gola do casaco para se proteger do frio e abaixou o boné. Lá ficou uns dez minutos, esvaziado de todos os seus antigos desejos e esvaziado dos rígidos princípios que o haviam conduzido durante toda a sua vida. Fria, silenciosa e deserta, a noite se prolongava e se estendia pelo céu e pela terra. Iulek esperava. Até que viu uma estrela cadente. Então pediu compaixão.

No mesmo instante, riu de si mesmo e voltou-se para retornar ao quarto. Clara e óbvia, sua decisão consolidou-se:

O rapaz Azaria Guitlin permanecerá aqui. Não será expulso de forma alguma enquanto não fizer algo de mau. É minha decisão final e eu a manterei aconteça o que acontecer.

Tirou da geladeira a pequena garrafa e tomou seu remédio. Duas colherinhas cheias. E tomou uma cápsula de Percodan para dores fortes apesar de não sentir dor alguma. Antes de se despir e entrar na cama, Iulek riscou num dos papéis o cabeçalho impresso "Da mesa de Israel Lifschitz" e escreveu numa caligrafia inclinada e agressiva: "Chava. Quero lhe pedir desculpas. Por favor, me perdoe. A água ferveu na chaleira, você pode fazer um copo de chá. Enchi a bolsa de água quente e pus debaixo do seu cobertor. Lamento tudo que houve. Boa noite".

10.

Tem um quadro na parede, acima da poltrona vazia: sobre uma mureta de tijolos vermelhos, um pássaro descansa. Escuro. Há uma sombra nebulosa no espaço. Não uma penumbra, e sim uma espécie de umidade. Mas um raio de sol em diagonal atravessa como uma lança afiada a neblina e a sombra. E ele acende uma bolha reluzente e quase ofuscante num tijolo obscuro na extremidade da mureta, na parte inferior do quadro, longe do pássaro cansado cujo bico, Ioni descobriu de repente, estava aberto como que sedento. E seus olhos estavam fechados.

Thia achava-se deitada debaixo do sofá, só a cauda de fora, peluda, batendo de quando em quando no tapete. Quatro fileiras de livros, iguais e arrumadas, descansam nas prateleiras. Rimona não está no quarto. As pesadas cortinas marrons escondem a janela e a porta que dá para a varanda. Tudo está tranquilo. O aquecedor está aceso e a lâmpada de leitura acima do sofá está acesa. A luz do teto, apagada.

"Azaria, diga-me. Que livro é esse que você está lendo o tempo todo desde o começo da noite?"

"As cartas. Em inglês. É um livro de filosofia."

"Cartas? Para quem?"

"Para tudo quanto é gente. Cartas escritas por Espinosa."

"Está bem, continue a ler. Não quis atrapalhar."

"Você não me atrapalha, Ioni. Pelo contrário. Pensei que estivesse cochilando."

"Eu? Que nada. Só nas horas de trabalho, quando você está operando milagres na oficina. Aí eu dou uma dormidinha. Agora estava pensando naquele cavalo, e achei uma solução simples."

"Que cavalo?"

"Aquele cavalo. O seu. No jogo que você perdeu ontem depois que eu fiquei com uma torre de vantagem. Daqui a pouco ela vai voltar."

"Está em alguma reunião? Ou no ensaio do coro?"

"Foi cumprir seu rodízio na sala de lazer, servindo café e bolo aos participantes do grupo de estudos sobre o pensamento de Israel. Stutchnik e Srulik e Iashke e todos esses. O que diz aí nesse livro?"

"Filosofia. Ideias. Concepções. São as cartas de Espinosa. Ioni?"

"O quê?"

"*Namosha*. Babaca. No Exército me chamavam de babaca. Você acha que eu sou um babaca? Ou salafrário? Ou um pouco doido?"

"Diga, Azaria, por que nunca lhe ocorreu a ideia de se levantar e viajar ao exterior, para, digamos, passear inteiramente só em alguma cidade desconhecida e gigantesca, como o Rio de Janeiro ou Xangai, onde você não conhece ninguém, sendo portanto um total estranho, sem compromissos? E durante dias inteiros só andar pelas ruas, calado, sem nenhum plano e até sem o relógio de pulso?"

"Sobre isso se diz em russo: um homem só e tristonho logo atrai o demônio. Há esse provérbio, Ioni. Eu já perambulei e me calei bastante. Na diáspora e depois aqui também. E o tempo todo queriam me matar. Não somente Hitler. Até mesmo aqui, no começo, no acampamento de imigrantes, e os que me odiavam no Exército. Nunca se pode saber. Talvez você também queira me matar, apesar de ser, como se diz em russo, meu irmão mais velho, e embora eu pulasse no fogo por você sem hesitar."

"Que fogo, só na sua cabeça. Ouça que chuva cai lá fora. Você não viajaria neste mesmo instante para, digamos, a Inglaterra? Ou Bangcoc, se é que já ouviu falar dessa cidade?"

"Eu? De forma alguma. Só quero ficar em paz no mesmo lugar. E que não me queiram matar a toda hora. Mesmo se tivermos de fazer algumas concessões a Abd-el-Nasser. Não faz mal. Só ficar a vida inteira entre bons amigos. Entre judeus. Entre irmãos. E tocar violão, para o prazer de todos. E escrever conceitos e ideias que tragam consolo ou sejam úteis. Ser um cara legal. Que finalmente possam me aturar, e não como um babaca. E também não incomodar vocês, porque se estou incomodando é sinal de que continuo sendo um patife e nem mesmo a vida no kibutz pode dar jeito em mim. Então é melhor eu me mandar logo e viver inteiramente só numa cabana nas montanhas, comer cogumelos e raízes e beber água do riacho ou de neve derretida. Apesar de eu ter medo de perguntar, ela me diz toda hora: Zaro, fique, você não incomoda em nada, nem a mim nem a Ioni."

"De minha parte, pelo menos, é verdade. Ao contrário: é um prazer ver como meus queridos pais estão possessos com essa história. Eles e todo o kibutz. A Anat, do Udi, por exemplo, me agarrou anteontem e perguntou assim, numa voz doce, se eu não tenho um pouco de ciúme. 'Obrigado, não tem de quê', respondi. Ela é outra débil mental. De minha parte, você pode ficar aqui até lhe crescer musgo. A mim você não incomoda."

"Obrigado, Ioni. Permita-me então fazer, como se diz, uma pergunta pessoal? Só uma? Você não é obrigado a responder. Tem um provérbio assim, para crianças: Um raposo ardiloso perguntou curioso, até na armadilha cair furioso. Mas é melhor que me cale. Tudo que eu digo sempre me traz problemas."

"Então pergunte de uma vez, e pare de enrolar."

"Ioni, diga, você... você já é meu *chaver*, pelo menos um pouco?"

"Não sei. Talvez. Não pensei nisso. Na verdade, você sabe o quê? Sim. Por que não? Só que isso não lhe vale nada, porque há muito tempo eu não estou neste país. Fora isso, às vezes tenho vontade de estrangular você e ela juntos. Assim, com as mãos. Devagarinho, e bem. Ou atravessar com uma baioneta, como fez meu irmão com aqueles dois legionários, pelo que lhe deram uma medalha. Mas tudo bem. Somos *chaverim*, e não só *chaverim*. Por exemplo, deixo aqui para você a maior parte das minhas roupas, fora o que se puder pôr numa mala pequena. Que mala, nada de mala. Numa mochila. E o xadrez e todas as revistas. E os meus pais, de presente. E as chaves de fenda e o martelo e o alicate e o rastelo e o forcado, para que no verão você faça alguns canteiros de flores no jardim, como ela gosta. Bom proveito. Não tem de quê. E até mesmo Thia. E talvez meu barbeador, pois estou pensando em deixar crescer a barba. Que mais você quer de mim? É só dizer. Quem sabe a escova de dentes?"

"Obrigado."

"E lembre-se do provérbio que você mesmo repetiu para mim umas mil vezes. Quem olvida é homicida."

"Ioni. Ouça. Eu... quer dizer... quero que você saiba, e digo isto com toda a seriedade, que nunca vou decepcionar vocês. Nem uma vez. Jamais."

"Deixa disso, filósofo. Pare de fazer disto aqui um Dia do Holocausto. Melhor pôr uma chaleira no fogo e nos preparar um copo de chá. Não, nada de chá. Levante-se, vá até a terceira prateleira, atrás daqueles livros, e nos sirva um pouco de uísque da garrafa que Rimona ganhou no sorteio da festa de Chanuká, e vamos beber antes que ela volte. Você a ama?"

"Olhe, Ioni, é o seguinte: Eu... quer dizer, nós..."

"Não precisa. Eu não esperava uma resposta. De qualquer forma, já é tempo de você se calar um pouco, Azaria. Da manhã à noite você não para de falar. Às seis da manhã na oficina já começa a discursar sobre a justiça, sobre onde ainda resta justiça e o que é justiça em geral, e o que escreveram sobre isso tudo quanto é tipo de filósofo. Deixe isso pra lá. Venha. Vou lhe dizer de uma vez por todas onde está a justiça: ela se demitiu do governo e saiu do Parlamento e agora também está se demitindo do cargo de secretário do kibutz. E está se comendo viva. O que existe entre você e ela, ouça, já não é mais da minha conta. Porque eu, amanhã eu me mando. É isso que você ouviu. Vou embora, vou viajar. Ponto final. O que diz esse seu livro em inglês?"

"Já lhe disse, Ioni. São cartas. Ideias. Conceitos. Teoria. Coisas que você não suporta. Por exemplo, sobre Deus e sobre Sua verdadeira essência e sobre os erros que cometem os homens por causa das afetividades. Afetividades quer dizer, mais ou menos, os sentimentos e os instintos, coisas assim."

"Bolonezzi também, quando às vezes vou à serralheria para consertar alguma coisa, começa a falar comigo sobre 'o Senhor, loufado seja Seu Nome, que enxuga as lágrimas do pecador'. E meu pai me faz discursos sem fim com palavras do tipo 'o sentido da vida' e tudo o mais. E Udi diz que só a força decide. E eu? Quer que lhe diga? Eu ouço em silêncio e não entendo nada. Nada. Ouça como o jabuti que você trouxe fica arranhando a caixa de papelão lá fora, na varanda. E Thia levanta as orelhas. Eu não entendo nada. Até mesmo um simples entupimento de combustível não sou mais capaz de entender e é preciso trazer um mala sem alça como você para me mostrar que só era um simples entupimento de combustível, porque a cada dia estou ficando mais tapado. Em toda a cabeça. Sirva o uísque e façamos um brinde: um babaca e um tapado. *Lechaim*, saúde. Agora me leia algum trecho, para eu saber o que é."

"Mas é em inglês, Ioni."

"Então traduza. Não é problema para você."

"Mas são textos do meio de uma carta no meio de um debate que ele manteve com um sábio, e é muito difícil entender do que se trata sem conhecer o que ele chama de primeiras definições e axiomas e também..."

"Leia de uma vez. Não enche."

"Está bem, mas não se irrite comigo, Ioni. Lembre-se de que tudo foi como você quis e de que eu, sem hesitar, se você disser uma só palavra, eu..."

"Leia logo, estou lhe dizendo."

"Sim. Está bem. Aí está. Ilustríssimo senhor Hugo Boxel. Como é difícil para duas pessoas que se guiam por princípios distintos concordarem uma com a outra e chegarem a um consenso numa questão que depende muito de outras questões..."

"*Nu*, fale logo, sem preâmbulos."

"Estou falando, Ioni. Leva um pouco de tempo para traduzir. Ouça adiante: Diga-me, ilustre senhor Boxel, por favor, se o senhor viu ou ouviu falar de filósofos que sustentam a ideia de que o mundo foi criado por acaso, como o senhor imagina, ou seja, que quando Deus criou o mundo tinha um objetivo específico e claro e mesmo assim não o cumpriu, o objetivo ao qual visava?"

"Não entendo. O que ele está tentando dizer aqui. Quem sabe você me explica."

"Que o mundo tem uma ordem obrigatória e fixa, e essa ordem..."

"Uma zona, um lixo, Azaria. Que ordem é essa na cabeça de vocês? Ordem nenhuma. Ordem de nada. Uma vez, num ataque na margem leste do lago de Tiberíades, nós acabamos com alguns soldados sírios. Armamos uma emboscada e eles, em seus jipes blindados, caíram como moscas em nossa armadilha. Depois deixamos lá um sírio morto. Não apenas morto. Cortado exatamente ao meio, a parte da barriga para cima pusemos no banco do motorista de um jipe, as mãos no volante, enfiamos um cigarro aceso na boca e chamamos tudo isso de piada. Até hoje entre nós isso é considerado uma piada da qual nos lembramos e rimos. O que, por exemplo, o seu Espinosa diria sobre isso? Que somos lixo? Animais selvagens? Assassinos? Ou a escória do gênero humano?"

"Você vai se surpreender, Ioni: é provável que ele comentasse calmamente e sem levantar a voz que o que vocês fizeram, fizeram porque na verdade não tinham alternativa. Que, aliás, os sírios também não tinham."

"Claro. Sem dúvida. É exatamente isso que nos discursam aqui o tempo todo, desde o zero ano de idade, os professores e as educadoras e o kibutz e o Estado e o exército e os jornais e Bialik e Herzl todos juntos; todos berram o tempo todo que não tem alternativa e que somos obrigados a lutar e a construir o país e que, como se diz, estamos com as costas na parede. E agora você também e Espinosa, *boker tov Eliahu*, bom dia, flor do dia. Melhor será se você servir mais um pouco de uísque, assim, pode 'dispejar', obrigado. Por enquanto é suficiente. Então o que vocês têm a propor?"

"Perdão?"

"Perguntei o que vocês dois têm a propor. Você e o seu Espinosa. Se não há alternativa para ninguém e as costas estão sempre contra a parede, o que então vocês propõem? Para que ele se sentou e escreveu o livro dele e para que você senta e estuda como um burro se de qualquer maneira tudo está perdido?"

"Ouça, Ioni, não está perdido. Não é isso que Espinosa diz, pelo contrário. Ele deixa absolutamente clara a ideia de liberdade. Temos a liberdade de reconhecer o que é compulsório e de aprender a aceitar com tranquilidade e até amar as leis fortes e silenciosas que se escondem atrás do inevitável."

"Diga, Azaria."

"O quê."

"Você realmente a ama?"

"Olhe, Ioni, eu..."

"Sim ou não?"

"Está bem. Sim. E a você também. Mesmo eu sendo um babaca."

"E ama o kibutz inteiro."

"Sim. O kibutz inteiro."

"E o país."

"Sim."

"E esta vida fodida. E a chuva podre que não para de se derramar sobre nós já há meio ano como se fosse a urina de Alá."

"Ioni, desculpe. Não se aborreça por eu dizer isto, mas daqui a pouco ela vai voltar e por isso estou pedindo, ou como se diz, propondo que agora você não beba mais uísque, porque você não está habituado a beber."

"Você está disposto a ouvir uma coisa, Azaria meu doce? Vou lhe dizer uma coisa."

"Mas não se zangue, Ioni."

"Quem está se zangando, com os diabos. O mundo inteiro não para de me dizer para eu não me zangar, quando eu nem sonho em me zangar e se acontecer de eu me zangar não vou perguntar a ninguém. Veja que também no seu Espinosa está escrito viva a liberdade. Ouça, na minha modesta opinião não sou eu sozinho o tapado, e você também é. E não é lá muito normal. Você e Espinosa e ela, os três juntos são uns doidos. Venha cá, chegue mais perto de mim, mais perto, assim, mais um pouco. Deixe-me abrir esta sua pobre cara com um belo tabefe e pode me acreditar que isso fará bem a nós dois e os dois teremos um grande prazer, venha cá."

"Desculpe, Ioni, já lhe pedi desculpas por tudo e olhe aí as minhas coisas, pego tudo e vou embora desta casa neste minuto e também do kibutz. De qualquer maneira, logo vão me expulsar. Como sempre. Pois sou um pequeno alcaguete que deve ser eliminado, como diziam de mim no Exército e com certeza se diz pelas costas aqui também. E ela é alguns anos mais velha que eu e é bonita e santa, tem uma beleza cristã e eu sei que sou totalmente infecto. Só que na verdade acredito de todo o coração que a justiça existe e que se pode e se deve ser bom, e que o kibutz é uma coisa esplêndida e como um milagre que aconteceu aos judeus depois dos sofrimentos e perseguições e é um milagre que exista um Estado e um Exército e tudo, só que precisamos aprender a nos conciliarmos, eu lhe digo, Ioni, basta nos conciliarmos devagarinho com esta terra boa e com as árvores e as montanhas e a grama e os árabes e com cada lagarto e até com o deserto e com tudo. E nos conciliarmos com a situação. E também um com o outro. Todos nós. Ioni, por favor, não bata em mim."

"Não é isso, *chabibi*, não tenha medo. Eu também não sou um nazista. Mesmo que seja difícil entender assim. Apenas me irritei por vocês também começarem de repente a me dar lições de moral, que eu não tenho alternativa e tudo isso. Eu, por exemplo, vou demonstrar a todos que tenho, sim, alternativa, e como. E as minhas costas ainda não estão contra a parede. E por mim Espinosa que se dane. Agora chega, filósofo, pare de tremer tanto assim. Ninguém aqui tentou matar você. E tudo que você falou sobre paz e sossego e sobre justiça e que é preciso ajudar a todos como a maior urgência, são palavras sinceras. E ela, como dizer isto, você realmente a merece. Essa bendita santa. Merece não, é digno dela. Isso também não. Talvez como no seu provérbio, a ovelha e o rapaz. Esqueci o que vem depois. Não tenha medo de mim. Aperte aqui, filósofo. Amigos? Ótimo. Assim. Então agora me sirva mais uma gota. E beba você também, se realmente é meu amigo. *Lechaim*, agora você ainda é um filósofo, mas ainda vai crescer e será também um ministro, e vai nos consertar o país e a justiça e fazer paz com todos e o lobo habitará com o cordeiro, como você e eu. Mas por enquanto me faça um favor e não fale mais. Já encheu um pouco. Quem sabe em vez disso fazemos uma queda de braço? Ou um pouco de boxe? Ou, melhor ainda, você traz da copa duas boas facas e veremos o macho que você é."

"Tudo que você disser, Ioni, só não beba mais uísque. Você sabe que eu, como se diz em russo, gosto muito de você e peço desculpas pelo mal que lhe fiz. Se você quer que eu fique de joelhos, aqui está, estou de joelhos. E se for bom para você me bater — juro que não me importo. Também estou acostumado a apanhar."

"*Ial'a*, Jesus, levante-se de uma vez, Palhaço. E traga-me um cigarro. Veja como você deixou Thia nervosa com esse seu espetáculo. Levante-se e sente-se na poltrona como gente grande e pare de fazer essa cara de psicopata e pare com essas lágrimas que ninguém tocou em você, então por que você tem tanto prazer em ser o dia inteiro um coitadinho e uma vítima e em me lembrar que somos irmãos e tudo o mais e chorar feito uma criança? Vá, lave bem essa sua cara para que não vejam que você chorou. E aproveite para lavar também nossos copos. Já lhe disse mil vezes que para mim isso não são lágrimas. É só essa minha droga de alergia. E olhe aí ela chegando. Fique quieto. Thia, o que houve, o que há com você, é só Rimona voltando."

Azaria ficou quieto. E Rimona serviu bolos e chá, abriu a janela e a porta por alguns minutos para deixar a fumaça dos cigarros sair. E fez as camas para eles dormirem.

* * *

    Sentado ereto em sua cama, está o serralheiro Bolonezzi. Tem uma orelha fendida. Seus lábios se movem como se rezasse. Já se passaram vinte anos desde que decepou com um machado a cabeça da noiva de seu irmão. Ninguém no kibutz conhecia os detalhes da história. Circulavam palpites diversos, versões contraditórias e até assustadoras. Mas é um homem tranquilo, calado, educado e prestativo. Nunca fizera mal nem a uma mosca desde o dia em que chegou até nós. Cumpre todas as suas obrigações numa espécie de devoção silenciosa. Apenas sua fisionomia perturba as mulheres e as crianças, seus maxilares apertados como os de um homem que mordeu por engano uma comida fétida e não pode engolir, mas tampouco ousa cuspir de tão assustado, ou de tão educado que é. Na prisão Bolonezzi abraçou os preceitos religiosos. Por isso o presidente Ben-Zvi o anistiou e o isentou de cumprir o restante da pena de prisão perpétua à qual fora condenado. O comitê em prol dos prisioneiros regenerados deu-lhe uma carta de recomendação e garantiu à secretaria do kibutz que ele era um homem tranquilo e afável. E assim foi recebido por nós. Agora já parou com a religião e dedica-se a delicados trabalhos de tricô que pelo visto aprendeu em seus anos de prisão. Bolonezzi é um exímio fabricante de suéteres para as crianças do kibutz e de roupas complicadas para as jovens, segundo modelos que lhe apresentam, tirados da revista *Burda*. Nunca pediu um só dia de folga. Nunca ficou doente, recusa-se a receber dinheiro para pequenos gastos. Em dias bonitos, costuma andar sozinho pelos campos. Jamais alguém de fora vem visitá-lo. E nenhum de nós vai a seu quarto, com exceção de ativistas em cumprimento de suas funções. Não há entre nós quem tenha trocado com ele mais do que três ou quatro frases de cortesia: boa tarde, como vai, como estão as coisas, muito obrigado pelo cachecol, que realmente ficou ótimo. E Bolonezzi, com seu olhar estranho, responde com uma espécie de versículo, ou sussurro do tipo "As águas nos colbririam, as turrentes do mal nos arrastar, eles nos ingoliriam vivos, por que agradelcer se me aplaquei e caulei...". Ao que damos de ombros e cada um continua em seu caminho. Agora, nas noites de inverno, ele fica sozinho em seu quarto na cabana meio afundada, com paredes revestidas de papel betumado. E a chuva castiga o telhado. Já lhe pediram e propuseram e insistiram que se mudasse para um pequeno quarto de solteiro. E o homem balbucia uma recusa. A comissão de apoio aos membros solitários deu-lhe um aquecedor a querosene, um rádio antigo e uma reprodução usada de Van Gogh: girassóis ardendo ao sol. Também uma chaleira elétrica e um pacotinho de café e uma caneca de plástico preto. Bolonezzi tricota um xale para Anat, de Udi. Um xale vermelho num ousado estilo espanhol. As agulhas voam em suas mãos. O rádio está calado. Como sempre. E o aquecedor sussurra. Seus lábios pronunciam, num balbucio baixo e monótono: "Eu claumo e larmento... pavolres mortais me ataucam... moltanhas e vales se abaulam... meldo e tremor me envadem... me culbro de horror como as águas colbrem o mar... sela... esses holmens sanguinários e traiçoleiros não viuverão todos os seus dias... os que traumam intrilgas afondarão no sangue até o pescolço... mesmo se eu caminhar no vaule da morte nenhum mal me sucelderá...".

E então de novo abriram-se as comportas do céu. Rajadas fustigantes de chuva martelaram o telhado de zinco e chicotearam as paredes de madeira, fazendo-as ranger, os trovões se sucederam como se gigantescos combates entre blindados estivessem acontecendo em outro mundo e por entre espessas camadas de nuvens seu eco chegasse a nós.

Bolonezzi levantou-se. Com seus finos passos de porcelana foi até a vidraça, na qual ficou tamborilando com os dois punhos, com muito cuidado e desesperança.

11.

De madrugada, às duas e dez, Ionatan acordou de um sono irado cheio de ofensas e tragédias. Numa maca do Exército encharcada de sangue, trouxeram-lhe, a seu lugar de trabalho, a oficina, um cadáver sem rosto, despedaçado. O comandante regional tocou-o suavemente no ombro e explicou É seu pai, *chabibi*, foi morto a punhaladas por verdadeiras bestas humanas. Mas meu pai é um homem idoso e doente, Ionatan tentou regatear, ou sair incólume. Seu pai foi trucidado com uma sangrenta crueldade bíblica, irritou-se o comandante, e você, em vez de tagarelar, uma vez na vida tome a iniciativa, pegue uma ferramenta e tente consertá-lo.

As palavras "crueldade bíblica" foram despejadas sobre Ionatan com uma raiva penetrante, como uma escarrada de nojo, fazendo Ioni se encolher todo e balbuciar está bem, está bem, só não se zangue comigo, pai, você sabe que eu tento até onde posso. Mas Iulek sequer estava prestando atenção a essas palavras de consolo e começou a martelar como um gongo, em sua voz de profeta, sementes de iníquos é o que vocês são, filhos da destruição e tártaros, geração cheia de pecado, vocês vão sair agora mesmo e sem levar em conta as baixas em contra-ataque para reconquistar Sheikh-Dahar como tem que ser, de uma vez por todas metam em suas cabeças tapadas que esta é uma guerra de vida e morte e se nos vencerem não só vocês vão morrer como cães, mas todo o povo de Israel morrerá e vocês vão cuidar, rapazes, de que junto conosco arrastemos para o abismo todo este mundo perverso, pois todos os olhos estão pregados em vocês. Pai, desculpe-me por não estar falando coisas bonitas, mas você está morto. E Iulek, um cadáver sangrento sem rosto, pulou de repente da maca e aproximou-se dele com os braços abertos para um abraço.

Ionatan, assombrado, levantou-se de seu leito no sofá do quarto grande, de cuecas e com uma camiseta cinza de trabalho. Estava cansado e confuso, a cabeça pesada e a respiração sufocada pela fumaça dos cigarros da véspera. Uma vez vira no cinema como condenados à morte eram levados de suas celas ao patíbulo e agora, semiacordado, congelando de frio e tonto, Ionatan sentiu tristeza, sentiu pena de que seu dia tivesse chegado.

Foi descalço até o banheiro para urinar, errou o alvo e molhou o assento da privada e o chão em redor. Idiota, pensou, é o uísque e essa falação imbecil que lhe subiram à cabeça, e como é que você foi acabar dormindo como um morto no sofá?

À luz da lâmpada que acendera no banheiro, Ionatan viu pela porta aberta do quarto de dormir sua mulher dormindo de costas e o rapaz visitante dormindo no chão, no tapete aos pés dela, encolhido no sono como um feto no útero, a cabeça bem enterrada sob a almofada. Filho da puta puteiro fodido, praguejou consigo mesmo, esforçando-se para vestir apressadamente as calças militares de brim e uma camisa de flanela cinza. Com movimentos de uma raiva sonolenta, enfiou-se no suéter remendado de trabalho, errou as mangas, enrolou-se, livrou-se, virou e tornou a vesti-lo com uma ira contida.

Ainda descalço e zonzo, saiu à varanda para respirar o ar puro noturno. Thia foi atrás dele. Não estava chovendo, não se viam estrelas, um silêncio negro e molhado pairava nos arredores do kibutz. Começou a fumar um último cigarro na escuridão.

Em torno de cada um dos lampiões acesos ao longo das cercas juntavam-se os vapores da bruma em trêmulos círculos de um brilho estranho, doentio. Um sapo coaxou em uma das poças e parou. Nas alturas, transparente, solitário, um vento negro vindo do mar penetrou as trevosas copas dos pinheiros. Ionatan Lifschitz começou a medir intimamente a profundeza da noite que o aguardava, o medo do imenso espaço que se estendia daqui em diante, escuro e deserto: a solidão de pomares na desfolha, a solidão da aldeia abandonada, a solidão das fortificações, posições, trincheiras, escavações, bunkers, campos minados, esqueletos de blindados carbonizados, terras de ninguém, estações de guarda abandonadas nesta noite de inverno. E a conspiração da terra, que se vai abaulando aos poucos, primeiro em suaves dobras íngremes, depois o arredondado das colinas e depois as corcovas que se elevam abruptas e eis que toda ela está tomada pela forte convulsão das montanhas. Cadeias montanhosas, cordilheiras, penhascos escarpados, uádis, *canyons*, domos estourados e banhados de escuridão, e depois o primeiro deserto e o longo vale e de novo declives e cumes. Edom e Moab e Amon e Guil'ad e Khoran e Golan e Bashan, e dali em diante elevados planaltos desertos, aridez após aridez de areias e de pedra e, acima de tudo, as trevas do grande silêncio: lá repousa uma pedra solitária e outra pedra solitária e outra pedra solitária e mais, em vão, sem o toque da mão de um ser da criação do mundo, até o fim dos dias sem um toque de mão, um deserto abandonado às unhas uivantes dos ventos, e depois outras montanhas, de picos nevados sempre batidos por tempestades furiosas, e em suas encostas crescem milhões de ervas rasteiras e não há ninguém, desfiladeiros ocultos, e não há ninguém, sulcos cavados por inundações, monstros de basalto negro, eminências de granito, estepe infinita e não há ninguém, rios imensos que cortam silenciosos a escuridão, mordem suas margens como se tivessem dentes, florestas eternas nas quais tiras de musgo se estendem e se entrelaçam nas espessas copas, largos vales e não há ninguém, vegetação agreste, e não há ninguém, uma noite ampla e profunda reina em toda a terra. Uma vez a cólera bíblica ardente de outrora jorrou como torrente de lava sobre a terra inteira e agora já há muitas eras aquela cólera amainou e passou. A Bíblia passou, e só a mudez de uma doença silenciosa se estende sobre toda esta terra que se eriça na quietude de um gigantesco animal, a grande terra se esparrama e nada lhe importa. Nós, nossas casas, nossas mulheres, as guerras de vida ou morte que entre nós ocorrem sem parar, todas as nossas palavras, nada importa ao animal-terra indiferente terra de mudez sonolenta cadáver de terra gelada. Não odeia, não ama, estranha ao mundo e testemunha de todas as nossas penas e todas as nossas penas lhe são estranhas. Planícies e mais planícies difusas espraiam-se na calada do vento e depois delas outras planícies e algures finalmente começam os espaços da água, o próprio oceano, uma massa de água fria a se encurvar, também ela indiferente e deserta do homem. Águas de trevas, e mais águas de trevas. Para além dela o céu também é negro, e não há ninguém, não há vivalma até o fim de todas as neblinas, espaço escuro e gelado, taiga celestial ou tundra. Só um total imbecil tentaria em vão procurar na extremidade de todos esses silêncios um sinal de vida ou proximidade, ou alguma forma de calor ou de encantos do Chade. Tudo em vão. O mundo está frio. E vazio. Se há outros mundos com certeza neles também é como aqui ao pé da varanda, com certeza neles também um grande cão dormita esparramado à espera só da morte. Meu cigarro acabou. Thia, para dentro. Preciso começar a me organizar. Já preciso me mexer.

Ionatan jogou o toco aceso nos arbustos molhados. Soltou uma praga em árabe. Deu meia volta impetuosamente, como se tivesse sido apanhado em fogo cruzado. E voltou para dentro do quarto.

Movendo-se cautelosamente para não acordar quem dormia, subiu no banquinho e baixou do armário junto ao teto, em cima do boxe do chuveiro, uma bota surrada de paraquedista com sola grossa de borracha. Depois, com mão desajeitada e sonolenta, começou a enfiar desordenadamente na mochila militar um pacote de roupas de baixo, lenços e meias, um estojo de couro com mapas em escala 1 para 100 000 e alguns mapas isolados ainda mais detalhados. Com raiva, empurrou para dentro duas camisas de brim cor de oliva, uma potente lanterna, plaquetas de identificação, uma bússola. No meio de tudo isso, cravou o pacote de primeiros socorros que ficara com ele desde uma antiga convocação para o serviço de reservistas.

Depois foi para o chuveiro. Reuniu com um só impulso da mão, como quem esbofeteia um rosto odiado, o aparelho de barbear e as pastilhas contra alergia. Tomou cuidado para não tocar no aparelho de barbear de Azaria nem no xampu de limão ou no sabonete de amêndoas de Rimona. Assustou-se de repente com a imagem de assassino no espelho do chuveiro: um rosto magro, escuro, coberto de pelos de barba, duas cavidades de sombras cinzentas sob os olhos avermelhados e contraídos, onde havia um lampejo de desesperança e um fulgor de contida violência. E uma cabeleira crescida e selvagem lançando-se à frente, como um chifre pronto para golpear.

Ao sair do chuveiro tornou a falar baixinho um palavrão árabe obsceno. Começou a remexer no armário lateral. Remexeu por um longo tempo, com uma dessas paciências fingida em que se rangem os dentes. Por fim achou sua parca com as pontas das mangas descosturadas e arrancou-a furiosamente do cabide. Nos bolsos, enfiou agitadamente luvas de couro, um estranho cachecol de lã, um canivete de mola dobrado, um rolo de baetilha para limpeza de armas e um pacote de papel higiênico em folhas destacáveis. De uma pequena gaveta tirou a carteira de plástico que sua mulher lhe comprara antes do inverno. E voltou ao banheiro para checar, à luz da lâmpada, o que havia e o que não havia na carteira. Achou um documento de identidade cujas folhas estavam quase inteiramente soltas da brochura gasta. E a carteira de oficial da reserva. E um retrato dele e de Amós, seu irmão, os dois ainda pequenos e de topete, vestidos com roupa de ir visitar os tios da cidade: calças curtas de suspensórios e camisa branca bem passada. E ainda um retrato desbotado dele mesmo com uniforme de combate, recortado de uma página amarelada do jornal militar *Bamachané*. No compartimento do dinheiro, encontrou, além de pequenas moedas, sessenta e poucas liras em notas de dez, com a efígie de um químico de óculos entre as retortas de uma experiência em laboratório, e algumas notas de uma lira, com um pescador iemenita barbado levando suas redes às costas e tendo como fundo o lago Kineret. Essa carteira ele enfiou no bolso traseiro das calças.

Por fim curvou-se e abriu a caixa de metal que ficava escondida e trancada sob o armário e dela tirou um fuzil Kalatchnikov, butim de uma das operações das quais participara, três pentes de balas e uma baioneta. Pôs tudo sobre a mochila junto à porta do banheiro e lá ficou ofegante e cansado. Preparou e tomou um copo de groselha. Enxugou os lábios com o dorso da mão.

De novo contemplou os dois dormindo, o rapaz no tapete, aos pés dela. A auréola do cabelo claro dela parecia, naquela pálida luz, uma onda dourada sobre o travesseiro. E o pequeno rapaz estava todo encolhido, arredondado, enterrado profundamente sob a almofada como um filhote de cão molhado. Ionatan teve de repente um acesso de enjoo e arrepios e começou a tremer, tentando com todas as forças sufocar a lembrança das coisas que haviam feito na cama larga, há duas ou três horas. O suor, o horror, a ira, a semente, o grito do fundo do peito, o choro do rapaz, as pancadas de seus brandos punhos, o calar da mulher submissa como a terra ao vir sobre ela o arado.

Uma onda pungente de asco, um bíblico nojo da contaminação, a voz de Iulek, seu pai, elevou-se e fluiu de repente de seu íntimo e lhe ficou na garganta enquanto lutava para afastar de si essa lembrança. Iulek e todos os pais mortos saindo para apedrejar de dentro, com uma saraivada de pesadas pedras.

E na verdade eu só precisava de uma pequena rajada, tac-tac-tac, deste Kalatchnikov e fazia em pedaços ele e ela, os dois, e depois eu também e toda essa coisa infecta, essa imundície.

A Thia ele falou sussurrando:

"Basta. Vamos embora e pronto."

Inclinou-se para a cadela e fez-lhe uma carícia estranha, pesada, a contrapelo. E deu-lhe dois tapinhas nas costas. Eu precisava deixar para eles, se não a rajada, pelo menos um bilhete com algumas palavras.

Mas que palavras poderiam ser?

Bem. Digamos que morri de repente.

Curvou-se, carregou a mochila e a arma, ajustou as correias e de novo, num murmúrio apressado e dessa vez quase com brandura:

"É isso. A caminho. Thia, você não. Você fica."

E *shalom, Azuva bat-Shilchi*, e *shalom* bebê babaca. Agora ele vai viajar. Vai começar uma vida própria. Do que mais precisa é de seriedade. A partir de agora será um homem sério.

Lá fora o ar começara a ficar nebuloso, uma opacidade nevoenta que vinha da direção das colinas a leste, da linha do céu. As pequenas casas, os jardins de flores, os gramados que haviam amarelecido no inverno, as árvores desfolhadas, as coberturas de telha, os canteiros de crisântemos com pedrinhas decorativas e diversos tipos de cacto, persianas cerradas, varandas, varais de roupa, conjuntos de plantas, tudo parecia continuar e se estender de um momento para outro irradiando uma compaixão azul-celeste, tênue, pura como a saudade. Seus pulmões se inundaram de uma onda fria e penetrante do bom ar de uma noite de inverno. Ionatan respirou profundamente. O que foi, já era, e agora uma vida começa.

Atravessou em passos largos, pesados, os conjuntos de moradias adormecidos, um pouco encurvado sob o peso de sua carga, um dos ombros um pouco torto, pois carregava a mochila abarrotada presa com uma só correia ao ombro direito, e o fuzil, com sua correia puída, no mesmo ombro.

Ao passar em frente à casa dos pais parou, enfiou a mão livre em seus bastos cabelos e começou a coçar com força. Um pássaro soltou um pio breve e agudo no lusco-fusco da madrugada. Esse pio foi recolhido pela escuridão profunda e começou a dissolvê-la. Um cão rosnou perto dali, junto a uma varanda, mas se arrependeu e desistiu de latir. E da direção dos estábulos veio o protesto abafado de vacas presas à máquina de ordenhar. Mãe e pai, *shalom*. Para sempre. Nunca esquecerei a boa intenção de vocês. Vocês foram terríveis e bons comigo desde que eu era um bebê. Vocês vestiam trapos esfarrapados e comiam azeitonas com pão seco e trabalhavam de escuridão a escuridão como escravos, e estavam banhados de êxtase e cantavam até o âmago da noite e a mim vocês deram um quarto de alvura imaculada e uma preceptora de avental de brancura impoluta e creme de leite branco puro para que eu fosse um menino limpo e diligente e íntegro mas também de caráter forte e determinado. Pobres heróis redentores de todo o país, conquistadores do deserto que se sobrepõem aos piores instintos, salvadores de Israel, loucos, desvairados, maníacos de cabeça inteira, déspotas atacados de verborreia, sua alma está gravada na minha como um defeito de nascença mas eu não sou de vocês. Vocês me deram tudo mas tomaram o dobro, como agiotas que emprestam a juros. Certo que sou um patife, certo que sou um traidor, está bem que sou um desertor, o que quer que digam, vocês estarão com a razão, vocês se apoderaram dela, da razão, e ela é de vocês para sempre. Oxalá parem de sofrer, minhas criaturas maravilhosas, monstros da redenção, deixem-me ir tranquilo-tranquilo para o inferno, não me segurem, não me persigam como fantasmas santos até o fim do mundo, o que lhes importa se aqui houver uma porcaria a menos, uma mácula a menos. De quem os ama mas não tem mais forças. *Shalom*.

Ionatan.

Quem é. O que é.

Seu pai. Venha cá imediatamente.

O que é.

Venha cá, eu lhe disse. Pose você tem. Também é uma coisa nova. Para onde você vai, se é que posso saber?

A caminho.

O que houve? Que jogada é essa de repente?

Particular.

Ahn?
Particular, inteiramente pessoal.
Ou seja?
Estou indo embora.
Gut shabes, senhor gênio, bom sábado, o que não lhe agrada aqui?
Pai. Ouça. Tudo aqui é muito bom e bonito. Não tenho do que reclamar. Meus cumprimentos. Vocês são o esplendor do gênero humano, com dez dedos nus vocês construíram o país e salvaram o povo de Israel. Isso não tem discussão. Só que eu...
Você? Você vai trabalhar e se calar. O que será, com seu perdão, se todo rapaz confuso resolver que para ele agora é sábado?
Vá embora daqui, pai. Vá depressa. Antes que eu carregue um pente de balas, arme este fuzil e comece a fazer o que vocês me ensinaram. É só me darem uma ordem e eu corro como um *golem* e lhes destruo outra vez toda a aldeia de Sheikh-Dahar. Ou pego uma enxada e me atiro sobre o capim-de-burro, a algaroba e a urtiga, de Eilat até Metula, para que não reste nada. É só todos vocês morrerem em paz e eu me jogarei como um maníaco sobre algum pedaço de deserto que vocês tenham me deixado por razões educativas, e no meio do deserto de Paran vou enfiar quantas mudas vocês disserem, vou me casar com uma nova imigrante para realizar o crisol das diásporas, vou fazer para vocês vinte netos implacáveis, vou arar para vocês as rochas ou o mar, o que vocês disserem, só morram de mim finalmente e verão como num instante eu acato ordens. Como no meio de uma ação militar, quando os comandantes foram mortos e algum pobre sargento de repente toma a si o comando e salva toda a operação. Confie em mim que tudo ficará bem e exatamente de acordo com os planos de vocês, sob minha responsabilidade, só me façam o favor de morrer e de deixar-me finalmente viver.
Voltou as costas para a casa às escuras. Curvou-se e com cuidado apanhou do chão uma meia de lã do pai e a pendurou no varal, ajeitou a correia da mochila e foi embora. Junto à cabana da padaria Ionatan decidiu ir pela esquerda e tomar um atalho pelo caminho lamacento na direção do portão do kibutz.
Mas quando chegou ao ponto de ônibus coberto, na estrada externa, lembrou-se de repente de que se esquecera de trazer cigarros. E daí, quem precisa de cigarros, de agora em diante não fumo mais. Pronto. Sem arrependimento.

Já fazia vinte minutos que Ionatan esperava na estrada, talvez passasse algum carro madrugador, um caminhão ou um veículo militar ou um jipe. Enquanto isso olhava e via os primeiros sinais da aurora por trás da colina de Sheikh-Dahar. Num ímpeto de travessura infantil apontou o fuzil para o leste, a fim de acertar o sol com uma bela e longa rajada no mesmo segundo em que pusesse de fora seu nariz vermelho entre as ruínas da aldeia. Atrás dele irrompeu um coro entusiasmado de galos, extrapolando energia e júbilo, um novo dia, um novo dia, um novo dia. Calem-se, falou Ioni alto, e também riu por um instante. Calem-se queridos *chaverim*, já os ouvimos mais do que o suficiente. A noite passou, a manhã chegou e quem for um bom menino receberá um copo de chocolate depois de fazer xixi e lavar as mãos. E quem está faltando aqui, crianças? Ionatan *hakatan*, o pequeno Ionatan, está faltando, sim. De manhã correu para o jardim. Na árvore foi trepar. Pintinhos a procurar.

O sol surgiu atrás das colinas avermelhado como num desenho infantil e Ionatan não atirou nele, em vez disso fez-lhe uma reverência profunda, numa homenagem zombeteira, e perguntou-lhe educadamente em que poderia ajudá-lo.

Eis que a noite se fora e começava um dia claro e bonito de inverno, um dia de leite e de mel. A coruja e o mocho e o jacurutu e talvez também a suindara terminaram agora de trabalhar em Sheikh-Dahar e se há raposas nas redondezas ou além das linhas do armistício elas também estão se arrastando agora para tirar um bom cochilo nos buracos das pedras, nas grutas e nas trincheiras abandonadas. E todos os mortos que dominam Sheikh-Dahar durante a noite já receberam instrução de bater em retirada rapidamente em meio aos últimos farrapos de neblina neste frio e doce vento. Boa noite, raposas, boa noite, mortos e suindara, ele está viajando para finalmente curtir a vida.

Ionatan tomou cuidado em não olhar para trás. Uma turva apreensão o impedia de dirigir os olhos ao lugar no qual nascera e crescera, à aldeia que seus pais haviam erguido numa maldita colina pedregosa e que agora era uma morada encantadora, mergulhada em bosques e verdor. Quase todos lá ainda dormem. Que continuem a dormir mais um pouco. E queridos *chaverim* dormem em todos os kibutzim das redondezas, educadoras afáveis, ativistas bondosos cada vez mais calvos, tratoristas de meia-idade, avicultores, jardineiros, pastores de ovelha, pessoas que se juntaram aqui vindas de cem aldeias miseráveis e aqui revolveram céus e terra e mudaram de pele, transformaram-se eles mesmos com imensa energia. E dormem pessoas longe daqui em toda a extensão desta região e em todos os cantos deste país que eu, como se diz, defendi com meu corpo e cuja terra trabalhei. Quando dormem, eles são suaves. Como essa que foi minha mulher e que é sempre suave porque nunca está acordada.

    O bonito do sono é que cada um está finalmente sozinho, sem os outros. Cada um numa pequena estrela, cada um em seus sonhos, cada um a milhões de quilômetros de todo o resto e até de quem dorme a seu lado na cama de casal. No sono não existem comitês, no sono não há tarefas nem a gravidade da situação nem o imperativo desta hora nem a enormidade do desafio. Tampouco existe uma lei de que no sono deve-se ter consideração com o prezado próximo. Cada um por si. Cada um na sua. Quem tem uma viagem viaja no sono para um lugar onde o esperam, para casa ou exatamente ao contrário. Quem merece amor no sono recebe amor. E quem solidão, solidão. Quem merece apreensão, arrependimento e castigo é castigado e suspira no sono. Mesmo os velhos que já tiveram um enfarte, ou dois, atacados de reumatismo, sofrendo de hemorroidas, no sono são de repente jovens cavaleiros e até mesmo as crianças de suas mães. Quem quer ter prazeres os tem a mancheias e quem precisa sofrer ganha sofrimentos exatamente na sua medida. Tudo é livre e abundante. Quem quiser voltar a dias que já se foram tem esses dias de volta. Quem tem saudades do lugar que deixou há muito tempo ou anseia chegar a um lugar no qual nunca pisou tem condução expressa e gratuita a seu destino. Quem tem medo da morte ganha dela uma pequena dose para se vacinar e não ter mais medo, quem quer a guerra recebe uma modelo de luxo e quando se precisa de mortos eles podem ser chamados para entrar no sono.

    Neste momento eu precisaria voltar, acordar Azaria e lhe dizer *Chabibi*, esta é a resposta que em vão buscaram o seu Espinosa e o senhor Hugo Boxel, e todos aqueles gênios de Chelem* que não param de perguntar se ainda restou no mundo um pouco de justiça, e se restou — onde estará ela? Bom dia, Azaria, acorde. Você também, Rimona; para quem você vai pôr a chaleira

---

* No folclore humorístico judaico, Chelem é uma aldeia onde todos são agraciados com pouquíssima inteligência, o que faz motivo de riso suas ações e suas soluções para problemas.

no fogo? Eu saí e voltei e descobri onde está a justiça: só no sonho. Justiça para todos, em abundância, a cada um segundo sua capacidade e necessidade, porque lá existe um kibutz de verdade, como deve ser. Até mesmo o chefe do Estado-maior não pode dizer a você em sonho o que fazer e o que não fazer, porque não pode dizer nem a si mesmo, que também dorme como um gato, sem farda e sem divisas e sem nada, dentro da justiça dele. Vão dormir, *chaverim*, a justiça está esperando todos vocês.

E só eu ficarei acordado. Não quero dormir, quero curtir adoidado. Não estou procurando justiça alguma, procuro a vida. Que é, mais ou menos, o contrário da justiça. Já dormi bastante, e de agora em diante vou ficar acordado como o diabo. Saí das mãos daqueles velhos doidos, escapei da piração deles de uma vez por todas, escapei vivo do sonho deles, porque não sou deles. Saí da loucura de suas reformas, escapei geral da justiça. Que tenham saúde. Que durmam até amanhã. Estou só e desperto e a viagem já vai começar.

Com tal pensamento Ionatan virou a cabeça e olhou para sua casa. Os lampiões da cerca já tinham se apagado. Todo o kibutz como que flutuava numa espécie de vapor leitoso acinzentado. A torre d'água, coberta de hera verde. O palheiro. Os estábulos. O conjunto de moradias dos jovens e o bloco das casas de crianças. As pontas dos ciprestes em volta do refeitório branco. As pequenas casas, de persianas cerradas, de telhados vermelhos. As copas das grandes árvores. A ladeira que leva à piscina. A quadra de basquete. O redil das ovelhas. A velha casa da guarda. Os barracões de serviços. Guarde seu coração das ternas saudades para não cair de novo na armadilha.

Ionatan semicerrou seus olhos avermelhados e sentiu uma espécie de hostilidade, como um animalzinho assustado captando o eco dos passos de caçadores. Guarde seu coração. É uma armadilha. Um monte de finíssimas redes como teias de aranha. Mas aqui eu costumava cantar nas noites, deitado em um dos gramados, costas com costas com um amigo ou uma das garotas. Mas aqui eles me vestiam no outono com uma blusa de malha e calças de *training*, me levavam para passear e me contavam sobre o heroísmo dos defensores do kibutz, sobre o primeiro rebanho que foi roubado, sobre os ciclos da semeadura, e sobre como um fruto amadurece. Aqui eles me amaram e beijaram, repreenderam e me ensinaram a conduzir uma vaca e um trator. E aqui há pessoas boas que se algo de ruim me acontecer vão reunir imediatamente uma comissão para me ajudar a sair do problema. Se eu roubar ou matar ou ferir ou se me amputarem as duas pernas, eles organizarão um rodízio de visitas na prisão ou no hospital e me protegerão de todo mal. Guarde sua alma, *chabibi*, eles já o estão perseguindo ainda antes de saberem que você fugiu.

Já se passaram dez minutos e ainda estou encalhado. O que acontecerá se me perceberem aqui? Estranha essa luz nas colinas, azulada, também cor-de-rosa, também cinzenta. Uma luz limpa e correta. E há também um trem de carga que viaja neste momento para o sul, e a locomotiva geme por sua vida como se estivessem tentando sufocá-la também. Os cães do kibutz latem do lado de dentro da cerca. Pensam que sou o inimigo. E realmente sou o inimigo. Uma só rajada, tac-tac-tac, e acabou-se.

Mas algo está vindo pela estrada.

Um caminhão. Dodge. Antigo. E parou. Sem arrependimento.

"Suba, rapazinho. Para onde?"

O motorista é gorducho, começa a envelhecer, suas bochechas brilham num tom róseo, seus óculos reluzem com simpatia.

"Não faz diferença, aonde você for é bom."

"Mas para onde você quer ir?"

"É isso, em direção ao sul, de um modo geral."

"Perfeito. Só feche bem a porta. Pode bater. E abaixe esse pino. Diga, você... o que é isso, ferraram você com um chamado de reservistas?"

"Mais ou menos."

"Está bem, está bem, não me revele nenhum segredo. Paraquedista?"

"Mais ou menos. *Saieret*."

"E estão preparando alguma operação pra valer?"

"Não sei. Talvez. Por que não?"

"Você disse para o sul?"

"Mais ou menos."

"Bem, não me revele nada. Não vale a pena. Embora, acredite, já estou há vinte anos no Mapai, fui comandante regional durante dois anos no tempo da Haganá e sei calar como um peixe. E conheço segredos que você nem em sonhos pode imaginar. Deixe pra lá. O que importa é a saúde. Não se preocupe. Para o sul, você disse?"

"Se for possível."

"E, me desculpe, para onde exatamente?"

"Não tenho ideia."

"Ouça, rapazinho, conspiração etc., tudo muito bom, tudo muito bem, nos tempos da Haganá corria uma piada sobre Shaul Avigur, que foi um grande comandante e um conspirador fora do comum. Uma vez, quando seu motorista na organização clandestina foi buscá-lo — por favor, dê uma enxugada no para-brisa, assim, obrigado —, aí Avigur disse a ele: vá a toda a velocidade, não temos tempo. Para onde, pergunta o motorista, isso é ultrassecreto, responde Avigur e se fecha num silêncio total. Você já tinha ouvido essa piada? Não faz mal, o importante é que vocês batam nele como eles merecem, e talvez um pouco mais, até os ossos, e voltem para nós sãos e salvos. Por que negar que ficamos emocionados quando vemos vocês e nos lembramos de como era então e aonde chegamos agora. O que fizemos com grande esforço e com discussões sem fim vocês fazem fácil e tranquilamente, com o dedo mindinho. É muito bom, disse Moishe Dayan, que todas as ações do 'Hashomer'* possam ser realizadas numa só noite por um só grupo de combate do Exército de Defesa de Israel. Tudo de bom pra vocês. Então, ao menos, me diga assim mesmo, onde deixo você?"

"Quanto mais para o sul, melhor."

"Em Eilat? Na Etiópia? Na Cidade do Cabo? Deixa pra lá, é só uma piada. Nem aqui no ouvido você me diria onde vocês vão bater neles esta noite? Prometo esquecer na mesma hora."

Ionatan sorriu e se calou. De minuto em minuto o azul do céu ficava mais profundo. Colinas baixas verdejavam como em cores pastel. A luz suave dos campos nas espigas carregadas. A luz secreta dos laranjais. A luz dos pomares em desfolha. Rebanhos de ovelhas com pastores de boné e de roupa de brim. O país se lhe revelava bonito e tranquilo, bonito e pleno de aldeias brancas, caminhos campestres, à sombra das montanhas a leste, ao vento fresco do mar, bonito e saudoso do pisar de seus pés. Que se vão todos, é preciso amar e perdoar, disse Ionatan consigo mesmo, é preciso ser bom. E se é para abandoná-lo, abandonar sem esquecer e sem temer a rede, a armadilha da saudade. Diabos e demônios, para onde, para onde estou fugindo, direto para o inferno. O que fiz.

"Rapazinho, você está cochilando um pouco?"

---

* Organização judaica clandestina de defesa na época do mandato britânico.

"Ao contrário, desperto como o demônio."

"Você é do kibutz Granot?"

"E como sou."

"Como é lá?"

"Ótimo. Maravilhoso. Os encantos do Chade."

"Perdão?"

"Nada. Nada mesmo. Só me lembrei de um belo versículo da Bíblia."

"No meio, em cima do banco, entre nós dois, tem uma garrafa térmica. Abra e vamos tomar um pouco de café quente e bom. Se quiser, depois você pode me recitar a Bíblia inteira no caminho. Por acaso você pertence a esse grupo de passeios ecológicos ou algo parecido?"

"Eu? Talvez sim. Por que não? E obrigado. O café está mesmo excelente."

Naquele instante, como se fosse um fogo silencioso, espalhou-se nele uma alegria intensa e penetrante como não sentia desde que fora ferido no ombro no combate a leste do Kineret, uma alegria impetuosa e insuportavelmente doce penetrando de minuto em minuto como um vinho forte e preciso cada célula de seu corpo, até a extremidade de seus nervos, com um agradável tremor nos joelhos, uma morna contração da garganta, uma onda ardente no peito, até que os olhos se encheram de lágrimas por causa da alergia, alergia de uma felicidade aguda, cortante, porque compreendera num instante para onde estava indo agora e onde o esperavam havia muito tempo, que lugar o aguardava, e por que levava seu equipamento militar e sua arma, e por que para o sul, além das montanhas e do deserto, lá, dizem as lendas, há um lugar de onde ninguém voltou vivo, e ele voltará vivo e ardente, vivo e ébrio de vitória e voará nas asas das águias para além do mar depois de voltar dessa jornada obrigatória que clama por ele desde o mais fundo de sua alma. Já havia muito tempo sentia ser sua missão ir sozinho, cruzar a fronteira, esgueirar-se das emboscadas inimigas contornar os beduínos sequiosos de sangue, chegar a Petra e ver a rocha vermelha.

E só depois disso sair para o grande mundo e conquistar cidades estranhas.

"Olhe que beleza", disse Ionatan ao motorista, "olhe que beleza. Tudo."

SEGUNDA PARTE

PRIMAVERA

1.

Quarta-feira, 2.3.1966, dez e quinze da noite
Hoje não chove. Nem venta. É um dia de inverno claro e bonito. Apesar disso, lá fora faz muito frio. E embora o quarto esteja fechado e trancado e apesar do aquecedor elétrico, chega até mim um cheiro de inverno: folhas molhadas, terra molhada, humo. Esses são os cheiros da minha infância. Mesmo depois de trinta e seis anos de kibutz ainda sou mais ou menos europeu. É verdade que sou bronzeado de sol. É verdade que me livrei da cor de pele doentia de meu pai, que era um banqueiro médio em Leipzig. Mas ainda sofro aqui no verão, e só nos dias de chuva vivo mais ou menos em paz com este lugar.

Da mesma forma, a constante e intensa proximidade de homens e mulheres de temperamento ardente ainda me incomoda muito, depois de todos esses anos, e isso me constrange e envergonha.

Mas não sinto arrependimento. Isso não. Quase tudo que fiz na vida, fiz de coração aberto. O que então? Um laivo de estranheza, de saudade. Uma tristeza sem endereço. Como se isso também fosse o exílio. Sem um rio, sem uma floresta, sem os sons dos sinos. Que eu amava. Assim mesmo, sou capaz de fazer comigo mesmo um balanço frio, exato, um balanço histórico e também conceitual e também pessoal. Os três balanços interagem num só: aqui não haverá engano. Temos todos direito a uma certa medida de comedido orgulho por tudo que realizamos aqui. Um esforço contínuo, persistente, que criou um ser, uma aldeia nova e bela. Como uma construção num brinquedo de blocos, feita por uma criança sensata. E o esforço por aprimorar o sistema social sem derramamento de sangue entre irmãos e quase sem oprimir a individualidade. Tudo isso me agrada até hoje. Mesmo quando consigo contemplar tudo isso de uma certa distância interna e na solidão. Fizemos um trabalho bem bom. E, ao menos em certa medida, conseguimos reformar os corações.

Mas o que sabemos, se é que sabemos algo, sobre os corações? Nada. Quanto a isso não compreendo nada. E agora, à beira da velhice, ainda menos do que pensava compreender na juventude. Assim mesmo acho que ninguém compreende isso mais do que eu. Nem os pensadores. Nem mesmo os cientistas. Nem os dirigentes do kibutz. Sobre o coração e etc. sabemos ainda menos do que sabiam os doutos sobre temas como os segredos da matéria, a saúde do mundo, as fontes da vida. Nada. Uma vez, num sábado, eu estava em meu rodízio de serviço no refeitório, na hora do almoço. Eu distribuía os jarros com bebida e Rimona Lifschitz o prato principal. E eu, com a minha boa educação, perguntei-lhe se estava difícil para ela, se precisava de ajuda, ao que ela respondeu, com um vago e afável sorriso, que não era necessário ficar triste, que tudo mudaria para melhor. Essas palavras me tocaram quase como uma carícia. Há quem diga por aqui que ela é uma moça fora do normal, há quem diga — fleugmática. E há quem use uma definição ainda mais cruel. Quanto a mim, desde aquele sábado apliquei a mim mesmo uma regra secreta: trocar com ela um pequeno sorriso toda vez que nos cruzamos por acaso. E eis que hoje de madrugada o Ionatan dela desapareceu sem deixar notícia. E recai sobre mim o dever de esclarecer o que lhe aconteceu, e o que fazer. Onde procurar, e como. Por onde começar. Mas o que entende um homem como eu, solteiro por princípio aos cinquenta e nove anos, de hábitos arraigados, um homem no qual todos aqui depositam um certo grau de confiança e talvez também um certo respeito? O que entendo eu de assuntos do coração?

Nada. Zero. Um ignorante total.

Tampouco de problemas da juventude. À vezes observo (de longe) essas pessoas jovens, homens que lutaram na guerra e atiraram e mataram e também araram milhares de *dunams* num campo para a semeadura, cujos modos parecem os de boxeadores que mergulharam na meditação. Calam. Dão de ombros. Dizem sim e não, e pode ser, e que diferença isso faz. Camponeses de poucas palavras? Combatentes forjados num sólido bloco? Uma espécie de duro torrão de terra? Não necessariamente. Pode acontecer que, ao passar por um dos gramados em horas tardias da noite, você ouça quatro ou cinco deles cantando como uma alcateia de lobos a uivar para a lua. Por conta de quê? E pode ser que um deles se feche sozinho na casa de cultura para digladiar-se duramente com o piano. A melodia é simples, também um pouco pesada. Mas nela se ouvem anseios, anelos. Por quê, por quem? Pelas frias e chuvosas terras do norte de onde vieram os pais? Por cidades gentias? Pelo mar? Não sei. Há nove anos sou o contador do kibutz (depois de me afastar, por determinação médica, do trabalho no galinheiro). E agora de repente me é atribuída uma responsabilidade nova que me aflige, por que então concordei em aceitá-la? Aí está uma interessante questão, não vou me esquivar de responder, mas preciso de algum tempo para solucioná-la.

Solucionar, eu escrevi: como me é estranha essa palavra tão banal. Toda a nossa vida nós solucionamos e solucionamos. A questão da juventude, a questão dos árabes, a questão da diáspora, a questão dos idosos, a questão do solo e da água, a questão da guarda, a questão erótica, a questão da moradia, o que não? Como se nos ocupássemos a vida toda em formular esses lemas sensatos e bem a calhar, e não poupássemos esforços para escrevê-los nas ondas do mar. Ou para dispor militarmente em tríades as estrelas do céu.

Agora vou anotar aqui os assuntos do dia. Está ficando tarde e amanhã será um dia difícil. A reunião do quinteto instrumental, marcada para esta noite, cancelei unilateralmente e sem argumentar, com um bilhete lacônico que pendurei às sete e meia no quadro de avisos na entrada do refeitório. Porque tenho a impressão de que nenhum de nós será capaz de se concentrar em música esta noite. Todo o kibutz está abalado. Neste mesmo momento, enquanto escrevo estas linhas, as línguas não param, na sala de jogos, nas residências, nos quartos dos solteiros, todos comentam o fato. Cada um com sua interpretação. E todos esperam de mim que eu faça o que precisa ser feito. Mas o que se precisa fazer? Oxalá eu soubesse.

Seja como for, a música terá de esperar por uma noite, na calma, cada qual com seus pensamentos.

Correção: eu, por mim, poderia, e agora até precisaria, ter alguma música; mas sozinho E exatamente Brahms. Meu quarto já está fechado e trancado, em cima do pijama vesti um grosso e velho suéter que Bolonezzi tricotou para mim há seis ou sete anos, preparei um copo de chá com limão e pretendo preencher, como sempre, algumas páginas deste diário pessoal. Depois vou deitar na cama e tentar adormecer. Preciso anotar aqui os principais acontecimentos do dia e um ou outro pensamento: uma espécie de relatório escrito. Há mais ou menos vinte e seis anos comprometi-me a fazer, todas as noites, um relatório completo. Embora eu não tenha a menor ideia de quem, no kibutz, no país, no mundo, nas próximas gerações, nos outros mundos, de quem é que exige de mim um relatório. Não sei.

Um conceito religioso (mais ou menos): os cães que neste momento latem lá fora, outros cães lá longe, além das cercas, e um certo pássaro noturno cujo grito chega até mim penetrando através dos sons do disco, cada um deles ergue sua voz como a transmitir algum relatório. Um amplo e profundo silêncio se espraia por toda a escuridão, na planície, nas montanhas e no mar, e essa quietude como que exige de nós, calada mas energicamente, alguma resposta ou explicação. Homens e cães e pássaros. Há que se fazer um esforço. Há que se tentar esclarecer.

Aliás, formalmente Iulek Lifschitz ainda é o secretário do kibutz; Iulek, e não eu. Minha função, oficialmente, só começará após a votação na assembleia geral na noite de sábado. Na prática, porém, já há alguns dias desempenho o papel de um substituto não nomeado, mas designado pela opinião pública e talvez também por um sentimento interno ao qual obedeço sem ir ao fundo de suas intenções. Não entendo absolutamente nada quanto a sentimentos internos, os meus ou os do próximo: são enigmas. Segredos e mistérios. Embora eu tenha lido muitos livros em meus anos de solidão, tudo que encontrei tanto na literatura teórica quanto na ficcional, tudo só me acrescenta sombra sobre sombra e enigma sobre mistério. Freud alega assim e assado. Muito bem. E Jung responde assado e assim. Esse tipo de discurso também cria suspense. Enquanto Dostoiévski, ao contrário, como que desvenda abismos a torto e a direito. Parabéns para ele. Mas o quê? Eu, pessoalmente, não estou muito certo. Nem quanto àqueles nem quanto a este, nem quanto a todos os outros. De onde posso saber? E de onde podem eles saber? Fico, portanto, na minha: tenho dúvidas de quase tudo. Quem deles poderia, por exemplo, me esclarecer e dizer-me onde se encontra agora, nessa grande escuridão, o rapaz Ionatan Lifschitz, que saiu de sua casa de madrugada sem deixar nenhum sinal? Será que ele está dormindo em alguma casa ou cabana? Ou ruína? Em uma das grandes cidades? Sobre um colchão num barracão abandonado? Em algum longínquo ponto de caronas? Numa tenda, num acampamento do Exército? Ou está viajando, desperto e desesperançado, em algum veículo noturno? Num automóvel? Avião? Blindado? Ou atravessa a pé e cansado campos lamacentos, nas trevas, em lugares desertos? Dormindo numa gruta em algum uádi? Ou procurando uma garota de programa em algum beco no sul de Tel Aviv? Tentando, sozinho, achar o caminho no deserto de Judá? Ou no Neguev? Vagueando sem rumo nas proximidades de uma antiga colônia de pioneiros? Escondendo-se entre as ruínas de Sheikh-Dahar, não longe daqui? Falando e falando consigo mesmo, ou calando no silêncio de uma noite de inverno, afinal de contas? Estará confuso? Sério? Zombando de alguém? Perpetrando vingança? Fazendo beicinho? Sera que ele é um tolo? Ou travesso? Estará em busca de algo ou, ao contrário, fugindo? De quê?

A responsabilidade agora é minha. Para mim voltam-se os olhos de todos aqui. Tenho a missão de decidir e de agir: chamar a polícia? Esperar? Ou guardar discrição? Pedir ajuda às colônias vizinhas? Ficar gravemente apreensivo? Ou manter o sangue-frio?

Não entendo absolutamente nada de tudo isso. Quem são esses nossos filhos, e o que vai em sua alma? Rapazes muito capacitados para o trabalho agrícola. Coisas que fazíamos com esforço físico e intelectual, com muito sofrimento, rangendo os dentes, esses meninos fazem com grande facilidade, com uma mão nas costas. E ao que parece também são admiravelmente corajosos e ágeis no campo de batalha. Sempre envoltos numa insólita tristeza. Como se fossem de outra tribo ou de um povo estranho. Nem asiáticos nem europeus. Nem gentios nem judeus. Não são reparadores do mundo, mas tampouco são gananciosos caçadores de fortuna. Que graça têm essas vidas, de quem cresceu entre os furacões da história, numa espécie de lugar não-lugar, numa aldeia-não-aldeia, o rascunho de um país novo, sem avô e avó, sem uma antiga casa de família com paredes cheias de sulcos e o cheiro de gerações de mortos. Sem religião e sem rebelião e sem perambulações, talvez sem nenhuma saudade. Sem nenhum objeto que veio de uma herança, nem um medalhão, ou móvel, ou roupa ou livro antigo. Nada. De sua infância, que passaram entre odores de tinta fresca, ao som de canções de ninar sintéticas e ouvindo lendas populares modernas. Nem aldeia nem cidade, mas o que chamamos de *chatser*. Ou de *nekudá*.* Um lugar que é todo ele uma declaração de intenções, com esperança febril, ofegante, junto com uma torrente de boa vontade para abrir imediatamente uma nova página em todos os aspectos da vida. Não uma árvore, mas apenas mudas novas, pálidas; não uma casa, mas apenas tendas e cabanas e duas ou três construções de concreto, caiadas de branco. Não um homem idoso, mas apenas jovens pioneiros, entusiasmados, banhados em suor e em lemas. E uma cerca e um holofote e chacais todas as noites. E disparos distantes. Nem porão nem sótão para compor um mistério. O que houve, Ionatan, o que você tem? O que aconteceu?

Oxalá eu soubesse.

A responsabilidade agora é minha. Há alguns dias estou exercendo a função de secretário. Pude fazer muito pouco hoje. E mesmo esse pouco, como que tateando no escuro. Para acalmar um pouco mais os ânimos. Consolar aqui e ali. Tranquilizar. E tomar outras medidas, de acordo com o melhor de meu modesto entendimento. Tudo recai sobre mim, sobre minha cabeça, e exclusivamente por conta de meu discernimento, porque aqui não há ninguém com quem eu possa me aconselhar. Stutchnik, por exemplo, para isso não será muito valioso. Mais ou menos amigo. Um homem afável, caloroso, às vezes quase delicado. Mas sempre exagerado em suas iras, em seus destemperos infantis. Com seu *páthos* ruidoso, suas irritações, sua volubilidade. Como um garoto. Como o conheci antes, nos tempos do movimento juvenil. Não mudou nada desde então. Claro, hoje tem o rosto enrugado e as mãos um pouco trêmulas. Mas seu discurso continuou o mesmo de há quarenta anos: "*S'iz gornisht*", não é nada. Ou: "*S'iz muktse machmat mius*", isso não dá mais, é nojento. Ou, no melhor dos casos: "Pode ser que valha a pena tentar finalmente ser um pouco prático". Pior do que isso: teimoso e sempre com a razão. E incapaz de prestar atenção. Talvez já há tempos tenha deixado de prestar atenção a seu próprio discurso. E nunca, nem uma só vez, admitiu ter cometido um erro. Nem um único erro. Nem um errinho minúsculo. Uma vez não falou comigo durante seis meses, nem do bom nem do ruim, por-

---

* *Chatser* refere-se ao espaço externo, fora das edificações de um conjunto populacional; *nekudá* significa "ponto", qualquer ponto de colonização judaica.

que eu lhe provara que, segundo a enciclopédia, a Dinamarca não é um dos países do Benelux. E ao fim dos seis meses enviou-me um pequeno bilhete no qual afirmava, faltando uma letra, que meu Atlas "era antigo e há muito tempo desatualizado". Assim mesmo fez as pazes e trouxe-me de presente uma pele de carneiro, para servir de tapete aos pés da cama.

Quanto ao bom Iulek, não me cabe julgar sua contribuição ao movimento, à nação etc. Não está à minha altura. As opiniões não são unânimes. Seus inimigos dizem dele: Fala como um profeta possesso e age como um político menor. E seus admiradores respondem: Realmente é sarcástico e ardiloso, mas um homem de visão e de ideais.

Eu, de minha parte, registro aqui: para que visão? Para que ideais? Passei toda a vida aqui ao som de uma marcha entusiástica. Como se não houvesse mar e montanhas, nem estrelas no céu. Como se a morte já tivesse sido abolida e a velhice extirpada do mundo de uma vez para sempre junto com os sofrimentos e a solidão, expulsos vergonhosamente para fora de nossas cercas. E a partir de agora todo o universo é uma arena para o embate ideológico entre alas e correntes e facções. De que me servem ideais ou visão? Já desisti há muito tempo de trazer Iulek e seu veterano rebanho ao exercício da compaixão. Pois de todas aquelas marchas só me restou a compaixão. Bem, ela não é sem fim, só vai até um certo limite. E, apesar disso, compaixão. De que todos nós necessitamos. E sem a qual a visão e o ideal começam a roer a carne do homem.

Assim, decidi comigo mesmo que agora, em minha nova função de secretário do kibutz, vou agir com base no princípio da compaixão. Não vou causar mais sofrimento a quem já está sofrendo. Falando em termos mais ou menos religiosos, dos dez mandamentos escritos na Torá, junto com todos os demais preceitos antigos e modernos, com o nacionalismo e com o partidarismo, só me resta um único: já existe muita dor a nossa volta e é proibido acrescentar mais dor ainda. Devemos, se possível, reduzi-la. Não jogar mais sal em feridas abertas. Resumindo: "Não causar dor" (a propósito, nem à alma; se possível).

Cheguei até aqui.

E agora, aos assuntos do dia. Ao texto do relatório.

Após muitos dias de chuva e de uma grande apreensão com o perigo de as culturas de inverno apodrecerem nos terrenos mais baixos, hoje tivemos uma manhã clara, muito fria e azul. Não há em todas as minhas lembranças, nem mesmo nas de minha juventude na Europa, uma visão tão alentadora quanto a dos nossos dias claros de inverno aqui no país. Até mesmo um homem da minha idade sente uma espécie de leve embriaguez. E se enche de uma alegria gratuita, deliciosa. A ponto de, ao ler esta manhã as manchetes do jornal sobre a concentração de tropas na fronteira do norte, despertar em mim uma fantasia infantil, como que uma tentação de ir para lá ainda esta manhã — digamos, para Damasco — e tentar convencê-los a deixar de lado toda essa tolice, e vamos todos juntos passear num dos bosques, e lá nos deitar prazerosamente e acertar tudo entre nós de uma vez por todas, com generosidade e boa vontade.

Mas minha tarefa é ir até a contadoria, acender a luz (às seis e meia da manhã lá ainda não está claro o bastante!) e repassar o confuso romaneio que Udi Shneiur enfiou ainda ontem à noite na minha caixa de correio. Das sete às dez tentei, pois, pôr um pouco de ordem naquilo e decifrar o que saíra errado com eles lá no pomar de cítricos. Depois disso eu tencionava trabalhar em algumas cartas que haviam ficado na mesa de Iulek ainda no início de sua doença. Mas só nos assuntos urgentes: não tenho nenhuma vocação para atacar logo questões que possam ser adiadas. Que esperem. Talvez saiam da ordem do dia, ou se resolvam por si mesmas. Aliás, ainda não sou formalmente o secretário do kibutz. Tenho tempo.

Às nove ou nove e quinze, Chava Lifschitz irrompeu quarto adentro. Sem cumprimentar, lábios apertados, toda ela uma só ira reprimida, numa contenção raivosa. Num vestido azul de trabalho, suas tranças grisalhas presas como uma coroa de louros em volta da cabeça no estilo dos primeiros anos, enfeitando sua fronte alta.

Com uma calma hostil, didática, lançou-me sete palavras:

"Como é que você não se envergonha" (e sem ponto de interrogação).

Então larguei o lápis, levantei os óculos de leitura, cumprimentei-a com um bom-dia e lhe pedi que sentasse em meu lugar, em minha cadeira (fazia um ou dois dias que alguém havia levado a outra cadeira que eu tinha na contadoria e não se preocupara em devolvê-la).

Ela se recusou a sentar. Era-lhe difícil entender, assim disse, como era possível tanta insensibilidade. Apesar de que, na verdade, nada mais a surpreendia. Ela exige de mim agir sem demora ou — nas palavras dela — "entrar no quadro, e imediatamente".

"Perdão", eu disse, "qual é o quadro no qual devo entrar, e imediatamente?"

"Srulik", ela sibila por entre os dentes cerrados, como se meu nome fosse um palavrão e só por falta de alternativa ela seja obrigada a conspurcar com ele seus magros lábios, "Srulik, diga-me, por favor, você é mesmo um idiota ou só está fingindo que é? Ou talvez isso seja parte do seu humor doentio?"

"Talvez", eu disse, "tudo é possível, só poderei lhe responder isso quando entender o que você está dizendo. E eu sugeriria que assim mesmo você se sentasse."

"Você está tentando me dizer que realmente não sabe? Não ouviu e não viu? Todo o kibutz não para de falar nisso desde esta manhã, e só vossa alteza está do outro lado da lua?"

(Minha alteza ou não, é claro que me levantei e fiquei de pé, enquanto Chava recusava-se a sentar. Ficou de pé diante de mim, tensa, hostil, tentando conter um ligeiro tremor. Assim, dos dois lados da mesa, ficamos os dois numa posição estranha e constrangedora, até que fui obrigado a sorrir um pouco.)

"Aconteceu uma tragédia", disse Chava, ainda com uma ira contida, mas com outra voz.

Desculpei-me de imediato. Expliquei a Chava que eu sinceramente não fazia ideia do que ela estava falando, sentia muito. E que tinha de revelar-lhe que já há alguns anos costumo abrir mão do café da manhã no refeitório e passar até o meio-dia com chá, biscoitos e iogurte, aqui mesmo, no escritório. Sim, devido a um certo mal-estar. Por isso não tinha a menor ideia do que se tratava, da tragédia da qual o kibutz tomou conhecimento desde a manhã. Iulek piorou durante a noite?

"Isso ainda virá", disse Chava, maldosa e fervendo, "todas as calamidades sempre vêm juntas. Mas desta vez é Ioni."

"Chava", eu disse, "estou ficando cada vez mais apreensivo, de minuto em minuto, e não tenho o dom da adivinhação. Por favor, conte-me de uma vez o que aconteceu."

Num movimento súbito, abrupto, como se quisesse espalhar todos os meus papéis ou me esbofetear, ela foi de repente até a cadeira que eu havia deixado para ela, deixou-se cair sentada e cobriu os olhos com uma das mãos.

"Eu não consigo entender", sussurrou como uma criança injustamente repreendida, "é preciso ter alma de assassino para agir assim de repente."

Não consegui entender dessas palavras quem era o assassino, se seu filho, seu marido ou eu mesmo. Tampouco entendi o que me levou a pôr a mão em seu ombro e pronunciar seu nome com brandura.

"Srulik", ela disse, e ergueu para mim os olhos secos e os lábios chorosos, "você vai ajudar."

"Claro", eu disse. E apesar de me ser penosa, já há anos (por razões pessoais), toda proximidade corporal, não retirei a mão de seu ombro. E também toquei por um instante, talvez, seus cabelos. Não estou certo disso. Acho que realmente toquei.

"No meio da noite", contou ela, "Ioni saiu de casa. De repente. Ao que tudo indica, levou consigo uma arma. Não, não falou com ninguém antes. Não, não deixou um bilhete. E aquela deficiente lembrou-se de repente de contar que já há algum tempo ele falou alguma coisa sobre um plano de viajar para além-mar. E que exatamente nos últimos tempos deixara de falar sobre isso. Ninguém mais do que eu sabe que não se pode confiar em uma só palavra que sai da boca dessa garota maluca. E que bobagem é essa: se é mesmo uma viagem, quem é que viaja para o exterior sem documentos, sem nada e com um fuzil e uma farda? Srulik, quem melhor do que você sabe que não tem aqui com quem se falar, a não ser você. Você é o único. Todos os demais são egoístas pequenos e estreitos, e todos, bem no íntimo, estão se regozijando com a desgraça alheia, porque sabem que isso vai matar o Iulek e eles já há muito tempo querem que ele morra. Eu vim falar exatamente com você porque você talvez não seja um grande luminar, mas é um homem íntegro. Homem. Não um monstro. Ele procurou e achou um método para matar o pai. Porque Iulek não vai resistir a isso. Já está deitado no quarto com uma pressão no peito e dificuldade para respirar, e se culpando de tudo. E essa doida, Rimona, que pôs dentro de casa um pequeno assassino para destruir Ioni, diz-me com a tranquilidade de um assassino a sangue-frio: ele viajou porque não estava bom para ele. Disse que ia viajar, e viajou. Impossível saber para onde. Talvez volte quando estiver melhor. Eu devia ter lhe dado duas bofetadas na mesma hora. Com aquele réptil não falei uma palavra. Com certeza ele sabe de tudo. Esse Mefisto sujo. Espécie de pequeno trapaceiro pornográfico. Ele sabe de tudo, ri de todos nós por dentro e não se dispõe a contar. Você, Srulik, vá agora mesmo arrancar dele onde Ioni está. Antes que seja tarde. Não interessa por que meios, arranque dele. Com uma pistola, não me importo. Vá de uma vez. Em nome de Deus. Srulik, tente compreender o que estou lhe dizendo. Não estou precisando que você me dê agora um copo de café, nem de suas bonitas palavras. Você sabe que sou uma pessoa forte como a rocha. Só preciso de uma coisa de você: que você vá e faça imediatamente o que é preciso ser feito. Sim. Deixe-me aqui. Sozinha. Vou ficar bem. Vá logo."

Mas enquanto isso a água ferveu na chaleira e eu servi a Chava um café preto. Desculpei-me e sugeri que ficasse por enquanto aqui, no escritório, em minha cadeira, e descansasse um pouco.

Vesti o casaco, pus um boné e saí logo para procurar Rimona. No caminho passei pela enfermaria e pedi à enfermeira Rachel que fosse ao quarto de Iulek para ver como ele estava e se era preciso lhe fazer companhia pelo menos até que eu também chegasse lá. Várias pessoas quiseram me parar no caminho, seja para contar historinhas, seja para me dar sugestões, seja para perguntar o que havia de novo. A todas pedi desculpas e a todas expliquei que estava com pressa. Com exceção de Pola Levin, a quem pedi que fosse a minha sala na contadoria e verificasse se Chava estava precisando de alguma coisa, mas sem permitir que ninguém mais entrasse lá.

Tentei com todas as forças me concentrar. Organizar os pensamentos. Só que eu não fazia a menor ideia de por onde começar. Evidentemente, eu tinha ouvido algo do que já era assunto nas últimas semanas, o caso do rapaz Azaria, que aparentemente fora morar com Rimona e Ioni. Todo tipo de alusões estranhas, boatos, gozações, quase no limite da obscenidade. Até aqui não sentira necessidade de tomar posição: uma sociedade esclarecida e aprimorada que procura viver segundo princípios justos tem o dever — em minha modesta opinião — de se deter no limiar da vida sentimental e não ultrapassar essa linha de maneira alguma. Um homem e sua mulher, um homem e seu amigo, uma mulher e seus amigos, tudo isso, a meu ver, fica no âmbito do particular; proibida a entrada. E eis que Chava vem de repente com esta palavra radical na boca: "tragédia". Quem pode saber? Eu, que em meus anos de solidão li não poucos livros de ficção e não ficção, sei que não tenho nenhuma noção: relações sexuais, relações sentimentais, a conexão entre esses dois campos, tudo isso foi e ainda é para mim um enigma, um terreno desconhecido. Questões do coração, instintos, a conduta do homem com a mulher etc., não entendo nada. Um total e completo ignorante. Quando ainda era garoto, em Leipzig, amei por algum tempo uma ginasiana sonhadora, que a mim preferiu um jogador de tênis simpatizante de Hitler; do tipo que eles chamavam de "fera loura". Então, sofri um tempo e desisti. Naquela mesma época, aconteceu que a criada lá de casa entrou uma vez às cinco da manhã em meu quarto e em minha cama. Pouco depois disso entrei num grupo de *chalutzim** da Polônia. Por fim, aqui no país, há vinte cinco anos, amei P.; e bem a meu jeito talvez ainda a ame. Sem me dar o trabalho de dizer a ela. Jamais. Ela agora tem quatro netos. E eu sou um solteirão convicto. Além desses casos, houve relações sexuais degradantes, incômodas, com mulheres diferentes de vez em quando. Casos melancólicos, cheios de arrependimento e feiura. Segundo minha experiência, em tudo isso há uma montanha de dor e humilhação em troca de um punhado de minutos de prazer, um prazer agudo, não vou negar, mas muito curto e por demais carente de significado para poder equilibrar a conta. Claro que a bem da verdade devo dizer que minha experiência é pouca e limitada, e dificilmente dela se poderá aprender uma lição genérica. Já escrevi: não sei. Assim mesmo, permito-me registrar aqui uma observação de princípio. Existe no mundo uma injustiça erótica profunda e permanente. Irremediavelmente, essa injustiça zomba e escarnece de todos os nossos teimosos esforços para pôr em ordem a sociedade. Mesmo assim, na minha modesta opinião, devemos ignorar esse escárnio e não abandonar os esforços. Mas sem arrogância, pelo contrário, com muita modéstia. Com humildade e com cuidado. Agora vou virar o disco, Brahms encaixou bem esta noite.

Continuando.

Rimona contou que ontem à noite voltou para casa depois de seu turno servindo comidinhas aos participantes do grupo de estudo sobre o pensamento de Israel. (A que horas você voltou? "Tarde." "Tarde quando?" "Após três quartas partes da chuva que caiu.") Voltou e encontrou os dois acordados. Um pouco cansados. E até que bem gentis um com o outro "como duas crianças depois que brigaram e fizeram as pazes". Depois foram gentis com ela também, e em seguida adormeceram. E ela também adormeceu. (Não a interroguei quanto a essa gentileza que vira neles nem me envolvi em suposições. Toda essa questão, no que me diz respeito — já escrevi sobre isso —, fica no terreno dos enigmas.)

---

* Pioneiros judeus, grupos sionistas cujos membros pretendiam imigrar para Erets Israel.

"E quando Ioni foi embora?"

"À noite."

"Sim, mas quando à noite?"

"Tarde. Quando já tinha mesmo de ir."

Perguntei o que acontecera depois. Segundo o que me contou, Azaria acordou de manhã dizendo que estavam atirando. Ele muitas vezes acorda e diz que estão atirando e às vezes ela tem a impressão de que realmente estão. E perceberam que Ioni fora embora. Ele logo começou a correr para todos os lugares.

"Quem?"

"Zaro. Ioni não. Ioni anda muito devagar. Ioni não corre."

"Como é que você sabe?"

"Ioni está cansado."

Então, pelo visto quem correu foi Azaria, e procurou na oficina e no refeitório e em todo lugar. Não estava.

E o que fez Rimona até Azaria correr para "todos os lugares"?

Ela verificou o que ele levara consigo e o que deixara em casa. E viu que era como se tivesse sido chamado no meio da noite para sua unidade no Exército, a *Saieret*; às vezes, quando há uma operação, eles vêm e o levam.

E como ela sabe que esta noite também não vieram chamá-lo para o Exército?

Não dá uma resposta clara. "Desta vez é outra coisa."

E o que fez ela depois? Sentou e esperou. Vestiu-se. Fez a cama e arrumou o quarto. Não foi trabalhar na lavanderia. Sentou e esperou. Deu de comer a Thia. É a cadela dele. E esperou. Esperou? Pelo que, exatamente, ela esperou? Esperou que já fossem sete e quinze. Por que exatamente sete e quinze? Porque essa é a hora em que Iulek e Chava acordam todo dia. Então foi contar a eles. Que Ioni foi embora à noite. E que não se zangassem.

E o que aconteceu então?

Nada. Como assim? Nada. Chava começou a falar consigo mesma com raiva. E ela? Ela ficou olhando para Chava, de novo admirada de ver como Chava e Ioni se parecem quando ficam com raiva de repente. Porque é assim, sem a raiva eles não se parecem.

E o que disse Iulek? E o que fez? Rimona não sabe, pois ele escondeu o rosto com as duas mãos e sentou-se calado na poltrona. Chava também ficou calada, de pé, olhando para fora pela janela. E Rimona saiu em silêncio e foi ver o que estava havendo com Zaro.

"Rimona", eu disse, "deixe-me lhe perguntar uma coisa. E tente se concentrar e me responder com exatidão. Pois é uma questão importante. Você tem alguma ideia, ou suposição, ou palpite, de onde Ioni está?"

"Ele viajou."

"Sim. É claro. Mas para onde, na sua opinião, ele viajou?"

"Foi procurar uma coisa."

"Procurar?"

Breve silêncio. De repente ela sorri para mim. É um sorriso outonal, tranquilo, como a dizer que nós dois sabemos algo com o que o mundo inteiro nem sequer sonha. Já faz alguns meses que eu e ela costumamos trocar sorrisos em cada encontro casual. Também dessa vez retribuí o sorriso. E disse:

"Rimona. Por favor. Sério."

"Estou pensando", ela disse, e como que parou para pensar um pouco, e nada acrescentou.

"O que você está pensando?"

"Que ele viajou porque já há muito tempo me falava dessa viagem."

"Que viagem? Para onde?"

"Perambulações", disse, e acrescentou: "talvez."

No início da década de 1940, o kibutz fizera contato com um casal de dentistas oriundos de Lodz, marido e mulher, que nos tratavam por um preço ainda menor do que o que nos seria cobrado pelo seguro-saúde da Histadrut. Quando necessário, viajávamos até eles, até seu consultório pobre na cidade vizinha. Dr. Fogel e dra. Fogel. Nunca conseguiram aprender hebraico. Depois a doutora morreu num acidente com eletricidade. E ele teve uma doença fatal. Recebemos sua filha única na comunidade infantil com status de "criança de fora", mediante pagamento. Era uma menina encantadora, introvertida, limpa e muito arrumada, ética, sempre calada, e quando foi convocada para o Exército quem a levou foi Ionatan Lifschitz. Todos os ministros do governo, líderes do movimento e muitos membros do Parlamento estiveram em seu casamento. Depois ela foi trabalhar na lavanderia. Depois engravidou. Parece que houve complicações. Aqui e ali eu ouvia pessoas falarem dela. Tentava não prestar atenção, que tenho a ver com fofocas? Que tenho a ver com garotas bonitas? Que tenho a ver com os segredos do coração?

"Rimona", eu disse, "mais uma pergunta. E dessa vez você não é obrigada a responder, pois se trata de assunto pessoal. Ioni por acaso estava sofrendo, ou reclamando, ele — como está correndo por aqui — ficou magoado com essa... relação entre você e Azaria Guitlin? Você não precisa responder."

"Mas eles gostam."

"De quê?"

"De sofrer."

"Desculpe. Não entendi. Quem é que gosta de sofrer?"

"Essas pessoas. Não todas. Mas algumas. Como os caçadores que matam um antílope com uma lança."

"Cada vez estou entendendo menos. Quem são esses que gostam de sofrer?"

"Ioni. E Zaro. Meu pai era assim. Ou Bach. Iulek também, um pouco. Tem muitos." E depois de meditar, novamente seu estranho sorriso, um sorriso tênue e lento como que não tendo noção de si mesmo, acrescentou: "Você não".

"Está bem. Vamos deixar isso de lado. Gostaria de saber o que você propõe que façamos agora, por onde começamos a procurar, o que devemos fazer."

"O que é preciso."

"Ou seja?"

Não sabe responder.

"Esperar?"

"Esperar."

"Ou começar a procurá-lo?"

"Procurar. Porque Ioni às vezes gosta de estar em perigo."

"Rimona, preciso de uma resposta clara: esperar ou procurar?"

"Procurar e também esperar."

Último assunto: Ela necessita de alguma coisa? Alguma ajuda do kibutz? A pergunta, aparentemente, não está clara para ela. Ajudar como? Mas sim. Talvez providenciar para que não pressionem Zaro. Só que o próprio Zaro está procurando ser pressionado. Mas que pelo menos não o expulsem. Porque ele é bom.

"Diga-me: agora, neste momento, para onde você vai?"

"Ver se ele já tomou o café da manhã. E zelar para que tome. Porque ele está o tempo todo correndo e procurando, correndo e procurando, agora está correndo para Sheikh-Dahar. Logo vai voltar. Depois, não sei. Talvez corra para a lavanderia. Ou não."

Depois de pesquisas e cobranças, encontrei Azaria sentado sozinho na sala de cultura deserta. Assustou-se um pouco ao me ver: que o perdoem, mas não tem a menor condição de ir trabalhar hoje na oficina. Deu a palavra de honra de que amanhã e depois de amanhã fará horas extras para repor as que deixou de cumprir. Já verificou e examinou todos os cantos do kibutz, já correu ao pomar, chegou até as ruínas de Sheikh-Dahar, e não encontrou rastros. Agora diz que quer morrer, pois tudo é culpa sua. Também recita um provérbio traduzido do russo. Srulik, quem sabe você convoca o pequeno Shimon? Porque Shimon é o encarregado de eliminar cães vadios, e isso é o que vocês precisam fazer comigo. Mas primeiro deixem-me encontrá-lo. Sou capaz de encontrá-lo, e ninguém além de mim o será. E de fazer muitas outras coisas para o bem da comunidade. Se me concederem, como se diz, uma nova oportunidade, darei ainda uma grande contribuição.

Uma luz esverdeada arde em pânico nos seus olhos verdes. Olhos que fogem dos meus. Rugas assustadas movem-se sem parar nos cantos de seus lábios. Um rapaz franzino, nervoso, esforçando-se até o limite de suas forças para ser benquisto e granjear um pouco de simpatia. Ioni voltará ainda esta noite. O mais tardar, amanhã, depois de amanhã, ou um pouco depois. E essa é a intuição de Azaria, e ela nunca lhe falhou. Tudo que falta a Ionatan, na opinião de Azaria, são duas coisas: uma, amor. A segunda, algum ideal, alguma centelha judaica, se é que se pode falar assim hoje em dia. Algo como que se apagou em sua alma. A vida se lhe tornou fria. Enquanto ele, Azaria, já decidiu dedicar sua vida ao kibutz, ao movimento e também ao país. Em geral.

E o que ele faz aqui agora?

Tenta, por que negar, escrever uma página. Ou uma canção. Com palavras fortes. Algo que console as pessoas. Que acenda uma nova chama (aliás, na verdade ele toca muito bem violão. Isso eu descobri, sem a menor dúvida, nos ensaios do quinteto de música).

"Azaria", eu disse, "ouça. Se você realmente está interessado em ajudar um pouco, quero lhe pedir um favor. Em primeiro lugar, se acalme. Tente, até onde puder, diminuir ao máximo esse tipo de discurso. Isso será bom para todos nós numa hora dessas. Em segundo lugar, eu lhe peço, vá até a sala do telefone e fique lá durante toda esta manhã. Sua tarefa será explicar em meu nome, a quem quer que vá telefonar ou receber um telefonema, que pedimos a eles que hoje sejam breves e, se possível, que abram mão. Para que a linha permaneça disponível pelo maior tempo possível; talvez nos chegue alguma notícia."

"Srulik, desculpe-me dizer isso. Talvez seja melhor revelar que eu... o admiro muito. Não admiro. Admirar é uma palavra engraçada. Ao contrário, eu o respeito. Oxalá eu fosse como você. Contido e autocontrolado. Porque eu sempre concordei com Espinosa em quase tudo, mas não consegui corresponder tanto assim às exigências dele. Toda hora eu me pego de novo numa mentira feia; não feia, ao contrário, desnecessária. Baixa também, uma mentira com o objetivo de causar em todos uma boa impressão. E sempre acaba em má impressão. Isso é deplorável, se é que se pode dizer assim. E até mesmo não israelense. Mas saiba que estou trabalhando em mim mesmo. E mudando gradativamente. Vocês ainda verão. E quando Ioni voltar..."

"Azaria, por favor, sobre isso, com sua licença, falaremos em outra ocasião. Agora preciso me apressar."

"Sim, claro, desculpe. Saiba que eu, como dizer, estou inteiramente a seu dispor. E à disposição do kibutz. Dia e noite. Só me digam o quê, e eu farei o que for. Até mesmo pular do telhado. Talvez eu seja um babaca. Certamente um babaca. Mas não um parasita, nem um verme. E vou me casar com ela."

"O quê?"

"Porque é isso que Ioni quer. Acredite em mim. E se isso é bom para Iulek, que é como um pai para mim, e bom para Chava e para você e bom para todo o grupo, de um ponto de vista comunitário, então eu me casarei com ela. E agora, como você me disse, vou correndo cuidar do telefone. Garantir que a linha fique desocupada dia e noite. A qualquer preço. Srulik?"

"Sim, o que é agora?"

"Você é mesmo gente. Se é que se pode falar assim."

Azaria pronunciou essas palavras de costas para mim, ao se virar e começar a correr. Já escrevi sobre Ioni e Udi e Eitan e toda essa turma, que para mim são uma espécie de tribo estranha e esquisita. Esse rapaz não vai conseguir se assimilar com eles. Para mim isso não é estranho. É algo conhecido e quase próximo de mim. Ele não tem a menor possibilidade de se assimilar. Nunca acreditei de verdade que um judeu seja capaz de se assimilar com sucesso total. Por isso sou sionista.

    Depois voltei ao escritório. Telefonei (com muita dificuldade) para a unidade de Ionatan no Exército. Não, esta noite não o tinham convocado nem houvera nenhuma convocação. O que há com você, meu senhor, desde quando se fala dessas coisas por telefone? Como um favor especial e uma concessão ao regulamento, concordaram em me assegurar que Ionatan Lifschitz não se encontrava na base. Sim, a jovem funcionária na outra ponta da linha tem "cento e vinte por cento" de certeza; eles lá são uma família pequena, sabem quem chega e quando. Eu lhe agradeci, mas não afrouxei: e posso falar com um rapaz, ou oficial, chamado Tchupka? (Rimona lembrara que assim se chamava o comandante da *Saieret* de Ioni.) Pedem-me que espere na linha. E depois desligam de repente. Eu insisto, brigo com o disco de discar, enfrento todos os demônios que ficam no caminho entre as diferentes centrais telefônicas e finalmente consigo refazer a ligação. Ela me diz sem muita vontade que esse Tchupka se ausentara da base ainda esta manhã. Para onde? — Meu senhor, espere na linha. Desligam. Eu arremeto numa terceira tentativa, com a mesma paciência que durante toda a vida aprendi com minha flauta. E chego de novo à mesma funcionária. Ela se enche de impaciência, suspeita ou grosseria: Quem é você, meu senhor? Com que autoridade o senhor faz esse tipo de pergunta? Sem pestanejar joguei-lhe na hora três mentiras: que eu era o pai de Ionatan. Que meu nome era Israel Lifschitz. E que Lifschitz ainda era membro do Parlamento. Sim, minha jovem senhora, aqui fala o deputado I. Lifschitz. Teria a gentileza de me dizer para onde foi esse Tchupka? Por respeito a Ioni ou por respeito ao Parlamento, ela acedeu em também me revelar esse segredo militar: estava a caminho de Acre. Em Acre. Ou voltando de Acre. Viajou para a cerimônia de circuncisão do filho de um de nossos soldados. De nome tal e tal.
    Liguei imediatamente para Grossman, de Acre (um amigo meu ainda de Leipzig, que trabalhava na companhia de eletricidade). A meu pedido, e após uma hora de buscas, Grossman comunicou-me que o tal Tchupka "fora tirar um soneca, pelo visto na casa de sua irmã, no kibutz Ein Hamifratz".

Enquanto isso se haviam passado, nessa minha guerra telefônica, quase duas horas e meia. Perdi o almoço no refeitório. Mas Rachel, mulher de Stutchnik, lembrou-se de mim e tomou a iniciativa de me levar ao escritório um prato coberto com outro prato, com bolinhos, abobrinha e arroz. Não larguei o telefone.

Às quinze para as duas, consegui — com muito sofrimento — receber uma ligação da secretaria de Ein Hamifratz. E alguém prometeu-me fazer o máximo possível (e também dessa vez apresentei-me como Iulek, para incrementar minhas possibilidades). Já perto das quatro, finalmente consegui falar com Tchupka e lhe perguntei, para ouvir como resposta que ele não tinha a menor ideia de onde estava nosso Ionatan. Seria bom perguntar na base militar, e se realmente ficar patente que "tem um problema sério com Ioni", eu poderia contar com Tchupka e seus amigos, que eles iam "meter a cara no assunto" e a unidade de *Saieret* encontraria para mim o perdido "nem que fosse nos cafundós". Talvez tenha zombado de mim quando lhe perguntei onde ficava esse lugar. E ainda lhe perguntei se em sua opinião Ionatan seria capaz de fazer, como se diz, uma besteira. "Pensando...", ele me responde numa voz rouca e cansada. Depois de um breve silêncio declara: "E eu sei? Todo mundo é capaz de de repente fazer besteiras". (Aliás, acho que ele tem razão.) Combinamos então que manteríamos contato. E pedi-lhe que por enquanto guardasse certa discrição.

Durante todas essas horas que passei na investigação telefônica, Udi Shneiur e Eitan varreram — a meu pedido — os terrenos em que a lama pesada não impediria a passagem de jipes. Não encontraram sinal. E novamente por minha sugestão Eitan R. levou Thia, que era pastora-alemã, presa a uma correia, para buscar os rastros de seu dono.

Em vão.

Eu não conseguia decidir comigo mesmo se valia a pena, nessa altura, envolver a polícia. Os argumentos a favor eram claros. O argumento contrário era o seguinte: se contudo o rapaz voltar e aparecer esta noite, amanhã, depois de amanhã, e ficar claro que nada acontecera além de um estado de espírito transitório, ele com certeza ficaria ofendido e zangado conosco por termos arrastado a polícia para o caso e começado a fazer alarde.

Às cinco da tarde, decidi por fim que meu amor-próprio não seria abalado se eu me aconselhasse com Iulek. Por alguma razão, estivera protelando seguidamente essa visita. Mas antes sugeri a Chava que telefonasse para todo conhecido e todo parente em cuja casa Ioni talvez pudesse ter ido buscar refúgio. Mesmo com aqueles junto aos quais essa possibilidade era irrisória. Eu confiava em que Chava saberia como fazer isso naturalmente, com tato, para não despertar nenhuma suspeita ou preocupação.

Chava encarregou-se disso. Seu rosto expressava uma náusea reprimida. (Para comigo? Ou para com os conhecidos e parentes?) Sem pronunciar uma só palavra, fez-me sentir que todas essas medidas eram tolas, e o que mais se poderia esperar de um fracassado como eu, mas que ela, com base em seus sólidos princípios, seguiria as instruções. Apenas exigiu de mim, energicamente, que ainda hoje eu providenciasse uma ligação telefônica transatlântica para Trotsky, para Benia, que vive em Miami: talvez ele soubesse de alguma coisa. Não vi nenhuma lógica nessa sua proposta. Mas decidi atendê-la imediatamente. E sem que minha voz deixasse transparecer minha opinião. Se ela quer que seja eu o interlocutor, serei eu o interlocutor. Pois não. Não tem de quê.

Já se passaram trinta e nove anos do dia em que encontrei Iulek pela primeira vez. E já então havia algo nele que me desarmou sem que eu percebesse e me fez sentir submisso. Era um homem baixo, cauteloso e articulado, e sem nenhum sinal juvenil mesmo então, em nossa juventude; como se tivesse nascido maduro, terminado e final. Até hoje, sua simples presença desperta em mim um profundo sentimento de inferioridade. Aliás, foi ele quem me ensinou como se arreia um cavalo.

Eu já supunha de antemão que Iulek usaria a expressão *mea culpa*, refrão recorrente em sua boca. Mas dessa vez Iulek evitou essa menção. Agradeceu-me por todos os meus esforços. Agressivo, fumando e concentrado, sentado ereto na grande poltrona, fitava um ponto no alto da parede. Em seu rosto instalara-se a expressão que eu lembrava muito bem, dos tempos das grandes decisões políticas: as narinas alargadas, o nariz imenso, obsceno, a irradiar profundo desprezo e ironia. Ele falou pouco e secamente. Como se tivesse tomado a decisão final de recorrer a uma medida surpreendente da qual não havia caminho de volta. Mas que ainda não chegara o momento de revelar nem mesmo a seus familiares. Uma solidão altiva, como a de um prócer nacional, o isola neste momento do resto dos mortais, que ainda se perdem nas ilusões. E que nem de longe podem adivinhar o tamanho da portentosa mudança que haverá no momento em que aprouver a Iulek executar o que por enquanto tem bem escondido no coração. E o que tem oculto no coração derrama em seu rosto a tristeza da cólera nele sulcada: como um comandante militar ou um chefe de governo que acabou de acionar a última das senhas secretas e cruzou a linha fatídica. Nada ainda pode saber qualquer das pessoas que o circundam. Ainda nenhuma engrenagem foi movimentada, nenhum tiro foi disparado, nenhuma sirene de alarme foi ligada, mas o sinal já foi dado por ele, e sem nenhum arrependimento. Agora ele espera, e o que se irradia dele é quase parecido com serenidade. Apenas, e somente isso, fuma sem parar enquanto crava seus olhos pequenos e duros nas espirais de fumaça que se erguem no ar. Como se nelas tentasse decifrar algum segredo interno, ou uma direção.

"Iulek", eu disse, "saiba que estamos com vocês, todo o kibutz."

"Isso é bom", disse Iulek, "obrigado. Sinto isso muito bem."

"E estamos fazendo tudo que é possível."

"Claro. Nunca duvidei disso."

"Varremos as redondezas e também verificamos no Exército. E estamos vendo com parentes e conhecidos, discretamente. Por enquanto, nenhum resultado."

"Você está agindo muito bem. E é bom que por enquanto ainda não tenha ido à polícia. Srulik?"

"Sim."

"Um copo de chá? Ou um calicezinho de bebida?"

"Obrigado, não."

"Ouça, é preciso vigiá-lo, para que não faça uma besteira. Ele não está muito bem."

"Quem?"

"Azaria. Deve-se vigiá-lo com mil olhos. É um jovem valioso, talvez destinado a grandes coisas. Tem que vigiá-lo de noite também. Porque ele está culpando a si mesmo, e há o perigo de que cause algum dano. Quanto a Chava, faça o que achar melhor. Não vou dar minha opinião."

"O que quer dizer com isso?"

"Ela vai fazer um escândalo. Vai exigir que você se livre de Azaria, pelo menos confinando-o em sua cabana. É bem possível que exija que ele seja expulso do kibutz."

"E o que devo lhe responder? O que você acha?"

"Que você é um excelente rapaz, Srulik, e um ótimo contador. Mas um sábio não perguntaria isso. É melhor você pensar um pouco. Aliás, Ioni é um tolo, infelizmente, mas não um patife. Nem é um porra louca qualquer."

Imediatamente pedi desculpas. Iulek descartou-as com um gesto cansado e garantiu-me que nada tinha a reclamar de mim: eu com certeza estava fazendo o melhor que podia. Isso não estava em questão. Aliás, ele também achava que se devia contatar Trotsky e investigar qual era a parte dele na história e o que ele, de fato, estava querendo. Isso, achava Iulek, devia ser feito com cuidado, talvez indiretamente: trata-se, afinal, de um mentiroso contumaz, um trapaceiro de primeira, um impostor sofisticado e sem limites. Talvez se possa acionar um de nossos agentes, um desses incógnitos, para esclarecer se Trotsky está metido nisso. Por outro lado, uma abordagem direta e aberta teria suas vantagens.

Fui obrigado a reconhecer: Não estou entendendo.

Mas Iulek fez uma careta, como se minha percepção lenta fosse uma tortura para ele. Preferiu fazer um estranho comentário sobre uma passagem da Bíblia e citou um sermão de um de nossos sábios antigos sobre a maldição que recai sobre todo construtor de Jericó.

Fiquei calado. E levantei-me para ir embora. Esse homem nunca me foi fácil.

Minha mão já na maçaneta da porta, de costas para Iulek, e de novo me alcança sua voz entrecortada, decidida, que impõe atenção e obediência. Ele está contente, quase, de que hoje o dia esteja claro. Seria terrível imaginar Ioni vagando por lugares desertos, talvez perto da fronteira, em meio a tempestades e trovoadas e sob chuva torrencial ou granizo. Esse tolo. É bem provável que neste momento ele esteja, como costumava fazer quando era criança, em algum lugar abandonado, numa ruína ou num pequeno posto de gasolina, cheio de pensamentos confusos, com raiva de coisas que só o diabo conhece, e com muita pena de si mesmo. Contanto que não esteja num avião rumo à América. E se voltar de repente, de novo teremos de levar tudo isso em silêncio, demonstrar muito tato etc., para não magoar sua alma delicada. Uma droga. Seja como for, América ou posto de gasolina, esse rapaz vai voltar. E talvez já amanhã ou depois. Quando voltar vamos ter de tirá-lo de casa. Talvez por um ou dois anos. Em missão do movimento. Para estudar. Talvez um pequeno emprego jeitoso, para a glória da autorrealização etc. Se ele tanto quer o além-mar, arranjamos algo no além-mar. Se já não for tarde demais. Um tolo mimado com passarinhos na cabeça. Que alma aleijada eles têm. Todos são, supostamente, artistas. E todos flutuam no ar. Parece que houve com eles uma espécie de colapso genético. E eu, prometa guardar isso em segredo, eu até que tencionava ir um pouco ao encontro dele. Fazer algo por ele, pois percebi o quanto sofria e se amargurava. Até a Eshkol apelei. Você guarde isso em segredo. Que minhocas eles têm na cabeça. Esporte, países oceânicos, música de sexo primitiva. Onde erramos, Srulik? Como é que cresceram entre nós pobres miseráveis como esses?

E eu comigo mesmo, como num refrão, completei as palavras de Iulek: escotos. Tártaros. Etc. E despedi-me com a promessa de voltar para uma visita, quando pudesse.

Será que ele ama o filho? Despreza? Ama e despreza ao mesmo tempo? Matéria-prima na mão do criador? Um rei com um príncipe-herdeiro incompetente? Um mestre rabino sonhando com sua dinastia? Um tirano a oprimir rebeldia?

Não compreendo nada. Já escrevi: absolutamente nada.

Bialik, no poema *Hachnisseini*, pergunta o que é o amor. Se ele não sabia, que sei eu?

Vou fazer de novo uma observação mais ou menos religiosa: pai e filho. Todo pai e todo filho. O rei David e Absalão. Abrahão e Isaac. Jacob, seus filhos e José. Cada um, supostamente, tenta personificar uma espécie de deus bíblico furioso e terrível. Cada um faz soar trovões e despeja relâmpagos. Vingança e acerto de contas. Fogo e enxofre. Chuva de pedras do céu. Tampouco tenho a menor ideia de quem seja este rapaz, Ionatan. Mas agora, neste momento, quando faço este registro, de repente temo por ele. Que se tenham esgotado todas as suas forças. Que esteja neste momento vagando, abandonado a si mesmo, seu estado nada bom.

E talvez muito grave, Deus me livre. Talvez eu tenha sido louco de não ter chamado logo a polícia, ainda às nove da manhã. Talvez o caso seja de caráter criminal.

Ou ao contrário: é preciso esperar em silêncio. O rapaz está pedindo para si um momento de solidão. É seu direito. Estar sozinho por algum tempo, sem que nos apressemos a estender atrás dele nosso braço comprido e pesado. Talvez devamos deixá-lo em paz. Ele já não é um menino. Na verdade, talvez seja. E talvez esteja se divertindo a nossa custa.

Não sei.

Escrevo aqui com toda a honestidade: muitas vezes em minha vida, nos momentos de solidão, quando recolhia os ovos no galinheiro e durante horas fazia a triagem em formas de papelão, ou quando nas noites de verão sentava-me sozinho em minha pequena varanda e ouvia a alegria das famílias nos gramados, ou quando ficava deitado, desperto até de madrugada na cama solitária e rangente, quando ouvia o uivo dos chacais em Sheikh-Dahar, quando na janela acendia-se a lua como um nazista corado e bêbado, quando se desencadeavam lá fora chuvas de tempestade, eu também, mais de uma vez, imaginava comigo mesmo uma utopia: ir embora e seguir meu caminho. Assim, de repente, sem explicação ou justificativa. Sair a caminho, para algum lugar diferente, começar uma vida totalmente nova, sozinho ou com P., a quem amei há vinte e cinco anos e na verdade ainda amo. Deixando tudo para trás. Para não mais voltar.

Então, por que agora me assaltam essas dores de consciência? Por que esse peso no coração? Por que razão supostamente moral teria a obrigação de atiçar sobre Ionatan Lifschitz a polícia ou seus companheiros na *Saieret*? Pelo contrário: se ele precisa ir embora, que siga em paz seu caminho. Ele é o dono de si mesmo. Esperemos que amanhã ou depois chegue uma carta ou um bilhete, venha um telefonema, e com isso — ao menos no que me diz respeito — o caso estaria encerrado. Aliás, para mim não é má ideia que Azaria se case com ela. Por que não? Só por causa da ira venenosa de uma mulher difícil e malvada? Ou da honra e prestígio de um ditador idoso? E por esses dois eu tenho de montar uma caçada humana? Para, supostamente, fazer voltar um pássaro à gaiola de seus suplícios?

Não sei nada. Nada sei. Não tenho ideia. Já escrevi isso.

Aliás, não cabe a mim ser o secretário do kibutz: simplesmente, não sou feito do material adequado. Que façam o favor de convidar o bom Stutchnik. Ou Iashke. Ou que exerçam sobre Iulek a pressão da autoridade pública e o obriguem a continuar com esse ônus e a dominar isto aqui com seu braço forte. Não sou a pessoa adequada. Sem dúvida, foi um erro.

* * *

Às sete da noite organizei um rodízio noturno junto ao telefone, para o caso de chegar alguma notícia. Eitan, Azaria, e Iashke e Udi. Três horas cada um. Até as sete da manhã, quando voltarei para o escritório e verei o que há de novo e o que ainda é possível fazer.

Talvez ele volte para casa ainda esta noite, e acabou-se.

Pendurei um aviso lacônico no refeitório no qual cancelava, sem explicações, o encontro do quinteto musical. Às oito e meia voltei para cá, para o meu quarto, banhei-me e tomei um remédio. Às nove e quinze me chamaram com urgência no escritório: finalmente Miami estava na linha.

Yes, his personal assistant is speaking. Mr. Trotsky está fora da cidade. Sentem muito, é impossível contatá-lo. Mas pode-se deixar um recado.

Escolhi cuidadosamente as palavras: é uma chamada de Israel. Do secretário em exercício do kibutz Granot. Um homem jovem chamado Ionatan Lifschitz ("por favor, soletre"). Este jovem possivelmente já fez, ou em breve fará, contato com o sr. Trotsky. É filho de velhos amigos. Está em excursão. Se houve ou houver algum contato, poderia o senhor Trotsky se comunicar conosco o mais breve possível? Obrigado. Apreciaremos muito.

E depois disso, em meu quarto, como a mulher-mais-amada e paciente, minha perpétua solidão me espera: sente-se um pouco, Srulik. Seu dia não foi fácil. Vamos acender o aquecedor elétrico. Ferver uma chaleira. Vamos tomar chá. Vestir um velho e bom suéter sobre o pijama. E Brahms vai tocar para nós. Acendamos a luz da mesa. O quarto está fechado e trancado. Assim mesmo nele penetra o cheiro de fora: folhas molhadas. Terra de inverno. Humo. Lembranças da infância. Resquícios turvos de dor: minha desistência de P. Outras concessões. Cães latem ao longe. Um pássaro noturno nos assusta. Em vez de ficar com pena de nós mesmos, fizemos aqui um relatório. E eis que já passa de meia-noite. O que lhe aconteceu, Ioni? Onde você vai pernoitar esta noite? Vamos, dê-nos um sinal. Não vamos persegui-lo.

Este registro prolongou-se muito. Já é muito tarde e amanhã será outro dia nada fácil. Vou acender a luz de cabeceira e apagar a luminária da mesa. Vou me lavar, deitar e ler até que o sono venha. Nos últimos meses tenho lido livros de ornitologia: em alemão, inglês e hebraico estudo o que fazem os pássaros, e por quê. Boa noite. Aliás, desse assunto tampouco entendo coisa alguma. Veremos o que acontecerá amanhã.

* * *

Quinta-feira, 3.3.1966, quatro e meia da tarde
Nenhuma novidade. O menino não apareceu.

Durante a noite os rapazes se revezaram junto ao telefone. Do Exército comunicou-se o oficial chamado Tchupka, para perguntar se havia algo de novo; vai tentar, assim disse, chegar aqui no decorrer do dia.

E de manhã Iulek piorou. O médico correu a seu quarto, deu-lhe uma injeção e sugeriu que fosse internado no hospital. Pelo menos por algumas horas, para um *check-up*. Mas Iulek trovejou, deu um soco na mesa e expulsou todos do quarto.

Minha função insuflou-me coragem e entrei para vê-lo depois que todos haviam saído. Iulek não estava na cama e sim, como ontem, majestosamente sentado na poltrona. Segurava entre os dedos um cigarro apagado que fitava com olhar matreiro enquanto apalpava suas duas pontas, como se as comparasse meticulosamente.

"Srulik", disse, "isso não é bom."

"Não fume", eu disse. "Na minha modesta opinião é melhor você fazer o que o médico propõe."

"Não tem conversa", disse Iulek tranquilamente, "não saio daqui enquanto não chegar alguma notícia."

"Quem sabe não estamos cometendo um erro?", perguntei, hesitante. "Quem sabe apesar de tudo seria melhor procurar a polícia?"

Iulek não se apressou a responder. Num átimo passou por seu rosto e desapareceu um de seus misteriosos sorrisos.

"Polícia", disse por fim enquanto erguia a sobrancelha esquerda, "polícia quer dizer imprensa. Ou seja, sensacionalismo. E esse rapaz tem um orgulho tal que, se o atingirmos, é como se estivéssemos, com nossas próprias mãos, bloqueando-lhe os caminhos de volta. Ele fugirá para mais longe ainda ou continuará a se esconder. Ou, pior, será trazido aqui numa patrulha de polícia. Não, isso não é bom. Vamos esperar. Srulik?"

"Sim."

"O que acha você?"

"Procurar. E já."

"Ahn?"

"Eu disse: procurar a polícia, não esperar mais."

"Quer dizer, você acha que ele já fez alguma coisa?"

"Não disse isso, Iulek, Deus me livre. Eu disse, já que você pediu minha opinião, que devíamos fazer a comunicação. Hoje."

"Por favor", disse Iulek enquanto sugava longamente o cigarro apagado em sua mão, "por favor. Você é o secretário. Aja como achar melhor. Você também tem o direito de errar. O que você respondeu a Chava?"

"Sobre o quê?"

"Azaria. Aliás, como vai ele? Por que não veio me visitar?"

"Até onde eu sei, ficou acordado a noite inteira e agora o puseram para dormir. Chava não falou comigo sobre Azaria. Rimona também não. Até onde sei, Rimona foi trabalhar hoje. Na lavanderia. Como de hábito."

"Srulik, ouça, por favor."

"Sim."

"Amanhã é sexta-feira, certo?"

"Amanhã é sexta-feira."

"Então você vai procurar a polícia. Mas não hoje. Amanhã, quando se tiverem passado quarenta e oito horas. Acho até que existe esse procedimento quando se trata de pessoas desaparecidas: costuma-se esperar mais ou menos quarenta e oito horas. De Trotsky, não tem nada?"

"Por enquanto não, que eu saiba."

"Claro. Não esperava outra coisa. Ouça, Srulik, aqui entre nós, em sigilo, carrego comigo uma suspeita. Mais do que isso, quase uma certeza absoluta. Mas com a condição de que você guarde um silêncio de sepultura. Estamos de acordo?"

Fiquei calado.

"Chava."

Calado.

"Tudo isso é obra dela. Em conluio com o seu Trotsky. Não vou entrar em detalhes. É como ela está se vingando de mim."

"Iulek", eu disse, "acredite em mim. Não entendo nada das coisas do coração. Nem tenho tal pretensão. Mas essa suposição me parece impossível."

"Deixe pra lá, Srulik. Esperto você nunca foi. Mas nenhum de nós é mais íntegro. Você, simplesmente, esqueça tudo que eu disse. Esqueça, e pronto. Chá? Ou um calicezinho? Não?"

Recusei agradecendo, e mais uma vez instei com Iulek que fizesse o que o médico indicara e fosse para o hospital, ao menos por algumas horas.

Ladino, malicioso, como um libertino envelhecido e corrupto, Iulek de repente piscou-me um olho e sorriu uma espécie de sorriso transgressor:

"Domingo", disse, "se Ioni não aparecer até então, domingo eu vou viajar."

"Mas o médico..."

"Ao diabo, o médico. Srulik, ouça. E isto muito confidencialmente. Em nome de Deus, entre mim, você e estas paredes. Vou viajar no domingo, já reservei uma passagem. Vou viajar e trazê-lo de volta. E pôr um fim nessa anarquia. Aliás, eu também, no decorrer de minha longa vida, consegui aprender um ou dois truques. Eu, e digo isto com a maior simplicidade, recuso-me a desistir do menino. E ponto final. Não discuta comigo."

"Não compreendo", disse, "para onde você vai viajar no domingo?"

"Grande luminar, ouça bem e não fale com ninguém. Sozinho, e sem que ela saiba. Para lá. Para a América. Trazer o menino de volta para casa."

"Mas Iulek, você..."

"Ahn?"

"Você tenciona, seriamente..."

"Sim, comigo sempre é seriamente. Pondero bastante antes de tomar decisões importantes, mas quando decido — é definitivo. Meu estado de saúde, Srulik, não está bom para discussões. Então não discuta comigo. Nem vale a pena. Vá agora em paz, Srulik, e lembre-se de que você jurou ficar calado."

Com o quê pedi desculpas e fui embora.

Depois do almoço voltei a meu quarto. Além de todos os problemas, senti que estava começando a ficar gripado: uma certa fraqueza nos joelhos, a garganta arranhando, os olhos lacrimejando um pouco. Aliás, percebi que tanto Iulek quanto Ioni sofrem, às vezes, de alergia.

Fiquei, pois, deitado na cama com roupas de baixo de inverno, ouvindo uma fuga de Bach. Escrevi algumas linhas neste diário. Sábado à noite a assembleia do kibutz vai me eleger para o cargo de secretário, a menos que eu tenha a coragem de anunciar que retiro minha indicação. E de manter isso firmemente. Mas não fui agraciado com o atributo da teimosia. E as pessoas falarão mal de mim. Vamos esperar para ver. Assustei-me agora com essa ideia feia, presunçosa, de que ninguém aqui é equilibrado a não ser eu. Ninguém mesmo. O pai, o filho, a mãe, a querida Rimona e Azaria, sem falar em Stutchnik, são todos pessoas estranhas. Só que eu, assim dizem eles, inteligente nunca fui. E realmente não fui: cheguei a levantar o fone duas vezes esta manhã e uma vez até disquei para a polícia, mas arrependi-me imediatamente. Seja como for, vou esperar. Até amanhã. Enquanto isso li algo que dá o que pensar sobre a migração das aves (Donald Griffin); vou copiar algumas linhas: "Muitas espécies de aves começam sua jornada de primavera quando o clima ainda é muito diferente daquele que reina nas regiões da nidificação. As espécies que costumam hibernar nas ilhas tropicais, por exemplo, num lugar em que as condições climáticas são muito estáveis, são obrigadas a sair dessas regiões em uma determinada época, se querem aproveitar um pouco do verão efêmero das longínquas regiões setentrionais".

E em continuação:
"O que é que anuncia à ave que se encontra numa floresta tropical chuvosa na América do Sul que chegou a época de voar em direção ao norte para alcançar a tundra canadense exatamente quando lá ocorre o degelo?"

Copiei esse trecho em meu diário com uma risadinha interior: se é permitido a um grande homem como Iulek errar em suas hipóteses fantásticas, por que não posso eu também experimentar minhas modestas forças num palpite, mesmo que seja um palpite furado?

Há cerca de uma hora e meia, mais ou menos às duas e vinte, quando eu estava deitado lendo este livrinho de Griffin, de repente bateram à minha porta. Antes de eu chegar a responder, a porta abriu-se com ímpeto: Chava, agressiva, amarga e fria. Ela precisa falar seriamente comigo. Agora. Já. Sem delongas.

Entrou e encontrou-me fantasiado de alma penada: ceroula de inverno branca e comprida, camiseta de mangas compridas, e uma espécie de cachecol de lã enrolado no pescoço por causa da gripe incipiente. Não demonstrou nenhum constrangimento. Nem pediu desculpas. Atravessou raivosamente o quarto e sentou-se em minha cama desfeita.

Refugiei-me então no banheiro e tranquei a porta atrás de mim. Voltei após me vestir apressadamente.

Ela precisa conversar comigo. Agora. Sem delongas.

É uma mulher idosa, descarnada, o cabelo enrolado numa coroa em volta da cabeça, envolta numa severidade polonesa, cultivando um tênue bigode sobre os lábios apertados como que numa eterna e contida animosidade, sempre com toda a razão até a ponta das unhas, mas tolerante por princípio e sabedora de que não tem outra alternativa a não ser suportar pacientemente as feias fraquezas do próximo.

Em que posso ajudá-la?

Bem, ainda esta vez ela vai tentar se conter. Hoje não vai me dizer nada do que lhe passa na alma. Quando tudo passar, talvez acertemos todas as nossas contas, eu e você, ilustre senhor. Não agora. Agora ela exige de mim "agir — e já": se eu não quiser que até o fim de meus dias me persiga a culpa pelo que acontecerá a Iulek, cujo estado é bem ruim. Eu tenho a obrigação de ainda hoje eliminar do kibutz esse réptil que causou toda a tragédia. Cada hora que ele vive aqui é uma facada nas costas delas e uma facada no coração doente de Iulek. E não só no aspecto público — talvez já amanhã comecem a nos cravar suas garras esses jornalistas devoradores de cadáveres, e quem é que sabe que guloseimas eles vão cozinhar dessa história — mas também, e principalmente, é proibido que Ioni, quando voltar, encontre aqui essa criatura. Serei capaz de perceber o que aconteceu aqui? Eu também sou um degenerado ou só um imbecil como todos os outros? Essa peste, me perdoe, ainda mora prazerosamente no quarto de Ioni — no quarto dele! — e dorme na cama dele. Onde se viu no mundo que uma sociedade silencie ante uma nojeira dessas? Nem entre canibais na floresta. E eu sou, supostamente, o secretário. Nem mais nem menos. É o que se chama em hebraico "o escravo que reina". Mas não faz mal. Tudo vai se arranjar, e eu ainda irei pagar por isso. Com juros. Pelos sofrimentos que causei a Ioni e pelo que vai acontecer com Iulek. Esse assassinato ainda irá me perseguir até o fim da vida. Ela me adverte: não vai deixar passar em silêncio. A não ser que eu corrija pelo menos um pouco do que já estraguei e o expulse como um cão para fora da cerca. Ainda hoje, aliás, o médico deixou claro temer que, desta vez, tratava-se do coração de Iulek. Mas por que ela precisa desperdiçar palavras com um tipo baixo como eu, que de qualquer maneira não se importa com nada ou, ao contrário, no fundo do coração até se alegra com o sofrimento alheio? Ela quer que ao menos eu saiba o quão transparente sou para ela e o quanto ela é capaz de ver com clareza todas as minhas tramas. Pelo menos para que eu desista finalmente de todo esse meu fingimento. Pelo menos para que eu pare de representar o papel de santo da aldeia. Pois ela, Chava, nunca se engana com as pessoas. E sabe exatamente com quem está lidando. Aliás, não acredita que eu tenha mesmo feito o possível para entrar em contato com a América. Pois ela me conhece como a palma de sua mão e sabe que não me importo com nada: só fico deitado como um monstro, descansando, senhor Pritz,* numa alentada sesta de meio-dia. É bem característico.

E com essas palavras levantou-se e ficou de pé diante de mim. Tensa e ofegante, uma mulher pequena e enérgica, provavelmente abafando dentro de si antigas ofensas das quais nada sei ou compreendo. Como se contivesse num ranger de dentes seu direito de golpear o inimigo, porque o inimigo e o golpe estão muito abaixo de sua honra.

"Chava", eu disse, "você está sendo injusta comigo."

"Vá, ponha ele para fora", ela me atirou com olhos faiscantes. "Vá neste minuto."

Disse, e foi em direção à porta numa demonstração de sensibilidade ofendida. Como a senhora de Ramat-Iachash que de repente se viu, por engano, num lugar nada puro.

"Sinto muito", eu disse, "você precisa me dar um tempo para eu pensar nisso. Pelo menos um dia ou dois. E para eu me aconselhar. Ao mesmo tempo, assumo a tarefa de conversar com Rimona e com o rapaz. Tenho razões para crer que poderei facilmente convencê-lo a voltar a morar em sua cabana. Pelo menos por algum tempo. Mas primeiro temos de nos concentrar em Ioni. Espero que ele volte em breve. E minha esperança tem fundamento. Dou-lhe minha palavra de honra que depois que ele voltar são e salvo vou convocar uma reunião da comissão de família. E se ficar claro que é necessário agir, não vamos hesitar. Chava, vamos."

"Eu quero mor-rer." Ela de repente começou a chorar em voz alta e pungente, feia, como uma menina mimada que tivesse sido ofendida e reduzida a pó. "Srulik, eu quero morrer."

"Chava", eu disse, "tente, por favor, se acalmar. Você sabe que estamos

---

* Termo com que os judeus no exílio chamavam os donos de terra na Polônia, a quem pagavam impostos.

todos com vocês. Todo o kibutz. Eu também. Embora eu realmente não seja muito esperto. Mas acredite que estou fazendo e farei tudo que estiver a meu alcance."

"Eu sei", disse ela chorando, o rosto escondido atrás de um lenço branco, "eu sei que você é um homem de valor. No fim das contas eu sou apenas um monstro, uma bruxa que perdeu completamente a razão. Não me desculpe, Srulik, pois não tenho nenhum direito de pedir desculpa depois de tê-lo ofendido sem nenhuma razão. Saiba que me envergonho e quero morrer. Dê-me, por favor, um copo de água."

E depois:

"Srulik, diga-me toda a verdade. Sou forte como uma rocha e capaz de ouvir tudo e suportar. Diga-me o que você sabe e o que você acha: Ionatan está vivo? Sim ou não?"

"Sim", eu disse com tranquilidade, num ímpeto que não é meu. Como se um homem estranho e forte estivesse falando de repente por minha boca. "Ele está são e salvo, não estava feliz ultimamente e foi embora para ficar um pouco consigo mesmo por algum tempo. Eu também, comigo mesmo, fiz algo parecido mais de uma vez. E você também. Cada um de nós."

"Em todo este hospício", ela ergueu para mim o rosto banhado em lágrimas, "você é o único que preservou sua figura humana. Quero que saiba que jamais esquecerei isso. Que entre todos esses assassinos houve um só homem sensível, e eu, como um animal, lancei-me sobre ele com reproches."

"Chava", eu disse, "não fique zangada, eu sugiro que você tente descansar um pouco. Você se emocionou. Aliás, eu também tentei descansar. Não adianta somar sofrimento a sofrimento. Já existe no mundo bastante sofrimento também sem o nosso. Tentemos, se possível, nos acalmar."

"A partir de agora", disse como uma bebê idosa apaziguada, "juro que vou fazer tudo exatamente como você me disser. Tudo. Olhe, estou indo descansar. Agora mesmo. Mas mesmo assim", hesitou, "mesmo assim, Srulik, na minha opinião... não importa. Vou ouvir você, e pronto. Você é como um anjo de Deus."

"O que você queria me dizer, Chava?"

"Que talvez, mesmo assim, ele não deva ficar na casa de Ioni. Dormir na cama dele. Porque isso é feio."

"Nisso você talvez tenha razão", eu disse. "Acho que sim. E já lhe disse que tenho razões para ter certeza de que se eu lhe pedir que volte à cabana ele não me recusará. Depois veremos o que vai acontecer. Chava?"

"Sim."

"Me avise, por favor, mesmo no meio da noite, se Iulek se sentir mal. E tente com todas as suas forças convencê-lo a aceitar o conselho do médico."

"A partir de agora não vou dirigir a ele uma só palavra. Ele é um assassino, Srulik. Você está exigindo de mim que volte direto para um assassino?"

Chava saiu e me obriguei a comer com uma colherzinha meio copo de *lebenia*, depois tomei um comprimido de aspirina. Em seguida vesti um casaco, pus um boné na cabeça e fui conversar com Azaria Guitlin.

Não conseguira dormir nem duas horas, e a tristeza e a dor o despertaram para correr de volta a seu posto. Seu posto? Sim, como eu havia lhe ordenado ontem, ficar ao lado do telefone e cuidar que a linha estivesse desocupada o quanto possível.

Assustado, como a esperar uma bofetada que demorava a vir, o rapaz se encolheu diante de mim. Apressou-se a me oferecer um cigarro e logo sugeriu que eu ficasse com o maço inteiro, pois ele tinha outro no bolso. Lembrei-lhe que eu não fumo.

"Peço desculpas, *chaver* Srulik, não tive a intenção de ofendê-lo, Deus me livre. Cigarros são venenosos e nojentos. Perdoe-me. Stefan Laliosha deu-lhe uma colher tão rara, mas Eliosha pirou e lhe bateu na cara. Em russo se diz, na verdade, que Stefan deu a Eliosha uma colher de prata, mas eu disse 'rara' em benefício da rima. Eu me envergonho, *chaver* Srulik, de todo mal que causei a vocês depois que vocês me deram uma casa, calor e um novo sentido na vida. Ionatan é o único amigo que tive em toda a minha vida, em todo o mundo. Eu, sem hesitar, pularia no fogo por ele. E, na verdade, vou pular. Mas a saída dele, a viagem, quer dizer, não a viagem — a jornada —, não aconteceu por minha culpa. Isso eu nego! Tudo que vocês estão pensando é o total oposto da verdade. Saiba, *chaver* Srulik, que foi o próprio Ioni quem me trouxe — como se diz — para dentro. É muito simples. Você pode contar isso a todos os *chaverim*, até mesmo em voz alta, na assembleia. A verdade é a verdade. Não é vergonha. Ioni queria que eu ficasse na casa. Não queria deixar uma casa vazia. Essa é toda a verdade. E até me mostrou exatamente onde estão as ferramentas, e as do jardim e tudo, para que eu assumisse a função de seu substituto. Assim como você é agora o substituto de Iulek, que é como um pai para mim. Tem um provérbio que diz: Comparação falsa e mendaz queima os lábios de quem faz. Talvez eu esteja falando como um idiota. Não vou negar isso. Mas no que diz respeito a Ioni, todo o kibutz está enganado e eu e Ioni temos razão. Vocês cometem um erro que Espinosa chama de troca da causa pela consequência. Ioni, se é que se pode dizer assim, plantou-me em seu lugar porque já decidira ir embora. E não como está se dizendo aqui, que ele resolveu ir embora porque eu me intrometi para ocupar o lugar dele. É um exemplo clássico da troca da causa pela consequência. Você, *chaver* Srulik, gosta de Espinosa?"

"Sim", eu disse, "claro. Mas, com sua licença, vamos deixar Espinosa para ocasiões um pouco mais tranquilas. Enquanto isso eu queria lhe fazer uma pergunta. Muito importante. E talvez também pedir-lhe um favor."

"Mas é claro, *chaver* Srulik, qualquer coisa, não tenho nada a esconder, e todo pedido seu é para mim uma ordem."

"Azaria, nem que seja somente para poupar certas pessoas de sofrimento e tristeza, você concordaria em voltar a morar na cabana do barbeiro, ao lado de Bolonezzi, até que toda a situação se esclareça?"

Uma centelha insidiosa, maliciosa, como se ele fosse um pequeno animal que tivera a ousadia de morder, passou por seus olhos verdes e se apagou:

"Mas ela já é minha mulher, não mulher dele. Em princípio, quero dizer."

"Azaria, ouça. É um pedido. E só temporariamente. Você com certeza sabe do estado de Iulek."

"Quer dizer que você me culpa disso também?"

"Não, não totalmente. Talvez em certa medida."

"Iulek?" Azaria exibia agora um regozijo triunfal e insolente, como um prisioneiro que conseguiu ludibriar o carcereiro e prendê-lo nas algemas. "Ouça, *chaver* Srulik, ouça bem, pois tenho novidades para você: o próprio Iulek mandou me pedir que fosse visitá-lo esta noite. Para conversar com ele sobre uma coisa e outra. Sim. E também tocar violão para ele. Isso foi há dez minutos. Iashke veio e me disse que Iulek estava me convidando. E que tinha prometido me servir um calicezinho. Fora isso, *chaver* Srulik, por todas as regras da justiça, se é que se pode dizer assim, você tem a obrigação de perguntar ao próprio Ioni se eu devo sair da casa que era dele. E se não a Ioni, quem sabe você pergunta a Rimona? Uma grande surpresa o espera. Na minha opinião vocês têm todo o direito de me expulsar do kibutz. Quando você quiser, por favor. Mas não de minha mulher: isso é contra a lei."

Eu gostaria de voltar a escrever aqui o que escrevi ontem e anteontem, e que com certeza também escreverei amanhã:
Não estou entendendo nada. Nunca fui muito inteligente. Tudo isso é para mim um enigma.

Agora são dez da noite. Eitan R. está em seu turno ao lado do telefone. Azaria e Rimona foram visitar Iulek. Talvez Azaria esteja dando lá um recital de violão. Tudo no mundo é possível. De Ioni, nem sinal. Amanhã vamos procurar a polícia. Amanhã também vamos pedir a Tchupka e a seus companheiros que tentem encontrar esse filho perdido.
Chava Lifschitz está aqui comigo. Fez chá para nós dois e trouxe mel, pois minha garganta arde. Está sentada em minha cama. Estamos ouvindo música. Ainda desta vez, Brahms. Durante muitos anos nenhuma mulher esteve em meu quarto em tal hora. Copio aqui mais um trecho do livro sobre aves: "Para um voo longo devem ter armazenadas enormes quantidades de gordura corporal, exatamente como numa noite de inverno muito fria, onde uma ave pequena pode consumir a maior parte da gordura do corpo só para manter seu calor até o amanhecer".
E aí?
Chega por esta noite. Aqui interrompo.

Sexta-feira, 4.3.1966
Agora é noite, as chuvas recomeçaram. Pelo visto, foram poucos os que se reuniram no refeitório para ouvir o palestrante convidado falar sobre o folclore iemenita. Não há sinal de Ionatan. Na polícia fui severamente repreendido esta manhã por ter demorado tanto a procurá-los. Disseram que eu assumira para mim uma grave responsabilidade. Já entraram em ação, mas ainda não têm notícias. Tchupka também esteve aqui, ouviu cautelosamente o que eu tinha a dizer, tomou duas xícaras de café preto no quarto de Udi Shneiur,

não falou mais do que nove-dez palavras, não prometeu nada, e foi embora. Ao meio-dia chegou um telegrama de Miami: comunicava que ele tinha a intenção de vir até nós brevemente, talvez já na semana que vem.

Hoje tive uma estranha conversa com Rimona: o que achava ela, quando Ioni voltar são e salvo como todos esperamos, como se diz... não seria melhor que Azaria voltasse para o seu lugar? — Mas tem aqui lugar para os dois. E os dois gostam, e eu também. Dos dois. Ela entende quais seriam as possíveis consequências? Ela sorri. E devolve-me a pergunta: "Quais as consequências?".

Eu fico constrangido e até me atrapalho um pouco. Talvez por causa da beleza dela. E talvez eu não seja a pessoa indicada para o cargo.

Por exemplo: não tive coragem de fazer uma visita a Iulek. Hoje não fui vê-lo. Dizem-me que o médico constatou uma melhora em seu estado. Contam-me que Azaria foi de novo se divertir com Iulek: toca, filosofa, discute a situação política, não sei. Será da minha função estar a par de tudo?

Ademais, estou doente. Febre alta, calafrios, tosse, forte dor de ouvido, visão embaçada. Chava toma conta de mim. Exige que eu não me agite demais. Não fará mal a esse patife, Stutchnik, cuidar de tudo em meu lugar por um ou dois dias. E no domingo Trotsky vai chegar. Ou segunda-feira. Ou terça. Ou nunca.

Por minha própria conta, resolvi esta noite comunicar a Levi Eshkol que o filho de Iulek tinha ido embora sem deixar nenhum aviso e que estávamos todos preocupados com ele. Vou encurtar agora este registro porque estou doente. E até sangrando um pouco. Visões de pesadelo me acometem no momento em que meus olhos se fecham: talvez Ioni esteja em apuros e nós não fizemos quase nada.

Noite de sábado, meia-noite
Ioni não deu sinal. Nem a polícia. Nem aquele tão louvado Tchupka. O primeiro-ministro telefonou no fim da tarde e conversou com Iulek. Prometeu toda a ajuda possível. Pode ser até que venha para uma visita curta dentro de um ou dois dias.

Fiquei de cama o dia inteiro, com febre de quarenta graus e com muitas e diversas dores. E esta noite, na minha ausência, a assembleia do kibutz elegeu-me para o cargo de secretário. Stutchnik veio em grande gala me contar que na assembleia falaram bem de mim. Não pouparam elogios. E votaram quase com unanimidade.

Chava fica quase o tempo todo em silêncio. Ela sabe do telegrama de Miami. Iulek também sabe. Não dizem nada. Acho que desde ontem eles não se falam. O bom Stutchnik conta-me que Rimona e o rapaz estão cuidando bem de Iulek. Enquanto Chava fica comigo até muito tarde. Dá de comer ao doente. Estou completamente confuso: em meus pensamentos estou sempre acompanhando Ioni em seu vaguear nos campos, num subúrbio na parte baixa de Haifa, no deserto, na rodoviária central, talvez já no além-mar. Visões com os mínimos detalhes. Meu coração me diz que não aconteceu nada trágico. Eu asseguro isso a Chava sem a menor dúvida. Baseado em quê? Não sei. Também não sei por que disse nesse minuto a Chava, erguendo a caneta deste diário, que talvez Rimona esteja grávida e o pai é um dos dois. Estarei delirando? O secretário do kibutz. Isso foi um grande erro. Minha febre está novamente muito alta. Talvez não seja correto continuar a escrever um relatório esta noite. Não confio em mim mesmo. Tudo está complicado e estranho. Não estou entendendo nada. Mas isso já escrevi mais de uma vez.

2.

Mas o que são, afinal, os encantos do Chade? Talvez isto: ficar sentado durante algumas horas, num dia claro e bonito de inverno, em algum café-restaurante em uma rua de Beer Sheva. A cabeça vazia de pensamentos. Pedir uma garrafa de água mineral com gás, um sanduíche de ovo e um de queijo. E café turco, sem coar. E mais uma garrafa de água. Estar sozinho. E sereno. E a seus pés, debaixo da mesa, seu equipamento: a mochila desbotada. E a arma. O cantil que você comprou aqui, no armazém do Exército, e o saco de dormir que você sem hesitar apanhou numa pilha empoeirada ao lado de um caminhão do Exército na esquina da rua principal, acobertado pela algazarra dos soldados; pegou e se mandou calmamente: que diferença faz, um saco a mais ou a menos? Vai-se dar um jeito, porque em tudo se dá um jeito.

Ficar sentado de pernas abertas. Ver homens e mulheres entrando e saindo por uma porta que quase nunca fica fechada. Comem, bebem e falam entre si em voz alta. E vão embora. E outros vêm. Vazio de pensamentos. Descansando, como Thia. Desocupado e tranquilo. Ninguém aqui o conhece e você não conhece ninguém. Mas se parece com todos: homens cansados com roupas de deserto, barba por fazer, levando seus equipamentos, calçados com sapatos militares, pacotes rotos a seus pés. Soldados de cáqui. Agricultores de cáqui. Operários das pedreiras, trabalhadores na abertura de estradas, medidores de terrenos, excursionistas. Em japonas esgarçadas, olhos vermelhos de poeira. Com uma camada pulverulenta e cinza de deserto em seus rostos e sua carne. E quase todos armados. Todos, e você entre eles, pertencentes em definitivo a uma só e única tribo; e toda essa tribo a sofrer, ao que parece, de permanente insônia.

E que grande alívio: nunca, em toda a sua vida, lhe acontecera estar do âmbito das restrições. Ser um completo estranho. Livrar-se finalmente da cobertura de radar deles: pois em todo o mundo não tem vivalma que saiba onde você está neste momento. Desde o dia em que nasceu até esta manhã, em cada minuto de sua vida, eles sabiam onde você estava, sempre e sempre. Como se você não passasse de uma pequena bandeirola cravada no mapa de guerra deles.

Mas a partir de agora isso acabou. Não tem horário. Não tem hora-zero. Não tem ponto de reagrupamento.

Leve. Liberto. Um pouco sonolento.

Finalmente você está sozinho.

Uma lassidão desértica se espalha como vinho, como tóxico em cada uma das células de seu corpo. E um sorriso interior assoma de vez em quando: desapareci para eles, e pronto. Ninguém agora poderá me dizer o que fazer e o que não fazer. Porque ninguém sabe. Tenho vontade de me levantar, me levanto. Tenho vontade de sentar, eu sento. Tenho vontade de abrir fogo, costurar todos aqui numa longa e bela rajada e depois sumir para sempre no deserto. Que começa exatamente a trezentos metros daqui. Não há problemas. Não há instruções. Os encantos do Chade. E isso é só o começo. De agora em diante a vida começa.

Um beduíno chega e se aproxima do balcão. É magro, ossudo e escuro, veste uma túnica listrada. Sobre a túnica veste uma espécie de jaqueta europeia muito gasta. Seus dedos são finos e escuros, cheios de vida como lagartos, com unhas pálidas. Num hebraico suave como seda, ele pede um maço de cigarros Silon. O vendedor, pelo visto, é seu conhecido: um romeno nervoso numa blusa branca amarrotada e avental quadriculado de mulher. Entre eles, a separá-los, um balcão coberto com um mármore fino, cheio de moscas. O vendedor entrega os cigarros e acrescenta fósforos. E incentiva: Pegue, pegue, não tem importância. E em seu sorriso brilha um único dente de ouro: *Nu, vos hert zich? Ia Uda, keif al-chal?* Como vão as coisas com vocês lá embaixo agora?

O beduíno não se apressou em responder. Pondera lentamente a pergunta, como a exigir de si mesmo, com severidade, não falhar na precisão da resposta ou na boa educação. Por fim formula humildemente:

"Sem problemas. Graças a Deus."

"E aquele sorgo? Está resolvido?", interroga o homem, como que decepcionado com o que ouvira. "Aquele sorgo que lhes confiscaram, vão devolver afinal?"

O beduíno está ocupado: ele abre um quadrado perfeito num canto do maço, pelo qual só dá para passar um único cigarro, e com um gesto seco do dedo, como um mágico, ele bate num deles por baixo e eis que, como um cano de arma sacada surge um cigarro bem no rosto do homem do restaurante. "O sorgo, talvez sim. Talvez não. Pegue, senhor Gothelf; *tefadel*, beba um cigarro."

A princípio o homem recusa, num gesto de mão bem judaico, como a dizer: "*Et*". Mas depois de um momento, num outro gesto judaico que diz "que seja", ele aceita. E agradece. E aloja o cigarro em algum lugar atrás da orelha. Puxa uma manivela da máquina de *espresso* e empurra uma pequena xícara de plástico por toda a largura do balcão, em direção ao beduíno, o que espanta uma cansada colônia de moscas. "Pode *tishrab, ia Uda?* Podemos sentar dois minutos? *Un dertseil mir di gantse mainse*, conte-me toda a história com o sorgo, que eu talvez tenha a oportunidade de falar com o major Elbaz em favor de vocês."

Os dois se sentam e fumam como dois irmãos camaradas, na mesa mais próxima ao balcão. O romeno fala aos sussurros, o beduíno, aparentemente, fica calado. E Ionatan enquanto isso acabou de dobrar um guardanapo de papel engordurado, construiu com ele um barquinho que impulsiona com um peteleco até a ponta da mesa. E com boa pontaria, acertando o saleiro. Graças a Deus, ele diz a si mesmo só com os lábios, sem emitir som, não tem problema.

Depois adentra o restaurante um ruidoso grupo de turistas, a maior parte idosos, que se comportam como crianças abandonadas pelo professor. A maioria, homens e mulheres, tem na cabeça um gorro tipo *kova tembel* azul, novinho, com dizeres impressos em inglês e em hebraico: "Décimo aniversário de Israel, refúgio de *Sheerit Hapleitá*".* Eles se lançam sobre o balcão e se dirigem incisivamente ao balconista em ídiche. Precisam com urgência de bebidas geladas, ir ao banheiro. Abrem caminho entre as mesas, esforçam-se para se misturar com as moças e os soldados, os trabalhadores das minas, os beduínos, os agricultores em suas roupas de trabalho, motoristas de caminhão, essa tribo toda concentrada em comer batatas fritas no pão árabe, carne de carneiro, quartos de frango, *sachan tahina*, e em beber Pepsi-Cola ou Tempo. De vez em quando alguém bate com o saleiro na mesa, para limpar orifícios entupidos. De vez em quando irrompe em uma das mesas uma sonora risada, como se alguém tivesse sido vítima de uma brincadeira maldosa.

Ionatan olha em torno de si com os olhos apertados como seteiras. Ele percebe que o beduíno conhecido do homem do bar calça sandálias feitas de fragmentos de pneu amarrados numa corda grosseira. Seus pés negros estão cobertos por uma fina camada de poeira do deserto. Um anel de ouro brilha em seu dedo. Seu bigode é bem aparado, a cabeça descoberta deixa ver seu cabelo ralo e emaranhado, oleoso, lavado talvez com óleo de cozinha barato, talvez com urina de camelo. Quem vai saber? Está de costas para o balcão, seus pequenos olhos a perscrutar a entrada, para ver quem ainda vai chegar. Em seu cinto de couro está pendurada uma adaga numa bainha prateada com gravações; é um homem magro, ossudo, como um esqueleto negro. A pele esticada de seu rosto escuro cobre maxilares fortes, como que entalhados em rocha. Cuidado, *ia chabibi*, com Udi, meu amigo quer fincar você no jardim dele como espantalho para afugentar os pássaros e deixar todo o kibutz maluco, e esqueça seu sorgo.

Ionatan sente vontade de fumar. Vasculha o bolso em vão. Levanta-se e se acerca do balcão. Coça-se com força, como sempre faz quando está constrangido. Não tira os olhos nem um instante do monte de coisas que deixou embaixo da mesa: tudo aqui ganha pernas se não se toma cuidado.

"Sim, soldadinho, o que mais você quer?"

O sr. Gothelf está ocupado. Não levanta os olhos. Constrói uma pilha alta de moedas sobre o balcão pegajoso. Atrás dele, numa prateleira apinhada de jarros com todo tipo de guloseimas e outros cheios de picles e azeitonas, um retrato fúnebre: uma mulher gorda e rude num vestido decotado de mau

---

* Nome de diversas associações, em âmbito mundial, de sobreviventes do Holocausto.

gosto, um colar de contas em forma de lágrimas descendo do pescoço e sendo engolido no vale entre os seios. Sobre seus joelhos um menino pequeno, bem penteado com um risco no meio do cabelo, de óculos, vestindo um terninho com jaqueta, gravata e um lenço no bolso da jaqueta. Há uma fita preta num canto do retrato, em sua moldura de conchas no estilo da Eilat dos turistas. Mas por que para nós as desgraças dos outros parecem ser parte de uma ópera barata, enquanto as nossas próprias merecem nosso imenso respeito? Por que zombam de nós o tempo todo e por que há tantos sofrimentos e problemas onde quer que você olhe? E talvez, diz Ionatan a si mesmo, talvez seja preciso finalmente tomar uma medida radical a respeito dessa questão dos sofrimentos. Talvez seja feio fugir. Talvez meu pai tenha razão, com todo o seu coro de velhos. Talvez eu deva voltar hoje mesmo para casa, me apresentar e me engajar em todas as missões e começar a dedicar minha vida à guerra contra todos os sofrimentos.

"Sim, soldadinho, o que mais você quer?"

Ionatan hesita:

"Está bem, traga um chiclete ou algo assim." Ele diz isso com sua voz grave e torna a remoer consigo mesmo: Chega. Sem arrependimento. A partir de agora não fumo mais. "E sirva-me também um *espresso*."

Depois ele volta para sua mesa. Para descansar. Como se a ida até o balcão tivesse esgotado o que restava de suas forças. Não faz mal. É até muito bom. Que procurem. Que corram na lama. Udi. Eitan. Que revirem cada saco e cada pedra. Que levem a polícia com seus cães, e a polícia de fronteira, como daquela vez, naquele sábado, quando achamos em Sheikh-Dahar pegadas de terroristas infiltrados ou daquele assassino que fugira da prisão. E se eu tivesse morrido? Que vasculhem todos os uádis. Por que não. Que procurem um cadáver. Por que não. Onde estão eles e onde estou eu. Já não vão me encontrar. Acabou. A partir de agora, quem estiver à minha frente, ou atrás de mim, ou ao meu lado, ele é que conta. Porque já comecei a jornada para lugares que há muito esperam por mim, além das montanhas e do deserto, da rocha vermelha, de Biscaia, o golfo das tormentas, dos Alpes, dos Andes, dos Cárpatos, dos Apeninos, dos Pireneus, dos Apalaches, das montanhas do Himalaia. Ele já deixou de esperar. Sua vida começou. Uma voz o chamou, e ele foi. Quase se atrasou, mas não. E eis que já chegou até aqui.

Dois oficiais entram e sentam-se na mesa próxima. Ele os conhece? Talvez sim. Talvez não. Quem é capaz de lembrar cada rosto de todo esse Exército? Ou do campeonato de xadrez? Do curso de máquinas agrícolas? Todos aqui se parecem com todos. O mais seguro é abaixar a cabeça e ficar calado. Terminar o *espresso* e dar o fora daqui. Só que me esqueci completamente de dizer a eles que se prevenissem contra a tomada junto à porta da varanda, que está rachada. Ela às vezes dá choque. E nem mesmo deixei um bilhete.

Um dos dois oficiais é um garoto de kibutz. De uma beleza feminina, com um nariz fino, olhos azul-claros e bochechas bronzeadas coradas. Veste uma parca remendada e calça tênis sem meias. Ri com seus dentes de leite, como a fazer dengo com sua beleza. E diz ao outro oficial:

"Acabaram completamente comigo, esses caras; esse Chico, e Avigail. Não é que ela disse pra ele que o estava abandonando? Não é que falou a verdade de mim e dela e contou o que estava rolando? E isso com certeza foi às duas da manhã, depois que estivemos juntos, e lá fora estava um frio de cão e uma neblina de não se enxergar nem a ponta do nariz, e ele se levantou sem dizer uma palavra, saiu do barraco dela e correu direto para o uádi. Pelo visto, a tempo de perceber a cabeça-d'água se aproximando..."

"Já ouvimos isso, Ran, já ouvimos", cortou o outro oficial, e pousou uma grosseira mão ruiva-cabeluda-sardenta no ombro de Ran. "Já ouvimos toda a história. E isso só tem que lhe servir de lição, pela centésima vez..."

O que o tal Chico foi fazer no uádi à noite quando soube que Avigail decidira abandoná-lo? E por que o abandonou? E o que aconteceu na cabeça-d'água? E o que ele tem de aprender, talvez pela centésima vez?

Ionatan está cansado. E desiste. O barulho não o deixa ouvir: pois na rua está roncando um caminhão gigantesco, com muitas rodas, arrasta-se como se fosse um trem de carga carregado de minérios — talvez leve fertilizantes químicos, cobertos com náilon —, manobra com um resfolegar de freios, esforçando-se para fazer a curva e entrar na ruela estreita.

E a curva é fechada demais: as beiradas da calçada já foram esmagadas pelas rodas do monstro e agora também uma lata de lixo municipal, que pendia de uma estaca verde de metal. Novamente sopram os freios a ar. Pessoas vão se juntando para ver. Gritos. Do alto de sua cabina o motorista decide ignorar as sugestões, as reprimendas, os incentivos e as gozações. Raivosamente o caminhão se empurra para a abertura da ruela, como um touro furioso ele arremete, derruba uma placa de sinalização, esfrega-se na parede de um prédio. O arenito ferido estremece num jorro de torrões esfacelados. Agora, aparentemente, o motorista começa a considerar as possibilidades de recuo: luta com a alavanca de câmbio, gira o volante com todas as forças dos dois braços como se puxasse pelo cabresto uma besta renitente. O monstro recua e o público urra: não há mais de um passo entre a traseira do caminhão e a vitrina de uma confeitaria no outro lado da rua. O motorista agarra de novo o volante, luta, bufa, domina-o e gira de ponta a ponta segurando com força para que não se rebele, empurra com raiva contida a alavanca de câmbio, afinal relaxa, ataca de novo, e por fim está encalhado. Completamente. A traseira numa parede, a frente também numa parede.

O público, que aumenta cada vez mais, já se intrometeu, e fica sussurrando. Tem os conselheiros-especialistas. Tem os que evocam precedentes. Tem os admoestadores e tem os chutadores de pneus. Tem os que tagarelam em suas línguas e os que dizem coisas geniais, improvisos, ideias ousadas, fórmulas mágicas. Tem também um que apareceu de repente de algum lugar e logo, sem pedir licença e sem hesitação, tomou para si o comando: porque lá atrás na rua o trânsito engarrafado já começa a se manifestar com o som ensurdercedor de buzinas. Parece que o novo herói é o oficial que antes estava sentado com seu amigo bonitinho e o admoestava. Pela centésima vez, que lição! É um homem de mãos rústicas e voz áspera. Ruivo, bronzeado, com certeza agricultor, dono de estábulo, de um dos *moshavim* veteranos. Ele trepa impetuosamente no estribo da cabina, segura-se onde pode, sacode a porta com força, irrompe dentro da cabina e conquista o lugar do motorista, que é empurrado para o canto do assento. Calmamente, em movimentos largos, o oficial põe a cabeça e a nuca para fora da janela e avalia a situação. Lembra, quase, o búfalo dos pântanos do Hule. Ionatan observa e ri consigo mesmo, sem se mover. Não se importa. Ao contrário, algo nesse incidente causa-lhe uma alegria silenciosa.

E que horas são? Não tem como saber: o relógio parou. Não lhe deu corda, nem hoje nem ontem. Não faz mal. A julgar pela luz, é meio-dia. Uma mulher alta e bonita, bem torneada, queimada de sol, entra e ocupa uma pequena mesa lateral. Sozinha, com dedos fortes adornados com vários anéis, ela acende um cigarro. E o romeno corre para a mulher em seu avental xadrez e põe diante dela, com extrema delicadeza, um copo de chá, açucareiro e colher, uma fatia de limão num pratinho. "Senhor Gothelf", diz ela rindo numa voz baixa, cheia, "o que é que há, senhor Gothelf, palavra que você está com o aspecto de quem está morto ou, Deus nos livre, doente." "A vida é doença da qual todos vamos morrer, cem por cento, eu garanto", brinca o homem. "Alguma coisa para comer, Jacqueline?" A mulher abana a cabeça recusando. Sua atenção se desvia do sr. Gothelf, porque captou nesse ínterim o olhar de Ionatan. E lhe devolve uma espiadela enviesada e aguda, zombeteira, *nu chabibi*, vamos vê-lo, a bola está com você, jogue.

Ionatan abaixa o olhos. Do outro lado da vidraça do restaurante, o monstro resfolega. Salta meio metro para lá e para cá. Afoga-se no bufar de seus freios, um touro ferido na arena. Em todas as mesas as xícaras e os copos tremem e tilintam.

E enquanto isso entram e saem pessoas diversas. Motoristas, operários, beduínos, mineradores de cobre, trabalhadores da companhia Ashlag, bronzeados, curtidos pelo vento, bebendo, comendo e bebendo. Conversam entre si com vozes altas e roucas. É bom estar aqui sozinho e sem ninguém. É bom que o relógio tenha parado e é bom que você esteja um pouco cansado. Já é uma hora? Ou já são duas? E meia? A partir de agora, não faz diferença. Não é importante.

Lá fora há uma trégua: a cabina do caminhão faz agora um ângulo reto com a caçamba. Um guarda suarento pulula em volta como um gafanhoto, esforça-se para orientar o trânsito para uma rua lateral, enquanto o oficial-búfalo e o motorista do caminhão estão fumando ao pé da máquina desligada, como dois irmãos: sócios na derrota. Pelo visto não estão culpando um ao outro, mas sim, unanimemente, alguma força superior e malévola. Não há o que fazer. Vamos esperar. Seja como for, dizem que existe um projeto de construir aqui, em algum momento, uma autoestrada, e todas essas casas turcas, nos dois lados da ruela, vão ter de voar para Gaza. Até então, não há por que ter pressa.

Ionatan se levanta. Paga. Balbucia. Com um atrevimento que não é dele, joga um "*Shalom*, boneca" na direção da bela mulher e sorri um pouco com olhos baixos. E curva-se para levar ao ombro todos os itens de seu equipamento.

Não tem do que reclamar: tudo está correndo como planejado. O deserto está pronto e à espera. Qual é a pressa? Sua mochila, sua arma, o saco de dormir que surrupiou, o cantil, os pentes de munição, a parca, carrega tudo nas costas e sai em passadas sonolentas. Cansado? Um pouco. Não faz mal, na verdade, exatamente o contrário, como se estivesse, depois de vinte horas seguidas de sono; confuso e sereno. Pois ele dormiu e dormiu e dormiu dias, noites, semanas, meses e anos de sua infância juventude maturidade, dormiu o tempo todo como uma pedra e agora está desperto como um demônio, levanta-se e vai embora. Com certeza tem um provérbio em russo para isso também. Que importa. *Mea* não *culpa*. *Shalom*. A vida está começando.

Na saída da cidade, no ponto para caronas do Exército, esperam-no os odores de suor, de fumaça, do óleo dos fuzis e a acidez de urina que secou. No asbesto da estação alguém fizera um tosco desenho pornográfico: um par de coxas gordas, muito abertas, e entre elas, curto e grosso, não ligado a um corpo, semelhante a um cano de morteiro, aguarda um enorme membro masculino, que tem um olho aberto do qual rola uma lágrima de desejo. Pela mão do artista, ou talvez a mão de algum outro carona, fora gravado um conhecido lema acima desse desenho:

"*Chaval al kol tipá* — É uma pena cada gota [desperdiçada]."

Ionatan, que estava esperando sozinho e sem impaciência, decidiu, após algum tempo, que devia corrigir a inscrição. O canto de seu pente de balas poderia servir-lhe de bisel. Sobre o membro precisava escrever "caralho". Como legenda para todo o desenho, "*Mea culpa*". Ou talvez: "Viva a justiça". Mas de repente Ionatan desistiu da correção. Apagou as três últimas palavras (*al kol tipá*) e pôs pontinhos (vogais) na primeira (*Chaval* — "pena"). Então parou junto a ele um carro de combate maltratado onde estavam dois reservistas, rotos, usando óculos contra o vento, um vestindo uma grossa túnica militar, o outro com a cabeça e os ombros cobertos por um cobertor cinzento, como um árabe, ou como um judeu a rezar envolto num *talit*, o xale de orações. Sem falar, Ionatan subiu por trás, jogou seus pacotes entre outros pacotes semelhantes, enrolou-se na parca e deitou-se confortavelmente sobre uma pilha de oleados. No mesmo instante, a volúpia da velocidade começou a pulsar por dentro de suas veias. Cerrou os olhos e absorveu nas profundezas do peito os golpes do vento: um ar penetrante, frio, agudo e seco. Seu rosto era fustigado por pequenos grãos e partículas. Durante todo o percurso, Ionatan não relaxou o aperto de seus dedos sobre o pente de balas que usara antes para melhorar a inscrição grosseira no ponto de caronas.

Ainda por um longo tempo depois de Beer Sheva, o deserto continuava a florescer em grandes campos de cereais onde não se via ninguém, como que puxados a verde-pastel sobre as suaves colinas, em toda a amplidão alcançada por olhos lacrimejantes do vento carregado de areia. Era um tom profundo de verde, batido aqui e ali por uma rajada de vento, brilhando aqui e ali em poças de um fulgor ofuscante, empalidecendo com a distância e querendo tocar no azul do horizonte, como se lá, em algum lugar, finalmente se chegasse a um compromisso entre a cor do céu e a cor das espigas. E conciliação. Existe amor no mundo, muito muito longe daqui, num lugar onde o céu pousa suavemente sobre a terra dos campos. E lá tudo acaba da melhor maneira possível e numa paz derradeira.

Entre aqui e esse lugar ondulam silenciosamente ondas sem fim de cereais num espaço imenso. Sem casas. Sem árvores. Sem gente. Campos e mais campos solitários. Ondulação de anseio e saudade. Um sopro silente. Ondulação sem som e sem resposta a não ser o ronco do motor. Planícies e a suavidade das colinas, planícies e respingos de luz até o fim da terra, e só a estrada a atravessar tudo isso como uma flecha negra. Esta é a vida. Este é o mundo. Este sou eu. Esta é a imagem do amor. Apenas fique deitado em repouso, e receberá. Só fique deitado, e lhe será dado. Tudo está à espera, tudo está em aberto e tudo é possível. Eis que chegam os encantos.

Aqui e ali seus olhos semicerrados captavam alguns sinais de vida. Uma tenda feita de couro de cabra, como um mancha escura que respingara numa tela brilhante. Um pneu solitário e despedaçado entre o nada e o nada. Ou um galão abandonado, perfurado de bala, a enferrujar em paz sob a luz hibernal. E num instante o cheiro do vento é salpicado pelo fedor de um camelo morto ou do cadáver de um burro ou pelo cheiro de fumaça com óleos queimados e gasolina. E de novo, mais uma vez, flui o mais puro frescor: o vento seco do Neguev, as pontadas da areia, a luz alta e transparente.

Aqui e ali se discernem sinais de uma sonolenta presença militar: uma antena solitária se eleva no topo de uma colina distante. O esqueleto de uma caminhonete na beira da estrada. Jipes, três, quatro em direção contrária, vêm do longínquo sul e passam por ele, com metralhadoras eretas à frente, montadas num cano soldado no capô. Seus lábios estavam cada vez mais secos, bem como sua garganta. Os olhos lacrimejavam sem parar. Ionatan sentia-se bem. Quando o sol começou a baixar um pouco sobre a terra que estava atrás, as planícies racharam. O deserto começou a escorregar para dentro do grande vale. Os cereais foram rareando, restavam uns ralos feixes de espigas, trechos de cevada salpicados de grandes clareiras, plantas silvestres, aridez. Campos marrons-cinzentos de cascalho de sílex escurecem os declives que vão se esbatendo para leste. Do alto de uma curva na estrada, seus olhos lacrimejantes vislumbraram uma cordilheira de montanhas vermelha envolta num véu de vapores azulados. Hordas de titãs que se extraviaram de outro astro. Uma vez, no início dos tempos, essas montanhas vagueavam engolindo distâncias, até que se cansaram e se deixaram cair para deitar aqui, ante um fulgor de facas que dançam com brilho ofuscante em toda a largura da região do mar Morto. À noite essas montanhas se levantarão e se erguerão em toda a sua altura para tocar o céu nevoento. Ionatan sorriu discretamente em direção às montanhas. E acenou rápido com a mão e quase lhes deu uma piscada de olho: olhem só, daqui a pouco estarei aí. Vejam, estou me juntando também. Vocês só me esperem, com calma. Já pertenço a vocês.

Ele lembrou o ódio e o asco que seu pai sente pelo deserto. Iulek fazia uma careta sempre que ouvia a palavra "deserto", como se fosse um palavrão. E se saía com discursos inflamados sobre a "conquista do deserto". As áreas desérticas eram para ele manchas vergonhosas no mapa do país. Lembranças do mal, sinal de fracasso, uma presença ruim e perigosa, um velho inimigo contra o qual temos a obrigação de sair para o ataque, armados de tratores e canos de água e fertilizantes até que a última das rochas escuras seja obrigada a florescer. Vieram-lhe à mente as letras de várias canções que enaltecem a "conquista do deserto": Que se regozijem o deserto e a aridez, que se alegre a estepe. Pois no deserto irrompeu a água, e rios na estepe. O arado judaico transformará o deserto num lago e a terra árida em fontes d'água. Daremos um fim à vastidão selvagem, e de novo vamos incendiar a terra numa chama verde. Avante, deserto. Já quase há um dia inteiro não fumo um cigarro sequer. E comecei a deixar crescer a barba. E já ninguém pode me dizer o que fazer e o que não.

O soldado ao lado do motorista, das profundezas de seu cobertor, gritou de repente:

"Hei, *chabibi*, para onde você está indo?"

"Para baixo."

"Até Ein-Chutsub, pode ser?"

"Pode."

E silêncio. Viajam a uma luz vespertina estranha. E o vento assobia. Silêncio.

Shalom, senhor deserto. *Ahlan*. Eu já o conheço bem. Suas rochas vermelhas, e as rochas negras. Os derrames de pedras e as bocas dos uádis. Os rochedos, as paredes de pedra, o segredo das cisternas escondidas no emaranhado das ravinas. Quando eu ainda era criança, todos lá me chamavam de "bom". Toda a vida tive vergonha de ser bom assim, *tamoi*, pois o que queria dizer isso de ser bom? Era como ser um carneirinho branco e fofo na ponta do rebanho deles. Mas a partir de agora é diferente. A partir de agora sou bom de verdade. Minha mulher, por exemplo, eu dei de presente a um rapazinho, um novo imigrante. Que a desfrute bem, bom proveito, e pare de padecer e sofrer. Para os meus pais, de um só golpe resolvi um problema de vinte anos: acordaram de manhã e viram que o problema não existia mais. Tudo de bom para eles. Pronto. E essa Rimona ganha de mim, na bandeja, um macho novinho em folha que pelo mesmo preço é também um menino que se pode mimar e ver crescer. E deixei Thia para eles. Minha cama agora é deles. Até a mesinha de xadrez que entalhei com capricho em madeira de oliveira deixei de presente para eles. Porque sou bom assim. Porque sempre fui. Porque temos todos a obrigação de tentar ser bons para que acabem todos os sofrimentos. Os sírios que matei, matei sem ódio e sem nenhuma motivação pessoal: eles vieram nos matar e fomos mais ágeis que eles. Fomos obrigados a ser. Srulik, o musicante, disse uma vez que no mundo já existe bastante dor e que nossa missão é reduzi-la e não aumentá-la. Deixe disso, você também, com todo esse seu sionismo, foi o que eu disse a Srulik. Bobamente. Porque este é um sionismo sincero. Eshkol e meu pai e Srulik e Ben-Gurion juntos são os judeus mais maravilhosos que já houve no mundo. Nem na Bíblia tem como esses. Mesmo os profetas, com todo o respeito que merecem, só foram pessoas que falavam usando palavras muito bonitas mas não faziam nada. E aqueles nossos velhotes perceberam de repente, cinquenta anos atrás, que para os judeus o fim se aproximava e começava uma grande tragédia. E eles tomaram suas vidas nas mãos e começaram a correr todos juntos para dar com a cabeça direto na parede, para a vida ou para a morte. Derrubaram a parede e fizeram com que tivéssemos um país, e por isso eu lhes rendo homenagem. Vejam, inclusive em voz alta. Num grito. Para que o ouça Maalé Akrabim, o Desfiladeiro dos Escorpiões, para que o ouçam as montanhas e seus solos pedregosos todos os uádis, de uma vez por todas. Rendo homenagem a Iulek Lifschitz e a Stutchnik e a Srulik. Viva Ben-Gurion e Eshkol. Viva o Estado de Israel. A unha do pé de Berl Katzenelson e todos esses valem mais do que esse *shmok*, Udi, mais do que eu e do que Eitan com Tchupka e Moshé Dayan juntos. Somos lixo miúdo, e eles são os salvadores de Israel. Em todo o mundo não tem hoje pessoas dessa estatura. Nem mesmo na América. Vejam só, um rapaz como esse Zaro, *namosha*, babaca. Desde que era um bebê o mundo inteiro corre atrás dele com uma faca na mão; o mundo inteiro queria matá-lo e quase matou mesmo, os alemães, os russos, os árabes, os poloneses, os romenos, quem não, gregos, romanos, o faraó. Todos juntos se atiram como bestas malvadas para degolar um rapaz delicado que toca violão maravilhosamente, que tem bons pensamentos e bons sentimentos. Se não fossem meu pai e Berl e Srulik e Gordon, e todos esses, para onde ele poderia fugir? Onde, em todo este mundo imundo, o receberiam assim, sem muitas perguntas, e lhe dariam imediatamente trabalho e um quarto e uma acolhida calorosa e uma mulher bonita e respeito e uma vida nova? Viva Ben-Gurion e Eshkol, viva o kibutz e todas as honras ao Estado de Israel. Oxalá eu fosse uma pessoa como se deve ser e não essa espécie de lixo mimado, não esse escoto tártaro, e fosse capaz de, em vez de fugir, ir à noite à casa de meu pai e simplesmente lhe dizer: sim, comandante. Por favor. Pode começar a me dar missões. Se é na oficina, que seja na oficina. Se é para me alistar no Exército regular, ou construir um kibutz totalmente novo, aqui, por exemplo, no meio desta estepe salgada, ou, digamos, me infiltrar sozinho até Damasco e liquidar o dentista e o oftalmologista de uma só vez, então, por favor: sim, comandante. Vou fazer tudo isso exatamente de acordo com as instruções de vocês. Sim, comandante. Mas o que me restou fazer comigo mesmo depois que dei a eles tudo que eu tinha, é ir esta noite ou amanhã à noite para Petra e morrer pelo bem dessa causa. Exatamente como fez na Bíblia o ordinário filho do rei Saul, que não servia para reinar nem para nada, só para ir guerrear e morrer, e com sua morte decretar a vida a quem era bom de verdade, a quem podia ser útil ao país e também dar uma contribuição importante à Bíblia. Honras ao antigo Ionatan, esse que tombou em vossos palcos. E todas as honras a David, que compôs elegias direto do coração e que salvou o povo de Israel. E desculpe-me, professor Espinosa, que eu tenha demorado um pouco para compreender quão sábio você foi quando disse que cada um tem uma missão na vida e que ninguém tem outra alternativa a não ser entender qual é a sua missão. E que é preciso aceitar tudo de bom grado. Como este vento do Neguev com todos os grãos de areia. E este crepúsculo, quando a montanha, a colina e o uádi, a parede rochosa e a beira do penhasco, tudo aqui se incendeia de repente numa espécie de fogo frio e escuro, e tudo é silencioso e sublime, um silêncio que silencia você também, para que finalmente saiba e compreenda que a vida não é tudo. Que existem outros mundos. De pedra negra, de asfalto betuminoso, de sal branco e venenoso como neves ardentes, de marrom-escuro, de rocha de sílex, dessa pedra marrom-clara que não sei como se chama. E tem o céu escarlate do amanhecer, violeta ou alaranjado ao pôr do sol, vermelho-escuro nas grandes cordilheiras do leste. E tem avalanches de cascalho, e existem no mundo essas crateras imensas, e saliências esculpidas na pedra que parecem terríveis animais pré-históricos adormecidos, e tem um caos de uádis emaranhados, e tem pessoas escuras em tendas baixas armadas na areia entre as brasas de fogueiras e excrementos de burro e de camelo. E tudo, tudo no mundo foi feito com sabedoria. E admiravelmente benfeito. Até mesmo o cheiro desse vento deve ensinar você a não ser uma pessoa mimada, a ser gente, a respeitar o céu que vai escurecendo, a respeitar os fenômenos do deserto, a respeitar sua mãe e seu pai e finalmente a ser também bom como Azaria diz que você é, e como Espinosa escreveu, e como você quis ser e sempre teve vergonha de ser, de tanta estupidez e de tantas saudades, tantos anseios sem sentido. Pois toda saudade é um veneno. Daqui a pouco chegamos a Ein-Chutsub. E de lá vamos andar um pouco a pé. Até ver o que acontece.

Ionatan chegou a Ein-Chutsub com a última luz do dia. Agradeceu aos dois que o haviam trazido, que logo desapareceram entre construções indistintas. Carregou seu equipamento no ombro e foi procurar água e comida. As luzes da cerca estavam acesas. O ruído do gerador rompia o silêncio do deserto. O lugar poderia ser tanto uma base militar quanto um estabelecimento de fronteira maltratado. Alguma unidade drusa, do Exército ou da polícia de fronteira, o usava como base para suas patrulhas na Aravá. Havia aqui vários soldados, reservistas, egressos de unidades esparsas, trabalhadores das minas de cobre a caminho de Timna ou vindos de lá, todo tipo de amantes da natureza, excursionistas da Gadná ou de movimentos juvenis, beduínos ligados de alguma maneira às forças de segurança, um cidadão com jeito dos pioneiros de outros tempos, alto, queimado como um dos árabes, uma barba tolstoiana a lhe descer sobre o peito nu coberto de pelos brancos e com olhos azul-claros, todas essas pessoas desfilaram diante dele, e ele ficou parado e olhando. "Estou esperando minha *chaverá*", era a fórmula segura que ele pretendia usar se lhe perguntassem o que estava procurando por lá. Mas ninguém fez perguntas. E Ionatan não se dirigiu a ninguém. Jogou o equipamento a seus pés, coçou-se longamente e olhou. Não tinha pressa. Cães roucos ladravam. Em algum lugar no meio da escuridão, garotas cantavam. A sombra das grandes montanhas delimitava a luz do luar e o cheiro de fumaça de fogueiras espalhou-se entre as tendas e os barracões. Surda, roucamente e com pequenas explosões, o gerador triturava o silêncio. Ionatan se lembrava de Ein-Chutsub de suas andanças no deserto: daqui partiram uma vez para um exercício de orientação, aos pares, na direção do grande Machtesh. Há dois anos, para cá haviam voltado de uma incursão profunda em território do reino da Jordânia, em A-Safi, ao sul do mar Morto. Mesmo se algum dos nossos estiver aqui, pensou Ionatan, não há perigo de que me reconheça. Para maior segurança, vestiu e enterrou até os olhos seu gorro de lã. E levantou a gola de sua parca quase até as orelhas. Assim ficou por alguns momentos, talvez um soldado, talvez um andarilho, um aventureiro boêmio cansado junto a uma vala imunda cavada entre dois barracões. Estava escuro. Lampiões amarelos. Ionatan imaginava um programa: primeiro, comer alguma coisa, beber e encher o cantil. Segundo, entrar aqui nesta vala ou ficar entre as árvores e se arrastar para dentro do saco de dormir. Talvez tenha de arranjar também dois ou três cobertores, pois aqui faz muito frio à noite. E amanhã, matar a manhã. Também é preciso estudar o mapa com atenção e ter uma noção detalhada dos possíveis roteiros. O melhor é sair daqui amanhã mais ou menos às duas da tarde e pegar uma carona para o sul, mais ou menos até Bir-Malicha, e de lá começar a me orientar para leste, para dentro de Uádi-Mussa. Na direção de Jebel-Harun. Com certeza em algum lugar aqui há alguma revista, ou coisa assim, que explique o que é Petra e como entrar e sair de lá sem se complicar. Vale a pena também azeitar a arma. Esta noite vai fazer um frio de rachar. E estou com uma fome de cão. Amanhã já vou ter uma barba. E em vinte e duas horas não fumei um só cigarro. Pelo jeito está tudo em ordem, e de acordo com os planos. Agora é procurar comida, e mais alguns cobertores. Em frente, *chabibi*, fui.

"Benzinho?"

"Sim, doçura."

"Você, por acaso, é daqui?"

"Eu, por acaso, sou de Haifa."

"Você está servindo aqui?"

"Quem é que está perguntando?"

"Quem é não importa, o que importa é que estou morrendo de fome."

"Sim, comandante, mas quem sabe você me diz, assim mesmo, a quem você pertence?"

"Esta é uma questão filosófica. Você tem que procurar em Espinosa. Se você realmente quer saber, e com a condição de que antes você me dê um pouco de comida, eu me ofereço a lhe dar um curso resumido sobre a justiça e sobre a quem o ser humano pertence, como conceito. Colou?"

"Me fale, alguma vez lhe disseram que você tem uma voz bem sexy? Só que nessa escuridão não dá para ver sua figura. Vá, pergunte a Jamil se lhe sobraram batatas fritas. E se quiser café também, aí você vai ter algum problema. Até a vista."

"Espere um instante. Está fugindo por quê? Você se chama Ruti? Ou Eti? Eu, por acaso, me chamo Udi. E para seu conhecimento: oficial na *Saieret*. Um metro e setenta e oito. Bom de xadrez, bom de filosofia e de máquinas, e cravado aqui esta noite, completamente só, pelo menos até amanhã. É Ruti ou Eti?"

"Michal. Você, com certeza, é um kibutznik?"

"Fui. Agora sou uma espécie de filósofo errante, à procura de sinais de vida no deserto. E com uma fome canina. Michal?"

"Sim, comandante."

"Sabe que você é uma anfitriã excepcional?"

"Não entendi a espetadela. Além disso, estou com frio."

"Dê-me comida e receberá calor. Olhe, estou aqui sozinho. E tenho meia tonelada de equipamento nas costas. Você não tem um pouco de misericórdia nesse coração?"

"Mas eu já lhe disse: vá lá para cima, procure Jamil. Talvez tenham sobrado batatas fritas frias, ou algo assim."

"Que hospitalidade. Você é um doce. Como é bonito de sua parte, no meio do deserto, se oferecer para levar um total estranho até a cozinha para comer iguarias, e lhe fazer um café bem quente. Porque não tenho ideia de onde ela fica, e também não conheço nenhum Jamil. Vamos? Dê-me sua mão, isso, assim, e leve-me para comer."

"O que temos aqui? Estupro?"

"Por enquanto é só comportamento impróprio. Mas se eu gostar, talvez possamos continuar e ir um pouco além. Com a barriga cheia. Você disse ou não disse que eu sou incrivelmente sexy?"

"Você se chama Udi? Udi, ouça, Vou levá-lo até a cozinha para comer e vou lhe arranjar café, contanto que tire sua mão de mim. Agora. E se tem outras ideias, melhor esquecer."

"Diga-me, você é ruiva? Nem que seja só um pouquinho?"

"Como é que você sabe?"

"Tudo vem de Espinosa. Foi um filósofo de primeira. Depois que você me alimentar e me der um café quente, poderá fazer um curso comigo. E se tem outras ideias, melhor não esquecê-las. Aqui faz um frio de rachar."

E foi uma transa como ele nunca tivera em toda a vida. Sem degradação nem vergonha, mas com selvageria e suavidade e uma sofisticada precisão. A noite inteira e até o amanhecer. Como se tivesse uma irmã gêmea cujo corpo se fundisse com o seu num molde só.

Depois da carne em conserva, depois das batatas fritas frias e do café fuliginoso, doce de enjoar, cheio de areia, os dois foram abraçados até o quarto dela no barracão, ao lado da sala de rádio. No quarto estava sobrando uma tal de Ivone, que Michal, sem pestanejar, mandou que fosse dormir com Ioram, "porque neste quarto vai-se fazer amor e isso não vai ser bom para você". No quarto havia uma cama militar estreita e dura, e latidos de cães a noite inteira. E uma estranha lua de deserto nasceu e se pôs na janela sem cortinas. Em Ionatan surgiu e recrudesceu uma antiga e estrangulada fúria, e a delicadeza de uma entrega ardente. O que teria acontecido com esse pobre Chico, que foi de noite até o uádi e teve tempo de ouvir a cabeça-d'água chegar? Na minha vida, em geral, nunca estive tão, tão vivo, e tenho uma mulher nos braços.

Por causa do frio do deserto não despiram suas roupas e se enfiaram vestidos e rindo entre os ásperos cobertores de lã. Ele ergueu-se sobre os cotovelos para ver o rosto dela ao luar, curvou-se e beijou seus olhos, que não se cerraram, e de novo se apoiou nas duas mãos e inclinou-se e a contemplou longamente, e ouviu a voz dela lhe dizer Você é bonito e triste, e também um terrível mentiroso. Com a ponta do dedo, ele contornou os lábios dela e a curva de seu queixo, devagar, e ela tomou e envolveu as duas mãos dele com as suas e escondeu um seio em cada mão. Ele não teve pressa. Ionatan calou-se e fez amor passo a passo, concentrado e lúcido, como a se orientar cuidadosamente numa desconhecida amplidão desértica no meio da noite. Até que Michal esgravatou entre camadas de cobertores e fardas, achou e libertou seu membro, e beijou-o à luz do luar e brincando chamou-o de nomes que ele mencionara antes, filósofo errante, maluco, em busca de sinais de vida. Então os dedos dele abriram caminho e chegaram a sua nudez mais íntima, e ele a dedilhou, lentamente, compenetrado, até que ela começou a se encurvar e se arredondar de encontro a ele, e ele riu e lhe disse O que foi? Você não tem tempo? Ela respondeu com uma mordida e arranhões. Ionatan, com sua voz mais grave, lhe disse: Você se chama mulher. E eu — homem. E abriu os botões de suas fardas desajeitadas e percorreu seu ventre e suas coxas e aconchegou em suas duas mãos um seio e depois o outro com delicadeza e com um furor contido, no ponto exato entre a brandura e a força, até que ela lhe implorou Venha logo venha seu louco já não aguento mais venha. E ele disse Fique quieta, qual é a pressa, e seu membro, como o bastão de um cego atacado de fúria, tateou em volta, fuçou, e como uma serpente arrastou-se procurando caminho entre as camadas da roupa dela, e curvou-se golpeando-lhe o ventre e o declive do ventre até que de repente foi inadvertidamente capturado e deslizou, afinal, para seu ninho. Parou então, batido de mel, e houve uma trégua. E frêmito. Depois, sua noiva começou a mover-se embaixo dele como o mar, e mordeu-lhe a orelha com os dentes, e arranhou suas costas em todas as direções dentro de suas roupas, e implorou-lhe Venha depressa, eu morro. Então Ionatan inflamou-se e penetrou-a com força, e outra vez, e de novo, e golpeou dentro dela, e gemeu e bateu e forçou como a demolir muralhas poderosas, e com seu ímpeto a atordoou inteira e arrancou de seu ventre um grito choroso e de repente, como um cão ferido, gritou ele também e começou a uivar e a derramar lágrimas e sementes, como se todas as suas feridas se tivessem aberto e seu sangue escorresse e jorrasse. Em toda a sua vida nunca se abrira assim, a doçura desse desejo aturdiu a raiz de seu membro e de lá se espraiou em seu ventre, em suas costas e subiu por sua espinha até a nuca, até a raiz dos cabelos e fez-lhe estremecer os pés e ela lhe disse Meu bebê, você está chorando de lágrimas e olhe, você está todo arrepiado, e olhe, seus cabelos estão em pé. E beijou-o na boca e no rosto. E ele lhe disse, ofegante, Não terminamos, pois tenho mais. E você é doido, ela lhe disse, você é doido mesmo. E ele lhe tapou os lábios com a boca, e a teve uma segunda e uma terceira vez. Doido, não tenho forças para você. Mulher, ele lhe disse, em toda a minha vida eu não soube que uma mulher é assim. E ficaram deitados e abraçados e viram a lua ir-se embora.

"Amanhã, Udi, você vai voltar daqui para sua unidade?" — "Não tenho nenhuma unidade. E meu nome não é Udi. Mas amanhã tenho uma missão que preciso cumprir." — "Depois você vai voltar para mim?" — Olhe, mulher, acontece que eu realmente odeio essa pergunta." — "Mas você tem um endereço? Ou uma casa em algum lugar?" — "Tinha. Agora não tenho. Talvez nas montanhas do Himalaia, talvez em Bangcoc. Ou em Bali." — "Eu iria com você para lá; você me levaria?" — "Não sei, talvez. Por que não? Michal, ouça." — "Sim, criança?" — "Não me chame de criança, pois meu nome era Ioni e agora não tenho nome. Não tenho nada." — "Chega, não fale agora. Se ficar calado você ganha um beijo."

Depois os dois se enroscaram por causa do frio cada vez mais intenso. E talvez tenham dormido. E de madrugada ela de novo o acordou e sussurrou-lhe, rindo, Venha, vamos ver se você ainda é um herói, e dessa vez ele a teve não com fúria, como um arado rasgando o ventre da terra, mas com enlevo e num murmúrio, como uma canoa deslizando na água. Às quatro horas, talvez cinco, ainda antes que a palidez assomasse à janela, Michal levantou-se, ajeitou e arrumou sua farda, disse-lhe *Shalom*, Udi Ioni querido, preciso pegar o jipe que sai para Shibta e se você ainda estiver aqui esta noite quando eu voltar de lá, talvez possamos conversar um pouco. Ele grunhiu ou gemeu em seu sono e continuou a dormir depois que ela saiu, e dormiu até que o despertaram dedos de luz pela janela e o ganido de algum cão teimoso. Acendeu a luz, vestiu-se, fez um bule de café, alisou satisfeito a barba que continuava a crescer, fez a cama rapidamente e apanhou num caixote uma revista militar chamada *Lugares na Aravá e no Deserto*. Da outra cama surrupiou, sem hesitar, um cobertor militar de lã cinzenta. Abriu bem aberta a porta, do umbral urinou longamente para fora, com a cabeça inclinada, lábios entreabertos, como se ainda estivesse dormindo e sonhando.

O frio do amanhecer era penetrante e agradável. Ionatan encolheu-se em seu casaco e se enrolou, como se fosse um *talit*, no cobertor cinzento que havia levado e ficou de pé, o rosto voltado para leste, os olhos fixos naquelas montanhas. O ar estava impregnado de uma expectativa fina e opaca como vidro antigo. As luzes da cerca ainda estavam acesas e figuras difusas passavam correndo de um barracão para outro ou para a tenda. Profundas e tranquilas, as grandes áreas desérticas aguardavam o fim da noite. Ionatan semicerrou os olhos ante o vento oriental, baixou o gorro de lã e levantou a gola da parca. Suas narinas de repente se dilataram, como as de um animal atraído pelas grandes distâncias, e todo o seu corpo inundou-se de um anseio secreto por começar a caminhada imediatamente ou por correr sem parar direto ao coração das montanhas, para entre os uádis e as gretas, para a rocha escorregadia e íngreme, para a morada do cabrito montês e do veado, para o esconderijo do lince, para as fendas mais altas onde talvez façam seus ninhos o jagudi, o abutre e a águia, e onde rastejam a víbora e a cascavel. Num estranho e obscuro encantamento, vieram-lhe de repente as palavras do deserto; todos os nomes que conhecia de estudar o mapa e de suas jornadas e exercícios militares: o monte Hardon, o monte Guizron. Monte Lotz. O monte do Bosque, onde não há nenhum bosque. O monte Arif e a cordilheira Tsichor. E o platô. O platô Shizafon, onde, mil anos atrás, ele e Rimona haviam visto quatro, cinco camelos perdidos, a vagar ao longe como fantasmas na linha do horizonte. E a planície de Iaalon e todos aqueles vales, ressequidos ao sol ardente sem árvore, sem gente, sem um só arbusto que sobre eles trace uma linha de sombra. E o vale de Uvda e o vale dos Comandos. E as imensidões pedregosas. Em algum lugar, ao norte de Machtesh Ramon, estende-se uma região solitária chamada planície dos Ventos. O que foi a minha vida esses anos todos, entre o laranjal e o refeitório, entre a cama de casal morta e as comissões e debates? Esta é a minha casa, porque aqui eu não pertenço a eles. Obrigado por essa beleza. Obrigado por Michal. Obrigado por cada respiração. Obrigado pelo nascer do sol. Na verdade, neste momento eu deveria irromper em aplausos e bater palmas. Ou então fazer uma reverência profunda.

Os primeiros clarões do nascer do sol já se acendiam nos cumes das montanhas do oeste, a suas costas. E eis também uma auréola de fogo além das cordilheiras de Edom, e eis que numa escrita de fogo alaranjado e violeta branqueado por estranhas fagulhas incandescentes que não eram deste mundo, uma lança afiada incendiou-se num ouro fosco e terrível, o céu se partiu ferido, e o sol de sangue era a ferida. É meu último dia, no amanhecer de amanhã estarei morto, e isso para mim é muito bom e correto, pois a vida toda esperei, e agora estou recebendo. Estou com frio até os ossos, talvez esse frio seja o início da morte, e vejam que grande homenagem me rendem o céu e as montanhas e a terra. O que preciso fazer na próxima hora é encontrar esse Jamil e comer, encher a barriga. E também limpar e lubrificar a arma, e ficar uma ou duas horas bem quietinho, decorar o mapa e escolher a rota com bom senso. Seria bom fumar um cigarro, mas não estou mais fumando. Ou escrever uma carta para essa Michal e deixar sobre a cama dela. Só que não tenho o que dizer a ela nem a qualquer homem ou mulher no mundo, e na verdade nunca tive. A não ser muito obrigado. E muito obrigado é besteira. Que o diga Azaria em meu lugar, pois dizer é a tarefa dele e de meu pai e de Eshkol e de Srulik e todos esses. Que sabem falar. E gostam muito de falar.

 Eu, a uma distância de metro e meio acertava nele com toda a certeza, se quisesse realmente acertar. Mas o coração deles não estava pronto, não estava correto, não estava certo. Bravo, bom Benia, que não derramou uma só gota de sangue. Meu coração agora está certo. Muito. E a luz já começa a ofuscar um pouco. *Itgadal? Veitkadash? Shmei rabá?** É assim que se diz junto a uma sepultura aberta? Não me lembro do que vem depois. Nem preciso: de qualquer maneira eles nunca vão me encontrar. Nem um corpo nem um cadárço. Andei por aí o bastante para saber que não é para mim. Tudo que toquei me saiu torto. Mas esta beleza recebo com alegria e volto a dizer, se é que se pode falar assim, muito obrigado por tudo. Agora é procurar alguma comida. Depois começar a me organizar. Porque enquanto isso já são seis ou sete horas, não sei exatamente, meu relógio parou porque esqueci de dar corda.

---

* Quatro primeiras palavras em aramaico do *Kadish*, oração fúnebre, que lembra e homenageia os mortos.

3.

"Um copo de chá? Ou um calicezinho?", perguntou Iulek, "e gostaria que soubesse que isso foi só por causa da minha alergia. No dia em que aconteceu, meus olhos estavam secos. E também, não vou negar, quando a porta se abriu de repente e você entrou, me abraçou e me disse o que disse, senti crescer lá dentro a emoção. Bem, já me controlei. Pronto. Você se lembra de Chava. E esse sentado a sua esquerda é Srulik. Meu substituto, o novo secretário de Granot. É um verdadeiro e anônimo justo, e se me dessem só dez como ele eu transformaria o mundo."

"*Shalom*, Srulik. Não precisa se levantar. Fui jovem, envelheci, e não me lembro de ninguém fora você que mereceu ouvir pessoalmente uma palavra boa da boca do nosso Iulek Lifschitz. Quanto a você, Chava, o que vou dizer: eu a abraço em pensamento e admiro sua bravura."

"Chava, se não lhe é difícil, prepare por favor um copo de chá forte para Eshkol, sem perguntar se ele quer, e no mesmo bule para seu querido Srulik também e também para Rimona e Azaria. Para mim não faça nada; Rimonka, faça a gentileza de me servir um golezinho de conhaque, e me basto com isso."

"Ouçam, meus caros", disse o primeiro-ministro, apertado e amassado entre os braços da estreita poltrona kibutziana e, assim mesmo, dominando o espaço em volta dele, um homem sulcado de vincos, grosso, largo e alto, do qual brotavam estranhas protuberâncias, dobras de carne e bolsas de pele, uma rocha atingida por uma avalanche, "gostaria que soubessem que já há dois dias não consigo parar de pensar no que vocês estão passando. O coração se aperta e os pensamentos pungem como a picada de um escorpião, desde que me informaram desse infortúnio. E a apreensão, como dizer, está me corroendo."

"Obrigada", disse Chava na copa conjugada, enquanto arrumava na bandeja as xícaras de festa, enfiava na mão de Rimona uma toalha de mesa branca, descascava laranjas e dispunha os gomos criteriosamente na forma de um crisântemo e cuidava dos guardanapos de papel, "foi muita consideração de sua parte vir até nós."

"Que obrigada o quê, Chava, nada de obrigada, quisera eu ter vindo hoje como portador de boas-novas e não de palavras de consolo. Mas não seria bom que vocês me contassem tudo, na ordem dos acontecimentos e com todos os detalhes? Então, o rapaz saiu a caminho e não se deu o trabalho de lhes deixar um bilhete? *Na*. Bela atitude. Em ídiche se diz: crianças pequenas, pequenos dissabores; crianças grandes, grandes dissabores. Por favor, Chava, sem chá. Sem me fazer as honras. E não receberam nenhuma notícia dele até o momento? *Na*. Um selvagem. E se o nosso Iulek me permite, e também se não permite, vou acrescentar e lhes dizer: selvagem filho de selvagem. Deus é quem sabe que torturas o acometeram quando foi embora. Se possível, contem-me tudo desde o começo."

"Meu filho", disse Iulek, e cerrou os dentes como quem se esforça para curvar uma barra de ferro com as mãos vazias, "meu filho se perdeu. Por culpa minha."

"Iulek, por favor", interveio Srulik cuidadosamente, "não tem sentido falar assim e acrescentar sofrimento ao sofrimento."

"Tem razão", falou Eshkol, "não tem sentido falar bobagens. Nada de bom pode vir de uma dostoievskização desse tipo. Vocês com certeza já fizeram tudo que era necessário e possível fazer. Então vamos esperar alguns dias e ver o que acontece. Eu também, de minha parte, contatei dois ou três judeus que sabem dessas coisas e os instei a conduzir o caso como se fosse com meu filho. Ou com o filho deles. E também me arrojei aos pés desses bandidos da imprensa e implorei que desta vez se contivessem e não fizessem tempestade de um copo d'água. Talvez se compadeçam de nós e fiquem quietos pelo menos por alguns dias, até que o rapaz volte — como era o seu nome? — são e salvo para casa. Tudo vai acabar bem."

"Obrigado", disse Iulek. E Chava acrescentou:

"O nome dele é Ionatan, e você sempre foi uma boa pessoa; não como os outros."

"Não me prejudicaria", gracejou Eshkol, "ter isso por escrito."

Chava trouxe a bandeja e Rimona a ajudou a pôr a louça e os talheres na mesinha quadrada, no estilo dos tempos de racionamento. E Chava ofereceu, à escolha, chá ou café, açúcar ou sacarina, limão ou leite fresco, e biscoitos, e gomos de laranja e de toranja, e um bolo cremoso caseiro e viçosas tangerinas. Srulik conteve um sorriso discreto, pois a diligência de Chava corroborava, em seu pensamento, uma conclusão silenciosa mas definitiva a que ele já chegara havia tempos. No vidro da janela debatia-se desesperadamente uma grande mosca varejeira. Lá fora, o esplendor de um dia banhado de sol, de um esverdeado transparente, arejado por um frio vento do mar. Um receptor de rádio marrom de modelo antigo e complicado atravessava, em diagonal, uma prateleira baixa ao lado da poltrona de Iulek, ao alcance de sua mão. Iulek propôs que ouvissem o noticiário. Até que o rádio esquentasse, o locutor já estava próximo de encerrar. Abd-el-Nasser debochara em Assuan da arrogância do anão sionista e Begin exigia que o governo da subserviência diaspórica cedesse lugar, sem demora, a um governo nacional forte e determinado. O tempo irá clarear ainda mais. Na Galileia ainda pode chuviscar um pouco.

"O mundo e seus costumes", suspirou Eshkol, "os árabes insultam Israel e os judeus injuriam a mim. Que seja. Deviam tomar vergonha. Que lhes doa no coração. Aqui entre nós, não vou esconder de vocês que estou muito, muito cansado."

"Descanse", disse Rimona sem levantar os olhos.

A bela Rimona vestia calças de veludo cotelê marrom e um suéter vermelho cor de vinho; como obedecendo a si mesma, repousou a cabeça no ombro de Azaria, sentado a seu lado no sofá. Chava disse: "Basta. Desliguem o rádio".

Os livros de Iulek se dispunham em várias filas nas prateleiras da estante. E entre eles, aqui e ali, retratos: Amós com Ionatan. Iossef Bussel com Iulek. Iulek na companhia de líderes trabalhistas de vários países. E de dentro de um grande vaso de porcelana erguiam-se cinco urtigas numa florescência imortal. Desolados, sofredores, impressionantes, é como pareciam a Azaria os dois velhos líderes, que o tempo todo evitaram cruzar olhares: como ruínas de fortificações antigas, um defronte do outro, poderosos e decaídos, em algum lugar de suas profundezas sombrias continuam a abrigar vidas secretas, guerras antigas, atos de prestidigitação e de embuste, uma sutil crueldade, um morcego com um mocho ou coruja, e entre os dois floretes distende-se uma aparente serenidade, semelhante ao musgo que cresce nas fendas dos muros. Dava para sentir uma força majestática no quarto, naquela presença poderosa e sonolenta. E como que uma torrente emaranhada e elusiva de segredos fluía entre eles de tempo em tempo quando falavam e também quando silenciavam: um antigo ressentimento de amor, como trovões distantes, e restos cansados de forças que Azaria com todo o seu ser ansiava por tocar e por elas ser tocado e penetrar ardilosamente em seu círculo invisível e sacudir os dois de sua toca.

 Ele semicerrou seus olhos verdes e cravou no primeiro-ministro um longo e ardente olhar; uma vez lera num livro indiano que um olhar assim tem a força de obrigar o outro a desviar os olhos para você. E dessa vez queria muito enfeitiçar Eshkol para que ele o olhasse, para que se dirigisse a ele, para que lhe fizesse uma pergunta corriqueira e recebesse dele uma resposta surpreendente e quisesse ouvir mais. A presença do governante fatigado, a feiura eletrizante daquele homem que Azaria conhecia de fotografias generosas de jornal e das caricaturas cruéis. As mãos grossas pousadas com abandono nos braços da cadeira, pintalgadas de manchas senis marrons, e o grande relógio, dourado, que balançava no pulso, numa correia gasta, os inchados dedos de cadáver. A pele enrugada como de um lagarto, tudo despertava em Azaria uma espécie de sensibilidade sensorial febril, quase parecida com o desejo carnal. Um anseio imediato, louco, de se lançar neste momento sobre este governante de rosto marcado pelo sofrimento, se abraçar com ele de repente e com fúria se deixar cingir sem limite por aqueles braços rudes, e pousar sua cabeça ardente, sem pejo, nos velhos joelhos, se confessar de tudo sem deixar resquícios, pedir confissão, arrancar à força toda a piedade e doçura e misericórdia que certamente também se escondem em um dos subterrâneos dessa fortaleza em ruínas. Ser salvo e também salvar. Ele se assustou e repeliu esses anseios e também jurou a si mesmo que desta vez ficaria calado e não se exporia ao ridículo. Iulek, pai. Eshkol, pai. Srulik, pai. Seus sofrimentos. Eu também. De sua solidão eu também participo. O amor de vocês, que virou brasa e depois cinza. Meu amor por vocês. Se eu pudesse achar três ou quatro palavras singelas para lhes dizer desse amor. Dizer com simplicidade. Não só dizer, assegurar, jurar por tudo, que nem tudo está perdido, eu sou seu rapaz, seu escudeiro empoeirado do pó de seus pés, por favor contem também comigo, eu também sou seu filho, só eu sou seu filho e vocês, mesmo que não tenham consciência disso, foi por este filho que vocês rezaram. Não zombem de mim, por favor. Por favor, deixem-me derramar água em suas mãos feias. E se lhes agradei, experimentem-me, e vão saber. Ofereço-me para ser o substituto de Ioni. E me ofereço para ser, em dias futuros, o substituto de vocês. Se vocês quiserem. É só ordenar — e eu me jogo no fogo. Eu disse fogo não como metáfora, pois realmente o incêndio se aproxima, e eu sou o bobo da aldeia que gritou primeiro Judeus, fogo, e aqui está o fogo, aqui estão as árvores e aqui brilha o facão, e eu, se concordarem, serei o cordeiro para o sacrifício em lugar de seu filho único. Apenas, em nome de Deus, parem com essas cavucações, com essas anedotas em ídiche e com as fofocas do partido, nada de biscoitos e chá, ou a tragédia vai encontrar vocês indiferentes e repulsivamente alienados.

"Eshkol, ouça, por favor", Iulek quebrou o prolongado silêncio, "talvez não seja este o lugar nem esta a hora..."

"*Ma, mu*, o que é isso de repente?" Eshkol despertou de seu cochilo e abriu cansadamente os olhos.

"Ouça. Eu disse: Talvez não seja este o lugar nem esta a hora, mas já há tempos eu precisava lhe dizer que eu, como expressar, eu lhe devo algumas desculpas. Pelo que falei contra você na última reunião. E também por outras coisas. Fui cruel com você."

"Como sempre", disse Chava secamente.

E Srulik tornou a sorrir sutilmente. Consigo mesmo. Um sorriso chinês oculto e um pouco triste.

"*Azoi*", disse Eshkol, e seu rosto, como se não tivesse sido colhido agora mesmo de seu breve cochilo, irradiava argúcia e humor. "É claro que você me deve uma justificativa, *rav* Iulek, e como! Enquanto eu, de minha parte, para falar com franqueza, devo-lhe há muito tempo uma boa surra. Escute, seu patife, podemos então fechar aqui o negócio e acertarmos as contas entre nós? Quem sabe você desiste da sua justificativa e eu, em troca, desisto de lhe acertar os dentes? Então? *Guemacht*, fechado, Iulek? Quites?" E acrescentou num tom diferente: "Por favor, pare de dizer bobagens".

Riram. E pararam de rir. E Srulik vestiu seu sorriso delicado e propôs educadamente:

"E por que não ao contrário? Azaria e eu afastamos os móveis para um lado e vocês dois trocam pancadas de uma vez por todas. Bom apetite e bom proveito. Quando quiserem."

"Não prestem atenção ao que ele diz", disse Rimona baixinho, "Srulik só estava brincando."

"Gracinha!", urrou Eshkol e apontou para ela seu dedo gordo, pálido. "Não tenha medo, *krassavitsa*, finalmente nós, com seu perdão, somos agora um par de patifes velhos que só têm força na língua, não nos quadris. Já se foram os tempos em que eu sabia dar uns bons socos nos dentes de alguém. Enquanto nosso Iulek, diga ele o que disser, nunca foi capaz de se desculpar de verdade, sinceramente. Aliás, nisso ele se parece com Ben-Gurion, ou seja, está em muito boa companhia. Obrigado, não ponha açúcar, eu tomo sem açúcar."

Sem medo. Neste momento. Vou falar. Sobre tudo. Porque a alma deles adormeceu dentro do corpo. Estão dormindo numa casa que pega fogo, esses velhos terríveis. Chafurdam em brincadeiras áridas. Coletores radiantes e satisfeitos. Donos de casa insossos. Almas apagadas que quase apagaram também a de Ioni, até que ele se levantou e fugiu deles, fugiu com o que restou de suas forças, fugiu para os uádis nas montanhas, fugiu para salvar de vocês os conceitos claros e evidentes de sua alma, fugiu com toda a razão, e tomara que fuja de vocês até o fim do mundo e não volte nunca mais, sujeitos fornicadores, velhos corruptos de tanto estratagema, tanta astúcia, cheios de tramoias, canalhas debilitados, tomados de doenças ruins, de corpo inchado e fermentando com a podridão de seu ódio que azedou, almas enferrujadas, judeus que perderam o caminho, entupidos para os cheiros do mar, mil anos já se passaram desde a última vez que vocês olharam para as estrelas do céu, durante mil anos não viram nem o nascer nem o pôr do sol, nem uma noite de verão, copas de ciprestes estremecendo ao luar; espíritos mortos vagueando sem sentido sobre a terra que se repugna com seu cheiro, criaturas definhantes, para sempre estranhas ao calar do pó, ao silêncio dos desertos e do mar, estranhos ao sussurro da folhagem ao entardecer, estranhos aos aromas do inverno, estranhos a si mesmos e a suas carnes mortas, mortos devoradores de seus filhos, acertadores de contas sem fim, saturados de influências insípidas, a estender sobre todos nós suas teias de aranha, monstros horrendos e infelizes, mortos, mortos, e agora estou encarregado de abrir seus olhos ainda hoje, sou obrigado a fazer isso agora, neste momento, e se eles me acharem um psicopata perturbado doente do espírito, que me importa, já implorei bastante, como um cão abandonado, por seu amor que se extinguiu, não existe amor no coração deles, não existe Deus no coração deles, só escuridão e bolor em seus corações mortos, morta a misericórdia deles e além deles, uma montanha de homem, balofo como um cadáver de dinossauro apodrecendo e o outro, uma espécie de monstro-gorila com uma cabeça de leão meio rota sobre ombros caídos, uma barriga enorme sobre pernas de palitos de fósforo com braços cabeludos neandertálicos, dois sulcos antigos se apagando como uma maldição sobre seus lábios odiosos e odientos, mortos mortos como o coração de quem se empurra para lhes pedir amor, cachorro é quem abana o rabo para eles, eu vou dar um soco na mesa, vou lhes falar até as paredes empalidecerem, vou chocá-los, vou informar a eles que tudo já está perdido e que Ionatan, na maior simplicidade, fugiu deles para se salvar, porque viu que o barco está afundando. Eu queria ter um cigarro, acho que ele adormeceu de novo.

Srulik disse:

"Se me permitirem uma opinião pessoal, não creio que o rapaz já tenha saído do país. Isso não é plausível. Por intuição, sem nenhuma evidência concreta, suponho que ele está são e salvo perambulando em algum lugar sem um objetivo claro. Quem de nós não foi tentado um dia, bem no íntimo, a abandonar tudo de repente e ir embora sem um destino certo?"

"*Mazal tov*, parabéns", sibilou Iulek com desprezo, "temos um novo psicólogo. Daqui a pouco você vai começar a defender essa moda tártara chamada autorrealização." A fisionomia de Iulek exprimia um amargo deboche, cheio de tensão, e na palavra hebraica oxítona '*psicholog*', por alguma razão, preferiu acentuar a sílaba do meio: *psicholog*."

"*Chaver* Eshkol", disse Chava, "você pode nos dizer por que ele levou consigo uma arma?"

O primeiro-ministro suspirou. Seus olhos se fecharam atrás dos óculos grossos, como se a pergunta de Chava fosse a última palha, e ele sucumbisse enfim à exaustão e à tristeza. Ou como se tivesse recuado e retornado ao fundo de sua sonolência. Desajeitado, pesado sobre a cadeira, dominando sem falar e sem se mexer todo o espaço a sua volta, a camisa saindo um pouco do cinto de suas calças desleixadas, os sapatos salpicados de manchas de lama, o rosto parecendo um áspero nó no tronco de uma velha oliveira, mergulhado profundamente no emaranhado de sua doença e de seus problemas, um jabuti cansado e idoso, falou ao cabo de seu silêncio numa voz que mais parecia um sussurro:

"É difícil, Chava."

E acrescentou:

"Não só isso. Tudo é difícil e complicado. Por outro lado. Todos, em tese, estão querendo se armar. Alguma coisa não deu certo. Em algum lugar, lá no início da jornada, alguma coisa não funcionou em nossa visão macro, fundamental. Não, não vim aqui para relatar a vocês os meus problemas. Pelo contrário: eu tencionava animar vocês, e em vez disso, a contragosto, estou jogando sal nas feridas. Melhor talvez levantar-me e ir embora para não deixá-los deprimidos. Agora precisamos todos ranger os dentes, ser resolutos e não abrir mão da esperança. Não, obrigado, minha bela jovem, não me sirva mais chá. Definitivamente não vou tomar mais um copo, embora o primeiro tenha sido realmente reconfortante. Em vez disso, já vou me despedir de vocês e seguir para meu caminho e minhas atribuições. Na verdade, passei por aqui a caminho da Alta Galileia. Vou dormir esta noite em Tiberíades e amanhã devo dar uma olhada na fronteira com a Síria, saber o que têm a dizer meus sagazes generais, ouvir nossos bons homens que vivem em povoações de fronteira, e também — que Deus que está no céu me ajude — tentar fortalecer-lhes o espírito. Só o diabo sabe como poderei fortalecer-lhes o espírito. É preciso tomar o pulso de nossa linha de fronteira: assim, com a ponta dos dedos. Para ter uma impressão direta, sem intermediário. Porque já não tenho em quem acreditar nem em quem confiar. Todos estão falando alto e me representando uma comédia. Para onde me volto, comédia. Iulek, seu palhaço, pare de me olhar desse jeito. *Chuchem*. Sua alma você bem que salvou, enquanto eu, *na*, quando me perdi, perdi. Quem é que sabe o que estão armando para nós lá, nos palácios de Damasco, o que se está tramando lá fora e em casa? E o que precisamos fazer para não cair na rede deles? Os meus belos generais só conhecem uma resposta, que eles me cantarolam em coro da manhã à noite, e que é: *zbeng*. E eu, depois de todas as minhas considerações e dúvidas, intimamente, tendo a concordar com eles em que devemos lhes desferir em breve um belo soco nos dentes. Embora Ben-Gurion e talvez também vocês aqui, pelas costas, me considerem um incapacitado. Não faz mal. Obrigado pelo chá, Chava, o primeiro e o segundo também. Abençoadas sejam suas mãos. E tomara que tenhamos em breve uma boa notícia. Quantos anos tem hoje esse rapaz?"

"Vinte e sete. E oito. Veja, esta é a mulher dele. Rimona. E o jovem ao lado dela é... um amigo. O caçula está servindo com os paraquedistas. Foi bonito de sua parte ter se dado ao trabalho de vir até nós."

"Vamos mandá-lo de volta para casa imediatamente. Ainda esta noite. O caçula. Isto é. Se não lhe for difícil escrever para mim num papel todos os detalhes necessários. Ainda esta noite vocês o terão aqui. Sinto muito. Aqueles *shmendriks*, aqueles inúteis lá fora no carro já devem estar me xingando por não estar cumprindo, como eles dizem, o horário. Não tem por que me invejar, Iulek, *oi* para a honra e *avoi** para o poder. Sou um servo de servos, e até crianças pequenas me dirigem. Se eles ficarem satisfeitos, talvez permitam-me ficar mais um pouco aqui amanhã, na minha volta da Galileia, e pode ser que até lá tudo tenha terminado da melhor maneira e então vamos abraçar o sumido e pensar juntos o que fazer com esse rapaz que não fizemos ainda. Fiquem em paz."

Falou e levantou-se pesadamente da cadeira, como um animal crescido e sofrido, ficou de pé em toda a sua desajeitada estatura e gemeu, estendeu a feia manopla para dar um tapinha no ombro de Iulek e deslizá-la no rosto de Chava, e abraçou Rimona pelos ombros enquanto dizia em sua orelha, como num segredo:

"Sinto muito, minha querida. Talvez eu possa adivinhar a septuagésima parte daquilo do que vocês estão passando. Seja como for, dei minha palavra de honra de que faremos tudo que é humanamente possível para devolver a vocês o filho pródigo. E você, *krassavitsa*, ficou mesmo com medo de que eu e Iulek fôssemos trocar socos e pontapés? *Na*, veja como eu abraço esse

---

* A expressão expletiva *oi v'avoi* exprime lamento, contrariedade com algo.

patife. Veja com seus próprios olhos. *Shalom* para você também, meu jovem. Fiquem sentados, em nome de Deus, não precisam se levantar. Lamento que entre meus pecados eu tenha agora de fazer mais este, e fugir. Iulek, *chazak veematz*, seja forte e valente. Você também, Chava, seja forte. Deus, e somente ele, sabe pelo que vocês estão passando agora. Sem terem culpa alguma. Não fique nervosa, beleza: não deixaremos você sozinha por muito tempo. Vamos procurar e encontrar a perda e lhe devolver seu amado. *Shalom uvrachá*, fiquem em paz todos vocês.

"Sua senhoria!", irrompeu Azaria de repente e projetou-se para a porta bloqueando com seu corpo magro a passagem ao visitante. E perfilou-se, como um recruta numa tensa posição de sentido, as mãos grudadas nos lados do corpo, a voz desafiante, trêmula, com uma quase arrogância e um quase desespero, obstinado e todo arrepiado, como um animalzinho encurralado num canto sem saída. "Sua senhoria, se me permite roubar dois minutos de seu tempo, tenho uma... observação, não, não esqueci que está escrito na Bíblia que a sabedoria do miserável é desprezível, mas sua senhoria também não esqueceu com certeza a segunda parte do versículo, peço dois minutos."

"*Nu*, então abra a boca e nos ilumine com suas palavras", sorriu Eshkol e esperou. Com seu sorriso, como que tocado por uma varinha mágica, sua fisionomia mudou; subitamente ficou parecido com um camponês caloroso, de avançada idade, um camponês eslavo de boa índole prestes a acariciar com a mão tendinosa a crina de um pônei assustado. "Pergunte quanto quiser, rapaz."

"Sua senhoria. Que me desculpe. Mas deve saber que esta não é toda a verdade."

"Ou seja?", perguntou Eshkol com paciência, seu sorriso paternal não saíra do rosto, todo ouvidos, e num esforço a mais inclinou-se um pouco na direção do trêmulo rapaz.

"Ou seja, enganaram sua senhoria. Talvez não com má intenção, talvez somente por respeito, mas sua senhoria foi enganada aqui, quando disse há pouco que não entendia como foi possível deixá-la sozinha; isto é, Rimona."

"E daí?"

"A verdade não é esta, meu senhor. Embromação. Tudo embromação. Como disse sua senhoria, todos ficam representando na sua frente uma comédia. A verdade é que Rimona não ficou sozinha. Nem um minuto sequer. Como sempre, mentem para sua senhoria. Eles..."

"Azaria", cortou Iulek Lifschitz num chamejante acesso de raiva do fundo de sua poltrona. Seu rosto estava corado, o rosto de um velho cacique índio despejando chispas de cólera. "Cale-se, imediatamente."

E Srulik propôs com cautela:

"Acho que o *chaver* Eshkol está com muita pressa para ir embora e não temos o direito de detê-lo."

"Sua senhoria", insistiu Azaria, inclinado para a frente como que fazendo uma reverência ou como ameaçando lançar-se num abismo. "Estou pedindo para deter sua senhoria não mais que quarenta segundos, contados no relógio. A pressa, como se diz, já matou mais de um urso. É direito e obrigação de sua senhoria receber toda informação relevante para que possa avaliar a situação com bom senso e tomar uma decisão justa. Ionatan Lifschitz é o único amigo que tive em toda a minha vida. Ionatan é meu irmão mais velho. Em russo se diz que na dor, um amigo tardio é como agasalho num dia frio. Sua senhoria talvez já tenha esquecido: amor imenso, no fogo e na água. Amantes e apaixonados. Não importa agora quem eu seja. Digamos que eu seja *namosha*, um babaca. Digamos, um bufão. Isso não é relevante. Digamos que eu seja, como se diz, um pobre coitado. Mas também há quem use essas palavras para falar de sua senhoria. Por trás, é claro. O que sua senhoria realmente tem obrigação de saber é que Ionatan foi embora para ir buscar o significado da vida. Não o significado. O sentido. O gosto. Ou seja, todo mundo é livre. O particular não é propriedade do geral. Não é propriedade dos pais nem propriedade da mulher nem propriedade do kibutz e nem mesmo, perdão por este meu pequeno atrevimento, nem mesmo propriedade do Estado. A verdade vem antes das boas maneiras. Ao contrário, o particular pertence apenas a si mesmo. E até mesmo nem isso. Assim determinam as regras da ética judaica. E na verdade, nós, judeus, fizemos dessa lei uma lei universal. Sua senhoria com certeza ainda não esqueceu: os profetas etc. Então o que é que tem se um dia ele resolveu sair daqui? Isso é proibido? Que é que tem se ele preferiu não deixar um endereço? Que lei ele transgrediu? Que regulamento ele descumpriu? O quê, a vida inteira é um Exército? Foi embora, e pronto. Parem de ir atrás dele. Isso não está nas prerrogativas do poder. Sua senhoria também, em sua juventude — assim me contou Iulek —, um dia fugiu de casa e veio para Erets Israel. Desculpe por esta última expressão. Se for necessário, eu volto atrás. Mas só por esta última expressão. E numa discussão com o senhor Ben-Gurion sua senhoria disse expressamente que a vontade do homem é sua honra. Isso foi no contexto da postura em relação ao partido. Sua senhoria certamente se lembrará disso. Por sua livre vontade e com a mente lúcida, ele foi embora e viajou para algum lugar. E antes disso confiou — não confiou, entregou — sua mulher a mim. E ela agora é minha mulher. Reconheço que sob o ponto de vista moral Chava e Iulek são meu pai e mãe e Srulik também é meu pai, mas a verdade vem antes. Eles não têm o direito de ir atrás de Ioni e não têm o direito de exigir de mim que abra mão de minha mulher. Para concessões também há um limite. Luz vermelha. Estou citando o que sua senhoria disse anteontem no Parlamento, e tinha cem por cento de razão. Em geral, sua senhoria está com razão e o senhor Ben-Gurion é inimigo da liberdade. Temos aqui um estado judaico. Não uma selva. Sua senhoria tem de ser coerente em suas posições. Sua senhoria deve ficar do meu lado. Porque agora ela é minha mulher. *De facto*, quer dizer, apesar de ainda não ser *de jure*. A polícia não tem o que dizer aqui. A lei tampouco tem o que dizer. E, com todo o respeito, não cabe ao primeiro-ministro e ministro da Defesa intervir em meu prejuízo. Sua senhoria explique por favor a eles aqui antes de continuar seu caminho, já é fato consumado. E como sua senhoria está indo agora para a fronteira com a Síria, e como lá com certeza também vão lhe mentir de todos os lados e tentarão confundi-lo com meias verdades, permito-me sugerir..."

"Azaria, chega de tolices. Basta."

"*Chaver* Iulek. *Chaver* Srulik. Chava. Ilustre primeiro-ministro. Por favor, todos vocês. Não me façam calar o tempo todo, pois com o devido respeito parece que sou talvez a única pessoa no país inteiro que fala a verdade. Prometi que não ia lhe roubar mais do que um ou dois minutos. E realmente não vou. Quem sou eu para vocês? Algum ladrão? Um bandido? Um pirata? Pelo contrário, sou um idealista de primeira linha, e o que são, afinal, um ou dois minutos? Gato não atravessa água, como se diz. Resumindo, direto ao assunto: preciso prevenir sua senhoria de que lhe estão preparando uma armadilha e, como se diz, jogando-lhe areia nos olhos. Estou pronto, se me pedirem, para dizer algo sobre a Síria e também sobre Nasser e sobre os árabes em geral, e com relação aos russos também. Sua senhoria resolverá se vale a pena ouvir ou não, e depois, é claro, decidirá por si mesmo o que o Estado vai fazer."

"Ele é um caso trágico", justificou-se Chava, "é um rapaz de *Sheerit Haplitá*, sobrevivente do Holocausto, o qual tentamos absorver e encontramos, é claro, dificuldades. Mas não desistimos facilmente..."

Iulek disse:

"Chava, se você não se importa, não tem o que explicar. Eshkol vai se ajeitar sem sua ajuda."

Eshkol fez com a mão um gesto cansado de renúncia, mas os encantos de seu sorriso caloroso não abandonaram seu rosto:

"Não faz mal. Não vai prejudicar. Que esperem um pouco. Aqueles *shmendriks* lá no carro. Ainda não sou propriedade particular deles. E a alta Galileia não vai fugir. Vamos deixar o jovem terminar seu capítulo. Contanto que pare de me chamar de sua senhoria e faça sua profecia em língua de gente. Não tenha medo, jovem, fale, que seu servo está ouvindo. Só nos poupe de introduções e rodeios. O que significa isso de você ser o marido dela? Não entendi. Essa não é a nora de Iulek, que..."

"A Galileia vai fugir sim, senhor!", exclamou Azaria educadamente, com uma espécie de ímpeto contido, "a Galileia, e o Neguev e todo o resto. De repente vai estourar uma guerra. Vão nos surpreender. Vão nos assaltar. Como num *pogrom*. Já estão afiando as facas. Como se diz, está escrito na parede. E este é exatamente o motivo pelo qual Ionatan saiu a caminho com uma arma na mão. Logo haverá uma guerra. Peço desculpas."

"Zaro", disse Rimona, "não se zangue."

"Você não se intrometa. Não vê que estou sozinho ante o mundo inteiro? Minha amada também tem de se juntar a eles? Adverti o *chaver* Eshkol de que uma guerra se aproxima, e mesmo se a vencermos será o início do fim. Disse e tenho dito. Doravante ficarei calado como um peixe."

"Talvez sim", disse Eshkol, "talvez o rapaz tenha razão. Sinto-me oprimido, um frio na barriga, tenho muito medo e nenhuma vontade de vencer uma guerra. Que seja. Que grandes consolos e palavas de estímulo estamos trocando entre nós aqui... Como é seu nome, meu jovem?"

"Eu, quer dizer, Guitlin. Guitlin Azaria. Guitlin é o sobrenome. E sinto compaixão por todos."

"Como assim? Você teria a gentileza de nos explicar o que fizemos para merecer compaixão?" Por trás dos grandes óculos lampejava um olhar maroto. Eshkol apoiou-se em suas largas mãos e sentou-se pesadamente na ponta da mesinha baixa.

"É simples, meu senhor. Vocês precisam de compaixão. Abismos de ódio por todos os lados. Ninguém ama ninguém. Abismos de solidão em toda a extensão do país. E esta situação, penso eu, é um dos sinais da derrocada e é também o contrário do sionismo: solidão e maldade e ódio. Ninguém ama ninguém. Ninguém ama nem mesmo você, meu senhor. Ficam zombando por trás. Com expressões antissemitas. Com ódio. Usurário, judeu, agenciador. De mim também falam dessa maneira. Você não me interrompa, *chaver* Iulek, eu poderia contar a Eshkol o que você fala dele por trás. Só que tenho pena de você, porque também é odiado por todos. Há *chaverim* no kibutz esperando que você morra de uma vez. Grande parte dos *chaverim* de Granot. E até alguns dos que estão aqui neste quarto o chamam de Iulek-monstro. E dizem que Ioni na verdade fugiu de você. Então é melhor não me interromper, pois sou o único no kibutz e talvez em todo o país que não deixou de sentir compaixão. É de um pavor tenebroso, eu lhes digo, esse ódio e essa maldade. Pobres coitados. E mentem para vocês sem parar, e dançam e cantam 'que bonito é...'. Ninguém ama ninguém. Mesmo no kibutz o amor quase acabou. Não é de admirar que Ioni tenha fugido. Só eu amo todos vocês, e Rimona a mim e a Ioni. E isso de vocês fazerem brincadeiras de mau gosto, de um bater no outro etc., isso por acaso foi verdade. Porque vocês odeiam. Iulek, de tanta inveja que sente, e o senhor Eshkol agora ri da desgraça alheia, de toda essa fofoca que ouviu de mim. Sem falar das relações entre ele e Ben-Gurion. Se entre judeus existe um ódio tão terrível quanto esse, não é de admirar que os gentios nos odeiem. Não é de admirar que os árabes nos odeiem. Srulik morre de vontade de ser Iulek. Iulek morre de vontade de ser Eshkol. Eshkol morre de vontade de ser Ben-Gurion. Chava poria veneno no chá de vocês, mas não tem coragem. E tem Udi e Eitan e Amós, o filho de vocês, que falam o dia inteiro em como trucidar todos os árabes. Um lamaçal profundo, não um país. Selva, e não kibutz. Morte, e não sionismo. Chava, que chama todos de assassinos, sabe o que está dizendo, pois ela conhece todos vocês, só que ela também é uma assassina. A mim ela mataria aqui e agora. Como uma barata, e realmente sou uma barata. Mas não um assassino. Isso, não. Sou um judeu sionista. Acredito no kibutz. Vocês com certeza já esqueceram que Rimona e Ioni tiveram uma filhinha. Efrat. E ela morreu. O ar estava impregnado de morte. Eu vou lhes fazer um novo filho. Porque eu e essa Rimona ainda não esquecemos o amor. É de tanto amor que eu os advirto, e com isto finalmente vou encerrar, de que em breve vai estourar uma guerra, isso é uma inscrição na parede. Amo Iulek porque ele é meu pai, e Srulik, o gentil solitário, e Chava, a torturada, e também sua senhoria, meu senhor, e Ioni eu já disse que é meu irmão mais velho. Foi só por muito amor que me permiti explodir aqui de repente com esse atrevimento, amor por todos os presentes e também pelo país, pelo kibutz e pelo pobre povo de Israel. Se ultrapassei o tempo que me foi concedido e falei um pouco mais, peço desculpas. Já terminei. Que Deus se apiede de todos nós."

"Amém, *sela*", disse Eshkol, cujo sorriso congelara no rosto flácido. "Fidedignas são as feridas de quem ama. Neste momento sou obrigado a abrir mão de meu direito de resposta. Você, meu jovem, se porventura for um dia a Jerusalém, procure-me, por favor, e trocaremos ideias. Por enquanto, tudo de bom. Se o filho pródigo aparecer, tenham a bondade de me avisar imediatamente. Até mesmo no meio da noite. Há inscrições na parede etc., e toda a minha vida recusei-me a acreditar nelas. Temos de nos conter, nos fortificar e ter esperança. Abençoados sejam todos. *Shalom*."

Ao sair, distraído, deu dois tapinhas no ombro de Azaria Guitlin, que finalmente se afastara da porta para deixar o primeiro-ministro passar. Dois guarda-costas jovens, bonitos, muito parecidos um com o outro, louros, bem barbeados, cabelo cortado em estilo americano, gravatas largas de cores suaves, o cercaram dos dois lados. Discretos fios de fones de ouvido penetravam nas lapelas de seus ternos azuis. Eles abriram a porta do carro para ele e depois a fecharam atrás dele. E num instante levantaram âncora.

Srulik disse:

"Azaria, vamos. Preciso conversar com você agora mesmo."

Iulek disse, divertido e quase alegre:

"Que é que tem? É até bom que Eshkol tenha ouvido esse repertório. Não vai lhe fazer mal. Ele está cercado por todos os lados de um bando de aduladores e patifes diplomados. Então, Azaria jogou-lhe em cima um pouco de vinagre, e foi bom de ouvir. Venha, Azaria, você ganhou de mim um calicezinho de conhaque. Aqui está. Beba. *Lechaim*, à saúde do demônio. Silêncio, Chava. Não se meta. Os assassinos estão bebendo *lechaim*. Viram a aparência de Eshkol? Dá medo olhar seu rosto: um monte de destroços. Realmente. Rimonka, não dê atenção a ela. Deixe a garrafa a meu alcance. E agora, vamos também fumar um cigarro."

"Malucos", disse Chava, "todos vocês."

E Rimona disse:

"Zaro está com muita febre. Srulik também. Iulek tem um problema no coração. Chava não pregou o olho desde anteontem. Falamos durante uma hora inteira e agora vamos descansar."

Ela levou a louça e os talheres para a pia. Enxugou a mesa com um pano. E já ia começar a lavar e secar. Mas então a porta se abriu e uma nova visita chegou.

4.

Domingo, 6.3.1966, dez e meia da noite

Com o que começar meu relatório desta noite? Talvez relatando que na noite passada, entre ontem e hoje, me curei totalmente da gripe. E hoje é meu primeiro dia oficialmente na função de secretário do kibutz. Ainda me passa um sentimento interior de ridículo quando registro por escrito esse título: eu sou o secretário. Ontem a assembleia me elegeu quase por unanimidade, na minha ausência, porque ainda ontem eu estava com febre alta. Foi só uma fraqueza de ânimo que me impediu de me agasalhar e comparecer à votação para dizer simplesmente: *Chaverim*, sinto muito, reconsiderei tudo e vim lhes pedir que cancelem a indicação. Não sou a pessoa adequada.

Mas a indicação já está em vigor. Não há como retirá-la. Assim, continuarei a fazer o melhor de minhas modestas possibilidades. Não vou fugir. Chava Lifschitz está dormindo aqui agora, no outro quarto, é claro. Na minha cama de solteiro, depois que o médico lhe deu uma injeção tranquilizante. Que estranho: uma mulher na minha cama. Escrevo isso quase dando risada, como um garoto: alguém ainda pode fazer disso um problema.

E eu vou dormir esta noite sobre um colchão, neste quarto. Tomarei conta dela. Tomarei conta de todo o kibutz. Providenciei para que a enfermeira, Rachel Stutchnik, passe a noite na casa de Iulek, porque o médico ficou preocupado com o eletrocardiograma e com as oscilações de pressão sanguínea. Iulek ainda se recusa terminantemente a se internar. Amanhã se decidirá se vão levá-lo ao hospital, apesar de sua recusa. Se decidirá? Escrevo isso e me espanto: o que significa "se decidirá"? Porque agora o secretário sou eu. A responsabilidade é minha. Amanhã terei de arrastá-lo, queira ou não queira, ao hospital.

Mas estarei com a razão?

Esta nova situação é estranha, complicada e preocupante. Eu poderia escrever aqui: uma situação ridícula e fantástica. Mas a maioria das situações para mim são ridículas, enquanto nenhuma me parece fantástica: tudo é possível. Tudo pode acontecer. Seres humanos são capazes de qualquer coisa. Rachel cuidará de Iulek esta noite. Chava está pernoitando aqui. Azaria na cama de Rimona, com certeza vangloriando-se da comédia que representou hoje para o primeiro-ministro. E Ionatan não está. Foi embora.

Que mais me resta fazer? Qual a linha de ação mais correta?

Tenho a noite toda pela frente. Se anotar aqui tudo ordenadamente, talvez algo se me esclareça. Vou fazer este relatório do jeito que sempre faço: de forma clara e direta. Estes são os acontecimentos das últimas vinte e quatro horas.

Meu dia começou muito cedo. De madrugada, às três e meia, acordei banhado de suor de tanta aspirina que tomei no sábado à noite. Minha gripe se foi, e só restou uma fraqueza e uma tonteira. Levantei-me então à luz da lâmpada de cabeceira, pus um marcador de livro entre as páginas de Donald Griffin, que adormecera ontem comigo sobre meu cobertor, pus o livro sobre a mesa, enrolei-me no meu velho suéter que esse homem, Bolonezzi, tricotou para mim, e no meu roupão, liguei o aquecedor elétrico e por um momento passou-me o pensamento de que a morte me virá numa manhã de inverno como esta, quando eu estiver vestindo as calças ou arrumando a cama, talvez agora mesmo, dentro de um minuto, e minha vida será interrompida antes que eu chegue sequer a uma única conclusão. Mesmo uma conclusão bem modesta, mesmo uma simples percepção de algo. Nesse momento eu teria pena da minha flauta transversal, que depois de trinta anos tudo que recebe de mim é uma execução média e não desafinada. Mas nunca tivemos uns poucos momentos de completude; de êxtase. Já faz vinte e cinco anos que amo P.; não lhe dei o menor sinal disso. Sou sozinho e P. tem quatro netos.

De repente, numa manhã como esta, vou cair em meu quarto e morrer. Fiz para mim chá com mel e limão, e com uma xícara na mão fui até a janela do leste, para esperar o raiar do dia. Uma voz interior me dizia que Ionatan estava em dificuldades, mas vivo e inteiro. Durante algum tempo discuti com essa voz. Exigi dela uma visão objetiva ou um indício, alguma coisa — mesmo tênue — que pudesse consolidar tal conclusão. Em vão. A voz interior ficou na sua: Ionatan rola pelas estradas. Rimona está grávida. E o pai é um dos dois. Com que fundamento penso assim? Vá, exija uma evidência lógica das vozes interiores da madrugada.

Enquanto isso, as copas dos ciprestes empalideceram um pouco lá fora. Da escuridão ao longe ouviu-se o mugido de uma vaca, como se lá estivesse acontecendo algo que fizera a própria noite, ao vê-lo, soltar um lamento de dor. Uma sombra lenta passou à frente de minha janela; parecia ser a cadela Thia; a farejar pacientemente entre os arbustos de hibiscos, inquieta, examinando a moita de buganvílias, penetrando fundo no caramanchão coberto de cheirosas madressilvas; e ali sumiu da minha vista. Nuvens baixas passaram, carregadas pelo vento úmido. Aproximei de mim o aquecedor elétrico, sentia um ligeiro calafrio, e voltei à janela. Uma chuva fina, cinzenta, começou a cair. Durante dez minutos a vidraça gotejou junto a minha testa, que a tocava. Depois parou. Um trem de carga apitou a oeste. Galos cantaram numa extremidade do kibutz. Uma ave noturna respondeu com um grito. O silêncio de minhas meditações concordava em tudo com esses sons de antes da aurora. A água continuou a pingar do fícus apesar de a chuva ter cessado. Como é triste o aspecto do jardim numa manhã de inverno antes do raiar do sol: a palidez dos gramados vazios. Poças d'água. A mesa molhada. As cadeiras viradas, pernas para o ar, sobre o tampo da mesa. A parreira desfolhada. Coníferas lacrimejando na neblina como numa gravura chinesa. E sem vivalma.

Às seis ou seis e quinze, já havia um pouco mais de luz. Ainda uma luz fraca, fria e chuvosa. Encontrei por acaso um copo de coalhada que Chava havia deixado ontem para mim. Então, comi torradas com coalhada. Arrumei a cama. Fiz a barba. Enquanto isso a água ferveu de novo e me servi de mais chá com mel. Talvez eu devesse ficar na cama mais um ou dois dias como garantia de que me curei totalmente da gripe. Mas não tive a menor hesitação: antes das sete e meia já estava em meu novo posto, no escritório da secretaria, respondendo, uma a uma, as cartas que se dirigiam a Iulek; do Conselho

Regional, do Ministério da Agricultura, do Movimento Kibutziano. Depois botei um pouco de ordem. Esvaziei as gavetas de pilhas de jornais velhos e joguei na cesta de lixo. Embaixo desses jornais achei de repente uma lanterna pequena e boa, que, sem saber por quê, enfiei no bolso. Olhei a ata da assembleia da véspera (pelo visto, cento e dezessete acreditam que estou capacitado a ser o secretário do kibutz. Três não acreditam. Nove se abstiveram. Como terá votado F.?).

Enquanto isso o kibutz acordou. Em frente à janela da secretaria passou Eitan R., dirigindo um trator e arrastando atrás de si uma carroça carregada de forragem fermentada em direção aos estábulos. O bom Stutchnik passou, encurvado, as botas pesadas de lama, voltando da ordenha noturna. E passaram mais homens e mulheres em roupas de trabalho.

Chava entrou para me perguntar se eu havia perdido a razão. Uma criatura com quarenta graus de febre sai correndo nua, no meio da noite, para a secretaria? Que é isso? Por acaso sou uma criança? Onde está meu juízo?

Convidei-a a tomar comigo um copo de chá. E, pacientemente, corrigi suas alegações, uma a uma: agora não é o meio da noite, são sete e meia da manhã. Minha febre já desceu, e estou me sentindo bem. Também não corri para cá nu, e sim me agasalhei bem e vim bem devagar. Tenho de cumprir minha função. Quanto a meu juízo, nunca foi dos mais brilhantes.

"Ouça, Srulik, isto aqui lhe agrada muito, não é? Sentar-se como um rei na cadeira giratória de Iulek junto à mesa dele? Ocupar-se com os papéis dele? Isso lhe dá prazer, não é verdade?"

Seus olhos brilharam de repente com uma contida maldade: vejam, ela está convencida de que conseguiu desnudar em mim uma pequena fraqueza. Não sou mais um anjo de Deus. Tenho um pontinho fraco, que Chava está espetando com um alfinete em algum álbum sombrio, para que um dia possa usá-lo contra mim.

"Como ele está se sentindo?", perguntei, "como passou a noite?"

"Ele é um monstro", dardejou com nojo, "imagine só: a primeira coisa que fez de manhã foi exigir de mim que lhe levasse Rimona com aquele réptil dela; para ter companhia durante a manhã. E de fato, daqui a pouco vou levar os dois até ele: por que não? De minha parte, podem fazer lá um espetáculo artístico. Não me importa. Que a barata toque e a retardada dance, e no fim o assassino profira uma palestra de conclusão. Que façam bom proveito. Só que eu vou pegar um pijama e uma escova de dentes e me mudar de lá. Ainda hoje."

"Chava", tentei, mas ela me interrompeu:

"Para sua casa. Você me receberá?"

Seu rosto vestiu de novo a fisionomia de uma bebê idosa. Uma espécie de riso à beira do choro. "Você me receberá?"

Meu Deus do céu, pensei. Mas lhe disse:

"Sim."

"Você é um homem admirável. Como ser humano, quero dizer. Não fechei os olhos a noite toda. Pensei em você e em Ioni. Pensei que se existe em todo o mundo, fora eu, alguém que realmente quer que Ioni volte e que tenta salvá-lo, esse alguém é você. Todos os outros são assassinos; todos os outros esperam não vê-lo nunca mais. Não discuta comigo. Em vez de discutir, é melhor enviar, ainda esta manhã, uma notícia aos jornais e ao rádio. Minta. Escreva que a mulher dele está no hospício. Escreva que a mãe dele está para morrer. Trapaceie. Melhor ainda, comunique que o pai dele já morreu e que ele deve vir depressa para o enterro. Talvez isso o traga de volta. E que isso também seja transmitido no rádio."

"Chava", eu disse num ímpeto que nunca tenho, "isso é insensatez. Peço a você que me deixe sozinho. Desculpe. Vá para casa. Ou para o trabalho. Você não está me ajudando aqui."

Disse e esperei receber de volta fogo e enxofre.

Para meu espanto, obedeceu-me imediatamente. Levantou-se e implorou que eu não ficasse zangado, que esquecesse seu rompante. Garantiu-me que confiava em mim "como num anjo de Deus". Ainda me prometeu trazer aqui, para o escritório, um aquecedor elétrico potente. E me fez prometer que continuaria a tomar aspirina. Prometi. Da porta, disse-me rapidamente:

"Você me é muito caro."

Fez mal em falar assim. Não se deve falar comigo assim. Após mil anos de tranquilidade. Não se deve falar comigo assim.

Quando ela me deixou sozinho, assaltou-me o medo: eu a tinha de fato convidado a ficar comigo, em minha casa? E se ela realmente fizer isso? Endoideci? Que farei com ela? Que dirá Iulek? Que dirá todo o kibutz? O que P. pensará de mim? Loucura.

Fosse como fosse, não tive muito tempo para remoer arrependimentos.

Ao cabo de alguns minutos, uma patrulha da polícia estacionou em frente ao escritório, um oficial e um sargento entraram e pediram para falar com o secretário.

"O secretário está doente", eu disse.

"Mas é um assunto urgente", insistiu o oficial. "Quem é o responsável aqui?"

"Peço-lhes desculpas, sou eu. Eu estava me referindo ao meu antecessor: ele é que está doente. Sou o novo secretário."

Nesse caso, eles precisavam falar comigo e com alguém da família do rapaz que desapareceu. Ontem, no sábado, fora preso um jovem que vagava sem destino pelo litoral, em Atlit. Mas verificou-se que não era o nosso cliente. E da rodoviária de Ashkelon chegara um relatório sobre um desconhecido que passara metade da noite no galpão da Egued, a cooperativa de ônibus. Até a patrulha chegar, seus rastros haviam sumido. Ontem e hoje de manhã estavam esquadrinhando as ruínas de Sheikh-Dahar. Parece que há um ou dois meses tivemos um registro, alguém de vocês encontrou lá sinais de vida? Mas isso já foi há algum tempo. O que precisamos agora é de detalhes exatos e completos: qual é o contexto? Um conflito familiar? Perturbações psicológicas? Outros problemas? Já houve, como dizer, sumiços anteriores desse rapaz? E de onde veio a arma que o rapazote levou consigo? Daria para obter bons retratos dele, nos quais se veja o rosto inteiro? Ele tem marcas ou sinais característicos? O que vestia quando foi embora? O que levou consigo, exatamente? Ele teria inimigos, aqui no kibutz ou em outros lugares? Poderia se fazer uma lista de nomes e endereços de seus amigos, parentes, conhecidos, pessoas com as quais possa ir buscar abrigo? Tem passaporte? Tem parentes no exterior?

Levantei-me e abri uma janela. Um ar frio e cortante penetrou no quarto. Pedi a Udi, que passava por ali, que encontrasse Rimona e lhe pedisse que viesse ao escritório. E frisei: só Rimona. Até que ela chegasse, tentei responder da melhor maneira possível a algumas dessas perguntas. O sargento tomou nota de tudo. E o oficial disse:

"Para seu exclusivo conhecimento. Recebemos esta manhã um telefonema urgente do gabinete do ministro da Defesa. O secretário para assuntos militares do senhor Eshkol pediu-nos pessoalmente que dedicássemos a este caso um esforço extraordinário. Imagino que o pai dele seja do Parlamento. Um bom amigo dos figurões do país?"

"Muito obrigado", eu disse, "claro que mesmo sem isso vocês fariam tudo que é possível."

O sargento continuou a anotar minhas respostas até a chegada de Rimona: bela, vagarosa, esbelta, sorrindo sem nenhum motivo um sorriso outonal, não dirigido a nós, olhos negros e brilhantes, o cabelo claro preso num lenço de cabeça. Ela me ajudou a servir café aos dois visitantes. Um vale, montanhas, oliveiras, um caminho sinuoso, viam-se no calendário pendurado na parede. Rimona percebeu que o calendário estava torto, endireitou-o e sentou-se diante dele. Suas respostas pareceram causar nos visitantes uma impressão um tanto estranha.

"Lifschitz Rimona?"

"Sim, sou eu", sorriu surpresa, como a cismar de onde eles sabiam.

"Muito prazer. Meu nome é Bechor. Inspetor Bechor. E aquele sentado ali — Iakov. Compartilhamos sua tristeza. E tentaremos trazer boas notícias em breve. Você não se oporá a responder a algumas perguntas? E que Iakov anote as respostas?"

"Obrigada por terem vindo visitar. E por compartilharem a tristeza. A tristeza fica mais com Ionatan, que não está em casa agora. E Azaria também tem tristeza."

"Azaria? Quem é Azaria?"

"*Chaver* meu e de Ioni. Somos três."

"O que quer dizer isso, três?"

"Somos três. *Chaverim*."

"Por favor, senhora Lifschitz; tente responder o mais direto possível, para que possamos ajudá-la o quanto mais e incomodá-la o quanto menos."

"Todos aqui estão ajudando e sendo bons. Srulik, e você e Iakov. De qualquer forma o inverno acabou e agora começa a primavera."

"Está bem. Agora vou ler o que temos registrado aqui conosco e depois Iakov vai anotar tudo que você tenha a acrescentar. Pode me interromper, se houver erros."

Rimona sorriu devagarinho para a figura no calendário, e lembrei-me de repente de que ela me dissera uma vez, quando trabalhávamos juntos num dos turnos no refeitório, que eu não ficasse triste, porque tudo sempre muda para melhor.

"Então: é Lifschitz Ionatan filho de Israel, certo? Vinte e seis anos de idade. Casado. Sem filhos."

"Só Efrat."
"Quem é Efrat?"
"Nossa filha, Efrat."
"Perdão?"
Tive de intervir nesse ponto:
"Trata-se de um bebê que morreu há cerca de um ano."
"Nossos pêsames. Se não lhe é difícil, podemos continuar?"
"Não me é difícil. E para vocês? Não é difícil?"
"Patente no Exército: major. Como reservista, serve na *Saieret*. Foi condecorado pelo comandante regional. Está escrito aqui: bravura sob fogo inimigo. Trabalha na oficina mecânica. Membro do kibutz. Um metro e oitenta de altura. Moreno. Sem marcas ou sinais especiais. Cabelo um pouco comprido, foi embora de casa sem aviso prévio no meio da noite na madrugada de quarta-feira, dia 3 deste mês. Destino desconhecido. Não deixou carta. Vestia uma farda do Exército e aparentemente levava uma arma. De onde a arma, você sabe? É registrada? E que tipo de arma é?"
"Preta. Eu acho que do Exército. Ficava no caixote fechado a cadeado, embaixo do armário."
"Para que, na sua opinião, ele levou a arma?"
"Ele sempre leva."
"O que quer dizer sempre?"
"Quando é chamado."
"Mas desta vez eu entendo que não foi chamado?"
"Foi chamado."
"Quem o chamou?"
"Não disse. Não sabia exatamente. Só ouviu que o chamavam de longe e disse que precisava ir. E precisava mesmo."
"Quando ele disse isso?"
"No meio da noite. Uma vez. Quando chovia muito lá fora. Que o estavam chamando para algum lugar, e não iam esperar para sempre."
"Quando foi isso exatamente?"
"Já lhe disse, quando estava chovendo."
"Para que lugar ele disse que ia?"
"Disse que não sabia. Longe. Que tinha que ir porque aqui estava difícil para ele."

"Sinto muito, minha senhora, pela próxima pergunta. Entre vocês havia algum problema, algum... conflito familiar?"

"Ele foi embora", sorriu Rimona. "Todo mundo quer ir embora. Foi para onde quis ir. Azaria quis vir, e de fato veio. Depois ficou. Podemos esperar. Não vamos ficar tristes. Você também não precisa ficar tão triste."

"Mas qual o objetivo dele, para onde quis ir embora?"

"Ele disse: para o meu lugar."

"O que é isso, 'o meu lugar'?"

"Acho que é possível."

"O que é possível?"

"Que ele encontre um lugar."

"Sim, mas onde, por exemplo?"

"Onde for bom para ele. Vocês também procuram. Srulik também. Quase todos. Pegam uma lança e saem para matar um antílope."

E assim por diante.

E no fim o oficial trocou um olhar enviesado com o sargento, agradeceu a Rimona e a mim, tornou a afirmar solidariedade, prometeu que tudo ia ficar bem e que grande parte desses problemas se resolvem em poucos dias, como aprendera de sua experiência. Rimona continuou sentada. Houve um silêncio incômodo. De repente ela sugeriu trazer uns biscoitos e o seu bordado. Fui então obrigado a lhe pedir expressamente que nos deixasse sós. Quando saiu, o oficial perguntou, cauteloso:

"O que ela tem, está um pouco abalada?"

Tentei explicar, traçar delicadamente algumas linhas do perfil dela. Parece que fracassei: o sargento apontou com o dedo a própria testa, olhou para mim como a pedir confirmação, gracejou:

"De uma assim eu também fugiria."

"E eu: não...", contestei, admirado da dureza repentina de minha própria voz, apagando num segundo o riso tolo do rosto dele.

"Não esclarecemos muita coisa", concluiu o oficial. "Venha, Iakov. O mais importante é dispor de boas fotografias."

Mas logo se constatou que não havia fotografias. Não havia Ionatan. A não ser fotos de sua infância e uma, inútil, com Ionatan enrolado numa *kefia*, com um jipe e Rimona, de seu passeio no deserto depois do casamento. E havia ainda uma foto pouco nítida num número antigo da revista *Bamachané*.

Os guardas foram embora e o telefone tocou na minha mesa: Tchupka, o rapaz da *Saieret*.

"É Srulik? Temos algumas informações: pusemos em ação alguns grupos de busca. O *kaman* e batedores já estão varrendo a área de vocês há dois dias. Temos um *shtinker* bem em frente a vocês, do outro lado da fronteira, e esta noite vamos falar com ele." (O que é *kaman*? Quem é *shtinker*? E por que tive vergonha de perguntar?) Tchupka acrescentou: "Diga, algum de vocês é especialista em mapas? Você mesmo ou um dos jovens?".

"É possível", respondi. "Por quê?"

"Vão então ao quarto de Ioni e procurem direito uma pasta com mapas; antes das festas de Rosh Hashaná e Kipur ele me levou daqui um conjunto de mapas em escala 1:20 000, e não devolveu. Verifiquem. Ou devemos mandar um dos nossos?"

"O que, exatamente, você quer que verifiquemos?"

"Quem sabe está faltando um mapa? Porque o conjunto estava completo."

"Me desculpe", eu disse, "você precisa de seus mapas exatamente hoje? É urgente?"

"Você não está entendendo, *chabibi*", continuou Tchupka, pacientemente, "se está faltando um mapa, foi esse mapa que Ioni levou consigo. Daí talvez possamos saber em que setor devemos começar a procurá-lo."

"Excelente", eu disse, "é uma ideia ótima. Vamos verificar ainda hoje."

"Deixe disso." Tchupka revelou um certo desprezo por meus elogios. "O principal é que você me comunique ainda esta noite se há novidades. Positivo?"

"Está bem", eu disse, e como para resgatar meu amor-próprio acrescentei: "Sim. Positivo."

"E não façam barulho."

"Ou seja?"

"Imprensa, e tudo isso. Porque pode ser que ele esteja vivo. E não seria bom causar-lhe constrangimentos."

Como esses rapazes me são estranhos. São como filhos de outra tribo e de um povo estrangeiro. Nem asiáticos nem europeus, nem gentios nem judeus, como se a raça pegasse e vestisse uma espécie de disfarce, com o qual mesmo seus maiores inimigos não fossem capazes de reconhecê-la. Que enorme distância nos separa, eles de mim. Mas neste momento eu daria tudo que tenho para também ter um filho: e exatamente como eles. Daria tudo que tenho com alegria, mas o que tenho para dar? Nada. Talvez minha flauta. Seis camisas. Dois pares de sapatos. Dezenas de cadernos com meu diário. Eu não tenho o que dar. De novo vou registrar aqui uma observação de cunho religioso (em certo sentido): este ímpeto interior, a vontade de dar tudo que tenho por algo que nunca poderá acontecer, tem uma misteriosa semelhança com o movimento do universo, o percurso dos astros, as mudanças de estação, as jornadas das aves migratórias que eu leio no livro de Donald Griffin. A palavra correta talvez seja: anseio.

Volto aos acontecimentos de hoje.

Às dez horas tirei Chava da oficina de costura; fomos ver como ia Iulek. Rimona e Azaria já estavam com ele, este num canto do sofá, aquela a seus pés, sobre a esteira. Na penumbra do quarto, tendo ao fundo suas prateleiras de livros, Iulek parecia cinzento, nublado, todo cercado pela fumaça de seu cigarro. Azaria também fumava. Estaríamos interrompendo uma discussão política? Um debate sobre Espinosa? À esquerda de Azaria, entre o sofá e a escrivaninha, repousava o violão. Será que Azaria pretendia tocar?

Quando entramos, um brilho divertido passou nos olhos de Iulek:

"*Nu*, meu *tsadik*, meu homem justo você está aproveitando bastante?"

"Aproveitando?"

"Seu novo cargo. Como se sente o secretário do kibutz? Já tem tudo nas mãos?"

Chava disse:

"Srulik tem no mindinho dele mais juízo e sentimento juntos do que você em toda a sua cabeça famosa."

"*Nu*, o que vocês me dizem disso? Agora até minha mulher já está apaixonada por ele. Que seja. Com a bênção de Deus. Estou livre do castigo dela, e ele ainda vai lamber muito mel com ela. Na minha humilde opinião, é um excelente motivo para brindar com um calicezinho de conhaque. Rimonka, se não for incômodo, a garrafa se escondeu ali embaixo, atrás do dicionário de hebraico."

"Não se atreva", ferveu Chava, "você ouviu o que o médico disse."

E Azaria exultou:

"Stefan Laliosha lhe deu uma colher tão rara, mas Eliosha pirou e lhe bateu na cara."

Eu queria levar Azaria para o outro quarto e encarregá-lo de ir imediatamente procurar a pasta de mapas de Ioni e trazê-la para mim, na secretaria. Mas naquele momento a porta se abriu e o primeiro-ministro entrou. Resolvera deixar seus acompanhantes do lado de fora. E veio sozinho, um pouco envergonhado, movendo-se pesadamente, numa camisa azul saindo fora das calças, os sapatos sujos com a lama do jardim. Ele segurou Chava pelos ombros e a beijou no meio da testa. Com suas duas largas mãos, apertou com força as mãos de Iulek. Suspirou, puxou uma cadeira e sentou-se pesadamente entre os dois. Iulek sugeriu um copo de chá ou um calicezinho e, sem esperar resposta, pediu a Rimona que servisse. Fiquei muito surpreso de ver certa umidade, uma lágrima, em seus olhos pequenos e duros. Mas Iulek apressou-se em culpar sua alergia. Enquanto isso, Chava pulou de seu lugar, arremeteu impetuosamente para a copa, de onde extraiu uma toalha branca de festas, ofereceu bebidas frias e quentes, frutas, biscoitos, um bolo, e tudo na melhor louça, que guardava, aparentemente, para ocasiões festivas e visitas importantes. Não consegui ocultar um leve sorriso.

Não demorou para que Iulek e o primeiro-ministro começassem a trocar todo tipo de espetadelas e ironias, numa esgrima verbal. Iulek apresentou-me a Eshkol como um dos trinta e seis *tsadikim*, os trinta e seis justos. Eu, de meu canto, percebi que Azaria engolia o visitante com o olhar, os olhos brilhando, a boca entreaberta, com a expressão de um rapaz tolo a cravar os olhos furtivamente por baixo da saia de uma mulher. De novo sorri comigo mesmo.

Quando Eshkol propôs a Iulek, talvez de brincadeira, que saíssem no tapa — não consegui conter meus maus instintos e me ofereci para afastar os móveis a um canto, abrindo espaço para o confronto. Todos riram, menos eu. Aliás, eu gostava do primeiro-ministro. Imaginava ver nele um homem sofredor e misericordioso. Mas minha alma era tomada de uma malvada alegria toda vez que ele conseguia espetar um pouco nosso Iulek. Em certo momento quase cedi à tentação de intervir na conversa dos dois e contribuir com minha firme opinião quanto ao dever que todos nós temos de não acrescentar dor à dor que já existe. Mas preferi me conter.

Não Azaria Guitlin.

Quando o primeiro-ministro se levantou para ir embora, Azaria nos surpreendeu a todos e irrompeu numa longa e confusa diatribe. Debalde tentamos, Chava e eu, refrear o dilúvio de sua fala; porque Iulek e o primeiro-ministro se juntaram, secretamente, num estranho deleite. E tenho a impressão de que foram eles que incentivaram o rapaz a continuar e se fazer de bobo, mais e mais. Senti-me de repente um estrangeiro e um estranho entre eles. Como um sóbrio entre bêbedos. Ninguém, fora eu, está com pena de Azaria? Ninguém, fora eu, está se lembrando de Ionatan? Será que os três — incluindo Azaria — compartilham uma loucura que não compreendo? Será que o sofrimento de Azaria faz despertar neles o sarcasmo? Ou, pelo contrário, o prazer de se revolver na dor? Será que a prédica febricitante desse rapaz despertou neles — mesmo indiretamente — algum eco zombeteiro?

Não estou entendendo nada, não compreendo nada. O clérigo de nossa aldeia, é assim que Stutchnik me chama, um clérigo que toca flauta transversal em vez de órgão.

Seja como for, minha simpatia por Eshkol diminuiu. Em toda a minha vida tive problemas com essa gente, sua crueldade oculta, seu ódio, sua astúcia, suas doenças, sua linguagem pontilhada de citações e permeadas de ídiche, ano após ano me esforço para ser como um deles, mas bem no fundo orgulho-me de não ter conseguido. Nosso Azaria, então, surtou, exuberou nos provérbios e nas ofensas, profetizou, tagarelou sem freios enquanto os dois amigos veteranos de vez em quando acrescentavam lenha à fogueira. Por fim, Eshkol prometeu que continuaria a nos prestar toda ajuda possível e seguiu seu caminho. Iulek deu logo um conhaque para Azaria, tomou também e elogiou o atrevimento do rapaz. Quinze minutos depois, chegou um novo visitante, um homem atarracado e bem apresentado, em seu terno claro de flanela, com sua barba bem aparada, como um artista arguto e bem-sucedido, precedido de um cheiro de fartura e impetuosidade, talvez de uma loção pós-barba cara. Esse homem falava numa voz abafada, um pouco fanhosa, com leve sotaque anglo-saxão, e mesmo sem fumar as palavras saíam de sua boca como se ele tivesse um cachimbo entre os dentes.

Primeiro ele puxou do bolso um cartão de visita cercado por um fio dourado, agitou-o um pouco e anunciou:

"Arthur I. Zeibald. United Enterprise. Quem de vocês é o senhor Lifschitz?"

"Aqui", disse Iulek com voz rouca e depositou bruscamente seu copo sobre o tampo da mesa. O visitante ignorou essa demonstração de raiva, apresentou a Iulek o cartão de visita e permitiu-se sentar.

Esclareceu-se que ele era o representante em Tel Aviv de algumas empresas estrangeiras. Entre elas, era o agente local do sr. Benjamin Bernard Trotsky, de Miami, Florida. Esse nome certamente lhes diz algo. Pois bem, num comunicado de mr. Trotsky, recebido por telex esta noite, o sr. Zeibald foi encarregado de vir até aqui em missão de alta prioridade. E nesta manhã, numa ligação transatlântica, mr. Trotsky deu instruções detalhadas. O sr. Zeibald lamenta não ter marcado o encontro com antecedência, mas é difícil e até impossível contatar kibutzim por telefone. Por isso veio, infelizmente, sem avisar antes. Podemos acreditar, isso não é habitual nele. De qualquer maneira, considerando a urgência do assunto em pauta...

"Que assunto, por favor?", cortou Iulek; os pelos grisalhos de seu rosto pareceram se eriçar um pouco. Seu corpo pesado estava envolto num roupão caseiro azul sobre um pijama vermelho. Essa vestimenta lhe dava o aspecto de um déspota oriental. O rosto assumira um semblante sombrio, cheio de desprezo e de autoridade, como se estivesse prestes a ordenar, com o movimento de um dedo, que cortassem a cabeça do palhaço a sua frente. "Quem sabe o senhor abre mão do restante de sua introdução para ir direto ao assunto?"

Então, tratava-se do pedido que chegara à mesa do sr. Trotsky havia três dias, vindo deste kibutz. Esse jovem de vocês ainda está desaparecido?

"Meu filho", disse Iulek com contida ira, "parece que viajou de repente para o seu Trotsky. *Psha-krav*, sangue de cão. Ele está lá? Sim ou não?"

O sr. Zeibald sorriu cordialmente: segundo a informação mais atualizada de que dispunha, o sr. Trotsky ainda aguardava a visita do jovem. E estava bastante preocupado. Ontem de manhã o sr. Trotsky estivera a ponto de embarcar num voo para Israel. Mas seus negócios e, principalmente, a expectativa da iminente chegada do jovem fizeram-no desistir da viagem. Aliás, neste momento ele está nas Bahamas, por isso enviou por telex uma procuração que conferia amplos poderes ao sr. Zeibald para negociar em seu nome. A propósito, o sr. Zeibald é, de profissão, advogado.

"Negociar? Negociar o quê?"

Chava flamejou de repente:

"Ioni está vivo. Está com eles. Eu lhe digo, Iulek, que ele já está com eles. Dê a eles o que eles quiserem, contanto que Ioni volte. Está me ouvindo?"

O sr. Zeibald constrangeu-se um pouco: poderia conversar alguns momentos com o sr. Lifschitz em particular, só os dois? Ele lamenta o mal-estar.

"Por favor, ouça, míster, com seu perdão: esta é a minha mulher. E esta, a sua frente, é minha nora. O rapaz no canto do sofá é um amigo da família. E o homem de pé junto à janela é meu substituto no cargo de secretário do kibutz. Aqui não há segredos. Está tudo em família. Você veio negociar? O que tem a propor? O seu Trotsky está de posse da minha joia? Sim ou não? Diga logo!"

O visitante nos percorreu a todos com um olhar um tanto hesitante, como que tentando nos avaliar e adivinhar do que ainda seríamos capazes. Por fim pousou seu olhar em Chava:

"Senhora Lifschitz, eu presumo?"

"Chava."

"Minha senhora. Peço desculpas. Fui incumbido, numa instrução inequívoca, de conversar com seu marido em separado e depois, em separado também, com a senhora. O assunto, como vocês sabem, é um tanto delicado. Sinto muito, de verdade."

"Você pare, com todos os diabos, com essas coloraturas de cantor de sinagoga!", trovejou Iulek, despejando sua raiva. Levantou-se em toda a sua baixa estatura e largura, um urso velho e irado, cabeça e ombros curvados para a frente, deu um soco na mesa e urrou:

"Onde está o meu talentoso filho? Com aquele *nebech*? O degenerado! Sim ou não?"

"Então, a esta altura..."

"Ahn?"

"A esta altura, senhor, temo que ainda não. Mas..."

"A esta altura, hã? Ainda não, hã? Meu nariz começa a sentir um mau cheiro. Conspiração? Chantagem? Negócios? O que ele está tramando lá, esse seu palhaço podre?" Com todo o peso de sua figura, Iulek foi em direção a Chava, furioso, o rosto azulado, a veia da testa dilatada e pulsando. "O que sabe você de tudo isso, senhora Lifschitz? O que, demônios, vocês fizeram com Ionatan pelas minhas costas, você e aquele seu cretino? Rimona, Srulik, Azaria. Saiam imediatamente deste quarto. Um momento. Não. Srulik deve ficar."

Fiquei.

Ao sair, Azaria tentou em vão esconder um risinho sujo. E Rimona disse:

"Não briguem, Chava e Iulek. Ioni fica triste quando vocês começam a brigar."

Iulek voltou para sua poltrona. Sentou-se bufando e enxugou o suor da testa com a mão. Quando recuperou a fala, gritou para o visitante:

"Quem sabe o senhor senta de uma vez, míster?"

Embora o sr. Zeibald não tivesse se levantado.

"Chava, um copo d'água, remédio. Não me sinto bem. E sirva também alguma bebida para este causídico aqui. E que ele pare com suas caretas e comece finalmente a falar o que interessa."

"Muito obrigado", sorriu o sr. Zeibald, o rosto enfeitado pela barba aparada a expressar um sereno espanto. "Não estou com sede. Permitam-me ir direto ao assunto. Não é uma visita social."

"Não, hã?", balbuciou Iulek. "E eu que ingenuamente pensei que você tivesse vindo para uma festa dançante. Está bem. Estou ouvindo. Aliás, não tenho nada contra uma conversa a dois; Chava, para o outro quarto. Srulik: você fica assim mesmo. Preciso de uma testemunha auditiva. Estou sentindo um cheiro ruim. Chava, eu disse, para fora, já."

"De maneira nenhuma", dardejou Chava, "você pode explodir que eu não saio daqui. Esta é a minha casa. Trata-se do meu filho. Você não vai me expulsar. Aqui está o copo d'água, tome duas pílulas, você disse que não está se sentindo bem."

Iulek rejeitou com estupidez a mão que segurava o copo, fazendo derramar a água, tirou do bolso do roupão um único cigarro, apalpou-o, bateu-o contra o braço da poltrona, revirou-o e bateu também do outro lado, cravou nele um olhar matreiro, as largas narinas fremindo, até que decidiu não acendê-lo e disse com total tranquilidade:

"Srulik, eu poderia dispor dos seus bons ofícios? Quem sabe você usa seu charme com esta senhora, para que ela faça a grande gentileza de se despedir de nós por alguns momentos?"

"Com a senhora terei o prazer de conversar depois, em particular", observou com toda a cordialidade o sr. Zeibald.

Chava olhou para mim e perguntou debilmente:

"Srulik? Devo sair?"

"Talvez. Sim. Mas só para o outro quarto", eu disse.

Da porta, dirigindo-se a Iulek, ela de repente fuzilou:

"*Ti zabuio.*"

E bateu a porta, fazendo os copos tilintarem.

O visitante tirou do bolso da jaqueta um envelope branco comprido e um bilhete cuidadosamente dobrado:

"Esta é a procuração que o senhor Trotsky me passou por telex. E, aqui, a passagem de avião que fui instruído a comprar."

"Passagem? Para quem?"

"Para a senhora; Lidda, Nova York, Miami. Ida e volta, é claro. Amanhã ela também terá passaporte e visto. O nome do senhor Trotsky faz encurtar muitos procedimentos em dez, vinte países."

Iulek não se apressou a reagir. Tirou os óculos do bolso e os pôs lentamente, apoiados na ponta de seu imenso e copioso nariz, nem sequer olhou para os documentos diante dele, apenas enviesou um olhar penetrante, arguto, de trás dos óculos:

"Na, *mazal tov*, parabéns. E a troco do quê a senhora fez jus a essa grande honra?"

"Se o jovem está mesmo a caminho da América, como espera o senhor Trotsky de todo o coração, então é melhor que a senhora também esteja lá. O senhor Trotsky está interessado em promover uma espécie de acareação."

"Acareação, míster?"

O visitante abriu o fecho de sua pasta de couro. Tirou uma folha de papel. E pediu licença para ler alguns itens do que estava escrito: assim poderemos evitar um mal-entendido e contornar uma controvérsia desnecessária.

Eu, de minha parte, procurava minimizar ao máximo minha presença no quarto. Virei a cabeça e fiquei olhando pela janela: o céu estava azul. Duas ou três nuvens muito ralas. Um ramo desfolhado. Uma borboleta. É a primavera. Onde estará Ionatan agora? No que estará pensando neste momento? Será que também está vendo este céu de primavera? Sem querer ouvir, ouvi aquela voz adiposa, fanhosa, lendo devagar, item por item:

"...o senhor Trotsky, muito preocupado, soube do desaparecimento do jovem Ionatan. O senhor Trotsky espera e acredita que nos próximos dias ou nas próximas horas o jovem se apresentará a ele. Há muitos anos ele está preparado, se isso for necessário, para assumir a paternidade jurídica. Já o declarou uma vez por escrito, em carta registrada que enviou a vocês e que — infelizmente — ficou sem resposta. O senhor Trotsky tem motivos para crer que o jovem, por sua espontânea vontade, terá interesse em esclarecer — até mesmo por meio da medicina — quem é seu pai biológico. O senhor Trotsky quer que fique bem claro que ele nada pretende impor ao filho. Mas insiste no seu direito de promover uma acareação privada entre ele, o filho e a mãe. Estou autorizado a negociar isso consigo, senhor Lifschitz, e em separado, com sua esposa, com a finalidade de chegar a um entendimento e a um acordo discreto. E tenho algo a propor."

"Sim?", disse Iulek sem raiva, e estendeu a cabeça para a frente, como se temesse não ouvir direito, "é mesmo? E o que o senhor tem, por exemplo, a me propor?"

"Senhor Lifschitz, com sua licença, vou ressaltar verbalmente, como base para suas possíveis considerações, os seguintes fatos: o senhor Trotsky não é um homem jovem, foi casado quatro vezes, e quatro vezes seus casamentos acabaram em separação. Nenhum deles lhe deu descendentes. Trata-se então, entre outras coisas, de um patrimônio, e sem entrar em sua descrição ou definição eu me permitiria comentar que é suficiente para comprar dez ou vinte vezes todo este respeitável kibutz. Parente consanguíneo, ele só tem um, além de seu filho. É um irmão, uma pessoa muito instável que na verdade desapareceu há muitos anos, cortou todos os contatos, nunca mais deu sinal, e quem vai saber se ainda está vivo? O jovem do qual estamos falando não sairá, pois, de mãos vazias. Estou autorizado a declarar: o senhor Trotsky decidiu que este jovem não sairá de mãos vazias mesmo se o resultado do teste de paternidade for ambíguo, e até mesmo se der negativo, no que se refere ao senhor Trotsky. Que ele achou por bem não deixar vocês — ou eu — participarem em suas ponderações ou suas motivações pessoais para esse assunto. Mas fui encarregado de conciliar e usar de qualquer linguagem conciliatória, pois o senhor Trotsky não faz nenhuma exigência em troca. Nem a mudança formal de nome, em documentos oficiais do filho. Por outro lado, o senhor Trotsky não tem a intenção de assumir agora um compromisso definitivo, e seu único desejo, nesta etapa, é se dar a conhecer a seu filho e promover uma acareação privada com a participação da senhora. Esta é a sua vontade, e quero ressaltar que é também seu pleno direito. Agora, com sua licença, gostaria de trocar algumas palavras com a senhora Lifschitz. E depois quero propor que nos reunamos os três para ver a quantas andamos. Obrigado."

Iulek ficou calado, pensativo, o tempo todo apalpando delicadamente o cigarro, que não acendera. Muito concentrado, afastou o cinzeiro da ponta para o centro da mesa. E perguntou em voz baixa:

"Srulik, você ouviu isso?"

"Sim", eu disse.

"Srulik, você está vendo o que eu estou vendo?"

O sr. Zeibald interveio educadamente:

"Creio que o fator mais importante para todas as partes e todas as considerações deve ser o interesse do jovem de quem estamos falando."

"Srulik, antes que eu dê um passo, é importante para mim ouvir de uma vez por todas a sua opinião. O veredicto é seu: ela está envolvida nisso? Isto é uma conspiração?"

"De maneira alguma", eu disse, "Chava não tem parte nisso."

O sr. Zeibald sorriu satisfeito:

"Mais do que isso! Tenho certeza de que a senhora ficará, no mínimo, muito contente. Vou tomar a liberdade de conversar agora com ela e presumo que será uma conversa curta."

"Com sua licença, míster", disse Iulek calmamente, "levante-se."

"Perdão?"

"Levante-se, míster."

Então Iulek tirou os óculos e devagarinho os colocou no bolso; largo, doentio, dos ombros para baixo mais parecendo um robusto caixote, o rosto cinzento permeado aqui e ali de magras pelancas, o rosto de um libertino envelhecido; num movimento pensado e deliberado estendeu a mão para a mesa, recolheu a procuração, o envelope com a passagem, a folha da qual o sr. Zeibald lera suas propostas. Tranquilo, tranquilo, com suas grandes e pálidas unhas, reduziu tudo a pedaços, que juntou num pequeno monte no canto da mesa. E disse, como falando consigo mesmo:

"Agora saia daqui."

"Senhor Lifschitz..."

"Saia daqui, míster. A porta fica exatamente atrás do senhor."

O sr. Zeibald empalideceu. E logo ficou todo vermelho. Ele se levantou, apanhou sua pasta de couro e apertou-a contra o peito, como se temesse que lhe acontecesse o mesmo que acontecera aos documentos.

"Coisa ruim", Iulek deixou escapar baixinho, "ouça, diga lá para o seu patrão..."

Nesse instante, Chava irrompeu do outro quarto. Passou como um demônio entre o homem e Iulek e se plantou diante de mim, os lábios pálidos:

"Iulek, ele está matando o menino! Em nome de Deus, não o deixe fazer isso! Intencionalmente e a sangue-frio ele agora sacrificou Ioni, para que não o vejamos nunca mais." Ela tomou minha mão entre as suas. "Você ouviu, Srulik, como ele pegou e cortou com as próprias mãos o último fio que havia... e que Ioni sucumba... ele não se importa... animal cruel!" Ela se voltou para Iulek num movimento desvairado, os olhos saindo das órbitas, o corpo todo tremendo, e corri para segurá-la, apesar de me ser difícil qualquer proximidade corporal com uma mulher.

Cheguei tarde.

Chava desabou sobre a esteira, aos pés de Iulek, chorando:

"Tenha pena do menino, monstro! Do seu menino! Assassino!"

O sr. Zeibald, com tato, declarou:

"Eis aqui um cartão de visita. Vocês podem me contatar. Infelizmente preciso me despedir agora."

"Não o deixem ir embora! Assassinos! Srulik, corra atrás dele, depressa, corra e prometa aceitar tudo que eles querem. Eshkol vai ajudar, dê a eles tudo que querem, contanto que devolvam o menino! Srulik!"

Como que sufocado, Iulek pronunciou num sussurro:

"Não ouse. Eu o proíbo de ir atrás dele. Você não vê que ela está insana?"

Enquanto isso, o sr. Zeibald já escapulira.

Depois de hesitar um pouco, saí também. Consegui alcançá-lo junto a seu luxuoso carro. Deteve-se de má vontade. Observou friamente que não tinha mais o que dizer e que não estava disposto a me considerar uma parte na negociação.

"Não há nenhuma negociação, meu senhor", eu disse, "mas há uma curta mensagem. Faça a gentileza de dizer a Trotsky que o secretário do kibutz Granot lhe transmite o seguinte, caso Ionatan Lifschitz acabe chegando até ele. No que nos diz respeito, Ionatan é livre para fazer o que quiser e ir para onde quiser. Não o estamos prendendo. Mas ele tem a obrigação de se comunicar imediatamente com seus pais. Se decidir não voltar, ele tem de liberar sua mulher. Diga ao senhor Trotsky também o seguinte: se ele souber de qualquer coisa e nos ocultar, se tentar fazer pressão sobre Ionatan, se tentar seguir por caminhos escusos, diga-lhe que este kibutz o combaterá. E diga-lhe que ele não vencerá. Peço que transmita tudo isso ao senhor Trotsky com muita exatidão."

Sem esperar resposta, sem apertar-lhe a mão, dei a volta e me apressei em voltar para a casa.

Com uma força física que uma pessoa só tem diante da catástrofe, Chava conseguira sozinha arrastar Iulek da esteira até o sofá. Correu para chamar um médico. O rosto de Iulek estava muito azulado. Apertava as mãos contra o peito. Pedaços dos papéis que rasgara haviam grudado em seu roupão. Ofereci-lhe água. Mas o sofrimento não lhe minara a voluntariosa força de vontade. Com os lábios, sem som, sussurrou-me:

"Se você fez algum negócio com ele, há de se arrepender comigo."

"Fique tranquilo. Não houve nenhum negócio. E agora pare de falar. O médico já deve estar a caminho, não fale."

"Doida", observou, "é tudo culpa dela. Por causa dela Ionatan é assim. Saiu exatamente como ela."

"Cale-se, Iulek", eu disse, e eu mesmo me surpreendi de ter dito isso.

Suas dores recrudesceram. Ele gemia. Segurei sua mão na minha. Pela primeira vez na vida.

Até que o médico chegou. E atrás dele a enfermeira Rachel e Chava.

Fui novamente até a janela. Era o começo do entardecer. No ocidente o céu já começava a ficar mais azul e a avermelhar. Uma brisa soprava. À luz do poente a buganvília do jardim parecia estar em chamas. Há trinta e nove anos Iulek me apresentara aos seus pioneiros. Disse que eu era um rapaz erudito. Na mesma oportunidade, qualificou os que vinham da Alemanha como excelente material humano. Foi ele quem me ensinou a arrear um cavalo. Foi ele quem decidiu na assembleia que o kibutz compraria para mim uma flauta transversa, numa época em que a inclinação para as artes nos causava sérias preocupações. Foi ele quem me admoestou mais de uma vez por eu não constituir família e tentou arranjar um casamento com uma viúva do kibutz vizinho. E agora, pela primeira vez na vida, eu de repente segurava sua mão. O cinamomo junto à casa já ensombrecera. Nas colinas distantes ainda havia uma luz pálida. De alguma profundeza interior, fluiu em mim a serenidade. Como se eu fosse outra pessoa. Como se eu tivesse conseguido tirar da minha flauta uma passagem especialmente difícil, uma passagem que durante anos eu tentara em vão executar corretamente. E como se eu estivesse seguro de que a partir deste momento poderia executá-la sempre, sem desafinar e sem grande esforço.

"À força não vamos levá-lo ao hospital", disse o médico atrás de mim, respondendo ao sussurro rouco de Iulek. "Mas a vida dele corre risco, e não serei responsável pelas consequências."

E Chava, suplicante:

"Peço perdão por tudo. Juro que vou me comportar. Mas ouça o que o médico diz, eu lhe imploro."

Virei a cabeça e vi como Iulek agarrava os braços da poltrona com suas largas mãos, como se realmente o fossem arrastar à força. Seu rosto feio vestia uma expressão amarga e cheia de desdém. A dor lhe despertara uma impetuosa onda de indignação. Seu aspecto me horrorizou, e ao mesmo tempo eu o via envolto num certo esplendor majestático, o qual, não vou negar, com todo o meu ser admirei a ponto de invejar.

O médico disse:

"Ele precisa ir."

E eu ouvi minha própria voz:

"Iulek fica aqui. Como ele quer. Mas aí fora ficará um carro com um motorista a postos. A noite toda."

Assim eu disse, e saí para arranjar isso com Eitan R. Da porta, para meu próprio espanto, ainda ordenei:

"Rachel, você fica ao lado de Iulek. Chava não. Você, Chava, vem comigo. Sim, agora."

Ela obedeceu e saiu atrás de mim. Vi suas lágrimas. Pus a mão em volta de seu ombro, embora me seja muito difícil, por razões pessoais, tocar uma mulher. Do lado de fora, gritei para o médico:

"Você poderá nos encontrar no escritório. E depois no meu quarto."

Depois de achar Eitan e de o ter mandado ficar de plantão ao volante da van junto à porta de Iulek, Chava me disse, fragilmente:

"Você está zangado comigo, Srulik."

"Não estou zangado. Apenas preocupado."

"Eu já vou ficar bem."

"Vá para o meu quarto e descanse. Depois vou mandar o médico lhe dar um tranquilizante."

"Não precisa. Já estou bem."

"Não discuta comigo."

"Srulik, onde está Ioni?"

"Não sei. Não está com Trotsky. Ainda. Ou nem estará. Toda essa questão me parece um pouco contraditória."

"E se ele chegar lá?"

"Se ele chegar lá, vou fazer com que Trotsky compreenda que ele deve nos avisar imediatamente. Não vamos tolerar qualquer tipo de subterfúgio. Estou cuidando disso, e agora, *shalom*. Vá para o meu quarto. Irei quando terminar o que preciso fazer."

"Você não comeu nada o dia inteiro. E sua saúde também não anda boa."

"Está bem", eu disse, e voltei ao escritório. Udi Shneiur me aguardava com uma notícia que considerei muito importante: apesar de Azaria ter armado uma pequena confusão, Udi entrara — conforme minha instrução — na casa de Rimona, varrera os armários e encontrara a pasta com os mapas. Constatou-se que nela faltava o mapa de todo o deserto do Neguev, de Sodoma e Rafiach até Eilat. Então incumbi Udi de localizar por telefone o oficial chamado Tchupka e lhe transmitir essa informação, nem que precisasse passar toda a noite junto ao telefone. Era urgente.

Enquanto isso, fui usar o telefone da enfermaria; liguei para a residência particular do secretário do primeiro-ministro. Passei a esse secretário os dados que constavam no cartão de visita de Zeibald, bem como o endereço do escritório de Trotsky em Miami. Às perguntas que ele me fez só pude responder que ganhava vulto uma suspeita nesse sentido e que ficaríamos gratos se fossem acionados os meios compatíveis, e que ficassem de olhos abertos. Decidi não mencionar a piora no estado de saúde de Iulek, porque lembrei que Eshkol estava percorrendo esta noite a alta Galileia e seria melhor, na minha opinião, que se concentrasse nos problemas que encontraria lá. Mas pedi a seu secretário particular que se encarregasse de cumprir a promessa do primeiro-ministro de liberar do serviço militar, ao menos por alguns dias, Amós, o filho mais moço de Iulek Litschitz.

Quando voltei ao escritório da secretaria, lá já me emboscava Azaria Guitlin. Ele me pediu licença para esclarecer uma questão de princípios: Udi Shneiur tinha o direito de invadir o domínio privado dele, de Azaria? Escarafunchar os armários? Chamar Rimona e ele de nomes muito feios? E, a propósito, ele queria apelar, não apelar, mas solicitar, seu registro como candidato a membro do kibutz. Suas hesitações terminaram e ele decidira que esta seria sua casa para sempre. Vai se casar com Rimona e se dedicar a servir toda a comunidade. Sem diferençar, no homem e na minhoca o destino seu dedo toca. Chegara ao fim de suas andanças e de agora em diante teria um lar. Queria que eu soubesse que o kibutz lhe é muito caro. Até mesmo Udi, e a mim ele simplesmente ama.

Interrompi sua fala. Disse-lhe que estava ocupado, que não amolasse, que viesse em outra oportunidade.

De onde me veio de repente essa agressividade, tão estranha a mim?

E, realmente, o dia inteiro não levei nada à boca, a não ser chá e aspirina e biscoitos. Mas tenho a mente lúcida. Sinto-me bem. Aqui entre mim e esta página confesso que se me avoluma uma alegria corporal desconhecida. O próprio andar me é leve e agradável. As decisões amadurecem por si mesmas, sem nenhuma hesitação. Até o falar me vem sem dificuldade. Eu sou o secretário. Meu primeiro dia no cargo foi complicado e nada fácil; mas agora, à meia-noite, quando aqui estou sentado registrando pela ordem os principais acontecimentos do dia, não vejo nenhum erro que eu tenha cometido. Tudo que fiz hoje acho que fiz muito bem.

E agora já passou de meia-noite. O vento lá fora está diminuindo. O aquecedor está aceso. Vesti sobre o pijama o suéter que esse homem, Bolonezzi, tricotou para mim. E sobre ele um roupão grosso.

E onde estará Ionatan agora? Com certeza vagando pelas estradas. Ou dormindo em seu saco de dormir em algum posto de gasolina distante. Não aconteceu nenhuma tragédia. Nos próximos dias receberemos algum sinal dele, e talvez até volte para casa. Se não vier espontaneamente, eu o acharei. Do triângulo do Neguev até Miami, Flórida, vão se estreitando neste momento os fios que estendi durante o dia. Vou encontrá-lo. Vou cuidar dele com paciência e com juízo. Vou cuidar de Azaria também.

Na minha cama, no outro quarto, Chava dorme. Há duas horas pedi ao médico que lhe aplicasse uma injeção tranquilizante, e ela adormeceu como um bebê. A mim aguarda um colchonete no chão deste quarto. Mas não estou querendo dormir. Pus um disco na vitrola e ouço — baixinho para não acordar Chava — o Adagio de Albinoni. Tudo é bom e bonito. Todo o kibutz já adormeceu. Só no alto da colina, perto da cerca, percebo uma janela iluminada. Quem ainda está acordado, além de mim? A julgar pela direção, talvez seja a janela de Bolonezzi, no último barracão. Provavelmente ele está lá sentado, como eu, balbuciando comparações e composições.

Quando acabar o Adagio vou vestir um casaco, um cachecol, cobrir a cabeça com um boné e dar uma volta pelo kibutz; vou ver como está Iulek. Dar uma espiada no escritório. Vou surpreender Bolonezzi com um boa-noite. Porque não estou com vontade de dormir. O princípio que me orienta, e já registrei isto algumas vezes nesses cadernos, é que já existe sofrimento suficiente no mundo, e é proibido acrescentar sofrimento. Se possível, devemos tentar diminuí-lo. O bom Stutchnik às vezes me chama de clérigo da aldeia. Pode ser. A partir de agora esse clérigo já é um bispo. E não tenciona contemporizar com a maldade, com a loucura, com a mentira e com os sofrimentos que as pessoas causam umas às outras. A verdadeira dificuldade reside, afinal, em distinguir entre o que é bom e o que parece bom. Porque distinguir entre o bom e o mau não é difícil. Mas entre as forças da vida há aquelas que se disfarçam. É preciso manter os olhos abertos.

"Há casos no mundo vivente, e certos pássaros são um excelente exemplo disso, em que o instinto da perambulação é uma expressão perigosa, destrutiva, do próprio instinto de sobrevivência; como se o instinto de sobrevivência se dividisse em dois componentes que se ameaçam reciprocamente com um perigo mortal." (Donald Griffin, já mencionado) Que seja.

Logo estará na hora de o vigia acordar Stutchnik para sua ordenha noturna. O passar dos anos apagou de seu rosto o semblante do pioneiro pau para toda obra e lhe deu a aparência de um cansado lojista judeu; desses que ficam no escuro emaranhado de um armarinho, atrás de um balcão precário, estudando passagens da Mishná entre um cliente e outro. Mas ele insiste em continuar a ordenhar vacas todas as noites e recusa-se a assumir a contadoria em meu lugar, agora que já sou o secretário. Toda a vida foi um grande teimoso, mas agora seus olhos espelham perplexidade e melancolia.

Estou indo. Já estamos na segunda-feira. Vou me vestir, me agasalhar, pôr o boné e sair para ver como está indo o kibutz Granot.

P.S.: Uma da manhã. O ar que me esperava do lado de fora é refrescante, muito penetrante, e aguçou-me todos os sentidos. Sobre os caminhos, os bancos e os jardins, vi muito orvalho, ou sinais de uma chuva ligeira. O mundo inteiro já dorme. Fui até a extremidade do kibutz iluminando a minha frente com uma pequena lanterna de bolso; a lanterna que peguei de manhã no escritório, na gaveta da mesa de Iulek. Como é que ele diz? *Mea culpa*; confisquei uma lanterna. Nenhum bem, disse Eshkol, nos virá de uma dostoievskização desse tipo. E que mal há nisso? Não sei.

Enquanto eu andava, uma sombra pulou da escuridão atrás de mim. Assustei-me: É você, Ionatan? Mas a sombra passou e ficou a minha frente durante todo o caminho. Era Thia, a cadela policial dele, que decidira participar do meu passeio noturno. Aqui e ali nos detínhamos para fechar alguma torneira gotejante. Aqui e ali levantávamos pedaços de jornal e os jogávamos em latas de lixo. Thia trouxe-me um sapato rasgado dentre os arbustos. Aqui e ali também apaguei lâmpadas desnecessariamente acesas em varandas desertas.

Junto à sala de lazer, deparei com Udi: estava voltando do escritório. Finalmente conseguira transmitir por telefone a informação que eu o incumbira de passar ao oficial Tchupka: faltavam os mapas do Neguev. Verdade que é uma área muito grande, mas isso nos dava, assim mesmo, uma noção e uma direção. Se uma pessoa tenciona se suicidar, alegou Udi, não é plausível que leve consigo mapas na escala 1:20 000. Eu lhe disse que acreditava e esperava que ele tivesse razão, e mandei-o dormir.

Encontrei Iulek profundamente adormecido no sofá de seu quarto, embora com uma respiração ruidosa e mesclada com um ressonar entrecortado. Sentada na poltrona a seu lado, Rachel bordava. Tudo como eu queria. Ela contou que o médico estivera lá duas vezes durante a noite, aplicara uma injeção, constatara uma ligeira melhora, mas assim mesmo, eu disse a ela, assim mesmo amanhã de manhã vou mandá-lo ao ambulatório do hospital. Quer ele queira ou não. Já estava farto de seus caprichos.

Dentro da van estacionada em frente ao jardim de Iulek, Eitan R. dormia um sono profundo. Como eu o havia instruído. Não vejo um erro sequer em tudo que fiz hoje.

Mas no último barracão acabei não entrando; deteve-me uma certa inquietude. Pela janela sem cortinas, à luz de uma lâmpada amarela e nua, vi esse homem, Bolonezzi. A cabeça enrolada numa espécie de pano que escondia sua orelha podre, o corpo todo envolvido num cobertor de lã, estava sentado aprumado na cama, as agulhas de tricô voando nas mãos, balançando-se ritmadamente para a frente e para trás, os lábios balbuciando, como que derramando uma elegia.

Ali ficamos por dois ou três minutos, a cadela e eu, cheirando o eflúvio da primavera no vento noturno: não é que Rimona havia garantido que o inverno acabara e agora viria a primavera?

Um dia, quando a situação se esclarecer, vou encarregar Chava de convidar esse Bolonezzi para um copo de chá. Na minha casa. Nenhum bem pode advir de uma solidão tão profunda. Nenhum bem adveio de milhares de noites de escrita e das minhas noites de flauta. Vinte e cinco anos. Quantos anos teria agora meu filho se eu não tivesse desistido de P.? Quantos anos poderiam ter meus netos?

Propositalmente dei uma volta para passar pela casa dela. Escuridão. Uma cerca viva de murta e alfena. Uma casuarina cochichou-me que não fizesse barulho. Não fiz barulho. A roupa íntima dela estava pendurada no varal. Ela agora tem quatro netos. E eu sou solteiro por princípio. Nunca lhe dei um sinal sequer do meu amor, vinte e cinco anos. E por quê, afinal? E se eu lhe escrevesse uma carta? E se eu lhe trouxer, um após outro, sem aviso prévio, os quarenta e oito grossos cadernos com minhas anotações? Quem sabe faço isso mesmo? Talvez exatamente agora, quando Chava está em minha casa, quando sou o secretário?

De repente vislumbrei à luz da lanterna um carro parando na praça em frente ao refeitório. Fui depressa para lá, quase correndo, e a cadela correu à minha frente. Um furgão do Exército. Uma porta bateu. Uma figura alta e magra. Arma. Farda. Meu coração disparou. Mas não, não era Ionatan, e sim Amós, seu irmão caçula: suado, encolhido, cansado. Puxei-o para um banco, embaixo de uma luz, numa extremidade da praça. No meio de uma operação militar de rotina na fronteira síria, de repente o haviam pegado e embarcado num veículo especialmente mobilizado, dirigido por ninguém menos que o motorista do comandante do regimento, e o mandaram para casa por ordem superior. Sem nenhuma explicação. Quer saber se por acaso eu tenho alguma noção do que está acontecendo aqui, e o que querem da vida dele.

Então, expliquei-lhe tudo resumidamente, o quanto pude resumir: seu irmão, seu pai, sua mãe. Perguntei se queria comer e beber. Por um momento ponderei levá-lo até minha casa e acordar Chava em sua honra. E decidi: não havia pressa. Já tivera bastante cenas por hoje. Se não estivesse com fome e com sede, boa noite, que fosse dormir.

E assim voltei para casa. Na porta despedi-me de Thia com um prolongado afago. Desde quando faço carinho em cachorros? Espantei-me e sorri comigo mesmo. Estas últimas linhas escrevo de pé, sem despir o casaco e o cachecol, sem tirar o boné. Porque o sono ainda está distante. A vontade é sair e continuar a passear assim nos espaços desertos do kibutz. Talvez juntar-me de repente a Stutchnik e ajudá-lo na ordenha noturna, como costumávamos ordenhar juntos, eu e ele, há uns vinte anos. Em duas vozes de barítono, poderíamos de novo cantar "Sachaki, sachaki" ou "Hachnisseni". E não falaríamos um com o outro, pois já falamos mais que o suficiente.

Sim, vou dar mais uma volta. Foi um dia longo e complicado. O que me espera amanhã, não sei. O relatório de hoje já está completo, até o fim. E digo a mim mesmo: boa noite, Srulik, o secretário. Não há o que acrescentar.

5.

Durante uns quinze minutos ele perambulou entre construções e telheiros, a arma descuidadamente pendurada no ombro, os olhos vermelhos apertados por causa da luz fulgurante, os pelos da barba polvilhados de uma poeira acinzentada, até encontrar finalmente o barracão da cozinha, onde comeu, de pé, quatro fatias grossas de pão com margarina e geleia, devorou um após outro três ovos duros e bebeu duas xícaras de um café-não-café. Depois afanou metade de um pão redondo e uma lata de sardinhas, para o caminho. De lá voltou a seus pacotes, que deixara no quarto de Michal. Deitou-se na cama e dormiu cerca de uma hora e meia, todo banhado em suor. Até que o despertaram as moscas e o calor sufocante. Levantou-se, saiu, tirou a camisa e enfiou cabeça e ombros embaixo de uma torneira. Por um bom tempo deixou correr a água enferrujada e quente. Com o equipamento e a arma a seus pés, Ionatan sentou-se atrás de um telheiro de zinco abandonado, à sombra de uma placa de amianto, estendeu sobre a areia dois mapas justapostos, sobre cujos cantos colocou pedras, para que não voassem com o vento do deserto. Começou a examiná-los, enquanto lia a brochura *Lugares na Aravá e no deserto*, que apanhara na estante de Michal.

O percurso de sua jornada lhe parecia fácil: até pouco antes de Bir-Melicha, de carona; de lá, ao anoitecer, dois quilômetros e meio até a fronteira não demarcada ao longo do canal do rio da Aravá; depois, para o nordeste até a entrada de uádi Mussa. E uma ágil caminhada noturna subindo esse uádi.

Ionatan gravou na memória alguns pontos de referência ao longo do caminho: cinco quilômetros a leste da linha de fronteira passa a estrada jordaniana que leva a Ácaba. Atravessá-la com cuidado. Depois, se dermos uma esticada de uns vinte quilômetros para dentro, poderemos chegar antes do nascer do sol ao lugar no qual o uádi Mussa junta-se ao uádi Sil-el-baa. Lá o canal do uádi começa a tomar a forma de um *canyon*, e é melhor se esconder à sombra das rochas. Talvez encontremos alguma gruta, onde mataremos todo o dia de amanhã. Até escurecer. Na sexta-feira à noite, noite de *shabat*, continuaremos a subir o canal do uádi, e depois de uns dois quilômetros o uádi Mussa faz uma curva de quase noventa graus em direção ao sul. E dessa curva restam menos de oito quilômetros, bem íngremes, na subida do *canyon*. E chegamos às imediações da cidade. Na madrugada de sábado, teremos a vista do nascer do sol em Petra: vamos ver afinal o que é que tem lá e saber o que querem de mim. A mochila, o saco de dormir, a parca, os cobertores, as cartucheiras e a arma pesam, tudo junto, uns trinta quilos. Não é terrível. Pelo contrário: se eu pudesse dispor de uma bazuca, carregaria a bazuca também. Mas só um cantil não será suficiente. Temos de arranjar aqui mais uns dois ou três, porque o mapa não mostra nenhuma fonte de água pelo caminho. Seria bom se essa Michal fosse comigo. Mas não.

O que se vê lá, na pedra vermelha? Azaria Alon escreve aqui na revista que Petra não tem nada a ver com a pedra vermelha da Bíblia, sobre a qual os profetas Jeremias e Obadias despejaram sua ira. Ele decerto sabe o que está dizendo, mas para mim não faz diferença. Que seja outra pedra. Por mim pode ser a pedra do Chade. *Petra* em latim quer dizer pedra, rocha. Capital dos nabateus. Esses nabateus que estiveram também entre nós, em Ovdat e em Shivta. Comerciantes, guerreiros, construtores, agricultores de primeira, e também salteadores de estrada. Mais ou menos como nós. Em Petra reinou sobre eles um tal de Aretas. Lá se cruzam os caminhos de Damasco para a Arábia e do deserto para Gaza, Sinai e Egito, chamado Darb-a-Sultan. Há uma cratera montanhosa bem profunda na raiz do uádi, e esses nabateus escavaram toda a cidade deles na rocha. Templos esculpidos em pedra. Palácios. Túmulos de reis. Um mosteiro que os árabes chamam de A-Dir. Todas essas coisas, está escrito aqui, permanecem como eram havia dois mil anos, e o tempo não cravou nelas seus dentes. Muito adequada essa expressão, os dentes do tempo. Tudo deserto, sem ninguém. Como a minha vida. Só gerações e gerações de ladrões de sepulturas bicaram esses palácios vermelhos, encheram suas sacolas e desapareceram. Ninguém habita Petra há mil e quatrocentos anos. Raposas e aves noturnas a visitam. E beduínos da tribo atalah vagueiam pela região, vivendo de pasto e de pilhagem.

Depois Ionatan achou na revista um verso em inglês que o encantou especialmente:

"*A rose-red city, half as old as time.*"

Uma cidade de um vermelho de rosa, com metade da idade do tempo.

Ionatan repassou esse verso movendo os lábios, sem voz, em inglês, e de repente em seu pensamento viu Rimona, sua mulher, deitada, nua e fria, sobre os alvos lençóis, numa noite de verão, à luz da lua na janela, uma lua cheia e esbranquiçada como um morto. Balançou a cabeça com tristeza e voltou a ler a revista.

No início do século passado, disfarçado de árabe, um corajoso viajante suíço chamado Burkhardt chegara à cidade-fantasma. Do alto de um penhasco escarpado, seu olhar deu com os rubros palácios da morte, e ele foi tomado de espanto ante tal esplendor. Durante uma hora inteira, lá ficou, como que petrificado. Em suas anotações, descreveu colunas imensas esculpidas em formas misteriosas. Lascas de rocha se enroscando uma sobre a outra como que penduradas no ar ardente. As ruínas de um *auditorium* no estilo greco-romano, construído pelo imperador Adriano. Esculpidos no arenito, palácios, fortificações, pórticos, templos e túmulos, tudo no vermelho de rosa, e entre as ruínas os chamejantes arbustos de oleandro. No leito que sobe para a cidade também se espraiavam bosques de oleandros. E nas horas do nascer e do pôr do sol, os domos e os arcos ardiam em jubilosas cores e a pedra entalhada se erguia como línguas de fogo vermelhas, violeta e púrpura flamejante.

Sonolentamente, Ionatan adivinhava os encantos sem vida que o aguardavam: os degraus íngremes talhados na montanha, uma escadaria larga que se elevava duzentos metros, da cidade até o mosteiro que a dominava do alto cujos muros foram construídos como os tentáculos de uma medusa. Mais degraus subiam até o topo do monte do Sacrifício. Lá fica o tanque de sangue, onde se juntava o sangue dos animais sacrificados. À direita e à esquerda do tanque de sangue, duas colunas verticais de rocha, esculpidas como dois membros masculinos erguendo-se para o céu, resquícios de um desaparecido culto idólatra de acasalamento. Um grande terror, assim dizia a revista, acometerá quem subir ao topo do monte do Sacrifício e contemplar de suas alturas a apavorante cidade abandonada. Aqui e ali, entre as ruínas, o caminhante vai deparar um osso de fêmur, a caveira de um homem, esqueletos inteiros, esbranquiçados, que o calor e a secura conservaram em sua reluzente completude. Em todos os espaços vazios espraiou-se o oleandro silvestre. Só lagartos andam por esse lugar ermo, abandonado, e à noite ouve-se o pranto da raposa do deserto. No início dos tempos aqui havia mirra e incenso, o canto de sacerdotes e clérigos, cultos carnais com sacrifícios humanos, e nos arredores da cidade espalhavam-se pomares e vinhedos e jardins e celeiros e lagares. Sem brigas ou litígios os antigos deuses do deserto coexistiam com Baal e com Afrodite e Apolo. Depois tudo se diluiu, os deuses desapareceram. Os homens se tornaram esqueletos. Um irado Javé, o possesso, riu por último: como sempre. Quem veio da aridez, com as roupas vermelhas de Edom? Sion, deus do deserto, veio estender sobre tudo o silêncio da morte.

Durante catorze séculos a cidade-fantasma não foi citada em nenhum documento escrito. Como se não existisse. E só nos últimos anos nossos jovens começaram a ir procurá-la, arriscando suas vidas, sonâmbulos, e alguns até voltaram em paz. Mas uns dez rapazes encontraram a morte no caminho, vítimas dos sanguinários beduínos da tribo atalah, famosos por sua sede de sangue.

"Levantar-se e ir", Ionatan disse em voz alta a si mesmo, eufórico como se tivesse tomado vinho. Enfiou a revista dentro da mochila. Enrolou os mapas e guardou-os sobre o corpo, entre o peito e a camisa. Logo será meio-dia. Seria bom fumar um cigarro, mas chega: já não estou mais fumando.

Ele desmontou e limpou a arma com a vareta e um pedaço de flanela, com muita precisão e muita paciência. Depois tornou a montá-la. Deitou-se de costas na sombra do amianto. Nos músculos de sua pelve ainda sentia o prazer da noite passada. Bocejou, espreguiçou-se, a cabeça sobre a mochila. A arma sobre o peito. Pedaços de frases que lera na revista passaram como nuvens em seu pensamento, fantasmas, trevas, raposas e aves noturnas, vamos ver o que tem por lá, e depois voltar e ser gente.

Depois cochilou. As moscas passeavam em seu rosto. Semidesperto viu sua própria morte ainda esta noite, de uma rajada no peito ou uma facada enviesada entre os ombros. Não lhe despertou nenhum medo a visão de sua agonia, sozinho e isolado no deserto, em terra inimiga. O rosto enterrado na areia escura, o sangue escorrendo debaixo dele e sendo absorvido na poeira como se fosse um veneno a escorrer do corpo e trazendo finalmente alívio, como então, em sua infância, com uma grave doença, entre lençóis frios na cama dos pais, agasalhado com o cobertor da mãe, na penumbra das persianas cerradas. De olhos fechados Ionatan deixou-se encantar por essa morte livre de sofrimento, que o transformava numa pedra entre as pedras do deserto. Finalmente sem pensamentos, finalmente sem saudade, ele existe, frio, em descanso. Frio e existindo. Existindo e frio. Para sempre.

Alguém que olhasse naquele momento para Ionatan, poderia facilmente descobrir, debaixo de sua barba imunda, debaixo do emaranhado de seus cabelos pegajosos, debaixo da máscara de poeira, o rosto delicado de dezoito anos que era antigamente o de Ionatan, um menino meio adormecido com os olhos envoltos numa tristeza tranquila, como se os mais velhos lhe tivessem prometido algo em que acreditara, confiando neles, até que horas se passaram e eles não cumpriram, nem mesmo vieram, foram-se e sumiram, e o menino se deitou sozinho até que o sono o levou, sem apagar as marcas de ofensa e pesar de seu rosto adormecido. Assim parecia Ionatan ao homem que se curvou sobre ele muito concentrado e o contemplou por alguns momentos com seus olhos azul-claros, examinou lentamente o monte de equipamentos e o saco de dormir amarrado na mochila com uma corda, viu o fuzil de campanha que ele abraçava com os dois braços contra o peito. Um sorriso cansado, piedoso, se espalhou no rosto do homem. Com a ponta de seu comprido dedo ele tocou em Ionatan Lifschitz:

"Ei, *tshudak*, seu panaca, secar é o que você vai, neste lugar. Venha, vamos dormir como gente. Numa cama com dossel. Como um rei. Dentro de linho, cetim e veludo."

Ionatan esperneou, arregalou os olhos, e rolou com ímpeto para trás, flexível como um gato. Agarrando com ambas as mãos seu fuzil de campanha, como que pronto a defender sua vida.

"A-*bravo*", gritou o velho, "*a-bravo*, que reflexo! Excelente! Mas não tenha medo: aqui está um amigo, não um inimigo. Você tem chapéu? Vestir o chapéu, já e já! Telalim.

"Perdão?"

"Telalim. Alexander. Sacha. Acordei você de um sonho terrível, certo? Venha, meu *malinki*. Vamos. Quando você adormeceu aqui ainda havia sombra, e agora são labaredas de fogo!"

Ioni olhou em vão seu relógio que deixara de funcionar. E perguntou em sua voz grave: "Desculpe, que horas são agora?".

"Uma hora boa e oportuna. Dê-me a mão e se levante, homem! Isso, assim. Vamos botar você para dormir de agora até amanhã de manhã, no palácio real. E você vai comer do bom e do melhor. Vou lhe dar leite de passarinho para beber. Venha. *Kushiat i spat. Daiosh!*"

Ionatan lembrou-se vagamente do homem magro e alto: ontem à noite, quando chegara a Ein-Chutsub, ainda antes de encontrar Michal, seus olhos captaram entre os soldados, os perambulantes e os trabalhadores uma espécie de cidadão-pioneiro, esguio, de membros compridos, com uma longa barba branca e desgrenhada, pelos encaracolados grisalhos brotando do peito nu, queimado de sol como um beduíno, alegres olhos azul-celestes a espiar de dentro do bronze de seu rosto.

"Obrigado", disse Ionatan, "mas eu já preciso ir."

"*Nu*, então vá, por que não, mexa-se, com todo o merecido respeito." Riu-se o velho, e seus olhos deram uma piscadela ladina e afável. "Mas como é que você vai se mexer? Ahn? Como? O único veículo que existe neste momento aqui, em toda a área de Ein-Chutsub, é o Burlak."

"Perdão?"

"Burlak. Um jipe de recreação. Foi uma vez o queridinho do general Allenby, ele ia nele do Cairo até Damasco, e agora está sob meus cuidados. Dentro de duas ou três horas Burlak e eu vamos levar você com todo o devido respeito até as cercanias de Bir-Melicha. De qualquer maneira você não vai se esgueirar pela fronteira antes de ficar escuro. E água, *krassavitz*? O que é isso, um cantil só — e acabou? Quer morrer de sede? Vou lhe dar um plástico, como se chama, uma galão, um contêiner, para você ter água no caminho. Você pode me chamar de Telalim, ou Sacha. Ou de vovô. Aqui sou o responsável por todo o deserto. Venha, vamos embora. Mas ponha já-já um chapéu nessa cachola. Você me chame de Telalim, e eu vou chamar você de *krassavitz*. Vamos."

Com pequeno atraso, Ionatan assimilou as palavras do velho, espantou-se, e gaguejou:

"Que fronteira? Que história é essa? Eu só —"

"*Nu*, panaca. Que me importa. Quer mentir — pode mentir. Dizem que ela não tem pernas. Idiotas! Ela tem asas! E você, *zolotoi partsuftchik*, teve uma noite de amor bíblico? Isso logo se vê em seus olhos. Não faz mal. Quer negar? Negue. Mentir? Minta à vontade. Com a pequena Ivone? Com Michal? Rafaela? Que me importa, há-há, lá por dentro — em todas elas escorre o mel e o néctar e o hidromel. Veja, é aqui que eu vivo. Entre, por favor. Tem chá, tem tâmaras e tem vodka. Sou naturalista. Canibal, mas naturalista. Você será meu hóspede. Sente-se. Vamos conversar. Comeu, bebeu, e depois — *tshort ievznaiet*. Pode ir em paz. Inclusive para o diabo que o carregue. Burlak e eu, ao anoitecer, jogaremos você um pouco antes de Bir-Melicha. E de lá, direto para o inferno, se é isso que você quer."

Entraram num *trailer* em mau estado, numa extremidade do terreno, junto à cerca. Houve uma época em que esse *trailer* andava sobre rodas de borracha, mas as rodas estavam esmagadas e a borracha tinha se pulverizado havia tempos, e os aros de ferro mergulhavam até a metade na areia. Na atmosfera do *trailer* pairava um frio sombrio e um ligeiro fedor. Um colchão remendado com trapos, outro colchão rasgado a expelir caracóis de palha suja. Havia também uma mesa descascada e sobre ela muitas garrafas de cerveja vazias. E garrafas de vinho pela metade, e uma mistura de utensílios de metal e conservas e livros empilhados e casca de pão e uma cartela de papelão para ovos. Numa prateleira suspensa do teto por uma corda Ionatan viu um lampião a gás, um fogareiro a querosene, uma latinha de chá, um acordeão quebrado, um lampião a querosene, uma frigideira preta amassada. Um bule coberto de fuligem e uma antiga parabélum entre muitos exemplares de pedras multicoloridas, aparentemente trazidas de todos os cantos do deserto.

"Por favor, meu *krassavitz*: minha casa é sua casa. Meu leito, o seu leito. Esses *pekalech*, seus pacotes, pode jogar por aí onde quiser. Sente-se, *maltchik*. Respire. Descanse. Não vou roubar nada de você. Dê-me o fuzil também. Isso, assim, vamos deitar ele aqui, para descansar. O nome é Telalim Alexander. Medidor de terrenos diplomado. Profissional exímio. Um especialista em deserto, geólogo, amante e beberrão. Da vida foi cultor, mas odiou os malvados como se fossem animais cruéis. Expôs sua alma a muitas experiências terríveis. Não encontrou descanso nem abrigo. As mulheres, levou nas palmas das mãos, e seus sofrimentos suportou com coragem. Este sou eu. E você, menino, o que você é? Desiludido? Infantil? Poeta? — olhe, isto é gin. Beba gin. Não tem soda nem gelo. Nem terá. Mas o coração é quente e correto, beba à saúde, *krassavitz*, e depois, faça uma confissão. Ai, mama, vejam que choro, mama, que grande choro está sufocando esse menino dentro da garganta. Que *tshudak-durak*, que panaca ingênuo você é. Qual é o demônio canalha, maldito seja, que está seduzindo você para ir de repente a Petra?"

O velho irrompeu num riso infantil, enxugou em seus olhos as lágrimas do riso, e de repente ficou furioso, desfechou um soco na mesa fazendo tilintar as garrafas, e trovejou numa ira selvagem:

"Viver, desgraçado! Viver! Viver e viver outra vez! *Ti smarkatch*! Mimado! *Ti trapo*! Chore e viva! Rasteje e viva! Enlouqueça de tanto sofrer mas viva! Sofra, desgraçado, sofra!"

Ionatan encolheu-se todo no banquinho de vime trançado. Hesitou, juntando coragem. Apanhou a caneca de lata amassada que lhe foi oferecida e tomou um gole de gin, que o queimou e o fez corar e tossir; com a mão imunda enxugou os olhos que haviam ficado úmidos, e tentou se defender:

"Perdoe-me, *chaver*..."

"*Chaver*?!", berrou o velho, "você não se envergonha? Não vai engolir a língua? Como se atreve? Que insolência! O quê, eu sou seu *chaver*? Seu amigo? O diabo é seu amigo! Não existem amigos para quem está indo se suicidar! Chame o diabo de amigo! Eu, para você, sou Telalim! Ou Sacha! Não amigo! Pegue, coma uns figos! Coma! E tâmaras. E azeitonas. Também tem pão árabe. Ali, embaixo daquelas meias, talvez se esconda um bandura, um tomate. Você já comeu? Então coma de novo em minha casa! *Paskudniak*! Coma de uma vez!"

E subitamente, com outro tom de voz, as duas mãos nas duas faces, a cabeça e metade do corpo balançando com exagero à direita e à esquerda, como um árabe se lamentando:

"Menino! Meu *Zoloti*! O que fizeram com você, esses desgraçados?!"

"Me desculpe... você... eu, não me entra na cabeça, tudo que você disse. Só estou circulando por aqui porque me mandaram procurar um rapaz, Udi, do meu kibutz, que desapareceu há alguns dias, e..."

"Que lástima, *krassavitz*, tudo isso são mentiras e é uma lástima. Não tem Udi nem Chudi. Ouça, Sacha Telalim vai falar agora algo sobre princípios, e você, se quiser ouvir — ouça. Se não quiser — *pshol von*. Direto para o mundo do nada. *Daiosh*!"

"Seja o que for, tenho de ir embora."

"Que haja silêncio. Agora Telalim fala e *krassavitz* educadamente fica calado. Onde educaram você?"

Ionatan ficou quieto.

"Ouça lá, Udi-meu fofo, Udi-*chamudi*. Vou lhe explicar uma coisa: a morte — é um horror! Feia! Imunda! Infecta! Além disso — ai! — ela não vai fugir. Você vai andar a noite toda naquele uádi escuro, ti, *chacham balaila*, esperto só quando dorme, a noite toda você vai andar e se derreter todo, há-há, passei a perna em todos eles, que belo castigo estou aplicando naqueles desgraçados, há-há, como vão chorar por mim depois que eu morrer, como vão amaldiçoar a si mesmos por toda a sua maldade, como vão se arrepender amargamente até o fim de suas vidas! Eu morro, e eles aprendem uma lição. Ahn? Que tapado você é! Para que da próxima vez eles já saibam que têm de tratar você com uma gentileza excepcional, ahn? E de manhã, *chacham balaila*, de manhã você vai se esconder entre as rochas? Vai dormir lá, como um panaca satisfeito? Você vai deitar para dormir, idiota, e os atalah vão seguir suas pegadas frescas no uádi. Vão atrás de você como o vento. Em todo o deserto não há rastreadores como os atalah. Até farejar você a distância. E então, o quê, quem sabe você me diz? Trumpeldor,[*] ahn? É bom morrer, ahn? Então Sacha vai lhe dizer uma coisa: não é nada bom morrer. É muito ruim morrer. Especialmente pelas mãos dos atalah. Esses demônios pegam um *krassavitz* como você, sangue e leite, o lírio do kibutz, e lhe caem em cima como a escuridão. Antes que você consiga sequer tocar em seu fuzil eles caem sobre você e começam a meter em você por trás: dez, vinte atalah metem em você por trás. Depois, em sua boca. Isso agrada você, *maltshik*? Quando acabam de meter — matam. E não de um golpe só: matam pedaço por pedaço. As orelhas — decepam. A barriga — rasgam. O bilau — cortam. E só depois disso, degolam um pouco. E você, queridinho, vai berrar. Oi, seus berros vão chegar ao céu. Vai berrar como uma besta: papai-mamãe-socorro. E quando já não puder berrar, meu caro menino, você vai gorgolejar como um camelo. Como é? Você já viu um camelo degolado? Não? Chchrrrrrr! Assim!"

---

[*] Pioneiro, ex-militar russo, liderou a defesa de Tel-Chai contra ataques árabes em 1920, morrendo em combate. Sua famosa última frase foi: "É bom morrer pela nossa pátria".

O velho levantou-se em toda a sua estatura, os olhos revirados nas órbitas, o rosto enlouquecido de ira. Os anéis grisalhos de seu peito nu e moreno se arrepiaram como os pelos de um porco-espinho. Um ancião enfurecido, não equilibrado, não banhado, sua barba desgrenhada a brilhar como a neve ao sol no cume de uma montanha, uma feia escuma nos lábios, curvou-se sobre Ionatan e aproximou seu rosto do dele. Um bafo fedorento de alho, álcool e suor exalava-se dele; ele quase grudou sua boca à de Ionatan, e de suas profundezas irrompeu um urro tenebroso e apavorante:

"Chchrrrr!"

Ionatan recuou assustado para a extremidade do colchão; cobriu o rosto com as mãos, como um menino à espera da bofetada, e cerrou fortemente os olhos.

Quando voltou a abri-los o velho se deliciava, rindo baixinho, os olhos azuis a desferir centelhas de humor e simpatia, vertendo nas canecas de lata amassadas o que restava de gin na garrafa.

"Agora chega", disse afavelmente, "agora você vai beber e fazer um brinde. Tire essa bobagem da cabeça. Acalme-se e descanse. E depois — chorar, queridinho, ai, *mamushka*, você precisa chorar, meu menino, e não morrer. Só chorar metade da noite, e bom proveito. Então chore logo! Chore, e acabou-se! *Iuvtvoimat*, chore de uma vez!"

"Esquece", disse Ionatan em sua voz indiferente, grave, a cabeça estendida para a frente, enviesada, num movimento parecido com o da surdez de Iulek, seu pai, "esquece essa história toda. Não sei o que você quer da minha vida. Não estou indo para nenhuma Petra, não pertenço a essa turma."

"A-bravo! *Molodiets*! *Stakhanov*! Você só está procurando um certo Udi. Claro. Udi é quem quer ir para Petra. Você só está circulando aqui na região, e de noite fodendo Michal? Ou a pequena Ivone? Rafaela? Não importa. O que interessa é que lá tenha mel, *bodje moi*, e um pauzinho para misturar o mel. Muito bem! Viver! Foder e viver! Chorar e viver! A morte é uma droga! Tfu! Porcaria! E também dói! Chchrrrrrrrr!"

"Está bem, obrigado. Entendi. Obrigado pela bebida e por... tudo isso. Mas agora deixe-me ir." Disse Ionatan energicamente, até onde era capaz de expressar energia, "já tenho mesmo que ir."

"Está bem, *maltshik*, venha, vamos embora."

"O quê?"

"Você quer ir, não é? Venha. Vamos embora. *Haide*. Vamos atrelar o Burlak. A caminho. Você irá para Petra. Que me importa. Cada um é soberano de sua vida. Todo idiota é livre como um rei. Por favor, morra e bom proveito. Apenas leve esta cumbuca, este tanquinho, galão, sei lá o nome disso, vamos enchê-lo de água fresca. É uma espécie de cantil. Aí está, vamos prender bonitinho em suas costas, para que você não vire um defunto com sede. Como você se chama, menino?"

"Eu... me chamo Azaria."

"Está mentindo!"

"*Chaver*... Sacha?"

"Ruth, câmbio.* Ouvindo. Minta o quanto quiser."

"Você... não vai me denunciar?"

"*Ti maniac*, é o que você é! Tenha vergonha na cara! *Tfui*! Morrer é uma prerrogativa! Constituição! Privilégio! Direitos humanos! Quem sou eu, Stálin? Ai, mama! 'Cê num vai mi denunciá?' Nhe-nhe-nhém?", o velho zombou numa voz chorosa, imitando um bebê a fazer dengo, "mas se eu fosse seu pai eu lhe daria umas palmadas até seu bumbum ficar vermelho! Como o de um macaco! Eu lhe apresento, esta beleza aqui é Burlak. Um paixão para os olhos, hein?"

Era um jipe surrado, uma lanterna traseira escura como a vista de um zarolho, a outra com o vidro quebrado. A janela do motorista era uma moldura enferrujada sem o vidro. Os dois assentos estavam desencapados, e sobre o estofamento imundo fora estendido um cobertor militar de lã. Atrás dos bancos Ionatan viu galões para água e para gasolina, tripés de medição vermelhos e brancos, dois teodolitos, cordas cobertas de óleo, trapos, um caixote com rações de campanha, pedras de quartzo e de betume, pedaços de jornais antigos. E sob seus pés, no assoalho do jipe, estalaram *matsot* esfareladas.

"Este é Burlak", riu o velho com seus dentes brancos e bonitos, "meu xodó Burlak. Uma vez Churchill entrou em Veneza montado neste Burlak, e agora — ele é todo nosso."

Enquanto falava, ajudava Ionatan e depositar sua arma e todo o equipamento na parte de trás. Depois o motor latiu, lamentou-se, soltou um uivo

---

* Nas comunicações por rádio, "Ruth" é o código para indicar a troca da condição de ouvinte para falante, e vice-versa.

grosseiro, pigarreou, e de repente o jipe deu um solavanco e Ionatan foi jogado para a frente. O velho manobrou para trás, para cá e para lá, com duas rodas passou por cima de uma lata de óleo vazia, até o jipe ficar de frente e sair para a estrada. O homem o guiava com entusiasmo, cortava curvas, chutava o acelerador e às vezes o freio, quase sem tocar na embreagem. E cantarolava para si mesmo alguma melodia russa.

Viajaram em silêncio. Anoitecia.

Para onde ele está me levando. E se for direto para a polícia. Por que durante toda a minha vida sempre tem uns doidos grudando em mim? Meu pai. E mamãe. Trotsky, Azaria, Rimona e eu mesmo. A uma distância de no máximo um metro e meio. Que palhaço, como é que pôde não acertar num touro a um metro e meio. Eu acertava e matava, com a mão nas costas. Mas ele não acertou de propósito, porque a morte é imunda e infecta. Rasteje e viva! Sofra e viva! Para quê? O que importa é que não fraquejei, e nem meu nome eu lhe disse. Mas talvez até isso ele tenha adivinhado, lá na loucura dele. Logo ele vai capotar com o jipe e matar nós dois na hora. Que horas são? Está começando a escurecer. De qualquer maneira, amanhã ao nascer do sol estarei morto. Esta é minha última noite. E isso é bom. Chchrrr! Mesmo um relógio quebrado tem um minuto aprazado. Estão me esperando lá. E não vão esperar para sempre. Já estou chegando. Estar frio e existir.

"Que horas são?"

"Menino," disse Telalim, "você tem tempo. Os atalah não vão fugir. Eu, por acaso, há uns oito anos cheguei até lá, em Petra. Na verdade aquilo não é mais do que uma ruína. Pedras. Como todas as ruínas. Petra não é Petersburgo. É uma ruína e nada mais."

Ionatan não se conteve:

"E como é que não degolaram você lá?"

"Boboca", riu o velho, "para a tribo atalah eu não sou considerado um judeu. E realmente já não sou judeu. Para eles eu sou uma espécie de *nu*, de pessoa sagrada. Um derviche, *iurodivi*. Para os nossos também. Você pergunta por aí sobre Sacha, como ele cavalgou um camelo até Petra, como fez nosso patriarca Abrahão, como os atalah o alimentaram e lhe deram de beber, e como as moças dançaram para ele por todo o caminho. Eu, meu queridinho, já não sou judeu em nada. Tampouco um ser humano. Um perito. Um especialista em deserto. A vida — ele devorou de boca cheia, e as mulheres —

cultuou. Bebeu vodka como um cavalo. Gente malvada lhe armou armadilhas e imbecis lhe amarguraram a vida, mas ele nunca desanimou. *Nikagda*! Ouça, meu *zolotoi*, não vá para o inferno. Vamos nos divertir um pouco?"

Ionatan disse:

"Deixe-me antes de Bir-Melicha, por favor. E esqueça que me encontrou. Não sou obrigado a explicar nada a ninguém. Minha vida me pertence."

"Filósofo!", exclamou o homem numa alegria repentina, como um mágico telepata que visse confirmada sua leitura de pensamento e agora agradecesse numa reverência os aplausos de um público invisível, "sua vida lhe pertence! Que original! Que impressionante! E como poderia ser outra coisa? Ela pertence a mim? Ao diabo? É claro que ela é sua, *krassavitz*. Vá em paz, seu grande sofredor. Ai, mama, que crime cometeram com você esses malvados, para você ficar com essa cara! Desgraçados! Malditos sejam! Você, então, vá para o inferno. Mas ouça: volte ainda esta noite. Para Sacha. Cruze escondido a fronteira, entre um pouco na Jordânia, não faz mal, mas o quê? A estrada deles, do outro lado, não cruze de maneira alguma. Simplesmente vire-se e volte. Ahn? Legal? *Molodiets*! Vai se lembrar do nome? Telalim? É fácil! Sacha! Volte no meio da noite para meu palácio real, fique comigo quanto tempo quiser, sem muito barulho, um dia, uma semana, dois anos, até você sentir que aqueles malvados já aprenderam a lição e derramaram por você lágrimas amargas e uma segunda vez já o tratarão bem. Até então, posso lhe dar azeitonas, figos e tâmaras e um colchão de cetim e veludo, e um pouco de bebida também não nos faltará. Sou naturalista por princípio. Canibal, mas naturalista. Comigo você vai ganhar uma cara totalmente nova. Limpa. A barba você já está deixando crescer. Ninguém vai reconhecê-lo. Se quiser, você poderá circular comigo por aí. Ser meu ajudante nas medições. Montados no Burlak nós dois vamos devorar os caminhos do deserto. E você será o vice-rei. Se não quiser — não faz mal, aqui comigo também se pode ficar deitado de costas o dia inteiro e de noite — dar os seus voos. O pauzinho para cima e — marche! — misturar o doce mel que elas têm. Ninguém no mundo saberá que você vive comigo. Quer voltar?"

"Pare aqui", disse Ionatan, "deixe-me descer."

"Ai, mama", suspirou o velho, "o diabo me venceu outra vez."

O jipe parou; desta vez não bruscamente, mas preciso e macio. Ionatan passou para a parte traseira e começou a jogar nas areias ao lado da estrada sua mochila, seus cobertores, a parca, os contêineres com água e o saco de dormir. Depois ele também pulou, o Kalatchnikov na mão. O velho não lhe dispensou um olhar: ficou sentado ao volante, largado, o queixo curvado para dentro da barba, como a carregar toda a dor do mundo, sem se mover, um homem alto e magro, esplêndido em sua cabeleira grisalha e sua copiosa barba branca.

Só quando Ionatan começou a se afastar, um pouco encurvado sob o peso de sua carga, na direção do declive cada vez mais sombrio, só então o homem levantou sua magnífica cabeça e disse com tristeza:

"Tenha cuidado, menino."

E subitamente, do fundo de seu peito, até as profundezas dos espaços desérticos, berrou em voz tonitruante:

"Infeliz!"

No mesmo instante Ionatan se enterneceu, a garganta se contraiu, um tênue véu cobriu seus olhos. Com o restante de suas forças mordeu o lábio inferior e conseguiu sufocar a coisa.

O jipe se afastou. Logo foi absorvido pela penumbra. E com ele esvaeceu-se o ruído do motor. Soprava um vento do norte. O deserto escurecia. Finalmente Ionatan estava realmente só. E ouvia a voz do silêncio.

6.

Já era noite. O vento cálido do deserto soprava do norte para o sul trazendo consigo uma poeira salgada. As primeiras estrelas já tinham despontado mas ainda havia resquícios de luz na crista da cordilheira. O cheiro de uma longínqua fumaça dilatou-lhe as narinas. E passou. Ionatan ficou de pé, um pouco encurvado sob sua carga, como a esperar por alguém que iria se juntar a ele. Depois urinou longamente. Encheu os pulmões de ar e contabilizou alegremente quarenta e cinco horas sem fumar um único cigarro. Carregou um pente de balas no fuzil. Os outros dois pentes enfiou no bolso das calças. Sentia prazer em pensar que nunca, em toda a vida, estivera tão só, tão longe de qualquer alma viva. Até mesmo Ein-Chutsub, que deixara para trás, lhe pareceu de repente um lugar cansativo, barulhento, um lugar onde o haviam incumbido de tarefas que não queria fazer. Mas agora acabou. Uma dobra do terreno esconde dele a estrada Sodoma Eilat. O velho berrante já desapareceu. E a noite chegou. Agora acabou, repassou Ionatan para si mesmo como se isso fosse uma divisa. Em algum lugar, em frente, nas montanhas cada vez mais escuras que limitavam com o céu a leste, cintilava uma luz mortiça: um posto de guarda? Ou um acampamento de beduínos nas gretas do canal? Lá é a terra de Edom. O reino da Jordânia. Lá a cidade de pedra está esperando. E lá enxameia o inimigo.

Não se ouvia um som sequer. Nenhum murmúrio. Como a testar a profundeza do silêncio, Ionatan falou em sua voz grave:

— Silêncio.

Uma névoa rala, leitosa-escura, pairava a seus pés. O vento cessara. Na estrada, atrás dele, um veículo passou rapidamente. O ruído do motor despertou Ionatan. Tornou a testar sua voz:

— Estou indo.

E ao ouvir essas palavras suas pernas também começaram a andar. Seus passos eram tão leves que quase não os ouvia. Apesar de sua carga e de sua arma, Ionatan deslizava como uma carícia. As solas de suas botas de paraquedista o levavam por si mesmas. O declive era moderado, suave. Aos poucos o relaxamento espalhou-se por todos os seus membros. Mesmo o suor de sua testa lhe era agradável como o toque de uma mão fresca. Havia uma maciez misteriosa na terra sobre a qual pisava. Como se andasse sobre um tapete de cinza fina que ficara após um incêndio. Aquele tênue cheiro de fumaça tornou a pairar no ar. Aqui e ali esmagava com os pés algum pequeno arbusto. Aqui e ali uma rocha enegrecia. A escuridão desta noite não se parecia com nenhuma outra escuridão que conhecera na vida: as estrelas no céu produziam no chão do deserto uma espécie de brilho interior azulado-escuro. Como que enfeitiçado, Ionatan se deixava levar para leste, vazio de pensamentos, envolto em delicada embriaguez: era como se seus músculos fortes estivessem levando seu corpo e cantando. Como se estivesse sendo carregado por mãos alheias.

O que fui eu todos esses anos? Quem está me chamando a seu encontro? Estou chegando. Estou chegando. Agora. Frio e existente. Estou chegando. E não é que eu tencionava viajar para outro país? Para uma cidade grande e estranha? Começar uma vida nova? Trabalhar e estudar, manejar um painel de controle? Conhecer mulheres estranhas? Mas veja, agora tenho liberdade. Quem precisa de painel de controle e de mulheres. Não preciso de mais nada. Tenho liberdade, e não tenho problemas. Que me importa se agora vierem todos aqueles beduínos? Que venham. Eu ponho o fuzil no automático e costuro todos eles. Tac-tac-tac. O que Azaria contou sobre o professor de matemática dele, que levou uma bala perdida na cabeça, não aconteceu de verdade. O próprio Azaria não aconteceu de verdade. Nem a casa. Nem todos esses anos. Michal e o velho maluco também não foram de verdade. Só agora sua vida começa de verdade. De verdade só existem as estrelas e a escuridão. O deserto é de verdade. E este vento que sopra sobre mim do lado esquerdo sopra e para e sopra. Esta é toda a minha verdade: andar sozinho à noite. Pertencer ao silêncio. Andar no meu ritmo, em direção ao leste, tendo como azimute o pico mais alto da cordilheira, que com certeza é jebel-Harun. Isso é tudo. Uma antiga canção ecoa na cabeça: O que mais, ó pátria, pedirás de nós, que não existe ainda? Para a pergunta da canção Ionatan não encontrou resposta. Nem tentou. Mas pegou-se cantarolando a melodia, e forçou-se a parar. Caminhava como que flutuando. Nossos celeiros estão cheios. Nossas casas murmuram. Basta. Não temos casa. Com certeza lá, nas montanhas de Edom, perambulam nômades. Eu também já sou um nômade. Fora isso tudo que existe é um erro ou uma piada. Ou uma armadilha. Meu pai. Minha mulher. O exército. O laranjal. A oficina. Como passaram os anos, como esperei, feito uma pedra. Ioshafat, o professor, o coração dele não estava certo, como é que ele ficou na varanda esperando até levar um tiro? Por que não foi embora? Para eles eu também já estou morto, para mim — estou totalmente vivo. Ninguém nunca mais vai me dizer o que fazer. Quem se aproximar vai levar uma rajada. Nasci morto. Como a bebê que Rimona teve há um ano. Eu nem perguntei o que aquele sírio, o obstetra do hospital de Haifa, fez com o corpo da menina. O que se faz com as crianças que nascem sem vida? Talvez reúnam todas numa cidade-fantasma entre as montanhas? Talvez haja um refúgio para as crianças, templos, palácios, casas na rocha. Bem fundo no vale das sombras descrito na revista sobre Petra? E lá estará também Efrat de Rimona? A filha? Que foi minha? Minha filha? Sou o pai dela? Quanto pavor nessa palavra. Pai. Eu. Como saberei reconhecer uma menina que nunca vi? Nessa escuridão? Entre tantas outras crianças? Chamo em voz alta: Efrat? Ela virá? Vai abraçar meu pescoço? Como quando eu ainda era um menininho e todos me chamavam de bom?

Uma umidade salgada tocou subitamente seus lábios. Ele enxugou a testa com as costas da mão, e, sem parar, afrouxou um pouco a fivela da correia da mochila. Ela punha minha mão sobre a sua barriga, para sentir como ela se mexia, e olhava para mim como se tudo isso me importasse. Eu? Pai? De Efrat? Do bebê anterior, que ela abortou? Loucura. Misteriosamente, pareceu-lhe sentir os movimentos do bebê dentro do próprio ventre. E quase riu na escuridão. Mas no mesmo instante as solas de suas botas começaram a produzir um som áspero: pisava num trecho de cascalho. Isso não é o leito de um uádi? Depois de algum tempo o solo se calou e seus pés de novo sentiram o contato de uma areia silenciosa. Ele aspirou para dentro de si a profundeza da solidão. A quietude de um espaço noturno vazio. Ergueu os olhos para olhar a linha da cordilheira e lá descobriu um halo mortiço de luz. Seriam já as luzes da cidade? Ontem foi noite de lua. Agora, por trás das montanhas, a lua de novo começa a se preparar para seu surgimento. Por enquanto só chega até nós um brilhante reflexo. Como se do céu tivesse descido uma nebulosa, aterrissado lá, bem longe, a leste, do outro lado da cadeia da serra de Edom, e sem encontrar vivalma, ela brilhasse num fulgor imenso sobre a planície abandonada em toda a largura do platô da montanha.

Logo surgirá a lua. Este uádi que atravessei há alguns minutos, ou há uma hora, sem prestar atenção, era com certeza o rio Aravá. Já do outro lado da fronteira. Já não estou em Israel. Acabou. Aqui é o reino da Jordânia. Terreno dos nômades sanguinários. É preciso estar alerta. Eu poderia ter trazido Thia, para percorrer o caminho comigo. Mas não: ela já não me pertence. Como é que eu não chorei nenhuma vez por ela? Como é que não senti nada? Por que sempre que Rimona tentava falar sobre ela eu imediatamente a interrompia e gritava que ela parasse logo com isso? Ela era minha bebê. Como é que eu esqueci que tenho uma filha? Como é que esqueci, quis esquecer, que dois anos antes de Efrat Rimona estivera grávida? Eu não queria isso. Esqueça isso, crianças. Ainda é cedo para nós, eu lhe disse. E fiquei zangado. Somos só nós dois, e isso é bom. Não sou obrigado a criar uma dinastia para meu pai. Não quero meus pais aqui se metendo em nossa vida. Esqueça, crianças. Ela viajou certa manhã para Haifa, e voltou vazia. Pálida. Comprei-lhe um disco de presente. Não ficou com ódio de mim. Ao contrário. Durante cinco dias, sem parar, ouviu mil vezes o disco que eu lhe comprara. Por causa daquele aborto Efrat nasceu morta. Assim nos explicou aquele sírio, o médico, e aconselhou evitar por enquanto novas tentativas, pois fora por milagre que Rimona se salvara naquele parto. Meus dois filhos fui eu mesmo quem matei. E fiz Rimona enlouquecer. Os encantos do Chade, foi aí que começou. Que foi isso? Um chacal? Uma raposa? Não foi nada. Estrelas e silêncio. Preciso beber um pouco de água. Mesmo sem ter sede. A esta hora da noite poderíamos pôr Efrat para dormir. Vestir nela um pijama com elefantes. Cantar-lhe uma ou duas canções de ninar. Contar histórias e imitar a voz de bichos. Sou bom nisso. Ouçam: esta é a raposa. E esta, a hiena. Minha filha Efrat morreu. Seu pai maluco a pegou e matou. Como meu pai — a mim. Poderíamos numa hora como esta encher para ela uma mamadeira com leite quente. Com açúcar ou um pouco de mel. Pôr um urso ou uma girafa debaixo de seu cobertor de inverno. Veja, é assim que faz o urso: Bu-u-u. Não tenha medo, Efrat. Papai vai se deitar na esteira ao lado de sua cama. Vai lhe dar a mão. Durma. Mamãe vai cobrir você. E depois poderíamos ficar, eu e Rimona, no outro quarto, em silêncio, eu com o jornal vespertino e Rimona com um bordado ou um livro. Talvez cantasse para nós, pois até a morte de Efrat Rimona cantava de vez em quando. Eu e Zaro poderíamos jogar xadrez, tomar um copo de café. Rimona poderia passar uma saia azul de Efrat, em vez de seus encantos do Chade e dos negros. E se ouvíssemos um comecinho de choro pularíamos os três para trocar-lhe a fralda, cobri-la, encher sua mamadeira. Por que eu tinha de matar minha filha? Meus pais, que poderiam ser avô e avó, em vez de perder a razão: Rimona, cujo corpo, desde o assassinato, virou um cadáver? Por que matei todos eles? E estou aqui continuando a matar? Quais foram as minhas queixas? O que foi que eu quis e não recebi? Quem é que eu odeio? Quem é que estou procurando aqui? Doido da pá-virada. O velho de Ein-Chutsub chamou-me de infeliz. Infeliz é minha mãe. Infeliz é meu pai. Pois eu lhes matei Efrat e antes dela mais um bebê e agora o filho deles. E esse Zaro é um infeliz. Mas eu até que já estou muito bem. Tudo está dando certo, estou lúcido e contente, direto para o inferno. Que Zaro lhe faça um bebê? Que meu pai morra? Nada me importa. Não quero mais nada. Uma mariposa voando para o fogo. O que queria eu nas noites de chuva, quando quis me levantar e ir embora? Calor? Vida? Amor? Ou seja, dor e raiva misturadas com um intenso prazer? Era isso que me faltava? Matar? Ser morto? Exterminar? Não, ele já não é infeliz. Ao contrário, ele caminha e sente se bem. Está indo buscar Efrat. Toda a vida o chamaram de bom, e ele era mau. Mas chega. Agora está sozinho e ninguém nunca mais vai lhe dizer "bom" ou "mau". Aqui tem uma inclinação: estamos subindo um pouco. Parece que acabou a areia e começa o cascalho. Parar. Prestar atenção. Talvez esses assassinos estejam deitados, numa emboscada. Uma só rajada, e tudo se resolve. Nada se ouve.

Ionatan se detém. Enxugou de novo o rosto com a mão. Acariciou os fios de barba. Bebeu metade de um cantil e concentrou-se numa escuta atenta.

O calor amainara. O frio da noite começava a soprar. Nenhum ruído se ouvia em volta. A mudez do deserto. Uma leve brisa do norte. A sombra das montanhas. Estrelas. E escuridão. Mas entre as estrelas, como um relâmpago, houve um movimento súbito e mudo: uma delas saiu do lugar, traçou um risco fulgurante até quase a extremidade do céu e sumiu na direção do sul. Todas as outras cintilavam em seu brilho frio.

Ionatan passou a carga de um ombro para o outro, e o fuzil da mão direita para a esquerda. Farejou o ar e decidiu que era preciso se desviar um pouco para o norte. A questão era se a colina mais próxima da direita era jebel-Butair ou, talvez, já fosse jebel-a-Taibe. Daqui a pouco a lua vai nascer. Mas que sussurro foi esse? Uma sombra negra passou e se foi. Uma ave noturna? Ou foi só impressão? Um silêncio frio e profundo envolve tudo. Só eu respiro aqui? Ou tem mais uma respiração? Aqui atrás de mim? Alguém está me emboscando e observando? Rapidamente, num leve golpe, armou o fuzil. Esperou algum tempo, como uma pedra; nenhum grão de poeira se movia. Seu coração disparou. Mesmo assim, travou a arma sem desarmá-la e se obrigou a continuar andando. De novo elevava-se ao longo a alta silhueta de jebel-Harun. Sem problema. Este é o caminho. Já estou na direção de uádi Mussa. Não tenho medo porque nada me importa. Não estou cansado, nem com fome, nem com sede. Efrat tem um pai herói. E esta noite só está começando.

Que horas são agora? O relógio não está funcionando. A julgar pelas estrelas, ainda é cedo. Mas o que está se movendo aí em frente? Quem está me iluminando com uma lanterna? Será um holofote, num posto do inimigo? Um archote beduíno? Fui dar direto com eles, e acabou-se? Fim de linha para mim?

Era uma luz suave, difusa, uma luz de outros mundos. Um leve tremor sacudiu as elevações montanhosas. Vermelha, gigantesca, incandescente, a lua surgiu de trás da crista do monte Seir. Num átimo o mundo se transformou. Nos declives escuros dançavam linhas fulgurantes. Nas planícies tremulavam ondas de luz. Um prateado fosco fluía silente sobre a terra morta. As linhas das colinas se revelaram. Aqui e ali rochas enegreciam o leito do uádi. Aqui e ali arbustos escuros faziam suas tramas. Em vão Ionatan apertou seu passo, querendo se afastar: enquanto apressava seu caminhar espectros de sombra que partiam de seu corpo continuavam a se mover em toda sua volta e a gelar-lhe o sangue.

São os espíritos dos mortos. Os sírios que matamos. Os legionários que meu irmão degolou com um punhal. O rosto de Rimona num lençol branco. Seu sorriso outonal morrera no rosto pálido como uma pedra. O luar prateado derramado em seu corpo nu, seu cadáver. O rosto de sua mãe e o de seu pai nas trevas, a cabeça dela torcida para trás, seu pescoço tendinoso dobrado, e o pai ao lado dela com a cabeça a pender sobre seu peito numa postura tristemente pensativa, sentados e mortos e envoltos no fulgor desse banho prateado. Nas ruínas de Sheikh-Dahar, tomadas pela vegetação selvagem, o luar também se derrama, e lá não restou vivalma, só cadáveres revirados repousam aqui e ali sobre a poeira que brilha. Com olhos despertos pelo horror Ionatan de repente vislumbra: se só restei eu, é sinal de que sou o assassino. Eu os matei.

E como se suas pernas tropeçassem no cadáver da bebezinha, Ionatan caiu. Ficou estendido, o rosto de encontro ao solo crestado e salgado, tremendo da nuca aos pés, sem sentir o cascalho que se cravara nele, lá estava, cego e desesperançado, o que você fez, desvairado, o que você fez, é a sua morte, desvairado, você matou ela e as duas crianças que ela queria lhe dar, e sua mãe e seu pai, e agora você também vai morrer. No pavor de seu sofrimento puxou para si o fuzil, apoiou-o no ombro, no rosto, e com um ganido de cão soltou a trava e apertou o gatilho com toda a força. A coronha golpeou seu ombro e o cheiro dos disparos e de fuligem aturdiu suas entranhas, e de repente o longo matraquear confundiu-se com as batidas de seu coração, e num rápido flamejar o cano de sua arma cuspia linhas de fogo, como centelhas.

O deserto, as rochas e as paredes do uádi devolveram logo o fogo, num eco ruidoso e contínuo, bala por bala, e depois do primeiro eco rolaram outros ecos, abafados, distantes, e ecos dos ecos, como se as montanhas respondessem e começassem a combater umas às outras. Quando finalmente se fez o negro silêncio e ele absorveu os últimos ecos, Ionatan percebeu que estava perdido, e não se arrependeu. Carregou um segundo pente e o descarregou todo numa rajada contínua, e depois, no terceiro pente, desviou para um lado e ergueu um pouco o cano do fuzil, fechou com força o olho esquerdo, pôs a lua em sua mira e despejou nela o restante de sua munição.

A opressão do silêncio que se seguiu trouxe consigo um frio gélido. Seus dentes batiam, braços e pernas tremiam. Finalmente se refez um pouco, levantou-se e abriu, assustado, os botões de suas calças, arrepios rápidos e intensos o fizeram urinar em espasmos, urinava e parava e vomitava, vomitava e bocejava alto, os joelhos tremendo, a barriga revolta, as calças molhadas de urina e os sapatos sujos de vômito.

Quando se acalmou um pouco, compreendeu repentinamente que estava de pé, ereto, em toda a sua estatura, numa noite clara de lua cheia, e que poderiam vê-lo a distância, bem fundo em terreno inimigo, numa região em que muitos rapazes como ele haviam sido dizimados, e ele lá estava de pé como um doido depois de ter alarmado todo o deserto e agora não restara nem mesmo um último tiro, se for atacado por uma fera, ou se agora vierem lhe cortar o pescoço aqui mesmo.

Ionatan girou sobre os calcanhares e, apavorado, começou a correr de volta, como nunca correra em toda a sua vida. Corria a passos largos, corria aos tropeços, mas sem cair, corria pelos declives sem olhar para a frente, corria com um ruidoso arquejar, corria e uivava, corria mesmo quando lhe faltou o ar e cruéis pontadas começaram a lhe agulhar as costelas, corria sem diminuir o ritmo, corria até os olhos quererem saltar das órbitas, depois de mil anos seus pés finalmente conheciam o cascalho do leito do uádi, mas não paravam de correr, uma névoa enchia-lhe a cabeça, o tempo todo carregava o fuzil com ambas as mãos à frente do corpo, como num ataque frontal, o tempo todo o luar o cercava como uma teia, o enredando e molestando, até que desabou no chão com o rosto ardente enterrado nas areias prateadas.

Cerca de três horas da manhã chegou ao *trailer* na extremidade do acampamento de Ein-Chutsub. Com os farrapos de uma toalha imunda, ensopada de gin e de água gelada, o velho enxugou-lhe o rosto. E às três e meia Ionatan começou a chorar.

No dia seguinte dormiu até a noite. O homem preparou-lhe uma salada verde com pão preto e geleia. Um ou dois dias depois Ionatan já preparava refeições para o velho. E ao cabo de uma semana começou a sair com ele no velho jipe, para medições, para coletar exemplares de rochas e de minerais em todos os cantos do deserto. Passou a ser seu escudeiro. Pôs um pouco de ordem no *trailer*. Limpou os teodolitos. O velho o chamava de Maltshik. Se o velho começava a rir e a lhe dizer *pshol von, ti tshudak*, Ionatan reagia com um sorriso lento e encabulado. O pedaço de espelho num canto do *trailer* revelou-lhe uma vez, para seu espanto, que era a cópia exata dos sorrisos de Rimona, que fora sua mulher.

"Ouça, tive uma vez um amiguinho que me ensinou a dizer um provérbio russo: na dor um amigo tardio é como agasalho num dia frio."

"Mentira!", irritou-se o velho, "não existe nem pode existir um provérbio assim em russo! Não há e nunca houve! É tudo mentira e enganação!"

Mas aqui acabaram-se as mentiras, disse consigo mesmo Ionatan. Aqui fiquei completamente curado da alergia. Também não fumo mais. Deixei crescer a barba. Começo a compreender. Nosso coração está certo, e pronto, pois tudo muda para melhor. Estou aqui.

Quem sabe eu procuro Michal esta noite? Que é que tem? Por que não?

7.

Enfim o inverno se foi. As chuvas cessaram, as nuvens se dissolveram, os fortes ventos tornaram-se uma acariciante brisa marinha. Na última semana do mês de março, Srulik já podia se sentar toda tarde em sua pequena varanda e acompanhar com os olhos as revoadas de pássaros no céu avermelhado, na direção do noroeste.

Apesar das enchentes do inverno, os cereais se desenvolveram bem. Em abril os campos de trigo e cevada verdejavam até a linha das colinas a leste. Era uma primavera tardia: só agora nos pomares floresciam as macieiras. As pereiras embranqueceram como num noivado e o vento do oeste nos trazia seu aroma, aroma de paixão carnal. Os caminhos de terra já tinham secado. A nogueira, a figueira e a castanheira apresentaram suas novas folhagens. Os caramanchões de videira em nossos jardins também despertaram lentamente para sua vida verde-escura. As roseiras, podadas no inverno, começaram a brotar. Toda manhã, bem cedo, muito antes do nascer do sol, ouvia-se em todo o kibutz o alarido dos pardais nas copas das árvores. A poupa repetia seguidamente seu mote matinal e nos jardins de nossas casas as pombas arrulhavam com vigor. Passeando no sábado entre as ruínas de Sheikh-Dahar, Anat percebeu de repente, e correu a mostrar para Rimona, Zaro e Udi, as cinco corças que estavam na crista da montanha. E elas sumiram.

Nos quintais da aldeia árabe destruída flamejavam as buganvílias, como se a própria pedra eclodisse num brado. Na superfície dos arcos e abóbadas destroçados espraiavam-se videiras silvestres. E os cheiros da acácia espalhavam-se como assaltantes, em toda a colina.

Numa carroça atrelada a um trator, Udi arrastou de Sheikh-Dahar uma grande pedra de moinho, uma pedra de verga e uma grade de debulhar em madeira escura. Tudo isso ele plantou em seu jardim. Certa vez, num sábado de inverno entre uma chuva e outra, Udi mencionaria sua intenção de trazer do cemitério de Sheikh-Dahar um esqueleto, que serviria de espantalho e irritaria os velhos todos. Talvez só estivesse brincando. Ou talvez as alegrias da primavera o tivessem feito esquecer essa intenção.

Azaria também trouxe algo de Sheikh-Dahar, um grande vaso de cerâmica, rachado, que deu de presente a Rimona. Ele encheu o vaso com areia, plantou nele um gerânio vermelho e o pôs à entrada da casa. "Ioni vai gostar muito disso", disse-lhe Rimona. Mas em sua voz ele não ouviu alegria nem tristeza.

Diariamente, às quatro da manhã, o pequeno Shimon levava o rebanho de ovelhas para pastar nas encostas da colina a leste. Diariamente, às seis ou às sete, o bom Stutchnik voltava da ordenha noturna no estábulo e passava em silêncio diante da janela do escritório de Srulik, o secretário. Srulik começava seu dia escrevendo cartas e pensava terminar essa tarefa antes de o telefone começar a tocar. Todo dia Chava Lifschitz, de lábios apertados, passava cinco horas na oficina de costura, remendando roupas de trabalho. Todo dia Eitan R. cortava uma carroça cheia de alfafa e a distribuía na manjedoura do estábulo.

E à tarde, após um breve descanso, trabalhávamos nos pequenos jardins em volta de nossas casas: cavando, podando, capinando. Os noticiários no rádio voltavam a falar de tensão na fronteira norte, de perigo de guerra, de incursões inimigas, do enérgico protesto e da advertência que fizera o primeiro-ministro aos embaixadores das quatro grandes potências. Entre um noticiário e outro, o rádio nos faz chegar canções hebraicas antigas dos tempos dos pioneiros, que nos cortam o coração.

A vida segue seu rumo. Sem novidades. Mas Stutchnik morre de repente em meados de abril.

Certa manhã, ao voltar da ordenha noturna, calçando suas botas, entrou no escritório de Srulik, enchendo o quarto com cheiro de estábulo, e, embaraçado, pediu ao amigo que lhe permitisse enviar imediatamente — ou melhor ainda, que ele enviasse em seu nome — um telegrama para Kiriat Gat: queria que sua filha única, com o marido e os filhos, seus netos, viessem todos imediatamente a Granot, ainda hoje. Quando o secretário perguntou qual era exatamente a comemoração, Stutchnik empalideceu de repente como se o tivessem pego numa mentira e apoiou-se na mesa com ambas as mãos. Balbuciou uma frase confusa sobre algum assunto familiar, ou seja, particular, particular não, melhor dizer, pessoal, e Srulik ficou surpreso com o desânimo estampado em sua voz. Já fora o tempo em que Stutchnik costumava se irritar, brigar, exceder-se em ruidosos sentimentos e, de repente, condenar com palavras várias coisas: "*S'iz muktse machmat mius*" ser homem de briga e confronto, e ter razão na base da cólera. Durante seis meses não falara com Srulik, do bom ou do mau, porque Srulik lhe provara segundo a enciclopédia que a Dinamarca, afinal, não era um dos países do Benelux. E depois de seis meses relevou, mas insistiu em que o atlas de Srulik "está há muito tempo superado". O passar dos anos desde então havia apagado sua fisionomia de *chalutz*, pioneiro e pau para toda obra, e finalmente plasmado a imagem de um cansado lojista judeu; desses que ficavam no escuro emaranhado de um armarinho, atrás de um balcão precário, estudando passagens da Mishná e soando suas cantilenas entre um cliente e outro. Fora teimoso a vida inteira, agora aqui estava, constrangido e envolto em certa tristeza.

Stutchnik recusou-se a tomar chá. Falou pouco. Dessa vez não estava a fim de começar uma discussão. E de repente, muito envergonhado de si mesmo, estendeu a mão à frente. No início Srulik não compreendeu, depois ficou muito surpreso, mas assim mesmo concordou em apertar a mão que lhe era estendida. Depois do aperto de mãos, Stutchnik voltou-se e saiu sem dizer palavra, em seu andar curvado e deixando atrás de si um cheiro de estábulo.

Srulik meditou um pouco. Ponderou. E decidiu enviar o telegrama a Kiriat Gat, mas só depois do café da manhã. Depois de conversar um pouco com Rachel.

Dessa vez ele se atrasou.

Stutchnik foi para casa. No lado de fora, na varanda, descalçou as botas, despiu as roupas de estábulo e entrou no banheiro. Rachel o encontrou lá quando voltou do trabalho, muitas horas depois. Estava sentado no chão do chuveiro, como a meditar, apoiado nas paredas de ladrilhos. Os olhos estavam abertos e pareciam ver. Seu corpo tendinoso, encurvado por muitos anos de trabalho pesado, já estava azulado sob a água que jorrava sobre ele durante todas aquelas horas. Em seu rosto inundado havia descanso e paz, como se tivesse chorado muito e agora experimentasse um grande alívio. Coube a seu amigo Srulik fazer-lhe o necrológio na sepultura aberta. Disse que fora um homem humilde, um bom amigo, mas agressivo em suas convicções. Um homem afável, porém de princípios irredutíveis. Até o último de seus dias, disse Srulik, até sua última hora mesmo, trabalhara e carregara seu fardo. E morrera assim como vivera, com humildade e com o coração puro. Todos nós lembraremos seu coração sensível, até que chegue nosso dia também. E Rachel Stutchnik e sua filha choraram. Os rapazes mais fortes, Eitan, Udi, puxaram a terra com enxadas. Azaria apanhou uma também e tentou ajudá-los. Posta a pedra tumular, ficamos lá mais cinco minutos esperando alguma coisa, mais uma frase ou uma palavra, algum esclarecimento, ainda não ditos. Mas ninguém falou depois de Srulik. Só o vento soprava do mar. E os espessos pinheiros do cemitério devolveram um sussurro. Como se respondessem ao mar na língua dele.

Durante a maior parte do dia, podíamos ver Iulek sentado numa espreguiçadeira ao lado de sua varanda, debaixo da figueira. Desde seu retorno do hospital estava muito quieto. Haviam passado as trovoadas, as irrupções de raiva, agora ele ficava sentado horas e horas, as mãos largadas nos braços da cadeira. Em silêncio, olhava e via os encantos da primavera como se fosse a primeira de sua vida. A seu lado, num banquinho, uma pilha de jornais e revistas, um livro aberto virado para baixo, e mais um livro. E em cima da pilha, seus óculos de leitura, pois Iulek não estava olhando nada disso. Só as visões da primavera ainda o tocam. E também, talvez, o cheiro das florescências. Se acontece de um menininho, numa perseguição excitada a uma bola, se aproximar da cadeira de Iulek, ele balança a cabeça de cima para baixo três ou quatro vezes, compenetrado, com profunda seriedade, como a decifrar um versículo complicado, para no fim estipular:

"Menino."

Se Chava vai até ele, levando remédios e um copo d'água, ele aceita tudo com total submissão, pesa cuidadosamente as palavras e diz:

"Tudo já está bem. *Shoin*, já."

Se o secretário vai ficar um pouco com ele ao entardecer, contar dos problemas e das soluções, Iulek costuma lhe dizer em ídiche: "Mas Srulik, francamente, isso é tão simples".

Ou:

"Isso vai se arranjar. Qual é a pressa?"

Não mais raios e trovoadas, não mais *mea culpa*, não mais a ira bíblica, Iulek convalesce todo dia à sombra da figueira em seu jardim e olha os encantos da primavera. O médico vê estabilidade. O enfermo é obediente e fácil de lidar. De vez em quando Rimona vai visitá-lo, e sempre leva uma flor de oleandro ou um ramo de murta. Iulek pousa devagarinho sua mão grande e feia sobre a cabeça dela e lhe diz:

"Obrigado, é bonito."

Ou em ídiche:

"*Meidele, du bist a heiligue neshume,* menininha, você é uma santa alma."

Mas sua surdez piorou: já não ouve quase nada. O que Srulik lhe conta em suas frequentes visitas chega até ele como um balbucio. Até mesmo os aviões a jato que cruzam rasantes nosso pedaço de céu num ímpeto selvagem não o fazem erguer a cabeça para olhar. As flores que Rimona leva podem ficar em seu regaço o dia inteiro, até o anoitecer.

Numa iniciativa partilhada com Chava, com o médico e com a enfermeira, o secretário já tratou de encomendar para ele um sofisticado aparelho de audição. Espera-se que talvez em breve Iulek possa de novo nos ouvir. Enquanto isso ele descansa. Thia gosta de ficar deitada muitas horas a seus pés. Dormitando, quase não se movendo, mesmo para afugentar as moscas.

Às vezes, nos fins de semana, Amós, o filho caçula no Exército, vem de licença para passar o sábado, uma licença concedida por ordem superior. Em um dos sábados trouxe à casa dos pais uma escada, uma broxa e uma lata de tinta, e deu uma renovada no canto da cozinha. Chava comprou-lhe de presente um pequeno transistor. Azaria, por sua vez, trouxe um carrinho de mão carregado de concreto e consertou as rachaduras no caminho e nos degraus da entrada, para que Iulek não tropeçasse. No sábado à noite, bebe-se café e ouve-se o noticiário esportivo de Alexander Alexandroni. Uma vez Amós tirou o violão de Azaria Guitlin das mãos dele e, para espanto deste, conseguiu extrair três melodias simples — quando aprendera a tocar?

Um pequeno milagre aconteceu: o homem Bolonezzi apareceu um dia trazendo de presente um cobertor que tricotara com lã azul, para proteger os joelhos de Iulek do frio vespertino. Chava deu a Bolonezzi as duas garrafas de conhaque, a cheia e a pela metade, pois desde sua volta do hospital Iulek deixara de beber. "Arbenzoado o Senhor que enxuga lágrima do pobre", observou Bolonezzi com tristeza. E depois, um tanto matreiro, como fazendo alusão a uma ideia muito perigosa, acrescentou:

"Prolfundos e volúlveis consultam o couração como as águas colbrem o mar."

Quanto a Srulik, o secretário, ele começou a introduzir pequenas mudanças em nossa comunidade: após conversas prévias de convencimento, uma espécie de aradura metódica na opinião pública, conseguiu mobilizar uma maioria na assembleia geral para aprovar proposta de estatuto para viagens de férias ao exterior segundo uma fila predeterminada: no decurso dos próximos quinze anos todos nós poderemos passear três semanas no imenso mundo. Srulik também fez reviver o comitê da geração jovem. E começou a estudar orçamentos, projetos, para a ampliação gradual de todas as residências familiares. Renovou as atividades da comissão de apoio às pessoas solitárias. Formou um grupo especial para estudar a viabilidade de criar um empreendimento industrial no kibutz, por ter chegado à conclusão de que pessoas como Udi e Amós e Eitan vão precisar no futuro de um trabalho que seja, como ele diz, de amplo espectro.

Mesmo com tudo isso, Srulik não negligenciou seu quinteto de instrumentistas. Toda semana fazia um ensaio. Em nome do quinteto, aceitou o convite para um primeiro recital público no refeitório de um kibutz vizinho. Se a experiência der certo, talvez algum dia toquem também para nós.

Toda noite podíamos ver sua figura frágil no retângulo iluminado de sua janela, sentado à escrivaninha, escrevendo, apagando e escrevendo. Há entre nós quem diga que ele está trabalhando numa pesquisa. E há quem diga: numa sinfonia. E os que, rindo, aderem à versão de que ele está escrevendo um romance.

Anat, de Udi, engravidou. Rimona também estava grávida. O dr. Shilinger, seu ginecologista do hospital de Haifa, deu de ombros e externou sua opinião de que tudo era possível. Embora essa gravidez, ele disse, não tivesse levado em conta sua opinião contrária, dessa podia-se rezar por um bom êxito. Tudo era possível. A estatística para ele era uma ciência primitiva. Recusava-se a arcar com qualquer responsabilidade quanto a interromper ou continuar. Talvez desse certo. Não se podia saber. Podia-se ter esperança. Deu também diversos conselhos e instruções a Rimona. Tudo isso Srulik soube por intermédio de Chava, que energicamente não abriu mão de seu direito e de seu dever de acompanhar Rimona na consulta, de estar presente e de ouvir tudo com as próprias orelhas, pois Rimona é uma avoada.

Diariamente, ao voltar de seu trabalho na lavanderia, Rimona encontra no mármore da cozinha laranjas recém-colhidas, toranjas, uma jarrinha com mel, tâmaras ou creme de leite, que Chava pusera ali. Uma vez encontrou um disco novo, canções folclóricas de negros das regiões do Mississippi, e lembrou que era o aniversário de Ioni.

Rimona, por sua vez, toda quinta-feira faz um bolo para Chava e Iulek, pensando na licença sabática de Amós. Algumas vezes, no sábado à noite, aparece o oficial chamado Tchupka. Reúne-se com os familiares, Iulek e Chava e Rimona e Azaria e Amós, toma uma ou duas xícaras de café, devora alguns sanduíches, fala muito pouco, como se tivesse chegado à conclusão de que palavras são uma coisa ruim.

Ionatan não é lembrado com muita frequência: talvez nesse ínterim tenha encontrado um barraco na Galileia. Talvez seja frentista em algum longínquo posto de gasolina. Ou embarcou num navio cargueiro e está navegando para terras distantes. Algum dia vamos receber dele algum sinal de vida. Tchupka e Amós, Rimona e Azaria e Srulik, todos, por caminhos distintos, têm o sentimento de que nenhuma desgraça lhe aconteceu.

Quanto a Iulek, uma vez acordou de repente de seu prolongado cochilo e disse levemente irritado:

"Que é isso, o artista está ocupado outra vez? Hoje também não veio? Já era tempo de ele ser gente!"

Disse isso e voltou a mergulhar nas profundezas de sua surdez.

E em um dos sábados, Tchupka se retirou da casa dos Lifschitz e fechou-se com Srulik durante quinze minutos: tinha uma informação, a sombra de um boato, que ele achava melhor não comunicar à família e preferia transmitir a Srulik. Em particular. A questão era a seguinte: um de nossos rapazes, Iotam, de Kfar Bilu, saiu no início da semana com mais dois sapadores para verificar um atalho que os beduínos abriram no deserto, do monte Aiarim ao monte Chemat. Quando se passa do riacho Akrav, cruza-se um caminho abandonado por onde ninguém anda, que chamamos de eixo Chrat-a-Tanak-Bab-Allah. E subitamente, nesse caminho, eles viram um jipe civil atolado e um judeu velho seminu, com uma barba branca daquelas, parecido um pouco com o Gordon dos retratos. Suando, trocando um pneu. Não permitiu que o ajudassem. Começou a xingá-los. Então eles lhe disseram *shalom* e continuaram em seu caminho.

"E daí?"

"Um momento. Escute. Ele jurou, esse Iotam, que viu lá, de longe, um rapaz que lembra um pouco o Lifschitz. Só que com cabelo mais comprido e com uma barba preta."

"Desculpe, o que quer dizer de longe?"

"Quando se aproximavam, só ficou o vovô. O outro fugiu como um lagarto e desapareceu entre as rochas.

"E o que se conclui?"

"Nada. O vovô começou a chamá-los de psicopatas, gritou que não havia ninguém com ele, nem poderia haver, acenou com uma pistola e xingou todos os seus antepassados."

"*Nu?*"

"Nada. É isso. Aí eles o deixaram e foram embora."

"E o seu homem? Ele tem certeza de ter visto Ioni?"

"Não. Ele só acha que talvez tenha visto."

"E o que vocês vão fazer agora?"

"Nada. Vamos procurar um pouco. Se ele está vivo e se está no país, pode deixar conosco, no fim vamos chegar a ele. Não se preocupe."

"E o outro, o velho? De onde ele é?"

"Deixe para lá, Srulik. Ouça. O deserto todo está cheio de malucos. Na verdade, o país todo. Vai saber. Para dizer a verdade, esse Iotam também é meio pirado. Gosta de contar histórias. Há um ano ele de repente viu um leão no arroio dos Cascalhos. E também mexe com feitiços, fantasmas, coisas assim. Eu lhe digo, Srulik, que a porcentagem de malucos neste país é a mais alta do mundo. Passe bem. E não fale aos pais uma só palavra dessa história."

Depois que ele saiu, Srulik ainda ficou sozinho no escritório por algum tempo. Mosquitos zumbiam. Fazia calor. Um vale, oliveiras, uma encosta montanhosa, um caminho de cabras serpenteando declive abaixo num famoso quadro de Rubens, o contemplavam do calendário de parede. Disse consigo mesmo: Se existe alguma força superior, Deus ou outra, eu divirjo dela em muitos pontos, inclusive em algumas questões de princípio. Por mim, eu faria tudo de maneira totalmente diferente. O pior de tudo, para mim, é o humor d'Ele, grosseiro, das massas, se é que se pode falar assim. O que O diverte custa a nós uma dor acima de nossas forças para suportá-la. Será que nosso sofrimento é Sua diversão? Se assim é, e provavelmente é, então me oponho a Ele em quase toda a linha. E esta noite vou anotar isso no caderno, para que fique registrado por escrito: para mim o gosto d'Ele é estranho, e inaceitável. Mas já são quase oito horas, sábado à noite, e às nove vou abrir a assembleia geral. Tenho de repassar, item por item, o que me espera na pauta de hoje.

E no dia 4 de maio, às duas da manhã, os homens de Tchupka prenderam nas ruínas da aldeia de Sheikh-Dahar o perigoso assassino que fugira em janeiro da prisão, não longe de nós. Encontraram-no dormindo como um bebê na casa destruída do xeque. Amarraram suas mãos atrás das costas com uma camisa e o trouxeram para a delegacia de polícia de Afula. Após incisivo interrogatório, o inspetor concluiu que esse sujeito nunca topara com Ionatan Lifschitz. Durante três meses tinha vagueado pela região como um animal, roubado laranjas nos laranjais, roubado galinhas, bebido água das torneiras de irrigação, e confessou que nosso Bolonezzi, que conhecera ainda na prisão, às vezes lhe levava roupas, fósforos, uma garrafa de áraque. Vocês querem que nós trabalhemos um pouco esse maluco? Mas Srulik disse: Não é necessário. Bolonezzi é inofensivo. Deixem-no em paz.

A oficina mecânica está sob a direção de Azaria Guitlin. Um trabalhador assalariado o ajuda. Sua parolice exaltada amainara um pouco desde que Srulik mobilizara toda a sua influência e conseguira maioria na assembleia geral para registrar o rapaz como candidato a membro do kibutz. Só raramente, na mesa do café da manhã, Azaria diz para Iashke ou para o pequeno Shimon, do redil de ovelhas, que uma comparação falsa e mendaz queima os lábios de quem faz. Ou lembra rindo a Eitan R. o que Espinosa já sabia havia centenas de anos — que devemos aceitar tudo com tranquilidade e com o coração leve, porque o destino, em todos os seus aspectos, decorre sempre de uma lei eterna, tão certamente quanto a própria essência do triângulo implica que a soma de seus ângulos seja sempre equivalente a dois ângulos retos.

Se insistem que Azaria se apresse e termine a tempo a preparação da colheitadeira para a ceifa dos grãos, que já está próxima, ele assinala com humor, mãos nos bolsos, a voz preguiçosa e arrastada como aprendeu com Udi: a pressa já matou mais de um urso; tudo vai dar certo.

Mas ele costuma começar seu dia bem cedo, antes de todos nós, à primeira luz, às quatro da manhã. Por causa do frio da madrugada ele se agasalha com a jaqueta marrom e surrada que Rimona consertara para Ionatan no meio do inverno, apesar de ser muito grande para ele. De vez em quando, à noite, vai com Rimona à casa de Anat e Udi Shneiur, ou ao quarto de Eitan e suas amigas, junto à piscina. Ele dedilha um pouco o violão e faz comentários sobre política. Também encontrou tempo para revolver com um forcado a terra do canteiro atrás da casa. Lá semeou ervilha-de-cheiro. Assumiu também o jardim de Chava e de Iulek: revolveu, limpou, podou e capinou, trouxe fertilizantes químico e orgânico, espalhou mudas de cacto, plantou cravos e enfeitou aqui e ali com todo tipo de cacarecos, pistões e engrenagens descartados que trouxe da oficina.

Todo dia, após o café da manhã e antes de voltar para a oficina, ele costuma ficar uns dez minutos com Iulek, à sombra da figueira: traz-lhe o jornal matutino e lê para ele as manchetes. Ameaças de Damasco. Terroristas infiltrados. Brigas entre as facções no Parlamento. Reclamações quanto à fraqueza de Eshkol. Mas Iulek não está ouvindo: desde que sofreu o ataque, perdeu o resto da audição, repudia o aparelho sofisticado e se recusa a usá-lo. Iulek pousa então sua mão grande e enrugada sobre a mão de Azaria Guitlin e pergunta com um leve espanto:

"Nu? O quê? O que há de novo?"

Ou assevera com tristeza:

"Afinal de contas Berl foi uma raposa a vida inteira."

Ou também:

"Não tem o que falar, Stálin nunca nos entendeu e nunca gostou de nós."

Azaria ajeita o cobertor de lã tricotado de Iulek, para que seus joelhos não se resfriem, e segue seu caminho até a oficina. Com todas as forças ele tenta ser útil: preocupou-se com a cadela Thia, cuidando que o veterinário que nos visita uma vez a cada duas semanas não se esquecesse de aplicar-lhe a vacina anual. Melhorou e pintou uma cadeira de rodas antiga, caso Iulek venha a precisar dela. Viajou a Haifa com Rimona para comprar-lhe um vestido de gravidez. E na mesma viagem comprou-lhe também um livrinho em inglês, um livro indiano sobre reencarnação e os caminhos para a paz de espírito.

Toda noite ele toca para ela. E o trabalho na oficina ele conduz com bom senso e dedicação. Na época do início da colheita dos grãos, as colheitadeiras estavam prontas, e até lavadas e brilhantes em sua pintura nova. Na primeira semana de maio, escreveu e enviou uma missiva curta ao primeiro-ministro Eshkol, ressaltando que apesar das piadas de mau gosto e das gozações, saiba o *chaver* Eshkol que existem no povo muitas pessoas simples que lhe têm estima. Eshkol respondeu sem demora, num cartão-postal comum, de próprio punho: "Obrigado, jovem. Agradou-me muito. Por favor, não esqueça de me recomendar a Iulek e sua *chaverá*. E abençoado seja".

Srulik também costuma tocar em suas horas livres, à noite, sua flauta transversa. Chava já abandonou seu quarto e deixou de constrangê-lo. Em todas as horas do dia, as pessoas costumam detê-lo quando se cruzam no caminho, ou vão a seu escritório, levantando pequenos problemas, pedindo sua intervenção na escala dos trabalhos, tentando convencê-lo a adotar esta ou aquela medida nas áreas da economia ou da educação. Srulik arrumou uma caderneta na qual anota toda reclamação, toda pergunta, toda sugestão, e não as apaga até encontrar-lhes uma solução ou um arranjo. Só à noite ele está livre para escrever e apagar e tocar. E de vez em quando continuam a acontecer entre nós pequenas maravilhas: conta-se que Pola Levin, uma *chaverá* das mais veteranas, do grupo fundador do kibutz, que durante todos os anos trabalhou como educadora no jardim de infância e foi a responsável pela comissão de puericultura, de repente ganhou de nosso Srulik um álbum de reproduções de desenhos de Dürer. O que significa isso? Há quem diga uma coisa e há quem diga outra. Com todo o reconhecimento que todos devem a Iulek, são muitos os que dizem que nunca tivemos aqui um secretário tão dedicado e eficiente como Srulik.

É uma pena que o aparelho de audição sofisticado que compramos para Iulek esteja jogado em uma gaveta. Junto com seus óculos: ele não quer ouvir. Nem ler. Fica sentado o dia inteiro na espreguiçadeira, embaixo da figueira, fitando o espaço a sua frente, as árvores e as pedras. E talvez admire os passarinhos, as borboletas e as moscas que esvoaçam no ar. Como decaiu seu rosto. Esta bela primavera trouxe para Iulek um ataque severo de alergia asmática. Respiração opressa, ruidosa. Já abandonou completamente o fumo, mas por causa da alergia seus velhos olhos lacrimejam às vezes. Mesmo quando seu filho caçula Amós deu-lhe a notícia de que se casaria no outono com sua *chaverá* e que decidira abandonar o kibutz e ingressar na ativa do Exército, Iulek não achou o que dizer além das palavras:

"*Shoin*. Muito bem. Não faz mal."

Chegou uma carta de Trotsky. Dessa vez não endereçada a Iulek, mas ao novo secretário: Ele lamenta, escreve Benia Trotsky, informar que até hoje não tivera qualquer sinal de seu filho. Em vão ele ainda o espera. Talvez apareça de repente. Mas não perdeu as esperanças. Não perdeu nem perderá. Vejam, seu único irmão desapareceu sem deixar rastros há uns vinte anos, e dele tampouco desistiu: tudo é possível e tudo pode acontecer na vida. Poderia Srulik, em nome do kibutz, receber de Trotsky uma contribuição em dinheiro para erguer uma sala de música? Ou talvez uma biblioteca? Uma casa de cultura? Por favor, não recuse. Ele também é um homem muito solitário, já não é um jovem, e quem sabe quanto tempo ainda lhe resta. E aqui, em Granot, apesar de tudo, teve os melhores dias de sua vida, e aqui também nascera seu único filho.

Srulik respondeu numa carta:

"Muito obrigado por sua proposta. Dentro de duas ou três semanas vou levá-la a discussão na reunião da secretaria. Eu, de minha parte, vou apoiá-la."

Um pássaro sobre um muro. Um muro feito de tijolos vermelhos. O pássaro é desconhecido, não é daqui: um tipo de faisão? Um ganso selvagem? Uma sombra nevoenta preenche os espaços do quadro, uma espécie de umidade de chuva, mas como uma flecha afiada um raio de sol atravessa em diagonal a sombra e a neblina e acende uma bolha luminosa e ardente em um dos tijolos, perplexo, na extremidade do muro na parte baixa do quadro, longe do pássaro cujo bico — como descobriu de repente Azaria — estava aberto, sedento. E os olhos cerrados.

Thia na ponta do tapete. Limpa sua pelagem com os dentes. Para. Ofega um pouco. Uma inquietude a faz levantar-se. Atravessa a largura do quarto. Arrasta-se para debaixo do sofá, boceja com um ganido, anda devagar até a porta, volta e de novo se deita sobre o tapete; mas agora na extremidade mais próxima da janela.

Azaria já guardou o aquecedor a querosene no armário do forro, em cima do chuveiro, e desceu de lá um ventilador. Pois o inverno já passou e chegou o verão. Arrumou todos os livros de xadrez e a revista O *Campo* na prateleira de cima. Na de baixo dispôs os livros de Rimona sobre a África. Por ordem alfabética.

Dez e meia da noite. No quarto de dormir a cama de casal já está feita. Rimona está sentada na poltrona. Por causa de sua esbelteza, já se nota a gravidez. Veste um robe azul de verão, sem mangas, as mãos repousam no colo, seus olhos têm uma luz silenciosa. O que ela está vendo lá, diante dela, entre as dobras da cortina marrom? O que está gerando lá aquela luz suave, ardente, que enche seus olhos? Talvez esteja vendo as formas da música, a fluir do disco que gira na vitrola: não mais os encantos do Chade. Nem as canções dos negros do Mississippi que Chava lhe deu de presente, mas um concerto para violino de Bach. Azaria olha e vê seu corpo relaxado na poltrona, seu busto pequeno e o ventre a crescer sob ele. Os joelhos finos um pouco abertos no robe azul, seus cabelos claros que caem para descansar em seus ombros, sobre o esquerdo um pouco mais do que sobre o direito. Ela não pressente seu olhar. Absorta, o brilho de seu rosto a envolve toda como se fosse um aroma.

Já não copia mais em pequenos cartões o que seus livros escrevem sobre feitiços africanos. Já não raspa os pelos que lhe crescem nas axilas. O que Rimona espera? Talvez pelo bolo que está assando na copa. Talvez por Azaria, ali sentado, concentrado e quieto, quase já não tão feio, quase um homem, curvado sobre a pequena mesa de xadrez que Ioni entalhou em madeira de oliva no ano passado, jogando xadrez consigo mesmo. São poucas as peças que decidiu deixar sobre o tabuleiro: o rei preto, a rainha, uma torre, um cavalo e dois peões. O rei branco, a rainha, duas torres e um peão. Azaria se cala, ele tem tempo, e reina o silêncio. Na varanda, às vezes arranhando a caixa de papelão, o mesmo jabuti que encontraram há tempos em seu primeiro passeio a Sheikh-Dahar. Uma vez, consigo mesmo, Azaria chamou esse jabuti de Ionatan. Agora ele o chama de jabuti. Antes jogava xadrez seguindo sua intuição, guiado pelos estranhos lampejos que o acometem de vez em quando; agora estuda diligentemente nas revistas que Ioni deixou. Antes consertava as máquinas na oficina baseado no que aprendera em seu serviço no Exército, na oficina do comando em que servia; agora se aplica nos manuais de manutenção e operação de Ferguson, John Deer, Masey-Harris. Antes ficava fumando aqui com Ioni um cigarro após outro, agora tenta diminuir, pois leu num dos jornais que a fumaça do cigarro incomoda a mulher grávida e prejudica o feto no ventre.

Ficam calados, e quando Rimona levanta-se de repente e Azaria ergue os olhos para ela, ela sorri como uma garotinha que foi perdoada. E vai para a copa checar com um fósforo a situação do bolo: ainda falta um pouco. Ao passar por Azaria, derrama sobre ele seu perfume, um cheiro de xampu de limão e de sabonete amargo de amêndoas. Toca com a palma da mão em sua testa, como que preocupada com uma possível febre. Azaria também toca nela, em seu ombro, e lhe diz:

"Rimona. Sente-se."

"Aí a seu lado, para você me explicar alguma coisa de xadrez? Ou como antes?"

"Sente aqui ao meu lado."

"Você é muito bom."

"Por que isso de repente? Que foi que eu fiz?"

"Por lhe ter trazido alface, quando você voltou."

"Eu? O quê? Para quem?"

"Para o jabuti. E por nos ter consertado a torneira."

"É que aquele gotejar já me estava deixando nervoso. Então desmontei e pus uma borracha nova. Chama-se 'reparo'."

"E agora você vai ganhar um chá, e logo vai ter bolo. Eu também vou tomar um chá com você, mas não quente, chá frio."

"Eu por acaso já tomei chá, com Eitan e as duas voluntárias dele. Você sabia que uma delas já foi substituída? Brigitta, você se lembra, já foi embora. Ele agora tem uma Diana. Mas Semadar ficou."

375

"Não foi bem assim", disse Rimona cautelosamente.
"O quê?"
"Que foi por acaso, como você disse agora: por acaso, porque você já me explicou uma vez que não acontecem coisas por acaso. Você disse que Espinosa descobriu isso. E nos contou sobre o seu professor Ioshafat, e eu acreditei em você. Mas Ioni ficou triste."

Azaria tirou do tabuleiro uma das torres brancas. Pôs em seu lugar um cavalo. E disse-lhe, engrossando um pouco a voz:

"Você se lembra de tudo. Não esquece nada."

De novo se calaram. O concerto para violino terminava com saudades. Na ponta das saudades do concerto vinha a concessão. O bolo já assou. Rimona fatiou e serviu. Preparou chá frio para os dois. "Sonhei com Ioni esta noite", ela lhe diz, "ele estava num barracão do Exército tocando para todo mundo no seu violão, Zaro. No sonho se vê que tocar lhe faz bem, e foi bom para mim também, e para todos os soldados que estavam lá. Você estava no mesmo barracão tricotando um suéter para Ioni."

Os dias frios passaram. Rimona já não recolhe as mãos para dentro das mangas por causa do frio. Seu robe de verão não tem mangas. Mas ela abraça o copo com as mãos como se ainda sentisse frio.

Do chão emana um delicado cheiro de limpeza. O quarto está tranquilo e iluminado pela luz marrom-avermelhada que vem do quebra-luz opaco do abajur. Na extremidade de uma prateleira há um retrato emoldurado, um retrato cinzento de Rimona e Ioni, da época de seu passeio pelo deserto de Judá, depois do casamento. Estranho, pensou Azaria, como até esta noite não reparei que eles não estão sós neste retrato. Pois num canto, atrás de Rimona, aparece uma perna estranha, cabeluda, em calças curtas e bota de paraquedista. E diante deles, sobre a areia, se vê um galão amassado e a parte traseira de um jipe.

"Ele teve dez ou vinte filhos e era um homem muito pobre, tocava órgão na igreja e não ganhava muito. Com todos aqueles filhos, a senhora Bach não tinha tempo para cuidar dele. Com certeza ele precisava ajudá-la a lavar roupa e a cozinhar, pedir dinheiro emprestado, comprar carvão, pois tudo isso era no inverno, na Alemanha. Era muito difícil para ele, e mesmo assim às vezes dele emana uma alegria intensa."

Azaria disse:

"Eu quase não tive ninguém, desde criança."

Rimona perguntou se era para ligar o rádio e ouvir o noticiário das onze. Azaria disse:

"Não precisa. Falam sem parar e não percebem que logo haverá uma guerra. Tudo leva à guerra: os russos, a situação, a relação das forças, a impressão que eles têm de que Eshkol é fraco e medroso e que nós já estamos cansados."

"Ele é bom", disse Rimona.

"Eshkol? Sim. Está certo. Só que até mesmo alguém como eu entende a situação muito melhor do que ele. Mas sabe o quê? Resolvi me calar. O que tenho a dizer sempre faz os outros rirem."

"Espere", disse-lhe Rimona e como a tocar em seu filho tocou-lhe levemente a face, "espere, Zaro. O tempo vai passar. Você ainda será um grande homem e eles começarão a prestar atenção em todas as suas explicações. Porque você é inteligente, e não fique triste."

"Quem é que está triste", disse Azaria. "Não estou triste. Só um pouco cansado. E às quatro preciso me levantar. Venha, vamos dormir."

Em sua cama, à luz do dial do rádio, que lhes oferecia música tardia, ele a beijou algumas vezes. E porque o médico de Haifa lhe havia explicado que sua gravidez era complicada e que lhe eram terminantemente proibidas relações físicas, ela molhou as duas mãos com saliva, tomou e acariciou seu membro e quase no mesmo instante seu sêmen inundou-lhe os dedos, e seu grito fino e agudo ele abafou nos cabelos dela. Beijou-a novamente, no canto dos olhos. Quando Rimona voltou de sua higiene, ele já adormecera e dormia um sono de criança. Ela desligou o rádio e deitou-se a seu lado, desperta, escutando, na paz telúrica, as respirações de Efrat no escuro. Quando ela adormeceu, Rimona também adormeceu. E Thia, no outro quarto, e o jabuti na caixa de papelão na varanda. Depois, perto da meia-noite, Srulik passou por lá em sua ronda noturna e fechou o aspersor no gramado, que Azaria esquecera aberto.

8.

Às quatro da manhã, levantou-se para ir à oficina. Trabalhou com tino e agilidade. Trocou um filtro do D-6; consertou o vazamento de óleo em uma das colheitadeiras. Depois teve a ideia de subir numa escada e tirar da divisória de zinco a fotografia do ministro da Assistência Social, que havia recortado de uma revista e pendurado lá num dia de inverno. No lugar do dr. Burg, Azaria colou na parede um desenho colorido do mar: pois o mar não saía de seu pensamento à medida que o calor do verão aumentava. Duas horas depois de Azaria, Rimona se levantou, tomou um banho, vestiu uma roupa de trabalho folgada e foi trabalhar na lavanderia.

Chava lhe disse:

"*Nu*, e então? Tudo bem? Não está doendo? Não está sangrando lá? Lembre-se que você não pode carregar nada. Você está ouvindo o que lhe dizem? Não levantar nada!"

Rimona disse:

"Mas ontem eu fiz para vocês uma geleia de laranja. Pode ir buscar, está em cima do mármore."

Na serralheria, o homem Bolonezzi veste a máscara de soldar e conserta gaiolas do galinheiro. O ferro em brasa se avermelha. Fagulhas espirram para todos os lados. Bolonezzi trabalha descalço, balbuciando sozinho: "De dia me aniquila o ardor, e o gelo de noite, e arde a espada que se revira da terra que o Senhor abaldiçoou", enquanto no estábulo Eitan R. já implementou novos métodos de trabalho e realizou uma transformação radical. Agora que o teimoso Stutchnik se foi e não tem quem impeça Eitan de progredir com o tempo, esse setor adquiria uma feição eficiente e moderna. As duas amiguinhas de Eitan juntaram-se à equipe. E acabou-se a história de ordenhar em horas malucas: agora a ordenha começa às nove da noite, hora de gente, termina lá pela meia-noite, eles vão dar um mergulho noturno na piscina, depois abrem uma garrafa e a vida começa.

Iashke aceitou, às custas de muita conversa, ser o contador no lugar de Srulik, que fora eleito secretário. E agora, que quase não há o que fazer no laranjal, Udi Shneiur juntou-se à equipe das culturas de campo e jurou pôr ordem nelas. Sua mulher, Anat, vai dar à luz em dezembro. Rimona também, no início do inverno. Às vezes todos se reúnem na casa de Anat e Udi, entre banquinhos de palha, bules de café que remontam ao tempo das reuniões em torno de fogueiras, pistolas que enfeitam as paredes, punhais curvos e granadas que servem de vasos de flores. Sentam em banquinhos de vime e tomam café com cardamomo em xicrinhas de desenho árabe. Apenas Anat e Rimona, para quem os banquinhos não são confortáveis, sentam-se no sofá baixo. Falam das guerras que houve e das guerras que haverá. Deixam Azaria analisar com lógica e palavras precisas as complicações de Nasser no Iêmen. A sordidez dos russos. O dilema que enfrenta o rei Hussein e a cegueira de Eshkol e dos ministros de seu governo. Azaria já não é ridicularizado nem provoca piscadelas irônicas: parece que sua incontinência verbal finalmente o abandonou. Às vezes consegue formular uma percepção ou analogia, comparando uma coisa a outra, o que causa como que um choque elétrico em seus ouvintes, que são obrigados a lhe sorrir, não mais zombeteiros, porém com simpatia e admiração:

Ele tem razão. Não pensamos nisso, mas na verdade está bem claro.

Já aprendeu a se calar por um minuto ou dois entre uma frase e a seguinte. Já aprendeu a fazer com que todos deem uma risada. Já aprendeu a interromper o fluxo de sua fala, fazer uma pergunta imprevista e sentir no ambiente como essa pergunta eletriza, surpreende, derruba ideias preconcebidas e abre espaço para ver as coisas sob uma nova luz.

Azaria Guitlin já não anda por aí com calças de gabardina de bainha inglesa de olho nos quadris das garotas do curso ginasial; já não se gaba de sua capacidade de ler pensamentos ou de mover objetos com a força da vontade. Já não perturba Srulik e outros com suas febris declarações de amor. Quando sai do refeitório após o jantar, pousa o braço no quadril de Rimona e uma secreta arrogância faísca em seus olhos verdes: um macho que lutou com outro e conquistou a fêmea, e se tiver vontade conquistará mais. Seu jardim é bem cuidado e de bom gosto. O canteiro de Chava e Iulek também se tornou, em suas mãos, um jardim bonito. Todo o kibutz viu tudo isso. Todo o kibutz admira o desempenho da oficina mecânica nesta alta estação. Agora todos sabem. E ainda não é nada: virá o dia em que só historiadores saberão que houve um Iulek Lifschitz, mas cada bebê no país saberá que Granot é o kibutz de Azaria Guitlin. Guitlin? Quem sabe Gat? Ou Guitel?

Está de bem com a vida. Trabalha na oficina catorze horas por dia, e assim mesmo tem tempo para estar com Rimona, participar da vida comunitária, ajudar Chava um pouco, tocar, conversar com Srulik, estudar em livros técnicos, aperfeiçoar-se no xadrez, acompanhar o que se passa na arena nacional e internacional, ler livros de poesia ou às vezes dar uma olhada em Espinosa.

Azaria ficou bronzeado. O sol de verão queimou um pouco seu cabelo claro: no inverno chegara até nós tosado e eriçado como um ouriço, e agora tem uma basta cabeleira. Já jurou a si mesmo que em agosto vai aprender a nadar. Tirar carteira de motorista. Seus dedos de instrumentista escureceram nas articulações e sob as unhas devido à graxa e à fuligem. Tem uma pequena queimadura no queixo, queimadura de óleo de lubrificação fervente, e ela dá a seu rosto o aspecto de quem entende das coisas. Agora também consegue contemporizar um pouco com quem não o tratava bem: certa vez Anat foi procurá-lo na oficina com lágrimas nos olhos; precisava falar um minuto com ele. Azaria levou-a um lugar um pouco afastado, atrás do palheiro, um canto de que sempre nos lembrávamos porque havia décadas um maníaco correra para lá de madrugada e atirara com sua pistola em todo mundo. Ela não aguentava mais, disse Anat, aquela besta do Udi: agora que estou grávida ele corre toda noite para fazer farra na piscina com Eitan e as putas dele. E volta lá pelas três da manhã.

Azaria lembrou-se de como uma vez, antes de ficar grávida, essa garota costumava torturá-lo intencionalmente e a sangue-frio, brincando diante dele com a barra de seu vestido, seus joelhos, o decote de sua blusa, enlouquecendo-o, para seu prazer, com um turvo e torturante desejo. Quase todas as noites a imagem dela lhe invadia a imaginação, em sua cama, no velho barracão, ao lado de Bolonezzi, para enfear suas horas de solidão no escuro.

Ele pousou a mão em sua nuca, superou a hesitação e a fez lembrar-se disso. Anat corou, mas ele não se constrangeu, e por um momento falou-lhe sobre o impulso carnal, de como para os homens — não como para vocês — era um pouco diferente, às vezes sem nenhuma relação com o sentimento, sulcando a carne quase como uma dor. Depois tentou explicar-lhe que Udi na verdade era um pouco infantil: seus rompantes belicistas, a exaltação de tiros e de matança, a macheza jactanciosa, a grossura exibicionista, tudo isso provinha talvez de algum medo interior da delicadeza e da suavidade. Quando seus olhos se encheram de lágrimas e ela pediu que ele lhe dissesse o que deveria fazer, conformar-se? Brigar? Fugir?, Azaria lhe disse: Anat, você sabe que ele tem medo; tente fazer com que deixe de ter medo, e não me pergunte como, isso saberá você, que o conhece. Ela chorou lá por uns dez minutos e Azaria ficou a seu lado segurando seu braço, até ela se aliviar um pouco.

Às vezes também falava com Chava; enquanto Iulek ficava na poltrona olhando para a frente sem se mexer, de olhos arregalados e sem piscar, a respiração acompanhada de um assobio, Azaria conversava com Chava, na penumbra vespertina que ia enchendo o quarto, sobre seus dias de infância. Coisas que não tinha querido ou não tinha podido contar a Ioni, a Iulek, a Srulik, nem mesmo a Rimona, e que por algum motivo sentia que precisava contar exatamente para Chava. As perambulações, a fuga, a fome nas florestas, nas aldeias, na neve, nos vagões de carga até além dos montes Urais, e na cidade imunda da Ásia entre estepes batidas pelo calor; não tinha pais, estava sob o domínio de uma tia que era um monstro, e depois no acampamento de imigrantes, quando a tia enlouqueceu completamente, e depois no Exército, quando o humilharam e o torturaram, mas ele não quebrou, pois desde pequeno acreditava que tinha uma tarefa especial, não uma tarefa, uma meta, não, também não era isso. E como, quando chegou aqui, numa noite de inverno, Iulek o recebera bem e você, Chava, levou-me pela primeira vez ao refeitório, e na manhã seguinte Ioni foi me buscar para o trabalho. Ele sempre se irritava com a expressão "não tem jeito",* e com a mesmice de uma

---

* A expressão original hebraica, *ein breirá*, é um ícone judaico para situações em que não há alternativas, em que se está contra a parede e só há um caminho possível para resistir e superar.

vida em que nada acontecia e cada dia era igual ao outro. Falava comigo de empreender jornadas a Bangcoc ou Karachi, lugares assim, e se espantava com eu querer ficar para sempre num só lugar. Morar. E ria-se de mim, e uma vez quase me bateu, mas assim mesmo somos irmãos.

Em voz alta e uniforme, Iulek exclamou de repente:

"*S'iz gornisht*! Não é nada. São só palavras!"

E com isso voltou a suas distâncias.

Chava perguntou a Azaria onde ele achava que Ioni estaria agora, e Azaria soube lhe dizer que ele não estava feliz entre nós e foi embora para ficar sozinho, e talvez também para nos castigar. Quando se sentir melhor talvez volte.

Chava disse:

"Falar você sabe. Isso, sim." Mas desta vez disse isso sem maldade, só com tristeza. E serviu-lhe soda gelada. E pediu — talvez isso alegre um pouco Iulek — que tocasse algo, já que o violão estava sobre seus joelhos. Azaria dedilhou a canção "Sachaki, sachaki", "Brinque, brinque", mas Iulek não reagiu nem sentiu. Srulik chegou para dizer boa-noite e ver como iam as coisas. Também se serviu de soda, pois a noite estava quente e úmida. E quando saíram Srulik incumbiu Azaria de ser o contato e o orientador de um grupo que chegaria para acampar e trabalhar temporariamente no kibutz. Azaria ficou radiante, mas fez de conta que lhe era muito difícil aceitar, pois estava ocupado e sobrecarregado de trabalho e compromissos, deixou Srulik tentar convencê-lo durante cinco minutos e no fim, como se fizesse um sacrifício, concordou em aceitar. Bem mais tarde, na mesma noite, Azaria achou na casa de Eitan um ventilador quebrado que as garotas queriam jogar fora, desmontou-o, consertou-o e tornou a montar, e antes de dormir foi dá-lo de presente a Bolonezzi, pois o barracão junto à cerca no qual ele morava era baixo e sufocante.

Certa noite Srulik escreveu em seu caderno, entre outros assuntos do dia: Aparentemente não existe uma solução político-social para os sofrimentos simples, permanentes. Pode-se tentar extinguir as relações senhor-servo no sentido material, evidente. Pode-se eliminar de nossa vida a fome, o derramamento de sangue, a crueldade grosseira. Sinto-me orgulhoso por não termos desistido e por termos insistido até agora nessa luta, e provamos que não é uma luta perdida por antecipação. Até aí, tudo é bom e bonito, mas é aí que surge a dificuldade.

"Luta", eu escrevi, e ao ouvir essa palavra surgem-me de repente de trás do fino véu das ideias os temíveis e avassaladores sofrimentos mais primitivos. Esses são os sofrimentos que somos impotentes para aplacar; pois o que poderemos fazer contra esse instinto, primevo, que nos impulsiona a procurar sem descanso um campo de batalha, "desafios", para lutar, derrotar, conquistar e vencer? Como reagir a esse impulso ancestral de empunhar, como diz Rimona, a lança ou a espada e sair em perseguição a um antílope para cravá-la em sua carne, subjugá-lo, caçá-lo, matá-lo e comemorar isso? E o que poderemos fazer contra o cansaço do coração, contra a maldade que não é explícita e sádica, a maldade sutil, astuciosa, capaz de vestir máscaras "positivas" e aceitáveis? O que vamos responder à crueldade que reside dentro de nós, a essa obtusidade secreta que nossos antepassados chamaram de "coração não circuncidado", quando até mesmo uma pessoa como eu — muito lógica e contida —, ou um padre de aldeia, um monge, um musicante, revela às vezes essa crueldade oculta? Como repelir essa desértica aridez interior? Como vencer esse desejo obscuro de tripudiar sobre os outros, humilhar, subjugar, criar dependência, acorrentar e aprisionar o próximo em transparentes e finíssimas teias de aranha feitas de culpa, vergonha e até mesmo — de gratidão?

Olho para estas últimas linhas que escrevi aqui. "Como conquistar" ou "como repelir", enquanto me pergunto como fugir desse horror que se insinua em minhas próprias palavras. Conquistar, repelir, vencer. Estou com medo.

As montanhas e os desertos se calam. A terra está muda. O mar murmura surdamente. O céu arde durante o dia e é frio e escuro à noite. O inverno sucede ao verão, e o verão vem depois do inverno. Pessoas nascem e morrem e tudo se desintegra aos poucos: o corpo. O lugar. Os pensamentos. Minha mão, que escreve tudo isto, e a caneta, o papel e a mesa. Crenças e ideias. Famílias. Tudo se desintegra sem parar, pois o maligno tempo corrói tudo por dentro. Tudo se desintegra. Como os sons da flauta nas minhas noites solitárias aqui no quarto: soam, se espalham, se desfazem. Tudo se desintegra e desaparece. Ainda existe — e já está desaparecendo um pouco. Fortes sentimentos. Palavras. Casas de pedra. Países e cidades muradas. Talvez também as estrelas no céu. O tempo tudo pulveriza. Enquanto isso a razão, de sua parte, se esforça por distinguir entre o bom e o mau e entre a mentira e a verdade. Mas até mesmo a razão se desintegra e o tempo em sua passagem reduz a pó todas as marcas de bom e de mau, certo e ilusório, feio e bonito, que acreditamos ter rabiscado sobre todas as coisas. Tudo vai se desfazendo. Bolonezzi diz: "Como as águas colbrem o mar". Quando numa manhã eu cair aqui e morrer como uma barata solitária no chão de meu quarto, tudo será apagado: havia um som, e ele se esvaeceu. Arbenzoado o nome do Senhor que provê um descanso correto, uma certa paz. Mas não existe uma certa paz. O tempo que desfaz você desfará toda lembrança depois de você. Como as águas cobrem o mar. Se pelo menos eu tivesse o amor de uma mulher. E se eu tivesse filhos e netos? Mesmo então: como as águas cobrem o mar. Estou com medo.

E então, o que aconteceu agora comigo? Aconteceu um pequeno milagre: à beira da velhice comecei de repente a querer para mim um pouco de autoridade e respeito. Quis e também obtive. Vejam, tenho um paradigma, que se chama Iulek. Um homem que se fartou de respeito, se fartou de autoridade. Como o invejei durante toda a minha vida, como eu queria ver seu fracasso e, por que mentir para mim mesmo, ver seu sofrimento, sua morte, e ir ocupar seu lugar. E com que finalidade? Amor? Nem Iulek. Nem Eshkol. Quem então? Bialik, no poema "Hachnisseni", "Faça-me entrar", pergunta o que é o amor, e eu aqui lhe respondo escrevendo: senhor poeta, perdoe-me, eu também não sei. Um rumor. Uma sombra que passa. Uma miragem. E foi isso que Ioni foi procurar, sabe-se lá onde? E terá sido isso que Azaria veio procurar exatamente aqui entre nós? Existirá amor no mundo? Eu escrevo isso rindo de mim mesmo: um homem na minha idade, na minha posição, especula como um ginasiano se existe ou não amor, e no entanto: existe ou não existe? E se existe, como isso é possível, quando tudo o contradiz?

Tomo, como exemplo, um pai e seu filho. Um homem e seu irmão. Um homem e uma mulher. Todos eles, como um vírus de uma doença misteriosa, carregam dentro de si uma estranheza recíproca, solidão, dor e a obscura vontade de magoar. Ou não magoar: usar. Mudar. Configurar. Subjugar e dominar. Sitiar o ente querido como se fosse material em suas mãos. Como as águas cobrem o mar. Se eu tivesse um filho ou uma filha, Rimona, Ioni, Azaria, com certeza de dentro de mim também, como um pavoroso vulto no escuro, saltaria de repente o cruel tirano interior, o monstro que estende seus braços peludos para amassar e esmagar e entristecer meus filhos com minha figura e imagem ou com a imagem de meus desejos secretos. Ou se na minha juventude eu tivesse ousado declarar meu amor a P. e com isso a conquistado, no mesmo momento se desencadearia uma guerra de cinquenta anos, dragão e gorila, quem aniquilará quem, quem é a matéria e quem é o criador. E mesmo se esse horror vestisse uma forma amena e delicada, sem punhos, sem unhas, e até sem elevação de voz, que consolo haveria nisso? Onde se baniu o sofrimento? E então, o que pode fazer um homem sem muitas pretensões de grandeza para reduzir o sofrimento, pelo menos em sua vizinhança mais próxima?

Eu, que passei a vida numa contemplação estéril através do vidro de minha janela, sei afinal que não existe um caminho; que a dor está mergulhada fundo na ordem natural das coisas, que ansiamos por ela em todas as nossas ações, as boas e as más, como a mariposa anseia pelo fogo; em nossas paixões sexuais, na fantasia secreta do coito, nos ideais, na paternidade, na amizade, na arte, e até na declarada aspiração de reduzir a dor a sua volta, esconde-se o recôndito desejo de provocar dor e de sentir dor. O que está escrito no livro do Gênese sobre o ardil da serpente de despertar a tentação, a paixão pela mulher, para que você tenha de governá-la, esse trecho obscuro talvez tenha de ser interpretado assim: doer; fazer doer; apiedar-se; fazer doer para poder se apiedar. Cada um a seu próximo e cada um consigo mesmo. Sua paixão é pela dor, e você a governará. Mais ou menos isso.

Governar? Veja só que horror, no âmago desse preceito bom e correto o monstro já penetrou. O próprio preceito está contaminado: você governará. Mas como vai governar? Dominará. Oprimirá. Esmagará e terá compaixão. Libertará, supostamente, apenas para conquistar de novo, e mais facilmente. Governar? Magoando? Será a mágoa a própria governança?

Que grande peça nos estão pregando. E esse humor todo. Como é baixo, reles, árido e repetitivo de dar náuseas. Não tem saída: como as águas cobrem o mar.

Azaria tem um provérbio sobre quem foi humilhado em sua derrocada, que diz que só ele merece a redenção. Derrocada? Redenção? Obrigado, não. Para mim, peço menos do que isso. Volto a perguntar, como se vence a dor, nem que seja só um pouco, e só por algum tempo. Com solidão? Com autoflagelação? Com palavras? Ou, ao contrário, com êxtase torrencial, com a explosão selvagem dos sentidos, com o esquecimento de tudo que há no mundo com exceção do fervilhar do sangue? Como eu queria ter uma resposta para isso. Escrevo aqui: quanto a esse ponto, recuso-me a desistir. Continuarei a esperar uma resposta.

"Mathews chamou esse tipo de 'navegação sem sentido' não porque a seu ver não haja aqui nenhum benefício biológico, mas porque sua função não nos é conhecida em nenhum aspecto" (Donald Griffin, *Migração das aves*, p. 159).

Aliás, registro isso também: Iulek tinha razão. Como sempre. Esse homem difícil, mimado, cheio de pose de autoridade, foi ele quem logo percebeu, naquela noite de inverno, que esse rapaz que apareceu do escuro, meio perplexo, hesitante, um pouco pirado e de uma parlapatice histérica, tem uma certa centelha e deve ser incentivado, pois um dia talvez ele realize grandes coisas, e talvez nos redima. Mas como Iulek percebeu isso? Para ser honesto, devo reconhecer que se eu estivesse no lugar dele, se eu então já fosse o secretário, certamente teria despachado o rapaz de volta à escuridão: por cautela, por estreiteza de visão, por um dar de ombros interior, por medo de me complicar.

Qual foi então o feitiço que moveu Iulek, do jeito dele, e Rimona, talvez por um caminho totalmente inverso, a adotarem Azaria? Gostaria de entender isso. Não entendo. E lamento. Mas aqui interrompo, pois já é tarde.

9.

A alta estação agrícola está no auge. O dias são longos e quentes, as noites curtas. Não há vento. A ceifa de grãos se faz em três turnos. De noite também, à luz dos faróis das colheitadeiras. Já se avizinha a época da colheita dos frutos. E depois virá a vindima e depois a colheita de algodão. Na fronteira quase todos os dias há troca de tiros. Terroristas infiltrados chegaram aqui também, sabotaram as bombas de água, explodiram no laranjal o barracão das latas, que estava vazio, e na mesma noite escaparam cruzando de volta a fronteira. Mas os trabalhos no campo continuam sem trégua. Quem pode ajudar comparece e adere a essa missão. Quase todas as mulheres, homens e crianças levantam-se antes de começar o dia normal de trabalho e mobilizam-se por uma ou duas horas para capinar e desbastar os campos de algodão. Também capinam na horta.

Azaria está trabalhando agora cerca de catorze horas por dia, para que nenhuma máquina agrícola saia de operação. A fim de que nenhum trator pare. Um trabalhador assalariado o ajuda, e também um entusiasmado jovem do acampamento de trabalho. Porque o acampamento já chegou, e Azaria, com todas as suas atividades, sempre acha um pouco de tempo para conversar com eles toda noite num dos gramados, explicar-lhes o modo de vida no kibutz, defender princípios e às vezes também fazê-los cantar em grupo, numa dessas noites de luar. No dia 14 de maio, data da proclamação do Estado de Israel, os vigias mataram um terrorista infiltrado junto a nossa cerca. No dia 17, terminou a colheita da cevada e começou a do trigo. No dia seguinte, o quinteto de instrumentistas deu um recital modesto no refeitório de um dos kibutzim vizinhos. No anoitecer do dia 20 de maio, Ionatan Lifschitz voltou e já na manhã seguinte apresentou-se na oficina com roupas de trabalho, como se sempre tivesse estado aqui. Voltou com uma barba preta, muito magro e alto, escuro como um árabe, sem muita conversa. Ouvimos dizer que o próprio Tchupka o pegou num quiosque em Ierucham e lhe disse Para casa, *chabibi*, chega de encher o saco, venha, suba logo neste carro. E Ionatan disse Está bem, só me deixe ir buscar minhas coisas, de noite eu vou. E realmente chegou ao anoitecer. Chegou e foi beijar, sem muita vontade, sua mãe e seu pai, tocou em seu irmão e arrastou para sua casa sua mochila, a arma, a parca. Todos os cobertores e o saco de dormir imundo. Ficou um longo tempo sob o chuveiro, e pela porta pediu a Azaria que lhe fizesse um favor, que enfiasse tudo no sótão e a arma no caixote debaixo da cama. Perguntou como iam as coisas. E calou-se. Quando Rimona chegou, ele lhe disse:

"Tudo bem. Voltei."

Rimona disse:

"Você fica bem de barba. E todo queimado de sol. Com certeza você quer comer."

Naquela noite dormiram os dois, Azaria e Ioni, no quarto grande. E Rimona dormiu sozinha no quarto de dormir. Como também nas noites seguintes: Ioni no sofá e Azaria num colchonete, sobre o tapete. Levaram o rádio para o quarto deles, para poderem ouvir o noticiário. "Thia parece estar muito bem", disse uma vez Ioni antes de adormecer, "e você cuidou bem do jardim."

Azaria respondeu:

"Como lhe prometi."

Toda manhã levantavam cedo e iam para a oficina. E só voltavam ao escurecer, pois havia muito trabalho a fazer. Banhavam-se. Bebiam chá ou café frio. Às vezes jogavam xadrez, e em geral Azaria vencia. Mas também acontecia de interromperem no meio uma partida. Com sua barba preta, seu rosto longo e sofrido, com seus olhos um tanto fundos, com a nova seriedade que marcava seus lábios, Ionatan parecia um jovem judeu estudante de *ieshivá*, bem conceituado, dedicado aos estudos e prestes a se tornar um rabino. Mas Iulek, em um de seus raros momentos de lucidez, fez uma careta e balbuciou em ídiche:

"Ió. *Azoi vi a vilde chaie* — Sim. Parece um bicho do mato."

O aparelho de audição dele e seus velhos óculos acumulam poeira na gaveta. A maior parte do dia ele passa sentado no jardim e no fim da tarde levam-no em cadeira de rodas para o quarto e o sentam na poltrona. Já não acompanha o noticiário. Acharam uma ocupação para ele, e por dois ou três dias pareceu que lhe agradava: o homem Bolonezzi vinha e ensinava Iulek a tricotar. Depois de dez, vinte fileiras, Iulek se enjoava disso também. Muitas e seguidas vezes ficava sonolento e com os sentidos embotados. Confundia Srulik com Stutchnik. Cochilava sentado. De noite também se recusava a deitar na cama. O cobertor tricotado sobre os joelhos, um pingo de coriza pendente do nariz, uma espuma branca secando no canto da boca, Iulek ficava sentado e dormindo quase dia e noite.

Naquelas noites de verão o primeiro-ministro Levi Eshkol ficava às vezes em seu gabinete em Jerusalém até muito depois da meia-noite. As secretárias já tinham ido para casa, os plantonistas noturnos dormitavam junto aos telefones, o guarda-costas adormecera num banco na antessala, as luzes da cidade brilhavam pela janela do escritório, um caminhão pesado se fazia ouvir ao passar, e o primeiro-ministro apoiava os dois cotovelos sobre o tampo da escrivaninha abarrotada de documentos e cartas, escondia o rosto nas mãos e mergulhava em demorada meditação. Até que seu motorista subia e perguntava educadamente: Perdão, será que não seria melhor irmos para casa?

Ao que Eshkol respondia:

"Sim, *iunguerman*, meu jovem, você tem razão, *gueendikt*, já chega. Vamos para casa. Pois o que resta para fazer aqui?"

No fim daquele verão, Azaria e Ioni resolveram preparar eles mesmos um pequeno tonel de vinho para o próximo inverno. Ioni trouxe do vinhedo dez caixotes de uvas muscat. Azaria trouxe rolando um tonel velho que achara com Bolonezzi, num canto da serralheria. E os dois esmagaram as uvas, coaram, e acrescentaram açúcar. O vinho fermentou e assentou. Azaria extraiu do tonel e verteu em garrafas vazias de água mineral, que trouxera da despensa do refeitório.

Duas vezes por semana, Chava vinha limpar e arrumar a casa, pois o médico proibira Rimona de se curvar ou de mover até mesmo uma cadeira de um lugar para outro. Rimona estava pesada e seus movimentos eram desajeitados. Batia com o ombro na porta. Esbarrava na mesa. Queria pedir algo e esquecia o quê. Chava cuidava de todas as coisas da casa. Fazia bolos de massa de pão. Punha para lavar a roupa de baixo suja e trazia da rouparia os pacotes de roupa lavada e limpa. Às vezes resolvia ficar um pouco na companhia deles, mas não achava o que dizer. Quando ela saía, eles continuavam lá. Jogavam xadrez. Geralmente não terminavam, dominados pelo cansaço. Reinava o silêncio entre os três.

Em novembro Anat deu à luz seu primogênito, Nimrod. Em dezembro Rimona teve uma filha, um pouco abaixo do peso, mas num parto normal e sem complicações. Azaria propôs chamá-la Naama. E Ioni disse:

"Isso é possível."

Puseram a cama da bebê no quarto de dormir, com Rimona, e os dois continuaram dormindo no quarto grande. De novo chegou a estação das chuvas. Chovia o dia inteiro e à noite havia trovoadas. Na oficina quase não achavam mais o que fazer. Acordavam tarde e voltavam cedo. Às vezes tomavam do vinho que haviam feito no verão. Assim passou o ano de 1966 e começou o de 67. Mais uma vez pediram a Rachel Stutchnik que aliviasse a carga de Chava nos cuidados com Iulek, para que ela pudesse se dedicar aos filhos. Rachel estende sobre o roupão de dormir de Iulek um avental ou uma fralda, e com uma colherzinha lhe dá de comer um ovo quente, suco de tomate, chá morno. Ajuda-o em suas necessidades. Limpa-o, lava-o e o barbeia. Porque Iulek está abúlico. Tem vezes em que Chava aproxima uma cadeira e senta-se perto dele por uns quinze minutos, segurando sua mão. É pouco provável que Iulek sinta. Mas sete vezes por dia ela corre para sua neta: controla as mulheres do berçário, faz sugestões, repreende, dá lições e conduz o carrinho da bebê nos caminhos do kibutz entre uma chuva e outra.

"Srulik, olhe para ela!", diz quando encontra Srulik no caminho. E Srulik solta uma exclamação, constrangido, e como se desculpando um pouco com seus princípios e sua consciência ele confirma:

"Sim. Encantadora."

O rosto de Chava é todo luz. E a luz permanece em seu rosto a maior parte do tempo. Até quando ela esteriliza mamadeiras. Cozinha sucos de frutas. Ferve fraldas e lençóis. Esfrega com sabão e cloro o piso do quarto. Extermina com fortes detergentes cada micróbio na privada.

E Rimona lá está, sentada, indiferente a toda essa azáfama, cega à presença dos dois homens, alheia à tempestade de inverno lá fora, e amamenta Naama. Sua compleição já não é tão esguia, seus seios ficaram pesados e cheios, seus quadris engrossaram um pouco, seus olhos estão só semiabertos. Tem vezes em que Ioni e Azaria sentam-se no sofá um ao lado do outro, em frente a ela, e a contemplam mudos e admirados. Ela senta-se na poltrona com as pernas bem abertas, enrola o sutiã, no qual as manchas de leite são bem visíveis, extrai dois seios pesados e com os dedos espreme um bico até que o leite espirra. A bebê gruda-se ao seio. Depois ao outro seio. O bico que foi liberado está espichado e escuro como um dedo e não parou de pingar. Mas em seu rosto, que se arredondou, brilha uma tênue luz, como um halo em torno da lua cheia. De vez em quando ela levanta a bebê para libertar um arroto. Rimona também arrota, sem cobrir a boca.

Ela não mais se lava o dia inteiro com o sabonete amargo de amêndoas. Seu corpo exala agora seu próprio cheiro, um aroma de peras maduras. Não dispensa um único olhar às partidas de xadrez. E não serve um copo de chá, e não lhes pede que não fiquem tristes. Mas de vez em quando estende sobre um deles uma fralda limpa e entrega Naama a um ou outro, para que caminhem com ela pelo quarto até expelir o ar. Então Rimona se deita no sofá com os joelhos levantados, indiferente ao desleixo do roupão que escorrega e revela suas coxas, e olha para quem está segurando sua filha como se olha para o mar ou a montanha. Ou como olham para nós os próprios objetos inanimados.

Ionatan e Azaria construíram uma casinha para Thia no lado de fora, no jardim, para que ela não circule pela casa enquanto Naama ainda é pequena. Quando Chava, que agora toma conta da casa com mãos enérgicas, especialmente da copa, ordena a Rimona o que sim e o que não, Rimona responde, sem sorrir:

"Está bem. Obrigada. Isso é bom."

O dia inteiro Chava se esforça para facilitar as coisas a todos, querendo ajudar. Uma energia impetuosa recrudesce nela. Uma vez abandonou tudo e viajou para Haifa por dois dias, e com as próprias mãos mobiliou e arrumou a nova casa de Amós e sua jovem mulher, pois Amós quase não vem em licença de seu serviço na ativa do Exército: a situação nas fronteiras vai de mal a pior; as unidades de elite têm de ficar em prontidão quase permanente. Quando voltou de Haifa, Chava costurou quatro mudas de roupa para sua neta. Tricotou sapatinhos de lã. Tricotou um suéter. Quando Azaria adoeceu com angina e começou a delirar de tanta febre, ela o transferiu sem pedir licença para o quarto de dormir de Srulik e cuidou dele como se fosse um bebê. Quando Ionatan fraturou um dedo da mão esquerda na oficina, viajou com ele para o ambulatório e fiscalizou o atendimento, até ele estar engessado. E quando uma vez Rimona lhe disse que talvez fosse melhor ela ir descansar um pouco, irrompeu numa grande gargalhada e tirou, trincando os dentes, as telas de todas as janelas e deu-lhes uma limpeza radical. No fim de maio, os dois foram mobilizados. E depois estourou a guerra que Azaria previra. Nós a vencemos e estendemos as linhas da fronteira. Eitan R. foi morto no Golan. Suas duas companheiras, Semadar e Diana, continuaram a morar em seu quarto, junto à piscina. Ionatan combateu no Sinai, numa unidade de comandos. E no último dia de combate já estava substituindo Tchupka, que ficara em pedaços com o impacto direto de um obus. Azaria serviu na oficina do comando regional, trabalhou como um demônio dia e noite, o major Zlotkin chamou-o de "nosso anjo" e depois da vitória promoveu-o a sargento. Quando voltaram, Chava fez um bolo. Srulik organizou uma pequena festa em homenagem a todos os que tinham voltado sãos e salvos do campo de batalha. E ficou decidido que o ginásio esportivo que estava sendo construído graças à doação de um amigo sionista de Miami teria o nome de Eitan Ravid. Quando voltaram, Ionatan e Azaria descobriram que a bebê tinha aprendido a se virar sem ajuda, da posição de bruços para a posição de costas. Logo iria engatinhar na esteira. Rimona disse: Olhem, vejam, ela está rindo. E Chava disse: É porque agora ela já entende.

Se alguém ousasse, na presença de Chava, insinuar algo ou zombar do seu alegre triângulo, ela arreganhava os dentes como uma velha loba e dizia, por exemplo:

"Você, Pola, é melhor não dizer nada. Não com uma filha como a sua, *nebech*, coitada, com dois divórcios em dois anos."

Mas no dia seguinte ela diria:

"Você me perdoe. Ontem eu exagerei. Fiquei irritada. Peço desculpas."

E no caderno de Srulik, entre muitos outros assuntos, também está escrito:

"A terra é indiferente. O céu é grande e misterioso. O mar é misterioso. As plantas. As jornadas das aves migratórias. A pedra silencia sempre. A morte é muito poderosa e está em todo lugar. A crueldade está plantada em todos nós. Cada um é um pouco assassino: se não dos outros, de si mesmo. Ainda não entendo o amor, e certamente já não terei tempo de aprender. A dor é um fato, ela existe. Mas apesar de tudo isso, para mim está claro que podemos realizar aqui duas ou três coisas. Podemos, e por isso devemos. Todo o resto — quem é que sabe? Quem viver verá. Em vez de estender essa escrita, esta noite vou tocar minha flauta transversal. Certamente há lugar para isso também. E qual é o sentido? Não sei."

1970
1976-1981

Observação do autor: Em 1959 David Maltz publicou um romance tendo como fundo a vida no kibutz, intitulado *Hashaar naul*, "O portão está trancado"; alguns traços ligam este meu livro ao livro de Maltz. Com certeza essas coisas aconteceram.*

---

* O autor encerra esta nota com a afirmação *"vadai kvar haiu devarim meolam"*, o contrário do famoso verso da poeta Rachel que diz: *"Veulai ló haiu hadevarim meolam"* — "E talvez essas coisas nunca aconteceram".

1ª EDIÇÃO [2010] 1 reimpressão

ESTA OBRA FOI COMPOSTA PELO GRUPO DE CRIAÇÃO EM ELECTRA E
IMPRESSA PELA GEOGRÁFICA EM OFSETE SOBRE PAPEL PÓLEN SOFT
DA SUZANO PAPEL E CELULOSE PARA A EDITORA SCHWARCZ
EM JUNHO DE 2017

A marca FSC é a garantia de que a madeira utilizada na fabricação do papel deste livro provém de florestas que foram gerenciadas de maneira ambientalmente correta, socialmente justa e economicamente viável, além de outras fontes de origem controlada.